Christian v. Ditfurth, geboren 1953, ist Historiker und lebt als freier Autor in Berlin und in der Bretagne. Neben Sachbüchern und Thrillern hat er Kriminalromane um den Historiker Josef Maria Stachelmann veröffentlicht. Seit 2014 ermittelt Eugen de Bodt höchst erfolgreich – sein zweiter Fall *Zwei Sekunden* wurde mit dem Stuttgarter Krimipreis ausgezeichnet. *Ultimatum* ist der fünfte Band der De-Bodt-Reihe, darauf folgen *Terrorland* und *Endzeit.*

Ultimatum in der Presse:

»Scharf, schnell und bissig ist die Prosa v. Ditfurths. Mit ständig wechselnden Schauplätzen und Cliffhangern treibt er die Handlung voran.« *Stuttgarter Zeitung*

»Ein kluger zeitgenössischer Thriller.« *Abendzeitung*

»Ditfurth liefert Action mit Anspruch. Die beste Art, einen klugen Politthriller zu schreiben.« *Westdeutsche Allgemeine Zeitung*

»Rasant erzählter Politthriller.« *Hörzu*

»*Ultimatum* ist bunt, laut, krachend und vergnüglich. Spott und Häme für Verschwörungstheoretiker, denn darauf kämen selbst die nicht. Mega-Fun!« *Buchkultur*

»Ein unterhaltsamer und lesenswerter Thriller.« *krimi-couch.de*

»*Ultimatum* ist genauso klug konstruiert, undurchsichtig und wendungsreich wie seine Vorgänger – aber viel atemloser.« *Lübecker Nachrichten*

Außerdem von Christian v. Ditfurth lieferbar:

Das Dornröschen-Projekt · Tod in Kreuzberg · Ein Mörder kehrt heim Böse Schatten · Heldenfabrik · Zwei Sekunden · Giftflut · Schattenmänner Terrorland · Endzeit

Christian v. Ditfurth

ULTIMATUM

Ein De-Bodt-Thriller

PENGUIN VERLAG

Informationen über dieses Buch:
www.cditfurth.de

Dieses Buch ist ein Roman und kein Tatsachenbericht. Das Beschriebene hat sich so nicht ereignet. Trotz der vom Autor in künstlerischer Freiheit gewählten fiktiven Handlungsabläufe mögen im Einzelfall Anklänge an Verhaltensweisen lebender oder verstorbener Personen oder an öffentlich bekannte Unternehmen nicht immer vermeidbar gewesen sein; dies ist aber von der grundgesetzlich geschützten Freiheit der Kunst umfassend geschützt.

MIX
Papier aus verantwortungsvollen Quellen
FSC® C014496
FSC
www.fsc.org

Penguin Random House Verlagsgruppe FSC® N001967

1. Auflage 2021

Umschlaggestaltung: Hafen Werbeagentur, Hamburg
Motiv: © guvendemir/iStock; © EyesOnBerlin/shutterstock
Redaktion: Claudia Alt
Satz: Uhl + Massopust, Aalen
Druck und Bindung: GGP Media GmbH, Pößneck
Printed in Germany
ISBN 978-3-328-10715-6
www.penguin-verlag.de

Dieses Buch ist auch als E-Book erhältlich.

Für Chantal

Siehst du, wie alle die Stücke zerschnitten mit frischer Verwundung
Einzeln sich winden und eitriges Blut auf dem Boden zerstreuen,
Wie sie sich selbst abmüht, mit dem Maul ihr Ende zu fassen,
Um durch den Biss sich den brennenden Schmerz
der Zerfleischung zu lindern.

Lukrez

Prolog

»So spät?« Er blickte auf die Armbanduhr. Schüttelte den Kopf.

»Sei vorsichtig«, sagte sie.

»Ja, ja.« Er stützte sich mit den Händen aus dem Sessel.

Es klingelte noch einmal. »Ob Kevin was passiert ist …?« Sie blickte ihn ängstlich an. Schaltete den *Tatort* aus, die Wiederholung am Freitag.

»Was soll dem schon passieren, ist doch gerade vom Bund gekommen? Einzelkämpfer.« Er verdrehte die Augen.

»Vielleicht ein Unfall?«

»Ist bestimmt der Nachbar. Der Hund ist wieder abgehauen«, sagte Helmut. Winkte ab.

»Natürlich«, sagte Elke. Während er zur Wohnzimmertür ging, trank sie einen Schluck Rotwein. Mehr, um sich am Glas festzuhalten.

Er blickte durch den Türspion. »Die Polizei …«, murmelte er. Tausend Angstfetzen stoben durch sein Hirn. Wenn …

Er öffnete. Es waren drei. In Uniformen. »Ja?«

Der Beamte in der Mitte war klein, hatte aber die meisten Sterne auf den Schultern. »Helmut Knorr? Sie sind Herr Knorr?«

»Ja, gewiss …«

»Entschuldigen Sie die Störung. Dürfen wir einen Augenblick reinkommen?«

»Was ist … passiert?«

»Dürfen wir reinkommen? Bitte.«

»Natürlich, natürlich, verzeihen Sie …« Er trat zur Seite. Winkte sie mit der Hand in den Flur.

Knorr öffnete die Wohnzimmertür.

Elke starrte ihn an. »Was ist? Um Himmels willen.« Ließ ihr Glas fallen.

Die Polizisten traten ein. Standen an der Tür.

»Nehmen Sie doch Platz«, sagte Knorr. Holte einen Stuhl aus der Ecke. Der Chef setzte sich darauf. Die anderen beiden blieben stehen.

Knorr setzte sich neben seine Frau. Sie nahm seine Hand, drückte sie.

Der Polizist auf dem Stuhl zog seine Pistole und legte sie vor sich auf den Tisch. »Frau Knorr, ich darf Sie beglückwünschen. Sie machen einen Urlaub. Packen Sie schnell ein paar Dinge zusammen. Mein Kollege« – Blick zum kräftig gebauten Uniformierten – »wird Ihnen helfen.« Er klopfte auf den Tisch. »Und das Beste: Sie dürfen Ihren Sohn mitnehmen.«

»Aber«, sagte Knorr. »Aber der ist doch gar nicht da.«

»Kein Problem. Wir warten. Irgendwann wird er kommen. Nicht wahr?«

1.

»Mozart klingt anders«, sagte Yussuf.

»Immer diese Kulturprotzerei«, erwiderte Salinger. »So weit kommt es noch, dass ihr uns unsere Musik klaut, nachdem ihr Berlin schon halb besetzt habt. Eingeschlossen dieses Büro.«

»Wo bleibt Prinz Eugen?«, fragte Yussuf.

Die Tür öffnete sich. De Bodt gähnte und setzte sich an seinen Schreibtisch.

»Guten Morgen, Chef. Deine gute Laune steckt an.« Yussuf grinste seinen Hertha-Wimpel an.

De Bodt hatte mies geschlafen. Von Bob geträumt. Grund genug, einem die Laune zu vermiesen. Irgendwas beunruhigte ihn. Nur ein Traum, sagte er sich. Ein blöder Traum. Hoffentlich. Aber natürlich würde einer wie Bob den nächsten Ausbruch schon planen. Er hatte nichts zu verlieren.

Dazu nervte de Bodt der Baulärm. Presslufthammer, Bohrer und Co. Das große Konzert. Sie hatten das LKA notdürftig saniert. Verbrecher hatten es in Trümmer bombardiert. Die meisten Büros konnten wieder benutzt werden. Also hatten die Chefs auch de Bodt und Kollegen zurückgeschickt in die Keithstraße. Ins Lärminferno. Jetzt wurde fertig gebaut. Das Landeskriminalamt erstand in einem Glanz, den die ehemalige Reichsversicherungsanstalt nie besessen hatte. Leider, leider hatte man noch keinen Platz für den Kriminalrat Tilly gefunden. Der würde auftauchen, wenn Ruhe war.

»Das ist Folter«, sagte Salinger.

»Es scheint, der Lärm hier hat mich zum Phantasten gemacht? Aller große Lärm macht, dass wir das Glück in die Stille und Ferne setzen«, murmelte de Bodt. Vielleicht kam der Albtraum daher?

Als hätte ihn der Weltgeist erhört, verstummte der Krach schlagartig.

»Scheiße«, sagte Yussuf. »Der Computer … Stromausfall.«

»Da hat eines der Genies draußen wohl das Stromkabel erwischt. Vielen Dank! So muss es im Paradies sein.« Salinger trat ans Fenster. Öffnete es, blickte hinaus. »Tote Hose.«

»Der Prophet brauchte keinen Strom«, sagte Yussuf. »Und keinen Nietzsche …«

»Sag bloß, du kennst das Zitat unseres gelehrten Chefs«, sagte Salinger.

»Er hat richtig geraten«, sagte de Bodt.

»Dass du mir jetzt auch noch in den Rücken fällst. Ich lass mich zu Krüger versetzen. Der ist wenigstens ein richtiger Bulle«, sagte Yussuf.

2.

Die LED flackerten. Nur einen Augenblick. Dann kam schon die Mail. Höchste Priorität. Stromausfall im Kanzleramt. Der Notstromgenerator war angesprungen. Sie wusste nicht, wie lange der durchhalten würde.

Die Kanzlerin stand plötzlich im Vorzimmer. Beate Kammer drehte sich mit ihrem Stuhl.

»Was ist los?«, fragte die Kanzlerin. Sie sah müde aus. Stress mit der Schwesterpartei, die mal wieder hysterisch geworden war. Wie immer vor Wahlen.

»Keine Ahnung«, sagte Kammer. »Der Generator …«

»Wie lange hält der durch?«

Kammer hob die Hände. »Weiß ich nicht. Ich werde die Verwaltung anrufen.«

»Schicken Sie einen zu mir, der Ahnung hat.« Ihr Blick auf den Bildschirm an der Wand. »Schalten Sie doch mal ein.«

»Hab ich schon.« Kammer nahm die Fernbedienung und zappte. *Kein Signal.*

»Rufen Sie den Innenminister«, sagte die Kanzlerin. Verharrte kurz, kehrte in ihr Büro zurück.

Kammer nahm den Hörer. Tot. Das Handy: kein Ton. »Scheißkaserne!«

3.

»Mist«, sagte Robert Wedenstein.

Bob hatte auf dem Bett gelegen. Radio B2. Schlager. Er hatte nicht zugehört. Ihm war nur die Stille zu laut gewesen. Wenn er wach war, überlegte er, wie er rauskäme aus dem Knast. Wenn er döste, tagträumte er von einer Insel mit nackten Frauen. Wenn er schlief, weckten ihn Schüsse, Explosionen. Sprang er in letzter Sekunde ins nächste Loch, während die Handgranate im alten explodierte. Hatte er Blut im Gesicht ohne Wunde. Rief ihm John Leary etwas zu, der Kamerad, dem Bob das Leben gerettet hatte. Als er aufwachte, hatte er die Ansichtskarte vor Augen. Die John ihm aus Sydney geschrieben hatte. Er hatte die Karte weggeworfen, Johns Telefonnummer aber im Kopf.

Sie hatten ihm eine Zelle gegeben, in der vorher ein Behinderter eingesperrt gewesen war. Doppelt so groß wie die anderen Zellen. Eingebaute Dusche. Sein Einzelzimmer.

»Mist«, sagte Bob, als das Radio ausging.

4.

Kaum war der Lärmterror erstorben, erschien Tilly. Der Kriminalrat stieß auf einen Auflauf im ersten Stock. Kollegen, die über den Stromausfall rätselten. Tilly schickte ein paar durch die Gänge, die Kollegen zusammenzutrommeln. Als de Bodt mit seinen Leuten im Besprechungsraum auftauchte, waren alle Plätze besetzt. De Bodt lehnte sich an die Wand neben der Tür.

»Schön, dass nun alle da sind«, sagte Tilly.

Ein Knacken.

»Immerhin funktioniert unser Digitalfunk«, sagte der Kriminalrat. Seit dessen Einführung hatten die Polizisten den verflucht. Verbindungen rissen ab. Wehe, man stieg die Treppe zu einer U-Bahn runter. Verständigung per Rauchzeichen oder Trommeln wäre zuverlässiger.

»Komisch«, sagte Krüger. »Alles geht den Bach runter, nur der Digitalfunk nicht.« Er saß neben Tilly.

»Den musste niemand plattmachen, das erledigt der von selbst«, sagte Yussuf.

Eine Stimme, blechern.

»Vielleicht können Sie das mal ausmachen«, sagte Tilly.

Die Oberkommissarin Baumann hatte mit dem Gerät gespielt. Als sie es in die Hand nahm, sagte die Stimme: »Weibliche Leiche im Landwehrkanal.«

5.

Yussufs PC bootete. Ein Presslufthammer dröhnte los. Das Telefon klingelte. Salinger nahm ab, stopfte sich den Daumen ins andere Ohr.

»Wo ist Herr de Bodt?«, fragte Tilly.

»Keine Ahnung«, sagte Salinger.

Die Tür öffnete sich. Als hätte ihn einer gerufen. Salinger deutete auf den Hörer. Ihre Lippen sagten: Tilly.

De Bodt nahm den Hörer. »Gut, wir übernehmen.«

Die Zander war schon da. Dazu Polizeiwagen mit Blaulicht. Eine Ambulanz. Beamte sicherten das Absperrband gegen Gaffer. Die drängten sich, Telefone in der Hand.

»Stromausfall vorbei«, sagte die Zander. Deutete auf die Leiche, als hätte die damit was zu tun. Eine Frau. Fahle Haut.

»Name, Adresse?«, fragte Yussuf.

Salinger stand am Ufer und sah sich um.

»Nichts«, sagte die Zander. Sie kniete sich neben die Leiche.

»Nichts gefunden. Etiketten gibt's auch nicht. Die hätten auch nicht viel geholfen. Das ist nichts Exquisites, C&A, Peek & Cloppenburg, so die Ecke.« Sie blickte über die Schulter de Bodt an. »Kommen Sie morgen nach der Mittagspause auf einen Kaffee vorbei.«

6.

»Mein Gott«, sagte die Kanzlerin. Stützte sich auf dem Schreibtisch ab. Bleich wie Pergament. Setzte sich auf ihren Stuhl. »Mein Gott!«, sagte sie.

7.

De Bodt blickte auf die Uhr. Yussuf hatte die Vermisstendatenbank durchforstet. Niemand ähnelte der Leiche aus dem Landwehrkanal. »Die kommt nicht von hier«, sagte de Bodt.

Salinger kaute auf einem Bleistift.

»Geht nach Hause, es ist fast Mitternacht.«

Salinger nickte. Nahm ihren Anorak vom Haken. »Tschüss!«

De Bodts Handy klingelte. »Guten Abend.« Er hörte zu. »Gut.«

Salinger stand in der Tür und blickte ihn an.

»Ich hab Überstunden«, sagte de Bodt.

»Warum?«, fragte Yussuf.

»Verrate ich euch später … Vielleicht.«

8.

Manche Gesichter kannte er. Den Innenminister, der wie sein Vorgänger aus Bayern kam. Den Chef des BND. Den Typ von der Sicherungsgruppe. Die Assistentin der Kanzlerin, die ihn angerufen hatte. Den Staatsminister. Den neuen Präsidenten des Verfassungsschutzes. Den Berliner Innensenator. Den Polizeipräsidenten. Tilly.

Der Innenminister blickte ihn nicht an. Er war immer noch sauer auf de Bodt.

»Nehmen Sie Platz, Herr Hauptkommissar«, sagte die Kanzlerin. Sie schien um zehn Jahre gealtert. »Alles, was hier besprochen wird, bleibt in diesem Raum«, sagte sie. Blickte sich um. Der Verfassungsschutz nickte. De Bodt inspizierte die Tischplatte.

»Der Sachstand in Kürze«, sagte die Kanzlerin. »Mein Mann wurde entführt.«

Stille. Der Verfassungsschutz schnaufte. Der BND runzelte die Stirn. Der Innensenator wischte sich durch die Haare. Die Assistentin war schon bleich. Der Staatsminister blickte sich um. Er schien nicht überrascht. War vielleicht der Einzige, der es schon wusste.

Was bedeutete es? Hypothesen rasten durch de Bodts Hirn. Die Regierung soll erpresst werden. Das war am wahrscheinlichsten. Wenn der Ehemann der Kanzlerin entführt wurde, dann ging es um Erpressung. Die Zahl möglicher Täter war fast unendlich. Oder hatte sich der Mann mit Verbrechern eingelassen? War er spielsüchtig? War es ein saublöder Scherz nach einem Ehekrach?

»Woher wissen Sie das, Frau Bundeskanzlerin?«, fragte er.

Sie blickte ihn an. Die Kanzlerin hatte ihre Mimik unter Kontrolle. Aber in ihren Augen war Angst. »Dass er entführt wurde?« Sie wartete nicht auf die Bestätigung. »Ich habe eine Mail der Entführer. Mit einem Foto von meinem Mann. In der Hand den *Tagesspiegel* von heute.« Ihre Stimme stockte. »Wenn mir das nicht reiche, könnte ich auch einen Finger zugeschickt bekommen. Oder ein Ohr.«

Sie öffnete eine Mappe und schob de Bodt zwei Blätter zu.

Wir haben Ihren Mann. Wir schicken Ihnen bald unsere Forderung. Sollten Sie uns nicht glauben, schicken wir Ihnen gern auch etwas von Ihrem Gatten.

Mehr nicht. Außer dem Foto. Es zeigte Wolfgang Süß, den Chemiker an der Humboldt-Universität. Der selten in der Öffentlichkeit auftauchte. Wenn das *Damenprogramm* bei Staatsbesuchen angesagt war. De Bodt hatte über die Bilder geschmunzelt. Das neue Foto war nicht komisch. Den *Tagesspiegel* in beiden Händen. Das Datum von heute … gestern. De Bodt blickte auf die Uhr. Es war weit nach Mitternacht. Draußen die Lichter der Stadt. Als wäre nichts geschehen.

Er erhob sich. Ging zum Fenster, sah hinaus.

Blicke folgten ihm. Der Innensenator räusperte sich.

»Die wollen kein Geld«, sagte de Bodt mit dem Rücken zum Tisch. »Die machen Politik.«

»Wie kommen Sie darauf?«, fragte der BND.

»Das liegt auf der Hand.«

»Wie bitte?«

»Ginge es um Geld, würden die einen Milliardär entführen. Wäre außerdem einfacher. Jetzt haben sie alle Sicherheitsapparate am Hals. Dumm sind die nicht. Bestimmt nicht.«

»Interessante Ferndiagnose«, sagte der Staatsminister. Faltete die Hände vor der Brust. Das hatte ihm gerade noch gefehlt. Ein ungehobelter Polizist, der Dinge wusste, die niemand wissen konnte.

»Man braucht kein Linguist zu sein, um zu verstehen, dass es sich nicht um Dummköpfe handelt. Zumindest der Entführer, der die Nachricht geschrieben hat, spricht gutes Deutsch. Die wissen natürlich, dass die Polizei sie jagt. Sie haben nicht mal gefordert, dass wir draußen bleiben sollen. Die wissen auch, dass es einen Krisenstab geben wird. Was wir diskutieren.«

»Warum haben Sie die noch nicht verhaftet?«, fragte der Verfassungsschutz.

Der BND grinste. Der Innensenator schüttelte den Kopf.

De Bodt lehnte sich zurück. »Man kann wohl falsch wissen. Es wird etwas falsch gewusst, heißt, das Wissen ist in Ungleichheit mit seiner Substanz.«

Die Runde blickte ihn verständnislos an.

»Ermitteln heißt, die Gleichheit mit der Substanz finden. Man sollte Hegel in jeden Kommissarlehrgang einbauen.«

Ratlosigkeit, Unverständnis, aufkeimender Zorn in den Augen. »Wir sollten zur Sache kommen«, sagte der Polizeipräsident. »Und unsere Zeit nicht verschwenden.«

»Wir brauchen mindestens eine vernünftige Arbeitshypothese, besser mehrere«, erwiderte de Bodt. »Sonst wissen wir nicht, in welche Richtung wir ermitteln sollen.«

»Sie wissen natürlich auch schon, was die Entführer fordern.« Der Staatsminister lächelte abfällig.

»Ja, entweder eine Änderung der Politik oder den Rücktritt der Kanzlerin. Vielleicht auch, dass sie einen Minister feuert.«

9.

Am Morgen erschien Tilly im Büro. »Da haben Sie sich aber schön in die Nesseln gesetzt.«

»Es gibt Schlimmeres.« De Bodt saß auf dem Stuhl neben dem Eingang.

Die Tür hätte fast den Kriminalrat getroffen, als Salinger ins Büro stürmte. »Oh, sorry, die U-Bahn ist liegen geblieben.«

»Was wissen Sie über den Stromausfall?«, fragte de Bodt.

Tilly schüttelte den Kopf. »Nichts, wird untersucht. Die Medien machen Theater. Leute, die im Aufzug stecken geblieben sind, erzählen ihre Leidensgeschichte. Unfälle an Ampeln. Chaos im Nahverkehr. Heizungen sind ausgefallen. Und so weiter.« Er blickte de Bodt an. »Sie wissen bestimmt schon, wer es war.« Häme in den Mundwinkeln.

»Vielleicht die Leute, die den Mann der Kanzlerin entführt haben?«

»Aha«, sagte Tilly.

»Was?! Der Süß wurde entführt?!« Salinger erstarrte hinter ihrem Schreibtisch.

»Aber das bleibt hier im Büro«, sagte Tilly. Blickte de Bodt streng an.

»Spätestens morgen steht es sowieso überall«, erwiderte Yussuf.

Und erntete einen finsteren Blick des Kriminalrats.

De Bodts Handy vibrierte. »Ich verbinde mit dem Innensenator«, sagte eine Frau.

»Guten Tag, Herr Hauptkommissar.« Als de Bodt nichts erwiderte: »Sie liegen diesmal so richtig daneben. Wir haben die erste Forderung der Entführer. Sie wollen, dass Wedenstein entlassen wird. Wie ich hörte, ist das ja Ihr spezieller Kunde.«

»Erste Forderung?«

»Weitere sind angekündigt. Salamitaktik.«

»Sehr schlau«, sagte de Bodt. »Das dicke Ding kommt noch.«

»Ich finde den Fall Wedenstein schon dick genug.«

»Was haben Sie vor? Wollen Sie ihn entlassen?«

»Haben wir die Wahl?«

»Natürlich. Aber die zweite Möglichkeit trauen Sie sich nicht.«

»Wie bitte?« Klang wie: Was nehmen Sie sich raus?

»Wir sollten denen mitteilen, dass wir die Forderung erfüllen werden, sobald die alle Forderungen nennen. Sonst machen die uns fertig. Stück für Stück.«

»Hm. Ich weiß nicht. Und wenn die der Kanzlerin einen Finger ihres Gatten schicken?«

»Sie sollten es mit der Kanzlerin besprechen. Wenn sie dagegen ist, kann sie auch gleich zurücktreten.«

Schweigen.

»Eine Kanzlerin, die zum Spielball von Gangstern wird …«

»Natürlich.«

10.

»Wollen Sie sich von mir verabschieden? Das ist ja nett«, sagte Bob alias Wedenstein. Er beglotzte Salinger, wie immer. »Ich hab mir Ihr Bild eingeprägt, so ging es leichter.«

»Scheißkerl!«, erwiderte Salinger.

Sie saß Bob gegenüber. De Bodt schaute aus dem vergitterten Fenster des Besucherzimmers.

»Ich hab mir immer vorgestellt, Sie würden merken, dass ich der Richtige für Sie bin.«

»Wir klären das noch, okay?« Sie klopfte auf das leere Pistolenholster am Gürtel.

»Hätte nicht gedacht, dass Sie einen Hang zur Gewalt haben.«

»Da können Sie mal sehen.«

»Genug Süßholz geraspelt«, sagte de Bodt. »Woher wissen Sie, dass Sie freikommen?«

»Ein Vögelchen hat …«

»Wenn wir Sie wieder einfangen, kommen Sie nicht mehr aus dem Knast raus«, sagte de Bodt. »Sie werden in einer armseligen Zelle oder auf einer beschissenen Krankenstation verrecken. Nicht mal ich werde Sie noch besuchen …«

»Aber vielleicht Ihre …«

»Halten Sie das Maul«, sagte Salinger. Cool, wenigstens äußerlich.

»Sie hängen mit drin in dem Erpressungsfall«, sagte de Bodt. »Das wird teuer.« Er blickte aus dem Fenster. Durch Gitterstangen gesiebte Wirklichkeit. Zumindest deren Anschein. Warum wollten die Entführer Bob rausholen? Beim letzten Mal war es ein Ausbruch gewesen, mit brutaler Gewalt. Er erinnerte sich an den Justizbeamten, der neben ihm erschossen worden war. Und schluckte, weil sein Magen sich auch erinnerte. Bob hatte in der Szene einen sagenhaften Ruf. Immer noch. Obwohl ihm ein rachsüchtiger Tourist ein Auge weggeschossen hatte, obwohl er im Rollstuhl saß. Aber sein Hirn arbeitete. Er war immer ein Organisator gewesen. De Bodt wandte sich Bob zu. »Sie könnten den großen Preis gewinnen. Wir haben gerade so was wie eine Staatskrise …«

»Ich weiß.« Bob lächelte.

»Wenn Sie uns Hinweise geben … und ein Geständnis … die Dankbarkeit der Regierung würde Sie geradezu ersticken.«

»Die würde mich glatt laufen lassen, nach einem Anstands-Vierteljahr für die Medien, versteht sich.«

»Könnte ich mir vorstellen«, sagte de Bodt.

»Ich verlasse dieses Hotel aber schon morgen.«

»Wenn Sie für uns arbeiten …«, sagte de Bodt.

»Spricht mich der Papst heilig«, erwiderte Bob. »Das klappt ja auch bei Leichen.«

»Wann genau haben Sie erfahren, dass Sie rauskommen?«, fragte Salinger.

»Tja«, sagte Bob.

Der Direktor der JVA Tegel verbarg seinen Ärger nicht. »Sind Sie etwa nicht sauer?«

De Bodt saß ihm gegenüber. »Doch. Aber das ändert nichts. Ich möchte alles wissen. Über alles, was Wedenstein im Knast getrieben hat. Wo hat er gearbeitet? Mit wem hatte er Kontakt? Was hat er gelesen?«

Der Direktor nickte. »Er gehört zu den wenigen, die Bücher geradezu verschlingen.« Er kramte in einer Mappe. Zog ein Blatt Papier heraus. Gab es de Bodt. »Ich mach Ihnen eine Kopie.«

De Bodt überflog die Liste. Ein paar Krimis. Ein Fachbuch der Ornithologie. *Lehrbuch der Toxikologie.* De Bodt tippte darauf.

»Nichts Besonderes«, sagte der Direktor. »Das befriedigt vermutlich Rachefantasien.«

»Warum steht so was in der Gefängnisbibliothek?«, fragte Salinger.

»Eine Bücherspende.«

»Von wem?«

»Anonym«, sagte der Direktor. »Wir haben die Sendung gesiebt, nichts Strafbares. Vielleicht hatte jemand ein schlechtes Gewissen. Das Gewissen geht oft krumme Wege.«

»Das Buch möchte ich haben«, sagte de Bodt.

Der Direktor gab es ihm.

»Hatte Wedenstein Besuch?«, fragte Salinger.

»Ich glaube nicht. Ich schau mal nach, sicherheitshalber.« Er wackelte mit der Maus, um den PC aufzuwecken. Schüttelte den Kopf. »Doch, doch … er hatte Besuch.«

»Von wem?«, fragte de Bodt.

»Bengt Komani«, sagte der Direktor.

»Verwandt?«, fragte Salinger.

»Onkel.«

»Wer hatte Dienst an der Pforte? Wer hat diesen Komani reingelassen?«

»Ich ruf den Kollegen«, sagte der Direktor.

Es erschien ein untersetzter Mann in Uniform. »Komani, Komani … Ja, ich erinnere mich.«

»Laut Unterlagen hatte er einen polnischen Pass.«

»Er sprach auch so wie ein Pole.«

»Woher wissen Sie das?«, fragte de Bodt.

»Es gibt genug Polen in Berlin …«

»Woher wissen Sie, dass es Polen waren, die Sie gehört haben?«

Der JVA-Beamte schwieg. Schweißperlen auf der Stirn.

»Könnte es nicht auch ein Tscheche gewesen sein? Oder ein Russe?«

11.

Im *Café Eliza* in der Sorauer Straße in Kreuzberg.

»Machst du gleich zu?« Salinger blickte auf ihre Uhr. Draußen war es schon dunkel. Es hatte geregnet und nach Schnee gerochen.

»Keine Sorge«, sagte Anne. »Ich muss noch backen. Seid ihr vollständig?«

Sie nickten.

Anne schloss ab. »Sonst bricht hier das Chaos aus.« Sie blickte de Bodt an. »Ihr bedient euch selbst. Wer kann mit der Kaffeemaschine umgehen?«

Yussuf streckte den Finger wie ein Pennäler.

»Hätt ich mir denken können. Wenn der die Maschine zerstört hat, ich bin in der Küche.« Anne verschwand hinter der Tür am Tresen.

»Bösartig, die Frau«, sagte Yussuf.

»Als Café-Besitzerin lernt man die Menschen kennen. Die weiß, was sie von dir zu erwarten hat«, sagte Salinger.

De Bodt blätterte im *Lehrbuch der Toxikologie.* »Schade, er hat nichts angestrichen. Aber diese Seite hat er sich womöglich ein paarmal angesehen. Oder er hatte bei dem einen Mal die Hände nicht gewaschen. Und die Ecke oben hat jemand geknickt, um die Stelle gleich zu finden. Ich mach das auch immer so.« Er zeigte Salinger die Seite.

»Botulinumtoxin«, sagte sie. »Muss ich das kennen?«

»Wenn du das übelste Gift der Welt suchst …« Er überlegte, aber er fand keinen Sinn. »Die Kanzlerin muss zurücktreten«, sagte de Bodt. »Aber das ändert nicht viel. Deswegen werden die den Süß nicht freilassen. Wenn ich die wäre, dann würde ich als Nächstes fordern, dass sie im Amt bleibt.« Er überlegte kurz. »Das werden sie tun. So weit kenne ich die schon.«

»Hellseherei finde ich nur begrenzt unterhaltsam«, sagte Salinger.

De Bodt schien es nicht zu hören. Yussuf misshandelte die Kaffeemaschine hinterm Tresen. Dennoch begann sie brav zu zischen und zu brubbeln.

De Bodt goss grünen Tee, dritter Aufguss, in seine Tasse. »Wie könnte man eine Regierung am besten erpressen?«, fragte er mehr sich selbst. »Die sind genial, die machen das häppchenweise. Wenn die auf einen Schlag mit einer Forderungsliste kämen, müsste die Regierung ablehnen. Wenn sie überleben will. Aber so, Salamischeibe für Salamischeibe, das ist psychologisch geschickt. Die schieben die Grenze des Erträglichen immer weiter hinaus.«

Yussuf servierte Salinger einen Cappuccino. Blieb stehen, streckte die Hand vor. »Anständige Leute geben Trinkgeld.«

Salinger legte eine Ein-Cent-Münze in die Hand. »Und Bob, das Arschloch … äh, Entschuldigung … dein bester Freund?«

»Der hat das vielleicht organisiert.«

»Im Knast?«

»Warum nicht? Vergiss Herrn Komani nicht. Läuft die Anfrage an die polnischen Kollegen?«

»Klar«, sagte Yussuf. »Ich wette, den gibt's nicht. Jedenfalls nicht in Polen.« Er stellte einen Espresso auf den Tisch. Setzte sich. »Und wenn es das große Ablenkungsmanöver ist? Jeder weiß, dass unser Freund in Tegel einsitzt. Dass er schon mal abgehauen ist. Die Bob-Spur führt zu Söldnern, Profikillern, sofern es da einen Unterschied gibt.«

De Bodt nickte. »Möglich. Die sind schlau. Den Mann der Kanzlerin zu entführen ist eine geniale Idee. Besser, als sich die Kanzlerin zu schnappen. Zumal die gut bewacht wird.« Er hatte das Genörgel des Verfassungsschutzes im Kopf: »Leichtfertig, den Mann allein fahren zu lassen.« Die Entführer waren dem Professor gefolgt. Hatten einen Unfall vorgetäuscht. Auf der B96a, Nordrichtung, kurz vor der Abfahrt nach Blankenfelde. Als der Benz des Professors anhielt, bedrohte ein Mann Süß mit einer Maschinenpistole. Der öffnete die Türen. Zwei Typen setzten sich in den Wagen. Zwangen den Professor, mit Vollgas zu verschwinden. Der Lieferwagen reparierte sich in Windeseile selbst. Und fuhr weg. Sie waren vermutlich zu dritt gewesen. Nur zu dritt. Das hatten Zeugenaussagen ergeben. Das war aber auch alles, was die Behörden wussten. Sie hatten kein Kennzeichen, nicht mal die Farbe des Lieferwagens war bekannt. Blau oder schwarz. Inzwischen vermutlich Ferrari-Rot oder abgefackelt.

»Die haben Angst um ihre Karriere. Trauen sich nicht, der Kanzlerin ins Gesicht zu sagen, dass sie nichts wissen. Dazu hätte ein Satz genügt.« Er ärgerte sich immer noch über die Verrenkungen der Bürohengste. Was die so alles ermitteln wollten. MI5, MI6, NSA, CIA, RG. Die Abkürzungen waren durch den Raum geflattert wie hysterische Sperlinge. Die Kanzlerin hatte genickt und geschwiegen. »Die Entführer werden sich nicht lange darauf verlassen, dass sie einen Trumpf in der Hand haben. Die planen das ganz große Ding. Wenn ich die wäre, ich würde nachlegen.«

»Du solltest die Seite wechseln. Also, ich wär dabei«, sagte Yussuf. »Kohle satt, kein Tilly. Super!«

»Wundert mich nicht«, sagte Salinger. »Die *werden* nachlegen.«

»Wir sind erst am Anfang«, sagte de Bodt.

12.

»Wir sind erst am Anfang«, wiederholte er am Abend im provisorischen Kanzleramt in der Julius-Leber-Kaserne. Die Kanzlerin war grau im Gesicht. Aber sie beherrschte sich. »Ich werde zurücktreten müssen. Dann läuft das ins Leere.«

»Dann werden die Ihren Mann umbringen«, sagte de Bodt. »Hat hier jemand Kontakt zu den Entführern?«

Tilly sagte leise: »Ich.«

»Und warum verraten Sie mir das nicht?«

»Ich sollte es geheim halten.«

»Aber doch nicht vor den eigenen Leuten«, sagte der Polizeipräsident. Schüttelte den Kopf. »Ich habe Ihnen doch gesagt, Sie sollen Ihre besten Leute einbeziehen …«

»Das habe ich …«

De Bodt grinste. Krüger also. »Ich bin sicher, dass der Herr Kriminalrat mich bald dazugeholt hätte«, sagte de Bodt.

Ein dankbarer Blick von Tilly.

Der Polizeipräsident hob die Brauen.

»Wir sind erst am Anfang, das haben Sie gesagt«, wiederholte die Kanzlerin.

»Wenn die Sie angreifen, müssen die damit rechnen, dass etwas schiefgeht. Vielleicht treten Sie trotzdem zurück. Vielleicht wird Ihr Mann getötet. Dann hätten die Entführer aber nichts mehr in der Hand und alle Behörden Deutschlands am Hals.«

»Herr Hauptkommissar, ich bitte Sie!«, bellte der Innensenator.

»Nein, nein!«, sagte die Kanzlerin. »Hier muss alles auf den Tisch. Ich finde den Gedanken von Herrn de Bodt gar nicht abwegig. Wir müssen wie die Entführer denken. Es versuchen. Schonen Sie mich nicht.« Sie hustete. »Was erwarten Sie also, Herr de Bodt?«

»Ich erwarte, dass diese Leute es nicht bei der Entführung belassen. Sie werden uns bald beweisen, wie ernst sie es meinen. Und was sie wirklich wollen.«

13.

Süß saß im Keller. Auf einem Campingstuhl. Auf dem Boden stand eine Wasserflasche. Daneben ein Plastikteller mit Pumpernickel, Margarine, Scheibenwurst und Käse. Löffel, Gabel, Messer aus Plastik. An der Decke funzelte eine Fünfundzwanzig-Watt-Birne. Fenster gab es nicht. Die Tür war aus Stahl. Von außen verriegelt. Süß hatte das Schleifgeräusch erst nicht einordnen können. Bis er begriff, dass die einen Riegel vorschoben. Nie zuvor hatte er sich mieser gefühlt. Die Typen hatten die Entführung routiniert durchgezogen. Sein Hirn hatte jeden Gedanken verweigert. Er war willenlos gewesen. Sie waren zu dritt. Er hatte nicht den Hauch einer Chance gegen die gehabt. Sich nicht gewehrt. Einer hatte den Transporter weggefahren. Zwei waren in seinen Wagen gestiegen. Hatten ihn in ein Waldstück gelotst. Dort musste Süß aussteigen. Sie fesselten ihn, stülpten ihm eine Kapuze über. Legten ihn in den Kofferraum. Sie waren lange gefahren, mindestens eine Stunde. Zeitweise auf der Autobahn. Er hatte bald die Orientierung verloren. Sie hatten ihn aus dem Kofferraum gehoben und auf die Füße gestellt. Einer stützte ihn, während sie gingen. Sie betraten ein Haus. Es roch modrig. Sie führten ihn zu einer Tür. Die öffnete sich. Der Typ sagte: »Vorsicht, Stufen!« Süß tastete mit seinen Füßen. Die Entführer drängten ihn nicht. Die hatten sowieso die Ruhe weg. Sie wollten ihn nicht demütigen. Die machten ihre Arbeit. Sachlich.

Im Kellerraum zogen sie Süß die Kapuze vom Kopf. Er blinzelte. Zwei Entführer, sie trugen Sturmhauben. Sie hatten beide blaue Augen. Es roch schimmlig. Schwarze Flecken an der Decke. An der Rückwand lag eine Matratze auf dem Boden.

»Wenn Ihre Frau mitspielt, können Sie bald wieder im *Adlon* speisen«, sagte einer. Klopfte Süß auf die Schulter. »Wird schon klappen.«

Sie schlossen die Tür von außen. Süß setzte sich auf den Stuhl. Du musst stark sein. Du musst durchhalten. Sie holt dich raus. Bestimmt. Wenn du dich auf einen Menschen verlassen kannst, dann auf sie. Er wiederholte es: Du kannst dich auf sie verlassen. Du kannst dich auf sie verlassen. In seinem Hirn stand plötzlich *Staatsräson.* Was war sein Leben schon wert? Den Entführern ging es nicht um ein paar Millionen. Die Kanzlerin war nicht reich. Denen ging es um was Politisches. Er zwang sich, alle Varianten zu überlegen, die ihm einfielen. Auch die, welche ihm Angst machten. Dann starrte er die Tür an. Er würde sich nicht selbst befreien können. Selbst wenn er den Raum verlassen könnte, sie würden ihn nicht laufen lassen. Keinen Gedanken daran verschwenden.

Er blickte sich um. Dann kam es über ihn. Das Weinen.

14.

Sie hatten den Knasteingang im Blick. Die Tür öffnete sich pünktlich. Zehn Uhr. Bob erwartete ein Graupelschauer. Salinger schaltete die Scheibenwischer ein.

»Der weiß doch, dass ihm jemand folgt«, hatte sie gemeckert. »Reine Zeitverschwendung.«

»Gewiss, aber manchmal machen Leute Fehler.« Er murmelte: »Durch Fehler und Verirrungen, durch Erziehung, Not und Übung sucht jeder Sterbliche dies Ebenmaß seiner Kräfte, weil in solchem allein der vollste Genuss seines Daseins lieget; nur wenige Glückliche aber erreichen es auf die reinste, schönste Weise.«

»Sag bloß, du hast gerade zugegeben, dass sogar du Fehler machst?«

Bob wartete vor dem Eingang. Im Rollstuhl. Der Graupel schien ihm nichts auszumachen.

»Du unterschätzt den Irrtum. Nur durch ihn nähern wir uns der Wahrheit.«

»Das wird immer schlimmer. Willst du nur noch in Zitaten sprechen? Das würde mich dann doch nerven.«

»Schon wieder ein Irrtum. Nur der erste Satz ist ein Zitat, von Herder übrigens, wenn dir der was sagt.«

Bob schaute ungeduldig in beide Straßenrichtungen.

»Der Arme, der kriegt noch einen Schnupfen.«

»Man kann sich nicht mal mehr auf Killerkumpel verlassen«, sagte de Bodt. »So weit ist es gekommen.«

»Wir könnten ihm ja meine Fahrdienste anbieten.«

»Du stehst doch auf den. Ferkelfresse mit einem Auge. Hat nicht jeder.«

»Jetzt werd nicht eifersüchtig«, konterte Salinger.

Ein Passat-Kombi näherte sich aus der anderen Richtung. Hielt, Bob wuchtete sich ins Auto. Der Fahrer hantierte ungeschickt mit dem Rollstuhl, bis er ihn endlich zusammengeklappt auf die Ladefläche geschoben hatte. Der Wagen fuhr weiter. Salinger und de Bodt duckten sich.

»Wir sollten besser Liebespaar spielen«, sagte Salinger.

»Wir sollten dem besser folgen.«

»Du bist so romantisch wie meine Waschmaschine.« Sie wendete mit quietschenden Reifen. Handelte sich ein Hupen ein. Gab Gas, bis der Volkswagen dreihundert Meter vor ihnen war.

Ein Roller überholte sie.

»Hoffentlich fällt der nicht auf die Schnauze«, sagte Salinger. »Graupel und jugendlicher Leichtsinn.«

»Ali kriegt das hin«, sagte de Bodt.

Yussuf klemmte sich an den Passat. Salinger ließ sich ein Stück zurückfallen.

»Die fahren zum Flughafen Tegel. Lass uns einen anderen Weg nehmen. Und dann Vollgas!«

»Okay, Boss!«

Sie bog rechts ab in eine Seitenstraße. Setzte das Blaulicht aufs Dach und schaltete die Sirene ein. Beschleunigte. De Bodt kam sich vor wie in einem Arcade-Spiel. Wo es Fallgruben gab und Gespenster, die einen fressen wollten. Und man um sein Leben hüpfen musste.

Salinger hätte fast ein Taxi gerammt. Sie ließ die Hand auf der Hupe. Der Taxifahrer zeigte den Mittelfinger und schrie irgendwas.

Sie gab Gas.

»Es geht nach Tegel, Flughafen«, sagte Yussufs Stimme aus dem Lautsprecher.

Salinger grinste.

Am Flughafen jagte sie den Wagen die Auffahrt hoch. *Departures/ Abflüge,* sagte das Schild. Oben stellte sie sich auf die Taxispur.

»Die haben den Flughafen erreicht«, sagte Yussuf.

»Richtung *Abflüge?*«

»Also, der will nicht seine Großmama vom Flughafen abholen. Oder den Herrn Komani, den niemand in Polen kennt.« Die Polizei in Warschau hatte schnell reagiert.

»Hätte ich nie gedacht, wo der doch so an seiner Omi hängt«, erwiderte Salinger.

»Menschenkenntnis war nie deine Stärke«, sagte Yussuf. »Der hält auf der zweiten Spur, Bob stemmt sich gerade raus. Mann, hat der es eilig. Ich bleib dran.«

Bob hatte Yussuf kaum gesehen. Das war ein Vorteil. Aber allein riskierte er es, Bob zu verlieren oder ihn auf sich aufmerksam zu machen.

Yussufs Stimme im Ohr. »Gate A10 scheint's zu werden. Paris.«

De Bodt rief Lebranc an, den Kollegen aus Paris. »Hallo«, sagte der fröhlich. »Schön, von Ihnen zu hören. Wie kann ich Ihnen helfen?«

»Sie kennen Wedenstein. Der wird in gut zwei Stunden auf dem Flughafen Charles de Gaulle landen. Ich muss wissen, wo der hinwill«, sagte de Bodt.

»Schicken Sie bitte ein aktuelles Foto auf mein Handy. Ich melde mich.«

15.

»Läuft gut«, sagte Charles. Dirigierte das Orchester. *Rheingold.* Laut. Er liebte Wagner-Opern.

»Bisher«, erwiderte Cathy.

»Immer Zweifel.« Er lachte.

»Wotan wird bald eintreffen.«

»Ihr habt an alles gedacht?«

»Blöde Frage.«

»Pardon. Ich wittere Fehler, bevor sie passieren. Manchmal auch, wo es keine geben wird.«

»Ich weiß.« Sie waren alle angespannt. »Warten nervt.«

»Schritt zwei: alles fertig?«

»Es funktioniert.« Das hatte sie ihm schon erklärt. Aber seine Anspannung zeigte sich eben so. Sie kannte das. Es gab Schlimmeres. Man konnte Operationen nicht gründlich genug planen. Wenn Bob alias Wotan eintraf, würden sie ihm den Verlauf erklären. Wotan fand bestimmt Lücken im Plan. Dafür hatten sie ihn geholt. Er war ein Organisationsgenie.

16.

Tilly auf dem Handy. De Bodt drückte ihn weg. Der Baulärm ließ seinen Schreibtisch vibrieren. Er wartete auf Lebrancs Anruf.

Eine SMS. Seit wann verschickte Tilly SMS? *Die Leiche aus dem Landwehrkanal ist die russische Kulturattachée. Sie übernehmen.*

De Bodt las die SMS vor.

»Bob verfolgen, die Kanzlerin beraten und jetzt noch die Wasserleiche«, sagte Salinger.

»Letztere, weil unser Häuptling diese tolle Russen-Connection hat«, sagte Yussuf.

»Ich weiß schon, wer jetzt wieder auftaucht«, sagte Salinger. Verzog das Gesicht, als hätte sie einen Suppenlöffel mit Zitronensäure und Tabasco geschluckt.

De Bodt grinste. »Vielleicht ist es kein Zufall, dass die Leiche gerade jetzt auftaucht. Vielleicht ist es einer. Vielleicht hat ihr Tod einen privaten Grund …« Er erhob sich.

Fuhr zur Zander. Die saß an ihrem Schreibtisch vor dem Monstrum, das sie *Kaffeemaschine* nannte. »Wollen Sie einen?«

Natürlich wollte er. Schon weil das die Laune der Zander auf der nach oben offenen Zander-Stimmungsskala in die Höhe schnellen ließ, so wie das bei Normalsterblichen nur ein Lottogewinn vermochte. »Sie können ja Erste Hilfe.« Blickte auf den Apparat, der zu dampfen und zischen anfing.

»Meine Leichen brauchen die nicht mehr. Habe ich vor hundert Jahren über mich ergehen lassen, als die mir den Führerschein geschenkt haben. Leichtsinnigerweise.«

»Sie ließen mich hier verenden, wenn Ihr Monstrum explodierte?«

»Ich kann mich nicht auch noch mit den Lebenden befassen. Gehört nicht zur Arbeitsplatzbeschreibung.«

»Gut zu wissen.«

Sie servierte die Espressotasse mit Grandezza. »Sehen Sie, war doch gar nicht so schlimm.«

»Ihre Leiche aus dem Landwehrkanal ist der russische Kulturattaché ...«

»Die Kulturattachée!«

»Das erste Opfer des Genderns ist die Sprache.«

»Sie sind ein Reaktionär.«

»Wenn Sie es sagen.«

»Die Frau war attraktiv. Jetzt sieht sie aus wie ein Engerling.«

»Ermordet?«

»Weiß ich noch nicht.«

»Keine sichtbaren Spuren?«

»Sieht so aus, als wäre sie in den Landwehrkanal gesprungen, ein fröhlich Lied auf den Lippen.«

»Wie bitte?«

»Sie macht einen entspannten Eindruck. Zufrieden.«

»Schön, dass Ihre Leiche zufrieden ist.«

»Wundert Sie das? Sie sehnen sich insgeheim doch auch nach meinem Seziertisch.«

»Wenn Sie es sagen.« Er trank vom Espresso. »Haben Sie eine neue Bohnensorte?«

»Sie sind der Erste, der es merkt.«

»Bei Teetrinkern sind die Geschmacksnerven nicht dauerkomatös.«

»Das ist Unsinn, wenigstens sprachlich. Ein Koma dauert, sonst wäre es keines.«

Das Zweite, was die Zander aufmunterte. Dass sie einen verbessern konnte. De Bodt grinste innerlich. Trank die Tasse leer.

»Kommen Sie, ich zeig sie Ihnen.«

Der Vergleich mit einem Engerling war nicht schlecht. Aber ungerecht. Die Frau hatte Sport gemacht. Sie hatte straffe Muskeln, war schlank. Und zugenäht. De Bodt schmeckte das Bittere, als es aufstieß. Er hätte den Espresso nicht trinken sollen.

»Haben Sie die Organe schon untersucht?«

»Daran sind wir gerade.«

»Die ist nicht von allein gesprungen«, sagte de Bodt.

»Wie kommen Sie darauf?«

»Bei dieser Kälte wäre es die elendste Methode, sich umzubringen.« Er nahm eine Hand der Leiche und strich über die Haut. Von den Fingern bis zur Achsel. Wiederholte es mit der anderen Hand. Dann von den Zehen bis zur Scham. Beim zweiten Bein blieb seine Hand stehen. Er betastete eine Stelle. »Sehen Sie die Rötung?«

»Ich bin doch nicht blind. Insektenstich oder so was.«

»Hatten Sie im Februar schon mal einen Insektenstich?«

»Ja, auf Madagaskar …« Sie schlug sich mit der Hand gegen die Stirn. Schob de Bodt zur Seite. Betastete die Stelle knapp über dem Knöchel. Holte eine Lupe.

»Mist«, sagte sie endlich. »Erzählen Sie es nicht weiter.«

17.

Sie hatte nicht gefragt, sondern ihre Sachen gepackt. Also hatte Merkow einen zweiten Flugschein bestellt. Einen Oberst des Sicherheitsdienstes fragte niemand, warum. Als sie zum Flughafen fuhren, sagte Katt: »Bestimmt treffen wir die dumme Ziege wieder. Und deinen arroganten Freund.«

»Bestimmt«, sagte Merkow. Er hatte in der Nacht die Akte Nadia Kumanowas gelesen. Die Informationen von Kriminalrat Tilly. Womöglich Selbsttötung. Im eisigen Wasser des Landwehrkanals. Kumanowa war eine erstklassige Schwimmerin gewesen. Als Studentin hatte sie bei den Moskauer Stadtmeisterschaften den vierten Platz belegt. Freistil. Ertränkte sich so jemand? Merkow hatte den Kopf geschüttelt. Das FSB beschrieb ihr Familienleben als harmonisch. Ihr Mann arbeitete im Finanzministerium als Abteilungsleiter. Hatte ausgezeichnete Zeugnisse seiner Vorgesetzten. War Mitglied in der Partei des Präsidenten. Hatte seine Frau an verlängerten Wochenenden in Berlin besucht. Im letzten Jahr siebenmal. Kumanowa war alle paar Wochen nach Jasenowo gereist, um zu berichten. Dem SWR, dem Auslandsgeheimdienst, dessen Berliner *Rezidentura* sie leitete. Bestimmt war ihr Mann stolz auf sie. Dass eine Frau eine *Rezidentura* in einem wichtigen NATO-Land leitete, war ungewöhnlich. Geheimdienst war eine Männerdomäne. Nach wie vor.

Merkow hielt es für wahrscheinlich, dass sie umgebracht wurde. Von wem? Die Amerikaner machten so was nicht mehr. Nicht in Europa. Vielleicht einer aus der syrischen Opposition, der ein Zeichen setzen wollte? Aber bisher gab es kein Bekennerschreiben. Der General hatte Merkow befohlen zu verhindern, dass weitere Funktionäre getötet wurden. »Vielleicht ist das der Auftakt eines Feldzugs gegen uns.« Er hatte Merkow angeblickt. »Natürlich haben wir uns beim deutschen Botschafter beschwert. Aber das braucht Sie nicht zu stören. Ermitteln Sie die Täter.« Der General war sich sicher, dass es keine Selbsttötung war. Wo kämen wir hin, wenn Tschekisten sich umbrachten?

18.

Am Abend die Runde im provisorischen Kanzleramt. Noch war nichts an die Medien gedrungen. Der Innenminister lachte verklemmt. Wie immer, wenn er ahnte, dass er Quatsch redete. Aber er musste doch was sagen. Das Lachen verging ihm schlagartig, als die Kanzlerin Kopien in die Runde gab.

Entlassen Sie den Innenminister.

Beigefügt ein Foto. Süß mit der *Berliner Zeitung* vom Tag.

»Die Schweine«, sagte der Innenminister. »Die wollen uns wehrlos machen. Als Nächste ist die Verteidigungsministerin dran.«

»Was bedeutet das?«, fragte der BND.

»Von Ihnen erwarte ich keine Fragen, sondern Antworten«, sagte die Kanzlerin. »Haben Sie etwas herausgefunden? Oder der Verfassungsschutz?«

»Wir haben alle Quellen abgefragt, haben die Telekommunikationsüberwachung verstärkt, haben die Partnerdienste dringend gebeten …« Der BND schnäuzte sich.

»Aber Sie haben denen hoffentlich nicht gesagt, worum es geht …«

»Nein, wir haben die Möglichkeit angedeutet, dass jemand … eventuell plant, die Bundesregierung oder eine Bundesbehörde zu erpressen.«

Die Kanzlerin nickte. »Irgendwann steht es sowieso in der Zeitung.« Resignierend.

»Vielleicht wäre das gar nicht schlecht«, sagte de Bodt.

»Sie haben Nerven«, erwiderte der Innensenator. »Also echt.«

»Doch liegt Geistesgröße und Würde darin, dass man schweigend und gelassen das Unvermeidliche trägt, in melancholischer Ruhe«, sagte de Bodt.

Ein Lächeln huschte der Kanzlerin übers Gesicht. Tatsächlich.

»Reden Sie nicht so geschwollen daher«, sagte der Innenminister.

»Das stammt von Schopenhauer, ein ausgezeichneter Stilist, wenn ich das anfügen darf.«

Schweigen. Giftige Sekunden.

»Wenden wir uns wieder den ernsten Dingen zu«, sagte der Staatsminister.

»Wir sind mittendrin«, sagte die Kanzlerin. »Der Herr Hauptkommissar hat recht. Wir werden heute Abend noch eine Presseerklärung veröffentlichen. Dass jemand versucht, das Kanzleramt zu erpressen. Dass wir leider keine weiteren Erklärungen abgeben können, weil das die Ermittlungen stören würde. So etwa. Sind Sie zufrieden?« Blickte de Bodt an.

»Wenn es nach mir ginge, könnten wir alles veröffentlichen, was wir wissen«, sagte der.

»Also bitte«, sagte der Innensenator. »Wir können ja gleich unsere Ermittlungsakten ins Internet stellen …«

»Die Blamage sollten Sie sich ersparen«, sagte de Bodt. »Ich habe noch einen Punkt«, fügte er an, während die anderen die Artillerie in Stellung brachten, um den Quälgeist auszulöschen.

»Ja?«, fragte die Kanzlerin.

»Die russische Kulturattachée …«

»Deren Leiche die Luxemburg mimte?«, fragte der Verfassungsschutz.

De Bodt ließ sich nicht verwirren. »Sie wurde offenbar umgebracht. Per Injektion, nehme ich an.«

Schweigen. Dann der Innensenator: »Wie bitte? Haben Sie Beweise?«

»Dr. Zander hat sie. Die Rechtsmedizinerin. Kurz vor ihrem Tod hat jemand der Frau etwas gespritzt.«

»Aber Sie haben uns doch mitgeteilt …«

»Ich habe Ihnen gar nichts mitgeteilt.«

»Da gab es wohl einen Kommunikationsfehler. Im vorläufigen Bericht der Rechtsmedizin war von einer Spritze nicht die Rede«, sagte Tilly. Roter Kopf.

»Das Bundespresseamt hat … Druck gemacht«, sagte de Bodt. »Die brauchten eine natürliche Todesursache, worunter die ersichtlich auch Selbsttötung verstehen.« De Bodt sah noch den Regierungssprecher, wie er im Fernsehen herumeierte. Delikat, delikat. Das Verhältnis zu Moskau ist unterirdisch. Bloß kein Öl ins Feuer. Am liebsten wäre denen im BPA, wenn die Dame sich aus Liebeskummer ertränkt hätte. Romantisch, die Russen. Schwermütig. Eine Spritze war das Unromantischste, was es gab.

»Überdosis, das wird es sein.« Verzweiflung wandelte sich in Hoffnung, indem sie Tatsachen unterschlug. Der Polizeipräsident wiederholte es.

»Vielleicht fragen Sie Frau Dr. Zander«, sagte de Bodt. »Soweit ich unterrichtet bin, hat sie nichts gefunden, das auf Drogen hindeutet. Sie hat überhaupt nichts gefunden. Die Frau trieb Sport, wenig Alkohol, womöglich gar keinen. Sie war zweiundvierzig und von bester Gesundheit.« Die Zander hatte ihm den Bericht eine Stunde vor der Konferenz bei der Kanzlerin gemailt.

Schweigen.

»So eine Scheiße«, sagte der Innenminister. Er fixierte de Bodt. Der hatte seinen Vorgänger zum Rücktritt gezwungen. Aus Gesundheitsgründen. Und jetzt nervte er schon wieder. Den hatte die Kanzlerin nur zu diesen Konferenzen geladen, um ihn zu ärgern. Er hatte ausgeteilt. Obergrenze, Obergrenze, ganz wie der Vorgänger. Und sie zahlte es ihm heim. Ohne Brimborium, aber umso schmerzhafter.

»Wir müssen also von einem Mordanschlag ausgehen?«, fragte die Kanzlerin.

»Ich gehe davon aus.«

Tilly schüttelte den Kopf.

»Das ist eine Moskauer Spezialität, die Spritze, nicht wahr?«

De Bodt nickte. »Dazu zählt auch, dass wir das Gift nicht finden werden. Es gibt Gifte, die schon nach vierundzwanzig Stunden nicht mehr nachweisbar sind.«

»Der Russe mordet doch gern mit Giften wie Nowitschok, Thallium oder Polonium«, sagte der Innenminister.

»Wenn die wollen, dass der Urheber bekannt wird, um Angst und Schrecken zu verbreiten. Wenn die es nicht wollen, nehmen sie was anderes«, erwiderte de Bodt.

»Sie Schlaumeier«, brabbelte der Minister. »Die hätten die doch nach Moskau zurückrufen können. Dann ein Prozess wegen Steuerbetrugs und Amtsverletzung, zack ins Arbeitslager.«

»Sie sollten Putin beraten«, sagte de Bodt. »Sie mögen ihn ja.«

»Was erlaubt sich …«

Die Kanzlerin legte ihre Hand auf des Ministers Arm.

»Ist doch wahr«, maulte der. »Ich muss mich doch nicht von einem …«

»Herr de Bodt, wir wollen doch sachlich bleiben, ja?«

De Bodt nickte. Das musste zwar gesagt werden, war aber die falsche Gelegenheit gewesen. Fragte sich nur, ob die richtige jemals gekommen wäre.

19.

Am Morgen war der Teufel los. Beim Frühstück gab es kein anderes Thema im Radio. Die Experten in Serie. Terroristen waren am Werk. In der U-Bahn war es still. Die Leute lasen Zeitung oder begafften ihre Handys. »Mein Gott«, stöhnte die Frau, die neben de Bodt saß. Er war der Einzige, der nicht las. Blickte sich um. Die Leute schienen eingeschüchtert. Wenn es den Mann der Kanzlerin erwischte, wer und was waren dann noch sicher? Und da war ja auch der Stromausfall.

Am Wittenbergplatz waren die Leute wie gelähmt. Wo sie sonst eilten, zur Arbeit, zu ihren Einkäufen, schlichen sie. Als hätten sie keine Ziele mehr. Blieben stehen. Wildfremde redeten miteinander. So musste es am Vorabend eines Kriegs sein. De Bodt erinnerte sich der Bilder von den Tagen vor dem deutschen Überfall auf Polen. Als viele den Kopf hängen ließen, weil sie fürchteten, wie es enden würde. Fehlten nur die Zeitungsjungen, die ausschrien: *Ehemann der Kanzlerin entführt! Was fordern die Terroristen?*

»Schon gehört?«, fragte Salinger.

»Was?« Er setzte sich auf den Stuhl neben der Tür. Yussuf bearbeitete gerade de Bodts PC.

»Du hast doch selbst einen«, sagte Salinger. Schüttelte den Kopf. Zu de Bodt gewandt: »Was der Regierungssprecher von sich gegeben hat.«

»Nein.«

»Der redet von Terroristen. Und der Rechtsstaat lässt sich nicht erpressen.«

»Das haben die doch auch erzählt, als sie Geiseln in der Wüste befreit haben. Angeblich war kein Cent geflossen. War natürlich gelogen. Wenn dieser Typ das Maul aufmacht, kommen Lügen raus.« Yussufs Finger klapperten weiter, während er redete.

»Du solltest bei Pegida mitlaufen«, sagte Salinger.

»Würde ich ja gern. Spazieren gehen in der frischen Luft statt mich hier blöd anmachen zu lassen«, sagte Yussuf. »Aber als Türke …«

De Bodt rief Beate Kammer im Vorzimmer der Kanzlerin an. »Gibt es was Neues, das den Regierungssprecher von Terroristen reden lässt?«

»Also, ich weiß nichts. Vielleicht hat die Chefin inzwischen was erfahren.«

»Ob Sie bitte ausrichten, dass ich es für falsch halte, von Terroristen zu sprechen. Robert Wedenstein arbeitet nicht für Terroristen. Ein Hinweis, dass der Regierungssprecher sich irrt.«

Er hatte gerade aufgelegt, als Tilly anrief.

Kaum war de Bodt in Tillys Büro, wiederholte er seine Kritik. Fügte hinzu, dass das Terroristengerede die Leute nur noch mehr ängstige.

»Sie wollten doch, dass wir die Sache hinausposaunen.«

»Gewissheit macht weniger Angst als Ungewissheit.«

»Sie haben auch für jede Gelegenheit ein Zitat zur Hand?«

»Das stammt von mir und ist trotzdem wahr.«

Tillys Hintern polierte den Bürostuhl. »Die Telefone laufen heiß. Leute rufen an. Sie haben Angst. Viele haben irgendwas Verdächtiges gesehen. Das müssen wir jetzt abarbeiten. Sie wissen selbst, was dabei rauskommt.«

»Ich weiß, was garantiert rausgekommen wäre, wenn wir nichts gesagt hätten.«

Tillys Brauen wollten vom Gesicht abheben, landeten aber wieder in der Ausgangsstellung. »Ja, ja«, murmelte er. »Jetzt wird es schwierig mit einem Deal …«

»Die machen keine Deals.«

Tilly schüttelte den Kopf. »Was Sie mal wieder wissen.«

20.

Zu Hause schaltete de Bodt das Fernsehgerät ein. Der Innenminister lächelte verkrampft, als er seinen Rücktritt verkündete. »Ich übergebe den Staffelstab einem Jüngeren. Mein Alter und meine Gesundheit …«

Was einer so laberte, wenn er zum Abgang gezwungen wurde. Unter anderen Umständen hätte de Bodt sich gefreut. Aber es war die zweite Niederlage des Staats. Auch das hätte ihm nicht den Schlaf gekostet. Aber die Erpresser folgten einem Plan, den er nicht verstand. Welchen Sinn sollte das Spektakel haben? Was bedeutete es, dass die Bob herausgeholt hatten? Sein Hirn wälzte die Fragen hin und her.

Er rief Salinger an. Deren Stimme klang müde.

»Entschuldigung für die …«

»Ist schon gut. Es hat nur das Telefon geklingelt, während ich gepennt habe.«

»Wenn die Bob rausgeholt haben, um eine falsche Spur zu legen? Oder weil sie ihm das schuldig waren? Und Bob sonst keine Rolle für die spielt?«

Sie schwieg eine Weile. »Wie kommst du darauf?«

»Sie kochen die Regierung gar. Demütigen sie, indem sie erzwingen, dass der gefährlichste Verbrecher entlassen wird, der in Berlin einsitzt. Aber warum sollten Leute einen Organisator und Planer aus dem Knast holen, wenn schon alles geplant und organisiert ist?«

Salinger gähnte. »Das konntest du mir nicht morgen im Büro erzählen?«

»Nein, das ist vielleicht eine Spur.«

»Wenn du es sagst.«

De Bodt lag noch lange auf seinem Bett und grübelte. Aber er begriff es nicht.

21.

Floire musste nicht lange warten. Ein Killer im Rollstuhl oder mit Krücken, dem ein durchgeknallter Tourist ein Auge weggeschossen hatte. Wie sollte der sich verstecken?

Lebranc hatte sich die Mahnung nicht verkneifen können. Dass Floire beste Aussichten hatte, wieder Streife zu laufen. Floire verkniff sich die Antwort, dass dies bestimmt angenehmer wäre, als die Launen eines pensionsüberreifen Chefs auszuhalten. Zumal der Chef sich für den größten Kriminalisten seit Maigret hielt. Sie waren auf Knien zu ihm gekrochen, der Abgeordnete und der Polizeipräfekt. Damit er in den Dienst zurückkehrte. Und jetzt vergalt Lebranc es ihnen mit Anflügen von Größenwahn. Nur auf den Kollegen in Berlin schien er zu hören. Der hatte ihm schon zweimal Pressekonferenzen beschert, auf denen Lebranc den Helden geben konnte. Als de Bodt anrief, schickte Lebranc Floire los. Flughafen Charles de Gaulle in Roissy. Der Betonhades. Terminal 2F.

Floire hatte Wedenstein am Ausgang gleich erkannt. War ihm gefolgt. Draußen wartete ein Typ in einem dunkelblauen Citroën C6. Die Begrüßung fiel nicht gerade herzlich aus. Gab Floire aber die Zeit, in seinen Renault zu steigen und den Motor anzulassen. Er sah den Citroën losfahren und folgte ihm.

22.

»Fehlt Ihnen was, Professor?«, fragte der Typ. Sie waren zu zweit. Der an der Tür hatte eine Pistole in der Hand. Lässig. Beide trugen wieder Masken, die nur die Augen erkennen ließen.

»Nein, gar nichts«, sagte Süß. »Mir könnte es besser nicht gehen.«

»Das hatten wir uns erhofft.« Der Typ lachte.

Jetzt sah Süß, dass der eine Tasche trug. Seine Augen blieben an ihr hängen.

»Luftmatratze, Professor. Bläst sich selbst auf. Ist nicht so schmuddelig wie die da. Jetzt ist es saugemütlich. Das ist doch besser als Urlaub hier, oder?«

»Unbedingt«, sagte Süß.

Der Typ zog aus der Tasche eine *FAZ*. »Erst ein schönes Foto. Diesmal bitte lächeln. Danach können Sie das Scheißblatt behalten.«

»Sie verwöhnen mich.«

23.

Die Kanzlerin saß im Wohnzimmer. Bücher, Bücher, Bücher an den Wänden. Aber keines verriet ihr, was sie tun sollte. Sie hasste diese Bürohengste. Deren Hauptsorge war, dass niemand ihnen was anhängen konnte. Bloß keine Fehler machen. Sie hatten Protokolle geschrieben, auf die sie später verweisen konnten. Die Kanzlerin hatte in die Gesichter geblickt. Niemand glaubte, dass diese Sache gut ausging. Dass ihr Mann überlebte. Sie registrierte es wie eine mathematische Gleichung. Sie hatten sich in letzter Zeit nicht gut verstanden. Sie war kaum zu Hause. Er blieb oft nächtelang an der Universität. Sie fürchtete eine Weile, er habe sich mit einer Studentin oder Assistentin eingelassen. Fand die Idee aber dumm. Und wenn, was änderte es?

Sie versuchte sich ihren Mann vorzustellen. In einem Keller. Allein. Die Entführer würden ihn nicht misshandeln. Aus irgendeinem Grund wusste sie das. Es hätte keinen Sinn. Diese Leute handelten rational. Diese Entführung und die Salamitaktik zeugten von Intelligenz. Sie zweifelte keine Sekunde, dass die ihren Mann töten würden, wenn sie sich dazu gezwungen sahen. Aber das Land, die Regierung hatten den Vorrang.

Sie blickte auf die Uhr. Drei Uhr am Morgen. Nahm ihr Regierungshandy und tippte auf den Namen.

24.

De Bodt hörte es klingeln. Erst im Traum. Dann nahm er sein Handy. »Ich dachte, du willst pennen«, maulte er.

»Spreche ich mit Herrn de Bodt?«, fragte eine Frauenstimme. Die Stimme der Kanzlerin.

Sie hatte ein zweites Glas auf den Wohnzimmertisch gestellt. Wies auf einen Rolltisch, auf dem Flaschen standen.

»Danke, nichts«, sagte de Bodt. Er wischte sich die Graupel aus den Haaren. Setzte sich.

Sie nahm sich einen Cognac. »Einen Kaffee?«

De Bodt winkte ab.

Die Kanzlerin setzte sich ihm gegenüber. »Ich bin ratlos«, sagte sie.

De Bodt nickte. Das war er auch.

»Können Sie mir das erklären?«

»Die nähern sich wohl schrittweise ihrem Ziel.«

»Und dieser Wedenstein?«

»Ist vielleicht ein Ablenkungsmanöver.«

Die Kanzlerin musterte ihn, die Brauen hochgezogen. »Wie kommen Sie darauf?«

»Die Planung dürfte abgeschlossen gewesen sein, als die ihn aus dem Gefängnis holten. Wozu brauchen die dann Bob?«

»Sie nennen ihn Bob?«

»Ich kenne ihn gut. Habe ihn im Gefängnis besucht.«

Sie nickte. »Aha.« Nach einer Weile: »So ist das also.«

De Bodt erhob sich, ging zum Fenster.

»Was wollen die?«, fragte die Kanzlerin.

»Das werden die uns verraten, wenn sie glauben, dass wir weichgekocht sind.«

»Warum?«

»Weil sie etwas fordern werden, das ungeheuerlich ist.«

Sie schwieg. Dann: »Holen Sie meinen Mann da raus.«

Er legte die Stirn in Falten. Und schwieg.

»Vielleicht haben Sie in letzter Zeit einfach nur Glück gehabt. Vielleicht können Sie aber auch Fälle lösen, an denen andere scheitern.« Sie blickte zu ihm auf. »Ich hoffe, es ist Letzteres. Dass Sie Glück haben, weil Sie besser sind als Ihre Kollegen.«

»Können Sie Ihren Wunsch bitte meinen Vorgesetzten mitteilen?«

Sie schüttelte den Kopf. Ließ ihren Blick schweifen. Als fände sich eine Antwort an den Wänden. »Es darf nicht herauskommen, dass Sie für mich ermitteln. Wenn das an die Öffentlichkeit dringt, denken die Leute, dass ich verzweifelt bin.« Sie zögerte. »Was natürlich stimmt, sonst würde ich Sie nicht bitten …« Zögerte wieder. »Wir müssen denen zeigen, dass wir die Sache im Griff haben. Wenn der Staat hilflos ist, bricht das Chaos aus.«

Er nickte. Fast wäre ihm herausgerutscht: Das Chaos herrscht doch längst. Sie haben es nur noch nicht gemerkt. »Wie erklär ich das meinen Vorgesetzten?«

»Nehmen Sie Ihren Urlaub.«

»Ich bezweifle, dass der bewilligt wird.«

»Der neue Innenminister wird das regeln.«

»Und Sie wissen von nichts.«

»Ich weiß nicht, wovon Sie reden.« Ihr Lächeln erstarb binnen Sekunden. Wenn es überhaupt existiert hatte. »Wenn Sie sich in Gefahr bringen, zählen Sie nicht auf mich. Sie dürfen Ihre beiden Mitarbeiter einweihen, aber sonst niemanden. Sie können sich die Schlagzeilen vorstellen, wenn das rauskommt?«

De Bodt nickte. Die Kanzlerin konnte es sich nicht leisten, die Regeln auszuhebeln. Gerade wenn es um ihren Mann ging. Aber sie tat es.

»Ich bestelle gleich den Innenminister in spe.«

De Bodt grinste innerlich. Er hatte es schon gehört. Wieder einer dieser Wadenbeißer aus Bayern.

25.

Floire folgte dem C6 durch sämtliche Gassen von Paris. Er begriff längst nicht mehr, wohin der Typ wollte. Hatte der gemerkt, dass Floire ihm folgte? Kaum. Wahrscheinlich gehörte das zur Routine, wenn man Typen wie diesen Wedenstein fuhr. Der Citroën musste bremsen, als ein alter Mann krakeelend auf die Straße torkelte. Der Mann schimpfte dem C6 hinterher. Drohte mit der Faust, während der Wagen rechts abbog. Als Floire die Kurve umrundete, hätte er den Citroën fast gerammt. Das ABS stotterte. Der Wagen stand vor ihm, die Türen geöffnet. Kein Fahrer, kein Wedenstein.

Floire stieg aus, rannte in Fahrtrichtung. Sah eine Hofeinfahrt, ging hinein, die Hand auf dem Pistolenholster. Nichts außer Mülltonnen, Fahrrädern und einer rostigen Vespa.

Er kehrte zum Dienstwagen zurück. »Verfluchte Scheiße.«

Eine junge Frau auf dem Gehsteig drehte sich um, grinste, ging weiter.

Nein, die hatten ihn nicht ausgeguckt. Die hatten das so geplant. War ja logisch. Würde Floire auch so machen.

Er rief Lebranc an und erklärte ihm, dass Wedenstein verschwunden war.

Der Kommissar schwieg unheilvolle Sekunden. »Ich hätte es mir denken sollen. Mein Gott, Floire, Europas gefährlichster Gangster … Ein Rollstuhlfahrer hat Sie abgehängt. Wie soll ich das de Bodt erklären?«

»Sie hätten mich vielleicht nicht allein schicken sollen.« Floire zuckte zusammen, als es ihm rausgerutscht war.

Lebranc schnaubte. »So ist es recht. Schuld sind immer die anderen. Rufen Sie in Berlin an und erklären Sie den Kollegen, dass Sie's vermasselt haben.«

26.

Sie hatten den Eimer für die Notdurft geleert und zurückgebracht. Kein Wort. Wieder mit Masken. Er hatte über sie nachgedacht. Solange die Typen Masken trugen, hatte er eine Chance. Wenn sie kamen, blickte er zuerst in die Gesichter.

Er hatte sich gezwungen, nicht zu fragen. Nicht nach seinen Aussichten. Nicht danach, ob die Regierung verhandeln wollte. Sie würden ihm doch nichts sagen. Süß hatte vor allem überlegt, was diese Leute bezweckten. Dass die Kanzlerin zurücktrat? Nur, was hätten sie davon? Er unterdrückte den Gedanken, dass die Regierung Verhandlungen verweigerte. Was er ihr geraten hätte, säße er nicht in diesem Loch.

Er hatte versucht, mathematische Gleichungen zu lösen. Aber ihm fehlte die Ruhe. Im Hirn tanzten die Gedanken. Seine Ohren suchten Geräusche hinter der Tür. Die Angst ließ ihn schwitzen. Er fror. Schwitzte noch mehr, als er wieder an die Schleyer-Entführung dachte. Als der Bundeskanzler Schmidt die Forderungen der Terroristen nicht erfüllen wollte. Um keinen Preis. Und Schleyer ermordet wurde. Warum sollte sich seine Frau anders verhalten? Der Staat lässt sich nicht erpressen. Die Regierung würde vielleicht einen Deal machen, wenn die Entführung nicht in den Zeitungen stünde. Nein, sie würden ihn töten, wenn kein Wunder geschah. In einer Welt voller Gleichungen sind Wunder aber nicht vorgesehen. Zumal wenn die Gleichungen so schlicht waren.

27.

»Floire hat Bob verloren«, sagte Yussuf, als de Bodt am späten Vormittag das Büro betrat.

Salinger nippte am Cappuccino, den Yussuf ihr zubereitet hatte.

»Wir schließen die Abteilung. Urlaub, liebe Kollegen.«

»Hurra«, sagte Salinger. Trocken wie die Kalahari.

»Was soll der Quatsch?«, fragte Yussuf.

De Bodt erklärte den Quatsch. »Das bleibt unter uns. Wir sind quasi in den Urlaub versetzt worden.«

Die Tür öffnete sich, im Schleichtempo. Tilly. Der Blick des Kriminalrats fixierte de Bodt. »Lassen Sie mich mit Herrn de Bodt einen Moment unter vier Augen reden.« Kurze Blicke zu Salinger und Yussuf.

Der zuckte die Achseln und verließ das Büro, Salinger folgte.

»Ich weiß nicht, was das bedeutet«, sagte Tilly. »Der Innensenator hat mich angewiesen, Ihnen und Ihren Mitarbeitern alle Freiheiten einzuräumen, bis der Fall Süß gelöst ist. Sie sollten sich aber nicht im LKA und in keinem anderen Dienstgebäude blicken lassen. Ich wurde außerdem angewiesen, Ihnen jederzeit zur Verfügung zu stehen. Schließlich hat der Innensenator erklärt, dass nichts über diese Regelung in die Öffentlichkeit dringen darf. Ich habe überlegt, wie ich diese drei Aufgaben am besten miteinander verbinde. Ich habe beschlossen, Sie, Salinger und Yussuf offiziell vom Dienst zu suspendieren. Zwangsurlaub. Wenn das durchsickert, wird sich keiner hier wundern. Über den Grund der Beurlaubung werde ich schweigen. Laufendes Verfahren und so weiter.«

»Ich brauche den Zugriff auf die KT, vor allem auf Uhlenhorst.«

»Wenn der schweigen kann.«

De Bodt nickte.

Der Kriminalrat schüttelte den Kopf. Er verstand die Welt nicht mehr und verschwand.

Salinger und Yussuf blickten de Bodt fragend an, nachdem Salinger die Tür geschlossen hatte.

»Wir sind suspendiert. Der Grund wird verschwiegen. Tolle Idee des Kriminalrats. Kann er sich eine Weile am Ziel seiner Träume wähnen.«

Die Tür platzte auf. Krüger blieb im Rahmen stehen. »Zwangsurlaub? Höre ich. Was habt ihr denn wieder ausgefressen?«

»Das ist so schlimm, dass du es seelisch nicht verkraften würdest«, sagte Yussuf.

»Man sieht sich im Leben immer zweimal«, knurrte Krüger.

»Wenn's doch nur so wäre.«

28.

Erlassen Sie Italien, Spanien, Portugal und Griechenland alle Schulden. Die BRD trägt 75 Prozent der Kosten.

De Bodt las es zweimal. Die Kanzlerin nippte an ihrem Cognac. De Bodt blickte aus dem Fenster. In der Nacht blinkte ein Flugzeug am Himmel. »Was sagen Ihre Berater, was die Nachrichtendienste?«

»Wir haben zwei Stunden getagt. Nichts. Die schieben den Schwarzen Peter hin und her.«

»Keine Erkenntnisse?«

»Spekulationen ohne Substanz. Rhetorische Wolken.«

De Bodt nickte.

»Ich habe die gefragt, was passiert, wenn ich die Forderung nicht erfülle. Die Antworten erspare ich Ihnen.«

»Die einen haben gesagt, dass Ihrem Mann nichts passiert, höchstens, dass ihm ein Finger abgeschnitten wird. Die anderen, dass die Ihren Mann töten. Oder so ähnlich.«

»So ähnlich«, sagte die Kanzlerin. »Was denken Sie?«

»Sie werden Ihren Mann umbringen, wenn Sie die Forderung nicht erfüllen. Und sich das nächste Opfer suchen. Oder etwas ganz anderes unternehmen, um die Regierung zu erpressen.«

»Was wollen die?«

»Ich weiß es nicht«, sagte de Bodt. »Es muss etwas … Großes sein, im schlechtesten Sinn.«

Die Kanzlerin schloss die Augen, nickte. »Das heißt, die machen immer weiter.«

»Bis Sie eine Forderung nicht erfüllen können.«

»Mein Gott. Leider sehe ich es so wie Sie. Von den Herren vorhin wollte sich keiner später an etwas erinnern lassen.«

De Bodt lächelte. Blickte hinaus. Vor dem Gebäude standen Polizisten. Schwer bewaffnet. Vermummt. »Sie werden Ihren Mann nicht laufen lassen.«

Schweigen.

»Ich werde zurücktreten«, sagte die Kanzlerin leise.

»Das ändert nicht viel.«

»Es ist ausgeschlossen, dass die Regierung erpressbar … bleibt. Was würden Sie machen an meiner Stelle? Das habe ich die Herren auch gefragt …« Sie schüttelte den Kopf.

»Ich würde die Opposition einweihen, bis auf die Rechte, die nichts zur Lösung beitragen kann. Sie sollten sich noch einmal an die Öffentlichkeit wenden. Geben Sie zu, dass es ein Fehler gewesen war, auf die Forderungen einzugehen. Weil jeder erfüllten Forderung eine neue folge. Holen Sie aber den alten Innenminister bloß nicht ins Amt zurück. Der war ein Totalausfall.«

»Der Staatsminister hat mir nach der Sitzung unter vier Augen vorgeschlagen, die Schuldenregelung erst mal zu akzeptieren. Die Verhandlungen darüber dauerten Jahre …«

De Bodt wandte sich ihr zu. »Nicht schlecht, aber das hilft hier nicht. Sobald Sie erklären, dass Sie auf die Forderung eingehen, kommt die nächste.«

Die Kanzlerin blickte ihn müde an. Nickte. »Ich kann nicht im Amt bleiben, wenn die meinen Mann … umbringen.«

»Wenn Sie zurücktreten, wird die Öffentlichkeit glauben, dass Sie der Erpressung weichen. Obwohl die Erpresser in Wahrheit wollen, dass Sie im Amt bleiben.«

Schweigen.

»Warum haben die diesen Wedenstein rausgeholt?«

»Wedenstein ist für jede Bande eine Verstärkung. Er ist vermutlich der beste Planer und Organisator, den man sich suchen kann, wenn man ein Großverbrechen begehen will.«

29.

»Wir sind ihn los«, sagte der Fahrer. Sie waren in einen C5 umgestiegen und durch halb Paris gegondelt. Hatten ein paarmal die Ampeln bei Hellrot überquert.

Bob nickte. Der Typ war ihm unsympathisch. Tat geheimnisvoll, gab sich die Aura eines Supergangsters. Vor allem nervte der Rap im Autoradio. Bis Bob den Knopf fürs Ausschalten gefunden hatte. Der Supergangster warf ihm einen bösen Blick zu. Hielt aber die Klappe. Wär auch noch schöner.

Sie erreichten eine Stadtvilla im 16. Arrondissement. Schmiedeeisernes Tor, riesig, Zapfen auf den Stangen. Kamera auf dem Torpfosten. Zwei weitere an den Hausecken. Bob schätzte, dass das Tor elektrisch gesichert war. Wer es zur falschen Zeit anfasste, kriegte einen Schlag. Gleichzeitig heulte der Alarm los.

Das Tor öffnete sich gemächlich. Der C5 rollte hinein und blieb vor einer Treppe stehen. Oben wartete eine Frau. Strenges Kostüm, flache Schuhe. Sie winkte kurz. Zwei Männer traten aus der Doppelflügeltür, stiegen die Treppe hinab. Einer öffnete den Kofferraum und hob den Rollstuhl heraus. Klappte ihn auf. Der andere stützte Bob, bis der im Rollstuhl saß. Dann packten sie den Rollstuhl und trugen ihn die Treppe hoch, als wäre er eine Bettfedersammlung in einem Umzugskarton. Setzten den Rollstuhl vor der Tür ab. Sanft. Die Frau reichte ihm die Hand. Ihr Mund lächelte eine Begrüßung, die Augen blieben kalt. Die Tür öffnete sich von innen.

»Wir haben auf Sie gewartet«, sagte der Mann. Breitete die Arme aus. Und lachte. »Leider können wir Sie derzeit nicht aus Frankreich rausbringen. Das Risiko wäre zu groß. Sie müssen vielleicht zwei, drei Wochen unsere Gastfreundschaft genießen.«

»Ich hätte gern einen Tomatensaft«, sagte Bob.

30.

Sie saßen in de Bodts Wohnzimmer. Yussuf hatte beim Sperrmüllhändler in der Falckensteinstraße zwei Schreibtische gekauft. Für sich und Salinger. Er hatte im Notebook-Laden in der Wrangelstraße zwei gebrauchte Klapprechner aufgetrieben. Von denen einer seinen Fleiß durch Lüfterschnarren zeigte.

De Bodt hatte in der Küche Kaffee und Tee gekocht. Yussuf verzog das Gesicht. »Vielleicht kann Uhlenhorst die Maschine aus dem Büro herbringen?«

»Das wird seine Hauptsorge sein«, sagte Salinger.

Yussuf tippte auf seinem Telefon. »Okay, ich hab einen Mietautomaten bestellt.« Blickte de Bodt an. »Du hast doch nichts dagegen?«

»Wie könnte ich?« Klar, dass er die Miete bezahlen musste.

Die Schreibtische standen seitlich an der Wand, sodass Salinger und Yussuf sich angucken konnten. Ein Stuhl neben der Tür. Das Büro im LKA im Märklinformat. Eins zu irgendwas.

»Was haben wir?«, fragte de Bodt.

»O Gott, ich hab's geahnt«, stöhnte Salinger. »Die De-Bodt-Methode: alles noch mal von vorn.«

»Genau«, sagte de Bodt. »Sonst wüssten wir nicht, ob jeder alles weiß, was bekannt ist.«

»Der Mann der Kanzlerin wird entführt«, sagte Yussuf.

»Nein, es hat einen Stromausfall in Berlin gegeben. Die totale Katastrophe für 6 Minuten und 37 Sekunden.«

Yussuf hob die Hände. »Okay, okay.«

»Die Kanzlerin wird erpresst.«

»Die russische Kulturattachée wird tot im Landwehrkanal gefunden«, sagte Salinger.

»Hat womöglich nichts mit dem Stromausfall und der Erpressung zu tun.«

»Italien, Spanien, Portugal und Griechenland sollen ihre Schulden erlassen werden. Fünfundsiebzig Prozent soll die BRD übernehmen«, sagte Salinger. »Das ist übertrieben, trifft die Politik deiner besten

Freundin aber punktgenau. An ihrem Raffgier-Nationalismus wird die EU noch absaufen. Nicht zuletzt hat sie den Halb- und Ganzfaschisten in Italien und sonst wo die Munition geliefert. Um von Hartz IV und so weiter nicht zu reden.«

»Das ist nicht meine Freundin, und gewählt hab ich sie auch nicht. Vergiss du deinen besten Freund nicht«, sagte de Bodt. »Bob, der fröhlich durch die Gegend rollt.«

»Eigentlich müsste die Kanzlerin zurücktreten. Und die Regierungsparteien müssten die Opposition mit ins Boot nehmen. Aber die wird sich zieren, in die Sache hineingezogen zu werden. Die Parteien rechnen lieber aus, was ihnen im Augenblick nutzt.«

»Wenn die Kanzlerin zurücktritt, haben die Gangster kein Druckmittel mehr gegen den Staat.«

»Dann töten die Süß. Und schnappen sich jemand anderen. Ich bin sicher, dass die vorgesorgt haben. Für alle Fälle. Spätestens seit Bob dabei ist.«

»Und wie kriegen wir die?«, fragte Salinger. »Wir haben nicht mal eine Viertelspur.«

»*Cui bono?* Wem nützt es?«, fragte de Bodt.

»Dir, du kannst wieder mit deinen Lateinkenntnissen protzen«, sagte Salinger.

»Außer mir«, sagte de Bodt. »Natürlich verdankt die Polizei ihre Existenz dem Verbrechen.«

»Geht es gegen die Kanzlerin persönlich oder gegen den Staat?«, fragte Yussuf, um gleich selbst zu antworten: »Persönliche Motive können wir ausschließen.«

De Bodt nickte. »Wenn alles zusammengehören sollte, wie können wir uns einen Reim darauf machen? Für den Stromausfall hat ein Trojaner im Zentralrechner von Vattenfall gesorgt. Wie der dorthin gekommen ist, weiß niemand. Der Zentralrechner ist vom Internet getrennt, aus Sicherheitsgründen.« Das immerhin hatte er im Ermittlungsprotokoll des LKA gefunden. Eingetragen von Krüger.

»Da muss also jemand Hand angelegt haben«, sagte Yussuf. »Wohl jemand aus der Belegschaft. USB-Stick. Oder dort programmiert. Die Nachtschicht, da fällt es nicht so auf.«

»Das wäre ein Ansatzpunkt«, sagte de Bodt. »Wir könnten die Leute von der Nachtschicht befragen. Aber was bedeutet diese Attacke? Vielleicht: Wir können überall zuschlagen. Lasst euch überraschen.«

»Wer das Stromnetz per Trojaner kappen kann, der kann auch anderes«, sagte Salinger. »Und das wollten die Typen zeigen.«

»Wo haben die Süß versteckt?«, fragte Yussuf.

»Da, wo wir ihn nicht finden«, erwiderte Salinger. »Die werten Kollegen haben ja keine weiteren Zeugen gefunden. Die haben den in seinem Auto irgendwohin gebracht. Wie viele Keller oder anonyme Wohnungen gibt es in Berlin und Umgebung? Das Handy lässt sich nicht orten. Der Wagen ist versteckt, in Polen oder sonst wo. Wie viele Garagen gibt es in Berlin?«

»Die haben sogar in der Glotze nach Zeugen gesucht. Personenbeschreibung, Foto vom Professor und seinem Daimler.«

»Wo wollte der an diesem Abend hin? Nach Hause offenbar nicht«, sagte Salinger. »War Richtung Brandenburg unterwegs.«

»Das Institut für Chemie liegt in Adlershof, an der B96a. Der ist also durch die Stadt gefahren. Hätte doch den Ring nehmen können, wenn er sowieso auf die Autobahn wollte«, sagte Yussuf.

»Vielleicht hat er auf dem Weg gehalten. Einen Termin gehabt. Dienstlich, privat, Zahnarzt …«

»Wann hat er das Institut verlassen?«, fragte de Bodt.

Yussuf tippte, klickte. »16 Uhr 57, sagt der Pförtner.«

»Haben die etwa Steckkarten?«, fragte Salinger.

»Doch nicht die Halbgötter. Der Pförtner notiert, wer kommt und wer geht. Die haben da gefährliches Zeug rumliegen … Chemie eben.«

»Und die Zeugen sagen, die Entführung war gegen zwanzig Uhr.« De Bodt kratzte sich hinterm Ohr. »Was hat er in den drei Stunden gemacht?«

»Zu Hause war er nicht. Die Wohnung wird bewacht … Sicherungsgruppe.«

De Bodt telefonierte, Kammer hob ab. »Sie ist nicht da.« Kammer hörte zu. »Ich ruf Sie zurück.«

»Die müssen ihm vom Institut gefolgt sein. Oder sie haben Süß einen GPS-Sender untergejubelt.«

»Vielleicht hat jemand am Institut was mitgekriegt?«, fragte Salinger.

»Gut, wir fahren zum Institut, dann zu Vattenfall.«

31.

»Alles in Ordnung?«

Das Meer rauschte. Sie lag am Strand. Kevin schwamm weit draußen. Gestern hatte er einen Rundgang gemacht. Keine zwei Stunden hatte der gedauert. Es gab auf der Insel nichts als das Blockhaus, in dem sie und ihre Bewacher untergebracht waren. Umgeben von Palmen. Sonst Strand und Meer, überall Meer. Nicht mal den Hubschrauber hatten sie hiergelassen. Ein Generator erzeugte brummend Strom und verströmte Dieselgestank. Zwei riesige Kühlschränke und eine Gefriertruhe standen im Geräteraum, wie Tom ihn nannte. Tom war gewiss nicht sein richtiger Name. Der andere nannte sich Rambo. Sah auch so aus. Schwarz-graue Haare zum Zopf gebunden. Stoppelbart, eine Narbe auf der Nase. Kriegte kaum ein Wort raus. Tom war zugänglich. Hochaufgeschossen, Frauentyp mit sanftem Gesicht und blauen Augen unter einer Wuschelmähne. Beide trugen Pistolen im Gürtel. Sie hatten offenbar keine Telefone. Waren vom Rest der Welt abgeschnitten wie ihre Gefangenen.

Kevin hätte nie gedacht, dass eine Tropeninsel ein Gefängnis sein konnte. Tom hatte gegrinst, als Kevin ihn fragte, an welchem Ende der Erde die Insel liege. »Weder Nordpol noch Antarktis.«

»Darauf wär ich nie gekommen«, hatte Kevin erwidert. »Ich wollte eigentlich wissen, in welche Richtung ich schwimmen soll, wenn ich abhaue.«

Tom hatte laut gelacht. »Nur los.«

Er sprach Deutsch, als käme er aus Hildesheim.

Kevin hatte mit seiner Mutter überlegt, ob sie die Kerle überwältigen könnten. Kevin hatte vorgeschlagen, dass er den Superängstlichen gab und die Mutter sich mühte, das Stockholm-Syndrom zu spielen. Vielleicht mit Tom über Patty Hearst reden. Nur hatten sie keine Ahnung, ob die Entführer so ansprechbar waren.

Und dann? Wenn sie die Kerle ausgeschaltet hätten? Kevins Hände schoben einen Sandhügel zusammen. »Es hat keinen Sinn«, sagte er. »Wir kämen hier nicht weg. Könnten natürlich wie Robinson Crusoe leben, wenn die Vorräte aufgebraucht sind. Aber irgendwann kommen andere Typen mit dem Heli und bringen uns um.«

Wie lang sie auch aufs Meer blickten, kein Schiff zu sehen. Nichts. Einmal wurde ein Stamm angeschwemmt, zerfressen, weich.

»Was wollen die von Papa?«

Sie zuckte die Achseln. Ihr Hut fiel zu Boden. Sie schüttelte den Sand raus und setzte ihn wieder auf. »Wenn ich das nur wüsste. Vielleicht Geld erpressen bei der Firma?«

32.

»Wann komm ich hier raus?«, fragte Süß.

Einer stand an der Tür. Die Pistole lässig am Oberschenkel. Der andere tauschte den Eimer aus und stellte eine Plastiktüte an die Wand. »Lass es dir schmecken. Wasser reicht noch?«

»Was zu lesen. Ich will was zu lesen.«

»Schwierig. Unsere Bibliothek ist gerade geschlossen.«

»Es gibt Buchhandlungen …«

»Okay, was soll's denn sein?«

»Ein paar Krimis.«

»Geheime Sympathien, Herr Professor? Das geht aber gar nicht.« Der Typ schüttelte die Strumpfmaske. Schickte ein »Ts-ts-ts« hinterher.

»Wann komm ich raus?«, wiederholte Süß.

»Raus kommen Sie auf jeden Fall.«

33.

»Warum wollen Sie das wissen?«

»Ihr Mann hat am Tag seiner Entführung das Institut kurz vor siebzehn Uhr verlassen. Um zwanzig Uhr wurde er entführt. Uns fehlen drei Stunden an diesem Tag.«

»Ich verstehe. Ich kann Ihnen leider nicht sagen, was er in dieser Zeit getan hat. Wir sind beide so beschäftigt…«

»Vielleicht könnten Sie im Lauf des Tags überlegen, ob Ihr Mann Bekannte, Kollegen oder Freunde in der Innenstadt hat, die er vielleicht besucht hat.« Er dachte nach. »Nein, ich brauche eine Liste aller möglichen Anlaufstellen, die Ihr Mann… sagen wir binnen einer guten Stunde vom Institut aus per Auto erreichen kann.«

»Es könnte sein, dass er ein Taxi genommen hat…«

»Natürlich, oder den öffentlichen Nahverkehr. Vielleicht hat ihn auch jemand abgeholt und später zum Auto zurückgebracht. Wir fahren gleich zum Institut und versuchen dort unser Glück.«

»Ich kann gegen den Kollegen Süß nichts sagen.« Des Institutsdirektors Gesicht war rot angelaufen. De Bodt und Salinger hatten den Pförtner gebeten, den Professor aus der Konferenz zu holen. Kurz bevor sie ihn hätten erschießen müssen, wischte der Mann sich Schweiß von der Glatze und griff zum Telefon. »Das ist ja wie früher«, murmelte er in seinen grauen Kinnbart.

»Schlimmer«, sagte Salinger. »Wenn Sie sich nicht beeilen.«

Dann nahm endlich jemand ab.

»Können Sie was über den Kollegen Süß sagen?«, fragte Salinger.

Der Professor blickte sie erschreckt an, sein Blick wechselte zu de Bodt. »Ein hochqualifizierter Chemiker, einer der besten, den wir in Deutschland haben.«

»Aber ziemlich arrogant«, sagte Salinger.

De Bodt hatte sich im spartanischen Büro des Direktors ans hintere Fenster gestellt. Blick auf den Parkplatz. Gesäumt von den Gebäudeflügeln. Von oben betrachtet, bildete das Institut zwei aneinander gelehnte U oder ein M, je nachdem.

»Ein bedeutender Mann, Gatte der Kanzlerin. Er hat Einfluss.«

»Es bleibt also bei arrogant.«

»Sie werden von mir nichts Schlechtes hören.«

»Das ist keine Gartenparty. Wir können dieses Gespräch auch in eine Vernehmung im LKA verwandeln.«

Er hob eine Hand. »Mein Gott, nun seien Sie doch …«

»Wir haben keine Zeit«, sagte Salinger. »Der Mann überlebt die Sache nur, wenn wir uns beeilen. Da kommt uns Ihr Herumgeeier gerade recht.«

Bevor der Mann mit einem Infarkt zu Boden sinken konnte, fragte de Bodt: »Hat Herr Professor Süß seinen Parkplatz da unten auf dem Hof?«

»Ja, ja, natürlich.«

»Wo?«

Der Direktor trat ans Fenster. »Neben mir, am Eingang. Er ist leer, natürlich.«

»Haben Sie gesehen, wie er an besagtem Tag weggefahren ist, so gegen siebzehn Uhr?«, fragte Salinger.

Der Professor blickte sie mit gerunzelter Stirn an. »Ich überwache meine Kollegen nicht.«

»Haben Sie ihn gesehen? Es wird Ihnen doch möglich sein, die Frage mit Ja oder Nein zu beantworten.«

»Nein.«

De Bodts Handy piepte. Er blickte auf die Anzeige. Eine SMS von Yussuf. Der angesäuert im Büro saß und die Lebensläufe von Mitarbeitern des Instituts checkte.

»Sie haben sich mit Süß geprügelt«, sagte de Bodt zum geschlossenen Fenster hinaus.

Des Professors Gesicht verlor alles Rot. Eine Haut wie Butterbrotpapier.

»Außerdem hatten Sie ein Strafverfahren wegen Beleidigung, das zu Ihrem Glück mit einem Vergleich endete. Immerhin wog die Beleidigung sechstausend Euro. Ich wiederhole sie nicht, Sie kennen sie ja.«

»Das war völlig ungerecht, also wirklich. Dass Sie das jetzt …!«

»Um was ging es bei der Prügelei?«, fragte Salinger.

»Ich weiß es nicht mehr. Ich weiß nur noch, dass Süß und ich in Ausnüchterungszellen aufgewacht sind. Das war eine Institutsfeier. Unsere Frau Görlich hatte eine Bowle bereitet. Man sollte Chemiker keine Bowlen panschen lassen. Ich weiß heute noch nicht, was drin war.« Das Butterbrotpapier färbte sich rosa. »Vielleicht was Politisches … ich kann seine Frau … diese hölzerne Rhetorik … ich find's peinlich.« Blickte de Bodt an. »Aber deswegen entführe ich keinen … ich wüsste nicht mal, wie man das macht.«

»Hatte Süß Feinde, also außer Ihnen?«, fragte Salinger.

»Hm … also, damit wir uns richtig verstehen, ich bin nicht sein Feind.«

»Ich muss meine Frage nicht wiederholen, oder?«

De Bodt schickte ihr einen grimmigen Blick. Schweig, sagte der. Lass den Mann erzählen. Viele ertragen die Stille nicht. Sie reden, um sie zu füllen.

»Er war … ist hier nicht sonderlich beliebt.«

Salinger schwieg. Sie setzte sich auf den Stuhl vor dem Schreibtisch. Der Direktor auf den Stuhl dahinter.

De Bodt betrachtete den Parkplatz. In Wahrheit sah er ihn nur als Schemen. Er überlegte, ob dieser Mann irgendetwas Hilfreiches sagen könnte. Vermutlich Zeitverschwendung. Sein Telefon vibrierte. Kammer.

Er winkte Salinger kurz zu und verließ den Raum.

»Die Kanzlerin ist verzweifelt, kommen Sie bitte.«

»Bitten Sie darum oder die Kanzlerin?«

»Wir beide.«

34.

»Wenn ich Rambo austrickse und Tom zwinge, seine Leute herbeizurufen?«, fragte Kevin. »Damit wir mit deren Heli abhauen können.«

»Dann kommen die und bringen uns um, Tom auch.«

Kevin überlegte. Stimmt, sie konnten nicht erwarten, dass den Typen ein Leben auch nur einen Cent wert war. Die zogen ihr Ding durch, kostete es, was es wollte.

»In der Küche gibt's frischen Kaffee. Falls ihr welchen wollt«, sagte Tom. Er suchte das Gespräch. Rambo tat so, als hätte ihm jemand die Zunge rausgeschnitten.

»Danke«, sagte Knorr. »Sagen Sie, Tom, was haben Ihre Leute eigentlich vor?«

»Ich weiß es nicht«, erwiderte er. »Wirklich. Mir wurde gesagt, ich soll auf Sie aufpassen … damit Ihnen nichts passiert. In der Wildnis hier …« Lachte.

»Aber Sie bringen uns doch auf jeden Fall um. Wir haben Sie gesehen, könnten Sie wiedererkennen.«

»Wenn wir versprächen zu schweigen?«, fragte Kevin.

Knorr winkte ab. »Das funktioniert nicht mal im Kino. Solche Leute gehen auf Nummer sicher. Stimmt's, Tom?«

»Irgendwie schon.« Er überlegte. »Machen Sie sich keine Sorgen. Wenn alles klappt wie geplant … Wenn wir Sie sowieso … töten wollten, hätten die … wir's längst gemacht. Warum treiben wir solchen Aufwand, wenn er nicht nötig ist?«

»Auch das habe ich mal im Kino gehört«, sagte Knorr. »Was wollen Sie von meinem Mann?«

»Keine Ahnung.« Er zögerte. »Ich will gar nichts von Ihnen oder Ihrem Mann. Ich weiß nicht mal, wer das ist.«

»Sie haben den Auftrag bekommen, auf zwei Geiseln aufzupassen, das war's?«

»Das war's.«

35.

Die Kanzlerin saß auf dem Sofa in ihrem Büro, Kammer daneben. De Bodt blieb in der Tür stehen. Welch Elend.

Die Kanzlerin blickte ihn an.

Kammer fragte, ob er etwas möchte.

»Einen grünen Tee, dritter Aufguss.«

»Gut, dauert aber.« Sie verschwand im Vorzimmer.

De Bodt stellte sich ans Fenster. Blickte hinaus. Das Parkhaus eines Baumarkts. Beleuchtet. Fünf oder sechs Autos standen auf der Fläche.

Er wandte sich der Kanzlerin zu. Deren Augen hielten sich an einem unsichtbaren Punkt auf der Tischplatte fest. »Es ging schneller, als ich dachte.«

»Ja.« De Bodt setzte sich auf einen Sessel ihr gegenüber. Beugte sich vor. Sah ihre geröteten Augen.

»Wir sollen fünfundsiebzig Prozent der Schulden übernehmen. Der Italiener, Spanier, Griechen, Portugiesen. Italien allein hat ein Drittel aller Schulden der EU. Selbst wenn wir wollten, würden wir es nicht schaffen. Nicht mal im Ansatz.« Sie schüttelte den Kopf. »Warum fordern die etwas, das niemand erfüllen kann?«

»Weil es Ihnen nicht um die Erfüllung geht.«

Ihr Kopf hob sich. Sie blickte ihn lange an. »Sie sind ein sonderbarer Mensch.« Sie verzichtete auf eine Erklärung.

Er lächelte.

»Ja, das ist logisch«, sagte sie leise.

»Die wissen genau, was sie wollen. Wir leider nicht. Aber je mehr sie fordern, desto mehr verraten sie über sich.«

»Sie sind mir aber nicht böse, wenn ich das nicht nur als Glück betrachte.«

»Tut mir leid.« Es tat ihm nicht leid.

»Deshalb brauche ich Sie hier. Die anderen verschleiern aus Mitgefühl oder gespieltem Mitleid die Möglichkeiten, die sich sachlich ergeben. Das ist Ihnen offenbar fremd. Sie buckeln auch nicht, und Ihre Karriere scheint Ihnen auch egal zu sein, solange Sie nicht so arbeiten können, wie es Ihnen gefällt.«

Er nickte.

»Erinnern Sie sich an die Kamikaze-Attacke aufs Kanzleramt?«

Blöde Frage, hätte de Bodt am liebsten geantwortet. »Die hätte meinen französischen Kollegen fast erwischt.«

»Ich erinnere mich, dass Sie mir das Leben gerettet haben. Weil Sie davon überzeugt waren, dass der Angriff stattfinden würde. Frau Kammer hat Ihnen als Einzige geglaubt. Und ich hab mir gesagt: Keine schlechte Idee, mal früher aus dem Büro rauszukommen. Ich hatte noch einiges auf der Einkaufsliste …«

Er grinste.

»Sie hätten sich zum Idioten gemacht, wenn Sie sich geirrt hätten. Wenn nicht schlimmer …«

»Das spielt keine Rolle.«

Sie lächelte ihn an. »Ich würde das gern auch so sehen.«

Kammer kam mit einem Tablett. Der Kanzlerin stellte sie eine Thermoskanne hin. Dazu einen Becher. Für de Bodt gab es eine Teekanne und eine Porzellantasse. Kammer setzte sich auf den Sessel neben de Bodt.

»Was wollen die also, wenn sie nicht wollen, was sie fordern?«, fragte die Kanzlerin.

»Ich weiß es nicht«, sagte de Bodt.

»Was wird aus meinem Mann?«

»Ich weiß es nicht.«

»Ich fürchte das Schlimmste.« Schüttelte wieder den Kopf, als wehrte der sich gegen die Wirklichkeit.

»Wenn Sie zurücktreten, schicken die ihre Forderungen an Ihren Nachfolger. Und bringen Ihren Mann um, sobald sie ein neues Pfand haben.«

»Pfand?«

»Man muss nicht unbedingt einen Menschen entführen, um etwas zu erpressen.«

Sie nickte. Überlegte. »Wenn ich im Amt bleibe, bringen sie Wolfgang um. Weil ich die Forderung nicht erfüllen kann. Mein werter Koalitionspartner aus Bayern würde den Untergang der Welt, mindestens der Union, beschreien, gäbe ich auch nur fünf Cent für die EU-Südländer. Wenn ich so was machte, würden alle sagen, das liege an der Entführung. Deutschland sei erpressbar geworden. Die würden nicht nur Kreuze in Ämtern aufhängen, sondern auch eine Figur am Galgen, die überraschenderweise mir ähnelte.«

De Bodt nickte. Obwohl ihm danach nicht zumute war.

Sie blickte ihn an. »Was soll ich tun?«

»Ich weiß es nicht«, sagte de Bodt.

36.

»Wir haben Geld«, sagte Kevin.

Tom hatte sich zu ihnen gesetzt, auf eine Holzkiste.

»Das ist gut.« Tom lächelte.

»Du kriegst alles, wenn du uns hilfst.«

»Es sind mindestens zweihunderttausend Euro«, sagte Knorr. Im Augenwinkel beobachtete sie Rambo, der einen Sack zur Hütte schleppte.

Tom winkte dem Kollegen zu. Der reagierte nicht. »Ich hätte wenig Zeit, das Geld auszugeben.«

»Du hättest eine Chance«, sagte Kevin. »Deine Chefs werden dich umbringen wie uns. Du wärst zu gefährlich. Du könntest sie reinreißen.«

Tom lächelte. Nickte unmerklich. Als hätte er nicht schon darüber nachgedacht. Sicher war nur eines: Wenn er den Geiseln half, würden sie ihn jagen, bis sie ihn hatten. Half er den Geiseln nicht, hatte er immerhin eine Chance. Vielleicht glaubten die, sie hätten ihn tief genug in diese Scheiße reingezogen. Zu tief, um rausklettern zu können. Wenn man auf Jahrzehnte Knast keine Lust hatte. Er hätte sich das vorher überlegen sollen. Leicht verdientes Geld, so hatte es angefangen. Dabei war es nicht viel besser als bei der *Lotteria nazionale* oder dem bedauernswerten Advokaten in Nigeria auf der Suche nach dem Millionenerben, die einem laufend Glückwunsch-Mails schickten.

Tom erhob sich und schlurfte über den Sand zur Hütte.

37.

»Sie haben ein Paket«, sagte der Pförtner. Hob einen Karton auf den Tresen. So groß wie Yussufs Kaffeemaschine. »Aber Sie sind doch beurlaubt …«

»Ich habe Urlaub, das ist was anderes. Haben Sie es geöffnet?«, fragte de Bodt.

»Ist privat, steht drauf.«

»Rufen Sie die Kollegen für Explosives.«

»O Gott«, sagte der Pförtner. Zog seinen Schlips gerade. Verließ seinen Glaskäfig. Beäugte den Karton. Zückte sein Handy und eilte aus dem Gebäude. De Bodt stieg die Treppe hoch.

»Rufen Sie dann gleich an.«

»Da sind Sie ja«, sagte Tilly. Stand im Gang vor de Bodts Bürotür. »Ich wollte erfahren, was Ihre Ermittlungen ergeben haben.«

»Eigentlich habe ich Urlaub und soll das LKA nicht betreten.«

»Wir haben keine Zeit, und ich habe keine Laune für diesen Unsinn. Was also?«

»Dass alles noch viel schlimmer wird.«

»Wie bitte? Es reicht doch jetzt schon.«

»Sie werden den Professor umbringen und ihr Unternehmen fortsetzen.«

»Noch jemanden entführen?« Tilly blickte ihn ungläubig an.

»Weiß ich nicht. Womit kann man eine Regierung noch erpressen?«

Tillys Augen quollen aus ihren Höhlen.

»Sie werden die nächste Stufe nehmen. Die Treppe ist lang und steil. Vielleicht werden die irgendwann fordern, was sie wirklich wollen. Und wir merken dann nicht, dass es darum geht. Weil wir es für eine dieser verrückten Forderungen halten. Weil wir nicht mehr nachdenken.«

Das Telefon auf dem Schreibtisch klingelte. De Bodt nahm ab.

»Haben Sie was dagegen, wenn wir das Paket sprengen? Wäre die einfachste Methode.«

»Bloß nicht. Wahrscheinlich ist es keine Bombe. Treffen Sie alle Vorsichtsmaßnahmen und schauen Sie nach, was drin ist.«

Tilly blickte ihn fragend an.

De Bodt ging zu Uhlenhorst ins Labor. Der saß gebeugt über einem Mikroskop. Winkte ab, als er die Schritte hörte. De Bodt blieb stehen. An der Wand ein Plakat der Polizeigewerkschaft. Die sich über den Mangel an Sicherheit auf den Straßen sorgte, in Wahrheit aber eher um Arbeitsplätze und Gehalt der Kollegen, die sie vertrat.

Uhlenhorst schnaubte, hob das Gesicht und drehte sich um. »Ach, du … seid ihr nicht im Urlaub?«

»Ich kann mir keine bessere Erholung vorstellen, als dich zu besuchen.«

»Was willst du? Wenn du auf die Tour kommst …«

De Bodt lächelte. »Die Kollegen von Knall und Bumm werden gleich anrufen, weil sie ein Paket zerlegt haben. Könntest du das Paket gleich unter die Lupe nehmen?«

»Wenn die Bombe entschärft ist, gern.«

»Mancher wird nie süß, er fault im Sommer schon. Feigheit ist es, die ihn an seinem Aste festhält.«

Uhlenhorst tippte sich an die Stirn. »Wusste bisher nicht, dass du einen Hang zur Botanik hast.«

»Ich nicht, aber Nietzsche.«

De Bodt verließ das Labor. Spendierte sich einen Kaffee aus dem Automaten auf dem Gang. Dessen Brummen und Rappeln zeugten vom nahen Untergang. Wenigstens der Maschine.

»Habt ihr was?«, fragte de Bodt, als er zurückkam.

»Wir haben die Wohnung der Kanzlerin durchsucht. Beäugt von einem Typen der Sicherungsgruppe. Der hätte mich sofort abgeknallt, wenn ich im Salon auch nur eine Praline schief angeguckt hätte.«

»Welch Glück!«

»Genau. Natürlich gibt es nichts, was mit der Entführung zu tun hat. Krüger wollte rauskriegen, was Süß im Zeitraum zwischen seiner Abfahrt vom Institut und der Entführung getrieben hat. Es gibt aber keine Spuren …«

»Und keine Zeugen«, sagte Krüger. »Jedenfalls keine, die der Kollege de Bodt nicht schon genervt hätte. Das hat es uns sehr erleichtert, echt.«

»Bitte schön«, sagte de Bodt, ohne ihm das Gesicht zuzuwenden.

Krüger stand breit im Türrahmen. »Schön, Uhlenhorst, dass du Zeit hast für ein Kaffeepläuschchen.«

»Mit dem Kollegen de Bodt immer.«

»Sie sind doch beurlaubt.« Klang wie: Verpiss dich.

»Oportet potius supra verborum vim intellectum efferre, quam proprietatibus vocabulorum insistere.«

»Natürlich«, sagte Krüger. Drehte ab, blieb stehen, schüttelte den Kopf und trat ab.

»Und was heißt das?«, fragte Uhlenhorst.

»Ungefähr das: Wer aber den Sinn erforschen will, muss über die Wortbedeutung hinaus sich zum geistigen Verständnis erheben und nicht an der eigentlichen Bedeutung der Worte hängen bleiben.«

De Bodts Telefon klingelte. »Ist keine Bombe. Schlimmer«, sagte der Kollege mit klangloser Stimme. »Wir bringen das Paket in Ihr Büro.«

38.

»Danke, nein.« Bob winkte ab. Er hatte seinen Rollstuhl an den Tisch gefahren. Ein langer Tisch, darauf eine Karte. Eins zu hundert. Extrem genau. Dazu Thermoskannen, Wein, Gläser, Sandwiches. Ihm gegenüber saß ein schlanker Mann im Anzug. Bob hätte ihn fast nach seinem Schneider gefragt. Aber dann zweifelte er, ob der Schneider ihm einen Anzug schneidern könnte. Sah man davon ab, dass Bob Anzüge hasste.

Am Kopfende eine Frau in Jeans und Pullover. Sie lächelte ihn an.

Bob war es nicht gewohnt, dass Frauen in seinem Metier arbeiteten. Aber es zählte die Leistung, mit Pimmel oder ohne.

»Ich heiße Mathilde, befasse mich mit Computerei und Banken.«

»Sind wir flüssig?«

»Und ob«, sagte Mathilde. »Wir kriegen, was wir brauchen.«

Bob nickte. Blickte den Maßanzug an.

»Ich koordiniere«, sagte der Mann mit französischem Akzent. »Ich heiße Jean.«

Der hieß so wenig Jean wie Mathilde Mathilde. Bob lächelte ihn an. »Und wo ist der, der mich angeheuert hat?«

»Tut mir leid. Auch wir kennen ihn nicht. Diese Leute sind vorsichtig.«

»Wäre ich an deren Stelle auch«, sagte Mathilde.

»Was ist meine Aufgabe?«

»Die können Sie sich aussuchen. Ich zeige Ihnen den Plan. Danach sagen Sie uns, was Sie sich vorstellen. Unsere Auftraggeber würden es begrüßen, wenn Sie die Leitung hier in Paris übernähmen.«

Bob nickte. Dafür hatten die ihn rausgeholt. »Wie viele … Filialen gibt's noch?«

Jean zuckte die Achseln.

Bob nickte wieder. »Warum machen wir, was wir machen?«

Achselzucken.

»Geld, vielleicht was Strategisches. Oder all das und alles dazwischen.« Mathilde lachte leise. Als bestätigte sie sich einen Zweifel.

Bob schwieg eine Weile. Bisher hatte er gewusst oder wenigstens geahnt, für wen er arbeitete. Und gewusst oder geahnt, wer vielleicht zurückschlug. Immerhin legten sie sich mit Staaten an, und das waren nicht Andorra oder Montenegro.

»Gibt es Notfallpläne?«, fragte er leise.

Schweigen.

Dann Mathilde: »Nie davon gehört.«

Jean schüttelte den Kopf.

»Darauf seid ihr nicht gekommen, dass der Feind sich wehrt. Die suchen jetzt schon. Wundert euch nicht, wenn plötzlich eine Hundertschaft CRS vor der Tür steht.« Er hatte sie fürchten gelernt, die französische Eingreiftruppe. Die erst zuschlug und dann die Überlebenden befragte. Und da war noch de Bodt. Er hatte auf seinem Telefon gelesen, dass der beurlaubt sei.

Kanzlerinnen-Erpressung. Aber Berlins Superbulle sucht die Sommerbräune. Mit der schönen Kommissarin?

Er glaubte dem Blatt kaum ein Wort. In diesem Fall doppelt nicht. Schon die Polizei log, als sie den Urlaub bestätigte. Und de Bodt log, dass er auf Urlaub war. Er kannte ihn doch. De Bodt wusste, dass Bob nicht zufällig freigepresst worden war. Dass er einen Job übernehmen sollte, der mit der Erpressung zu tun hatte. Und de Bodt war in Urlaub gefahren? Bob lachte.

Die beiden anderen blickten ihn an.

»Schon gut, ich musste an einen Witz denken …«

»Das ist doch gut«, sagte Jean.

Bob musterte ihn. Und der feine Pinkel war also ein wichtiger Mann bei der Operation. Der passte besser in die Oper. »Wer sichert unser Quartier ab?«

»Ich weiß es nicht«, sagte Jean. »Aber es wird bewacht.«

»Aber einen Notausgang gibt es hier nicht?«

»Keinen, den die Polizei nicht auch kennt.«

Bob überlegte, wie die beiden ihn wegtragen sollten. Vergiss es.

»Der Typ, der mich hergebracht hat, gehört der zu den Wachen?«

»Vermutlich«, sagte Mathilde.

»Was sollt ihr machen, wenn Gefahr droht?«

»Es wird dem Quartier keine Gefahr drohen. Wenn doch, werden wir angerufen.« Ein Blick auf Bob. »Wir sollen Sie zurücklassen.«

»Schön, dass die daran gedacht haben. Wie haben die es euch mitgeteilt?«

»Der Mann, der Sie gefahren hat …«

Bob nickte. »Das ist der Bote.«

»Er kommt manchmal.«

»Und gibt Anweisungen. Fragt, ob alles läuft. Dabei läuft hier nichts. Wir sind im Wartestand«, sagte Jean. Kratzte sich am glatt rasierten Kinn.

»Wir haben auf Sie gewartet«, sagte Mathilde.

39.

De Bodt schaute lange hin. Zwang sich. Setzte sich an den Schreibtisch.

Die Zander stürmte ins Büro. »Dachte, Sie wären in Urlaub!« Ein Blick in die Kiste, zu de Bodt. In die Kiste. »Ach, du Scheiße. Wenn es das ist, was ich glaube …«

De Bodt schob ihr ein Papier zu. »Lesen Sie die Personenbeschreibung. Sehen Sie das Foto des Rings? Links unten.«

»Scheiße«, wiederholte sie. Zog sich Handschuhe an. Hob die Hand aus dem Karton. Sie war in Plastik verpackt. »Ohne das aufzumachen … ich sehe genug, um zu behaupten: Das war ein Kollege.« Sie drehte sie, beguckte den Stumpf. »Doch, doch, sauber abgesägt.« Sie schnaufte. »Hoffen wir, dass die den armen Kerl vorher anästhesiert haben.« Sie legte die Hand auf de Bodts Schreibtisch und betrachtete den Karton von innen. »Kein Tropfen Blut. Hätte ja trotz der Plastiktüte durchsuppen können.« Sprach mehr mit sich. »Warum schicken die das nicht ans Kanzleramt?«

»Das ist eine pragmatische Lösung, die Hand wäre sowieso bei uns gelandet.«

»Da ist ein Papier, unter dem Mull.«

Unser Gruß an die Kanzlerin: Erlassen Sie Italien, Spanien, Portugal und Griechenland alle Schulden. Die BRD trägt 75 Prozent der Kosten.

40.

Die Kanzlerin stand am Fenster und sah nichts.

De Bodt saß auf einem Sessel und beobachtete sie. Sie war erstarrt. Sie putzte sich die Nase. Wischte sich beiläufig über die Augen. Als könnte sie nicht weinen. Sie straffte den Körper. Atmete durch. Setzte sich aufs Sofa, de Bodt gegenüber.

Kammer kam aus dem Vorzimmer. Tablett mit grünem Tee, schwarzem Tee, einer Flasche Cognac, Tassen, Gläser. Sie goss der Kanzlerin einen Cognac ein.

»Hat der Präsident geschickt, aus Paris. Das Beste vom Besten. Als Herr Süß entführt worden ist.« Sie flüsterte.

Die Kanzlerin nippte am Glas. Stellte es zurück. »Und nun?«, fragte sie sich. »Ich trete zurück. Ich habe eine Verantwortung …«

De Bodt goss sich Tee ein. Schlug ein Bein übers andere.

»Was auch immer ich tue, ist falsch.«

»Sie sind in einer Lage, in der man nur Fehler machen kann.«

»Beate, ich möchte die Parteichefs und Fraktionsvorsitzenden in zwei Stunden hier haben. Nur die Regierungsfraktionen …«

Kammer eilte hinaus.

»Vielleicht haben Sie eine Idee? … Die haben die Hand chirurgisch … abgetrennt … Was heißt das?«

De Bodt zögerte. »Wenn Sie zurücktreten, wird Ihr Mann getötet. Wenn Sie im Amt bleiben, auch. Weil Sie die Forderung nicht erfüllen können. Ich würde mit den Parteien im Bundestag verabreden, dass alle gemeinsam erklären, dass niemand diese Forderung erfüllen kann und will. Danach sollten Sie zurücktreten, sobald die Nachfolge geregelt ist.«

»Weil man Mann sowieso stirbt …«

»Ja.«

41.

Vermutlich hatte nur der Botschafter ein größeres Büro. Merkow öffnete die erste Schublade des Schreibtischs. Katt entnahm dem Regal einen Ordner nach dem anderen. Blätterte sie durch.

Der Diplomatenpass in der Schublade, stets griffbereit. Auf den Namen *Nadia Kumanowa.* Irgendwo hatte sie bestimmt weitere Pässe.

Katt hatte gespottet: »Eine Frau als Residentin … gibt's das Wort überhaupt im Russischen?« Und Merkow freute sich, dass sie spottete. Langsam, viel zu langsam erwachten ihre Lebensgeister. Jeder Anflug von Humor war ein Sieg über die Finsternis. Als das KGB an die Stelle der Eltern getreten war. Ein bescheuerter SWR-General hatte gesagt, Katt sei der einzige Mann im Geheimdienst. Er hatte sich auf einen Schlag einen Haufen Freunde gemacht.

»Der Fortschritt ist unaufhaltsam«, sagte Merkow und grinste sie an.

»Insofern sind wir immer noch sowjetisch«, sagte Katt ohne den Kopf zu heben. Der steckte zwischen Aktenordnerdeckeln. »Die tat wirklich so, als wäre sie Kulturattachée …«

Merkow arbeitete sich durch den rechten Schubladenblock. Er rüttelte am Griff der unteren Schublade. Aber sie ließ sich nicht öffnen.

»Guten Tag. Ich hoffe, ich störe Sie nicht.« Ein Lachen im Gesicht, stand der Mann in der Tür. »Ich bin Andrejew, stellvertretender Militärattaché. Wenn Sie Hilfe brauchen …« Er schüttelte Merkow und Katt die Hand. Warf einen Blick auf den Tresor. Wiegte den Kopf. »Viel Spaß damit. Soll ich einen von meinen Leuten aus Moskau holen?«

»Ist nicht nötig«, sagte Merkow. »Wir kriegen das hin. Aber vielen Dank!«

Andrejew hob die Hände auf Bauchhöhe. »Sie können gern darauf zurückkommen. Wir sind doch Kollegen. Bis dann!« Er nickte und verschwand. Schloss die Tür von außen.

»Schön, dass die GRU so hilfsbereit ist«, sagte Katt. »Ist wie im süßesten Traum.«

Merkow zog sein Schlüsselsortiment aus dem Werkzeugkoffer. Das Schloss sah aus, als könnte man es mit einer Büroklammer entriegeln. Merkow leuchtete mit der kleinen Taschenlampe ins Loch. Von wegen. Er klopfte mit dem Hammer gegen die Verkleidung. Von wegen Holz. Hinter einer Sperrholzplatte war es hart. Er meißelte die Platte ab. Blank. Schimmernd. Stahl.

»Wir haben was«, sagte Merkow. »Wir müssen die nur aufkriegen.« Er wischte sich Schweiß von der Stirn.

Sie stellte einen Stuhl unter die Schreibtischplatte. Häufte Bücher auf den Sitz. »Die Geschichte der Kommunistischen Partei der

Sowjetunion in sechs Bänden sollte es tun. Bücher von Stalinscher Härte. Halten locker einen Schreibtisch. Zumal auf dem bestimmt schon Beria gepupt hat.«

Sie spottete. Unfassbar. Die Menschwerdung der Genossin Katt.

Sie hoben den Schreibtisch ein paar Zentimeter. Katt schob den sechsten Band auf den Stapel. »Ist wie beim Reifenwechsel«, sagte sie.

Er nahm die Japansäge. Nach ein paar Minuten schnaufte er. Ein tiefer Einschnitt in der Säule über der Schublade.

Die Tür öffnete sich. Fliehender Blick, weit geöffnete Augen. »Ich dachte, die Handwerker sind endlich da.«

Der Botschafter. Seine Exzellenz kümmerten sich höchstselbst um Handwerker, dachte Merkow. Das war bestimmt das erste Mal. Sonst wäre Wladyslaw Nikolajewitsch Rykow der erste Botschafter gewesen, der solche Dinge überhaupt wahrnahm. Gerade er, der mit Stolz den Namen eines sowjetischen Ministerpräsidenten trug. Gerüchteweise sogar verwandt sein sollte, über siebenundzwanzig Ecken.

»Wir hatten darüber gesprochen«, sagte Merkow. Katt nahm die Säge und schaffte es, sie kreischen zu lassen.

»Gut, gut«, sagte Rykow.

Merkow hatte dem Mann am Morgen erklärt, mit welchem Auftrag der Präsident Katt und ihn geschickt hatte. Unter allen Umständen den Tod der Kumanowa aufzuklären. Merkow sah immer noch die Augen, die ihn anstarrten. Der Präsident wusste etwas, das er nicht verriet. Die Kumanowa war mehr, als es schien. Sonst machte der Präsident nicht so einen Aufstand. Aber das war Merkow gewöhnt. Dass ihm seine Chefs wenig bis nichts sagten und er alles herausfinden sollte, was sie nicht wussten.

Der Botschafter nahm die Brille ab, hauchte die Gläser an und rieb sie mit einem Taschentuch trocken. Blickte prüfend hindurch, nickte, setzte die Brille auf. Musterte Merkow. »Sie werden schon wissen, was Sie tun.« Laut, um den Krach zu übertönen.

Was Merkow wusste: dass er allein wäre, sollte er scheitern. Er und Katt. Dass niemand von einem Auftrag wüsste. Dass er unter einem Vorwand in die Botschaft eingedrungen wäre, um für den Feind zu spionieren. Wozu er sogar den Schreibtisch der bedauernswerten Kulturattachée zerstörte. Die Liebeskummer zu einer Verzweiflungstat getrieben hatte.

Oder so ähnlich.

Rykow starrte ins Zimmer. Zupfte am Schlips. Drehte langsam ab wie ein Tanker mit Motorschaden. Schnaufte durch und verschwand.

Ein Knall wie ein Salut. Der abgesägte Teil der Schreibtischsäule knallte auf den Boden. Katt hob das Teil auf den Konferenztisch. Löste die verklebten Holzreste. Stahl, angelaufen. Aber Stahl. Merkow klopfte mit den Fingern auf den Tresor. Nahm ihn in Augenschein. Katt zeigte auf eine Inschrift. *Rottner Tresor.*

»Österreichische Firma. Ist leider gut. Mit unserem Spielzeug kriegen wir den nicht auf.« Er zückte das Telefon.

42.

»Das kriegen wir hin«, sagte de Bodt. »Aber ich möchte reingucken.«

Merkow zögerte. Hätte er draufkommen müssen. »Nein«, sagte er.

»Aber die Wohnung will ich sehen.«

Lange nichts. »Nein. Wenn ich das mache …« Merkow wollte die Panzerschublade nicht nach Moskau schicken. So verstand er den Befehl des Präsidenten. Beim SWR in Moskau gab es Leute, die würden die Schublade »säubern«, bevor sie die untersuchten.

De Bodt fuhr ins Präsidium. Uhlenhorst war noch da. Der blickte ihn mit großen Augen an. Rief per Handy einen Kollegen zu sich. Der Oberkommissar Keller erschien. »Werkzeug ist im Auto.«

»Sie können schweigen?«, fragte de Bodt.

»Red nicht so geschwollen daher«, sagte Uhlenhorst. »Wenn ich dir einen Kollegen empfehle …«

»Ist ja gut.«

Keller grinste.

»Wir lesen uns einmal in der Woche Märchen oder Liebesgeschichten vor«, sagte Uhlenhorst.

»Ich möchte nichts davon wissen.« De Bodt hatte eine Runde von Bullen in Zivil vor Augen. In Uhlenhorsts Kellerbar mit Elektrokamin. In der Mitte Scheine und Münzen, in den Händen Karten.

Uhlenhorst nahm seine Jacke von der Stuhllehne.

»Du darfst nicht mit.«

Setzte sich. Tat so, als weinte er. Dabei hatte de Bodt bei ihm nicht viel gut, sondern alles. Seit er Uhlenhorsts Frau und Kinder gerettet hatte.

Vor dem Haupteingang der Botschaft Unter den Linden wartete Merkow. Er drückte de Bodt und Keller Karten in die Hände. »Die Hausausweise.« Er ging voran, drehte sich um: »Ich hab sie schon für Sie unterschrieben.« Lachte trocken.

Und hatte einen Fehler gemacht. Indem er seinen Stellenwert verriet. Wer konnte Leute mit gefälschten Ausweisen in eine russische Botschaft führen? De Bodt hatte es schon geahnt. Jedes Mal, wenn Moskau etwas für brenzlig hielt, tauchte Merkow auf. Bestimmt nicht nur, weil er perfekt Deutsch sprach. In ihren Gesprächen hatte Merkow sich nicht bemüht, seine Nähe zum Präsidenten zu leugnen. Er hatte sie auch nicht bestätigt. Natürlich nicht.

Keller musterte Katt. Zwei Blicke. Dann den Schubladentresor. »Interessant. So was sieht man nicht alle Tage. Ein Rottner, nicht schlecht.« Er blickte Merkow an. »Ich könnte einen von der Firma herbestellen.«

Merkow schüttelte den Kopf.

»Wenn ich den mit in die Werkstatt …«

»Holen Sie sich, was Sie brauchen. Wenn Sie was nicht haben, kann ich es besorgen.«

»Geheimniskrämerei«, rutschte es Keller raus.

»Genau«, erwiderte Merkow.

Die Tür öffnete sich. Rykow. Blickte sich um. Runzelte die Stirn. »Das hat seine Ordnung?«

»Das hat seine Ordnung«, sagte Merkow.

Rykows Blick fiel auf den Stahlkasten. »Ich werde den nach Moskau bringen lassen.«

»Nein«, sagte Merkow. »Wenn Sie das vom Präsidenten persönlich hören wollen …« Er nahm sein Telefon in die Hand.

Rykow winkte ab. »Nein, nein. Sie machen es, wie Sie wollen.« Warf Katt einen Blick zu. Sie lehnte am Fenster und zählte die Staubpartikel auf ihren Schuhen.

»Die Sicherheit weiß von Ihrem Besuch?«

»Natürlich«, log Merkow.

Rykow verschwand.

»Der will im Notfall von Anfang an dagegen gewesen sein. Oder dafür. Umso besser, dass er noch nicht weiß, wogegen oder wofür.«

»Wir leben mit dem Strick um den Hals, bis wir sterben«, sagte Katt zu ihren Schuhen.

Merkow blickte sie verblüfft an. Er lachte. »Was für ein Optimismus! Überwältigend!«

Katt lächelte. Sie lächelte! Wenn auch nur für ihre Schuhe.

De Bodt beobachtete das Spiel. Da hatte sich was geändert. Im Ton. Auch bei Merkow. Er war zynischer geworden, sie offener.

»Ich komme gleich wieder«, sagte Keller.

43.

Salinger zerkaute einen Bleistift. Yussuf spielte mit seinem Telefon. Sie blickten de Bodt an, als der sein Wohnzimmer betrat, das ihnen als Büro diente.

»Uhlenhorst hat euch von der Hand erzählt?«

Salinger nickte. »Ist es seine?«, fragte sie.

»So gut wie sicher.«

Die KT hatte die Haarbürste aus der Wohnung der Kanzlerin geholt. Die DNS-Probe dauerte.

»Der Ring gehört ihm, daran gibt's keinen Zweifel.«

»Und jetzt hacken die ihm die andere Hand ab«, sagte Yussuf.

De Bodt nickte. Sagte nichts, aber die Sprache störte ihn. Obwohl er wusste, dass Yussuf so das Entsetzen überspielte.

»Und was machen die Kollegen Tilly, Krüger und Konsorten?«, fragte Salinger.

»Die warten, bis die andere Hand geliefert wird«, erwiderte Yussuf.

»So ähnlich«, sagte de Bodt. »Die haben nur eine Wahl: Süß finden, tot oder lebendig.«

»Da ist der arme Süß an die Richtigen geraten«, sagte Salinger.

»Wir würden den auch nicht finden. Ich habe mir das Ermittlungsprotokoll angesehen. Die haben alles abgegrast, um herauszufinden, wo Süß zwischen fünf und acht gewesen ist. Nichts.«

»Haben die auch die einschlägigen Hotels abgeklappert?«, fragte Yussuf.

»Natürlich.« Er überlegte, ob er es sagen sollte. Und tat es: »Wir haben keinen Grund für Hochmut. Wir stehen auch an der Wand. Ich mag den Krüger genauso wenig wie ihr, aber er ist ein guter Bulle …«

»Seit wann?«, fragte Salinger.

»Schon immer, wenn es um halbwegs normale Fälle geht.«

»Ach du Scheiße!« Yussuf stutzte. Er las. *Das Grauen kam mit der Post. Die Hand des Kanzlerinnen-Gatten abgehackt.* Wer hat das rausgegeben?«

»Krüger natürlich«, sagte Salinger. »Hat sich sein Gehalt aufgebessert. Für die Petze gab's bestimmt einen Tausender auf die Kralle.«

»Liest sich, als hätte die Kanzlerin das Paket geöffnet«, sagte Yussuf. Lachte auf. »Das stammt eher nicht von Krüger: *Polizeichaos, aber de Bodt und seine schöne Kommissarin lassen es sich gutgehen.«*

»Schade«, sagte Salinger und grinste.

De Bodt warf ihr einen Blick zu und grinste mit.

»*Noch schlimmer: Deutschlands gefährlichster Gangster begnadigt«*, las Yussuf.

»Begnadigt, stimmt doch gar nicht.«

»Ich geb eine Runde aus«, sagte Yussuf.

Erst jetzt erkannte de Bodt, dass in der Ecke eine Monsterkaffeemaschine stand. Auf dem Nachttisch. »Sag, du …«

»Hegel, Platon und deinen Porno hab ich aufs Bett gelegt.«

Salinger lachte. »Welchen Porno?«

»Guck selbst.«

Als sie aus dem Schlafzimmer zurückkam, gackerte sie.

»Vielleicht sollten wir doch noch ein bisschen arbeiten«, sagte de Bodt. »Ich fasse zusammen.«

»Nein, bitte nicht«, sagte Yussuf.

»Die Kanzlerin wird erpresst. Die DNS-Probe wird bestätigen, dass die Täter Süß eine Hand abgetrennt haben. Die Zander hat es bestätigt. Es wurden chirurgische Instrumente benutzt. Sie hat auch Reste von Propofol gefunden. Das benutzen Ärzte, um Patienten auf die Anästhesie vorzubereiten. Die Täter haben eine Forderung gestellt, die niemand erfüllen kann …«

»Vergiss die russische Kulturattachée nicht«, sagte Salinger. »Die Superschwimmerin, die im Kanal ertrunken ist.«

»Zu dem Thema kriegen wir nachher Besuch.«

Salinger verzog pflichtgemäß das Gesicht.

»Niemand weiß, wo der Professor festgehalten wird. Wenn wir ihn nicht finden, ist er tot. Die schicken uns seinen Körper in Teilen. Was den Hinweis erlaubt, dass die Typen vor nichts zurückschrecken. Nur Folter, das wollen sie nicht. Deshalb das Propofol.«

»Und die Hand?«, fragte Yussuf. »Keine Folter?«

»Folter soll schmerzen, die Anästhesie unterdrückt den Schmerz. Die sehen das sachlich. Außerdem wollten die sich das Blutbad und das Geschrei ersparen. Die wollen nichts von Süß, sondern was von der Kanzlerin.«

»Sieht so aus, als hätte Bob das geplant. Ganz sachlich, kein Sadismus«, sagte Salinger. »Vielleicht sind das Bobs Leute, und sie haben ihn aus dem Knast geholt.«

»Vielleicht«, sagte de Bodt. »Nur haben wir Bobs Leute reihenweise verhaftet. Ich hab mich erkundigt, die sitzen alle noch. Ich glaube, dass das alles zusammenhängt. Vielleicht auch nicht. Die Kulturattachée …«

»Die wurde vergiftet«, sagte Salinger. »Aber was soll das …?«

Es klingelte. De Bodt öffnete und führte sie ins Büro.

Merkow und Katt lehnten sich nebeneinander an die Wand.

»Tut mir leid, mehr Stühle passen hier nicht rein.«

Merkow winkte ab. Katt bestaunte ihre Füße.

»Kaffee?«, fragte Yussuf. Salingers Blick traf seine Stirn, trat am Hinterkopf aus und hinterließ eine qualmende Wunde.

»Gern«, sagte Katt, nun offenbar zufrieden mit dem Zustand ihrer Schuhe.

Merkow hob den Zeigefinger. »Ich auch.«

Yussuf hantierte mit dem Koloss, als hätte er einen Lehrgang über Dampfmaschinen belegt.

»War Herr Keller bei Ihnen?«

»Ja, er hat den Tresor geöffnet«, sagte Merkow ins Dröhnen der Maschine.

»Was Aufschlussreiches?«

»Das darf ich Ihnen nicht sagen.«

»Also ja.«

Merkow lachte leise. »Das darf ich Ihnen auch nicht sagen.«

»Aber Sie heißen schon Merkow?«, fragte Salinger.

»Vermutlich«, erwiderte Merkow.

Yussuf drückte den Gästen Espressotassen in die Hände. Es duftete nach frisch gemahlenen Kaffeebohnen.

»Wir müssen den Tod Ihrer Kulturattachée aufklären«, sagte de Bodt.

»Ich weiß. Das will meine Regierung auch.«

»Ergibt sich aus dem Inhalt des Tresors nicht der geringste Hinweis für die Ermittlungen?«

Merkow schwieg. Rührte sich nicht. Schüttelte dann den Kopf.

De Bodt nickte.

»Hat das was mit der Erpressung zu tun?«

Merkow schwieg. Rührte sich nicht. Schüttelte dann den Kopf.

44.

»Hör zu.« Kevin blickte über die Schulter. Aber Rambo und Tom waren immer noch im Haus. »Ich hab nachgedacht …«

»Was glaubst du, was ich die ganze Zeit mache?«

»Ja, ja. Wir müssen die Typen in unsere Gewalt kriegen. Die haben ein Satellitentelefon. Verstehst du?«

Warum waren sie noch nicht auf diesen Gedanken gekommen? Sie hatten kein Telefon gesehen, aber es musste eines geben. Für den Notfall. Wenn ein Boot anlegte und eine Horde Touristen landete. Zufälle gab es immer. Man konnte noch so gut planen.

»Nein, die sind stärker als wir«, sagte Knorr. »Aber wenn einer sie ablenkt und der andere das Telefon sucht?«

»Da kannst du lange suchen«, sagte Kevin.

»Du kannst es nicht mit denen aufnehmen.«

»Die Überraschung hilft uns. Und die wissen nicht, dass ich beim Bund Einzelkämpfer war.«

Sie musterte sein Gesicht. Der Vater war dagegen gewesen, dass Kevin zum Bund ging. Und dann noch Einzelkämpfer. Sie wusste zwar nicht, was das war. Aber es klang nicht nach Exerzieren. Helmut hatte dienen müssen. Als sie ihn entlassen hatten, schimpfte er nur noch. Scheiß Barras. Alles Nazis. Deutschland in den Grenzen von 1937, die Karte an der Wand im Treppenhaus der Kaserne. Die Sprüche von der besten Armee der Welt, womit die Wehrmacht gemeint war. Das Rauchverbot unterm Helm, um die Kameraden des Weltkriegs zu ehren. Helmut kriegte einen Tobsuchtsanfall, wenn er Militärkolonnen auf der Autobahn sah.

»Und du meinst im Ernst, du kannst die überwältigen?« Sie schüttelte den Kopf.

»Hängt davon ab, ob ich einen erwische und ob der andere es mitkriegt.«

Sie schüttelte wieder den Kopf.

»Na, geht's euch gut?« Tom stand hinter ihr.

45.

Das Original war bei der Kriminaltechnik, die Kopie lag auf ihrem Schreibtisch. Kammer hatte de Bodt ins Büro geführt. Sie hatte das

Salz der Tränen auf den Wangen. Die Kanzlerin saß am Schreibtisch und deutete auf einen Stuhl. De Bodt stellte ihn vor den Schreibtisch und setzte sich.

»Ich habe gestern bis in die Nacht mit den Vertretern der Koalitionsparteien diskutiert. Sie sind dagegen, dass wir der Forderung nachgeben. Die Sozis haben auf die Schleyer-Geschichte verwiesen, Helmut Schmidt. Der Staat lässt sich nicht erpressen. Koste es, was es wolle. Letzteres hat keiner gesagt, aber alle haben es gedacht.« Sie blickte de Bodt an. »Glauben Sie, dass mein Mann eine Chance hat?«

»Nur, wenn wir ihn finden.«

»Was macht Sie so sicher?«

»Jemand, der eine unerfüllbare Forderung stellt, weiß, dass sie nicht erfüllt wird. Also bezweckt er etwas anderes.«

»Das ist doch verrückt.«

»Nur, wenn man nicht weiß, um was es geht.«

»Was Sie sagen, klingt … hoffnungslos.« Ihre Hand wischte über die Augen. »Das ist doch verrückt.«

»Leider nicht.«

»Ich kann also machen, was ich will, mein Mann stirbt sowieso?«

»Wie gesagt, wir müssen ihn finden. Die Kollegen tun alles.«

»Ich weiß … ich weiß.«

»Hubschrauber mit Wärmebildkameras, sogar ein Tornado. Über den Wäldern. Er ist in der Stadt versteckt, nicht in Mitte, aber am Rand. Ich tippe auf einen Sozialbau, anonymes Hochhaus. Meine Kollegen durchsuchen diese Bauten. Mit Unterstützung aus Brandenburg und Mecklenburg-Vorpommern. Kollegen aus anderen Ländern kommen morgen Abend dazu. Mehr Polizei als beim Papstbesuch.«

Die Mundwinkel deuteten ein Lächeln an, für den Bruchteil einer Sekunde.

»Was kann ich tun?«

»Nichts. Vielleicht ist dies das Ziel der Täter. Wenn die Regierung nicht einmal sich selbst schützen kann …«

»Rechtsterroristen. Wie der NSU, nur ein paar Nummern größer?«

»Möglich. Wenn man nach *cui bono* geht, nutzt das Unternehmen Rechtsextremen.«

Ihre Brauen zuckten. »Ich werde im Fernsehen sprechen.«

De Bodt schwieg.

»Sie wollen nicht wissen, was ich sagen werde?«

»Sie wollen sich anstelle Ihres Mannes als Geisel anbieten.«

Sie blickte ihn eine Weile an. »Und Sie halten das für …«

»Falsch. Erstens halte ich es für möglich, dass die Ihren Mann trotzdem umbringen. Außerdem wäre das eine Staatskrise, die wir schwer bewältigen könnten. In der Bevölkerung …«

»Ich weiß«, sagte sie. »Es gibt die große Panik.«

»Sagen Sie, dass Sie sich nicht erpressen lassen. Wenn das Parlament es wünsche, würden Sie zurücktreten. Oder eine noch größere Koalition bilden. Mit allen außer den Rechten.«

»Ich denke drüber nach. Glauben Sie, dass der Innenminister so denkt wie Sie?«

»Ich fürchte, nein. Schon weil ich angeblich den Vorgänger auf dem Gewissen habe.«

»Unter uns, ich bin froh, dass ich ihn losgeworden bin. Danke also.« Sie blickte ihn an. Erschöpft, müde, verzweifelt. Augen, die alles verrieten.

46.

»Sie wissen, was das womöglich bedeutet? Dass Wedenstein in Paris gelandet ist?«, fragte de Bodt.

Die Verbindung hallte. Wie früher. Trotzdem hörte er Lebrancs Atem.

»Darüber habe ich bereits nachgedacht. Wollte es gerade verdrängen.«

»Die werden den Mann der Kanzlerin umbringen und sich dann dem nächsten Projekt zuwenden. Kann sein, dass das Unternehmen bei Ihnen stattfindet.«

»Wir haben überprüft, ob unser Freund woanders hingeflogen ist. Niemand hat ihn gesehen. Der fällt ja auf. Und schnell ist er im Rollstuhl auch nicht. Ich fürchte, der ist nicht in Neukaledonien.«

»Das fürchte ich auch. Haben Sie auch die Bahnhöfe, Autovermieter …«

»Herr Kollege!«

»Entschuldigung. Aber wenn Sie wüssten, wie viel ich übersehe.«

Lebranc lachte trocken. Er war gern beleidigt, aber de Bodt konnte er nichts übel nehmen. Der hatte ihm einen Karriereschub in letzter Minute verschafft.

»Dazu sage ich lieber nichts. Wir haben alle Streifen in Paris informiert, mit Foto und Personenbeschreibung. Aber bisher kein Hinweis. Der ist bestimmt direkt aus dem Auto in einem Eingang verschwunden und hat das Haus nicht mehr verlassen.«

»Passen Sie auf den Präsidenten auf. Besonders auf seine Frau.«

»Habe es schon durchgegeben.« An den Polizeipräfekten, direkt. Schriftlich und per Telefon ins Vorzimmer. Hatte gedrängt. Es könne so was passieren wie in Berlin. Die Täter seien schon in der Stadt.

47.

Sie war stolz auf ihren Mann und stolz auf sich. Aber jetzt brauchte der Zeit für sich. Er hatte sich mit vielen gleichzeitig angelegt: mit den Gewerkschaften, der Opposition sowieso, den Amis, denen er die Leviten gelesen hatte. Die Engländer machten immer Zicken. Die Deutschen bremsten noch auf der Kriechspur. In Italien wähnten sich Ultrarechte im Krieg gegen Flüchtlinge, die es an die französische Grenze drängte. Dann noch diese Leute in gelben Westen. Er begann die Farbe zu hassen.

Sie hatten darüber gesprochen, lang, offen. Wie immer. Dann hatte sie sich verkleidet: Jeans und Pulli. Basecap mit großem Schirm. Einen Parka. Niemand erkannte sie. Außer den beiden Leibwächtern, die ihr folgten. Die hatte sie gebeten, so unauffällig wie möglich zu sein.

Sie war schon lange nicht mehr in der Rue de Rivoli gewesen. Place de la Concorde, wo der König seinen Kopf verloren hatte. Der Obelisk ragte in den blauen Himmel. Es war klar und die Luft eiskalt. Vorbei an den Tuilerien. Im Sommer wäre es ein Gedränge gewesen. Sie ging schnell. Sah den Louvre im Augenwinkel. Sie hatte vor Kurzem eine Privatführung mit ihrem Mann außerhalb der Öffnungszeiten gehabt. Nach der Kirche Saint-Germain-l'Auxerrois begannen die Boutiquen und Galerien. Die Seine in tausend Variationen, Zielgruppe Touristen. Doch eine Kunstgalerie überraschte sie. Nur ein Bild. Vögel, Pferde, Flugzeuge erkannte sie. Faszinierende Farbkontraste zwischen Blau und Gelb. Gehaucht wie ein Aquarell. Sie stand lange vor dem Bild. Ob er es mögen würde? Es kostete immerhin zwölftausend Euro. Obwohl sich gewiss etwas verhandeln ließ, es bliebe teuer. Sie fotografierte es mit dem Telefon.

»Ein schönes Bild, Madame, nicht wahr?«

Sie drehte sich um, hatte die Frau nicht gesehen.

»Ich werde meinem Mann das Foto schicken. Ich glaube, er mag es. Nur wenn ich ihm den Preis nenne …«

»Wir können darüber reden. Der Künstler ist noch unbekannt. Wohnt nicht weit von hier. Aber wir setzen große Stücke auf ihn. Ich glaube, er wird bald nicht mehr unbekannt sein.«

Sie nickte. Aber sie spekulierte nicht. Sie kaufte Bilder, um sie an die Wand zu hängen. In ihrer Wohnung, nicht im Élysée-Palast, wo sie die Ölschinken manchmal erdrückten.

»Ich kann es Ihnen eine Woche reservieren, Madame.« Sie zögerte. »Ich habe Ihren Mann gewählt. Die Vorstellung, es hinge in seinem Büro … es würde mich glücklich machen.«

Sie lachte. »Da hat meine Verkleidung ja richtig gut geklappt.«

»Ich bewundere Sie, Madame. Auch weil Sie alle diese Beleidigungen …«

Sie lächelte die Frau an. »Danke.« Betrachtete das Bild ausgiebig. »Wunderbar.« Öffnete die Tür, drehte sich noch einmal um. »Ich melde mich, auf jeden Fall.« Legte ihre Karte auf das Tischchen am Eingang. Eine Frau stand vor der Tür. »Entschuldigen Sie«, sagte die Frau des Präsidenten.

»Ich habe mich zu entschuldigen«, sagte die andere. Trat einen Schritt zur Seite. Packte die Frau des Präsidenten, als sie vorbeiging.

Dann hörte sie es ploppen. Ein Schrei. Ein Mann in Handwerkerklamotten rannte auf sie zu. Sie war erstarrt. Spürte die Umklammerung. Sah die Leibwächter am Boden. Einer gestikulierte, bis der Arm zu Boden sank. Sie wollte weglaufen, aber ihre Füße klebten am Bürgersteig. Und sie hing im Schraubstock.

»Wir bringen Sie in Sicherheit«, sagte der Mann. Er roch nach einem Deo, das sie kannte. Stimmt, der amerikanische Präsident. Der Primitivling.

48.

Immerhin musste er sich ankündigen. Er klingelte.

Salinger öffnete. Tilly betrat eiligen Schritts das Büro, das in Wahrheit ein Wohnzimmer war. De Bodt telefonierte.

»Mein Gott!«

Yussufs Füße beendeten das Trommelsolo. Der Kriminalrat fand keine Sitzgelegenheit. Parkte seinen Hintern auf Salingers Schreibtisch. Der wippte hoch. Salinger stützte sich aufs andere Ende. Tilly wankte, aber fiel nicht. Er klatschte einmal und lehnte sich an den Türrahmen. De Bodt legte auf. »Sie haben die Frau des französischen Präsidenten entführt. Hätte nicht gedacht, dass Bob so schnell zuschlägt. Die wollten Lebranc zuvorkommen …«

»Vielleicht hat der Kollege sich erst mal auf dem Vorgang ausgeruht«, sagte Tilly.

»Nein, er hat seine Vorgesetzten gewarnt.«

»Wie ist er überhaupt auf die Idee gekommen, dass die Frau …?« Er lief bleich an. Kapierte, was es bedeutete.

»Der Kollege hat eins und eins zusammengezählt.«

»Solche Polizisten brauchen wir auch«, sagte Tilly.

»Sie haben doch Krüger«, sagte Yussuf.

»Der kommt nachher vorbei. Es geht um die Kulturattachée.« Er zog das Endungs-E so lang, bis es fast zerrissen wäre.

»Ich dachte, wir haben Urlaub. Jetzt weiß der Krüger aber, dass es nicht stimmt.« Salinger tippte sich ans Kinn und blickte den Kriminalrat an, als wären ihre Augen ein Gewehrvisier.

»Sie waren bei der Kanzlerin«, sagte Tilly.

De Bodt nickte. Wer hatte dem das zugetragen?

»Sie waren dort in dienstlichem Auftrag?«

Die Falle war gespannt. Würde er es bejahen, müsste er Tilly berichten. »Nein, privat.«

Tilly blickte ihn eine Weile an. »Aber Sie haben sich doch gewiss über den armen Professor Süß unterhalten.«

»Nein, über die Bundesliga. Ob die Hertha diesmal absteigt. Die Kanzlerin glaubt, dass die letztes Mal ganz schön Glück gehabt hätten. Sie fände es nicht gut, wenn die Hauptstadt nicht mehr in der Bundesliga vertreten wäre.«

»Treiben Sie es nicht zu weit, Herr Hauptkommissar.«

»Diese Bemerkung verstehe ich nicht ganz. Sie wollten es doch wissen.« Er verkniff sich den Vorschlag, Tilly möge bei der Kanzlerin nachfragen.

»Was Krüger weiß, weiß morgen Berlin«, sagte Salinger. »Dass der Hauptkommissar und seine schöne Kommissarin nicht in der Südsee turteln, sondern geheim an diesem Fall arbeiten. Wenn Sie das wollen, schicken Sie den Krüger her.«

»Ich weiß wirklich nicht, was Sie gegen den Kollegen haben«, sagte Tilly. »Er hat mir in die Hand versprochen, dass er schweigen wird.«

»Gut, das schafft er vielleicht zwei Tage …«, sagte Salinger.

Tilly schluckte. Er wandte sich an de Bodt. »Wie ist der Sachstand?«

»Der Professor ist nur zu retten, wenn die Kollegen ihn finden. Aber die wissen ja nicht mal, wo der zwischen siebzehn und zwanzig Uhr war. Entnehme ich dem Ermittlungsprotokoll.«

»Die führen wenigstens eines. Ihres habe ich im Netz nicht gefunden.«

»Wir sind ja auch im Urlaub«, sagte Yussuf, ohne sein Gedaddel mit dem Smartphone zu unterbrechen.

»Wie viele Leben hast du noch?«, fragte Salinger.

»Wenn ich weiter so gestört werde, habe ich bald keines mehr.«

Der Kriminalrat kämpfte mit sich. Sie wollten ihn provozieren, alle drei. Er kannte das schon. Schmeiß sie raus, versetz sie wenigstens an den Nordpol, hatte seine Frau gesagt. – Am liebsten gestern, hatte er geantwortet. Geht aber nicht. Vorschriften und so. Außerdem die Ermittlungsergebnisse. Ich muss warten, bis die mal so richtig Scheiße bauen. Dann schlage ich zu. – Beförder den de Bodt und versetz ihn zur Organisierten Kriminalität. Dann bist du ihn los. – Das kann ich nicht, das entscheidet der Präsident. – Dann red mit dem. – Gut, jetzt klären wir erst mal den Fall auf, dann versuch ich es. – Versprochen? – Versprochen.

»Ich reise morgen früh nach Paris.«, sagte de Bodt.

»Beantragen Sie das als Dienstreise, und wir werden sehen.« Während er es aussprach, wusste Tilly, dass er einen Fehler machte.

»Ich schick die Abrechnung ans LKA. Die Frau Engel wird das fertig machen, sie kann schon gut für mich unterschreiben.«

Tillys Gesicht fragte: Wie bitte?

Salinger blickte de Bodt lange an.

»Und die Kollegin Salinger reist mit.«

Ein Klingeln verhinderte die Explosion des Kriminalrats.

Yussuf öffnete. »Ach du.«

Krüger stapfte ins Büro, als wollte er den Boden foltern.

»Haben Sie eine Spur?«, fragte Tilly.

»Nichts haben wir. Ich habe noch nie so viele Kollegen gesehen. Bundespolizei, Tornados, extra aus Jordanien zurückgerufen. Gründlicher kann man es nicht machen.«

»Doch«, sagte de Bodt. »Nicht mehr, aber anders.«

Schweigen.

»Vielleicht verraten Sie uns, wie wir den Professor finden.«

»Indem Sie sich in Gangster hineinversetzen, die wissen, wie die Polizei arbeitet, wenn der Mann der Kanzlerin entführt wird. Der Aufmarsch bringt nichts, wenn Sie nicht denken.«

»Werden Sie nicht unverschämt«, sagte Krüger. »Was glauben Sie, was wir von morgens bis abends tun?«

»Das Denken des einen nun, als eines Erkennenden, werden wir mit Recht als Erkenntnis bezeichnen, das des andern aber, als das eines nur Meinenden, als Meinung.«

»Hören Sie auf mit den Sprüchen.«

»Kollege Krüger, mäßigen Sie sich. Also, Herr de Bodt, was wollen Sie uns sagen. Wenn's geht ohne Kalendersprüche?«

»Das war Nietzsche, das war im Kern ein übler Typ, wenn ich das allgemeinverständlich erklären darf. Aber er war geistreich.«

»Das ist doch Zeitverschwendung …«

»Offenbar«, warf de Bodt ein.

Krüger stutzte, wischte seine Wut mit der Hand weg. »Was würden Sie anders machen als wir, nun rücken Sie schon raus damit.« Klang wie: Jetzt stechen wir in den Luftballon, und wisst ihr, was aus dem rauskommt? Luft, nichts als Luft!

»Denken«, sagte de Bodt. »Ist übrigens der Schlüssel zur Lösung jedes Kriminalfalls. In unserem Fall führt das als erster Schritt zu der Frage: Mit was für Tätern haben wir es zu tun, Ali?«

»Profis«, sagte der. Tillys und Krügers Blicke klebten an Yussuf.

»Und was wissen diese Profis von Wedensteins Kaliber?«

»Wie die Polizei arbeitet, wenn der Gatte der Kanzlerin entführt wird«, sagte Salinger. Die Blicke schwenkten zu ihr.

»Was bedeutet das?«

»Dass wir denken sollen wie Leute, die wissen, wie wir arbeiten«, sagte Yussuf.

»Dass wir als Polizei nicht das machen dürfen, was wir sonst machen. Es sei denn, wir wollen die Öffentlichkeit beruhigen. Viele Bullen und Helis in der Glotze, das macht Eindruck«, sagte Salinger.

»Was unterläuft das Polizeidenken? Was verstehen wir, wenigstens der Kollege Krüger, nicht? Wenn ich den Professor entführen wollte, wo würde ich ihn verstecken? Da, wo die Polizei garantiert nicht sucht.«

Krüger kämpfte mit seinem Blutdruck.

Tilly war in sich versunken. Nickte. »Wo also?«, fragte er leise.

»Im Kanzleramt wäre ideal«, sagte de Bodt. »Geht aber nicht. Aber in der Nähe. Ich würde an ihrer Stelle die Umgebung der Kaserne absuchen. Unauffällig, mit ein paar Kollegen in Zivil.«

»Was für ein Unsinn!«, sagte Krüger. »Die haben ihn auf der B96a, kurz vor Brandenburg, gegriffen. Und dann sind die gemütlich zu Mutti nach Tegel gedüst …« Krüger tippte sich an die Stirn. »Suchen Sie doch selbst! Wenn das so logisch ist …«

»Wir haben Urlaub.«

49.

Kevin erstarrte. Wie lange stand Tom schon hinter ihnen? »Gut«, sagte er. »Wir überlegen, ob die am Ende nicht nur uns, sondern auch euch beseitigen.«

Seine Mutter blickte ihn ängstlich an.

»Dann hätten wir euch längst im Sand verscharrt, wo euch in den kommenden zehntausend Jahren niemand finden wird.«

»Schon in hundert Jahren gibt's die Insel nicht mehr. Die wird weggeschwemmt.«

»Dann werdet ihr eben Fischfutter.«

Kevin überlegte. »Eure Chefs lassen uns nicht umbringen, sonst würde die Erpressung nicht funktionieren. Könnte doch sein, dass irgendwer Beweise verlangt, dass wir noch leben.«

»Schlaues Kerlchen«, sagte Tom. »Aber wir bringen euch aufs Festland, sobald dein Vater uns geholfen hat. Mein Wort darauf.«

»Du gibst ein Versprechen, das Leute einhalten sollen, die nichts davon wissen.«

»Doch, das ist so abgemacht.«

Kevin blickte ihn an und lachte. Obwohl ihm nach Heulen zumute war.

50.

»Einer meiner Lieblingsorte in Berlin«, sagte de Bodt. »Schöner Verkehrslärm. Und dazwischen Kentucky Fried Chicken, ein Baumarkt, die Dekra und so weiter.«

Yussuf beglotzte sein Telefon. »Es gibt hier nur ein Haus, das infrage kommt. Hier…« Zeigte de Bodt das Haus in Street View. »Wenn das nicht längst abgerissen ist.«

»Wir gehen auf die andere Straßenseite. Vorsicht…«

»Ja, ja«, sagte Salinger.

»Das steht noch. Rollläden gammelig, runtergelassen.«

»Das sind Jalousien, aber so was gibt's bei euch in Anatolien noch nicht.«

»Unfassbar, was ich bei Ungläubigen lerne.«

»Sei dankbar.«

Sie standen vor dem Haus. Verschlissene Hausfassade. »War mal ockerfarben«, sagte de Bodt. »Sechzigerjahre.«

»Wohnt keiner mehr drin. Und das nicht seit gestern«, sagte Yussuf.

Sie liefen einen halben Kilometer weiter. Als das Haus außer Sichtweite war, wechselten sie die Straßenseite und kehrten zurück. De Bodt fand einen Trampelpfad über eine Wiese. »Wir nähern uns dem Haus von hinten.« Als die Hausrückseite zwischen Büschen sichtbar war, winkte er die beiden hinter sich. »Ihr bleibt hier. Ich peile die Lage.«

»Du spinnst«, sagte Salinger. »Wir kommen mit.« Sie packte ihn am Arm. »Sonst streiken wir!«

»Na schön, das macht mir natürlich Angst.«

Fünfzig Meter vor dem Haus begann ein Parkplatz. Auf dem stand ein VW-Passat Kombi, das jüngste Modell. Dunkelblau.

»Soll ich die Reifen…«

»Nein«, sagte de Bodt.

Yussuf warf ihm einen Blick zu, schüttelte den Kopf. Ging zum Haus. In regelmäßigem Abstand waren drei Türen in die Wand eingelassen.

»Wohnung oder Keller?«, fragte Salinger.

»Keine Ahnung, wir fangen unten an.«

»Also hier«, sagte sie. Zeigte auf die erste Tür.

»Wartet.« De Bodt ging zur zweiten Tür. Betrachtete das Schloss. So rostig wie das der ersten. Das Schloss der dritten Tür war neu. Er winkte die Kollegen zu sich. »Es ist hier. Oder der Besitzer hat ein neues Schloss eingebaut, weil das alte kaputt war.«

»Kriegen wir das auf?«, fragte Salinger.

»Nein. Wir brechen die Tür auf.«

»Das hören die, wenn sie da sind.«

»Ich tippe, die sitzen im Keller.«

»Was du immer weißt«, sagte Salinger.

»Wo würdest du den Mann verstecken?«

»Im Keller. Aber die Bewacher müssen nicht im Keller sitzen.«

De Bodt nickte.

Yussuf betrachtete das Schloss. »Nicht schlecht«, sagte er. »Da kann man den Schlüssel nicht kopieren.«

»Kriegst du das auf? Ihr habt doch nur Vorhänge vorm Zelt.«

Yussuf tippte sich an die Schläfe. Zog aus der Tasche zwei Werkzeuge, die an Zahnarztinstrumente erinnerten. Das eine steckte er an der Seite zwischen Zylinder und Gehäuse, mit dem anderen fummelte er im Schloss herum. Es dauerte. »Na, sieh an. Leichter, als einen Vorhang vorm Zelt wegzuziehen …« Es klackte leise, als er seinen Dietrich linksherum drückte. Und ein zweites Mal. Als er den Spanner, der den Zylinder festgeklemmt hatte, oben in die Öffnung steckte und ihn drehte.

Er steckte das Werkzeug in die Anoraktasche und drückte die Tür vorsichtig auf.

Fahles Licht fiel ins Treppenhaus.

De Bodt zog seine Pistole.

51.

Sie hatten Glück gehabt. Bob hatte überlegt. Hatte noch mal überlegt. Am Morgen war er todmüde. Und sagte: »Wir schnappen uns die heute.«

»Heute?«, fragte Mathilde.

Jean schüttelte den Kopf. »Wir haben nichts vorbereitet.«

»Doch, ihr überwacht sie doch seit Wochen. Wir wissen, dass sie dienstags shoppen geht.«

»Manchmal«, sagte Mathilde. »Warum so eilig? Wir haben den Professor.«

»Weil die Frau des Präsidenten bald nicht mehr aus dem Haus geht. Und wenn doch, wird sie besser bewacht. Sie kann nicht mehr bummeln, sondern wird in gepanzerten Fahrzeugen transportiert.«

»Wie kommst du darauf?«, fragte Mathilde. »Die wissen von nichts. Sonst hätten sie längst eine Großfahndung ausgelöst.«

»Weil der Bulle in Berlin das Schema erkennen wird. Früher oder später. Eher früher.«

Seit Wochen überwachten sie den Haupteingang des Élysée-Palastes. Davor das Schutzhäuschen des goldbetressten Wachsoldaten. Die Nebeneingänge hatten sie auch im Blick. Sie hatten vier Kleinwagen gemietet und ihre Fußsoldaten hineingesetzt. Die parkten abwechselnd vor den Eingängen. Sie fanden Regelmäßigkeiten. Darunter den Dienstag. Wenn sie nicht mit dem Präsidenten verreiste, ließ sie sich gern ein Stück fahren. Um spazieren zu gehen. Sie hatten sie beobachtet. Wenn sie in einen Laden ging, blieben die Leibwächter vor der Tür. Nachdem sie den Laden untersucht hatten.

»Wir passen den Moment ab, wenn sie rauskommt. Die Leibwächter werden sie kurz anschauen und sich bereit machen, ihr zu folgen. Es sind zwei. Bewaffnet mit Pistolen oder Revolvern. Wir benutzen Schalldämpfer, erschießen sie aus dem Transporter, den wir gegenüber in der zweiten Reihe parken. Wir spielen Handwerker.«

»Und wenn sie nicht kommt?«

»Dann versuchen wir es beim nächsten Mal.«

Es hatte beim ersten Versuch geklappt. Jean und Wedenstein erschossen die Leibwächter. Mathilde schnappte sich die Frau. Jean kam dazu. Sie schob, er zog sie ins Auto. Als sie schreien wollte, stieß die Frau sie in den Transporter. Der Mann folgte und drückte die Frau auf den Boden, wo eine Decke auf sie wartete. Mathilde umklammerte sie, Jean spritzte ihr Dormicum in den Hals. Sie sackte zusammen. Jean fuhr fast schon gemütlich los. Bob auf dem Beifahrersitz, eine MP 7 auf den Knien.

Beim Aussteigen mussten Mathilde und Jean die Frau tragen. Sie war nicht schwer. Im Nebenzimmer des Büros hatten sie eine Campingliege aufgestellt. Die Fenster hatten sie mit Holzbrettern gesichert. An der Decke hing eine WLAN-Kamera, unerreichbar für die Geisel.

»Nicht schlecht«, sagte Mathilde, klopfte Bob auf die Schulter. »Auch wenn wir dich wieder die Treppe hochschleppen mussten. Wie wär's mit einer Diät?«

52.

»Nicht unlogisch«, sagte Tom. Er war ins Haus gegangen. Und nach einer halben Stunde zurückgekehrt. »Logisch ist aber auch: Wenn ich euch helfe, bin ich garantiert tot. Sogar wenn es auf der Insel läuft.« Er ruckte seinen Kopf zum Haus, wo Rambo auf einem Klappstuhl saß. In der einen Hand einen Kaffeebecher, in der anderen die Zigarette.

»Du könntest …«

Tom schüttelte den Kopf.

»Wie lange dauert das noch?«, fragte Elke Knorr.

»Keine Ahnung.«

»Wie lang reichen die Vorräte?«

»Ein paar Wochen. War alles eingerichtet, als die uns abgesetzt haben.«

»Auch Hubschrauber?«

Tom nickte.

»Dann kann es nicht so weit zur nächsten Insel oder zum Festland sein.«

»Wenn du dich da mal nicht irrst. Stell dir vor, eine Jacht hat den Hubschrauber in die Nähe der Insel gebracht.«

»Gut, stell ich mir vor. Wo ist sie?«

Tom blickte aufs Meer. »Da irgendwo.«

Ein Pfiff. Rambo stand vor der Haustür und winkte.

»Bis dann«, sagte Tom. Trabte zum Haus.

Sie verfolgten, wie Tom und Rambo sich unterhielten, vielleicht stritten. Aber so leise, dass nichts zu verstehen war. Sie verschwanden im Haus. Kamen gleich wieder heraus. Tom trug eine Videokamera, Rambo eine Machete. Die Klinge blitzte.

»O Gott«, sagte Knorr.

Kevin sagte nichts. Nahm die Hand seiner Mutter.

Rambo stellte sich vor Knorr. »Jetzt wirst du berühmt.«

53.

Sie schlichen die Treppe hoch. Yussuf als Letzter. Er drehte sich immer wieder um, die Pistole im Anschlag. Auf jeder Etage blieb de Bodt stehen und lauschte. Nichts außer einem Knacken. Die Treppe. Im Dachgeschoss blieben sie stehen. Zwei Türen, in der Decke war ein Rechteck ausgeschnitten, am Rand ein Hebel mit Öse. Die Dachbodenleiter. Die Stange zum Ziehen fehlte. De Bodt drückte gegen eine Tür. Verschlossen. Yussuf bemühte sich, leise zu sein. Ein einfaches BKS-Sicherheitsschloss, das den Namen nicht verdiente. Schon öffnete Yussuf vorsichtig die Tür. Kein Geräusch. Der Sog wirbelte Staub in die Luft. Die Tritte noch mehr. Es roch schimmelig. De Bodt hielt Yussuf am Ärmel fest. Ging voraus. Gab Zeichen, dass die beiden zurückbleiben sollten. Das war gegen das vorgeschriebene Verfahren. Er sah ein von Schimmeltropfen überzogenes Kopfkissen auf einer Matratze, beide schwarz angefressen. Stechender Gestank. Er hielt sich die Nase zu.

Im Wohnzimmer sah es nicht besser, im Bad schlimmer aus. Er mühte sich, den Brechreiz zu unterdrücken. Das Klo war schon vor dem Auszug des letzten Mieters nicht geputzt worden.

»Nichts«, sagte er leise.

»Du spinnst. Das nächste Mal geht's nach Vorschrift«, zischte sie ihn an.

Er legte den Finger an die Lippen.

Die Tür gegenüber ließ sich leicht aufdrücken. Sie quietschte. Sie standen eine Weile still und lauschten nach unten. Nichts. Salinger hielt de Bodt fest, Yussuf betrat die Wohnung. Salinger folgte ihm. Dann de Bodt. Ein Grinsen im Gesicht.

Fehlanzeige.

Sie entdeckten in den Wohnungen darunter noch mehr Staub und Schimmel, eine *FAZ* mit der Schlagzeile *Kohl tritt wieder an.* Eine Waschmaschine, deren Kontrollleuchte blinkte. Einen Computer aus dem letzten Jahrtausend. »IBM XT«, sagte Yussuf. Geschirr, Bestecke. Ein Riesenmesser, durchgerostet. In einem Badezimmer Aspirin-Tabletten. »Knapp überm Haltbarkeitsdatum. Für Ali gehen die aber noch.« Ein Waschmittelkarton, der bewies, dass der Weiße Riese nicht weiß blieb, wenn er ein paar Jahrzehnte auf dem Buckel hatte.

Sie stiegen zum Erdgeschoss hinab. De Bodt drückte die rechte Tür auf. In der Wohnung das Übliche. Nur Dreck.

Die Tür am Ende des Gangs hatte ein Guckloch. Und ein neues Schloss. De Bodt legte den Finger auf die Lippen. »Die führt in den Keller. Jede Wette.«

»Verstärkung?«, flüsterte Salinger.

»Bloß nicht, dann bringen die Süß um.« Er winkte Yussuf zu sich. »Ihr wartet da oben.« Fingerzeig zum ersten Stock. »Wenn die auftauchen, schickt ihr mir eine SMS. Wenn ich Hilfe brauche, schicke ich euch eine oder rufe an. Telefone auf Vibration.«

Salinger wollte protestieren. De Bodt deutete auf den Treppenabsatz. Sein Gesichtsausdruck ließ sie schweigen. Die beiden schlichen sich nach oben. Verschwanden in Deckung.

Er drückte die Klinke, Millimeter um Millimeter. Zog, drückte. Die Tür war verschlossen.

Er fluchte leise. Lauschte. Kein Geräusch. Stieg die Treppe hoch. »Wenn die überhaupt hier sind, dann im Keller«, flüsterte er. »Gib mir deine Zauberwerkzeuge.«

»Du kannst doch mit so was gar nicht umgehen«, sagte Salinger.

»Jugend forscht«, erwiderte de Bodt. Er war nicht so geschickt wie Yussuf, aber in Hamburg hatte er sich das zeigen lassen. Von einem Einbrecher, den er festgenommen hatte, als der eines Nachts beladen aus einem Altbau in der Heilwigstraße geschlichen kam. Der Idiot musste einsehen, dass man mit einem Stereoverstärker langsamer war als ein fitter Bulle ohne. De Bodts erste Verhaftung am zweiten Tag seines Dienstes nach der Polizeischule. Er ließ den Mann die Wohnung noch einmal aufbrechen und den Verstärker dorthin stellen, wo er hingehörte. Dann spielten sie eine Weile mit dem Schloss der Wohnungstür. Schließlich brachte de Bodt den reuigen Täter zur Wache. In der Verhandlung fragte der Amtsrichter de Bodt: »Sie haben wirklich beobachtet, dass der Angeklagte dieses Gerät zurückbringen wollte?« – »Wie ich es in meinem Bericht geschrieben habe. Er verließ das Haus mit dem Verstärker, lief ein paar Meter, blieb stehen, dachte wohl nach. Dann machte er kehrt und brachte den Verstärker zurück.«

»Wie ist Ihnen dieser Mann aufgefallen, als er wieder aus dem Haus kam? Ohne Beute!«

»Er schlich sich weg, blickte sich auffällig um. Ich wollte eine Personenkontrolle durchführen. Aber als er mich sah, hob er die Hände und gestand alles. Hätte er nicht tun müssen. Ich hätte ihn laufen lassen.«

»Es gibt also doch noch Wunder«, hatte der Richter gesagt und den Fall geschlossen. Gegen eine Geldbuße von hundertfünfzig Mark.

Er winkte Yussuf mit dem Finger. Der verzog das Gesicht und reichte de Bodt sein Werkzeug.

Noch einmal die Treppen hinunter. Es knarrte, de Bodt blieb stehen, die Waffe im Anschlag. Wartete. Nichts. Weiter. Lauschte an der Kellertür. Stille. Er bearbeitete das Schloss, öffnete die Tür. Stand still und lauschte. Aus dem Keller schlug ihm Schimmelgeruch entgegen.

Der Gestank ließ seine Augen tränen. Er hielt sein Taschentuch vor den Mund. Sah den Lichtschalter, benutzte ihn aber nicht. Er steckte das Tuch weg und griff die Taschenlampe. Leuchtete die Treppe aus. Es waren vielleicht fünfzehn Stufen. Der Boden unten war schwarz und schien glitschig. Eine geologische Matschschicht über Beton. In einer Million Jahren würden Aliens auf der Erde landen und als Erstes begreifen, dass Matsch dem Menschen folgte.

De Bodt erkannte Fußspuren. Beton schimmerte durch das schwarze Fell. Die waren mehr als einer. Er stieg lautlos die Treppe hinunter. Stellte sich auf eine Betoninsel im Schimmelmeer. Bewegte sich von Insel zu Insel. Legte das Ohr an die Tür. Ja, da waren Leute. Er verstand die Stimmen. Mindestens drei. Männer.

Einer lachte. »Das tut nicht weh, Professor. Sie schlafen, wenn wir Sie von Ihrem Fuß befreien. Bedanken Sie sich bei Ihrer Frau Gemahlin.«

54.

Rambo stellte sich hinter sie, hielt ihr die Machete an die Kehle. Er stieß Kevin weg. »Schön ruhig bleiben, damit die Bilder nicht verwackeln. Wie im guten alten Kino. Okay?«

Sie nickte.

»Sag, dass es euch paradiesisch geht, wenn er tut, was wir verlangen«, forderte Tom. »Der Film ist für deinen Mann.«

Sie zögerte. Wollte sprechen, aber es war nichts zu hören. Sie räusperte sich, holte tief Luft. »Helmut, uns geht es gut. Die Leute sagen, dass das so bleibt, wenn du tust, worum die dich gebeten haben.«

Kevin reckte den Hals. Sah, dass auf dem Monitor nur Kopf und Oberkörper seiner Mutter zu sehen waren. Und die Machete am Hals, samt der Hand, die sie hielt. Außerdem ein Teil von Rambos T-Shirt hinter dem Kopf seiner Mutter.

»Danke, Sie sind echt talentiert«, sagte Tom. Rambo ließ die

Machete sinken. Stellte sich neben Tom. Sah sich die Szene an. »Das geht.«

Sie zogen ab.

Knorr erbrach sich. Weinte.

55.

Es dauerte eine Weile, bis sie aufwachte. Sie blinzelte. An der Decke eine Glühbirne. Das Zimmer weiß. Farbe auf Stein. Sie wollte sich aufrichten, aber sie war angeschnallt.

Die Tür öffnete sich. Eine Frau trat ein. Hübsch, jung, ein Lächeln. »Wenn Sie versprechen, nicht zu zetern, mach ich Sie los.« Südfranzösischer Klang, die Konsonanten etwas härter und weniger nasale Töne.

»Nun machen Sie schon«, sagte die Frau des Präsidenten.

»Gut«, sagte Mathilde. Sie löste die Ledergurte an Armen und Füßen. Wusste, dass Jean und Bob alles beobachteten.

Die Frau hatte die Kamera auch schon bemerkt. »Was soll das?«

»Wir wollen uns mit Ihrem Mann unterhalten.«

»Ein höflicher Brief mit einer gut formulierten Frage hätte es auch getan. Mein Mann unterhält sich mit allen Leuten. Haben Sie das nicht gesehen im Fernseher? Mit Bauern auf der Landwirtschaftsmesse, mit streikenden Arbeitern, frechen Schülern und auch mit Ihnen, wenn Sie sich nicht allzu dämlich anstellen.«

Mathilde lächelte wieder. Jean erschien mit einem Karton. Darin Wasserflaschen, Sandwiches, sogar Kekse. »Wollen Sie Kaffee oder Tee?«

»Kaffee, wenn er was taugt.«

»Ich geb mir Mühe«, sagte Jean. »Aber so gut wie im Élysée-Palast wird er kaum werden …« Verließ das Zimmer, schloss leise die Tür.

»Ich bin also Ihre Geisel.«

»Das ist ein böses Wort«, sagte Mathilde. »Aber es stimmt.«

»Ich hoffe, ich habe mit meiner Bemerkung nicht Ihre zarte Seele verletzt.«

»Geht schon.«

»Sie haben keine Masken auf. Daraus schließe ich, dass Sie mich umbringen werden. Sogar wenn mein Mann Ihnen den Louvre schenkt.«

56.

Lebranc saß auf seinem Sofa. Er hatte das Filet Mignon vom *Traiteur* stehen lassen. Nach zwei Bissen. Er lag ihm tonnenschwer im Magen. Der Krieg, den seine Chefs begonnen hatten. Sie suchten einen Sündenbock. Von seinen Warnungen wussten sie nichts. Als er sie ihnen vorlegte, wussten sie immer noch nichts, fanden es aber ungenau, geradezu irreführend, was er geschrieben hatte. Die Telefonnotiz aus dem Vorzimmer des Präfekten erwies sich als Gekritzel auf einem Einkaufszettel, der sich böswillig unter einem Aktenordner verkrochen hatte. Die Sekretärin war schuld. Lebranc war schuld. Der Präfekt deutete was von Suspendierung an. Lebranc hätte am liebsten alles hingeworfen. Stattdessen ging er früher nach Hause. Nicht ohne Floire einen Sack von Anweisungen zu hinterlassen. Damit der bis Mitternacht ausgelastet war.

Auf BFMTV erregte Diskussionen unter der Fuchtel eines durchgestylten Moderators. Der mindestens sechsundzwanzig Stunden täglich beim Promi-Coiffeur saß. Ein Rechtsaußen schaffte es sogar, Migranten ohne Papiere in die Steuerpolitik zu verwickeln. Lebranc trank einen Médoc, den er sich nun leisten konnte. Und schüttelte innerlich den Kopf. Er dachte an die Hand im Paket. Von der Yussuf Floire berichtet hatte. Und versuchte den Gedanken zu unterdrücken, dass der Präsidentengattin Ähnliches passieren könnte. Er wollte nicht in der Haut des Präsidenten stecken. Der hatte sich gerade halbwegs von miesen Umfragen erholt. Zappelte aber sonst voll in der Scheiße. Faschisten und Halbfaschisten regierten Italien. Die deutsche Kanzlerin war eingeklemmt zwischen den Hinterwäldlern aus Bayern und den Sozis. Die immer neue Großartigkeiten ausheckten, während sie ausstarben wie die Dinosaurier. Dazu der Irre hinterm Atlantik. Und jetzt auch noch das. Natürlich würde der Präsident mit der Kanzlerin telefonieren. Sich vielleicht sogar insgeheim treffen.

Er wählte de Bodts Nummer. Aber der nahm das Gespräch nicht an. Lebranc goss sich noch ein Glas ein.

Er drehte den Ton lauter. Ein gelbes Laufband am unteren Rand. *Schießerei am provisorischen Bundeskanzleramt in Berlin. Zusammenhang mit der Entführung vermutet.* Jetzt wusste Lebranc, warum der Berliner Kollege nicht abgehoben hatte.

57.

Er hörte, wie Salinger und Yussuf die Treppe hinunterschlichen. Yussuf hatte Verstärkung gerufen und Rettungswagen angefordert. Stand in de Bodts SMS. Da stand auch: *Beeilt euch. Wir müssen sofort eingreifen.*

Eine grauenhafte Vorstellung, einem Menschen den Fuß abzusägen. Sie hatten nicht viel Zeit, es zu verhindern. De Bodt rechnete darauf, dass die Typen sich auf die OP konzentrierten. Den Mann festhalten, festschnallen. Einer setzte die Spritze. Dann warteten sie, bis der Mann betäubt war. Offenbar hatten sie einen Chirurgen aufgetrieben. Der sich was nebenbei verdiente.

Als Salinger und Yussuf neben ihm standen, drückte de Bodt die Klinke. Millimeter für Millimeter. Als sie am Anschlag war, zog er vorsichtig an der Tür. Sie war nicht verriegelt. De Bodt riss die Tür auf. Vier Mann, einer davon in einem weißen Kittel. Einer ausgestreckt auf der Liege. Der und ein anderer rissen die Augen auf. Der dritte zeigte ihnen den Rücken und riss den Kopf herum. Zog die Waffe wie der Typ ihm gegenüber. De Bodt schoss auf den, der am nächsten stand. Salinger auf den Mann hinter der Liege. Beide sackten zu Boden. Der eine Verletzte richtete die Waffe auf de Bodt. Der schoss ihm in den Kopf. Yussuf sprang in den Raum. Richtete seine Pistole auf den Mann in Weiß. Der sank auf die Knie. Und fing an zu heulen.

Der Typ neben seinen Füßen blubberte.

»Versorgen Sie den Mann, los!«, schnauzte de Bodt. Richtete seine Waffe auf ihn.

Der Arzt zog die Schultern zusammen, klemmte die Ellbogen an den Körper. »Ja, natürlich«, kriegte er heraus. Als hätte ihm jemand gerade die Mandeln rausgeschnitten. Er beugte sich zu dem Verletzten.

»Um den anderen muss sich die Zander kümmern«, sagte Yussuf.

»Durchsucht sie, auch unseren Handabschneider. Gründlich. Nicht dass der noch James Bond spielt.«

Die beiden hatten die Latexhandschuhe schon an.

Er ging nach oben. Hörte die Sirenen. Öffnete die Tür und blickte in die Läufe von Pistolen und Maschinenpistolen.

»Das ist einer von uns!«, brüllte Krüger.

Die Läufe senkten sich.

»Schön, dass ihm das aufgefallen ist«, murmelte de Bodt. Querte die blaue Phalanx. Stellte sich vor Krüger.

»Was war denn das wieder?«, fragte der.

»Da unten liegt Herr Süß. Seine Frau erwartet ihn.«

Krüger begann zu strahlen. Schlagartig hörte es auf.

Ein E-Klasse-Benz mit aufgesetztem Blaulicht raste heran. Tilly sprang heraus. »Was ist denn hier los?« Wusste nicht, wen er anschnauzen sollte. *Was ist denn* richtete er an Krüger. *Hier los* flog de Bodt um die Ohren.

»Krüger wird es Ihnen erzählen. Schicken Sie zwei Leute da runter« – deutete auf die Tür – »sicher ist sicher.«

De Bodt atmete tief ein. Hielt die Luft einen Augenblick. Drehte dem Haus den Rücken zu. Entdeckte eine verrottete Kinderwippe, Überreste eines Sandkastens.

Rief sie an: »Frau Kammer, wir haben Professor Süß befreit. Bis auf die Hand fehlt ihm nichts.«

»Warten Sie! Warten Sie!«

Er erkannte die Stimme sofort. »Herr Hauptkommissar, vielen Dank für die Mitteilung. Ihm fehlt sonst nichts?«

»Nein. Die wollten Ihrem Mann einen Fuß … abtrennen. Wir haben es verhindert.«

»Wir?«

»Die Polizei.«

»Danke, Herr de Bodt. Danke!«

Er drückte auf *Auflegen.*

Blickte sich weiter um. Die Frage ließ sich nicht abwehren. War er mit der Absicht in den Kellerraum eingedrungen, sofort zu schießen? Er sagte sich, dass er keine Wahl gehabt habe. Dass die Typen keine Taschendiebe seien. Dass sie ihn sonst umgebracht hätten. Dass er seine Mitarbeiter habe schützen müssen. Aber Salinger hatte genauso schnell gefeuert.

Eine Hand schlug auf seine Schulter. Er erschrak. Tilly: »Glückwunsch, Herr Hauptkommissar! Ich erwarte mit Spannung Ihren Bericht.«

»Ich bin im Urlaub, Herr Kriminalrat.«

58.

»Wir müssen Tom auf unsere Seite ziehen«, sagte Knorr.

»Die spielen guter Bulle, böser Bulle, fürchte ich.«

Sie blickte aufs Meer. »Eigentlich ist das ein Paradies hier.« Trocknete die Augen. »Was Papa nur machen soll für die?«

»Wir haben vielleicht keine Chance. Aber wir überleben garantiert nicht, wenn wir nichts tun. Ich will es wenigstens versucht haben, bevor es uns an den Kragen geht«, sagte Kevin. Schob mit der Ferse eine Muschel weg. »Ich brauch eine Möglichkeit, nach dem Telefon zu suchen. Die hatten es gerade eben nicht dabei.«

»Wir wissen doch nicht mal, wo wir sind.«

»Ich glaube, Satellitentelefone können geortet werden.« Das war ihm erst in der Nacht eingefallen. Vielleicht stimmte es nicht.

Aber hatten sie eine andere Möglichkeit?

»Wir müssen dafür sorgen, dass beide weit weg vom Haus sind«, sagte er.

Sie schwiegen.

»Gut«, sagte sie. »Ich lock die Typen weg. Du besorgst das Telefon.«

Kevin blickte sie mit großen Augen an.

»Wann?«, fragte sie.

59.

Lebranc fiel fast das Glas aus der Hand. Der gelbe Balken unten meldete, der Professor in Berlin sei befreit. Das Programm wurde unterbrochen. Man hörte es rauschen und klacken. Dann war die Korrespondentin im Bild. Sie fummelte an ihrem Mikrofon, zog das Halstuch fester. Ihre Haare glänzten vom Schneeregen. »Französisches Fernsehen«, sagte sie. »Wie haben Sie das geschafft? Der Professor schien doch unauffindbar.«

Lebranc sah Krüger und Tilly. Im Hintergrund eine schmutzige Fassade.

»Durch gute Polizeiarbeit. Das Zusammenwirken von BKA und Berliner Polizei. Wir haben alle und alles eingesetzt, was wir haben, um Professor Süß zu befreien. Es ist ein großer Erfolg.«

»Eine Spezialeinheit unter meiner Leitung hatte das Glück, das Versteck zu finden«, sagte Krüger.

Die Lüge stank noch in tausend Kilometern Entfernung.

Lebranc drückte auf die Anruftaste.

»Bonsoir, Herr Kollege«, sagte de Bodt. Er saß noch im Büro. Ihn quälte die Frage, ob er zu früh geschossen hatte. Er lenkte sich ab, schrieb doch den Bericht für Tilly. Der Staatsanwalt würde ihn befragen.

»Sie haben den Mann gegenüber Ihrem provisorischen Kanzleramt gefunden?«

»Ja. Da, wo ihn niemand vermutet hat …«

»Außer Ihnen, nehme ich an.«

»Haben Sie keinen Fernseher? Die haben doch bestimmt …«

Lebranc lachte. »Ich verstehe.« Er räusperte sich, trank einen

Schluck. Obwohl die Zunge schon schwer war. »Können Sie mir verraten, wie Sie das gemacht haben?«

»Ich habe mir vorgestellt, was ich täte, wäre ich ein Entführer. Wenn ich wüsste, wie die Polizei arbeitet. Dass sie davon ausgeht, dass die Entführer die Bundesstraße Richtung Norden gefahren sind, nach Brandenburg. Um sich auf einem alten Bauernhof, vielleicht in einer Russenkaserne zu verkriechen. Oder in einer Waldhütte.«

»Ist ja oft so, dass die so weit wie möglich vom Tatort fliehen.«

»Wie steht es bei Ihnen?«

»Keine Ahnung. Ich wurde in die Fahndung nicht einbezogen.«

»Merkwürdig.«

»Ist mir nicht unrecht.« Was hatte der Präfekt gesagt: »Wir fürchten, dass Kriminelle die Situation ausnutzen. Sie haben ein Auge darauf. Auf Paris. Eine große Verantwortung. Wir brauchen aber Ihren Mitarbeiter. Irgendwer muss die Büroarbeit machen …« Der Präfekt hatte gegrinst und erwartet, dass Lebranc mitgrinste. Zwei Verschwörer. Lächerlich. Zu lächerlich für Lebranc. Sie hatten ihn zwar mit Pomp und Posaunen ins Amt zurückgeholt nach dem Triumph in Berlin. Aber längst fanden die Kollegen ihn alt, behäbig.

»Haben Sie etwas gehört von Motiven für die Tat? Gibt es Forderungen? Bei uns gab es irrwitzige Forderungen, unerfüllbare. Ich weiß allerdings nicht, worauf das hinauslaufen soll.«

»Sie haben es doch ausgestanden«, sagte Lebranc.

»Nein, das glaube ich nicht. Die Strategen haben zweifellos die Möglichkeit einkalkuliert, dass wir den Professor finden. Das dicke Ende kommt noch.« Er überlegte, hörte das Rauschen im Telefon. »Ich habe zu früh abgedrückt …«

Schweigen.

»Sie haben die Täter erschossen?«, fragte Lebranc.

»Einen, der zweite ist verletzt, der dritte hat nichts abgekriegt.«

»Und der Mann, den Sie erschossen haben, hatte der eine Waffe?«

»Ja. Aber ich hätte auch geschossen, wenn er ein Taschentuch in der Hand gehabt hätte. Verstehen Sie das?«

»Das kenne ich«, sagte Lebranc. »Man nennt das Angst.«

Lebranc trennte das Gespräch. Überlegte. Rief Floire an.

Der war munter wie nach durchschlafener Nacht. »Herr Commissaire divisionnaire … schön, dass Sie anrufen … »

Lebranc überlegte, ob der ihn veräppeln wollte. Je grimmiger er wurde, desto fröhlicher war Floire. Was Lebranc noch mehr nervte. »Ich habe gerade mit dem Kollegen de Bodt …«

»Ich hoffe, es geht ihm gut«, flötete Floire.

»Hören Sie zu!«

»Jawoll«, sagte Floire auf Deutsch.

»Haben Sie die nahe Umgebung des Élysée-Palasts abgesucht?«

»Weiß ich nicht.«

»Wer weiß das?«

»Der stellvertretende Polizeipräfekt de Lemoine leitet die Operation.«

Lebranc wäre fast »Arschloch« herausgerutscht. »Dann melden Sie dem, der Berliner Kollege habe den entführten Mann gegenüber dem Kanzleramt gefunden, also dieser Kaserne …«

»Da bin ich ja gespannt.«

»Aha. Freut mich.«

»Was der Patron wohl sagt, wenn ich ihm mit der Sache komme?« Pause, dann: »Die Entführer haben die bestimmt weggeschafft, nachdem die das aus Berlin gehört haben.«

60.

Bob fluchte. Er saß auf seinem Rollstuhl im Laderaum. Mathilde fuhr, Jean versuchte sich mithilfe seines Tablets zu orientieren.

»Gut, dass wir ein Ausweichquartier haben«, sagte Jean. »Fahr langsamer.«

Mathilde ging vom Gas.

»Immer nach Norden.« Bis Saint-Denis war es nicht weit.

Auf der Périphérique kam ihnen eine Kolonne von Polizeibussen entgegen. »CRS aus anderen Departements.«

»Diese Scheiße haben wir de Bodt zu verdanken«, sagte Bob. Er hatte die Befreiungsaktion in Berlin am Fernseher verfolgt.

»Macht nichts«, sagte Jean. »Das ändert nichts am Plan. Und macht manche vorsichtiger. Hoffentlich.«

Die Frau des Präsidenten murrte hinter ihrem Knebel. »Wenn Sie die Klappe halten, löse ich den«, sagte Bob. »Wenn Sie es versprechen und trotzdem rumschreien, verpasse ich Ihnen eine. Kapiert?«

Sie nickte heftig. Ein Schlagloch schüttelte den Transporter durch.

Bob drehte sich auf dem Rollstuhl, beugte sich zu ihr und löste den Knebel.

Sie atmete tief durch. »Sind Sie wirklich so blöd?«, fragte sie.

Bob lachte. »Wenn Sie es sagen.«

Mathilde liebte Schlaglöcher. Kein Zweifel.

»Sie können mich gleich abmurksen«, sagte sie.

»Lieber nicht.«

»Mein Mann wird keine Forderung erfüllen, auch wenn Sie mich scheibchenweise in den Élysée-Palast schicken.«

»Das ist ja richtig romantisch.«

61.

Sie saßen auf dem Sofa im Wohnzimmer. Süß hatte darauf bestanden, nach Hause gefahren zu werden. »Meine Hand wurde fachmännisch abgetrennt und die Wundversorgung war vorbildlich.« Energisch.

»Tut mir leid, dass wir dich nicht früher rausholen konnten«, sagte die Kanzlerin.

»Danke, dass ihr mich gerettet habt.« Er überlegte, versuchte sich mit dem Armstumpf durch die Haare zu fahren. »Es wird dauern, bis ich mich daran gewöhnt habe. Biologisch ein interessantes Experiment. Das war nicht die Polizei. Das war dein Freund de Bodt …«

»Na ja, Freund eher nicht. Aber er ist nützlich. Mir hat der Innenminister was anderes erzählt.«

»Der lag nicht auf der Liege. Und ich habe Beamte vor Ort gefragt. Die sagten alle, dass de Bodt mich gefunden hat, während die Polizei Vororte und Dörfer abgeklappert hat.«

»Deshalb hat mein hochgeschätzter Innenminister so herumgedruckst. Mehr *Ähs* krieg nicht mal ich in einem Satz unter.«

»Wir müssen … ich muss ihm danken. Nur wie?«

»Müssen wir nicht. Ich werde den Innensenator bei Gelegenheit fragen, ob nicht eine Beförderung fällig ist.« Sie lehnte sich zurück, ließ seine Hand los. Blickte ihm in die Augen. Räusperte sich: »Wo warst du an diesem Tag zwischen siebzehn und zwanzig Uhr?«

62.

Krüger ist ein Arschloch!

Stand auf de Bodts Telefonanzeige. SMS von Salinger.

Bitte diesen Nachrichtenkanal nur für Neuigkeiten nutzen. Das ist ein dienstlicher Befehl! ☺

Er hatte die Pressekonferenz auch angesehen. Diesmal hatten sie de Bodt nicht mal gefragt, ob er aufs Podium wolle. Schließlich war er im Urlaub.

Mit derselben Begründung verweigerte Tilly am Morgen nach der Aktion, dass de Bodt die beiden Überlebenden vernahm. »Erholen Sie sich«, sagte Tilly kalt. Er fürchtete um seine Reputation im Dienst. Die Wahrheit über die Aktion hatte die Gerüchteküche längst erobert. Wann sonst hatten Kollegen de Bodt freundlich begrüßt, wenn er im LKA auftauchte? Er galt als Einzelgänger, der auf seine Kollegen herabschaute. Als Kollegenschwein.

Am späten Nachmittag trafen sie sich im *Café Eliza.* Grüner Tee, zwei Cappuccino, ein paar Kekse. Die Café-Chefin Anne fragte schon lange nicht mehr.

»Siegesfeier«, sagte Yussuf.

»Krüger, man glaubt es nicht«, sagte Salinger.

»Jetzt geht es erst richtig los«, sagte de Bodt.

63.

Floire hatte dem stellvertretenden Polizeipräfekten berichtet, was in Berlin geschehen war. Das meiste wusste der noch nicht. »Mein Chef schlägt vor, dass wir es wie die deutschen Kollegen machen und den Umkreis des Élysée-Palastes absuchen. Wenn ich …«

»Sprechen Sie es aus!« De Lemoine hatte verwaschene Gesichtszüge, weich, Doppelkinn. Aber er war gefährlich wie eine Klapperschlange. Niemand zählte mehr die Kreuze auf den Gräbern, in denen die Karrieren von Kollegen verwesten.

»Ich glaube nicht, dass die Täter so dumm sind, zweimal den gleichen Fehler zu machen. In Deutschland schien ihnen die Umgebung dieser Kaserne« – er grinste – »besonders geeignet zu sein. Bestimmt haben die sich schlau gefühlt. Sollten unsere Entführer den gleichen Plan verfolgt haben, sind die längst weg. Sogar wenn nicht, haben sie den Ort gewechselt. Sicher ist sicher.«

De Lemoine nickte. »Nicht schlecht, junger Mann. Ich hoffe, Ihr Chef weiß, was er an Ihnen hat.«

»Ganz gewiss, Monsieur.«

»Sie übernehmen das selbst. Ich gebe Ihnen acht Kollegen mit. Teilen Sie die in zwei Gruppen auf. Fangen Sie sofort an. Falls Ihnen was auffällt, melden Sie sich sofort. Kein Alleingang!«

Floire nahm Haltung an.

Sie klapperten alles ab. Störten Leute im Schlaf. Holten andere von der Glotze weg. Wieder anderen vermiesten sie den Sex. Kinder öffneten und kreischten vergnügt, als sie die Polizeiuniformen sahen. »Mami, Mami, die Poulets!«, war noch eine der freundlicheren Begrüßungen. Floire fand nicht, dass er einem Huhn glich. Natürlich entdeckten sie nichts. Nicht mal Hinterlassenschaften eines überstürzten Aufbruchs. Die Gangster hatten Berlin nicht kopiert. So blöd waren sie nicht.

»Wir haben nichts«, berichtete er de Lemoine am Telefon.

»Hätte mich auch gewundert. Sie werden sich Ihren übertriebenen Ehrgeiz noch abgewöhnen, Floire.«

64.

Er wusste nicht, dass seine Mutter so schreien konnte. Sie wurde selten laut. Aber diesmal riskierte sie ihre Stimmbänder.

Kevin sah, wie Tom und Rambo hochschreckten auf ihren Stühlen vor der Hütte. Sie blickten sich an. Rannten los. Als die beiden außer Sichtweite waren, sprintete er zum Haus. Die Küche kannte er, genauso das sogenannte Wohnzimmer mit seinem Sammelsurium fleckiger Campingstühle und dem wackligen Aluminiumtisch. Er kannte auch das Zimmer mit den Matratzen für seine Mutter und ihn. Wobei Zimmer… Es gab nur zwei Räume, in denen er das Telefon finden konnte. Die erste Tür war verschlossen. Er fluchte. Die zweite Tür war offen. Er hatte keine Zeit, also trat er die verschlossene Tür ein. Das Telefon steckte in einer Ladeschale auf einer Flaschenkiste. Er nahm es und rannte aus dem Haus.

Sie schrie immer noch. Er vergrub das Telefon neben einer Palme. Prägte sich die Stelle ein.

Das Schreien hatte aufgehört. Er sah sie. Die beiden trugen seine Mutter mehr, als dass sie sie stützten. Sie trug einen Lappen um den Fuß, und Tom hatte kein T-Shirt mehr.

»Was ist passiert, Mama?«

»Ich bin in was getreten. Eine Muschel…« Sie hörte sich jämmerlich an. Das T-Shirt war rot gefleckt.

»Wir bringen sie in die Hütte«, sagte Kevin.

»Machen wir«, sagte Tom. »Pack an.« Er trat zur Seite, und Kevin griff der Mutter unter die Achsel. Ein Fliegengewicht.

Tom ging voraus, öffnete die Tür. »In die Küche, da ist am meisten Platz.« Ging aus dem Weg. »Ich komm gleich wieder.«

Als er in die Küche zurückkam, zitterte er, das Gesicht rot. »Du hast die Tür aufgebrochen, du Schwein. Gib das Telefon her! Sonst verliert deine Mutter noch mehr Blut.«

»Nein«, sagte Kevin. »Ich hab's weit ins Meer geworfen. Das findet ihr nie. Und wenn, ist es längst im Arsch. Habt ihr Profis etwa kein Ersatztelefon mitgenommen?«

Rambo stellte sich vor ihn. Blies den Brustkorb auf und verpasste ihm einen rechten Haken. Kevin sank zu Boden. Spukte Blut. Verlor das Bewusstsein.

65.

»Aha«, sagte Yussuf.

Salinger blickte de Bodt an.

Hinter dem Tresen klapperte und klackte es. Dann zischte die Kaffeemaschine.

Die Tür öffnete sich. Eine junge Frau. »Habt ihr noch auf?«

»Lohnt sich nicht mehr«, sagte Anne.

»Gut, bis morgen dann.«

»Tschüss!«

»Was fängt jetzt richtig an?«, fragte Yussuf.

»Weiß ich nicht genau.« De Bodt hielt inne. Überlegte. »Der Leichtsinn wie die Langeweile, die im Bestehenden einreißen, die unbestimmte Ahnung eines Unbekannten sind Vorboten, dass etwas anderes im Anzuge ist.«

»Langweilig ist mir gerade nicht«, sagte Yussuf.

»Hegel meint auch den Leichtsinn und die unbestimmte Ahnung. Die ich gerade habe. Es ist schwer vorstellbar, dass das schon das Ende des Unternehmens ist. Ich hätte an deren Stelle einen Plan B.«

»Vielleicht solltest du es mit einer Gangsterkarriere versuchen«, sagte Salinger.

»Es gibt schlechtere Ideen«, erwiderte de Bodt. »Ich habe mit Merkow telefoniert. Der hat nichts, weiß nichts, will nichts. Sagt, dass unsere Kollegen nicht vorankommen im Fall Kumanowa.«

»Was bestimmt auch an der liebevollen Unterstützung des Herrn Merkow und seiner reizenden Begleiterin liegt.«

»Fast könnte man glauben, du magst die nicht«, sagte Yussuf.

»Quatsch, ich hatte schon immer eine Vorliebe für starke Männer. Einfach sexy, Putin reitet den Tiger. Oben ohne, mein lieber Alter. Auch der Merkow ist durchtrainiert wie ein Zehnkämpfer. Und die Katt trainiert täglich mit Bügeleisen und Tauchsiedern. Kein Gramm Fett. Da kannst du Wabbel nicht mithalten.«

Die Zuckertüte traf sie am Kinn.

»Ey, ey, gleich schmeiß ich dich raus, Ali!«, rief Anne. Der zweite Cappuccino für Yussuf stand auf dem Tresen. »Willst du hier einen Bürgerkrieg anfangen oder Kaffee trinken?«

»Beides«, sagte Yussuf. »Den Bürgerkrieg aber nur gegen Silvia.«

»Lass mal, du wirst auch noch erwachsen.«

»Glaubst du?«, fragte Salinger.

»Ich geb die Hoffnung nicht auf.« Kam und stellte den Kaffee auf den Tisch.

»Vielen, vielen Dank!«, sagte Yussuf. »Und der Viper« – deutete auf Salinger – »kippst du Gift in die Tasse. Eines, das langsam und schmerzhaft zum Tod führt.«

»Ich guck mal nach, was ich hab. Das kostet aber mehr als die zwei Cent Trinkgeld …«

»Unverschämt, ich hungere am Monatsende, weil ich deinen Laden durchbringe. Ein Vermögen lasse ich hier.«

Sie kehrte zurück hinter den Tresen. »Ach, du Armer.«

Yussuf deutete ein Schluchzen an.

De Bodt war woanders. Er trank einen Schluck, hielt die Tasse in der Hand. Betrachtete sie, als wäre sie ein Orakel. »Was wollen die?«

»Die Regierung erpressen, was sonst?«, fragte Salinger. »Jetzt die in Paris.«

»Würdest du unerfüllbare Forderungen stellen, wenn du …?«

»Ist gut. Würde ich nicht. Was dann?«

»Vermutlich weiß nicht mal Bob, um was es geht.«

»Der will nur absahnen«, sagte Yussuf.

»Das auch. Aber der mag Kamikaze nicht.«

»Was soll das alles?«, fragte Salinger.

»Ich habe nicht die geringste Ahnung«, sagte de Bodt.

Stille. Nur Annes Geklapper.

»Das ist eine Weltpremiere«, sagte Yussuf.

»Wie bitte?«

»Dass du keine Ahnung hast. Beziehungsweise es zugibst.«

66.

»Da kämpft einer gegen einen anderen«, sagte Merkow. »Ich weiß nur nicht, wer gegen wen.«

Sie schlenderten die Friedrichstraße hinunter Richtung Bahnhof. Es regnete, aber Merkow hatte keine Kapuze und keinen Regenmantel. Er spürte die Nässe auf der Kopfhaut. Tropfen, die im Gesicht hinunterliefen wie Tränen. Katt trug einen Anorak, die Kapuze ins Gesicht gezogen.

»Wir haben nichts übersehen, ganz bestimmt nicht. Büro und Wohnung sauber wie nach einem Großputz«, sagte sie.

»Zu sauber«, sagte Merkow. »Jemand ist uns zuvorgekommen.«

»Der Mörder«, sagte Katt.

»Wer sonst?«

»Vielleicht unsere Leute? Die haben gesucht, ob es was gibt, das man besser verschwinden lässt.«

Sie überholten einen Rollstuhlfahrer. Sie rechts, er links. Der Mann summte vor sich hin. *Bella Ciao.*

Er nickte. »Eine Residentin hat viel zu verbergen. Früher hat es so was nicht gegeben, eine Frau …«

Sie lachte leise.

»Es geht voran«, sagte er. »Nur nicht mit unserem Fall. Wir müssten an die Agenten herankommen, die sie geführt hat.« Er kickte einen Plastikbecher auf die Straße. »Der Kollege kommt bald. Merezkow.«

»Kennst du den?«

»Ja, leider.«

»Dann freue ich mich schon richtig auf ihn.« Sie lachte trocken. »Das wird lustig.«

Das einzig Gute an diesem Fall war, dass Katt das Lachen gelernt hatte. Dass sie nicht mehr finster schwieg.

Aber das war auch das Einzige.

»Die machen uns einen Kopf kürzer zu Hause«, sagte Katt. Sie standen vor einem Schuhgeschäft. Im Spiegelbild sahen sie verheult aus. »Vielleicht sollte ich hierbleiben. Die Schuhe sind billiger als in Moskau.«

»Da stimmt was nicht«, hatte der Präsident zu Merkow gesagt. »Im SWR spielen sich seltsame Dinge ab. Wir haben sechs Verluste in den letzten fünf Monaten. Autounfall, Herzinfarkt, Schlägerei, U-Bahn, Fenstersturz, ertrunken. Eine unserer besten Schwimmerinnen soll in diesen Scheißfluss in Berlin gestiegen sein, um sich zu ertränken. Früher … Sie wissen ja, aber heute ist Fingerspitzengefühl angesagt. Die im Westen halten uns immer noch für Halbwilde, mit der Ausnahme von ein paar Schriftstellern, in deren Werken sich die russische Schwermut ausdrückt. Führen Sie sich also nicht wie ein Affe auf. Machen Sie einen guten Eindruck. Und wenn es sein muss, binden Sie Ihre Kollegin an einen Betonblock und versenken sie ihn in diesem Scheißfluss.« Er lachte. »Sie wissen, was ich meine.«

Merkow hätte sagen können: Nein, weiß ich nicht. Es war immer so, dass der Präsident sich so ausdrückte, dass er am Ende immer recht gehabt hatte. *Habe ich Ihnen nicht ausdrücklich verboten …?* Wenn was schiefging. *Gut, dass Sie meinen Weisungen gefolgt sind.* Wenn es geklappt hatte.

»Das waren keine Selbstmorde«, hatte der Präsident gesagt. »Irgendwer …« Er hatte abgewinkt.

Der Rollstuhlfahrer hatte sie eingeholt. Er hielt. Zog unter der Decke eine Weinflasche hervor. Setzte sie an den Mund und trank ein Viertel weg. Er stopfte den Korken in den Flaschenhals und rollte weiter.

»Ich weiß nicht, wo wir noch ansetzen sollen«, sagte Katt.

»Vielleicht in Moskau?«

Sie hob die Brauen. Blickte ihn an.

67.

»So viele Flics habe ich noch nie gesehen«, sagte Mathilde. »Steigert immerhin das Bruttosozialprodukt.«

»Da vorn abfahren.« Sie verließen die Nationalstraße. Wieder rechts. Die Scheibenwischer kämpften gegen die Graupeloffensive.

Das Floppen eines Hubschraubers. »Fahr geradeaus weiter. Eigentlich müssten wir hier abbiegen. Aber wir gehen kein Risiko ein.« Sie fuhr weiter. Jean öffnete das Fenster. »So ein Mist!«, fluchte er, als er eine Graupelladung ins Gesicht bekam. »Der dreht ab.«

»Okay. Bei nächster Gelegenheit wende ich, dann rechts ab da hinten.« Sie blickte in den Himmel. »Bevor wir abbiegen, guckst da aber noch mal.«

»Du willst doch nur, dass ich ganz nass werde.«

»Genau.«

Die Frau des Präsidenten lachte. Jean drehte sich zu ihr um. »Schön, dass Sie gute Laune haben.«

»Kennen Sie einen Grund, warum nicht?«

Mathilde steuerte den Transporter in eine Tiefgarage und parkte neben einer Stahltür. Sie zog die Schiebetür auf und befestigte eine Rampe mit zwei Splinten. Sie schob Bob auf die Rampe. Sie hielt, er bremste. Als der Rollstuhl auf dem Betonboden stand, knebelte sie die Frau des Präsidenten.

Sie passten in den Aufzug. Der Knopf mit der 6 leuchtete. Der Lift hielt in der vierten Etage. Ein junger Mann, erloschener Zigarettenstummel im Mundwinkel. Jean drängte sich vor die Frau des Präsidenten.

»Ausgebucht«, sagte Mathilde mit dem reizendsten Lächeln der Welt.

»Ich nicht«, sagte der Mann.

»Später mal.«

Er winkte ab.

Die Tür schob sich an den Rahmen.

Sechster Stock. Bob rollte in den Gang. Blickte sich um.

»Nichts.«

Jean blockierte die Aufzugtür mit dem Fuß. »Dritte Tür links.« Gab Bob den Schlüssel. Der rollte auf dem verschlissenen Läufer zur Tür und öffnete sie. Rollte zurück, weiter als der Lift. Stellte sich rücklings an die Wand. Blockierte den Gang. Hinter ihm öffnete sich eine Tür. Ein Mann trat auf den Flur. Jeans, Lederjacke, Springerstiefel. Rasierter Kopf.

»Dich habe ich ja noch nie gesehen.«

»Es gibt immer ein erstes Mal.«

»Du bist ja richtig witzig.«

Bobs Hirn ratterte. Normalerweise war die Sache klar. Aber nichts war normal. »Ich wollte einen Witz machen. So unter Nachbarn. Entschuldigung, hat wohl nicht geklappt.«

»Da hast du recht.« Der Typ klopfte ihm auf die Schulter. Ging zum Aufzug. Es machte *Plopp*. Der Mann erstarrte, griff sich an den Rücken, drehte eine Pirouette und lag auf dem Boden. Bob schob sich über die Hand der Leiche zum Lift.

Richtete seine Glock 17 auf die Frau des Präsidenten. »Schafft die Leiche in unsere Wohnung. Reißt die Stellen mit Blutflecken aus dem Läufer.«

»O Gott«, sagte die Frau des Präsidenten. »Was haben Sie getan?«

»Ich habe Frankreich von einem Fascho befreit.«

Die Frau schüttelte den Kopf. »Sie sind ein Mörder.«

»Ein mehrfacher, Madame.«

Sie starrte ihn an, dann blickte sie zu Boden.

Jean und Mathilde schleppten die Leiche vorbei, den Rücken oben. Trotzdem tropfte Blut auf den Teppich.

»Scheiße«, sagte Bob. Überlegte.

Jean und Mathilde kehrten zurück. Sie schwitzte.

»Jetzt die Frau in die Wohnung.« Er rollte wieder auf den Flur. Niemand. Kindergeplärr. Irgendwo eine Klingel. »Jetzt!«

Sie führten die Frau in die Wohnung. Er blieb im Gang und sicherte. Rollte dann eilig zur Tür. In die Wohnung. Drückte die Tür zu.

Sie hatten die Frau ins Wohnzimmer gebracht. Sie saß auf einem Sessel. Jean öffnete das Fenster. Es muffte.

»Haben wir Motoröl?«

»Nein«, sagte Mathilde. »Aber wir haben eine Zwei-Liter-Flasche Olivenöl.«

»Kipp das auf die Stellen mit Blut. Dann ruf den Hausmeister an. Dir sei beim Einkaufen leider, leider …« Er überlegte. »Damit die sich beeilen, wir haben doch Eier?«

»Klar«, sagte Jean.

»Werf alle auf die Stellen.«

»Okay«, sagte er. »Verstehe, der armen Mathilde ist die Einkaufstüte geplatzt.«

»Genau, wenn du den Hausmeister anrufst, jammer dem was vor. Sag auch, du würdest den Schaden ersetzen. Aber der müsste da gleich ran. Wegen der Eier. Die stinken bald.«

Mathilde blickte ihn an, schüttelte den Kopf. »Für wie blöd hältst du mich eigentlich?«

»Beeil dich!«

Sie nahm die Flasche Olivenöl und verließ die Wohnung. Jean folgte mit den Eiern. »Schade, hatte mich auf ein ordentliches Frühstück gefreut.«

Bob schaltete den Fernseher ein. Der hing an der Wand. Zappte durch die Kanäle. Blieb beim Präsidenten hängen. Genauer gesagt bei einem Laufband, das eine Ansprache von ihm ankündigte. Auf fast allen Kanälen.

»Schauen wir mal, ob er wirklich an dir hängt«, sagte Bob.

»Seit wann duzen wir uns?«

»Auch wieder wahr.«

Im Fernsehen wurde umgeschaltet. Weiße Linien liefen über den Bildschirm. Es flackerte wie früher. Dann sah man ein Pult. Im Hintergrund die Trikolore.

»Wo ist das?«

»Im Palast.«

Der Präsident trat ans Pult. Er war über Nacht um zehn Jahre gealtert. Er reckte das Kinn, straffte den Körper und begann ohne Umschweife. Als Präsident sei er den Franzosen verpflichtet. Daher hätten seine Frau und er gleich nach dem Wahlerfolg vereinbart, dass sie sich nicht austauschen ließen. Es sei nun der Zeitpunkt, dieses Versprechen für Frankreich einzulösen. Er liebe seine Frau. Alle Polizisten Frankreichs, die Geheimdienste und viele Bürger suchten nach ihr. Er habe keinen Zweifel, dass die Täter gefunden würden. Es sei in deren Interesse, sie unversehrt zu lassen und sie anständig zu behandeln. Die Verbrecher hätten einen großen Fehler begangen, sich mit Frankreich anzulegen. Er blickte in die Kamera. An die Arbeit.

»Es stimmt, dass ihr euch das versprochen habt?«

»Ja«, sagte sie.

»Und jetzt bereuen Sie es?«

»Nein.«

68.

»Ich bin ratlos«, sagte Merkow. Er lehnte an der Wand im sogenannten Büro. Salinger und Yussuf waren vor zwei Stunden gegangen. »Wir haben ihr Büro durchsucht. Ihre Privatwohnung. Nichts Ungewöhnliches. Da stimmt was nicht. So weit ist es klar. Als hätte jemand eine Putzkolonne geschickt.«

»Eine, die beim Geheimdienst ausgebildet wurde«, sagte de Bodt. Er lächelte. Hinter Yussufs Schreibtisch, die Füße auf der Platte.

Merkow überlegte. »Sagen Sie es nicht weiter, die Kumanowa war unsere SWR-Residentin hier.«

De Bodt nickte. So groß war die Verzweiflung also. Dass er ein Geheimnis verriet. Das zwar keines war für den Verfassungsschutz, aber als eines galt.

»Gab es eine Operation, die …«

Merkow schüttelte den Kopf.

»Außer dass Ihre Leute unseren Halb- und Ganznazis unter die Arme greifen … Reisen … Geld …«

Merkow hob die Brauen. »Ich seh da kein Motiv.«

»Vielleicht haben sich die Amerikaner revanchiert. Ich hab Ihnen doch den CIA-Stationsleiter … geschenkt.«

»Hab schon daran gedacht. Aber dann hätten die eher Sie umgebracht. Bei dem Irren in Washington …«

»Klar«, sagte de Bodt.

»Und wie sieht es bei Ihnen aus? Werden Sie mit Orden überschüttet?«

»Wir mögen es hier nicht so bunt wie Sie.«

»Dankbarkeit findet merkwürdige Wege.«

»Ich bin auch gescheitert«, sagte de Bodt. »Nicht weniger als Sie.«

»Aber …«

»Nein, nein. Wir haben den Professor befreit, mit einigem Glück. Wir haben die Täter festgenommen. Wenigstens das Fußvolk. Aber ich weiß nicht, was dahintersteckt. Und nicht, wer. Der einzige Hinweis ist, dass Robert Wedenstein sich nach Paris abgesetzt hat. Er dürfte in die Entführung …«

Merkow nickte. »Aber das ist doch schon was.«

»Haben Sie bei Ihren Diensten gefragt?«

Merkow schnaufte. »Natürlich. Aber die wissen auch nichts. Oder tun so. Der SWR tut so, als wäre nichts geschehen.«

»Ist das nicht auch ein Hinweis? Vielleicht hat Nadia Kumanowa etwas unternommen, das wie Verrat aussah?«

»Dann wäre sie nach Moskau zurückgerufen worden. Der Präsident hat mir erklärt, dass die Kumanowa eine außerordentlich fähige Mitarbeiterin gewesen sei. Sie kannten sich persönlich.«

»Was heißt das?«

»Sie wurden auf Einladungen zusammen gesehen.«

»Als Ihr Präsident noch mit seiner Ehefrau zusammen auftrat?«

»Auch danach.«

»Und wenn das jemandem nicht gepasst hat? Wenn der nach Berlin geflogen ist und Kumanowa umgebracht hat. Sie wurde vergiftet, riecht nach KGB.«

»Nur dass das heute SWR oder FSB heißt. Sie haben schon recht. Wir stehen immer noch tief im KGB-Sumpf. Vergiften gerne mal Leute ...«

Was ist denn mit dem los?, fragte sich de Bodt. Eine Idee flog herbei, sauste durch de Bodts Hirn wie ein flüchtiger Geruch. Dann war sie weg. Er versuchte sie zurückzuholen. Aber wie soll man etwas zurückholen, das verschwunden ist?

»Das Privatleben der Frau?«, fragte de Bodt.

»Sie hatte keins. Ehemann in Moskau. Arbeit in einer Behörde. Nichts bekannt von Seitensprüngen und ähnlichen Dingen.«

»Da stehen wir also vor der Eiger-Nordwand, barfuß, ohne Seil und Getränk.«

»Wir sollten den Yeti fragen«, sagte Merkow.

»Der als Einziger weiß, um was es geht.« De Bodt griff nach der Wodkaflasche. Die es nicht gab. Und wusste, dass er diesmal gegen die Wand gefahren war.

Das Telefon klingelte. Tilly, mitten in der Nacht. Aufgekratzte Stimme. »Ihr Urlaub ist beendet. Fall gelöst. Morgen früh sehen wir uns im Büro.«

»Nein«, sagte de Bodt.

69.

Sie lief durch den Görlitzer Park. Setzte sich auf eine Bank vor dem Ausgang zur Forster Straße. Zu Hause hatte sie es nicht ausgehalten. Sie fühlte sich fremd dort. Wie sie sich überall fremd fühlte. Außer im neuen Büro. Es machte sie fertig, in de Bodts Wohnzimmer zu arbeiten. Jeden Abend sagte sie sich, dass sie einfach bleiben würde. Jeden Abend ging sie nach Hause. Wenn sie dort war, wollte sie gleich zurück. Aber sie ging nicht. Er wollte eigentlich auch, dass sie blieb. Sie las seine Zeichen. Die zufälligen Berührungen. Die Blicke. Sein

Lächeln, das nur ihr galt. Die regelmäßigen Verabredungen zum Essen. Ohne Ali. Der hatte es längst gemerkt. Machte seine Witze. Weil er eifersüchtig war. Noch mehr, seit seine Mutter gestorben war. Aber er ließ es sich kaum anmerken. Wie kann man auch auf so etwas wie eine Naturgewalt eifersüchtig sein?

Sie hatten den Fall Süß gelöst. Der sogenannte Urlaub war zu Ende. Tilly und Krüger hatten den Erfolg öffentlich gefeiert. Früher hätte sie sich aufgeregt. Inzwischen merkte sie auf, mehr nicht. Eugen nahm es cool. Er ließ sich nichts anmerken. Kein Wort. Nicht mal ein Schulterzucken. Sie ärgerte sich manchmal, dass ihn kein Urteil interessierte außer dem eigenen. War ihm Lob wichtig? Wenn, dann wohl nur, wenn er sich selbst lobte. Er machte das mit sich selbst aus. Wie überhaupt fast alles. Seinen Tahiti-Urlaub hatte er nur erwähnt, als sie ihn gefragt hatte. »Schön war's.« Ende.

Dabei wollte ihre Eifersucht mehr wissen. Umso mehr, als er zuletzt angerufen wurde und gleich im Flur verschwand.

»Was Wichtiges?«, hatte sie gefragt.

»Privat.«

»Wanna smoke, beauty … rauchen?« Ein Drogendealer. Dick eingepackt und trotzdem verfroren.

Sie winkte ab, ging weiter.

Ein anderer folgte ihr. Laberte sie an. Sie verstand kein Wort.

Salinger blieb stehen. »Nein, no, njet, nada, non, kapiert?«, schnauzte sie den Mann an.

Der hob beschwichtigend die Hände. Trollte sich.

Auf der Wiener Straße Touristen. Betrunken oder bekifft oder beides. Ein Trupp von Männern sang Unverständliches. Schubert war es jedenfalls nicht. Als Kind hatten sie dessen Lieder genervt. Der Vater hatte die Platte immer wieder aufgelegt. Andächtig gelauscht. Nur *Ave Maria* hatte sie fasziniert, was sie nie zugab. Sie summte es.

Sie schlug einen Bogen. Wich Pfützen aus und kreischenden Horden, wild gewordenen Radfahrern und Dealern. Wie zufällig kam sie an de Bodts Wohnung vorbei. Es brannte noch Licht im Wohnzimmer. Sie blieb stehen. Er hatte die Vorhänge zugezogen. Sie wartete. Überlegte. Vielleicht wartete er auf sie? Jede Nacht. Die Haustür öffnete sich. Ein Mann trat heraus. Ein Mieter … nein, es war Merkow. Was trieb der um diese Zeit hier?

Sie wartete, bis Merkow sich in einen BMW setzte und wegfuhr.

Dann klingelte sie.

70.

Ihm war speiübel. Er schlug die Augen auf. Schmerzen. Das Licht, der Kopf. Er lag in ihrem Zimmer. Seine Mutter saß neben ihm. »Was machst du nur, Kevin?«

»Gib mir das Kissen.« Deutete auf ihres.

Sie schob ihm das Kissen unter den Kopf. Er blickte sie an, lächelte. Fasste sich an die Wange. »Scheiße, tut das weh.«

»Tom hat den Kiefer eingerenkt.«

»Und was sagt das Arschloch?«, flüsterte er.

»Die haben sich gestritten. Tom hat Rambo gesagt, er hätte besser aufpassen sollen. Rambo ist stinksauer. ›Am liebsten würde ich dem Scheißkerl den Hals abschneiden.‹« Ihre Stimme zitterte.

»Und was hat Tom geantwortet?«

»›Du weißt doch, dass das nicht geht.‹«

Kevin grinste. »Au!« Er griff sich an die Wange. »Gibt's hier Eis?«

»Ich seh im Kühlschrank nach.«

»Wie geht's dem Patienten?«, fragte Tom, als sie in die Küche kam. Er bediente die Kaffeemaschine. »Auch einen?«

»Danke, nein. Ich brauche Eis …«

»Nimm dir welches. Muss Rambo seinen Whisky warm trinken.«

Sie zog den Eisbehälter aus dem Gefrierfach. Ließ Wasser über die Rückseite laufen. Schlug den Behälter auf den Beckenrand. Eiswürfel fielen ins Becken. Sie nahm das Handtuch vom Haken und füllte Eiswürfel hinein.

»Gibt 'ne schöne Sauerei«, sagte Tom.

»Macht nichts.«

Sie trug das Eis ins Zimmer. Legte es Kevin vorsichtig an die Wange.

»Die andere tut nicht so weh. Die versorgen wir später.« Er fasste sich an den Kopf. »Scheißkopfschmerzen.« Er pfiff leise.

»Du hättest die nicht provozieren dürfen.«

»Von wegen. Wir wissen jetzt sicher, dass sie uns nichts antun dürfen …«

»Bis Helmut getan hat, was er tun soll. Ich habe in der Nacht gegrübelt. Es kann nur eines sein.«

»Immerhin haben wir das Telefon«, sagte er. »Nur hält der Akku nicht ewig. Wir müssen uns beeilen.« Er schob die Eispackung höher. »Das Kiefergelenk …«

»Ja, ich weiß. Ich versuch es ja.« Wechselte die Hand.

»Und was soll Helmut machen?«

»Was genau, weiß ich nicht. Aber er arbeitet ja im Atomkraftwerk.«

71.

»Nichts«, sagte Floire. »Die sind woanders.«

Lebranc verbarg seine Genugtuung. »Und was sagt de Lemoine?« Um einen draufzusetzen.

»Dass die Polizei Leute wie mich braucht. Die Initiative zeigen, keine Angst vorm Scheitern haben.« Verschwand im Vorzimmer.

Der Morgen war versaut. Lebranc drehte ein paar Kreise im Büro. Setzte sich wieder. Ganz Frankreich suchte die Präsidentenfrau. Die Entführer hatten sich gut vorbereitet. Einen kannten sie. Wedenstein. Aber die anderen? Wie viele waren es? Waren es Söldner? Fremdenlegion? Geheimdienstler?

Er drückte auf den blauen Knopf. »Kommen Sie rein.«

Floire erschien sofort. Lebranc deutete auf einen Stuhl und auf den Boden vor seinem Schreibtisch. Als Floire saß: »Wir hatten doch mit diesem Grosjean zu tun. Dem Waffenhändler. Ich habe überlegt, dass der vielleicht Leute kennt …«

»Die Leute kennen«, sagte Floire. Nickte. »Aber in unserem Fall sind nicht die Fähigkeiten von Söldnern gefragt. Das sind andere Leute. Ich tippe auf Geheimdienstausbildung.«

Floire hatte recht, Lebranc wusste es. »Laden Sie doch Ihren Onkel ein. Sagen wir, für heute Nachmittag.«

Floire verzog den Mund. »Ich fürchte, im besten Fall müssten wir ihn aufsuchen. Im Normalfall will der gerade nicht mit uns reden.«

»Warum?«

»Der will die Frau des Präsidenten finden. Jeder will die finden. Was, glauben Sie, winkt dem ehrlichen Finder? Beförderung, Orden, Geld.«

Ach, du lieber Himmel, aber er hatte recht. »Rufen Sie ihn an. Jetzt.«

Floire tauchte fünf Minuten später wieder auf. »Wir sollen gleich kommen. Nachher hat er eine Konferenz.«

Rue de Villiers in Levallois-Perret. Glas und Beton. Kameras. Sitz der DGSI, der Direction générale de la sécurité intérieure, des Inlandsgeheimdienstes. Eine Frau führte sie nach der Anmeldung an der Pforte zum Aufzug. Fuhr mit ihnen in den fünften Stock. Klopfte an eine Tür. Öffnete sie. Eine Frau in einem Vorzimmer. Drei Bildschirme auf dem Schreibtisch. Sie deutete mit dem Daumen auf die Tür. Der Onkel kam ihnen mit ausgebreiteten Armen entgegen. Hielt seinen Neffen einen Augenblick an den Schultern fest, reichte Lebranc die Hand.

»Setzt euch, fangen wir gleich an. Was wollen Sie wissen?«

»Ich halte es für möglich, dass Geheimdienstprofis in die Entführung verwickelt sind. Vielleicht ehemalige…« Floire blickte ihn mit schrägem Kopf an.

Der Onkel nickte. »Das halten auch wir für möglich. Wir suchen alles ab. Und haben nichts gefunden. Es gibt ehemalige Kollegen, die verdienen sich was zur Rente dazu…«

»Ihr habt doch bestimmt schon Leute rausgeschmissen…«, sagte Floire.

»Dazu wollte ich gerade kommen. Wir haben eine Liste von sechzehn Leuten, die, sagen wir mal, nicht freiwillig gegangen sind. Zwei saßen ein paar Jahre im Gefängnis… Verräter. Sind aber wieder raus.«

»Wo finde ich die?«, fragte Lebranc.

»Frau Baladier wird Ihnen die Informationen geben.« Sprach Richtung Telefon auf dem Schreibtisch. »Haben Sie alles gehört?«

»Klar, Chef«, sagte das Telefon.

»Womit kann ich der Polizei noch helfen?«

»Hast du Hypothesen?«, fragte Floire. Ein resignierender Blick von Lebranc.

»Zu viele«, sagte der Onkel. »Für keine gibt es mehr als ausgelutschte Hinweise. Die wir aus dem Nirgendwo ziehen und strapazieren, weil wir Hypothesen haben müssen. Das Büro des Präsidenten ruft alle paar Stunden an. Und wir täuschen Bewegung vor. In Wahrheit haben wir keine Ahnung. Du hast mich über Wedenstein informiert, danke noch mal« – diesmal verfinsterte sich Lebrancs Blick –, »aber wir haben nicht mehr.«

Lebranc glaubte dem Mann kein Wort. Geheimdienstler logen. Das steckte bei denen in den Genen.

»Habt ihr Wedensteins Umfeld geprüft?«

»Die wir kennen, sitzen in Deutschland im Knast. Er hat bestimmt Kumpel, die wir nicht kennen. Wir tun gerade alles für die Leute, welche Geheimdienste für einen Scheiß halten. Unserem Sonnenkönig traue ich zu, dass er uns im Sommer zur Erntehilfe abkommandiert, wenn wir nicht bald was haben. Oder zum Streife laufen in Roissy.«

Im Auto las Lebranc die Liste. Es waren nur dreizehn statt sechzehn. »Sauber«, murmelte er. Zeigte Floire die Liste.

»Ach ja, die Frau im Vorzimmer hat drei Namen gestrichen. Die seien versackt. Was immer das heißt.«

»Er wirft uns dreizehn zum Fraß vor und schützt drei.«

»Glaube ich nicht. Aber man weiß nie.«

»Fangen wir mit denen an, die wir haben.«

Courbevoie, Impasse Michael Winbourn. Wo Leute wohnten, die in Paris arbeiteten, sich aber Paris nicht leisten konnten.

»Sowjetarchitektur«, sagte Lebranc.

»Wie bitte?«

Endlich mal was, das der Besserwisser nicht wusste.

»Fehlen nur ein paar Kringel«, sagte Lebranc.

»Aha.«

Im dritten Stock öffnete ein Mann im Trainingsanzug mit Filzhausschuhen. Nathan Périgout.

»Polizei, na dann kommt rein, Kollegen.« Er strich über sein unrasiertes Kinn und ging voraus. In der Küche stank es nach Putznotstand. »Kaffee?«

»Nein, danke«, sagte Lebranc. »Wir haben nicht viel Zeit.« Er blieb neben der Tür stehen. Floire setzte sich aufs Sofa, das mit einer Staubwolke protestierte. Floire hustete. Bevor der Krieg zwischen der Staubwolke und Floire ausbrach, fragte Lebranc: »Sie haben die RG verlassen, warum?«

»Darf ich vorher wissen, warum Sie mich das fragen?« Er setzte sich auf einen Stuhl in der Ecke. Daneben eine Vitrine mit Buchrücken. Auf denen ein paarmal zu oft *Pétain* oder *Le Maréchal* stand.

»Es geht um die Entführung, im weitesten Sinn.«

»Damit habe ich nichts zu tun.«

»Das habe ich auch nicht behauptet. Bitte beantworten Sie meine Frage.«

»Ich wurde im Dienst ...« – schüttelte den Kopf mit den raspelkurzen Haaren – »diskriminiert ...«

Lebranc zog den Zettel aus der Jacketttasche, obwohl er ihn nicht nötig hatte. »Sie haben Dienstreisen nicht korrekt abgerechnet. Außerdem haben Sie Geheimnisse verraten, offenbar an rechtsgerichtete Kreise.«

»Alles Lügen«, sagte der Mann. »Üble Nachrede. Ich sollte die Scheißkerle anzeigen. Aber was kann einer gegen die DGSI ausrichten?« Winkte ab.

»Sie wohnen hier allein?«, fragte Floire.

Der Blick ruckte zu Floire. »Sieht man doch.«

»Stimmt«, sagte Floire lächelnd.

»So weit haben die es getrieben, bis auch meine Frau die Lügen glaubte. Und abgehauen ist mit den Kindern. Ich habe fast dreißig Jahre meinen Arsch hingehalten für Frankreich. Der Dank ... sehen Sie sich gern um.«

»Ich verstehe«, sagte Floire. »Sie sollten aber weiter gegen dieses Unrecht kämpfen.«

Ein freundlicher Blick aus wässrigen Augen. »Vielleicht sollte ich das wirklich … Stört es Sie, wenn ich rauche?«

»Überhaupt nicht«, sagte Floire.

Périgout drehte sich eine Zigarette. Tabakkrümel segelten auf den Plastikboden.

Lebranc fand es frech, dass Floire die Vernehmung übernahm. Doch Périgout war ihm so unsympathisch, dass er seinen Assistenten gewähren ließ.

Périgout zündete seine Zigarette an, zog kräftig und stieß eine Rauchwolke aus. Die sich mit dem Staub verbündete für einen Angriff auf alles, was sehen, riechen und atmen konnte.

»Unter den Entführern findet sich ein Robert Wedenstein. Glauben wir jedenfalls. Sagt Ihnen der Name etwas?«

Périgout starrte eine Spinnwebe an der Decke an. Deren Architektin musste schon Jahre an ihrem Werk gearbeitet haben. Mit Erfolg, wie die Reste von Fliegenkadavern bewiesen. »Ja, gehört, mehr nicht.«

»In welchem Zusammenhang?«

»Hm … ja, bei dem Mord … in Berlin …, als der eine Bande anführte, die den Vorstand eines Chemieunternehmens getötet hat.«

»Was hatten Sie damit zu tun?«

»Nichts, aber Kollegen in der Kantine …«

»Die deutsche Polizei hat die DGSI informiert …«

»Weiß ich nicht. Vielleicht auch Europol oder Ihren Chef, den Polizeipräfekten.«

»Der Name Wedenstein fiel.«

»Sag ich doch.«

»Wie fiel er?«

»Sie wollen Sachen wissen … Er galt als ein Typ, der vor nichts zurückschreckte. Ein Söldner, vor allem ein guter Organisator. Gewissenlos, gerissen und intelligent. Wenn der mit der Entführung zu tun hat, dann gute Nacht. Hat der auch die Geschichte in Berlin …?«

»Kann sein.«

»Pffff. In Ihrer Haut möchte ich nicht stecken.«

»Ich auch nicht«, sagte Floire. »Welche Kollegen wissen mehr über den?« Er blickte Lebranc an und winkte mit dem Finger.

Der schüttelte den Kopf. »Wenn Sie einen von denen kennen, nicken Sie. Okay?« Lebranc begann die Liste vorzulesen.

»Fällt Ihnen außer den Genannten noch jemand ein, der auch, sagen wir, unter ungewöhnlichen Umständen bei den RG ausgeschieden ist?«, fragte Floire.

Périgout überlegte, den Finger zwischen den Zähnen. »Philippe Loisy, den hat es ein paar Wochen vor mir erwischt. Der war mit Organisierter Kriminalität beschäftigt. Die Mafias, Sie wissen. Italiener, Russen, Chinesen und so weiter. Die werden auch von Geheimdiensten benutzt.«

»Verstehe«, sagte Floire. Er gab ihm Lebrancs Visitenkarte. »Sie wissen ...«

»Ich melde mich ... unterstütze doch meine Kollegen.« Wischte den Finger am Hemd ab. Reichte Floire die Hand, dann Lebranc.

Lebranc trat in den Flur, Floire folgte ihm. Lebranc öffnete die Wohnungstür.

»Warten Sie.« Lebranc und Floire drehten sich zu Périgout. »Dieser Loisy, der ist nicht so ... abgegangen wie ich. Eine Kollegin hat mir geflüstert, dass der nur zum Schein rausgeschmissen wurde. Das fiel mir gerade ein. Und wenn die DGSI die Frau des Präsidenten entführt hat? Und dieser Loisy ... der hat vorher Spezialoperationen geleitet. Das ist ein ganz harter Junge. Perfekt für so ein Unternehmen.«

»Gewiss«, sagte Floire. »Ich seh nur das Motiv nicht. Warum sollten die das machen? Warum auch in Berlin?«

»Der Präsident hat den Generalstabschef gefeuert, weil der die Wahrheit sagte. Er hat den Chef der DGSI in die Wüste geschickt. Seine Leute suchen Posten für sich.«

»Die OAS ist mausetot«, sagte Lebranc.

»Wer bitte?«, fragte Floire.

»Halten Sie den Mund, wenn Erwachsene sich unterhalten. Gehen Sie runter und fahren Sie den Wagen vor die Haustür.«

»Zu Befehl, Chef!« Legte den Zeigefinger an die Schläfe. Lebrancs

Blick beschleunigte Floire wie ein Nachbrenner. Leider witterte der immer rechtzeitig, wann es ernst für ihn wurde.

»Die jungen Leute …«, sagte Périgout.

Lebranc gähnte zur Bestätigung. »Sie glauben tatsächlich, dass die DGSI …«

»Den Glauben habe ich am Anfang meiner Dienstzeit verloren.«

»Da haben Sie recht.«

Nachdenklich stieg er die Treppe hinunter.

Loisy stand nicht auf der Liste.

72.

Er umarmte sie. Sie blieben lange stehen, hörten sich atmen.

»Was wollte Merkow bei dir?«

De Bodt führte sie ins zum Büro degradierten Wohnzimmer.

Er fasste zusammen, was er mit Merkow besprochen hatte.

»Der weiß also nicht weiter.«

»Wie wir.«

»Wir werden für den Durchbruch bei den Ermittlungen gefeiert. Und du redest von Scheitern.«

Sie gingen in die Küche. Sie setzte sich, de Bodt bereitete grünen Tee.

»Die Entführung in Paris. Unsere Entführer haben als Erstes Bob rausgeholt. Der ist in Paris untergetaucht. Wurde am Flughafen abgeholt. In einem gestohlenen Auto. Das wurde inzwischen in Orly gefunden. Im Flughafenparkhaus. Clean, als hätte nie jemand darin gesessen. Stand in einer Mail von Floire an Ali.«

Sie nickte. »Aber für den Pariser Fall sind wir nicht zuständig. Wir haben den Kollegen mitgeteilt, was wir wissen. Das war's. Oder willst du in Paris ermitteln?«

»Morgen früh, erster Flieger.«

»Allein?«

»Ja.«

»Tilly wird einen Aufstand machen.«

Er zuckte die Achseln. »In diesem Augenblick wagt es keiner …«

»Auch wieder wahr.«

»Ihr geht morgen ins Büro und sagt, ich sei auf Dienstreise. Ich hätte nicht gesagt, wohin. Und ihr wertet zusammen mit Uhlenhorst das bisschen aus, was wir haben. Besorgt euch die Aufnahmen von den Verhören. Ali soll mir die nach Paris schicken. Auf mein Telefon.«

»Zu Befehl!«

»Warum nicht immer so?«

Sie lachte, boxte ihn an die Schulter.

»Die planen auch hier noch was. Die Erpressung ist gescheitert, bald kommt der nächste Angriff.«

»Was macht dich nur so sicher?«

»Die haben unerfüllbare Forderungen gestellt …«

»Du wiederholst dich, aber das liebst du ja.«

»Sonst begreifst du es nicht.«

Zweiter Boxhieb.

»Sag ich doch.«

Nummer drei.

»Außerdem mussten die Leute damit rechnen, dass die Entführung scheitert. Kluge Planer kalkulieren das Scheitern ein. Aber sie haben ein Ziel, das sie durch die Entführung erreichen wollten. Sie haben es nicht erreicht. Offenbar ist ihnen das Ziel wichtig, das sieht man am Aufwand. Sie wollen es unbedingt erreichen. Was immer es ist. Also versuchen sie was anderes. Sie haben es vorbereitet. Als Steigerung oder als Plan B.«

»Klingt logisch. Und in Paris triffst du zufällig die Kollegin Vernier?« Salinger hätte sich am liebsten die Zunge abgebissen. Sie versuchte es mit einem Lachen.

»Hoffentlich«, sagte de Bodt. »Sehr hübsche Kollegin.«

Der vierte Stoß. Diesmal schmerzhaft.

73.

»Die überwachen uns vierundzwanzig Stunden am Tag«, sagte Kevin.

»Ich kann nicht schon wieder in was reintreten«, sagte Knorr.

»Nachts schließen die uns ein. Tagsüber lungert immer einer in der Nähe rum«, sagte Kevin.

»Red mit Tom«, sagte Knorr.

»Der wird darauf eingehen und mir dann das Telefon abnehmen, bevor ich auch nur auf einen Knopf gedrückt habe. So würde ich es an seiner Stelle machen. Wenn wir telefonieren, ist der schuld, der gerade Wache hatte.«

Sie zog den Sonnenhut fest. Eine Brise kam auf. »Was passiert, wenn deren Chefs merken, dass sie niemanden erreichen?«

»Vielleicht haben die ein Ersatztelefon. Wenn nicht, glauben die Chefs, das was nicht stimmt.«

Er erhob sich, strich sich Sand von der Bermudahose. »Lieg nicht so faul rum.«

»Nicht ein bisschen Respekt vor der eigenen Mutter«, sagte sie und stand auf.

»Kurz vor unserem Ableben können wir uns Verrenkungen nicht leisten.«

Kevin sah im Augenwinkel, wie Rambo sie beobachtete. Er saß auf einem Campingstuhl vor dem Haus und rauchte.

Sie gingen zu der kleinen Palme, die der Wind früh gekrümmt hatte. Rambo folgte ihnen in fünfzig Metern Abstand. Das Meer war ruhig. Sie kannten nicht einmal seinen Namen. Kevin hatte getippt: »Eher Pazifik als Atlantik.« Manchmal sprangen Delfine. In der Luft Möwen.

»Woher weißt du das?«, hatte sie gefragt.

»Eingebung.«

»Nutzt es uns, wenn die Chefs Panik kriegen und einen Trupp Killer herschicken?«

»Eher nicht. Wenn man überleben will, sollte man sich von Killern fernhalten. Vielleicht finden die es hier erst erholsam, wenn sie uns zu

Fischfutter verarbeitet haben.« Wenn einen nachts die Angst auffraß, konnte man tagsüber wenigstens auf komisch machen.

»Sehr witzig«, sagte sie. »Das bedeutet, wir müssen denen das Telefon so schnell wie möglich zurückgeben. Wenn es nicht schon zu spät ist. Was auch heißt, dass wir heute noch telefonieren müssen.«

Er nickte. Kevin hatte diese Gedanken im Hirnkarussell gesehen. Sie blitzten ihn an, bevor sie ihm ihre Kehrseite zeigten. Und so weiter. Nächtelang. Seit Tagen dachte er an nichts anderes: Wie schafften sie es zu telefonieren? »Wir haben nur eine Chance«, sagte Kevin. »Ob das klappt, sehen wir gleich.«

74.

Loisy wohnte in einem Mietshaus aus den Siebzigerjahren in der Avenue Félix Faure. Betonzelle auf und neben Betonzelle. Balkon, Fenster. Dritter Stock. Gegenüber ein Friseur, der sich für toll hielt. Glaubte man den Riesenplakaten in den Schaufenstern.

Der Aufzug wurde gewartet, wie ein handbeschriftetes Schild verkündete. Dessen Urheber sich besser mit Orthografie als mit der Liftreparatur beschäftigt hätte. Sie stiegen die Treppe hoch. Alles sauber. Die Stufen glänzten, auf Marmor getrimmt. Floire nahm zwei Stufen auf einmal. Federte hoch. Lebranc schnaufte schon auf der zweiten Etage.

Messing, *Loisy* eingraviert. Floire klingelte. Lebranc wischte sich die Stirn mit dem Mantelärmel trocken.

Es öffnete ein drahtiger Mann mit Hakennase und runden Brillengläsern.

»Herr Loisy?«, fragte Floire und zeigte seinen Dienstausweis.

»Was verschafft mir die Ehre?« Ausdruckslose Stimme.

»Sagen wir Ihnen in Ihrer Wohnung.«

Ein Blick, dann nickte er. Öffnete die Tür.

Sie betraten einen dunklen Flur. Es roch nach Mottenpulver. Er führte sie ins Wohnzimmer. Keine Bücher, ein Röhrenfernseher, eine

Musikanlage aus der Frühsteinzeit. Die übliche Sitzkombination. Außer dass am Kopfende des Tischs ein alter Bürostuhl stand. Loisy setzte sich darauf.

Floire blieb stehen, Lebranc nahm das Sofa.

»Bitte?« Loisy blickte Lebranc an.

»Sie waren bei der DGSI?«

»Als ich dort arbeitete, nannte man das RG. Aber inzwischen wird ja alles zentralisiert. Die Sehnsucht nach dem Wasserkopf.«

»Da haben Sie recht«, sagte Floire. »Bei uns ist das auch so.«

Loisy blickte ihn knapp an. Wandte sich an Lebranc. »Die haben mich rausgeekelt. Konnten mir nichts vorwerfen. Ich bin einer aus der alten Schule. Für mich sind Quellen, Menschen, das Wichtigste im Nachrichtendienst. Aber da arbeiten zu viele Zocker. Berauschen sich an Computern, Netzwerken, Trojanern. Produzieren Fake News, fallen darauf rein. Die werden zugekübelt mit Informationen aus dem großen Netz. So viel, dass sie das gar nicht mehr sortieren können. Setzen auf die Quantität. So sehen die Ergebnisse auch aus. Zumal das Geld fehlt, die Auswertung zu verstärken. Sie ersaufen in Informationen.«

»Und Sie haben das kritisiert?«, fragte Floire, bevor Lebranc den Mund aufkriegte.

»Ja, was sonst? Ich habe auch dem Innenminister geschrieben. Vergeudung von Steuergeldern, Vernachlässigung wesentlicher Fakten. Die verschwanden im digitalen Loch. Aber die sagten, wir machen es wie die Amis. Ohne zu kapieren, dass die Amis die Mittel und Möglichkeiten haben, so etwas aufzuziehen. Wir nicht.«

»Sie nehmen jetzt Ihren Notizblock und machen ein Protokoll. Sie schweigen und konzentrieren sich ganz auf Ihre Aufzeichnung«, sagte Lebranc zu Floire. »Was Herr Loisy erzählt, ist wichtig. Wir wollen keine Silbe unterschlagen.«

Floire nickte wie ein Streber. Kramte ein Tablet und einen Stift aus seiner Aktentasche.

Lebranc musterte das Spielzeug, rümpfte die Nase.

»Wir ermitteln wegen der Entführung …«

»Der Frau des Präsidenten?«

»Ja.«

»Da kann ich Ihnen leider nicht helfen.«

»Ein paar von Ihren ehemaligen Kollegen glauben, dass Leute von der DGSI damit zu tun haben könnten. Die wollten den Präsidenten loswerden. Dass es nicht harmonisch zugeht zwischen den Sicherheitsorganen und dem Élysée-Palast, wissen Sie.« Ein langer Blick zu Loisy. »Nehme ich an.«

Loisy nickte. »Steht in der Zeitung.«

»Sie haben natürlich Kontakt zu ehemaligen Kollegen.«

»Freundschaften enden nicht mit dem Ausscheiden aus dem Dienst.«

Lebranc hätte dazu was sagen können. Aber er hatte auch im Dienst keine Freunde. »Wenn Sie sich treffen, reden Sie über den Präsidenten. Hätten lieber einen anderen gehabt.«

»Stimmt. Aber deswegen entführen wir nicht dessen Frau.«

»Aber Sie haben Sympathien für die alte OAS«, sagte Floire und schrieb.

Der Streber hat sich was angelesen, dachte Lebranc. Vor ein paar Tagen hatte der die Verschwörer in der französischen Armee zu de Gaulles Zeiten noch nicht gekannt. Die OAS für eine Modemarke oder so was gehalten.

»Das ist fünfzig Jahre her. Die haben die Regierung bekämpft, weil sie Algerien verschenkt hat an die Berber. Algerien war französisch und sollte es bleiben. Schauen Sie sich doch an, was dort passiert ist, seit wir es weggegeben haben.«

»Die Methoden der OAS finden Sie auch gut?«, fragte Floire. »Bomben, Attentate …«

»Jede Zeit hat ihre Methoden«, sagte Loisy lächelnd.

»Haben Sie noch Kontakt zur DGSI?«, fragte Lebranc.

Loisy schüttelte den Kopf. »Die kappen alle Verbindungen, wenn sie einen feuern.«

»In Berlin wurde der Mann der Kanzlerin entführt. Hier die Frau des Präsidenten. Verbrechen mit Präzision. Deren wahren Zweck wir nicht kennen. Wir nehmen an, dass Leute aus einem Geheimdienst darin verwickelt sind. Kaum jemand sonst wäre in der Lage, eine solche Operation zu organisieren.«

»Das denke ich auch«, sagte Loisy. »Ich halte nicht viel von meinen Kollegen. Aber so eine Aktion, die kriegten sie hin. Sie sind unfähig, aber nicht blöd. Warum sollten die ihre Rente riskieren?«

»Weil sie mehr gewönnen?«, fragte Floire. Der Stift flitzte über das Tablet.

»Was gewinnt man, wenn der Präsident weg ist?«, fragte Loisy.

»Was einem die Täter versprochen haben für das Gelingen der Operation«, erwiderte Floire, während er schrieb.

Loisy überlegte. »Klar, wenn man es so sieht. Leider kann ich Ihnen nicht helfen …«

Im Auto sagte Lebranc: »Das Protokoll will ich noch heute in Reinschrift haben.«

»Liegt schon auf Ihrem Schreibtisch.«

75.

De Bodt mochte Paris nicht. Alles voll: die Métro, die Busse, die Flughäfen, die Restaurants, der Louvre, das Centre Pompidou. Er fuhr eine halbe Ewigkeit in einem Taxi, dessen Fahrer Familienprobleme regelte, indem er ins Telefon brüllte. In der Polizeipräfektur saß er nahe der Pforte und las *Le Monde.* Die Entführung beherrschte die Titelseite. Wenn die Berichte stimmten, hatte die Polizei in Paris weniger als er. Allerdings hatte Krüger die Vernehmung der beiden Festgenommenen vermasselt. Er glaubte offenbar, dass ein Redeschwall solche Typen ansteckte und in Schwätzer verwandelte. Die Protokolle hatte er auf dem Flug gelesen.

Arzt: Ich weiß nicht, von wem der Auftrag kam. Ich erhielt einen Anruf. Die Stimme forderte mich auf, einem Verletzten zu helfen. Da ich Arzt bin, bin ich zur Hilfe verpflichtet.
Krüger: Indem Sie einem Mann die gesunde Hand abschnitten? Und den gesunden Fuß abschneiden wollten?
Arzt: Ich bezweifle, dass Sie in medizinischer Hinsicht kompetent sind.

Manchmal muss man einen Teil abtrennen, um das Ganze zu retten. Wie ein Krebs sich von seiner Schere löst, wenn die eingeklemmt ist.
Krüger: Unsere Rechtsmedizinerin sagt, die Hand sei absolut gesund gewesen. Der Fuß auch. Trotzdem wollten sie auch den absägen.
Arzt: Sie sehen, es gibt auch unter Medizinern unterschiedliche Ansichten.

Und so plätscherte es weiter. Sie kannten nicht mal den Namen des Beschuldigten. Der andere hieß laut Personalausweis Bernd Brett und wohnte in einem Betonbunker in Neukölln. Nur hatte ihn dort niemand gesehen. Uhlenhorst hatte den Ausweis unter eine Lampe gehalten. »Ich wette, der ist falsch. Aber gut gemacht.«

Krüger: Sie haben den Professor entführt …
Brett: Ich will gleich fürs Protokoll sagen, dass ich niemanden entführt habe. Ich wurde angerufen. Der Anrufer hat gesagt, ich solle einem Typen was zu trinken und zu essen besorgen. Das habe ich gemacht. Ohne mich wäre der Professor verdurstet.
Krüger: Reden Sie nicht solchen Stuss. Wir können Ihnen die Teilnahme an der Entführung beweisen.
Brett: Gar nichts können Sie beweisen. Und jetzt sag ich gar nichts mehr, ist mein gutes Recht.

»Die haben nicht mal einen Anwalt hinzugezogen«, murmelte de Bodt. »Weil das unsere Ermittlungen womöglich erleichtert hätte. Über den hätten wir vielleicht eine Spur zu den Bossen gefunden.«

Lebranc beglückwünschte ihn zum Erfolg. »Wenn uns das nur gelänge. Eigentlich bin ich nicht mit den Ermittlungen beauftragt. Aber die wollen ja nicht lesen: Frau des Präsidenten entführt. Und Paris' bester Kriminalpolizist dreht Däumchen auf Befehl der Polizeipräfektur.«

»Dann geht's Ihnen ja so ähnlich wie mir.« De Bodt lachte.

»Wenn es Sie interessiert: zwei nichtssagende Vernehmungsprotokolle.« Floire hatte die Handschriftenerkennung seines Tablets benutzt und die Word-Datei der Sekretärin gemailt. »Seien Sie froh, dass Sie so einen hellen Assistenten haben«, hatte die Sekretärin gesagt. Sie war jung und neu. Wusste nicht, dass sie eine Todsünde beging.

Heller Assistent, was für ein Quatsch, dachte er. Erwiderte nichts. Elektronische Kunststückchen, dachte er. Spielereien.

De Bodt lehnte sich ans Fenster. »Schön haben Sie's hier.«

»Das ist aber auch das Einzige, das hier schön ist. Grüner Tee, dritter Aufguss?«

Als de Bodt dankte, rief Lebranc Floire ins Büro. Gab ihm Order.

Floire strahlte de Bodt an. »Gern«, sagte er.

Wann hatte der Schnösel sich jemals gefreut, wenn er Lebranc den Cappuccino brachte?

Als Floire verschwunden war: »Wir sitzen in der Scheiße.«

De Bodts Telefon vibrierte. Die Nummer der Kanzlerin. Kammer. »Die Frau Bundeskanzlerin würde Sie gern sprechen.« Es knackte. »Herr Hauptkommissar, ich danke Ihnen von Herzen. Sie haben meinen Mann gerettet. Ihre Vorgesetzten habe ich im Fernsehen gesehen, Sie nicht.«

»Ich wollte nicht, Frau Bundeskanzlerin.«

»Kein Grund, Ihren Namen dort nicht zu nennen.«

»Gewiss.«

»Das ist Ihnen egal, erstaunlich.«

Er hätte antworten müssen: Mir ist es nicht egal, wenn sich andere mit meinen Erfolgen brüsten. Aber ich lass sie das machen, weil ich so mehr Spielraum habe. Verleugnete Dankbarkeit ist nützlich. »Offen gesagt, es ist mir wirklich egal.«

»Sie sind ein merkwürdiger Mensch, wenn ich das sagen darf.«

»Ich bin Ihrer Meinung.«

Sie lachte. »Ihre Kollegen feiern sich. Was machen Sie?«

»Ich bin in Paris. Die Fälle hängen zusammen. Vielleicht komme ich hier weiter.«

»Klingt einleuchtend. Was immer ich für Sie tun kann … Sie wissen das.«

»Sie haben mich gebeten, in Paris zu ermitteln.«

»Kriegen Sie schriftlich. Auch wenn sich ein paar wichtige Persönlichkeit übergangen fühlen.« Sie lachte wieder und legte auf.

»Sie haben immerhin jemanden, der Ihren Erfolg schätzt.«

»Ja, sonst hätten die mich längst abgeschossen.«

Lebranc lächelte. »Lassen Sie uns was essen gehen. Ich habe viel Spesen.«

Das Menü des Tages las sich gut. Es schmeckte besser. Nach der Vorspeise – Jakobsmuschel in Senfsoße mit frischen Kräutern – sagte Lebranc: »Ich habe keine Ahnung, wie wir Wedenstein und Gesellen finden sollen, wenn die keinen Fehler machen. Jeder Flic hat sein Bild. Die Kollegen an Flughäfen und Bahnhöfen wurden verstärkt. Wir haben die Mietwagenfirmen mit dem Fahndungsfoto versorgt. An den Zahlstationen der Autobahnen warten Kollegen. Sie halten jedes Fahrzeug auf, in dem sich jemand verstecken könnte. Und so weiter und so fort. Sie kennen das ja.«

»Und die Galeriebesitzerin?«

»Die hat einen kräftigen Mann und eine Frau gesehen, die sie sonst nicht beschreiben kann.«

Lebranc bat um ein zweites Glas Chardonnay.

»Haben Sie von Forderungen der Erpresser gehört?«, fragte de Bodt.

»Nein. Die kennen nur die Chefs.«

De Bodt nickte. Verschickte eine SMS.

Als Hauptgang hatte Lebranc ein Côte de Bœuf bestellt. Das servierte ein kleiner Kellner auf einer heißen Eisenplatte. Der Kellner stellte einen Wolfsbarsch mit einer Kräuter-Knoblauch-Soße vor de Bodt, dazu eine Schüssel Spinat. De Bodt bestellte noch ein Wasser und einen grünen Tee.

Er fühlte sich wie ein Fisch in der Sahara. Er hätte nicht herfahren dürfen. Die Kollegen hatten nichts. Und wenn doch, verrieten sie es Lebranc nicht. Vielleicht war es falsch gewesen, Lebranc zweimal auf das Podium einer Pressekonferenz in Berlin zu setzen. Lebrancs Kollegen fühlten sich zurückgesetzt. Waren neidisch. In seriösen Medien waren die Geschichten von Tilly und seinem Polizeipräsidenten durchleuchtet worden. Die Journalisten behaupteten, dass in Wahrheit de Bodt die Fälle im Alleingang gelöst habe. Wie vorher auch schon. Dass de Bodt einem trägen Polizeiapparat half, seine Schwächen zu verdecken. *Mittelmaß überall, bis auf eine Ausnahme.* Von Lebranc war nur in Nebensätzen die Rede gewesen. Es war nur fraglich, ob diese Kritik in Frankreich wahrgenommen wurde.

»Sie haben Ihren Fall immerhin gelöst«, sagte Lebranc.

»Der fängt erst an.«

Lebranc überlegte. Arbeitete mit einem Zahnstocher an der Befreiung seiner Zähne von einer Sehne. Betrachtete die Beute, jonglierte sie mit dem Zahnstocher auf den Teller.

De Bodts Telefon vibrierte. Eine Mail von Kammer.

Die wollen, dass Frankreich sämtliche militärischen Auslandsoperationen einstellt. Gruß, auch von der BK.

Übersetzte die Mail für Lebranc.

»Um Himmels willen.« Lebranc starrte an die Decke, als fände er dort seinen Erlöser. »Das macht der Präsident nicht.« Schüttelte den Kopf. »Sie wissen doch, dass wir die Zivilisation als französische Errungenschaft überall auf der Welt verbreiten müssen. Im Zweifelsfall mit Bomben und Raketen.« Ein bitteres Lachen folgte.

»Das sind Spezialisten für unerfüllbare Forderungen«, sagte de Bodt.

»Warum stellen die solche Forderungen? Normalerweise will ein Erpresser Geld. Lässt dann die Geiseln frei … oder auch nicht. Und verschwindet. Die wollen kein Geld machen. Was wollen die dann?«

Lebranc klopfte auf den Tisch. Zuckte die Achseln. »Wenn die nicht das wollen, was sie fordern …«

»Mit der Ausnahme von Wedenstein. Den wollten die wirklich.« De Bodt blickte auf die Uhr. »Ich nehme den letzten Flieger heute.«

Wieder sprang ihn diese Idee an, wieder verschwand sie, bevor er sie greifen konnte.

76.

Tom grinste. »Wie früher, was?« Als wäre ihm die Telefongeschichte egal.

Ob die ein zweites hatten? Oder der Plan so genau getaktet war, dass sie ein Telefon eigentlich gar nicht brauchten? Ob in dem Plan stand: in sechs Tagen, drei Stunden und 27 Minuten Geiseln erschießen und im Meer versenken? Kevin nickte. »Ich baue eine Sandburg. Was Besseres hab ich nicht zu tun. Ihr habt ja nicht mal Bücher hier.«

»Schrecklich«, sagte Tom. Schlenderte zum Haus zurück.

Knorr schrie leise auf. Rambo hatte sich von der anderen Seite angeschlichen. Mit einem Militärspaten in der Hand. Zertrat die Sandburg. Grub hier, grub da. Ging.

»Jetzt ziehen wir ein paar Meter weiter. Wir wollten doch die Chinesische Mauer bauen, oder?«, sagte Tom.

»Klar. Wollte ich schon immer«, sagte Knorr.

77.

»Und was macht ihr, wenn mein Mann eure Forderungen nicht erfüllt. Sägt ihr mir auch eine Hand ab?«

Bob begann die Frau zu bewundern. Er hatte Gejammer erwartet, keinen Sarkasmus. Sie ließ sich ihre Angst nicht anmerken. Fast war es schade um sie. Er schloss die Tür.

Jean lag mehr auf dem Sessel, als dass er saß. Mathilde war im Bad. Auf dem kleinen Tisch in der Mitte lag ihre Walther PPK.

Bob wusste nicht, was sie mit ihrer Geisel machen sollten. Sie würden es erfahren. Bob verdiente zwei Millionen steuerfrei mit dem Job, plus Erfolgszulage: noch mal zwei Millionen. Und die Befreiung aus dem Knast. Sie durften sich nur nicht finden lassen. Das war fast ungefährlich. Weniger Risiko als ein Bürgerkrieg in Afrika allemal. Und doch spürte er Anzeichen von Unzufriedenheit. Ja, sie hatten ihn aus dem Knast geholt. Ja, sie hatten ihm einen gut bezahlten Job gegeben. Aber er fühlte sich ausgeliefert. Er hatte keine Kontrolle. Die Anweisungen kamen per verschlüsselter Mail. Die sofort zu vernichten war. Natürlich würden die Bosse die Handys immer wieder austauschen.

Er mochte das nicht. Kannte den Plan nicht. Wusste nicht, auf was er sich vorbereiten sollte. Außer im Versteck zu bleiben. Aber auch das hatten die Typen ausgesucht. Hatte Mathilde gesagt.

Sie und Jean waren so freundlich wie undurchschaubar. Die Anweisungen gingen an Mathilde. Er hatte gedacht, er würde die Leitung einer Operation übernehmen. Sie machten, was er sagte. Aber er wusste nicht, warum. Offenbar wusste wenigstens Mathilde mehr als er. Mathilde, die ihre Waffe auf dem Tisch liegen gelassen hatte. Die aber nicht grün hinter den Ohren war.

Er hatte keine Kontrolle über die Operation. War mehr der Ausputzer für Notfälle.

Mathilde betrat das Zimmer. Zeigte ihm eine Mail.

Morgen kommt der Doktor. Folgt seinen Anweisungen.

78.

Als de Bodt im LKA auftauchte, fand er seinen Schreibtisch besetzt. Tilly. Eigentlich gehörte der Platz Yussuf. Die Baukolonne hatte sich gerade aufs Bohren verlegt. Wie beim Zahnarzt. Nur lauter.

»Guten Morgen, Herr Kollege«, sagte Tilly und räumte den Schreibtischstuhl.

»Guten Morgen.« De Bodt legte seine Aktentasche auf die Tischplatte und setzte sich auf seinen Stuhl neben der Tür.

»Ich habe mir erlaubt, Ihre Dienstreise nachträglich zu genehmigen. Wollen uns doch in unserem Eifer nicht von der Bürokratie gängeln lassen.« Sagte ausgerechnet er.

Offenbar hatte Engels, seine Sekretärin, den Antrag auf Geheiß Tillys ausgefüllt.

»Fehlen noch die Belege.«

De Bodt zog Flugticket und Taxirechnungen aus der Tasche und brachte sie ins Vorzimmer. Engel telefonierte gerade. Er deutete auf die Belege, sie nickte.

»Was haben Sie herausgefunden?«

»Dass ich unsere beiden Beschuldigten vernehmen muss. Zusammen mit Salinger.«

»Sie sind nach Paris gejettet und dort darauf gekommen, dass Sie diese Leute hier vernehmen müssen? Obwohl Hauptkommissar Krüger das schon getan hat?«

»Ja.«

Tilly schüttelte den Kopf und ging.

»Warum ist der plötzlich so brav?«, fragte Salinger.

»Ist der das nicht immer? Immerhin hat er mir die Leitung der Ermittlungen übertragen. Zur Freude des Kollegen Krüger.«

»Schön, dass wir es auch erfahren. Sollst du nicht von Mademoiselle Vernier grüßen?«

»Keineswegs.«

»Und wie war's?«

»Aufregend. Natürlich.«

Engel öffnete die Tür. »Die Beschuldigten warten auf ihr Verhör.«

»Wie hat der Kriminalrat Sie erreicht?«, fragte Yussuf.

»Auf meinem Handy. Privat. Gibt einem doch zu denken …«

Als die Tür geschlossen war, prusteten Salinger und Yussuf los.

»Wer hat Tilly die Handynummer gegeben?«, fragte Yussuf.

»Ich«, sagte de Bodt. »Könnte ja mal einen Notfall geben. Wir sind bei den Bullen, oder?«

»Glaube ich manchmal auch, aber dann …«, sagte Yussuf.

Der Arzt sah klein aus und schüchtern. Blass. Salinger setzte sich ihm gegenüber. De Bodt lehnte sich im Rücken des Mannes an die Wand.

»Beihilfe zu versuchtem Mord«, sagte Salinger. »Das ist doch ein guter Anfang. Wir finden später noch mehr. Brauchen Sie sich nicht zu sorgen.«

»Ich habe alles gesagt.«

»Sie haben geredet, aber nichts gesagt.«

Er legte den Kopf schräg und setzte einen Dackelblick auf.

»Haben Sie eine Approbation?«, fragte de Bodt.

»Natürlich.«

»Die werden Sie verlieren. Sie können froh sein, wenn Sie, sagen wir, in fünfzehn Jahren aus dem Knast entlassen werden. Und geradezu glücklich, sollten Sie dann einen Job finden. Sie haben immerhin genug Zeit für die Berufsplanung.«

Schweißperlen auf der Stirn.

De Bodt erinnerte sich an die Aussage des Arztes gegenüber Krüger.

Krüger: Wer hat Ihnen den Auftrag gegeben, den Gefangenen zu verstümmeln?

Arzt: Ich kenne die nicht. Ich kriegte einen Anruf. Wenn ich das nicht mache, würde ich sterben.

Krüger: Die haben Sie erpresst?

Arzt: Ja.

Krüger: Kannten Sie die Entführer?

Arzt: Nein.

Krüger: Warum weigern Sie sich, Ihren Namen zu nennen? Wir kriegen den sowieso heraus. Im Notfall geben wir Ihr Porträt an alle Sender und Zeitungen. Werden Sie richtig berühmt.

»Wir machen eine Pause«, sagte de Bodt. »Wollen Sie was trinken?«

»Wie bitte?«

»Ob Sie etwas trinken wollen?«

»Nein ... Wasser.«

Sie gingen in die kleine Kantine im Keller. De Bodt trank hier lieber Kaffee als die Plörre, die als Tee verkauft wurde. Die Kantine war leer bis auf die Frau hinterm Tresen.

»Den lassen wir schön garen. Niedrigtemperaturmethode, allerdings ohne Marinade.«

»Krügers Verhör war selbst unter seinem Niveau«, sagte Salinger. »Die haben nicht mal den Namen rausgekriegt.«

»Liest man das ganze Protokoll, sieht es anders aus. Er versucht es durch Druck. Der hat schon gewirkt. Bei Krügers Verhör war der noch selbstbewusst. Aber in der Zelle hat der Typ nachgedacht.«

»Und jetzt machst du noch mehr Druck. Kenne ich gar nicht von dir.«

»Er macht sich selbst Druck. Kocht sich gar. Ich habe ihm nur bestätigt, was er sich schon gedacht haben dürfte. Bestimmt haben die ihn mit Geld gelockt. Krankenhausärzte verdienen nicht viel. Rechnet man das Einkommen des Krankenhauspersonals gegen die Rettung von Leben, zeigt sich, wie viel ein Leben wert ist in Deutschland. Ist eine einfache Bruchrechnung. Und jetzt verliert er alles. Sitzt die nächsten Jahre in einer Zelle.«

Sie trank von ihrem Cappuccino. Nickte.

Yussuf erschien. Setzte sich dazu. Las von seinem Telefon ab. »Rudolf Dreher. Der ist seit gut zwei Jahren Assistenzarzt am Urban-Krankenhaus. Vorher war er in Bamberg. Hätte Krüger sich die Mühe gemacht, dort nachzufragen …«

»Wie hast du den Namen rausgefunden?«, fragte Salinger.

»Hab die Krankenhäuser angerufen, die Chirurgie. Wer an den besagten Tagen nicht im Krankenhaus war. Hab die Weißkittel angerufen, die fehlten. Es waren nur drei, die ich nicht erreicht habe. Hab mich mitsamt dem Foto des Herrn im Streifenwagen mit allem Gedöns erst zum Elisabeth-Krankenhaus, dann zum Urban fahren lassen. Ein Beweis meiner Genialität.«

»Ein blindes Huhn findet auch mal ein Korn«, sagte Salinger.

»Klappe. Vorher war er am Klinikum Bamberg, Chirurgie. Der Arbeitsvertrag wurde im gegenseitigen Einvernehmen gelöst.«

»Klingt gut.«

»Noch mal Klappe. Ich hab ein bisschen gebohrt. Bei denen fehlte immer wieder Morphium. Der Verdacht fiel auf Dreher. Jeder wusste, dass er es war. Aber ihm konnte nichts nachgewiesen werden.«

»Seit er weg ist, fehlt nichts mehr«, sagte Salinger.

»Falsch, Kollegin. Nun fehlt Tramadol.«

»Sehr gut«, sagte de Bodt. »Jetzt knacken wir ihn.«

79.

Irgendwann hatte Rambo keine Lust mehr. Verbot ihnen, im Sand zu graben.

»Du spinnst«, sagte Kevin.

Rambo drehte sich ruckartig um. »Was?«

»Du spinnst. Wir spielen hier mit Sand, bis du Schach gegen mich spielst.«

»Halt's Maul, du Wichser.«

»Was anderes bleibt mir hier ja nicht übrig. Guck mal in den Spiegel.«

Rambo verharrte. Kevin zählte lautlos mit. Sah, dass Rambo am liebsten zugeschlagen hätte. Der drehte sich aber um und stampfte zum Haus zurück. In den Schatten.

Knorr schob Sand zu einem Berg zusammen. Kevin holte Wasser mit einem Eimer, in dem vorher Kartoffelsuppe gebadet hatte. Restaurantpackung.

Er begoss den Sandberg. Die Mauer wuchs unter Knorrs Händen. Sie war geschickt. Hinter der Mauer grub Kevin ein Loch. Bis er das Telefon spürte.

»Pass auf!«, zischte sie.

Tom kam. »Ihr verbrennt hier in der Sonne. Kommt in den Schatten.«

Er hatte recht. Kevins Haut war an unbekleideten Stellen krebsrot. Sein Kopf dröhnte. Seine Mutter hatte es noch übler erwischt. Erst jetzt hörte er, wie sie hechelte.

»Bring doch Hüte und was zu trinken«, sagte Kevin.

»Vielleicht holst du das selbst?«

»Nein. Ihr bringt uns doch sowieso um. Mit und ohne Sonnenbrand.«

»Nun reiß dich zusammen.«

»Du störst mich dabei. Geh in den Schatten«, sagte Kevin.

Tom zog die Mundwinkel nach unten, zuckte die Achseln und verzog sich. Die Pistole steckte hinten im Gürtel.

Kevin ging zum Wasser. Er hatte gesehen, wie Rambo ihn beobachtete. Tauchte unter, ging zurück zu seiner Mutter. Sah, wie Tom zum Haus kam und die beiden Bewacher sich unterhielten. Griff zum Telefon. Schaltete es ein. Es dauerte ewig, bis das Gerät den Satelliten fand. Dann schrieb Kevin die SMS. Den Text hatte er im Kopf. Die Nummer auch.

80.

»Rechts oder links?«, fragte der Mann mit dem Backenbart. Er trug einen weißen Kittel.

»Sie werden das nicht überleben«, sagte die Frau des Präsidenten. »Entweder bringen die Sie um oder die Polizei. Auf der Flucht.«

»Festhalten«, sagte der Weißkittel.

Mathilde und Jean zogen sie zur Liege. Drückten sie darauf.

»Ihr Schweine!«

»Aber, Madame, doch nicht so unfein.« Und setzte die Spritze.

81.

»Sie sind Morphinist«, sagte Salinger. »Haben Sie schon Entzugserscheinungen?«

Dreher riss die Augen auf. Sackte in sich zusammen.

»Sie stehen am Anfang. Aber es zieht schon gewaltig.«

Er blickte sie an.

»Was machen Sie, wenn Sie im Knast nichts kriegen?« Sie blickte ihm in die Augen. »Wenn es Ihnen jetzt schon schwerfällt. Haben die Ihnen Morphium verschafft? Damit Sie nicht mehr klauen müssen wie in Bamberg?«

Sein Blick senkte sich auf die Tischplatte.

Schweigen.

De Bodt lehnte an der Tür.

»Wir könnten Sie bis zur Verhandlung auf freien Fuß setzen. Und Ihnen Ihre Vorräte lassen. Bei der Durchsuchung in der Wohnung haben die Kollegen ja nichts gefunden. Wird es also woanders sein.«

Ein Blick zu Salinger. Ein Bettelblick.

»Aber dafür müssen Sie uns helfen.«

»Dann bin ich tot.«

»Wenn Sie aussagen, kommen Sie ins Zeugenschutzprogramm. Wir werden den Staatsanwalt überzeugen, dass Sie ein kleiner Fisch sind. Unglückliche Umstände und so weiter. Bewährungsstrafe. Aber Sie müssen auspacken.«

»Das glaube ich Ihnen nicht.«

»Das können Sie halten, wie Sie wollen. Denken Sie bis morgen darüber nach«, sagte de Bodt. »Sagen wir, zwölf Uhr?«

Im zweiten Vernehmungsraum saß der andere. Brett beglotzte Salinger aus kleinen Augen in einem eierförmigen Gesicht. Die Glatze glänzte im Neonlicht.

»Sie wollen also nicht aussagen?« Salinger blickte ihn an. Lächelte. Als nähme sie das nicht ernst.

»Wenn Sie mir Ihre Titten zeigen, lass ich mit mir reden.«

»Interessantes Angebot«, sagte Salinger freundlich lächelnd. »Leider darf ich das nicht. Ist gegen die Vorschriften. Und mein Chef, ich sag Ihnen …«

Der stand in Bretts Rücken. Brett blickte sich nervös um.

»Wir hängen Ihnen schwere Körperverletzung, Entführung an. Vielleicht finden wir noch einen Mord? Das sind wenigstens zehn Jahre, vielleicht lebenslänglich. Sicherungsverwahrung, wenn Sie Pech haben. Sie wissen, das Pech lässt sich beeinflussen.«

»Leck mich!«

»Sie hatten keine gute Kinderstube. Wen können wir benachrichtigen? Besuch ist doch was Schönes. Haben Sie eine Katze oder einen Dackel, den wir versorgen können?«

Brett blickte sie entgeistert an.

»Wo werden Sie im Sommer sein?«, fragte de Bodt.

Brett fuhr herum. »Sie können mich mal.«

»Also, ich werde in den Urlaub fahren. Meine Kollegin auch.«

»Ich hab jetzt schon all inclusive«, sagte Brett.

82.

»Herr Dr. Knorr, vergessen Sie die Konferenz heute Nachmittag nicht«, sagte sie. Blickte ihn besorgt an. Schon seit Tagen fand sie ihn fahrig, depressiv, matt. Übernächtigte Augen. Sie hatte gefragt, ob er Sorgen habe. Ob sie helfen könne.

»Es ist alles gut. Schlafstörungen, hat man eben manchmal. Präsenile Bettflucht.« Er versuchte zu lächeln.

Er erhob sich hinter dem Schreibtisch. Seine Sekretärin verschwand im Vorzimmer, schloss die Tür.

Sein Handy vibrierte. Er nahm es in die Hand.

Wir werden auf einer Insel festgehalten. Ruf die Polizei. Zeige denen die SMS, die können das Telefon lokalisieren. Wenn du auf die SMS antwortest, sind wir tot.

Es folgte eine neunstellige Nummer, die mit +881 begann.

Sie lebten. Er hatte den Glauben fast schon verloren gehabt. Sie lebten.

Er las den Text wieder und wieder, notierte die Nummer und löschte die Nachricht. Damit sie die nicht fand. Karin, die sich als Putzhilfe selbst eingestellt hatte. Eines Abends vor seiner Tür stand. »Ich koste Sie nichts. Wenn Sie wollen, können Sie über mich Grüße an Elke schicken.«

Sie kam jeden zweiten Tag und half tatsächlich im Haushalt. Blockte alle Fragen ab. Verlangte sein Handy, setzte sich damit und einem Becher Instantkaffee an den Küchentisch und suchte nach Telefonaten, Mails, Kurznachrichten. Es ging schnell. Sie lobte ihn, dass er auf so was wie Facebook und WhatsApp verzichtet hatte. »Die saugen unsere Daten auf und verkaufen sie an wer weiß wen.«

Am späten Abend hörte er den Staubsauger schon vor der Tür. Er öffnete und trat in den Flur. Stellte seine Aktentasche ab, zog den Mantel aus und hängte ihn an die Garderobe.

»Wie war's im Atomkraftwerk?«, fragte sie.

Er nickte. Es war wie immer gewesen. Er hatte an den Rechnern im inneren Ring gearbeitet. Es waren drei redundante Systeme. Gab es einen Fehler im System, überstimmten zwei Rechner den einen mit dem Fehler. Der innere Ring war getrennt vom äußeren Ring. Der hatte Verbindung zum Internet. Der innere Ring nicht. Man konnte den inneren auch nicht mit dem äußeren Ring verbinden. So konnten alle Hacker der Welt von einem Eindringen in einem AKW träumen, den inneren Ring erreichten sie nicht.

Es sei denn, sie fanden jemanden, der im inneren Ring die Rechner verwaltete.

Knorr arbeitete seit mehr als zwanzig Jahren im AKW. Er mochte seine Arbeit. Knorr verdiente gut, die Arbeit forderte ihn. Er konnte Fortbildungslehrgänge besuchen. Was Besseres würde er *draußen* nicht finden.

»Du bist ein Bigamist«, hatte Kevin gespottet, »bist auch mit deinem Atomkraftwerk verheiratet. Das hat zwar mehr Wumms als Mama, aber weniger Sexappeal.« Sie gerieten sich immer wieder in die Haare. Kevin hielt Atomkraftwerke für Bomben, die zufällig noch keiner gezündet hatte.

Kevin hatte recht gehabt, dachte Knorr. Und er saß jetzt am Zünder.

Er hatte das Werk verlassen und war in seinem Opel Insignia zur Polizei gefahren. Hatte den Wagen auf den Parkplatz gestellt.

83.

»Gut geschlafen?«, fragte Salinger.

Auf dem Tisch wartete ein Frühstück mit allen Schikanen. Dreher stutzte. Hob die Brauen. Setzte sich.

»Tee oder Kaffee?«

»Kaffee.«

Sie goss ihm ein, sich auch. »Milch und Zucker.« Deutete darauf. »Sie nehmen sich.«

»Ach, deswegen hat der Schließer mir geraten, aufs Frühstück zu verzichten. Haben Sie ja geschickt eingefädelt.« Wandte sich um zu de Bodt.

Der zählte gerade die Winzlöcher im Beton. Oder dachte an Hegel. Oder überlegte, warum ihn der Anruf seiner Ex kurz nach dem Aufstehen aufregte. Da gab es keine Fragen. Nur Antworten, uralte Antworten. Bei solchen Gelegenheiten fiel ihm ein, dass er ein miserabler Vater war, vorsichtig formuliert. Sonst gelang es ihm, sich einzureden, dass es gut für seine beiden Töchter war. Dass ihnen die Streitereien der Eltern erspart blieben. Dass Opa den Ersatzvater spielte. Weil er scharf auf die Mutter war. Die ihn bewunderte, den Hamburger Ehrenbürger. Dessen Frau die Polyarthritis zerstörte. Heinrich de Bodt hatte eine Pflegerin eingestellt, die sogar in der Stadtvilla schlief. Sich auch gern um die Kinder kümmerte. Das rieb ihm Elvira unter die Nase. »Ich dachte, du interessierst dich für deine Kinder.«

Dreher nahm sich ein Käsebrötchen.

De Bodt aß nichts. Hatte einen Becher mit Wasser in der Hand. Trank ihn aus, stellte den Becher auf den Tisch.

»Ich hab's mir überlegt«, sagte Dreher.

Salinger entschied sich für ein Laugenbrötchen mit Salami. Sie hatte alles von einem Bäcker nahe dem LKA mitgebracht. Yussuf hatte Kaffee gekocht. Und nach einigem Zureden auch Tee. »Das grüne Zeug soll sich der Chef selber mixen. Der meckert doch nur rum, wenn ich das mache.«

»Auf Kaution raus, dann Bewährung, Zeugenschutzprogramm und meine … Medizin …« Er schluckte. »Krieg ich das schriftlich?«

»Steht im Protokoll, das Sie nachher unterzeichnen werden. Bis auf das Medikament, da müssen Sie mir glauben. Wenn Sie Kontakt mit Ihren Komplizen aufnehmen, gilt der Deal nicht mehr.«

Dreher nickte. »Das Band läuft aber gar nicht.«

Salinger tippte auf ihr Telefon, auf dem es sich Brötchenkrümel gemütlich gemacht hatten.

Dreher nickte wieder.

»Nehmen Sie.« Deutete auf das Tablett.

Ein Tatarbrötchen. Apfelsinensaft.

Yussuf erschien. Zwei Cappuccino aus seiner Dampfmaschine. Stellte sie vor Dreher und Salinger. Verschwand.

De Bodt verließ den Raum. Eilte zu Tilly. »Der Chef hat Besuch«, sagte die Sekretärin. Ihr Ton sagte, dass sie sich im Notfall vor die Tür des Chefbüros werfen würde.

»Schmeißen Sie ihn raus.«

»Das ist eine Mitarbeiterin des Innensenators …«

»Rausschmeißen. Oder ich mach es selbst.«

Sie schüttelte den Kopf, klopfte aber doch vorsichtig an Tillys Tür. Öffnete und drückte sich durch den Spalt. Keine Minute später öffnete sich die Tür wieder. Eine Frau blickte ihn durch eckige Brillengläser an. »Sie sind der Herr de Bodt, ja? Na, Sie haben's aber eilig.«

»Was ist denn das für ein Aufstand?« Statt einer Begrüßung. Tilly, die Hände auf die Hüften gestemmt. Wie sein Namensvater in der Schlacht bei Breitenfeld nach dem Magdeburger Massaker 1631. So sauer hatte de Bodt den Kriminalrat noch nie erlebt.

»Sie müssen den Staatsanwalt überzeugen, dass Dreher auf Kaution rauskommt. Alles andere klären wir später.«

»Wie bitte?« Nur sein Kopf bewegte sich. Ein Schütteln, de Bodt sah den Schädel schon über den Boden rollen. »Nein, nein!«, brüllte Tilly. »Gehen Sie doch selbst hin und machen sich lächerlich! Ich bin es leid, den Deppen für durchgeknallte Bullen zu spielen!« Er hatte *Bullen* gesagt.

»Wie war Ihr Name noch mal?« Strenger Blick. Streng gescheitelte Frisur, mit Zopf.

»De Bodt, Hauptkommissar LKA 1. Ich muss den Staatsanwalt jetzt sprechen. Jetzt!«

»So geht das aber …« Ihr Blick schweifte von oben nach unten und wieder nach oben. »Sie sind dieser …?«

De Bodt schwieg sie an.

Die Tür zum Büro des Staatsanwalts öffnete sich. Eine Mönchsglatze. »Frau Seiters …« Sah den Hauptkommissar. »Herr de Bodt …«

Der ging zur Tür. »Es eilt. Wir müssen reden.«

»Eigentlich …«

»Ich auch«, sagte de Bodt. »Aber Sie müssen eine Entscheidung treffen.«

Er fasste es zusammen. Der Staatsanwalt runzelte die Stirn. Die Nasenfalte wuchs gefährlich in die Tiefe. In seinen Augen spiegelte sich der Wahnsinn dieser Idee. »Ich habe schon viele absurde Dinge gehört. Aber das ist der Gipfel.«

»Wir werden den überwachen. Vierundzwanzig Stunden, tagtäglich. Die Drahtzieher werden vielleicht Kontakt aufnehmen … oder er zu denen. Dann hätten wir eine Spur. Wenn nicht, haben wir Pech gehabt. Dann schnappen wir ihn uns gleich wieder. Und wenn wir eine Spur haben auch. Wir werden ihm auferlegen, keinen Kontakt mit seinen Komplizen aufzunehmen. Wenn er's tut, haben wir einen schönen Grund, unsere Zusagen einzukassieren. Was den Druck auf Dreher erhöhen würde.«

»Da wird der sich aber freuen. Sie haben Methoden … Aber wenn die gleich einen Killer schicken?«

»Das ist ja auch eine Kontaktaufnahme.«

Er knetete die Tischplatte. »Ich hab schon gehört, dass Sie eine eigene Art von Humor haben.«

»Das finde ich nicht lustig. Wenn die einen Killer schicken, müssen wir den abfangen. Wir könnten Krüger und seine Leute auf Dreher ansetzen. Die können so was.«

Der Staatsanwalt grinste. »Kein schlechter Versuch.«

»Alles andere wäre ein Fehler.«

»Hm. Und wie hoch darf die Kaution sein? Fünf Euro?«

»Ich glaub, Dreher hat was auf der hohen Kante. Vielleicht versuchen Sie es mit fünfzigtausend.«

»Wenn das in der Zeitung steht …«

»Sie müssten Krüger sagen, dass Sie das nicht wollen.«

Der Staatsanwalt begann zu lachen. »Sie haben auf alles eine Antwort, was?«

»Ich versuch mein Bestes.«

84.

Das Telefon klingelte vor dem Frühstück. Lebranc hasste das. Wenn ein Tag so anfing, war er schon verdorben.

»Guten Morgen«, sagte Floire.

Wollte der ihn foppen? »Was gibt's?«

»Eine Hand. Die linke. Gehörte der Frau des Präsidenten.«

Lebrancs Herz blieb stehen. Es fühlte sich jedenfalls so an. Dann drehte es auf, Zweitakter-Rhythmus. »Wo?«

»Wurde bei uns abgegeben … also in der Präfektur.«

»Holen Sie mich ab.« Konnte er wenigstens frühstücken. Aber zuerst schickte er de Bodt eine SMS. Lebranc hatte keinen Zweifel, dass es sich um die gleichen Täter handelte wie in Berlin. Sonst wussten sie nichts. Außer dass diese Leute keine Fehler machten. Und Wedenstein mit von der Partie war. Höchstwahrscheinlich.

Es klingelte, Floire. Er musste gerast sein. Das Blaulicht auf dem Armaturenbrett des Citroën C4 blinkte. Als sie losfuhren, schaltete er auch die Sirene ein. Was für ein Scheißmorgen.

Im Büro setzte sich Floire auf den Besucherstuhl. Blickte Lebranc an.

»Ich bin mit dem Fall nicht befasst«, sagte der. Hätte ihm früher einfallen sollen. Aber er hatte sich von der Hektik anstecken, von der Ungeheuerlichkeit des Verbrechens aufrütteln lassen.

»Der stellvertretende Polizeipräfekt kommt in ein paar Minuten. Jetzt ist es keine Entführung mehr, hat er gesagt. Wir brauchen unsere besten Ermittler ...«

Woher wusste Floire das schon wieder? Die Chefs wollten wohl nicht gefragt werden, warum sie den besten Kriminalisten der Präfektur nicht einbezogen. Sie wollten schon gar nicht, dass der Präsident sie das fragte. Der las schließlich Zeitung und hatte ein Elefantengedächtnis.

Tatsächlich klopfte es an der Tür, und der Stellvertreter des Polizeigottes auf Erden betrat das Büro. Lebranc erhob sich und winkte Floire hinaus.

»Soll ich was von gegenüber holen?«

»Sie sollen arbeiten.«

Die Tür schloss sich. Lebranc erwiderte den Händedruck. Wies auf den Besucherstuhl.

»Ich weiß nicht, was Ihr erstaunlicher Assistent Ihnen schon gesagt hat.«

»So gut wie nichts.«

»Die Erpresser haben die Frau des Präsidenten ... verstümmelt. Wie den Professor Süß in Berlin. Die linke Hand ...«

»Mein Gott. Es stimmt also tatsächlich.«

Ein neugieriger oder erstaunter Blick. »Wir mobilisieren alles, was wir haben. Wir müssen diese Verbrecher finden. Das ist eine Frage der Ehre.«

Das ging ja noch. Der Untergang der Republik war also aufgeschoben.

»Wenn wir erpressbar sind, nutzen das andere aus. Nicht nur unsere Feinde. Der Präsident hat erklärt, dass er nicht daran denke, die Forderung der Erpresser zu erfüllen.«

»Gibt es eine Idee, wer die sein könnten?«

»Vielleicht Islamisten. In Mali haben wir es mit denen zu tun. Die Deutschen auch. Das wäre eine Erklärung. Aber es gibt keinen Beweis.«

»Wäre immerhin ein Motiv«, sagte Lebranc. »Die deutschen Behörden teilen diese Hypothese?«

»Die haben gar keine. Wollen nichts ausschließen, man könnte sich ja blamieren.«

Lebranc nickte.

»Sie sind doch mit diesem Kollegen in Berlin befreundet.«

»De Bodt«, sagte Lebranc.

»Stimmt, so heißt der. Ich möchte, dass Sie nach Berlin fliegen. Nehmen Sie Ihren schlauen Assistenten mit.«

Dem war Floire also auch in den Arsch gekrochen. »Natürlich, Monsieur.«

De Lemoine musterte irgendwas an der Wand hinter dem Schreibtisch. »Sie wissen, die Sicherheitsorgane arbeiten gut zusammen. Aber selbst da gibt es eine Bürokratie. Man muss ein paar Leute fragen, bevor die Zusammenarbeit klappt. Offiziell brauchten Sie eine Genehmigung der deutschen Behörden, wenn Sie in Berlin ermitteln. Also tun Sie sich zusammen mit dem Kollegen de Bodt. Das scheint mit dem ja auch ohne Stempel zu klappen.«

Lebranc verkniff sich die Anmerkung, der größte Stempelanbeter und Rückversicherungs-Besessene sitze gerade vor ihm.

Lebranc setzte sein traurigstes Gesicht auf. »Wenn es unbedingt sein muss, mache ich diese Reise natürlich.«

»Wir brauchen Sie für die Koordination. Wir wollen alles erfahren, was die deutschen Kollegen ermitteln.«

Lebranc wollte fragen: Und ich soll die Deutschen über unsere Fortschritte unterrichten? Aber er fragte nicht. »Floire könnte mir besser helfen, wenn er hierbliebe. Er wäre mein Verbindungsmann zu Ihnen …« Kratzte sich an der Wange. Wollte fragen, ob er unbegrenzt entscheiden könne, so vorzugehen, wie er es für richtig halte. Aber wenn man nicht fragte, hörte man auch kein Nein.

»Wie Sie wollen«, sagte de Lemoine. »Aber bringen Sie Ergebnisse.«

85.

Knorr saß eine Weile im Auto. Regentropfen auf der Windschutzscheibe. Das Weiß-auf-Blau des Polizeischilds flackerte. Er betrachtete das Handy. Er hatte gegoogelt und bestätigt gefunden, dass diese Geräte lokalisierbar waren. Nicht so genau wie GSM-Telefone, aber vielleicht genau genug. Seit Kevin ihm die SMS geschickt hatte, grübelte er. Was passierte, wenn die Polizei an dem Ort auftauchte, wo Elke und Kevin gefangen gehalten wurden? Sie hatten ein Satellitentelefon benutzt. Offenbar waren sie weit weg. Wo irgendeine Polizei zuständig war. Oder das Militär. Oder niemand. Würden Elke und Kevin freikommen oder getötet? Die Entführer würden sie nicht laufen lassen, oder? Wenn er die Polizei einweihte, wie lange bliebe die Entführung geheim? Es war schon jetzt schwierig, den Leuten zu erklären, dass Elke und Kevin ohne ihn in Urlaub gefahren waren. Warum war er nicht mitgefahren? Es gab keine Sorgen im Werk, auf die er sich hätte herausreden können.

Er konnte schlecht erklären, er warte auf die Gelegenheit, den USB-Stick in die Wartungsbuchse des Servers oder eines Client-Rechners zu stecken. Das Ding hatte vorgestern Morgen im Briefkasten gelegen. Mit einer Anweisung. Er solle den USB-Stick mit dem Stick vertauschen, den er für die regelmäßige Wartung erhalte. Zur Wartung gehöre ein BIOS-Flash. Er müsse den Rechner nach dem BIOS-Update neu starten. Er solle wie immer seine Zugangskarte und sein Passwort benutzen. Das sei doch Routine. Sie würden ihn vorher warnen, sollten sie gezwungen sein, das Programm zu aktivieren. Mit der Aktivierung habe er aber nichts zu tun.

Seitdem grübelte er, wie die Leute das Programm aktivieren wollten. Einen Trojaner im BIOS ohne Hilfe von ihm oder einen Netzzugriff starten? Das schien ihm unmöglich. Vermutlich wollten sie nur beweisen, dass sie ein Schadprogramm auf einen Rechner schleusen konnten, obwohl der von der Außenwelt getrennt war. Der Gedanke beruhigte ihn. Gut, er verlöre seinen Job. Würde angeklagt und vielleicht verurteilt. Aber er wollte denen glauben. Dass Elke und

Kevin freikamen, sobald er seine Aufgabe erfüllt hatte. Er handelte unter Zwang. Das würden die Behörden doch verstehen. Zumal er sich nicht vorstellen konnte, wie man einen Trojaner in diesem System aktivieren sollte.

Er betrachtete die Backsteinfassade des Reviers, vom Regen weichgezeichnet. Sah das Weiß-auf-Blau flackern. Steckte das Telefon ein und fuhr zum Werk.

Im Büro saß er wie auf Kohlen. Hatte die Hand um den Stick geklammert. Heute oder morgen. Sie hatten ihm eine Frist gesetzt. Er beobachtete Fred, der auf seinen Bildschirm starrte. Walter, der auf dem Fingernagel kaute. Wie immer, wenn er etwas ausrechnete. Dorothee, die ihm den Rücken zukehrte, während sie in einem Regal suchte. Gute Leute. Eine gute Abteilung. Seine Abteilung.

»Geht's dir nicht gut, Helmut?« Dorothee blickte ihn an. Sie hatte einen Ordner in der Hand. Wollte zu ihrem Schreibtisch gehen.

»Doch, doch. Ich hab mies geschlafen. War Vollmond?«

»Nee. Du siehst aus wie dein Gespenst, nach dem Ableben.«

»Das hast du aber schön gesagt, Dorothee. Wollte immer schon mal jemanden kennenlernen, der Ahnung von Gespenstern hat.«

Fred sah Walter an, schüttelte den Kopf, tippte sich an die Stirn und durchlöcherte seinen Bildschirm weiter mit starrem Blick.

»Du solltest zum Arzt gehen, am besten gleich«, sagte Dorothee. »Soll ich dir einen Tee kochen …?«

»Helmut, lass dich nicht auf das Hexengebräu ein. Die kennt sich nicht umsonst mit Untoten aus«, sagte Fred.

»Thymian, Hagebutte, Brennnessel oder einen Schwarztee?«

»Ein Aspirin … vielleicht?«, sagte Knorr.

Dorothee stellte ihre Handtasche auf den Schreibtisch und kramte. Endlich hielt sie einen verknitterten Blister in der Hand. Sie verschwand aus dem Büro, kehrte mit einem Glas Wasser zurück. Reichte Knorr die Pille. Er schluckte sie und trank einen großen Schluck Wasser. »Geht schon besser.«

»Wunderheilung«, sagte Walter.

»Kein Wunder, die kann ja auch mit Geistern reden«, sagte Fred. Ohne seinen Blick vom Monitor zu lösen.

»Ihr seid doch bloß neidisch«, sagte Dorothee. »Heute gehst du aber mal pünktlich nach Hause, Chef.«

»Mal sehen«, murmelte er.

Der USB-Stick glühte in der Hand.

86.

»Was haben Sie wieder angestellt?« Krüger stand in der Tür.

»Komm ruhig herein, Herr Kollege«, sagte Yussuf. Der wieder de Bodts Schreibtisch erobert hatte.

Der saß auf seinem Stuhl neben der Tür.

Als Krügers Blick ihn fand, wich er einen halben Meter zurück.

»Hat Tilly dir auch gesagt, dass du diesmal nichts an die Presse durchreichen darfst? Es muss mal eine Weile ohne Nebenverdienst gehen«, sagte Salinger.

»Vielleicht verbieten Sie Ihren Mitarbeitern den Mund«, sagte Krüger.

»Das hab ich noch nie gemacht. Ich glaube, dass auch in der falschesten Behauptung ein Körnchen Wahrheit stecken kann.«

»Immer diese Sprüche«, sagte Krüger. »Was nutzen die, außer dass sie alle nerven?«

»Da machst du einen Punkt, Krüger«, sagte Yussuf. »Das werde ich im Kalender notieren.«

»Ich möchte, dass Sie und Ihre Leute Dreher beschatten. Der wird heute Nachmittag um sechzehn Uhr aus der U-Haft entlassen«, sagte de Bodt.

»Was haben Sie sich denn dabei gedacht? Ist die Verzweiflung schon so groß, dass Sie Russisch Roulette spielen?«

»Ein jeder Affekt von der wackern Art, der nämlich das Bewusstsein unserer Kräfte, jeden Widerstand zu überwinden, rege macht, ist ästhetisch-erhaben, zum Beispiel der Zorn, sogar die Verzweiflung, nämlich die entrüstete, nicht aber die verzagte«, sagte de Bodt.

Krüger starrte ihn an. Schüttelte den Kopf und wollte gehen.

»Bevor Sie gehen, Ali koordiniert die Beschattung. Sie melden ihm alles, wirklich alles. Telefonisch, SMS, Mail, wie es gerade passt. Verstanden?«

Krüger lief rot an, als würgte ihn jemand.

»Die haben der Frau des französischen Präsidenten die linke Hand abgeschnitten«, sagte Yussuf.

»Das steht schon in der Zeitung«, sagte Krüger.

»Aber nur in der, die du liest«, erwiderte Salinger. »Ohne dir danach die Hände zu waschen.«

»Ich muss mir diese Frechheiten nicht anhören«, schnauzte Krüger. Knallte die Tür zu.

Yussuf grinste.

»Du bist ja supercool«, sagte Salinger. »Warum hast du uns das nicht vorher gesagt?«

»Ich weiß es vom Chef.«

Am frühen Morgen hatte Lebranc de Bodt eine SMS geschickt. Er schrieb auch, dass er nach Berlin komme.

»Ich wollte zuerst die Dreher-Beschattung organisieren.«

»Und uns mit Hegel nerven«, sagte Yussuf.

»Es war Kant, Ali. Das hättest du aber wissen können.«

87.

Er blickte sie an. Sie schlief noch. Der linke Arm war verbunden. Ein Tropf versorgte sie mit einem Antibiotikum. Bob staunte. Es berührte ihn immer, wenn eine Frau verletzt oder getötet wurde. Er war da altmodisch. Aber er gehorchte seinem Verstand. Ohne den hätte er nicht überlebt. Es war nur logisch, der Frau die Hand abzusägen.

Der Chirurg hatte das Gewebe aufgeschnitten, dann die Knochensäge angesetzt. Er arbeitete mit der Sachlichkeit eines Metzgers. Die Hand hatte er ausbluten lassen und sie in einem Gefrierbeutel verpackt. Der kam in den Karton.

Sie schlug die Augen auf. Blinzelte. Blickte Bob an. Hob die Arme. Tränen quollen aus den Augen. Sie weinte lautlos.

»Verschwinden Sie!«

»Ich hoffe, Ihr Mann lenkt ein«, sagte Bob.

Sie schloss die Augen. Wischte mit dem Handrücken über die Augen. »Weil Sie mich sonst weiter verstümmeln? An Ihnen ist ein Priester verloren gegangen. Ich bedaure Sie sehr.« Sie schluckte. »Sie haben doch erfahren, dass dem Professor in Berlin ein Fuß abgesägt werden sollte. Was die Polizei gerade noch verhindern konnte.«

Bob nickte, dachte an de Bodt. Der ihm ein Rätsel bleiben würde. »Wir sind nicht in Berlin«, sagte er. Fand die Ausflucht schwach.

»Stellen Sie sich nicht dümmer, als Sie sind.«

»Ihr Mann holt Sie früher raus.«

»Das darf er nicht. Sie glauben, dass er sich erpressen lässt? Lächerlich. Aus Ihrer Forderung wird nichts.«

»Er hat schon angefangen zu verhandeln.«

»Sie nehmen mich auf den Arm … Ich verlange, dass Sie mir ein Radio geben.«

»Wenn Sie's nicht zu laut stellen …«

»Einverstanden.«

Bob rollte durch die Zimmer. Fand im ehemaligen Kinderschlafzimmer einen Radiowecker. Der funktionierte sogar.

Er brachte ihn der Frau des Präsidenten.

»Den hätten Sie auch abwischen können.«

Bob grinste. Rollte in die Küche, kam mit einem angefeuchteten Lappen zurück. Wischte das Radio ab. Schaltete es ein. *France Info.*

… fieberhaft wird in Paris und Umgebung nach der Frau des Präsidenten gesucht. Von überallher strömt Verstärkung in die Stadt. Soldaten durchkämmen jedes Arrondissement …

Bob wechselte auf Gedüdel.

»Machen Sie das weg, sofort! Schalten Sie wieder *France Info* ein!«

Er tat es. Werbung.

»Ach, schalten Sie das Ding aus. Die werden noch bei der Live-

Übertragung meiner Beerdigung Spots senden. Vor allem für geriatrische Hirnentkalker. Das ist dann die Zielgruppe.« Sie blickte Bob an. »Wie fühlt man sich, wenn einen ganz Frankreich jagt?«

Bob grinste. »Nicht schlecht, bisher.«

»Wenn Sie mich umbringen, wird mein Mann Sie finden. Egal, wo Sie sich verkriechen.«

»Zumal ich ja nicht mehr so flott bin.« Bob lachte.

Aber er wusste, dass sie recht hatte. Sie würden ihn hetzen. Die anderen auch, aber die waren ihm egal.

88.

Rambo näherte sich im Eilschritt. Ruckelte am Gürtel seiner Bermuda-Short. Die Pistole fiel in den Sand. Er fluchte und hob sie auf. Steckte sie vorn in den Gürtel.

Kevin winkte mit dem Telefon. Er hatte die SMS vorher gelöscht. Nur Spezialisten könnten sie zurückholen. »Hab ich gerade gefunden!«, rief Kevin. Tat so, als freute er sich.

Rambo riss ihm das Telefon aus der Hand. Ging zurück Richtung Haus. Blieb stehen. Betrachtete das Telefon. Offenbar suchte er nach den letzten Anrufen und Nachrichten. Schüttelte den Kopf. Stapfte weiter durch den Sand.

»Kann man nur hoffen, dass die sich die Rechnung nicht genau angucken«, sagte Kevin. »Wer immer die sind.«

89.

»Jetzt leg die Arbeit mal hin. Morgen ist auch noch ein Tag«, sagte Dorothee.

Die Kollegen der Nachtschicht erschienen. Heute nur Janine, Kurt hatte Grippe. Janine konnte die Nachtschicht im Rechnerraum allein stemmen. Sie hatte schon lang nicht mehr nachts bei ihm angerufen. Weil ein Lämpchen blinkte oder ein Rechner lauter brummte. Um der Vorschrift zu genügen, würde Julia aus dem Kontrollraum immer mal wieder vorbeischauen. Mindestens zwei mussten sie sein.

»Ich könnte dich auf ein Bier einladen«, sagte Dorothee.

»Danke, das ist wirklich nett. Aber es liegt noch viel rum. Ein anderes Mal, ja?«

Sie lachte. »Am Sankt Nimmerleinstag, ganz bestimmt.«

»Eine Woche vorher«, sagte er und lachte zurück. Obwohl ihm nicht danach zumute war.

»Wie lange bleibst du noch?«, fragte Janine, nachdem sie sich an ihren Tisch gesetzt hatte.

»Weiß ich noch nicht.« Deutete auf die Ordner, die er neben dem Bildschirm gestapelt hatte. Er musste an ihren Rechner. Über den wurden auch sonst die Updates eingespielt. Dort sollten die Dateien des Sticks im Root-Verzeichnis landen. Was dann kam, wussten nur die Erpresser.

»Dann sag ich Julia, sie soll erst mal nicht kommen, okay?«

»Okay«, sagte er. Glück gehabt, er hätte sich sonst was einfallen lassen müssen, um die Kollegin fernzuhalten. »Trinkst du einen Tee mit?«

»Ja, gern. Ein starken. Soll ich den machen?«

»Nein, nein, Bewegung tut mir gut.« Er ging in die kleine Küche. Fand die Teebeutel, nachdem er fast alle Türen und Schubladen aufgezogen hatte. Der Rest war ein Kinderspiel. Am Schluss gab er die doppelte Menge Laxoberal in die Tasse. Das Abführmittel benutzte seine Frau viel zu oft. Er beobachtete, wie sich die Tropfen mit dem Tee vermengten.

Er stellte die Tassen auf ein Tablett. Dazu Zucker für sie.

»Sehr nett, vielen Dank!«, sagte sie. Ohne den Blick vom Monitor zu wenden.

Er nahm seine Tasse und simulierte Arbeit. Fasste immer wieder in die Tasche. Um Himmels willen, wenn er den Stick vergaß!

Sie lehnte sich zurück. Straffte den Rücken. »Der Stuhl taugt nichts.«

»Ich hab dir schon hundertmal angeboten …«

»Ich weiß. In Wahrheit taugt mein Kreuz nichts. Da wird's mit Ersatzlieferungen tückisch.«

Sie füllte drei Löffel Zucker in den Tee. Teefarbenes Zuckerwasser. Sie trank. »Ist gut«, sagte sie.

Längst starrte sie wieder auf den Bildschirm. »Ich finde das Scheißding nicht.«

»Den Bug in der Ventilsteuerung?«

»Genau den. Sieht alles perfekt aus. Warum hat sich dieses Scheißteil dann zu früh geöffnet?« Trank wieder.

»Ist wohl doch ein mechanisches Problem.«

»Nee, erstens ist das nicht logisch. Zweitens haben die Jungs das Teil auseinandergenommen und wieder zusammengebaut.«

»Und den Fehler nicht gefunden, ich weiß. Manchmal geht's um Bruchteile von Millimetern.«

»Nee, glaub mir, das Ding wird falsch gesteuert. Irgendwas mit der Taktung. Ach, was weiß ich.«

»Du kriegst das schon hin.«

Der Stick glühte in der Tasche. Er musste an ihren Rechner. Nur ihr und Kurts Terminal erlaubten den Zugriff auf die Steuerung der Anlage. Für den Notfall, falls die im Kontrollraum keinen Zugriff mehr hatten. Im Notfall.

»Ich mach mal eine Pause«, sagte sie. Schnappte ihre Handtasche und verließ den Raum. Eilig. Die Tropfen.

Er setzte sich auf ihren Platz. Steckte den USB-Stick in die Buchse. Kopierte die drei Dateien ins Wurzelverzeichnis. Nachdem er bestätigt hatte, Super-Administrator zu sein.

»Spielst du mir 'nen Virus auf?«, fragte sie.

90.

»Danke, dass Sie uns so schnell empfangen konnten.«

Er hatte sie in die Wohnung gebeten. Im Wohnzimmer roch es

nach grünem Tee. »Wir haben auch einen Kaffeeautomaten, wenn Sie das vorziehen?«

»Danke«, sagte Salinger. »Ich versuch mein Glück mit dem Tee.«

Sein Unterarm war bandagiert. »Mich hat schon Ihr Kriminalrat vernommen, zusammen mit einem Herrn Krüger. Aber meine Frau hat mir gleich nach der Befreiung gesagt, ich solle unbedingt auch mit Ihnen sprechen. Sie ist Ihnen sehr dankbar, ich umso mehr.«

De Bodt nickte. Er saß auf dem anderen Sessel, Salinger auf dem Sofa.

»Ich habe Ihre Aussage im Ermittlungsprotokoll gelesen. Wir haben nur wenige Fragen.«

»Aber ich habe eine: Wie geht es der Frau des Präsidenten …? Wissen Sie, ich kenne sie, meine Frau sowieso. Was für eine angenehme und gebildete Person.«

»Ich weiß es nicht«, erwiderte de Bodt. »Ihr wurde auch die Hand abgetrennt … aber das stand ja in der Zeitung.«

Er betrachtete den Stumpf. »Die Phantomschmerzen fangen schon an. Es ist ein … blödes Gefühl. Sie wollen sich an der Hand kratzen, aber …« Er schüttelte den Kopf. »Schafft die französische Polizei, was Sie geschafft haben? Die arme Frau zu befreien …«

»Ich weiß es nicht. Wenn der Präsident die Forderung erfüllt, folgt gleich die nächste. Bei uns haben sie verlangt, einen Verbrecher aus dem Gefängnis zu entlassen. Dann haben sie Dinge gefordert, die niemand erfüllen kann.«

»Offenbar mit Absicht.«

»Das glauben wir auch«, sagte Salinger.

Das Telefon klingelte auf einem Tischchen neben Süß' Sessel. Er nahm den Hörer. »Ja, der ist da. Ich geb ihn Ihnen.« Reichte de Bodt den Hörer.

»Herr Hauptkommissar, der Innenminister informiert gerade den Innensenator. Die Entführer in Paris verlangen auch, dass wir die italienischen Staatsschulden übernehmen. Und die der anderen EU-Südländer. Sonst würden sie die Frau des französischen Präsidenten in … Stücke schneiden«, sagte Kammer.

91.

Sie saßen in einem Italiener in Mitte. Wo die Stühle steile, hohe Lehnen hatten und die Kellner schicker waren als die Gäste. Das Geschirrklappern hallte in dem hohen Raum.

»Die interessieren sich nicht mehr für unsere Leiche«, sagte Katt.

»Sieht so aus. Die suchen die Entführer. Stimmen sich mit den Franzosen ab. Die Kumanowa kann denen egal sein. Wenn es einer von unseren war, dann genießt der Immunität und wird heimgeschickt. Wenn es keiner von unseren war, dann war es vielleicht einer vom deutschen Verfassungsschutz. Das hielten sie auch lieber unter der Decke.«

»Wenn es einer von unseren war ...« Katt kniff sich ins Kinn.

»Dann hilft uns keiner hier. Schon gar nicht die lieben Kollegen in der Botschaft«, sagte Merkow. »Fahren wir also mit leeren Händen nach Hause.«

»Lieber nicht.« Der Präsident hasste Versager. Er kannte auch in seiner letzten Amtsperiode keine Gnade.

»Es sind unsere«, sagte Katt, »oder Leute, die uns die Schuld zuschieben wollen.«

»Ein beschissener Fall«, murmelte Merkow.

»Wie bitte?«

Er winkte ab. »Wenn wir de Bodt helfen, hilft er auch uns. Vielleicht.«

»Dann müssten wir ihn einweihen in Dinge, die geheim sind.«

»Er behält sie für sich.«

»Deinen Optimismus wollte ich haben.«

»Wir haben keine Wahl.«

»Doch, haben wir.« Sie sagte es zu laut.

Gäste drehte sich zu ihrem Tisch. Ein Kellner eilte herbei. »Sie wünschen? Kann ich noch etwas für Sie tun?«

»Ist schon gut, danke«, sagte Merkow.

Der Kellner blickte sie an, ihn. Dann drehte er ab.

»Es war ein Geheimdienst. Die haben ihre Wohnung präpariert.

Perfekt präpariert. Was für einen Grund sollte de Bodt haben, sich mit einem Geheimdienst anzulegen?«, fragte Katt.

»Wart's ab.«

92.

De Bodt stutzte. Eine neue Taktik der Erpresser. Paris würde Berlin drängen, der Forderung nachzukommen. Oder das Gegenteil.

Er rief Kammer zurück. Die gab den Hörer an die Kanzlerin weiter.

»Wie verhält sich Paris?«, fragte de Bodt.

»Der Präsident ist sehr tapfer. Der fordert nichts von uns.«

»Tut mir leid, aber das verstehe ich nicht. Die entführen die Frau des französischen Präsidenten, um uns zu erpressen, die Schulden der Südeuropäer zu übernehmen, obwohl wir schon mit den italienischen überfordert wären. Verrückt. Was werden Sie tun?«

»Es bleibt uns keine Wahl, als das abzulehnen. Vorher werden wir natürlich erklären, dass das nicht so einfach geht. Wir müssten mit den Italienern, Spaniern, Portugiesen, Griechen und der EU verhandeln. Und überlegen, wo wir das Geld herkriegen. Unser Signal: Wir machen das, aber es dauert. Ich hoffe, die gehen darauf ein.«

Schweigen.

»Was, verflucht, soll das?«, fragte die Kanzlerin mehr sich selbst.

»Es erscheint sinnlos. Es lenkt den Verdacht vor allem auf die Italiener. Vielleicht sind Wedenstein und Konsorten inzwischen nach Italien gereist. Vielleicht auch nicht.«

Schweigen.

»Sie helfen den französischen Behörden?«, fragte die Kanzlerin.

»Ja, ich war in Paris. Und ein französischer Kollege ist schon eingetroffen.«

»Gut. Wenn ich etwas aus dem Weg räumen soll, rufen Sie Frau Kammer an.«

»Ja, danke.«

Wieder Schweigen. Dann: »Haben Sie eine Ahnung, worum es

geht?«, fragte die Kanzlerin. »Die Medien drehen durch. Immer mehr Leute rufen an, weil sie Angst haben. Verschwörungstheorien verbreiten sich. Ich habe mich gestern im Netz umgesehen. Um Himmels willen. Hysterie überall.«

»Ja«, sagte de Bodt. In der U-Bahn beglotzten die Leute ihre Telefone, Zeitungen, am liebsten die mit den großen Buchstaben. Abends gab es Sondersendungen auf allen Kanälen. Die Russen steckten dahinter, die CIA, der Mossad, der Verfassungsschutz, die Chinesen. Evangelische Fundis laberten von der Strafe Gottes. Andere behaupteten, dahinter stecke ein raffinierter Putschplan. Die Kanzlerin und der französische Präsident hätten sich zusammengetan, weil sie gleiche Ziele verfolgten. Sie hätten ihre Ehepartner überzeugt, eine Hand für die Alleinherrschaft zu opfern. Bei Polizeistellen riefen Leute an, die das Rätsel gelöst hatten. Und stinksauer wurden, wenn sie sich abgewimmelt fühlten.

93.

Sie trafen sich im *Nest*. De Bodt, Salinger, Merkow, Katt und Lebranc. Yussuf koordinierte Drehers Beschattung. Inzwischen hatte der Staatsanwalt die Erlaubnis eines Richters besorgt, Drehers Telefon abzuhören.

Nachdem sie bestellt hatten und die Getränke auf dem Tisch standen, sagte Merkow: »Wir sind keinen Schritt weitergekommen im Fall Kumanowa. Haben Sie etwas?« Blickte de Bodt an.

»Nein. Wir haben nichts.« Er hatte vor dem Treffen die Zander und Uhlenhorst angerufen. Nichts. »Ich würde beschwören, die hat sich ertränkt«, hatte die Zander gesagt, »wäre da nicht der Einstich. Aber vielleicht hat das eine nichts mit dem anderen zu tun?«

»Die plausibelste Erklärung ist, dass ihr jemand ein Betäubungsmittel gespritzt und sie in den Kanal gestoßen hat«, sagte de Bodt.

»Das ist doch Ihre Spezialität«, sagte Salinger. Blickte erst Merkow, dann Katt an.

»Auch wenn wir von dieser Annahme ausgingen, hätten wir nichts. Außer einem Einstich«, sagte Merkow. Lächelte Salinger an.

Lebranc trank einen großen Schluck Bier. Er war zufrieden, jedenfalls für heute. Floire hatte saublöd geguckt, als er ihm befahl, im Büro zu bleiben. »Sie sind mein Verbindungsmann hier. Sobald etwas auch nur gerüchteweise hochkommt, rufen Sie mich an. Tag und Nacht. Verstanden?«

Am frühen Abend war er in Waltrauds Pension aufgetaucht. Die erwartete ihn schon. Spendierte ihm Kuchen und Kekse. Ging mit ihm gleich aufs Zimmer.

»Wir sind auch im Erpressungsfall keinen Millimeter vorangekommen. Dabei kennen wir sogar einen der Entführer. Jedenfalls gehen wir davon aus, dass er mit von der Partie ist«, sagte de Bodt.

Salinger: »Wir haben immerhin eine schwache Spur. Beschatten einen der Entführer von Professor Süß.«

»Sie haben den laufen lassen?«, fragte Katt. Große Augen.

»Ja«, sagte de Bodt. »Er ist das schwächste Glied. Wenn er unter Druck gerät …«

»Sie beschatten ihn offen?«, fragte Merkow.

»Noch nicht. Aber er kann es ruhig merken.«

94.

Da war de Bodt nicht auf dem Laufenden. Yussuf hatte eine halbe Stunde zuvor Krügers Leuten gesagt, sie sollten sich zeigen. Nur so tun, als würden sie ihn verdeckt überwachen. Schauspielern. Er war ungeduldig. Sie waren dem Typen überallhin gefolgt: in Supermärkte und einen Klamottenladen, in der U-Bahn, im Bus, in öffentliche Toiletten, bis zur Wohnung in einer Moabiter Mietskaserne. Jetzt rückten die Verfolger näher. Es waren mindestens zwei zu Fuß. Sie lösten sich im Vier-Stunden-Rhythmus ab. Einer folgte mit Abstand in einem Auto. Für den Fall, dass Dreher abhauen wollte. Sein BMW 325 stand in einem Parkhaus nahe der Wohnung. Sie hatten vorsorglich die Reifen zerstochen. Aber vielleicht hatte der Kerl noch einen Wagen. Yussuf sah Dreher im Tagtraum im Fiat 500 davonfahren. Fröhlich aus dem offenen Dach winkend.

»Es reicht«, murmelte er. Er fuhr ins Präsidium in Tempelhof. Die Lauscher saßen im dritten Stock, am Ende des Gangs.

»Habt ihr was, Dogan?«

Der zog an seinen Koteletten und grinste. »Und ob. Dein Freund hat gerade seine Mama angerufen.«

Yussuf wählte Krügers Nummer. »Kannst du dich zu den Lauschern setzen und mir sofort Bescheid geben, wenn Dreher telefoniert? LKA 7, Dezernat 72, aber das weißt du ja.«

Krüger ließ Yussuf warten, bis sein Ego die in eine Bitte verpackte Weisung verarbeitet hatte. Ich werd den Boden mit dir putzen, du Arschloch. Bald schon. »Klar, wenn die guten Kaffee haben.«

»Haben die«, sagte Yussuf. Und erinnerte sich des Plörre-Automaten im Gang. »Wo steckt Dreher gerade, wer ist an ihm dran?«

»Dreher sitzt in einer Kneipe in der Bergmannstraße. Die Baumann und ich sitzen im *Knoblauch*, gegenüber.«

Er brauchte keine fünf Minuten. Stellte den Passat ins Halteverbot vor einer Kreuzung. Klappte das Polizeischild runter.

Fand die Kollegen gleich. Krüger füllte sich mit Kaffee ab, Baumann hielt sich an einem Wasserglas fest. Blickte Yussuf ängstlich an, als hätte sie was zu verbergen.

»Hat sich nicht bewegt«, sagte sie.

»Hat der Laden einen Hinterausgang?«

Sie wurde blass, blickte Krüger an.

»Keine Ahnung«, sagte der. »Der kommt vorn raus.«

»Du hast Feierabend, Krüger.«

Der erhob sich. »Ist noch nicht bezahlt.« Verschwand.

Yussuf ging zum Tresen und bezahlte alles. Mit Quittung. Krüger musste die letzten Kaffeereserven Afrikas ausgetrunken haben. Dass der noch nicht fliegen konnte, war ein Wunder.

Sie gingen in das japanische Restaurant gegenüber. Keiner dieser esoterisch aufgepeppten Läden, normale Kneipenstühle und -tische.

Dreher saß in der Ecke. Vor sich ein überdimensionierter Suppenteller, ein Glas Wasser. Das halbe Gesicht hinter dem *Tagesspiegel* versteckt. Der fragte sich, wann es mit dem Bürgermeister zu Ende ging. *Müller im freien Fall.* Sie unkten das schon so lang, dass nicht mal der Mount Everest ausgereicht hätte als Absprungrampe.

Sie setzten sich an den Nebentisch, näher zur Tür. Baumann verschwand auf der Toilette. Kehrte zurück, grinste Yussuf an. »Die Hintertür ist jetzt dicht«, flüsterte sie. Lüftete kurz die Hand von der Tischplatte. Der Schlüssel. Hob die Brauen.

Sie bestellten zwei Wasser, ernteten einen gleichgültigen Blick. Bezahlten gleich, als die Kellnerin die Gläser brachte. Und warteten.

Dreher legte die Zeitung weg und spielte mit seinem Telefon. Yussuf fixierte ihn. Dreher blickte zurück. Ließ den Blick dann schweifen. Yussuf blickte ihn weiter an. Flüsterte dann mit Baumann. Nur, um zu flüstern. Blickte Dreher an, blickte zu Baumann, die blickte Dreher an. Dessen Augen untersuchten nun die Maserung der Tischplatte. Plastik auf Holz. Er ging zum Tresen, bezahlte. Verschwand in den Toiletten. Yussuf grinste Baumann an, hob den Daumen.

Sie beobachteten, wie Dreher herauskam. Wie zufällig die beiden Polizisten ansah.

»Ich hab Männer noch nie beneidet«, sagte Baumann. »Nur dafür, dass sie schneller pinkeln können.«

Sie verließen die Kneipe. »Da, links«, sagte Baumann.

»Der hat's aber eilig.«

»Wo ist das Auto?«

»Ferdi, wo steckste?«

»Ich seh Yussuf. Was hat der hier zu suchen?«

»Klappe«, sagte Baumann. »Siehst du Dreher?«

»Ja, aber der sprintet fast.«

»Fahr dicht auf. Er kann gern merken, dass wir an ihm dranhängen.«

»Okay, ich bin immer aufgeschlossen für moderne Fahndungsmethoden. Eine verdeckte Beschattung, und die Zielperson soll's merken.«

Sie sahen, wie der Golf vorbeizog. Ferdi winkte grinsend.

Dreher wechselte die Straßenseite. Sie folgten ihm, verkürzten den Abstand. Beobachteten, wie Dreher sich umsah. Den Golf anstierte. Weiterlief. Seine Schritte wurden schneller. Wieder schaute er sich um.

»Ich weiß, was er jetzt macht …« Yussuf begann zu rennen. Baumann hielt mit.

Dreher blieb vor einer Boutique stehen. Öffnete die Tür und verschwand.

Ein paar Sekunden später erreichten sie den Klamottenladen. »Wo ist er?«, schnauzte Yussuf. Fummelte den Dienstausweis aus der Tasche.

Die Verkäuferin machte sich noch kleiner, als sie war. »Da, da«, stammelte sie. Zeigte zum Flur nach hinten. Der alte Trick mit dem Hinterausgang.

Die Tür führte auf eine Einbahnstraße. Ein alter Mann mit Stock und Plastiktüte. Sonst niemand. Nicht mal Ferdi.

Yussufs Telefon klingelte.

95.

»Wir ziehen ihn hoch«, sagte Charles.

»Wen?«, fragte Otto. Der genauso wenig Otto hieß wie Charles Charles.

»Bob … Wedenstein.«

Die Tür öffnete sich. Cathy. »Sie haben Dreher nicht gekriegt. Aber sie haben ihn auf dem Kieker.« Sie strich mit Daumen und Zeigefinger die Knopfleiste ihrer Bluse hinunter. Als zählte sie die Knöpfe. »Was höre ich? Bob?«

»Der ist unter Wert eingesetzt. Bewacht eine Frau im Krankenbett«, sagte Charles.

Sie saßen in einem Mietbüro in einem Hochhaus mit Blick auf den Hafen. *Import-Export Worldwide* stand auf dem Postfach unten. An der Bürotür stand nichts.

Cathy saß meist im Vorzimmer. Sie mimte Sekretärin. War aber in Wahrheit der Wachhund. Sie erschien morgens um acht Uhr und verließ das Gebäude zwischen sechs und sieben Uhr am Abend. Cathy hieß nicht Cathy. Sie zeichnete sich nicht zuletzt dadurch aus, dass sie mit der Uzi in ihrem Schreibtischschubfach umgehen konnte wie kaum jemand sonst.

»Dazu müssen wir ihn aus Frankreich rauskriegen. Wird nicht einfach.«

»Wir brauchen ihn. Das ist keine Kritik an dir, Otto. Aber Bob ist ein Meisterstratege. Wenn das Chaos ausbricht, brauchen wir einen, der den Durchblick nicht verliert.«

Otto schniefte. »Du hast ja recht.«

96.

Der Innenminister aus Bayern, noch nicht lange im Amt. Der Außenminister aus dem Saarland, noch schicker seit der Liaison mit einer Schauspielerin. War mutig, wenn das Risiko klein war. Hatte Snowden geraten, sich in den USA verurteilen zu lassen. Er sei doch noch so jung. Hatte die Vorratsdatenspeicherung für ein Werk des Teufels gehalten. Bis er einen Wink erhielt. Von seinem Parteichef. Vermutlich hatte der ihn aufgeklärt, dass es einen Teufel nicht gab. Der Wirtschaftsminister, der als Experte für unlösbare Konflikte galt. Der Hüter der schwarzen Null. Möge doch das Land verrotten, Hauptsache keine Miesen mehr. Der Präsident des BKA und der Generalbundesanwalt. Und de Bodt, auf Wunsch der Kanzlerin.

Die Kanzlerin saß in der Mitte der Längsseite des Tisches. De Bodt am Kopfende. Als er kam, waren die anderen Plätze besetzt gewesen.

»Ich hätte nicht gedacht, dass der Fall diese Wendung nimmt«, sagte sie. »Ich habe vom französischen Präsidenten die Bitte … die nachdrückliche Bitte erhalten, die Forderung zu erfüllen. Dass die Bundesrepublik erklärt, sie werde die Schulden der Südländer übernehmen. Italien zuerst. Nach der Befreiung seiner Frau werde er dafür sorgen, dass alles geregelt wird. Er verbürge sich im Namen Frankreichs dafür.«

»Warum die Franzosen immer so pathetisch sein müssen«, murmelte der Wirtschaftsminister und zog eine Schale mit Keksen vor sich.

»Wir tun so, als übernähmen wir die Schulden«, sagte der Finanzminister. »In Wahrheit machen wir gar nichts. Bis auf eine Pressekonferenz, auf der wir diesen altruistischen Schritt mit den schönsten Worten begründen. Die Italiener erklären, wie dankbar sie uns sind. Die Rating-Agenturen werten Italien auf. Maulen aber ein bisschen, dass solche Maßnahmen die Bewertung eines Landes fast unmöglich machten. Und stufen uns herunter. Die EZB erklärt sich bereit, uns zu helfen. Die Amis protestieren gegen europäische Intrigen. Oder was dem Genie in Washington gerade einfällt. Wenn wir das eingefädelt kriegen, passiert in Wahrheit gar nichts. Außer dass die Gangster die Frau freilassen müssen. Oder beweisen, dass es ihnen gar nicht darum geht.« Sagte er in einem Tonfall, als erläuterte er den anderen die Bedienung eines Kugelschreibers.

Nicken in der Runde. »Das ist mal ein Plan«, sagte der Wirtschaftsminister. Und spülte den letzten Schokokeks mit Apfelsinensaft runter.

Die Kanzlerin blickte de Bodt an.

Der zuckte die Achseln. »Ein schöner Plan. Der davon ausgeht, dass keiner der Beteiligten auch nur den kleinsten Fehler macht. Außerdem würde ich der Faschistenregierung in Rom nicht trauen. Sobald sich auch nur die Vorzimmerdame des dortigen Innenministers ein Zubrot verdienen will, fliegt alles auf. Oder der US-Präsident trinkt ein paar Cola zu viel und twittert.«

»Aha«, sagte das BKA. »Sie haben bestimmt eine bessere Idee.«

»Nein. Aber besser keine Idee als eine schlechte. Die Entführer wissen, dass wir die Forderung nicht erfüllen können. Sie erwarten es nicht einmal …«

»Haben Sie gerade mit denen telefoniert?«

»Ist nicht nötig. Die wissen, was sie tun. Würde die BRD die Schulden übernehmen, bräche der Finanzmarkt zusammen. Weil das gleichbedeutend wäre mit unserem Ruin.«

»Da haben Sie einen Punkt«, sagte der Finanzminister.

»Man kann den Zusammenbruch Deutschlands schlecht simulieren«, sagte de Bodt. »Sobald wir auch nur ankündigen, dass wir so wahnsinnig sind, die Schulden zu übernehmen, sind wir bankrott. Und die Rating-Agenturen schicken uns in den Keller. Wollen Sie ein paar Millionen Börsenteilnehmer auch in den Geheimplan einbeziehen?«

»Was also?«, fragte die Kanzlerin.

»Was gehen uns die Probleme der Franzosen an?«, fragte der Innenminister. »Haben die uns geholfen, als Ihr Gatte« – Blick zur Kanzlerin – »in der gleichen Lage war wie Madame?«

»Die Täter haben die französische Regierung nicht aufgefordert, irgendwelche Schulden zu übernehmen«, sagte de Bodt.

Der Innenminister zog die Brauen hoch bis zum Anschlag. »Ich habe Sie nicht gefragt.«

»Lassen Sie mal«, sagte die Kanzlerin. »Er hat ja recht.« Sie lehnte sich zurück. »Es ist ein Horror, und ich sehe kein Ende. Ich hätte nicht gedacht, dass es so leicht ist, alles in Unordnung zu bringen.« Sie nickte. Überlegte. »Wenn wir die Forderung erfüllen …«

»Ich denke nicht daran«, schnappte der Innenminister.

»Ich darf meinen Satz bitte beenden … danke. Wenn wir die Forderung erfüllen, was passiert dann?« Sie blickte in die Runde. »Ich möchte, dass jeder auf diese Frage antwortet.« Sie blickte den Generalbundesanwalt an.

»Ich weiß es nicht«, sagte der. »Ich steck ja nicht in der Haut dieser Leute.« Sortierte die Andeutung zweier Haarsträhnen auf seiner Glatze.

Der Außenminister faltete die Hände. Wenn es denn Teufel schon nicht gab, vielleicht gab es Gott. Sicher konnte man da nicht sein. »Ich würde die Pros und die Kontras abwägen.«

»Haben Sie damit schon mal angefangen?«, fragte der Innenminister.

»Na ja, wenn die Experten am Tisch …«

»Ich schließe mich dem an. Aber wir sind Kriminalisten, keine Hellseher«, sagte das BKA.

»Ich weiß nicht mehr als meine Ermittler«, sagte der Innenminister.

»Ich fürchte Schlimmes«, sagte der Wirtschaftsminister. »Man kennt das doch. Hat ein Erpresser Erfolg …«

»Wenn er die Frau des Präsidenten umgebracht hat, was hat er noch in der Hand?«, fragte der Innenminister.

Schweigen. Als müssten die anderen sich innerlich schütteln.

»Sie wollen also sagen, dass die Frau sowieso draufgeht?«, fragte der Wirtschaftsminister. Funkelnde Augen starrten den Innenminister an.

»Den Professor Süß haben die nicht freigelassen, als Sie dafür diesen Verbrecher haben laufen lassen«, erwiderte der Innenminister.

Die Kanzlerin musterte de Bodt. »Was meinen Sie, Herr Hauptkommissar?«

»Die machen so lange weiter, bis sie ihr Ziel erreicht haben.«

»Genialer Gedanke«, sagte der Innenminister. »Dass wir da nicht draufgekommen sind …« Lachte. Sah in die Gesichter. Das Lachen erstarb.

»Welches Ziel?«, fragte die Kanzlerin.

»Die Forderungen sind nicht erfüllbar. Der Präsident wird seine Truppen kaum heimrufen. Er wird alles tun, um den Eindruck zu verhindern, dass Frankreich erpressbar ist. Vielleicht laufen Verhandlungen mit den Entführern. Vielleicht auch nicht. Das werden die uns nicht verraten. In unserem Fall liefen offenbar keine Verhandlungen.« De Bodt blickte zur Kanzlerin. Die schüttelte den Kopf. »Das Ziel dieser Leute war nicht, Wedenstein zu befreien. Den haben die nebenbei rausgeholt, weil sie ihn brauchen. Wedenstein ist Spezialist für große Operationen. Sie haben also noch was vor. Die Forderung, die Schulden zu übernehmen, ist nur ein Vorgeplänkel. Die wollen uns zermürben. Angefangen hat es mit dem Stromausfall. Vielleicht verlangen die bald etwas, das uns die Schuldenforderung vorkommen lässt wie einen Kindergeburtstag.«

»Da Sie ja alles wissen, Herr Kommissar, dann kennen Sie doch bestimmt das Ziel der Verbrecher.«

»Das haben die mir noch nicht verraten.«

97.

Krüger war dran. »Yussuf, ich spiel dir das mal vor.«

Yussuf rannte weiter. Baumann auf der anderen Straßenseite.

Ich bin's.
Du Idiot. Du sollst hier nicht anrufen.
Ich muss abtauchen. Die Bullen sind mir auf den Fersen.
Ich dachte, du sitzt.
Nein, die haben mich …
Scheiße …

Es knackte. »Habt ihr die Nummer? Habt ihr das Telefon geortet?«

»Zweimal ja. Das ist ein Prepaid-Telefon. Der Kontakt ist abgebrochen. Am Hauptbahnhof. Müsste man die Abfalleimer durchsuchen. Sonst kriegen wir nicht raus, wen er angerufen hat.«

»Tut das. Scheiße!« Drückte Krüger weg.

»Da!«, rief Baumann.

Tatsächlich. Dreher spielte Passant. Glaubte, er habe sie abgehängt. Dann blickte er sich um. Lief wieder los. Baumann holte auf, Yussuf wechselte die Straßenseite. Scherte sich nicht um das Gehupe. Rannte. Baumann hatte ihn fast, da schlug Dreher einen Haken in einen Hof. Sie folgten ihm. Sahen, wie er in einem Hausflur verschwand. Yussuf riss die Tür auf. Stürzte sich auf Dreher, der die andere Tür aufzog. Sie fielen beide. Yussuf schlug dem Mann ins Gesicht. Dessen Körper gab nach. Dreher streckte seine Arme weg. »Ist ja gut«, keuchte er.

Baumann verpasste ihm Handschellen. Yussuf rief Ferdi herbei.

Im LKA wusch Yussuf sich den Schweiß aus dem Gesicht. Ging ins Vernehmungszimmer. Dreher saß, krumm. Baumann ihm gegenüber.

»Wen hast du angerufen?«

Dreher hob den Kopf. Grinste müde.

»Wir haben dein Gespräch aufgenommen. Vor Gericht macht das keinen guten Eindruck. Oder?«

»Das ist mir scheißegal«, murmelte Dreher. »Ihr habt mich verarscht. Nur freigelassen, damit ich euch zu diesen Leuten führe. Euch glaub ich kein Wort mehr.«

»Das kostet mich den Schlaf. Du hattest versprochen, nicht mit deinen Komplizen zu sprechen«, sagte Yussuf. Er ärgerte sich, dass nichts weiter herausgekommen war. Und jetzt würde Dreher auf stur machen.

»Du kannst mich mal.«

»Ich überleg's mir«, erwiderte Yussuf. »Deine fünfzig Mille kannst du abschreiben. Vielen Dank für die Spende. Dazu kommen zehn bis fünfzehn Jahre«, sagte Yussuf. »Womöglich reicht es für Mord. Kriegen wir schon hin …«

»Aber ich hab doch niemanden ermordet.«

»Mach dir keine Sorgen. Früher oder später bringen deine Freunde jemanden um. Dann seid ihr alle fällig. Steht im Gesetz, willst du's lesen?«

Dreher schüttelte den Kopf.

»Du bist Chirurg.«

»Das wissen Sie doch.«

»Hier gibt es nur ein Ja und ein Nein. Es sei denn, ich frag dich nach etwas Besonderem. Verstanden!«

Dreher nickte.

»Fangen wir also noch mal an. Du bist Chirurg.«

»Ja … aber …«

»Halt die Klappe!«

»Du hast den Auftrag bekommen, Professor Süß die linke Hand abzusägen.«

»Ja. Das habe ich doch schon gestanden.« Große Augen, auf Baumann gerichtet. Als könnte die ihn retten.

»Da ruft einfach einer an: Säg dem die Hand ab. Und du sagst freudig: Endlich kann ich mal jemandem die Hand absägen.«

Dreher schwieg.

»Sag's doch. Du hast schon immer davon geträumt.«

Dreher sagte nichts. Bockig wie ein Kind.

Yussuf fiel ein, dass de Bodt ihn längst böse angeblickt hätte. Sei ruhig, frag nicht viel oder gar nichts. Lass den Mann schwitzen. Er wird die Stille nicht aushalten. Yussuf schwieg.

Baumann blickte ihn an und schwieg auch. Yussuf versuchte nicht zu zappeln. Bremste seine Füße, als sie die Doppel-Bass-Drum bedienen wollten.

98.

Sein Herz klopfte bis zum Hals. »Klar, was sonst? Neues Virus, neues Glück.« Er grinste sie an. »Nein, ich mach noch schnell die Wartung. Sie haben uns endlich das BIOS-Update geschickt.«

Sie guckte über seine Schulter auf den Bildschirm. Schwarze Linien und Punkte. »Du arbeitest dich noch tot. Das hat doch Zeit bis übermorgen … nächste Woche.«

»Du kennst das, manchmal fällt einem was ein, und das muss man dann sofort machen.«

»Eine schönere Definition der Neurose hätte Freud nicht liefern können.« Sie lachte. »So, jetzt fährst du heim, und ich spiele weiter Schiffe versenken.«

Knorr setzte sich auf seinen Stuhl. Drehte sich. Sie blickte ihn neugierig an.

»Du grübelst zu viel«, sagte sie. »Hängt der Haussegen schief?«

»Nein, nein.« Er überlegte, wie die Verbrecher den Trojaner aktivieren wollten. Wie sie gesagt hatten. Bestimmt hatten sie ihn angelogen. Um es ihm zu erleichtern. Das Virus würde zu vorbestimmter Zeit mit der Zerstörung beginnen. Oder doch nicht?

Knorr überlegte, ob er die Uhrzeit des Systems ein Jahr zurückstellen sollte. Dann könnte der Plan scheitern, obwohl er getan hatte, was die ihm aufgetragen hatten. Sofern die Steuerung des Scheißdings das Datum brauchte. Er verwarf die Idee. Die Entführer würden sich an Elke und Kevin rächen.

Allerdings, das war eine Erpressung. So was lief nach dem Wenn-dann-Schema. Wenn ihr unsere Forderung erfüllt, dann lassen wir das AKW nicht hochgehen. Der Gedanke beruhigte ihn. Das sprach für die Fernaktivierung. Aber wie wollten sie den Trojaner scharf stellen, wenn sie keine Verbindung zu ihm hatten? Er grübelte über die exotischsten Möglichkeiten, ein Programm fernzusteuern. Eine blieb übrig: Jemand anders hier arbeitete auch für die.

99.

Im Büro fand er nur Salinger. »Die haben Dreher erwischt.«

De Bodt nickte.

Die Vorzimmertür öffnete sich. Engel rollte auf ihrem Bürostuhl in den Spalt. »Der Kriminalrat hat schon ein paarmal angerufen. Er will Sie dringend sprechen.«

»Danke«, sagte de Bodt. Die Tür schloss sich.

»Sie lassen den Respekt vermissen. Sagt der Innensenator. Der hat einen Anruf bekommen. Vom Innenminister. Geschnaubt wie ein Stier hat er. Warum müssen Sie sich überall Feinde machen?« Tilly wedelte mit einer weißen Pappe. Ließ sie sinken.

»Ich mache mir keine Feinde. Wenn jemand zum Feind wird, hat er sich das ausgesucht. Feinde machen sich selbst, wenn Sie so wollen.«

»Sie mit Ihren Erklärungen.«

»Indem aber dieser Feind in seiner Niederlage sich erzeugt«, erwiderte de Bodt.

»Genau diese … das, was Kollegen als Überheblichkeit empfinden …«

»Ich habe mir nur erlaubt, Hegel anzuführen, um zu zeigen, woher Feindschaft auch kommen kann. Man mag Leute nicht, die zu oft recht haben.«

»Damit meinen Sie zweifellos sich selbst.«

»Das gilt im Allgemeinen und im Besonderen. Die ja in einem dialektischen Verhältnis stehen.«

Tilly schüttelte den Kopf. »Ihnen ist nicht zu helfen.«

De Bodt amüsierte sich, ließ es sich aber nicht anmerken. Er hätte das Spiel gern weitergeführt. Aber er hatte keine Zeit.

»Glauben Sie bloß nicht, es liege an mir.« Gab de Bodt die Pappe.

Die fühlte sich büttenähnlich an. De Bodt blickte kurz darauf. »Ich widme mich jetzt wieder meinem Fall.«

Tilly schüttelte den Kopf, sagte aber nichts. Setzte sich hinter seinen Schreibtisch. Stützte die Ellbogen darauf und legte sein Gesicht in die Hände.

Zurück im Büro, ließ de Bodt die Pappe auf seinen Schreibtisch segeln. Salinger erhob sich und las. »Ach nee, hätt ich nie gedacht, dass die dich befördern würden. Da muss die Not aber groß sein, Herr Erster Hauptkommissar.« Sie kratzte sich an der Wange. »Das war Mutti.«

Wer sonst?, dachte de Bodt. Alle anderen würden ihn lieber in die Hölle befördern. Die Kanzlerin hatte auch so lange Druck gemacht, bis er die Ermittlungen des LKA leiten durfte.

»Gibt mehr Kohle«, sagte Salinger. »Musst du uns jetzt jedes Mal einladen, wenn wir was futtern und trinken gehen.«

»Prima Idee. Nur mach ich das nicht schon?«

»Bisher durftest du, jetzt musst du. Ein feiner Unterschied, den sogar du verstehen solltest, auch wenn Herr Hegel ihn vielleicht übersehen hat. Auf jeden Fall macht uns das von deinen Launen unabhängig.«

»Welchen Launen?«

»Was nicht ist, kann werden. Stammt von der unverdient unbekannt gebliebenen Philosophin Silvia Salinger.«

»Was in diesem absoluten Wechsel ist, ist nur der Unterschied als allgemeiner oder als ein solcher, in welchen sich die vielen Gegensätze reduziert haben«, murmelte de Bodt.

»Was ist denn heute los?« Yussuf kam herein. Seine schlechte Laune zappelte ihm voraus.

»Hat der Arsch ausgepackt?«, fragte Salinger. Während de Bodt die Autos auf dem Parkplatz zählte. Oder die imaginären Sterne auf seinen ebenso imaginären Epauletten. Und über Hegels Satz vom Unterschied nachdachte.

»Ach Quatsch. Der faselt was von seinem Anwalt.«

»Hat er ihn gerufen, seinen Anwalt?«

»Er überlegt noch, welchen. Es handelt sich offenbar um *seine Anwälte.*« Er setzte sich an de Bodts Schreibtisch. Sah die Beförderungsurkunde, las. »Meine Fresse! Hast du das verdient?«

Salinger lachte. »Natürlich nicht. Aber das ist ihm egal, Hauptsache mehr Kohle.«

»Jetzt muss er uns einladen! Immer!« Klang wie eine Fanfare.

»Haben wir schon geregelt.«

»In welchem Vernehmungsraum?«, fragte de Bodt.

»Drei«, sagte Yussuf. »Ich hab mein Glück versucht. Aber der ist bockiger als vorher.«

Dreher verdrückte ein Sandwich aus der Kantine. Scheibenkäse mit einer Gurkenscheibe als Entschuldigung. De Bodt winkte den Beamten an der Tür hinaus.

Setzte sich Dreher gegenüber. »Sollen wir Ihnen einen Anwalt besorgen?«

Dreher blickte de Bodt an. »Das überlassen Sie mal mir.«

»Sie wollen keinen Anwalt, Sie wollen Zeit schinden. Das nutzt Ihnen nichts.«

Dreher schob das letzte Stück mit dem Daumen in den Mund. »Kaffee«, sagte er.

»Sie kriegen gar nichts mehr«, sagte de Bodt. »Sie können hier gern übernachten. Oder gleich in U-Haft wandern. Dort sitzen Sie bis zum Prozess. Danach auf Nimmerwiedersehen.«

»Glauben Sie! Die holen mich raus! Wie Wedenstein.«

»Sie Würstchen«, sagte de Bodt gelassen. »Niemand holt Sie raus. Wedenstein brauchen die, weil er so was wie ein Genie ist. Sie sind ein Hand- und Fußabschneider. Ein Würmchen. Ihr Opfer ist befreit. Dem Opfer in Paris hat schon ein hilfsbereiter Kollege von Ihnen die Hand abgesägt. Die brauchen Sie nicht mehr.« Schickte ein Lachen hinterher. Es klang wie *Hast du es jetzt kapiert, du Blödmann?*

De Bodt stand auf. Ging ein paar Schritte. Kehrte Dreher den Rücken zu. »Wenn Sie uns helfen, helfen wir Ihnen.«

»Das hat mir Ihr Kollege auch schon gesagt.«

»Glücklicherweise. Was er Ihnen nicht gesagt hat, ist, dass ich der Chef bin. Und ich entscheide, dass Ihnen« – de Bodt blickte auf seine Armbanduhr – »noch genau zehn Minuten bleiben, einen Deal mit uns zu machen. Wir sehen uns gleich wieder.«

Er verließ den Raum. Ging ins Nebenzimmer und beobachtete Dreher auf dem Videobildschirm. Dreher war allein. Darum hatte de Bodt den Kollegen gebeten, der nun vor der Tür aufpasste.

Dreher erhob sich und begann Runden zu drehen. Manchmal blickte er in die Kamera. Es arbeitete in ihm. Er stellte sich vor, ewig im Knast zu sitzen. Für nichts und wieder nichts. Seine Belohnung für die Verstümmelung würde er nicht nutzen können. Sein Kopf bearbeitete die Alternativen. Es gab in Wahrheit nur eine. Wenn er Auspacken spielte, würden es die Bullen merken. Und er saß alle Jahre ab. Dreher schüttelte den Kopf. Natürlich hatte er Angst. Er würde nicht lange leben, wenn er diese Leute verriet. Von denen er nicht wusste, wer sie waren. Was gab es da groß zu verraten? Er hatte doch keine Ahnung. Dreher setzte sich an den Tisch.

De Bodt blickte auf die Uhr. Es war Zeit. Er rief Salinger dazu. Sie betraten den Vernehmungsraum. Dreher blickte Salinger an.

»So, dann schießen Sie mal los«, sagte de Bodt.

100.

Bob grinste. Das war ein guter Plan. Von Mathilde. Sie hatte im Internet herumgesucht. Um eine Idee zu finden, wie sie Bob aus Paris rausbringen könnten. Dabei war sie auf die Veranstaltung gestoßen. In Compiègne, nordöstlich von Paris. Oldtimertreffen. Sie hatte sie online angemeldet. Hatte einen Citroën SM geliehen. Was ein Heidengeld gekostet hatte. Die einhundertachtzig Maserati-PS blubberten und gurgelten. Über Nacht bauten Mathilde und Jean die Andeutung einer Rückbank aus, die der Konstrukteur dem Auto vermacht hatte. Am Morgen halfen sie Bob. Er zwängte sich hinter die Vordersitze.

Die bis auf die Verkleidung ausgehöhlte Rückbank montierte Jean über ihm. Sie hatten Luftlöcher hineingebohrt. So klein, dass sie von außen nicht erkannt wurden. Dann warf sich Mathilde in ein Kleid. Altmodisch und tief dekolletiert. Jean zog eine Art Chauffeuruniform an. Die hatte Mathilde bei einem Kostümverleih gefunden.

Das Meisterstück aber war, dass Mathilde drei weitere Oldtimer samt Fahrern aufgetrieben hatte. Sie hatte in der Szene herumtelefoniert. Suchte angeblich eine Eskorte. Wissen Sie, mein Gatte ist ein bisschen geltungsbedürftig. Sonst ist er aber ein ganz Lieber. Ein roter Jaguar E, ein silberfarbener Porsche 356, dazu ein blauer Peugeot 403 aus der ersten Serie. Auch die meldete sie zum Oldtimertreff in Compiègne an.

Sie fesselten und knebelten die Frau des Präsidenten. Die beobachtete es mit großen Augen. »Keine Sorge, wir sind heute Abend zurück«, sagte Mathilde.

Als ob sich die Frau darüber Sorgen gemacht hätte.

Jean war gerade von der A1 auf die D932A abgebogen, als ein Wolkenbruch sich auf sie stürzte. Bewies, dass die Scheibenwischertechnik Fortschritte gemacht hatte. Die Wischer eines Clio hätten in Höchstgeschwindigkeit gegen die Wassermassen angekämpft. Die eines SM ergaben sich der Übermacht. Sie bewegten sich immerhin. Jean schaltete runter in den zweiten Gang. Der Sechszylinder grummelte empört. Sie wären fast in die Polizeisperre hineingefahren. Jean verhinderte es mit einer Vollbremsung. Mathilde blickte in die Mündung einer Maschinenpistole.

101.

Dreher blickte ihn müde an.

»Machen wir weiter«, sagte de Bodt. »Wie sind die auf Sie gekommen?«

Drehers Brauen zuckten. »Die haben mich angerufen.«

»Warum gerade Sie?« De Bodt lehnte sich zurück.

»Ich habe Schulden. Spielschulden.«

»Wie viel?«

»Hundertachtzigtausend Euro, ungefähr. Plus Zinsen. Zwanzig Prozent. Im Monat.«

De Bodt nickte. »Das ist ein Motiv, jemandem die Hand abzuschneiden. Sie hatten immerhin genug auf dem Konto für die Kaution. Ich tippe, Sie haben jahrelang mit Morphium und Co. gehandelt.« Er lächelte freundlich.

Dreher blickte ihn an. Nickte. »Keine Aussage.«

»Klar. Bei wem haben Sie die Schulden?«

Jetzt tanzten die Brauen Twist. Die Augen flackerten. »Die bringen mich um.«

»Nicht wenn wir die kaltstellen.«

Dreher blickte de Bodt ungläubig an.

102.

»Er ist bei einer Vernehmung«, antwortete Salinger.

Lebranc setzte sich auf de Bodts Stuhl neben der Tür. Sein Englisch war Mist bis nicht vorhanden. Sie sprach kein Französisch.

»Je vais attendre«, sagte Lebranc. Faltete die Hände vor der Brust. Blickte demonstrativ auf seine Uhr.

»Ja, ja«, sagte Salinger.

Uhlenhorst knallte die Tür auf. Lebranc fuhr zusammen. Fasste sich ans Herz.

»Wo ist Eugen?«

»Der grillt gerade. Die Niedrigtemperaturmethode, das dauert.«

»Toll.«

»Du kannst mir dein Geheimnis anvertrauen.«

»Wenn's sein muss. Krüger hat mir vier Handys gebracht. Vom Hauptbahnhof…«

»Wenn meines den Geist aufgibt, gehe ich auch dahin.«

»Eines gehört dem Typen, der mit Dreher gesprochen hat.«

»Woher weißt du das? Hat der seinen Namen reingeschrieben und *ich war's*?«

»Es ist das Einzige ohne Fingerabdrücke. Um von anderen Spuren gar nicht zu reden.«

»Vielleicht gehörte es einem Taschendieb?«

Uhlenhorst blickte sie ärgerlich an. »Krüger hat gesagt, sie hätten alle Abfalleimer gecheckt. Alle. Der Aufenthaltsort des Gesprächspartners war der Hauptbahnhof. Und es ist das …«

»Einzige Telefon ohne Spuren, ich weiß.« Sie tippte auf den Schreibtisch. »Und wenn unser Mann nur die SIM-Karte entsorgt hätte? Im Klo zum Beispiel?«

»Du nervst. Ich sollte die Telefone untersuchen. Bin gleich gekommen, als ich gemerkt habe, dass bei einem Spuren fehlen. Der Rest steht im Bericht.« Machte kehrt, ging und knallte die Tür zu.

Yussuf übernahm draußen die Türklinke. Er pfiff die *Internationale.* Setzte sich an de Bodts Schreibtisch. »Das hast du ja prima hingekriegt«, sagte er.

»Halt dich da raus. Ist nur für Erwachsene.«

Salinger widmete sich ihrem Computer. Rief den Plan des Hauptbahnhofs auf. Wie viele Abfalleimer mochte es geben? Mit Mülltrennung, versteht sich. Sie sah Krüger im Müll wühlen und freute sich einen Augenblick. Dann aber packte sie wieder die schlechte Laune. Sie hatte nichts aus Dreher rausgekriegt. Eugen würde bald kommen mit einem Sack voller Hinweise aus der Vernehmung. Wie machte er das? Keine Ahnung, obwohl es sich oft genug vor ihren Augen abspielte. Manchmal scheiterte das Verfahren. An Bob zum Beispiel. Trotzdem zog de Bodt aus der nervigsten Vernehmung noch irgendwas, das weiterhalf.

Noch mehr stresste sie aber, dass die Dinge zwischen ihnen glasklar waren, aber niemals ausgesprochen wurden. Er scheute es, weil er ihr Vorgesetzter war. Manchmal glaubte sie, dass es noch andere Gründe geben musste. Er pfiff doch sonst auf Vorschriften. Und sie scheute es, weil sie bisher alle Beziehungen vermasselt hatte. Weil ihr die Typen weit weg schienen oder zu dicht auf der Pelle. Wenn es eng wurde, bekam sie Angst. Angst vor sich und ihren Reaktionen, wenn sie sich bedrängt fühlte. Wenn einer zu weit weg war, bekam sie Verlustangst. Angst, immer Angst.

Lebranc saß und schwieg.

»Haben Sie in Paris Hinweise gefunden, wo die Frau des Präsidenten festgehalten wird?«, fragte Yussuf in leidlichem Französisch.

Lebranc schüttelte den Kopf. Floire hatte früh angerufen. Als er noch im Bett lag, das nach Waltraud roch. »Ich fürchte das Schlimmste.«

»Und dann?«

Lebranc zuckte die Achseln. »Wird der Präsident wieder den Notstand ausrufen. Was aber genauso wenig bringen wird wie beim letzten Mal.«

»Wir treten hier auch auf der Stelle. Warten auf den großen Knall. Niemand glaubt, dass die jetzt aufhören, weil wir den Professor Süß gefunden haben.«

Die Tür öffnete sich. De Bodt blieb im Rahmen stehen. Zeigte auf Salinger und Yussuf. »Ihr kommt mit!« Entdeckte jetzt erst Lebranc. »Sie auch, wenn Sie wollen.«

103.

Wer ist es?, fragte sich Knorr. Wer arbeitet noch für die Schweine? Er saß am Küchentisch und schrieb die Namen auf ein Blatt Papier. Betrachtete jeden einzelnen, als könnten Buchstaben mehr verraten, als sie darstellten. Er versuchte sie sich vorzustellen, seine Kollegen. Die Virtuosin am PC war Dorothee. Er wusste nicht viel über sie. Sie hatte einen Freund. Der hatte schon angerufen. Angenehme Stimme.

Janine, Julia, Kurt, Fred, Hans, Walter, Kalle, aber der war in Urlaub. Sie alle waren in der Lage, einen Stick in die Buchse zu stecken. Aber sie hatten kein Super-Administrator-Passwort. Nur er hatte es und Dorothee. Und Janine, wenn sie Dorothee vertrat.

Was sollte er tun? »Ich Idiot«, sagte er. »Ich Idiot!«

Fuhr zum AKW. Es war Vormittag, kaum jemand unterwegs. Es war nicht das erste Mal, dass er außerhalb seiner Schicht ins Werk fuhr. Niemandem würde es auffallen. »Du arbeitest zu viel«, sagte Elke oft. Sie hatte ja recht.

Der Kollege an der Schranke winkte. Betrachtete flüchtig den Betriebsausweis. »Nicht zu lange, Doktor. Ist nicht gut für die Gesundheit.«

Knorr nickte und fuhr weiter. Stellte den Wagen auf seinem Parkplatz ab. Im Büro saßen Julia und Janine. Sie wunderten sich nicht, dass er auftauchte.

Er setzte sich an den Rechner. Rief das Protokoll auf. Fand den Eintrag *new device connected*, dazu Datum, Uhrzeit.

»Ich geh mal Kaffee holen. Jemand was aus der Kantine?«, fragte Julia.

»Danke«, sagte Knorr. »Ich bin wunschlos glücklich.«

»Wenigstens einer«, sagte Janine.

»Warum, ist was nicht in Ordnung?«

»Das ist doch nur so ein Spruch. Mensch, Helmut.«

»Dabei fällt mir auf, dass wir kaum was voneinander wissen«, sagte Knorr. Während er den Protokolleintrag löschte.

Es gab seit der letzten Wartung vor knapp zwei Wochen keinen weiteren Eintrag dieser Art. Knorr war der Einzige. Vielleicht sollte der andere seinen Stick erst später benutzen? Dorothee, Janine. Oder er.

»Janine, hast du Sorgen?«

Sie drehte sich auf ihrem Bürostuhl zu ihm. Schüttelte den Kopf. »Was ist mit dir los, Helmut?« Sie musterte ihn. »Ich finde dich in letzter Zeit so … niedergeschlagen. Ja, das ist das Wort.«

Knorrs Hand bedeckte den Mund. »Nein, nein, wirklich nicht. Es ist nichts. Schlafstörungen, blöde Träume.«

Sie lächelte. Das so wirkte wie: Erzähl du nur, ich weiß es besser.

»Und bei dir, alles in Ordnung?«

»Klar, wieso?«

»Mann, Kinder, alle gesund?«

»Ja, klar. Kathi hat einen Schnupfen.«

»Wo sind die jetzt?«

Sie betrachtete ihn. »In der Schule. Bert ist auf Tour …«

Ach, stimmt ja, der war Vertreter für irgendwas.

»Ich mach mir in letzter Zeit Sorgen wegen Dorothee«, sagte er. Elke hatte recht, ihm ging jede Raffinesse ab.

Sie lehnte sich zurück und breitete die Arme aus. »Hast du sie nicht gekriegt?«

»Was nicht gekriegt?«

»Na, die Einladung zur Hochzeit. Doro heiratet! Stell dir das mal vor! Ich hatte schon gefürchtet, die würde ins Guinness-Buch kommen als Rekordhalterin für Vielmännerei.«

Julia kam zurück. In der einen Hand einen riesigen Becher, in der anderen eine Tüte. Mit einem Hüftschwung knallte sie die Tür zu.

»Gut, dass du zurückkommst. Vielleicht müssen wir Helmut festhalten …« Sie lachte.

»Was hat er angestellt?«

»Er stellt wirre Fragen. Will wissen, wie's mir geht. Du glaubst es nicht!«

»Bin ich so schlimm?«, fragte Knorr.

Janine schüttelte ihr schwarze Mähne und lachte. »Schlimmer, Helmut. Schlimmer.« Und lachte wieder los.

Julia fiel ein.

So würde er den anderen nicht finden. Und wenn es den anderen gar nicht gab? Wenn das alles nur ein Verwirrspiel war? Aber warum sollten diese Leute ihn verwirren wollen? Da kam ihm die Idee. Die testeten die Sicherheit des Werks. Die Entführung war nur gespielt.

»Alles nur Theater«, sagte er.

»Was ist Theater?«, fragte Julia mit vollem Mund.

»Alles«, sagte er.

104.

»Wenn er die SMS nicht gekriegt hat? Bist du ganz sicher, dass du dich nicht verwählt hast?«

»Bin ich!«, sagte Kevin. Etwas zu forsch. Denn er hatte sich das in der Nacht auch gefragt. Wo waren die Hubschrauber, die Boote? Wo waren die Leute, die sie hier endlich rausholen würden? Der Vater hatte doch bestimmt gleich die Polizei alarmiert. Es sollte doch kein Problem sein, ein Satellitentelefon zu orten. Wenn es eingeschaltet war. Das war es gewesen, als er es geklaut hatte. Das war es gewesen, als er es den Kerlen zurückgegeben hatte. Sie würden es nicht ausschalten, weil es der einzige Weg war, wie sie Kontakt zu ihrem Chef aufnehmen konnten und der zu ihnen.

Nein, das war es nicht.

Der Vater war hyperkorrekt, an der Grenze zur Neurose. Er war zuverlässig. Es ging um seine Familie. Er würde sie nicht hängenlassen. Aber die Entführer würden ihm drohen. Wenn du zur Polizei gehst …

»Er wird nichts tun, um uns nicht zu gefährden«, sagte Kevin.

Elke blieb stehen, blickte aufs Meer. »Ich weiß. Die werden ihm gesagt haben, dass er nicht zur Polizei gehen darf. Weil die uns sonst umbringen würden. Was ich für Quatsch halte. Denn sie brauchen ihn für irgendwas. Bevor das nicht erledigt ist, tun die uns nichts.«

»Das gilt vielleicht bis heute«, sagte Kevin.

Sie liefen weiter. Rundgang um die Insel. Links Wasser, Wasser, Wasser. Möwen. Rechts Sand, Palmen. Ein kleiner Hügel, dünn bewachsen mit Büschen. Das vollkommene Klischee.

»Aber du hast doch gesagt, dass ein Satellitentelefon geortet werden kann.«

»Hab ich mal gelesen. Nicht so genau wie ein normales Handy …«

»Eine Insel werden die doch finden.«

»Nur wenn sie die Insel suchen.«

105.

»Wir sollten nach Hause fahren«, sagte Katt. »Wir haben nichts. Nicht mal dein bester Bullenfreund interessiert sich für unseren Fall.«

»Das stimmt nicht.« Merkow schüttelte den Kopf. Er hatte keine Lust auf Zoff vor dem Frühstück. Sie lag neben ihm. Er sah nur ihren Hinterkopf. Ein schlechtes Zeichen, dass sie sich von ihm abwandte. Merkow kannte das. Sie konnte einen Tag lang muffen. Sie hatte die Nase voll von Ermittlungen, die keine waren. Merkow verstand de Bodt. Es ging um eine Staatskrise. Was galt da eine russische Affäre? Sie hätten es in Moskau genauso gemacht. Hätten vielleicht Ermittlungen simuliert. Damit sie nicht angefeindet würden.

Gestern Nachmittag hatte er mit Katt diesen Krüger im LKA aufgesucht. Er kannte ihn flüchtig von einem anderen Fall. Und Krüger mochte ihn immer noch nicht. Dafür hatten seine Augen Katt geröntgt.

»Wir tun alles, was in unserer Macht steht«, hatte Krüger gesagt. Während er versuchte, Bedauern in sein Gesicht zu schieben. »Mehr als diesen Einstich können wir Ihnen aber nicht bieten. Ihre Botschaft hat uns verboten, ihre Wohnung zu durchsuchen. Wenn Ihre Leute unsere Ermittlungen behindern, dürfen Sie sich nicht wundern. Immerhin verdanken Sie unserer Rechtsmedizin den Hinweis, dass es einen Einstich gibt. So was gehört doch zu Ihren Spezialitäten.«

Merkow hatte ihn eine Weile gemustert.

»Wenn Sie wüssten, was zu meinen Spezialitäten gehört«, sagte Katt.

Was war mit der los? Früher hätte sie den Kerl mit Blicken getötet.

»Wollen Sie mir drohen?«

»Wie kommen Sie darauf?«, fragte Merkow.

»Durchs Zuhören«, erwiderte Krüger. »Ich rufe Frau Dr. Zander an, dass Sie kommen, ja?«

»Wir haben schon mit ihr geredet«, sagte Merkow. »Aber nur am Telefon. Vielleicht sollten wir sie tatsächlich besuchen.«

Die Zander saß hinter ihrem Schreibtisch. Vor sich eine Espressotasse. Sie ließ die Besucher stehen. »Nein, mehr kann ich Ihnen nicht sagen …«

»Weil Sie's nicht dürfen …«, schnappte Katt.

»Ich kann sagen, was ich will. Das soll woanders ja richtig gefährlich sein.«

»Wir möchten, dass die Leiche nach Moskau überführt wird«, sagte Merkow.

»Dafür bräuchte ich ein Papier mit Unterschriften und Stempel.«

Vor dem Gebäude blieb Katt stehen. Es regnete in Strömen. Ihr Haar glänzte vor Nässe. »Soll ich die mal bei sich zu Hause besuchen? Na, ist gut. Lass …«

Merkow grinste. »Jetzt fang bloß nicht an zu quasseln. Es war so schön ruhig mit dir.«

»Es wird noch schlimmer.«

Seit sie zusammen waren, taute sie auf. Zuerst waren es halbe Grade, dann ganze. Als sie die Null überschritten hatte, wollte Merkow sich schon gratulieren. Aber sie hatte recht. Sie redete bald so viel wie ein normaler Mensch. Seit sie sich nicht mehr von Feinden und Aufpassern umgeben fühlte. Merkow war weder Feind noch Aufpasser. Sie hatte Zeit gebraucht, es zu begreifen. De Bodt würde jetzt mit so was wie dem Umschlag von Quantität in Qualität kommen. Einer Art dialektischem Sprung, den seine Lehrer in der Ausbildung Marx zugeschrieben hatten. Der aber von Hegel stammte. Merkow grinste.

»Da gibt es nichts zu lachen«, sagte sie.

»Stimmt, wir haben nichts zu lachen.«

Sie landeten in einem Café in der Birkenstraße. Mehr um sich vor dem Regen zu retten. Was wenigstens für ihn galt. Kuchen und Tee waren serviert. Katt verdammte den ersten Bissen als trocken und übersüßt. Was sie nicht daran hinderte weiterzuessen. »Die Tschekistin isst, was sie kriegt. Könnte doch sein, dass sie gleich dem Feind in die schmutzigen Hände fällt.«

Merkow lachte leise. Benutzte die Serviette, um das Gesicht zu trocknen.

»Wir haben immer noch nichts. Sie werden bald *Verstärkung* schicken. Um zu kontrollieren, was wir hier treiben.« Er durfte nicht scheitern. Er besaß die Gunst seines Präsidenten, soweit es die überhaupt gab. Aber nur, weil er seine Aufträge erfüllte. Und Katt? Was würde passieren, wenn sie ihn auf die Krim und sie nach Sibirien versetzten? Er schloss die Augen. Daran wollte er nicht denken. Zu Stalins Zeiten wären sie längst Leichen auf Reisen gewesen. Heute brachte man gescheiterte Geheimdienstoffiziere nicht mehr um. Verdächtigte sie nicht mehr, für den Feind zu arbeiten. Heute schikanierte man sie.

»Und wenn es doch einer von unseren war?«, fragte er.

Sie musterte ihn. »So was kann nur ein Staatsfeind denken.« Sie schickte ein Grinsen hinterher. »Hatten wir schon.«

Er nickte. Kaute auf einem Kuchenstück herum. Spülte es mit Tee runter. »Einstich, schnell wirkendes Gift…«

»Heute schmieren die *Genossen* doch lieber Gift auf Türklinken«, sagte sie.

Er blickte sie ernst an. »Du hast dich mit dem Feind eingelassen.«

»Jede Nacht«, sagte sie.

Er lachte. Aber es hatte Zeiten gegeben, als es so war. Die Nachbeben der Angst waren kaum mehr zu spüren. Aber sie zitterten noch. Überall.

106.

Sie parkte vor einem Spielsalon in der Invalidenstraße. Auf dem Weg hatte de Bodt ihnen erklärt, was er vorhatte.

Drinnen herrschte Schummerlicht wie in einer Nachtbar. Gleich an der Tür der Tresen. Hinter dem Tresen eine weitere Tür. Darüber eine Kamera. Drei Leute beschäftigten fünf oder sechs Automaten. Ein Typ mit Goldkette um den Hals spielte hinter dem Tresen mit seinem Telefon. Salinger stellte sich vor ihn. Der Mann sah auf. »Ja?«

»Wir möchten Herrn Achmed sprechen.«

Der Mann runzelte die Stirn, schüttelte den Kopf. »Wer soll das sein?«

»Dein Boss«, sagte Salinger. Legte den Dienstausweis auf den Tresen.

»Ich muss mal telefonieren. Vielleicht finde ich ihn.«

Salinger schüttelte den Kopf. »Du gehst jetzt brav zu diesem Automaten und spielst, dass es eine Freude ist.«

Der Mann blickte sie an. »Sie können mich nicht zum Spielen zwingen.«

»Ich dachte echt, ich mach dir eine Freude.« Sie winkte mit dem Finger. »Telefon her.«

»Nein«, sagte er. »Das dürfen …«

Yussuf ging durch die Klapptür und stellte sich neben den Mann. »Handy her«, sagte er.

Der Mann legte das Handy auf den Tresen.

»So, jetzt gehst du da in die Ecke und bist brav.«

Der Mann trollte sich. Yussuf stellte sich wieder vor den Tresen. Lehnte sich an und beobachtete den Mann. De Bodt öffnete die zweite Tür. Ein Flur. Drei Türen. »Sieht nicht aus wie bei reichen Leuten«, flüsterte Lebranc. Die linke Tür öffnete sich. Ein Fettberg schob sich in den Gang.

»Höfliche Leute klopfen oder klingeln.«

»Wir sind nicht höflich, wir sind die Polizei.«

»Aha.«

»Wir möchten mit Herrn Achmed sprechen, Mustafa Achmed. Sind Sie das?«

Der Mann lächelte. Er zog zumindest die Mundwinkel nach oben. Trat zur Seite, deutete auf die Tür am Flurende.

De Bodt und Salinger quetschten sich am Fettberg vorbei. De Bodt klopfte an die Tür und öffnete.

In einem Sessel ein Mann. Zigarette im Mund. Etwa halb so groß und ein Viertel so breit wie sein Hofhund. »Die Polizei! Wie schön, dass Sie mich mal besuchen.« Deutete aufs Sofa. »Nehmen Sie doch Platz. Darf ich Ihnen was bringen lassen?«

»Danke, nein.«

»Herr Achmed, Sie haben Dr. Dreher Geld geliehen«, sagte Salinger.

Achmed drehte sich mit seinem Bürostuhl hin und her. Links, rechts, links, rechts. Bis er in der Mitte bremste. »Ich bin ein großzügiger Mann. Ich weiß gar nicht, wie vielen Menschen ich Geld geliehen habe. Eigentlich will ich das nicht, aber dann kommt wieder einer, kurz vorm Heulen … ach, ich kann es nicht sehen, wenn Männer heulen. Keine Selbstachtung. Schlimm.«

»Ob Sie so freundlich wären, mir zu antworten. Ja oder nein täte es auch.«

»Natürlich. Sie haben keine Zeit. Ich auch nicht. Ist das nicht furchtbar? Meine Frau fragt mich immer, ob ich jetzt wirklich noch mal außer Haus muss. Aber wenn die Leute meinen Rat wollen. Da kann ich doch nicht einfach ins Bett gehen. Ich könnte nicht schlafen. Du opferst dich auf, Mustafa, sagt meine Frau immer. Was soll ich machen, es steckt in mir drin.«

Salinger wechselte einen Blick mit de Bodt. Der nickte. »Gut, wir setzen die Vernehmung im LKA fort. Kommen Sie!«

Achmed hob die Hände. »Nicht doch, nicht doch!« Drückte seine Zigarette aus.

»Gut, fangen wir noch mal an«, sagte Salinger. »Wenn Sie noch einmal versuchen, sich zum Heiligen zu machen …«

»Darauf würde ich nie kommen. Ich bin ein frommer Mann. Bescheiden …«

»Wunderbar«, sagte Salinger. »Also, wie viel haben Sie Dreher geliehen?«

Er blickte auf den Bildschirm. »Hab ich nicht im Kopf. Vielleicht zwanzigtausend …«

»Wir kommen auf etwa hundertachtzigtausend.«

Achmed blickte sie erstaunt an. »So viel?«

»Sagt Dreher.«

»Hm.« Er ließ die Maus wandern und klicken. »Kann sein, es sind mehrere Tranchen. Der arme Kerl hat mich immer wieder gebeten und … Er hat wirklich Pech.«

»Sie können nicht aus Ihrer Haut. Sie müssen helfen, weil Sie ein frommer Mann sind«, sagte Salinger.

Achmed nickte.

»Deshalb nehmen Sie zwanzig Prozent Zinsen pro Monat. Ist das in Ihrer Religion nicht streng verboten?«

»Ich freue mich, dass Sie sich mit dem Islam beschäftigen. Machen Sie nur weiter. Allah vergibt den Ungläubigen, wenn sie sich zum wahren Glauben bekennen. Vielleicht stoßen Sie bei Ihren Koranstudien auch auf jene Suren, die die Vergabe von Risikokapital und die Zinsen darauf gutheißen.« Freundlicher konnte man nicht blicken.

»Vor unseren Gerichten hätten Sie damit kein Glück. Die nennen so was Wucher. Was passiert mit Leuten, die ihre Schulden bei Ihnen nicht zurückzahlen?«

»Mit denen unterhalte ich mich. Oder einer meiner Angestellten. Umschuldung, Stundung, Schuldenerlass.«

»Warum hat der Herr Dreher solch eine Angst vor Ihnen?«

Dieser erstaunte Blick. Als hätte er ihn jahrelang vor dem Spiegel geübt. »Fragen Sie ihn, nicht mich.«

»Sie wissen, dass Sie uns belügen. Wir wissen, dass Sie uns belügen. Mir ist es ziemlich egal.«

Wieder Staunemann und Söhne.

»Sie haben jetzt zwei Möglichkeiten.« Sie nahm ihr Telefon in die Hand. »Erste Möglichkeit: Wir rufen unsere Kollegen, die für Organisierte Kriminalität zuständig sind. Die kommen mit einem Durchsuchungsbeschluss …« Salinger beugte sich zum Boden und zog den Stecker des PC heraus.

»Was machen Sie da?«

»Halten Sie den Mund. Die Kollegen werden alles filzen. Ihr Handy!« Ihre Hand winkte. Als de Bodt sich vor den Tisch stellte, gab Achmed Salinger das Handy. »Die Kollegen sind richtig gut. Die werden Ihr Büro, Ihre Wohnung auseinandernehmen. Und sie werden etwas finden, das Sie in U-Haft bringt und später für ein paar Jahre in den Knast.«

107.

Hinter dem Gendarmen mit der MPi sah sie jetzt Autos, Motorräder und viele Flics. Sie öffnete das Fenster auf der Beifahrerseite. »Guten Tag. Sie haben es ja mies erwischt.«

»Da haben Sie recht, Madame. Bis auf jetzt. Ich wollte schon immer mal einen Blick in den SM werfen. Das sind Ihre Freunde?« Deutete auf die Oldtimer hinter ihr.

Sie öffnete die Tür, nahm sich den Regenschirm von der Rückbank und stieg aus. Sie verrenkte sich fast, um dem Polizisten ihr Dekolleté unter die Augen zu halten. »Nehmen Sie Platz«, sagte sie.

»Der wird ja ganz nass …«

»Und trocknet wieder.«

Er nahm die Mütze ab und setzte sich. Berührte Lenkrad und Schalthebel. »Ein Wunderwerk der Technik. Seiner Zeit weit voraus. Warum bauen wir heute nicht solche Autos … ach Autos: Meisterwerke?«

»Kommen Sie nach Compiègne, da sehen Sie noch mehr Wunderwerke«, sagte Jean.

Plötzlich tauchte ein Uniformierter auf. »Sie sind im Dienst!«, schnauzte er. »Hinter Ihnen stauen sich die Fahrzeuge …«

Der Beamte knallte mit dem Kopf gegen den Türrahmen beim Aussteigen. Verkniff sich einen Schmerzensschrei, setzte seine Mütze auf, stand stramm: »Jawohl, mon capitaine!«

Mathilde nickte ihm zu.

»Fahren Sie bitte weiter!«, sagte der Polizist und blinzelte ihr zu.

In Compiègne hatten sich vor der Église Saint-Jacques schon viele Raritäten versammelt. Vom 4 RL bis zum Rolls-Royce, sogar ein blauer Bugatti 35B.

Jean fuhr vorbei. Er kurvte sicher, bis er vor einer Stadtvilla hielt. Vor der Garage. Deren Tor sich öffnete. Jean fuhr hinein. Schmale Einfahrt, große Garage. Stellte sich neben einen Peugeot-Lieferwagen. Der auf beigefarbenem Grund die Aufschrift *Fromages Bernier – Compiègne* trug, darüber das Bild eines Camemberts.

Sie befreiten Bob aus seinem Rattenloch, wie er es nannte. Halfen ihm in den Rollstuhl. Er nickte. »Eine reife Vorstellung!« Beäugte Mathildes Ausschnitt. »Und jetzt schlafen wir uns erst mal aus.«

108.

Er seufzte. »Ich weiß, ihr werdet euch bemühen. Aber ihr werdet nicht schweigen. Einer von euch oder von denen, die gerade nicht hier sind, arbeitet für Erpresser.« Er blickte sich um. »Wie ich.«

Sie starrten ihn an. »Was … meinst du damit?«, fragte Julia.

»Das, was ich sage. Einer von euch wird erpresst.«

»Sag mal, drehst du durch?«

»Oder jemand in der Früh- oder Spätschicht«, sagte Knorr. »Oder Kurt oder Kalle.«

Janine schüttelte den Kopf. Setzte die Brille ab, putzte sie mit dem Stoff ihrer Bluse. »Das musst du uns erklären. Sonst ruf ich den Werkschutz.«

»Mach das nicht. Dann hast du meine Frau und Kevin auf dem Gewissen.«

»Um Gottes willen.« Julia stand auf und streichelte Knorr die Schulter. »Sie sind entführt …?« Hielt die Hand vor den Mund. »Um Gottes willen.«

Janine kniff die Augen zu. Als hoffte sie, in einer anderen Welt auftauchen, wenn sie sie öffnete. »Was sollst du tun?«

»Ich hab's schon getan.«

»Was?« Janine starrte ihn an.

»Ich habe einen USB-Stick in den Rechner gesteckt. Aber das war nicht der Wartungs-Stick. Ich habe das BIOS geflasht. Und einen Trojaner installiert.«

Janines Augen flackerten. »Die wollen das Werk hochsprengen. Und du besorgst das für die?«

»Die können das Werk nicht hochsprengen. Wenn ihnen nicht noch jemand hilft.«

»Bist du so dumm oder tust du nur so?« Janine klatschte sich auf die Stirn. »Das ist eine Zeitbombe im BIOS. So ein Ding könnte ich auch programmieren. Auch wann es losgehen soll. Was immer losgehen mag.«

»Ich habe die Systemzeit verändert, ein Jahr zurück. Gar nichts geht.«

»Helmut, da gibt es doch in der Zentrale ein Klingeln und Blinken wie an Silvester.«

»Falsch. Das System meldet zwar, ob ein Ventil Schnupfen hat. Aber die Systemzeit interessiert niemanden. Weil ja immer das Gleiche abläuft.« Er hatte es doch getan. Hatte sich eine Ausrede ausgedacht. Falls es im Kontrollraum Alarm gab. Gab es aber nicht.

»Das haben die Erpresser alles gewusst?«, fragte Julia.

»Offenbar«, sagte Janine. »Was sollen wir tun? Wo sind Elke und Kevin?«

»Ich weiß es nicht. Ich muss zuerst denjenigen finden, der auch für die arbeitet. Es muss einer sein, der das Super-Administrator-Passwort bekommt. Entweder weil er es rechtmäßig hat. Oder weil die es gestohlen haben.«

»Und wenn du dich verrennst?«, fragt Janine.

»Dann sag mir mal, wie jemand ohne dieses Passwort das System manipulieren will.«

Schweigen.

»Du hast recht«, sagte Julia. »Irgendeiner hier arbeitet für die Entführer.«

»Das ganze Theater hat keinen Sinn, wenn die nicht das Werk hochgehen lassen wollen.« Knorr klopfte sich gegen die Stirn.

109.

Sie hatten in der Küche gefrühstückt. Sofern man einen zweiflammigen Gaskocher und Aluminiumtöpfe Küche nennen konnte. Immerhin gab es einen Plastiktisch mit wackligen Stühlen. Kaffee war genug da.

Wasser wurde in Plastikkanistern gelagert. Sie hatten Chemiepillen reingeworfen. Das schloss Kevin aus dem Geschmack.

»Die fühlen sich sicher«, sagte er. Rambo und Tom lagen draußen auf Bastmatten und rauchten. Manchmal sagte einer was. Freunde waren sie nicht. Aber zwei Männer, die einem Auftrag folgten. Nicht freudig, nicht lustlos, sondern diszipliniert wie Soldaten. »Sind sorglos.«

»Die wissen, dass wir unseren einzigen Trumpf verschleudert haben.« Sie schielte zur Tür. Aber sie blieben allein.

»Wenn wir eine Propangasflasche als Bombe benutzen könnten«, sagte Kevin.

»Das machen wir nicht«, sagte sie. »Wir bringen niemanden um. Außerdem weißt nicht mal du, wie das ginge.«

Er nickte. »Aber es müsste genügen, die Küche in Flammen zu setzen. Wenn die drinnen sind und wir draußen. Wir müssten es schaffen, die Küchentür und das Fenster zu verriegeln.«

»Nein!«, sagte sie scharf.

»Streitet euch nicht«, sagte Tom. Stand plötzlich in der Tür. »Was ist denn los? Lagerkoller ohne Lager?«

»Sehr witzig«, sagte Kevin. »Es geht um die Spiegeleier in der Scheißalupfanne.«

»Eure Probleme möchte ich haben.« Grinste und verschwand.

»Wenn wir die nicht ausschalten, bringen die uns um«, sagte Kevin.

»Helmut wird es schon richten. Er weiß immer, was er tut.«

»Du meinst, Helmut ist noch besser als James Bond. Mein Name ist Knorr, Helmut Knorr.« Er lachte bitter.

110.

»Okay«, sagte Achmed. »Sie lassen mich in Ruhe, wenn ich ein bisschen über den Dreher plaudere.«

»Ob wir Sie in Ruhe lassen, entscheiden wir nach unserer Plauderstunde«, erwiderte Salinger.

»Na schön.« Rieb sich die Hände.

»Wem haben Sie erzählt, dass Dreher Schulden bei Ihnen hat?«

Er blickte sie an, als käme sie direkt aus der Hölle. »Was jetzt?«

»Ich wiederhol es nicht«, sagte sie und blickte auf ihre Armbanduhr.

»Aber Sie sagen niemandem was?« Sein Blick schweifte zu de Bodt.

»Im LKA würden wir einen Rekorder benutzen«, sagte Salinger und startete in der Anoraktasche die Aufnahme-App ihres Telefons. »Und danach würden wir eine Pressekonferenz geben. Neues von der Libanon-Mafia. Die Journaille liebt solche Geschichten.«

»Ich kenn den Typen nicht.«

»Wie viel hat er für die Info bezahlt?«

»Drehers Schulden.«

»Von vorn. Der Typ hat angerufen, ist gekommen, was nun?«

»Er ist gekommen … wie Sie.«

»Wann?«

Achmed blickte auf seine Uhr. »Vor acht Tagen, um siebzehn Uhr und etwas.«

Salinger verließ den Raum. Rief Yussuf an. »Ali, nimm den Tresenfritzen fest. Ab zum LKA. Frag ihn, wie der Typ ausgesehen hat, der vor acht Tagen um kurz nach siebzehn Uhr unbedingt zu seinem Chef wollte. Frag ihn alles, was man fragen kann. Lass Lebranc als unsere Deckung hier.«

»Jawoll, Ihro Großartigkeit. Festnehmen, Folterkammer, ausquetschen.«

»Manchmal verstehst du mich ja. Ich bin stolz auf dich!«

»Blöde Kuh!«

Achmed stierte sie an, als sie zurückkam. »Er hat gefragt, ob ich einen Arzt, am besten einen Chirurgen kenne …«

»Der wusste also, dass Sie Geldverleiher sind«, sagte Salinger. Und erntete einen strafenden Blick von de Bodt.

»Ja, ja … natürlich. Er wusste auch, dass ich Spiele organisiere. Er hat versprochen, dass das unter uns bleibt!«

»Wir haben auch versprochen, dass es unter uns bleibt, wenn Sie alles auspacken, was Sie wissen. Ich wundere mich, dass die Sie noch nicht umgebracht haben«, sagte Salinger.

Seine Augen weiteten sich. Dann nickte er.

»Das ist eine Riesenoperation, international. Sie sind ein Risikofaktor für die. Sie haben einen von denen gesehen.«

Achmed nickte. Heftig. Blöd war er nicht. Diese Idee hatte in ihm gelauert. Jetzt hatte sie zugeschlagen.

»Wir können Sie schützen. Zwei Kollegen vor die Tür stellen …«

»Wollen Sie mich ruinieren?«

»Oder ins Zeugenschutzprogramm.«

»Das bedeutet das Gleiche. Ich kann mich selbst schützen.«

»Sie kommen jetzt mit zum LKA. Machen Ihre Aussage, und wir fertigen ein Phantombild an.«

Er verzog das Gesicht. Im Stehen telefonierte er mit einem Hasan, der auf den Laden und alles sonst aufpassen sollte.

Lebranc kam nicht mit ins LKA. Ihn zog es zu Waltraud. Die suchte immerhin aus den entlegensten Winkeln ihres Gedächtnisses ein paar Brocken Französisch.

Im Büro servierte Yussuf Kaffee aus seiner Dampfmaschine. Die bei jedem Bedienungsschritt dankbar zischte und Yussuf ein Lächeln ins Gesicht zauberte.

»Wie viele Kunden … Kreditnehmer haben Sie?«, fragte Salinger. Sie hatte ihren Bürostuhl neben den Schreibtisch gerollt. Stellte ihren Becher auf die Ecke. Achmed hielt seinen in der Hand.

»Wir nehmen das Gespräch nicht auf. Machen kein Protokoll. Was wir bereden, bleibt unter uns. Aber Sie müssen reden. Sonst haben Sie ein Problem mit unseren Kollegen.«

»Ich weiß, ich weiß.« Er winkte ab. Zog sein Telefon aus der Hosentasche. Tippte auf der Anzeige. »Hundertsechsundachtzig Leute haben Kredite laufen«, sagte er.

»Was bedeutet, dass Sie ein paar Spielsalons besitzen«, sagte Yussuf.

»Kann sein.«

»Es bedeutet auch, dass die Typen das wussten. Und sich ausrechnen konnten, dass unter Ihren Schuldnern wahrscheinlich mindestens ein Arzt sein musste.«

Achmed nickte. »Mindestens. Ich verleih Geld nur an Leute, die einen soliden … Hintergrund haben …«

»Und erpressbar sind«, sagte Salinger.

Pokerface.

»Ärzte, Rechtsanwälte …«

»Polizisten, ab Hauptkommissar«, sagte Achmed. Andeutung eines Grinsens. »Manager, Ladenbesitzer und so weiter. Ich mache nur mit seriösen Leuten Geschäfte.«

»Woher hatte der Typ die Informationen über Sie?«

»Wenn man sich in Berlin in bestimmten Kreisen …«

»Gut«, sagte Salinger. »Dann kam also dieser Mann …«

»Dann kam dieser Mann. Fragte nach dem Arzt mit den höchsten Schulden …«

»Der hat nicht gefragt, ob ein Arzt unter den Schuldnern ist?«, fragte Yussuf.

»Nein. Der wusste, was für Leute in meinen Salons spielen. Ich habe ihn gefragt, wer er sei. Warum er das wissen wolle. Er hat geantwortet: Tut nichts zur Sache. War freundlich. Aber machte nicht den Eindruck, dass er immer freundlich war.« Blickte Salinger an, dann Yussuf. De Bodt saß in Achmeds Rücken auf dem Stuhl neben der Tür.

»Ja, und?«, fragte Yussuf.

»Er hat mich gefragt, welcher Arzt die höchsten Schulden habe.« Blickte wieder Salinger an. »Ich habe ihm gesagt, einer stehe mit hundertachtzigtausend Euro im Buch. Und er sagt: Ich übernehm das, wenn du mir den Namen und die Adresse sagst. Die Adressen der anderen gibst du mir auch. Oder weißt du, wer von denen Chirurg ist?« Achmed schniefte. »Nein, hab ich gesagt. Ich weiß, wer eine Praxis hat und wer im Krankenhaus arbeitet. Das haben meine Leute herausfinden müssen, sobald die … Kunden einen Kredit aufnehmen wollten. Wir haben sie gefragt, und dann haben wir es überprüft.«

»Hat er gesagt, wofür er den Chirurgen braucht?«

Achmed schüttelte den Kopf. »Ich hab nicht gefragt. Was kann ein Arzt schon Schlechtes machen?«

»Leuten die Hand absägen zum Beispiel«, sagte Yussuf.

Achmed blickte ihn an. Kratzte sich am Kopf. Sagte: »Scheiße.« Kratzte sich noch mal: »Ach, du Scheiße.« Zog das Telefon aus der Tasche. »Hol alle zusammen« – blickte Yussuf an – »wie lange muss ich hierbleiben?«

»Solange Sie wollen«, sagte Yussuf.

»In einer halben Stunde vor dem LKA in der Keithstraße. Drei Wagen, mindestens zehn Mann. Und nicht nackt. Und passt auf, ob euch jemand folgt.«

Dann erhob sich Achmed. Steckte das Telefon weg. Schnaufte. »So eine Scheiße.«

»Wir haben Ihnen Polizeischutz angeboten«, sagte Salinger.

Achmed nickte. Aber im Hirn war er woanders.

»Zeugenschutzprogramm«, sagte Yussuf.

Achmed schüttelte den Kopf. Wie abwesend. Schlich zur Tür. Bloß kein Geräusch.

Als er vor der Tür stand, sagte de Bodt: »Ich brauch die Liste.«

Achmed blickte auf ihn herab. »Welche Liste?«

»Die Liste mit den Ärzten, die Sie ihm gegeben haben.«

111.

»Schöner Blick«, sagte Bob. Rollte zum Fenster. Draußen lag strahlend weiß ein Kreuzfahrer. Im Hintergrund tausend Gläser, die die Sonne spiegelten. Der Himmel blau, keine Wolke. »In Europa herrscht Schmuddelwetter.«

Charles erhob sich hinter seinem Schreibtisch, ging zu Bob und gab ihm die Hand. »Gut, dass du da bist.«

»Das finde ich auch.« Bob lachte. »Besser als im Knast ist es allemal.«

»Danke für den Vergleich«, sagte Charles. »Das allein lohnt schon den Aufwand.« Lachte. Hatte ein offenes Lachen. Man hatte voneinander gehört, immerhin.

Cathy hatte ihn im Vorzimmer empfangen. Nachdem ihn ein Cadillac mit getönten Scheiben von einem Privatflugplatz hergebracht hatte. Chauffeur und zwei Männer. Die nicht so aussahen, als lehrten sie an einer Anthroposophenschule. Die beiden Männer brachten ihn zu dem Bürohochhaus und lieferten ihn bei Cathy ab. Deren Hand auffällig lange in der Schreibtischschublade blieb. Bis Bob ein junger Typ in Jeans und Turnschuhen abholte. Bleich. Der sich als »Otto« vorstellte. Und ihn in ein Riesenbüro mit Riesenfenster schob. Mit einem riesigen Schreibtisch. Hinter dem ein Mann saß, der einen eleganten Anzug trug und seinen Friseur per Du kannte. Früher hätte Bob so jemanden als Schnösel abgetan. Aber er hatte dazugelernt. Dass Kleidung auch Verkleidung sein konnte.

Der junge Mann mit den Turnschuhen stand neben der Vorzimmertür.

»Otto, hast du dich schon vorgestellt?«

»Das wollte ich dir überlassen.«

»Es geht nichts über Mitarbeiter mit Manieren«, sagte Charles. »Otto ist bei uns fürs Personal zuständig. Stell dich gut mit ihm, weil er auch die Honorare bezahlt.«

Bob lächelte ihn an.

»Ich hab viel von dir gehört«, sagte Otto. »Nur Gutes. Ich habe dir hier ein Konto eingerichtet. Du hast eine Kreditkarte bei der Qudos Bank. Auf dem Konto liegt ein Startkapital, das fürs Erste reichen sollte und mit deinem Erfolgshonorar verrechnet wird.«

»Du siehst, Otto verschenkt nichts.«

»Wir haben auch einen australischen Pass und einen Führerschein für dich …« Blickte zum Rollstuhl. »Falls du den nötig hast.«

Bob grinste.

»Ein William Chandler hat eine Suite im Marriott gebucht. Wir haben dir auch einen Fahrservice organisiert.« Hielt eine Karte hoch. »Die Zimmernummer findest du darauf. Wir machen am besten gleich eine Tour, um dich seriös einzukleiden. Einverstanden?«

»Du siehst, Otto lässt nichts anbrennen.«

Bob lachte. Er war zwar hundemüde. Aber Ottos Tatendrang steckte ihn an.

»Otto hatte bisher auch die Operationsleitung. Du wirst sie von ihm übernehmen. Otto wird mit dir auch alle Personalfragen besprechen. Sagen wir, du wirst stellvertretender Vorstandschef oder stellvertretender CEO, wie man heute so schön sagt.« Charles rieb sich die Hände. »Ich glaube, jetzt sind wir komplett.« Klopfte auf den Tisch. »Frederick ist gerade in Deutschland. Er ist der beste Spezialist für Informationstechnologie, den ich kenne. Er hat uns aus Israel etwas mitgebracht, das nicht nur dich zum Staunen bringen wird. Ich habe zwei Tage den Mund nicht mehr zugekriegt.« Er lachte. Otto stimmte ein. »Bei mir war es eine Woche. Bis zum Kieferkrampf.« Lachte wieder.

Bob legte sich früh aufs Bett. Konnte aber nicht schlafen. Er hatte das Zimmermädchen seine Kleidung aufhängen lassen. Sie hatte auf den Rollstuhl geblickt. »Wenn ich oder einer meiner Kollegen Ihnen helfen kann, wählen Sie die Neun. Zögern Sie bitte nicht.«

Badezimmer und Klo waren behindertengerecht eingerichtet. Sie hatten Einbaumodule, mit dem sie fast jedes Zimmer für Behinderte nutzbar machen konnten. Vor ein paar Tagen hatte er im Moabiter Knast gesessen. Was im Winter mehr als trübselig war. Und jetzt lag er auf einem Doppelbett in einer Hotelsuite über den Lichtern einer großartigen Stadt, in welcher der Sommer eingezogen war. Sie hatten ihn mit einer Jacht von Calais nach Rotterdam gebracht. Von dort ging es mit einem privaten Charterflieger nach Indonesien. Dann im Linienflug erster Klasse mit Singapore Airlines nach Sydney. Wo es möglich war, hatten seine Begleiter Beamte bestochen. Wo es nicht möglich war, erwiesen sich die falschen Papiere für die Reise als sicher. Jetzt hatte er wieder neue Papiere. Um sogar die hartnäckigsten Bullen abzuschütteln. Daran würde sich auch de Bodt die Zähne ausbeißen. Bob lächelte.

Doch dann dachte er daran, was Charles gesagt hatte, als Bob zusammen mit Otto das Büro verließ. »Ruh dich aus. Die nächsten beiden Tage nimmst du dir frei. Schau dir die Stadt an. Wenn du willst, besorgt Otto dir einen Reiseführer. Aber dann geht es los. Was wir bisher gemacht haben, ist nur das Vorspiel.«

Als die Müdigkeit den Jetlag zu überwältigen begann, dachte Bob: Wenn die Entführung dieses Professors und der Frau des Präsidenten nur das Vorspiel waren, was kommt danach?

112.

»Ich habe das Super-Administrator-Passwort geändert«, sagte Knorr. »Bis jetzt kenne nur ich es.« Er drehte sich auf seinem Bürostuhl.

»Und wenn du gegen einen Baum fährst?«, fragte Janine.

»Du hast ja eine schöne Fantasie«, sagte Knorr.

»Wer das Passwort will, muss es bei mir beantragen.«

»Sagte der Hacker.« Julia zwang sich ein Lächeln ab.

»Ich habe den USB-Stick reingesteckt, aber ich starte den Trojaner nicht. Ich habe die Automatik ausgetrickst, falls es eine gibt. Ich hätte euch nichts sagen müssen.«

»Stimmt auch wieder«, sagte Julia. »Aber wenn das zum Plan gehört?«

»Wie?«

»Weiß ich nicht. Aber das sagt nichts.«

»Das sagt viel«, erwiderte Janine. »Nichts spricht dafür, das Helmut mit drinhängt. Aber alles dagegen. Also lassen wir das. Warten wir, wer das Passwort haben will.«

»Die Tagschicht«, sagte Julia. »Der schöne Hans und seine Truppe.« Sie blickte Knorr fragend an. »Es werden die das Passwort anfordern, die berechtigt sind, es zu besitzen.«

»Ich werde das Ereignisprotokoll im Blick behalten.«

»Glaubst du, nur du könntest es frisieren?«

»Die Änderung taucht auf, bis sie gelöscht ist. Diesen Zeitpunkt passe ich ab.«

Janine pfiff. »Ich helfe dir. Wir lassen das Protokoll keine Sekunde unbeobachtet.«

»Willst du die nächsten Monate vierundzwanzig Stunden am Tag auf den Bildschirm starren?«

»Wenn wir alle Helmut helfen, Julia, dann klappt das.«

Julia überlegte. »Okay, gib mir das Passwort, damit ich an das Protokoll komme.«

Das war der Haken. Knorr straffte den Körper, legte den Kopf in den Nacken. Je mehr Leute ihm helfen wollten, desto öfter musste er das Passwort rausrücken. Bis sein Plan den Täter einschloss.

»Ich versteh die Logik nicht«, sagte Janine. »Du änderst das Passwort doch sowieso jede Woche.«

»Das wissen die Typen auch. Es wäre in drei Tagen. In dieser Zeit wird die Aktion wohl stattfinden. Jedenfalls wenn die ins System eindringen wollen. Oder jemanden außer dir dafür haben.«

»Nachher sprengen wir uns selbst in die Luft«, sagte Julia.

»Wenn das alles wär … Ich glaube, die wollen zeigen, dass sie das Werk übernehmen könnten, wenn sie wollten. Das ist eine Erpressung …«, sagte Janine.

Knorr verließ das AKW morgens um vier Uhr. Zurück in der Wohnung, putzte er sich flüchtig die Zähne. Weil er das immer tat. Zog den Pyjama an und kroch unter die Decke. Ihm ging die Diskussion durch den Kopf. Die Täter waren schlaue Drecksäcke. Vielleicht wollten sie wirklich nur drohen. Vielleicht war es eine Erpressung. Aber die richtete sich nicht gegen den Direktor der Kreissparkasse oder den Bürgermeister. Das war eine viel größere Nummer. Erpressung. Je länger er darüber nachdachte, desto klarer wurde ihm das Bild. Sie erpressten ihn, um jemand anderen zu erpressen. Es ging gegen eine Regierung. Oder eine EU-Behörde. Oder gegen …

Seit Tagen berichteten die Zeitung und das Fernsehen über diesen Berliner Kommissar. Der die übelste Erpressung der deutschen Geschichte aufgeklärt hatte. Den Mann der Kanzlerin befreit. Der danach befördert worden war. Mit einem Angriff auf ein AKW wollte man nicht Gefangene befreien. Das könnte man billiger haben.

Alles raten, nichts war gewiss.

Er verließ das Bett. Stellte sich ans Fenster. Das Nachbarhaus im Schummerlicht der Straßenlaterne. Leuchtende Augen einer Katze.

Er ging in sein kleines Büro. Schaltete den Computer ein. Suchte nach dem Namen. Wie hieß der noch mal? De Boot, de Bott, de Boht…? Er tippte *Entführung Berlin Ehemann Kanzlerin Hauptkommissar de.* Und fand *Hauptkommissar de Bodt. Der Mann, der die Kanzlerin rettete.* Knorr lachte. Die drehten es sich hin, bis es passte. Aber vielleicht war es nicht völlig falsch. Irgendwie hatte der Mann auch die Kanzlerin gerettet. Wenigstens ihr Amt.

Er rief im LKA 1 in Berlin an.

»Ich möchte Hauptkommissar de Bodt sprechen.«

»Sie wissen schon, wie viel Uhr es ist?« Eine Frauenstimme. Müde.

»Es ist dringend. Wecken Sie ihn.«

»Um was geht es denn?«

»Um den Erpresser. Der den Mann der Kanzlerin entführt hat.«

»Geben Sie mir Ihren Namen, Ihre Telefonnummer und Ihre Anschrift. Ich rufe sofort zurück.«

Knorr nannte die Daten. Die Frau legte auf.

Knorrs Telefon klingelte. »Herr Knorr?«, fragte eine Männerstimme.

»Ja.«

»Sie kennen den Entführer?«

»Nein. Aber der greift gerade ein Atomkraftwerk an.«

»Wie?«

»Durch einen Hack und durch mich.«

113.

Es waren sieben. Schwarz gekleidet. Zwei trugen Rucksäcke. Einer schlich zum Haus. Um das Haus herum. Bis er das Fenster erreicht hatte, aus dem Licht schien. Die Jalousien waren heruntergelassen. Aber es gab eine Lücke. Der Mann blickte in den Raum. Sah nicht viel. Es waren drei, vielleicht vier. Er setzte sich auf den Boden. Zog die Taschenlampe aus dem Gürtel. Ließ sie einmal blinken. Dann wartete er.

Plötzlich sah er zwei Männer. Sie kamen um die Ecke. Er erstarrte. Ein Lichtstrahl traf ihn. »Was machst du hier?«

»Ich suche Ostereier, bevor die anderen sie finden.«

»Gute Idee«, sagte der Mann. Sein Begleiter hatte einen Revolver in der Hand. Der Stahl glänzte im Fensterlicht.

»Ihr wollt mir bestimmt helfen.«

»Klar«, sagte der Mann. »Steh auf, die Hände hinter den Nacken. Mach keine Faxen.«

Er tat so, als bereitete es ihm Mühe aufzustehen. Sah die Schatten. Blickte ruckartig in die entgegengesetzte Richtung. Die beiden Männer blickten in dieselbe Richtung. Beide wurden von hinten gepackt. Ein Messer durch die Kehle. Einer röchelte kurz. Sie fielen auf den Boden wie Säcke.

Der Beobachter winkte einen Mann mit Rucksack heran. Der drehte ihm den Rücken zu. Der Chef öffnete den Sack. Holte zwei Eierhandgranaten heraus.

Deutete auf einen, der eine HK MP5 trug. Dann aufs Fenster. Der Chef legte eine Granate vor sich. Hob die Hand ins Fensterlicht. Zählte mit den Fingern runter. Zog den Sicherungssplint der Handgranate. Als die Hand zu einer Faust geballt war, ratterte die MP5 aufs Fenster. Splittern. Schreie. Die Männer ließen sich fallen. Bis auf den Chef. Der ließ den Bügel schnalzen. Wartete. Warf im letzten Augenblick. Die Granate explodierte, bevor sie auf dem Boden aufschlug.

Dann war es still.

Der Chef wartete einen Augenblick. Zwei seiner Männer stiegen ins Zimmer. Sicherten die Tür. Die wurde aufgestoßen. Drei Typen rannten ins Feuer der Maschinenpistolen. Der Chef ging um den Bau herum. Wartete. Bis die Haustür aufsprang. Einer lief weg. Er zielte mit seiner Glock 17 und traf. Der Mann blieb stehen, wankte, brach zusammen. Der Chef rannte hin. Ein Junge noch, keine zwanzig. »Bitte nicht«, sagte der. Bevor der Chef ihm in den Kopf schoss.

Zurück am Fenster, kletterte er ins Büro. Sah Achmed neben seinem Schreibtisch liegen. Granatsplitter hatten ihm die Brust und den Kopf aufgerissen.

Der Chef fotografierte die Leiche mit dem Handy. »Wir verschwinden«, sagte er.

Die Operation hatte vier Minuten und siebenunddreißig Sekunden gedauert.

114.

»So eine Scheiße!«, schnauzte Salinger. »So eine verdammte Scheiße!« Schüttelte den Kopf. Blickte de Bodt an. »Überfall auf Achmeds Büro. Lauter Tote. Sagt die Zentrale in Tempelhof.«

Yussuf raste mit Blaulicht und Sirene zum Tatort. Das hinderte de Bodt nicht, von dem merkwürdigen Anruf zu berichten. Nach Mitternacht hatte ihn die Notrufzentrale geweckt. Ein Herr Knorr. Die Kollegin gab ihm dessen Nummer. »Der behauptet, dass er was über den Erpresser weiß.«

De Bodt rief den Mann sofort an. Brauchte kaum zu fragen. Der Mann berichtete konzentriert. Ja, die Entführung in Berlin konnte was mit Knorrs Geschichte zu tun haben. Vielleicht war das der nächste Schritt. In einer Operation, deren Zweck er nicht verstand.

»Sie müssen sich der Polizei anvertrauen«, sagte de Bodt.

»Hier in der Kleinstadt kennt jeder jeden. Wenn ich einem Ihrer Kollegen erzähle, um was es hier gehen könnte, flieht morgen das Bundesland. Meine Frau und mein Sohn müssten dafür bezahlen.«

»Warum glauben Sie, dass ich es nicht weitererzähle?«, fragte de Bodt.

»Weiß ich nicht. Sie haben … einen Draht nach oben. Wenn die Kanzlerin Ihnen vertraut, kann ich es auch.«

De Bodt lachte. »Nette Logik. Sie sollten nicht alles glauben, was in der Zeitung steht.«

»Ich habe keine Wahl. Meine Kollegen finden auch, dass ich die Polizei einschalten soll.«

»Die Kollegen halten bestimmt dicht?«

»Weiß ich nicht. Sie verstehen wenigstens, wovon ich spreche. Und was es bedeuten würde, käme es heraus. Ich hoffe, Sie können schweigen.«

De Bodt hatte den Wecker auf halb sieben gestellt. Wollte zeitig zu Knorr fahren. Aber das Telefon war schneller. Überfall auf Achmeds Büro.

Yussuf holte ihn ab. Salinger saß auf der Rückbank.

Blaulicht, Sirenen. Absperrbänder. Spiegelungen auf nassem Asphalt.

De Bodt suchte den Streifenführer, der zuerst am Tatort eingetroffen war. Ein hochaufgeschossener Mann mit knochigem Gesicht. Ausdruckslos. Er saß halb auf der Motorhaube seines Streifenwagens.

»Wir übernehmen«, sagte de Bodt.

Der Mann nickte. »Es ist furchtbar … hab ich noch nie gesehen.«

De Bodt trat nah heran. »Erzählen Sie mir kurz, was Sie gesehen haben, als Sie eintrafen.«

»Die Notrufzentrale … Nachbarn.« Er atmete durch, wischte sich mit dem Handrücken den Mund trocken. »Wolfram ist dann gleich hergefahren … das ist mein Kollege.«

De Bodt nickte. »Lassen Sie sich Zeit.« Er sah im Augenwinkel, wie Salinger und Yussuf aus dem Gebäude kamen. Yussuf übergab sich neben der Tür.

»Das ist ein … Abschlachten. Wer macht so was?«, fragte der Polizist.

Krüger tauchte auf. Ging zu Salinger, die gerade mit Yussuf redete. Als sie Krüger sah, schnauzte sie los. De Bodt hörte Wortfetzen. »… solltet aufpassen … Achmed … Zeuge … Lastwagen …« Sah, wie Krüger die Hände hob. Beschwichtigte. »Lastwagen …«

»Sonst irgendetwas Verdächtiges oder Auffälliges?«

Der Polizist schüttelte den Kopf. »Ich habe die Kollegen, die nach uns kamen, gebeten, die Nachbarn zu befragen. Bisher nichts.«

»Das haben Sie gut gemacht. Lassen Sie sich nach Hause fahren. Falls Ihnen noch etwas einfällt …« Gab ihm seine Karte.

»Danke …« Winkte unbeholfen mit der Hand. Ging weg. Hüftsteif wie ein alter Mann.

Die Zander stand vor de Bodt. »Waren Sie schon drin?«

De Bodt schüttelte den Kopf. Spürte schon den kalten Schweiß. Und die Übelkeit.

»Kommen Sie mit … brauchen Sie Zeit?« Sie fasste ihn am Ellbogen.

»Ja, lassen Sie mich ein paar Minuten allein. Sie können sich vielleicht zuerst mit dem Opfer an der Vordertür beschäftigen.«

»Hab ich schon. Zwei Schüsse. Vermutlich Pistole. In den Bauch und in den Kopf. Wahrscheinlich wäre jeder Treffer allein tödlich gewesen. Der ging auf Nummer sicher. Junger Kerl, vielleicht zwanzig.«

De Bodt nickte. Stellte sich zu Salinger. »Kannst du das eine Weile koordinieren? Lass jeden Kollegen, der noch kommt, auf die Nachbarn los. Uhlenhorst ist schon drin?«

»Ja. Mach ich.«

Die Spielautomaten waren ausgeschaltet. Nur das Deckenlicht brannte. Er erkannte zwei von der Spurensicherung. »Wo ist Uhlenhorst?«

»Drin«, sagte der eine.

Uhlenhorst stand in der Tür von Achmeds Büro. Den Rücken zum Flur. Wie eine Salzsäule. De Bodt tippte ihm auf die Schulter. Ein Blick zwischen Kopf und Schulter Uhlenhorsts ins Büro. De Bodt würgte. Er war schweißnass. Immer wieder zwang er sich. Es gab keine Gewöhnung an die Bilder der Gewalt. Er konnte sich nicht an ihre Existenz gewöhnen. Weil Gewalt sich in Szenen ausdrückte, die das Leben in Blut, Glieder und Gewebe zerriss.

De Bodt flüsterte: »Wie alle die Stücke zerschnitten mit frischer Verwundung einzeln sich winden …«

Uhlenhorst blickte ihn an. »Was?«

»Nichts … nichts. Hab ich gelesen. Vorhin erst.« De Bodt hatte in der Nacht Lukrez gelesen. Als wollte eine Vorahnung ihn auf den Anblick vorbereiten. Aber nichts konnte einen auf das vorbereiten, was er sah.

Uhlenhorst trat zur Seite. »Vielleicht sollte ich auch so was lesen. Du willst ein paar Minuten allein sein?« Wartete die Antwort nicht ab. Bat seine drei Kollegen in den Flur.

De Bodt tat einen Schritt hinein. Die Hand auf den Magen gelegt. Er mühte sich, seinen Atem zu beherrschen. Langsam ein, langsam aus. Zwang sich, das Büro mit seinen Blicken auszumessen. Achmeds Kopf war über der Nase abgerissen. Die und der Mund bedeckt von Blut und Hirnmasse. Ein Splitter steckte im Kinn. Ein Ohr ragte hervor, unverletzt. Der Rest des Schädels lag als Masse aus Knochen- und Granatsplittern neben dem Schreibtisch. De Bodt öffnete das mittlere Schreibtischschubfach. Fand einen Briefumschlag, las kurz, steckte ihn ein.

Es waren fünf außer Achmed. Vor der Tür der Junge. Vor dem Fenster zwei Männer mit durchschnittener Kehle. Drei waren mit Achmed im Büro gewesen. Die Angreifer hatten offenbar keine Verluste. Das Labor würde die Blutspuren mit dem Blut der Opfer vergleichen. Vermutlich ließen sich alle Spuren zuordnen. Es war ein perfektes Blutbad. Er erinnerte sich an den Sitzungsraum der BBC, wo deren Vorstand abgeschlachtet worden war. Nur hatten die keine Handgranate benutzt. Die machte alles schlimmer. Schleuderte Gewebeteile, Blut, Hirn durch das Büro. Auf dem Boden Blutlachen. Einer lag vor dem Schreibtisch. Die Brust geöffnet. Das Herz hing an einer Arterie. Es war grau. Der Mann hatte vielleicht gerade mit Achmed geredet, als die Schießerei begann. De Bodt betrachtete das Fenster. Gesplittert. Niemand warf eine Handgranate auf ein geschlossenes Fenster, sie könnte abprallen und einen selbst töten. Sie hatten das Fenster zerschossen. Danach die Granate. So hätte er es gemacht. Zumal konzentriertes Feuer von Maschinenwaffen die Opfer schockte. Er sah in der Rückwand die Einschusslöcher zwischen den Splittern, die in der Wand steckten. Dem zweiten Mann fehlten der Oberschenkel und ein Teil des Unterleibs. Seine Augen starrten glasig an die Decke.

Neben ihm lag ein anderer. Schwarze Haare. Sein Hemd war zerfetzt und der Körper zerrissen von Granatsplittern. Im Kopf hatte er zwei Einschusslöcher. Der war schon tot gewesen, als die Handgranate explodierte.

Er brauchte eine Weile, um seinen Blick zu lösen. Er schaute zur Fensterhöhle. Sie hatten von draußen geschossen, die Granate geworfen. Vor der anderen Tür hatten welche, vielleicht nur einer gewartet. Falls jemand überlebt hatte. Weil er beim Überfall nicht im Büro gewesen war. Auf dem Klo. Getränke holen. Was auch immer. Den Jungen hatten zwei Kugeln getroffen. Eine im Stehen, in den Bauch. Die andere, als er lag.

Es war klar, ohne dass er es hätte beweisen können. Sie hatten Achmed als Schwachstelle ausgemacht. Weil er mit der Polizei gesprochen hatte. Irgendeiner seiner Männer war ein Spitzel. Und lag jetzt wahrscheinlich tot im Büro. Alle Spuren zerstört. Selbst keine hinterlassen. Achmed und seine Leute hatten keine Chance zur Gegenwehr gehabt. Obwohl sie sich vorbereitet hatten. Achmed hatte seinen Feind unterschätzt.

Aber wo waren Krüger und seine Leute gewesen?

Er verließ das Büro. Fror. Nass geschwitzt. Sah Krüger im Gespräch mit Tilly. Stellte sich dazu. »Wo waren Sie?«

»Jemand hat die Parkplatzausfahrt zugestellt. Mit einem Lastwagen. Mit Anhänger. Schneider und Braun hatten Schicht, ich und Baumann wollten sie ablösen. Waren aber eingeklemmt.«

»Warum haben Schneider und Braun nicht gewartet? Sie hatten doch Kontakt zu denen.«

»Ja, per Handy. Der tolle Digitalfunk hatte mal wieder Aussetzer …«

»Das interessiert mich nicht«, sagte Tilly. »Das heißt, wir waren ausgerechnet in dem Augenblick nicht präsent, als Achmed überfallen wurde. Ich glaube es nicht. Warum haben die nicht gewartet?«

»Ich habe sie heimgeschickt. Es war spät …«

»Mensch, Krüger, sind Sie wahnsinnig? Der Erste Hauptkommissar de Bodt hatte Ihnen befohlen, den Spielsalon rund um die Uhr abzusichern.«

Krüger schluckte. Das Geräusch übertönte fast die Sirene eines Krankenwagens, der heranraste.

»Es ist gut, dass die Kollegen nicht da waren«, sagte de Bodt. »Dann wären sie jetzt auch tot.«

115.

»Mit einem werde ich fertig«, sagte Kevin.

»Du bist verrückt. Das sind Berufsverbrecher.«

»Ich werde einen überraschen. Du wirst den anderen ablenken.«

»Du glaubst, die fallen zweimal drauf rein?« Elke Knorr schüttelte den Kopf.

»Hast du was Besseres?« Er legte alles in die Frage. Seine Verzweiflung. Seine Wut, auch auf seine Mutter, die immer nur bremste. Er hatte sich bemüht, die Spannungen zu übersehen. Als das nicht mehr ging, sie abzumildern. Aber er hatte die Nase voll. Die würden sie umbringen. Und sie waren brav wie Schlachtlämmer. Die SMS hatte den Vater nicht erreicht. Oder er konnte nichts mehr tun. Vielleicht war er schon tot? Vielleicht waren auch sie morgen schon tot?

»Wenn wir nichts tun, sind wir tot«, sagte er.

»Sonst auch«, erwiderte sie.

»Toll. Aber wenn wir was tun, dann haben wir eine Chance. Mag die noch so winzig sein.«

»Du hast schon diese tolle Idee mit dem Telefon gehabt. Wir sitzen aber immer noch hier.«

»Du wirfst mir das vor?«

»Nein, ich habe nur gesagt, dass es nichts gebracht hat.«

»Das brauchst du mir nicht zu sagen. Das weiß ich selbst.« Er stand auf und ging zum Wasser. Trat in einen Brecher. Wurde nass bis zur Hüfte. Ging weiter hinein. Drehte sich um, winkte. Sah, dass Rambo sich von seinem Stuhl erhob und langsam in seine Richtung ging. Die Pistole in der Hand. »Man könnte fast glauben, der will nicht, dass ich abhaue«, murmelte Kevin. Das Wasser erreichte Brusthöhe. Der nächste Brecher überspülte ihn. Hob ihn kurz vom Untergrund, setzte ihn wieder auf. Er begann zu schwimmen. Parallel zum Ufer. Spürte, dass er noch in Form war. Kraulte durch einen Brecher. Fühlte sich gut. Und hatte eine Idee. Er beschleunigte. Stoppte, ließ sich von einer Welle zum Strand hin tragen. Sah Rambo mit seiner Pistole, der gemächlich folgte.

Übers Wasser konnte er nicht abhauen. Aber mal sehen, was Kevin vorhatte. Aufpassen, dass ihm nichts passierte. Es gab Haie hier, dazu Fische, in deren Stachel man besser nicht trat. Der Chef hatte Tom und ihm die Verantwortung übertragen. Dass denen bloß nichts passierte. Die Geiseln sollten am Telefon behaupten können, dass die Entführer sie gut behandelten. Rambo und Tom glaubten längst, dass die Knorrs das begriffen hatten. Dass sie zwar den Tod fürchteten, aber davor nichts zu befürchten hatten. Keine Misshandlung. Gute Ernährung, der Apothekenkoffer war randvoll mit Antibiotika, Wundcremes, Schmerztabletten. Pillen gegen Verstopfung, Pillen gegen Durchfall. Schlaftabletten. Es lagen sogar Insulinspritzen im Kühlschrank. Asthmasprays im Koffer. Nichts durfte sie überraschen. Tom hatte eine Sanitäterausbildung beim Militär gemacht. Offenbar einer der Gründe, warum der Boss ihn ausgesucht hatte. Rambo foppte Tom manchmal als Krankenschwester. Wenn sie miteinander sprachen. Was selten war, denn er kam mit Tom nicht klar.

Rambo stammte aus dem Waisenhaus, genauer gesagt mehreren Waisenhäusern. Er hatte es nicht ausgehalten. Sie beschimpften ihn als gewalttätig. Und er wehrte sich. Gegen die Schikanen. Dagegen, dass man ihn einsperrte. Dass er unsinnige Aufgaben erhielt. Klo putzen. Kartoffeln schälen. Frei kam er nur, wenn er »ausgeliehen« wurde. Wie sie sagten. Dann musste er bei der Erntearbeit helfen, beim Hausbau, beim Großputz. Es waren Freunde des Heimleiters Doktor Ethan White in Forest City, South Dakota, am Missouri. Seine letzte Station. Wo es im Sommer zu heiß war und im Winter zu kalt. Schnee und Eis. Wo ihm die Füße einfroren, weil er ausgetretene Turnschuhe trug. Die aus einer Spende stammten. Von Leuten, die sie weggeschmissen hatten. Abgetretene Schuhe und verschlissene Kleidung waren doch besser als nichts. Oder etwa nicht? Sie schlugen ihn, er biss sie. Als er achtzehn war, schmissen sie ihn raus. Kriegte fünfzig Dollar Taschengeld. Das er in der Nacht versoff. Er erinnerte sich, dass er den Mann verprügelt hatte, der ihn ohne Helm und Pause durcharbeiten ließ. Weil sein Haus fertig werden musste. Der ihn als Faulpelz beschimpft hatte, als Abschaum.

Der war in der Bar aufgetaucht. Nachdem der Mann blau geschlagen und getreten am Boden lag, haute Rambo ab. Das Einzige, das er aus dem Waisenhaus mitnahm, war sein Spitzname. In Wahrheit hieß er Martin Kalina. Über seine Eltern wusste er nichts. Außer dass sie ihn ausgesetzt hatten. Und ihm den Namen gegeben hatten.

Rambo sah den Typen schwimmen. Als er ins Wasser gestiegen war, war Rambo unsicher gewesen. Der werde sich was antun. Werde leichtsinnig. Was solche Jüngelchen so machten. Selbstüberschätzung. Geerbte Großmäuligkeit. Die Selbstverständlichkeit, dass ihnen die Welt gehörte. In der sie die Frauen kriegten, die er nie kriegen würde. Er hätte nicht wenig Lust, dem Bürschchen zu zeigen, dass man nicht überall in Watte gepackt wurde.

Er sah gleich, dass der Typ schwimmen konnte. Die trainierten das in schicken Bädern mit schlanken Weibern im Bikini. Er kannte das nur aus dem Fernsehen.

Rambo behielt Kevin im Blick. Plötzlich war der weg. Rambo rannte los. Als seine Füße ins Wasser traten, tauchte der Kopf auf. Kevin winkte mit etwas. Weiß. Rambo erkannte es nicht. Kevin schwamm weiter. Als wollte er die Insel umrunden. Es gab Strömungen hier. Tom hatte sie gewarnt, als der Helikopter sie hergebracht hatte.

Jetzt war Rückenschwimmen dran. Er zog sich gemächlich durchs Wasser. Nahm die Brecher gelassen, als wären sie Wasserschaukeln.

Bei jedem Brecher wurde Rambo unwohl. Man sollte ihm das verbieten. Aber der würde es trotzdem tun. Der Typ war mit dem Goldlöffel im Maul geboren, aber er war nicht blöd. Er hatte die Grenzen ausgetestet. Sie hatten ihn nach der Telefongeschichte nicht bestraft. Nicht mal für eine Weile eingesperrt. Kevin hatte es kapiert. Jetzt testete er wieder eine Grenze.

Rambo sah, wie eine Welle Kevin hob, ihn rumwirbelte. Er verschwand aus dem Blick.

Tauchte nicht mehr auf.

116.

Er stand neben der Einsatzleitung, die sie gerade aufgebaut hatten. Ein Zelt. Der Generalbundesanwalt übernahm. Das BKA. Der Generalbundesanwalt saß noch im Hubschrauber. Der BKA-Fritze war schon da. In seinem Schlepptau Mitarbeiter. Tische und Computer. Als handelte es sich um eine Geiselnahme.

Der Fritze kam auf ihn zu. »Sie sind Hauptkommissar de Bodt …?«

»Erster Hauptkommissar …«

»Pardon, wusste ich nicht. Ich bin Kriminalrat Schröder. Ich übernehme die Einsatzleitung. Ich brauche Ihre Aussage. Bleiben Sie also bitte hier.«

»Fragen Sie Frau Salinger.« Deutete auf sie.

»Ich möchte aber Sie hören. Sie haben den Tatort ausgiebig … Mir ist das wichtig.«

»Später«, sagte de Bodt. Drehte sich um und ging zum Dienstwagen.

Er knüppelte den Passat über die Autobahn. Bis Aislingen, Hochstraße.

117.

Er hatte nur eine Pause gemacht, um zu tanken. Nutzte sie, um Achmeds Umschlag zu öffnen. Die Ärzteliste. Fotografierte sie mit dem Telefon. Schickte das Bild an Yussuf. *Sucht diese Leute auf. Fragt, ob ihnen jemand Geld geboten hat für einen ärztlichen Dienst.*

Fünf Namen. Die geringsten Schulden lagen bei zweiundzwanzigtausend, die höchsten bei fünfundsechzigtausend Euro. Dreher war tatsächlich Spitzenreiter. De Bodt schien es klar, dass Achmed und seine Freunde Geld wuschen. Aus stinkenden Quellen. Leute aus einem libanesischen Clan. Die sich mit allerlei Dingen befassten, die verboten waren. Bankraub, Überfälle auf Juweliere, Frauenhandel, Drogen. Und vieles, von dem man bestenfalls etwas ahnte.

Sie hatten eine Spur gehabt. Aber die war mit dem Überfall auf Achmed tot. Es sei denn, die Liste oder andere Fundstücke gaben etwas her. Es war zum Kotzen.

Er fuhr weiter. Sie umkreiste ihn wieder. Die Idee. Die er nicht festhalten konnte. Wenn dieser Knorr ein Spinner war, würde er sofort zurückkehren. Wenn nicht, müsste er alles neu sortieren. Ein Angriff auf ein Atomkraftwerk. Das würde gut zu den Entführern mit ihren wahnsinnigen Forderungen passen. Obwohl es darauf nicht den geringsten Hinweis gab. Außer seiner Vermutung. Auch in Paris hatten die Leute zugeschlagen. Auch dort stellten sie absurde Forderungen. Es war wirklich zum Kotzen.

Sie folgten Spuren. Silvia und Ali suchten die Ärzte mit Spielschulden. Er besuchte einen Herrn Knorr. Der erklärt hatte, dass sein Atomkraftwerk gehackt worden war. Gundremmingen. Den Namen kannte er. Es würde bald der letzte Block stillgelegt. Nach zahlreichen Pannen, die schon beim Bau auftraten. Zwei Arbeiter tödlich verbrüht.

Er verließ die Autobahn und fuhr nach Aislingen. Das Navi fand die Adresse auf Anhieb. Ein Einfamilienhaus gehobener Güte. Ein Opel Insignia stand vor der Garage. De Bodt parkte auf dem Bürgersteig und ging zum Haus. Prüfte das Namensschild, klingelte. Es war dunkel, kalt und feucht.

Die Tür wurde aufgerissen. »Kommen Sie rein!« Hemd und Hose. Ungekämmtes Haar. Müde Augen.

De Bodt folgte ins Wohnzimmer. Ein Sofa, das einen zum Versinken einlud. Zwei Sessel. Ein Tisch mit einer Platte aus Marmor. Eingefräst eine abstrakte Landschaft. Ein Kamin, der aber kalt war.

De Bodt bat um ein Wasser. Benutzte die Gästetoilette. Blickte in den Spiegel. Entdeckte, dass er so aussah, wie er sich fühlte.

»Nehmen Sie Platz!« Knorr hatte einen Becher Kaffee vor sich. Er hatte auch Kekse gefunden und die Schachtel auf den Tisch gestellt. »Was Besseres habe ich nicht.«

De Bodt setzte sich, trank einen Schluck Wasser und wartete.

»Ich bin technischer Direktor des KRB, Sie kennen es als Atomkraftwerk Gundremmingen. Wir hatten vor einiger Zeit schon mal einen Angriff mit einem Wurm, Conficker. Der befiel weltweit Zehntausende von Windows-Rechnern, sollte weitere Schadsoftware auf Rechner herunterladen. Dass der uns erwischte, war eher Zufall. Conficker verbreitete sich überall dort, wo er Sicherheitslücken fand. Wir haben den Wurm gefunden und zerstört. Seitdem haben wir die Sicherheitsstandards erhöht. Keine Schadsoftware kann unser AKW unter ihre Kontrolle bringen. Die Rechner des Reaktorblocks hängen nicht am Internet. Sie bilden ein Intranet, das gegen alle anderen Rechner physisch abgeschottet ist.«

»Der Rechner Ihrer Sekretärin kann erwischt werden. Ihrer aber nicht.«

»So ähnlich. Die Details spielen keine Rolle.«

»Aber jetzt haben Sie eine neue Schadsoftware gefunden«, sagte de Bodt.

Knorr nickte, ungeduldig.

»Da genügt es doch, Spezialisten zu rufen. Nicht die Polizei. Jedenfalls nicht die aus Berlin.«

»Ich habe einen Rechner manipuliert. Den, über den die Updates eingespielt werden.« Er blickte de Bodt lange an.

Der sagte nichts.

»Weil die meine Frau und meinen Sohn entführt haben.«

»Um Himmels willen! Weiß die hiesige Polizei davon?«

»Nein, bloß nicht.«

»Sind Sie sicher, dass Ihr Haus nicht überwacht wird? Dass die mich nicht gesehen haben?«

»Hier taucht ab und zu eine Haushaltshilfe auf, die ich nicht eingestellt habe. Sie überwacht mich. Soll mir Angst machen, als hätte ich nicht genug. Vielleicht haben die die Wohnung verwanzt… o Gott, wenn die uns gehört haben!«

De Bodt hielt den Finger an die Lippen. Suchte die Wohnung ab. Lampen, Leisten, Pflanzen. Schaute unter die Möbel. Fand nichts. »Vielleicht raffiniert versteckt. Vielleicht nichts. Wenn die Wanzen einbauen, brauchen die auch Leute, die sie benutzen. Vermutlich halten die das nicht für nötig. Haben schließlich … Geiseln. Ob Sie zur Polizei gehen oder nicht, ist denen ziemlich egal. Zumal sie nicht glauben, dass Sie Ihre Familie in Gefahr bringen wollen.«

»Wenn Sie mich verlassen, werden wir uns wie alte Freunde umarmen. Sie sind mit dem Dienstwagen hier?«

»Ja.«

»Nicht gut. Hoffentlich suchen die nicht das Nummernschild.«

»Sie haben also das BIOS des Rechners geflasht. Weil jemand Ihre Frau und Ihren Sohn entführt hat.«

Knorr nickte. »Der hat auch Zugriff auf die Notabschaltung des Reaktorblocks. Aber ich habe das Virus vielleicht unschädlich gemacht. Ich habe jedenfalls die Zeit des Rechners um ein Jahr zurückgestellt. Dieses Ding muss zeitgesteuert sein, wir haben also ein Jahr Zeit, die Sache in den Griff zu kriegen. Jedenfalls habe ich das geglaubt. Bis mir einfiel, dass vielleicht jemand anderes auch erpresst wird. Und der die Schadsoftware steuert. Darum habe ich Sie angerufen. Ich weiß nicht weiter. Ich habe mich so schlau gefühlt.«

»Wissen Sie, wo Ihre Familie festgehalten wird?«

»Nein … zuletzt erhielt ich einen Anruf. Meine Frau hat gesprochen. Wenn jemand sie sucht, bringen die meine Frau und meinen Sohn um.«

»Nummer angezeigt?«

Knorr zögerte. Dann schüttelte er den Kopf.

»Wär auch zu schön gewesen.« Musterte ihn.

»Ich habe mit meinen Kollegen gesprochen. Obwohl das gefährlich … so, wie Sie anzurufen.«

»Es wäre gefährlicher gewesen, es nicht zu tun.«

»Steht es so schlimm?«

»Ja«, sagte de Bodt. »Wir haben es mit ganz besonderen Leuten zu tun.«

»Ganz besonders gefährlich?«

De Bodt nickte.

»Was soll ich tun?«

»Suchen Sie vorsichtig weiter im Werk. Falls es wirklich einen weiteren Kollegen gibt, der für die Erpresser arbeitet.«

Knorr blickte ihn traurig an. Sah so aus wie: Warum habe ich Sie angerufen?

»Ich befrage die Leute, die mit den Entführern zu tun hatten.«

Auf der Rückfahrt rief er Salinger an. Berichtete, ließ sich berichten.

»Geh in ein Hotel«, sagte sie.

»Ich brauche morgen früh sieben Uhr den Dreher im Vernehmungsraum. Wenn die Justiz ihn früher rausrückt, ruf mich an.«

Sie stöhnte.

»Diese Entführung bedeutet zweierlei, und es widerspricht sich. Zum einen ist es eine neue Spur, zum anderen eine gigantische Bedrohung.«

»Wir sollten das AKW stilllegen.«

»Das dauert. Wenn die das mitkriegen …«

»Eine Panne simulieren. Fällt denen doch leicht … Gundremmingen, ich erinnere mich da an dies und das.«

De Bodt lachte. »Sogar, wenn es eine wirkliche Panne gibt, werden die Entführer das für einen Trick der Polizei halten.«

Sie schwieg ein paar Sekunden. »Ja, ja …«

»Und nun?«

»Wenn ich den Dreher …«

»Wir …«

»Wenn wir den Dreher vernommen haben, nehmen wir uns noch mal diesen Brett vor. Geht's dem besser?«

»Dem ging es nie schlecht … leider.« Pause, de Bodt hörte ein Klacken. »Uhlenhorst ist gerade gekommen«, sagte Salinger. »Zur Nachtparty. Du fehlst, du könntest ein bisschen hegeln. Kannst du den auch singen?«

»Die sich durch den Widerspruch mit sich selbst die Freude erkaufen, miteinander im Widerspruche zu bleiben …«, sang er.

»Hör auf, das klingt wie aus dem Grab.«

»Das ist Bach«, sagte de Bodt. »Das ist kein kleiner Fluss … ach, lass dir das von Ali erklären. Ich brauche nachher diesen Brett.«

»Es ist mitten in der Nacht«, stöhnte Lebranc. Sein Kopf nebelte vor Müdigkeit und der Plörre, die Waltraud als Bordeaux-Wein verkaufte. Immerhin war Alkohol drin. Er hatte das Geklingel im Dreiviertelschlaf immer wieder abgewiesen. Nun hatte ihn der Lärm in den Halbschlaf genervt. Und Waltraud ächzte: »Was ist denn das für ein Irrer?«

»Das ist mein Kollege«, flüsterte Lebranc.

»Können Sie mir folgen?«, fragte de Bodt.

»Natürlich«, sagte Lebranc. Erst weckt der einen, dann wird er unverschämt.

»Ich bin um … sechs Uhr im Büro. Sie sollten auch kommen.«

»Was gibt's?«

»Unsere Freunde wollen Süddeutschland in die Luft jagen. Aber behalten Sie es für sich.«

118.

Rambo starrte. Wollte den Körper in einer Welle erkennen. Aber es war ein Stück Holz auf Weltreise. Er ging zum Strand, lief, rannte. Tappte in die Brandung wie ein Bär. Stürzte sich hinein. »Denen darf nichts passieren. Dafür steht ihr mit euren Köpfen gerade.« Dieser Satz. Wiederholte sich. Rambo verlor den Boden, patschte mehr, als dass er kraulte. Seine Beine stampften durchs Wasser. Nichts. Er tauchte. Nur Sand, aufgewirbelt. Und dieses Holzstück. Dem er auswich.

Plötzlich riss es am Bauch. Er krümmte sich. Es riss am Hals. Es wurde rot. Blut. Sein Blut. Er schlug wild um sich. Sah Kevin, etwas in der Hand. Spitz. Fühlte, wie die Kraft schwand. Wie es an seinem Gürtel zog. Sah seine Pistole in Kevins Hand. Kevin näherte sich wieder. Rambo versuchte den Kopf über Wasser zu halten. Er spürte, wie sein Kopf sich leerte. Wie die Gedanken versanken. Dann wurde alles schwarz.

Kevin hatte ihm die Pistole auf den Kopf geschlagen. Rambos Glieder hingen an seinem Körper wie an einer Puppe. Die Wellen hoben ihn, senkten ihn. Drehten ihn. Es sah so aus, als schlüge er mit den Händen um sich. Alle Kraft war verschwunden.

Kevin lag auf dem Rücken. Ließ sich schaukeln. Beobachtete Rambo. Der war ein Spielball der Wellen. Stieß mit dem Holzstück zusammen. Blut entströmte dem Körper ins Wasser wie Wolken, die in der Hitze schmolzen. Löste sich, verschwand. Ohne zu verschwinden.

Kevin ließ sich zum Strand treiben. Fühlte nichts. Nur Stärke. Verlor die Leiche aus dem Blick. Wandte sich um, schwamm.

Sah Tom.

119.

Der Chauffeur sagte kein Wort außer »Hello«. Er half Bob auf den Rücksitz des E-Klasse-Benz. Angenehm kühl. Wärmegedämmte Scheiben. Die Klimaanlage unhörbar. Der Chauffeur faltete den Rollstuhl und verstaute ihn im Kofferraum. Als machte er es jeden Tag.

Der Chauffeur sagte dann doch etwas: »Ich bringe Sie ins Büro. Oder haben Sie etwas anderes vor?«

»Danke«, sagte Bob. Er mochte diese Spielchen. Haben Sie etwas anderes vor? Wirklich witzig. Er hatte nichts anderes vor, als Europa in die Hölle zu stoßen. Genug Arbeit für ein paar Tage. Das Freizeitvergnügen konnte warten. Er grinste.

Charles winkte hinterm Schreibtisch. Cathy hatte Bob zugenickt. Die Hand nicht in der Schublade. Der Fortschritt ist unaufhaltsam. Dachte Bob und grinste noch mal.

»Wir haben ein paar Probleme. Keine Sorge, alles lösbar.« Wie durch Zauberhand gerufen, erschien ein junger Mann und servierte Kaffee, Tee, Brot, Aufschnitt, Eier und mehr. Stellte es auf den Konferenztisch und verschwand. Die Leichtigkeit steckte Bob an. Er fühlte sich gut. Ein paar Schwierigkeiten, na und. Gab es die nicht immer? Würde der Job einen befriedigen, wenn es keine Überraschungen gäbe? Die in einem das weckten, was einen in Wahrheit ausmachte. Strategische Klarheit, taktische Flexibilität. Wenn es auf einem Weg nicht klappte, nahm man einen anderen. Am besten einen, den der Feind für undenkbar hielt. Wie Hannibal mit seinen Elefanten über die Alpen gezogen war. Wie Arminius die drei Legionen des Varus abgeschlachtet hatte. Wie Manstein die Franzosen 1940 auf dem falschen Fuß erwischt hatte. Bob hatte diese Geschichten von klein auf gelesen. Hatte über die Schlacht von Cannae gelesen. Alles, was jemals geschrieben wurde seit Livius. Hatte Clausewitz studiert. Es gab nichts Neucs unter der Sonne.

Außer den Überraschungen.

»Wir haben keinen Kontakt mehr zur Insel«, sagte Charles. »Ich nehme an, das Telefon hat den Geist aufgegeben. Macht nichts. Denn ohne uns kommen die nicht weg.«

»Und wenn der Junge sich wehrt? Wenn er eure Leute …«

»Unsere Leute …«

»Unsere Leute ausgeschaltet hat.«

»So what?« Charles lächelte. »Das wäre mir egal. Die wissen ja nicht mal, wo sie sind. Und wenn Knorr drängelt, dann sagen wir ihm die Wahrheit.«

»Gut«, sagte Bob. »Was noch? Oder war's das schon?«

Charles schüttelte den Kopf. »Willst du nicht erst frühstücken?«

»Ich hab schon.«

Charles schaltete den Flachbildschirm an der Wand an, gegenüber seinem Schreibtisch. Man hätte das Ding besser Kinoleinwand genannt. Es flackerte, dann ein gestochen scharfes Bild.

»Knorr?«, fragte Bob.

»Ja.«

Knorr saß am Esstisch. Hatte einen Klapprechner vor sich. Seinem Gesicht sah man es an. Er wusste von Anfang an, dass er nichts finden würde. Google enthüllte keine Geheimnisse. Es ertränkte eher die Wahrheit unter einer Flut von Ergebnissen.

Bob sah, wie Knorr sich durch die Haare strich. Wie er versuchte, das Weinen zu unterdrücken. Sich die Augen trocknete. Hörte ihn stöhnen.

Ein Klingeln. Knorr blickte auf die Uhr. Sah starr. Erhob sich. Ging zur Tür. Es dauerte, dann kehrte er zurück. Mit einem anderen Mann.

»Scheiße! … Der hat mir gerade noch gefehlt. Woher weiß der …?«

»Knorr hat ihn angerufen. Und dein Freund hat es begriffen. Ist ärgerlich. Aber gut, so ist es eben.« Charles goss sich einen Tee ein. »Ist offenbar ein schlauer Polizist. Aber was soll er machen? Hör zu.«

Als die Aufnahme beendet war, sagte Bob: »Das gefällt mir nicht, dass der mitmischt. Das ist kein normaler Bulle. Das ist der Bulle, der mich erwischt hat. Und der uns den Professor geklaut hat.«

»Auch du machst mal einen Fehler.«

»Ich hab keinen gemacht, aber er hat mich trotzdem gekriegt. Den wollte ich schon erledigen. Das hat er auch überlebt.«

Bob erinnerte sich. Als er Salinger in der Hand hatte. Und sich die Freiheit erpresst hatte. Salinger, ja. »Der Mann hat nur eine schwache Stelle. Das ist seine Mitarbeiterin. Ich kann ihn verstehen.«

»Übertreib mal nicht. Du erträgst es nicht, dass dich einer erwischt hat.«

Bob lachte. »Vielleicht … das auch. Gut, dank Knorr wissen die Bullen jetzt, dass es Zusammenhänge gibt, die wir ihnen ohnehin verraten hätten. Vielleicht sollten wir es so formulieren?«

»Gefällt mir«, sagte Charles. Zeichnete mit dem Zeigefinger einen Haken in die Luft. »Sie haben nichts. Sie können strampeln, sie kriegen nichts.«

»Hast du schon die nächste Forderung?«, fragte Bob. »Und wie geht's der Première Dame?«

»Letztere ist nun einhändig. Aber das hält der Präsident noch geheim. Wir werden es der Presse stecken. Dann kriegt er noch mal eine drüber. Dieser Mann muss weg.«

»Pfff«, sagte Bob. »Ich mag die.«

»Keine Rührseligkeit. Die nächste Forderung lautet: Deutschland übernimmt die Schulden der EU, nicht nur der Südländer.«

Bob lachte. »Wer denkt sich nur so was aus?«

»Jemand, der die Risse kennt.«

»Haben die sich zusammengetan gegen die Besserwisser in Berlin? Die Polen, Italiener und Griechen haben ja auch noch Reparationsforderungen ausgegraben. Das ist das Salz in der Suppe.«

»Wir haben einen Auftrag übernommen. Und unsere Auftraggeber wollen nicht erkannt werden. Nicht mal, wenn wir hochgehen.«

»Die Leute verstehen was vom Handwerk«, sagte Bob.

»Und sie haben genug Geld, sich ihre Wünsche zu leisten.«

»Was machen wir mit de Bodt?«, fragte Bob.

»Nichts, warum? Ist doch egal, was der treibt.«

120.

Merkow hatte ein Blatt Papier in der Hand. Das stammte aus einem Umschlag, der ohne Adresse und Absender auf seinem Schreibtisch gelegen hatte. Als sie am Morgen ins Büro in der Botschaft gekommen waren. Die Nacht war kurz gewesen. Sie waren spazieren gegangen. Obwohl es genieselt hatte und einem die Kälte unter die Kleidung kroch. Sie hatten diskutiert. Was es bedeutete, dass sie einen Mord aufklären sollten – ein Mord war es doch, oder war sie drogenabhängig gewesen? Dass es aber keine Spuren gab außer dem Einstich. Dass die Wohnung aussah, als wäre sie in die chemische Reinigung gegeben worden. Dass das Büro genauso aussah. Sie hatten in der Botschaft herumgefragt. Ob jemand was gesehen habe. Ob jemand was gehört habe. Nein, die liefen mit Ohrstöpseln und Schlafmasken durchs Leben. Wenigstens tagsüber.

»Es ist wie früher«, sagte Katt. Die zur einen Hälfte noch ein Erzeugnis von früher war und zur anderen aufblühte. Ja, aufblühte. So kitschig es klang.

»Nur der Botschafter kann die Leute so einschüchtern. Oder Merezkow, der Nachfolger der Kumanowa. Der ist aber noch nicht da …«

»Vielleicht hat er sich nur noch nicht vorgestellt. *Guten Tag, ich bin Iwan Iwanowitsch Merezkow, ich trage dicke Neoprenstrümpfe. Da würde keine Nadel bis auf die Haut kommen.*« Katt schickte ein Lachen hinterher.

»Komm, wir schnappen Luft«, sagte Merkow. »Und trinken einen Tee.«

Sie nickte. »Wir sind mehr an der frischen Luft als im Büro. Welch gesundes Leben.«

Er steckte das Papier in den Umschlag und den in die Innentasche des Jacketts. Auf dem Bürgersteig sagten sie eine Weile nichts.

»Also, was steht da?«, fragte Katt.

»Da steht, dass Anatol Tscherkessow tot ist. Autounfall.« *Autounfall* war unterstrichen.

»Wer war das?«

»Der Hauptdolmetscher des Präsidenten.«

Sie blieb stehen. Legte den Finger an die Unterlippe.

»Ich kannte ihn ganz gut. Gebildeter Mann, so der Typ Professor. Aber sportlich. Sehr sportlich.«

»So sportlich wie die Kumanowa?«

»Ja.«

121.

»Vorname?«

»Brett.«

»Nachname?«

»Brett.«

»Beruf?«

»Alles und nichts. Im Zweifelsfall nichts.«

Salinger ließ sich nicht beeindrucken. De Bodt lehnte mit dem Rücken an der Wand und betrachtete das knöcherne Profil des Mannes, der sich Brett nannte. Das BKA hatte bei Fingerabdrücken und DNS-Probe keine Entsprechungen gefunden. Den Mann gab es offensichtlich nicht. Gerade lief die Suche über Europol. Aber die würde auch nichts finden. Dreher war nicht verzeichnet gewesen. Spielschulden waren nicht strafbar. Die suchten sich Leute, die nicht mal einen Punkt in Flensburg hatten. Keine Fehlstunde in der Schule. Keinen Eintrag vom Pfarrer beim Katechismus-Unterricht. Oder so ähnlich. Vermutete de Bodt.

»Herr Brett«, sagte Salinger. »Was wir gegen Sie haben, reicht für fünfzehn Jahre Knast. Und wir werden dafür sorgen, dass Sie die bis zum letzten Tag absitzen. Egal, wer Sie sind.«

Brett blickte sie an. Seine Augen sagten: Erzähl mir was Neues.

»Wir könnten Sie laufen lassen«, sagte de Bodt. Er versuchte es immer auf diese Tour. Drohungen halfen nur was, wenn man gleichzeitig die Möhre vor die Schnauze hielt.

Brett wandte ihm das Gesicht zu. De Bodt sah, wie Bretts Hirn arbeitete. Fünfzehn Jahre gegen sofortige Freiheit. Die er nicht überleben würde.

»Sie kriegen das Zeugenschutzprogramm. Mit allem Drum und Dran«, sagte de Bodt. »Verurteilung auf Bewährung. Vielleicht lässt der Staatsanwalt die Anklage fallen. Wenn Sie uns helfen, den geplanten Anschlag zu verhindern. Auf jeden Fall: keinen weiteren Tag im Knast, wenn Sie alles sagen, was Sie wissen.«

Brett sah ihn an. Zum ersten Mal erkannte de Bodt Unsicherheit in dessen Blick.

»Sollen wir Ihnen was mitbringen aus der Kantine?«

»Eine Flasche Cognac.«

De Bodt erhob sich. Salinger legte Brett Handschellen an. »Pass gut auf ihn auf. Ich schick dir noch einen Kollegen.« Der Uniformierte neben der Tür nickte.

»Wir lassen ihn ein bisschen schmoren«, sagte er, als sie sich versorgt hatten. Rief Yussuf an, damit der den Cognac besorgte. »Ich als Muslim?«

»Da kann ich wenigstens optimistisch sein, dass du die Pulle nicht leer trinkst, bevor sie im LKA ist.«

»Wenn ich an meine Kollegen denke, hätte ich nicht schlecht Lust dazu. Außerdem bin ich kein Laufbursche.«

»Hopp, hopp!«, sagte de Bodt.

Salinger grinste. »Hast du eine Idee, was der uns erzählen könnte?«

»Leider ja. Nicht viel. Weil er wenig weiß. Aber mir würde schon eine Telefonnummer reichen.«

»Die Bescheidenheit kenne ich gar nicht von dir.«

»›Die Bescheidenheit war es, welche in Griechenland das Wort *Philosoph* erfunden hat und den prachtvollen Übermut, sich weise zu nennen.‹ Sagt jedenfalls Nietzsche.«

»Mein Gott, geht mir das auf den Geist!«, rief sie. Legte ihre Hand auf seine. Zog sie blitzartig weg, als Yussuf auftauchte. In der Tüte eine Flasche Hennessy X.O. »Ein Schnäppchen, nur hundertsiebzig Euro.«

Der Kassenzettel segelte auf den Tisch. Salinger schnappte ihn. »Einhundertsiebenundsechzig Euro«, sagte sie.

»Für den Rest habe ich mir Gummibärchen gekauft. Das darf ich als Muslim.«

Zurück im Vernehmungsraum stellte de Bodt den Cognac auf den Tisch. Dazu ein Wasserglas aus der Kantine.

Brett nahm die Flasche. Betrachtete sie. Nickte. »Sie geben sich Mühe.«

»Im Gegensatz zu Ihnen«, sagte Salinger.

»Walther Lingus«, sagte er. »So heiße ich.«

»Und wer hat den Ausweis gefälscht?«

Lingus schüttelte den Kopf. »Ich habe mein Passfoto abgegeben. Und meinen richtigen Ausweis.«

»Wem?«

»Die haben mich in eine Kneipe in Mitte bestellt. Der Typ hat schon gewartet. Hat meine Sachen genommen und ist gegangen.«

»Wie sah er aus?«

»Rote Haare, kurze rote Haare. Leuchtend. Rundes Gesicht. Unrasiert.«

»Barthaare, welche Farbe?«

Lingus überlegte. »Schwarz … braun, hab nicht darauf geachtet.«

»Dann waren entweder die Haare oder der Bart gefärbt. Oder beides.« Sagte Salinger.

»So ungefähr.«

»Wo haben Sie den neuen Ausweis abgeholt?«

»In einer Kneipe in Moabit.«

»Derselbe Typ?«

Lingus nickte.

»Was hat der Typ gesagt?«

»Beim ersten Treffen nur so was wie ›Tach‹. Beim zweiten Mal: Ich soll meinen Job machen und dann aus Europa verschwinden.«

»Warum verschwinden?«

Lingus zuckte die Achseln. Deutete auf die Flasche.

Salinger nickte.

Lingus öffnete die Flasche, goss das Glas halb voll.

»Einen Schluck«, sagte Salinger. »Den Rest können Sie sich nachher reinkippen.«

Lingus nahm das Glas. Hielt es gegen das Licht. Und trank es aus. »Für mich ist das ein Schluck.«

Salinger lächelte. »Wir würden gern ein Phantombild anfertigen lassen von dem Typ. Kriegen Sie das hin?«

»Wenn ich die Flasche mitnehmen darf zu Ihrem Rembrandt.«

»Geht klar.«

»Reicht das schon für dieses Zeugenschutzprogramm?«

»Nein«, sagte Salinger. »Noch lange nicht. Schreiben Sie mir die Namen der beiden Kneipen hier auf.« Schob ihren Block zu ihm.

Er überlegte, schrieb. Sie knipste es mit dem Telefon und schickte das Foto an Yussuf. Knipste Lingus und schickte es auch an Ali. Dazu: *Frag mal nach, ob den jemand gesehen hat.* Wandte sich an Lingus. »Warum sollten Sie den Professor entführen?«

»Keine Ahnung.«

»Was haben Sie damit verdient?«

»Hunderttausend als Vorschuss, hunderttausend, wenn alles geklappt hat. Tja …«

»Tut mir leid, dass wir Sie daran gehindert haben, den armen Mann zu zerstückeln.«

»Künstlerpech.«

Sie lächelte. Obwohl der Typ sie anwiderte.

»Was haben die vor?«

Lingus überlegte. Kratzte sich an der Hand. »Hab ich mich auch gefragt. Keine Ahnung. Mir haben die es nicht verraten. Wie es aussieht, ein großer Coup. Ein ganz großer Coup.«

De Bodt setzte sich neben Salinger. Lingus beobachtete ihn. »Überlegen Sie bitte gründlich. Sie haben diesen Mann zweimal getroffen. Hat er wirklich nicht mehr gesagt?«

Lingus deutete auf die Flasche. De Bodt goss ihm einen Fingerbreit ein. Lingus blickte ihn mit hochgezogenen Augenbrauen an. Nickte. »Eigentlich nichts. Außer: Ich geb dir einen guten Rat. Verschwinde.«

122.

Der dicke Mann, auf so einen Namen musste man erst mal kommen. Yussuf betrat die Gaststätte. Die versprach, *echt berlinerisch* zu sein. Der Laden war schon am frühen Abend voll. Es roch nach Kraut, Fett, Bier. Genauer gesagt, machte es die Mischung. In die sich auch Schweiß- und Rauchmoleküle mengten. Ein olfaktorisches Waterloo. Glücklicherweise hatte Yussuf in der Nacht beschlossen, einen Schnupfen zu bekommen. Die Nase war verstopft und versprach, bald zu jucken und zu laufen.

Er drängte sich zwischen zwei Männern durch zum Tresen. Sah den Wirt und eine Kellnerin bei der Arbeit. Sie hatte das Haar hochgesteckt. Er trug eine Wachsschürze und schwitzte. Wahrscheinlich sah das berlinerisch aus. Sie beachteten ihn nicht. Yussuf wartete eine Weile. Beobachtete die Leute. Wusste schon, warum dieser Lingus hierher bestellt worden war. Er würde sich an niemanden erinnern. Schon gar nicht ein paar Tage später. »Scheiße«, murmelte er.

»Haben wir hier nicht«, sagte die Kellnerin. »Dafür musst du zur Kebabbude gegenüber gehen.«

Er blickte ihr in die Augen. »Ich finde, hier stinkt's.«

Sie stellte das Bierglas ab. Halb gefüllt. »Alfons, schmeiß den raus!«

Yussuf legte seinen Dienstausweis auf den Tisch.

Sie nahm ihn und las. »Alfons, die haben uns einen Türken geschickt.« Blickte Yussuf kalt an. »Einen blonden Türken. Ist doch gefärbt, oder?« Das *Oder* platzte aus dem Mund heraus, geschmiert von reichlich Speichel, der Yussufs Gesicht traf.

Er griff Papierservietten vom Stapel neben einem Bierdeckel-Wolkenkratzer. Wischte sich das Gesicht ab. Blickt fortwährend die Frau an. Die jede Bewegung einstellte. Zurückstarrte.

»Das Bespucken eines Polizisten ist eine Straftat. Das wird Sie vor Gericht bringen. Ihre Ausweise bitte!« Wandte sich an eine Gruppe von Männern.

Einer von denen blickte ihn an. »Was willst du?«

Yussuf zog sein Telefon aus der Tasche, fotografierte. Es blitzte.

»Sie behindern eine polizeiliche Ermittlung«, sagte er zu dem Mann. »Und wenn Sie mich noch einmal duzen, haben Sie Schwierigkeiten. Ich kann jetzt eine Hundertschaft rufen, und wir haben in dieser Nacht viel Freude miteinander.«

»Ich wollte sowieso gehen«, sagte der Mann. Nahm seinen Speckhut vom Tresen. »Ich auch«, sagte ein anderer. Der Tresen leerte sich. Es hatte sich herumgesprochen. Jemand hatte *Hundertschaft* gehört. Am Ende saßen drei Männer an einem Ecktisch. Sie spielten Skat. Und ein altes Paar. Sie trank Eierlikör, er Bier und Korn.

»Ein Loch in der Kasse«, sagte Yussuf.

»Sie vertreiben meine Gäste«, sagte Alfons. »Das ist Geschäftsschädigung.«

»Sollen wir rüber zur Kebabbude gehen?«, fragte Yussuf. »Da spricht es sich leichter. Also für mich allemal. Das ist wie Heimat. Die ganze Türkei stinkt so. Aber das wissen Sie doch.«

Alfons stierte ihn an.

»Mir hat das meine Mutter erzählt. Ich bin leider in diesem Land mit dem Scheißwetter geboren. Aber ich trage diesen Gestank mit mir herum. Und ich mag ihn. Ist genetisch, wissen Sie?«

Die Frau stand wie angenagelt. Alfons Hände machten irgendwas. Er öffnete den Spülhahn, schloss ihn. Die Frau senkte den Blick.

»Sie können mitkommen aufs Landeskriminalamt. Da können wir das in aller Ruhe klären. Oder Sie kommen hier zu Potte. Fangen wir also mit Ihren Ausweisen an.« Das war sinnlos, machte die Sache aber seriös. Die Frau bückte sich. Stellte eine Handtasche auf den Tresen. Fummelte ihren Ausweis heraus. Yussuf knipste ihn. Alfons drehte sich auf der Hacke um. Verschwand, kehrte zurück. Warf den Ausweis auf den Tresen vor Yussuf. Der Perso machte eine Schlittenfahrt auf einer Bierpfütze und landete auf dem Boden. Yussuf blickte auf die Uhr.

»Jetzt geh«, sagte die Frau. Alfons startete wie eine Dampflokomotive. Fehlten nur die Dampfschwaden. Er verließ seinen Platz. Stellte sich vor Yussuf auf. Bückte sich nach dem Ausweis und legte ihn auf den Tresen.

Yussuf fotografierte. Ließ den Ausweis liegen. »Schön, dass Sie sich auf Ihre staatsbürgerlichen Pflichten besinnen.« Las hinter der Stirn von Alfons: *Eine Unverschämtheit. Ich lass mich doch nicht von einem Türken auf staatsbürgerliche und so weiter …*

Yussuf fand das Bild auf dem Handy. Zeigte Lingus' Porträt. »Schauen Sie sich den genau an.«

»Wer ist das?«, fragte die Frau.

»Haben Sie den schon mal gesehen?«

Die Frau blickte den Mann an, der Mann die Frau.

»Nein«, sagte der Mann.

»Nein«, sagte die Frau.

»Der Mann war in Ihrer Gaststätte.«

»Wenn Sie wüssten …«

Yussuf tippte auf das Bild. »Ich glaube, Sie erinnern sich besser in meinem Büro im LKA.«

Sie besahen sich das Foto noch einmal.

»Vielleicht«, sagte die Frau.

»Ja, vielleicht«, sagte der Mann. »Ja, der war mal hier. Weiß nicht mehr, wann.«

»Ist doch schön, wie das funktioniert«, sagte Yussuf. Rief Salinger an. »Habt ihr den Rembrandt schon?«

»Kommt … ist unterwegs.«

»Allah ist groß!«

»Wenn's nur daran liegt.«

Öffnete die Mail und den Anhang. Zeigte ihn. »Zusammen mit dem?«

Alfons nickte. »Die standen da…« Deutete auf den Tisch neben der Tür. Der Rothaarige hat was getrunken. Der ist gekommen und gleich verschwunden. Deshalb hab ich's mir gemerkt.«

»Die Leute bleiben nämlich gern hier«, sagte sie. Klang wie ein Friedensangebot.

»Morgen früh um acht Uhr stellen Sie sich am Empfang des LKA 1 in der Keithstraße vor. Sie wollen zum Ersten Hauptkommissar Eugen de Bodt.«

»Was? Wie bitte? Zu wem?«

»Sagen Sie einfach: zu dem Hauptkommissar mit dem komischen Namen. Das ist mein Chef. Ich heiße Yussuf. Aber das wissen Sie ja. Brauchen Sie eine Vorladung… sagen wir um acht Uhr abends? Vielleicht passt das besser… am Samstag…?«

»Nein, nein, wir kommen morgen früh«, sagte sie.

Kaum war er vor der Tür, klingelte sein Telefon. »Wie geht's?«

»Bisher ganz gut.«

»Dann wird es ja Zeit, das zu ändern. Wozu ist eine Schwester sonst da?«

Sie war aufgeblüht, seit die Mutter es geschafft hatte zu sterben. Sie hatte seit Jahren nur noch gelegen und gestöhnt. Weil sie den Tod ihres Mannes nicht verwand. Weil sie dieses Land nicht verstand. Weil sie diese Sprache nicht lernen konnte. Die war nicht nur fremd. So sprachen Aliens, deren Sprache einer anderen Logik folgte. Für seine Mutter unbegreiflich.

Aber das war sowieso egal. Sie wollte überhaupt nicht mehr sprechen. Ein lebender Leichnam. Hatte er manchmal gedacht. Und sich gleich beschimpft. All die Jahre hatte er sich als beschissener Sohn gefühlt. Das war nun vorbei. Er war ein beschissener Sohn gewesen. Und erleichtert. Hin und wieder fragte er sich, wann das schlechte Gewissen käme. Verdient hatte er es auf jeden Fall. Aber es war bisher nicht gekommen.

»Hast du wieder Stress mit einem Macker? Der wievielte ist es in diesem Jahr?«

»So schnell geht's nun auch wieder nicht.«

Positiv gesagt, hatte sie sich seit dem Tod der Mutter ins Leben gestürzt. Aber er sah es nicht positiv.

»Wir sollten mal was trinken gehen«, sagte sie. »Champagner …«

»Hast du im Lotto gewonnen?«

»Ich habe einen neuen Job. In einer Vermögensverwaltung. Bin noch in der Probezeit, es läuft gut. Sicher ist auf jeden Fall, dass in der Verwaltung von Vermögen die Vermögensverwalter den Reibach machen.«

»Die Kohle muss weg«, sagte Yussuf. Was er fragen wollte, fragte er nicht. Traute sich nicht.

»Bist du mit dieser Sache beschäftigt … der Entführung. Die wollen, dass wir die Schulden der Italiener bezahlen …?«

»Woher willst du das wissen?«

»Steht in der Zeitung.«

123.

Tom hatte eine Pistole in der Hand. Kevin hob die Waffe, die er Rambo abgenommen hatte. Tom schoss. Gezielt daneben. Kevin hatte mit einer Pistole noch nie was getroffen. Beim Bund hatte er mit dem Ausbilder auf Mützen geschossen. Seine Mütze war danach durchlöchert gewesen. Die des Ausbilders unversehrt wie am jüngsten Mützentag. Er hatte beim Ausrüstungsfeldwebel noch was gut und kriegte eine neue Mütze – »frisch aus Paris«. Der Ausbilder hängte sich den Barettkadaver an die Stubenwand. Die höchste Stufe der Demütigung. Das ging Kevin durch den Kopf, als er die Waffe fallen ließ.

Langsam trat er aus dem Wasser. Ging zur Hütte. Seine Mutter saß auf einem Stuhl davor. Sie weinte. Tom sagte kein Wort. Deutete mit dem Lauf auf den Stuhl neben der Mutter.

»Wollt ihr was essen?«

124.

Waltraud warf die Zeitung aufs Bett. Die mit roter Farbe und Riesenlettern. »Ist es das?«, radebrechte sie auf Französisch.

Lebranc nahm die Zeitung. »Verstehe ich nicht.« Legte die Zeitung weg.

»Da steht, dass wir die italienischen Schulden bezahlen sollen. Sonst wird die Frau eures Präsidenten ...« Sie bewegte ihre Hände, als würde sie sägen. Sie brauchte trotzdem mehrere Anläufe, bis er es verstand.

»Da sind die aber nicht auf dem neuesten Stand.« Überlegte. Schüttelte den Kopf.

»Was ist?«

»Ich muss ins Büro.« Stieg aus dem Bett. Zog sich an. Kämmte sich. Nahm den Mantel.

»Schade, ich dachte ... wann kommst du zurück?«

»Ich ruf an.« Ein flüchtiger Kuss.

Im Büro konnte er niemanden überraschen.

»Wer hat das durchgesteckt?«, fragte de Bodt.

»Krüger«, sagte Salinger. »Wer sonst?«

»Der weiß nichts davon«, erwiderte de Bodt.

»Schade.«

»Hier hat niemand was rausgelassen«, sagte de Bodt. »Immerhin ist der neueste Stand des Wahnsinns noch nicht nach außen gedrungen.« Und auf Französisch: »Wie ist es in Paris?«

»In Paris weiß das der Präsident. Wem er was gesagt hat, keine Ahnung. Aber niemandem, der nicht absolut zuverlässig ist. Glauben Sie mir, wenn der Präsident jemanden findet, der in diesem Fall was an die Presse gibt ... dann führt er die Guillotine wieder ein ... außerdem ging das nicht an die französische Presse ...« Er hatte in der U-Bahn mit Floire telefoniert. Wollte wissen, was die Pariser Medien über den Fall meldeten. Alles Mögliche, aber nicht das. »Der Präfekt will mit Ihnen sprechen ... es ist dringend.«

»Sagen Sie ihm, ich bin damit beschäftigt, den Fall zu lösen.« Er hatte sämtliche Anrufe aus Paris weggedrückt. Offenbar zählte auch der Präfekt zu seinen Opfern. Egal. Außer er kehrte ohne Erfolg zurück.

Ein paar Sekunden des Schweigens. Die Geräusche im Gang lauter als im Büro. Dann sagte de Bodt: »Die machen Pressearbeit ...«

»Wer?«, fragte Yussuf.

»Die Leute, die wir kriegen müssen.«

125.

Yussuf saß in der U1 Richtung Schlesisches Tor. Starrte in die Spiegelbilder der Scheibe. Die ab Gleisdreieck ein Platzregen in abstrakte Kunst verwandelte. Riesentropfen zogen das Glas hinunter. Ein Musikant war zugestiegen. Spielte *La Paloma.* Gitarre und Gesang. Eine Akku-Lautsprecherbox vertrat den Rest des Orchesters. Laut und schlecht.

Die zweite Kneipe, das *Come-in* in der Johannisstraße, war das Gegenprogramm gewesen. Fast leer. Hinterm Tresen lehnten zwei junge Frauen und tratschten. Sie zeigten sich hilfsbereit. Eine konnte sich an den Rothaarigen mit den komischen Barthaaren erinnern. Aber nur, dass er wohl da gewesen war. Den anderen hatten sie nicht gesehen.

»Es war voll«, sagte die Kleine.

Die Große sagte: »Vielleicht war der Bart echt und die Haare ...«

»Ich würde Sie gern mit unserem Rembrandt zusammenbringen.«

Die Große kicherte.

»Was du immer denkst«, sagte die Kleine. »Phantombild, richtig?«

Yussuf nickte. »Richtig.«

»Puh«, sagte sie.

»Also, ich nicht«, sagte die Große. »Ich hatte diesen Typen an der Backe.«

»Deinen Verehrer, immerhin drückt er ganz schön was ab.« Jetzt kicherte die Kleine. »Ich habe auch was davon. Fifty-fifty.« Grinste Yussuf an. »Manche stehen auf Mimi, manche stehen auf mich. Am Ende wird geteilt. Freuen sich Ehemann und Kind.«

»Wann wollen Sie morgen kommen?«

»Gleich um acht«, sagte die Kleine.

Er war von Leuten umgeben und fühlte sich allein. Seine Schwester schwebte auf ihrer Wolke. Sie nannte es Befreiung. Er verstand, was sie meinte. Und doch fand er es makaber. Außerdem bezweifelte er, dass die Befreiung in der Freiheit endete. Als er sie zuletzt getroffen hatte, hatte sie eine Freundin mitgebracht. Ihre Augen hatten ihn angeglitzert. Bildete er sich ein. Ein Grund mehr, über sich zu lachen. Sie hatte ein feines Gesicht. War etwas größer als er. Er versuchte sie zu verdrängen. Gestand sich ein, dass er feiger war als Salinger, wenn es um so was ging. Er hatte in der Schule eine Freundin gehabt. Eine schüchterne Nähe. Zufällige Berührungen, die nicht zufällig waren. Aber er hatte noch nie mit einer Frau geschlafen. Machte sich was vor. Dass die Mutter es nicht ertrug. Vor der Heirat, unmöglich. Aber die Mutter hätte es nicht mal gemerkt, wenn er es in ihrer Wohnung getan hätte. Die Mutter als Grund war weg. Jetzt stand er da als der, der er immer gewesen war. Als einer, der auf dem Fußballplatz pfiff. Den keine Anfeindung schreckte. Der nicht zurückwich. Der mit Verbrechern zu tun hatte. Den übelsten, seit de Bodt da war. Als zöge der sie an wie ein Magnet Eisenspäne. Der Chef hätte dafür wieder eine dieser Erklärungen, die bestenfalls er selbst verstand. Dass es keine Wirklichkeit gebe außer der in seinem Hirn. Was immer das erklärte. Erklären hatte was mit *klar* zu tun. Außer beim Chef. Yussuf grinste noch, als er am Kottbusser Tor ausstieg, um in die U8 zu wechseln. Er sah den Menschenstrom nicht. Spürte die Drängler nicht. Er würde es mit ihr versuchen. Yasmin. Sie hieß wie die Freundin eines Kumpels.

Er rief seine Schwester an.

»Du kannst sogar telefonieren, irre!«

»Hat deine Freundin einen Macker?«

Die Schwester schwieg. Kicherte. »Du meinst Yasmin?«

»Wen denn sonst?« Barsch.

»Die wohnt gerade bei mir. Untermiete. Kommt aus Köln. Ich kenne sie vom Studium.«

»Frag sie, ob …«

»Frag sie selbst.«

Stille am Telefon.

»Hallo …?«

»Hallo«, sagte Yasmin.

Yussuf nieste.

126.

Sie hatten eine Nacht darüber geschlafen. Nicht viel. Am Morgen fuhren sie zum LKA in der Keithstraße. Es war ein Dienstwagen der Botschaft. Unterwegs sagten sie kein Wort. Ihm ging durch den Kopf, was Katt am Abend auf der Straße gesagt hatte. »Die Kumanowa tot, angeblich ertrunken. Tscherkessow tot, angeblich ein Autounfall. Früher hätte ich mir einen Reim darauf gemacht. Dass was im Gang ist. Dass die beiden jemanden störten. Oder dass der Feind sie ausgeschaltet hatte, weil sie ihm gefährlich wurden. Aber heute kann man sich auf nichts mehr einen Reim machen. Nicht mal auf den Präsidenten in Amerika.«

In der Nacht hatte es gekreiselt in Merkows Kopf. Wenn es kein Zufall war, was war es dann? Was bedeutete es für Katt und ihn?

Sie waren zu früh. De Bodt war noch nicht da. Nur seine Mitarbeiterin, die Merkow und Katt nach Herzenslust verachtete. Vielleicht würde er sich selbst verachten, sähe er sich von außen? Sie setzten sich auf eine Bank im Flur. Ihnen gegenüber vier Leute, drei Frauen, ein Mann.

Dann erschien Yussuf. Schlenderte zum Büro, die Lederjacke über die Schulter geworfen. Yussuf hob zum Gruß die Hand. »Noch nicht da?«

»Nein«, sagte Merkow.

»Unberechenbar, der Kollege«, sagte Yussuf. Putzte sich die Nase.

Die Leute auf der anderen Bank blickten Yussuf gespannt an. Der Mann und die Frau neben ihm hoben die Hintern vom Holz. Aber Yussuf schien sie nicht wahrzunehmen. Er schloss die Tür. Dann hörte man auf dem Flur, wie Kaffeebohnen gemahlen wurden. Irgendwas spotzte. Merkow lächelte. Katt hob die Brauen.

Endlich öffnete sich die Tür. Yussuf blickte die Russen an, hob die Hände und zuckte die Achseln. Er winkte die beiden jungen Frauen zu sich. Die beiden anderen starteten und landeten ihre Gesäße wieder auf der Bank. »Eine Frechheit«, flüsterte der Mann. Als die Tür zu war.

Endlich. Am Ende des Gangs die schlaksige Gestalt. Mit ihm Lebranc. De Bodt winkte Merkow und Katt zu. Die standen auf. Begrüßten auch Lebranc.

»Wir gehen in die Kantine«, sagte de Bodt.

Merkow trank einen Schluck Kaffee. Er hätte besser Teebeutel-Tee bestellt. »Wir haben zwei ungeklärte … Fälle.«

»Und das glauben Sie nicht«, sagte de Bodt. Der hatte ein Glas Wasser vor sich stehen. Übersetzte für Lebranc.

»Nein«, sagte Katt.

Lebranc hielt sich an einem Glas Saft fest. Sah grau aus, müde. Hatte die Meldung noch im Ohr. Floire, aufgeregt. Was er selten war. »Die Kollegen haben vor dem *Moulin Rouge* eine Leiche gefunden. Offenbar besoffen. Vielleicht auch ein Verbrechen. Wir warten auf das Gutachten der Rechtsmedizin. Ich habe denen Dampf gemacht. Beeindruckt die aber nicht. Das Einzige, was wir über die Leiche wissen …«

»In Paris ist ein Angehöriger Ihrer Botschaft umgekommen«, sagte Lebranc. De Bodt gab wieder den Dolmetscher.

»Scheiße«, sagte Katt. »Wer?«

»Mein Assistent ruft mich an, sobald die Kollegen etwas mehr herausgefunden haben.«

Katt blickte Merkow an. Sie sahen jetzt mindestens so grau aus wie Lebranc.

»Offenbar ging es nicht nur um Frau Kumanowa«, sagte de Bodt.

Merkow zögerte. »Der Chefdolmetscher des Präsidenten ist bei einem Autounfall gestorben.«

De Bodt erinnerte sich an die Bilder vom Gipfel des US-Präsidenten mit dem Autokraten aus Moskau in Helsinki. Hatte auch den Dolmetscher gesehen, obwohl der sich so klein wie möglich gemacht hatte im Rücken des russischen Präsidenten. Der also. »Was heißt, dass Sie drei Tote haben. Die alle keines natürlichen Todes gestorben sind. Eine ist ertrunken, obwohl sie eine vorzügliche Schwimmerin war. Einer kam bei einem Autounfall um. Der Dritte lag vor dem *Moulin Rouge* in Paris. Was für ein Klischee …« Er blickte Merkow neugierig an. »Nur dass wir wissen, dass jemand Frau Kumanowa etwas gespritzt hat. Unsere Rechtsmediziner haben nichts gefunden außer einem Einstichloch, wie es typisch ist für Injektionen. Natürlich, es kann für solche Löcher auch andere Erklärungen geben. Vor allem, wenn Frau Kumanowa lebendig aus dem Kanal geklettert wäre.«

Merkow nickte. Klar, hatte er schon alles bedacht. »Der Botschafter, dessen Leiche vor dem *Moulin Rouge* lag, der hat offenbar wirklich zu viel getrunken. Ziehen wir den mal ab.»

»Fürchten Sie um Ihr Leben? Sie wissen, es gibt bei uns ein Asylrecht. Auch wenn es manchmal nicht so aussieht.«

»Nein …«

»Aber es fällt doch auf, wenn mehrere hochrangige Beamte in kurzer Zeit umkommen.«

»Ja«, sagte Merkow. »In der Tat macht mich das … – wie sagt man? – … stutzig.«

»Man hat Sie doch geschickt, um den Tod von Frau Kumanowa aufzuklären«, sagte de Bodt. »Was natürlich nicht ausschließt, dass Ihr Vorgesetzter längst wusste, warum Frau Kumanowa gestorben ist.«

»Sie reden, als wären Sie in Moskau aufgewachsen«, sagte Katt.

Sie hatte einen Witz gemacht. Unfassbar. De Bodt lächelte sie an.

Er sah, wie sich die Augen der anderen plötzlich auf ihn richteten. Nein, einen Viertelmeter höher. Die Zeitung mit den großen Buchstaben flog auf den Tisch. De Bodt las die Schlagzeile auf dem Kopf. *Präsidentenfrau verstümmelt.* Dann stand da noch, dass es sich um die Gattin des französischen Präsidenten handelte. Im Fetten: *Die Erpresser verlangen, dass WIR die Schulden der Italiener bezahlen! Ist es die Mafia?*

Tilly drehte eine halbe Runde um den Tisch. »Hat Ihnen Ihre Sekretärin …«

»Meine Sekretärin sagt mir immer alles.«

»Umso schlimmer. Ich muss Sie dringend sprechen … also wir.«

»Ich ermittle gerade, unterstützt von meinen Gästen. Herrn Lebranc und Herrn Merkow kennen Sie ja bereits. Frau Katt kommt auch aus Moskau, um uns zu helfen.«

»Als hätten …«

»Wir haben jede Hilfe nötig.«

»In einer halben Stunde, spätestens!« Strebte zum Ausgang. Stoppte. Rief: »Wer denen das gesteckt hat … der sollte … der sollte …«

De Bodt war versucht zu rufen, er möge Krüger fragen.

Er sah, wie die beiden Frauen hinterm Tresen tuschelten. Glaubte, seinen Namen zu hören. Die Ältere traute sich. Sie stellte sich an den Tisch. »Entschuldigung, Sie sind doch der Kommissar de Bodt?«

»Ja.«

»Stimmt das, dass wir den Italienern die Schulden bezahlen sollen?«

»Woher wissen Sie das? Da her?« Deutete auf das Schmierblatt.

»Ich hab's im Radio gehört … das darf doch nicht sein, dass die … wir haben eben nicht in Saus und Braus …«

»Wie würden Sie entscheiden? Das Leben eines Menschen, zumal der Präsidentenfrau. Oder zahlen?«

Sie blickte ihn an aus großen Augen. Schaute zur Kollegin.

»Sie wissen es nicht«, sagte de Bodt. »Ich übrigens auch nicht. Nur die da« – deutete auf die Zeitung –, »die wissen immer alles.«

Sein Handy vibrierte. Salinger. »Die laufen uns die Bude ein. Wegen Paris …«

»Schick sie zur Pressestelle.«

»Die schicken sie zu uns.«

»Die spinnen doch.«

»Der Kriminalrat ist hier rumgetobt. Wollte unbedingt mit dir sprechen. Der kriegt auch Anrufe. Vom Innensenator, Innenminister bis hoch zum lieben Gott.«

»Sag Frau Engel, dass sie alle Telefonate übernehmen und unsere Leitungen auf ihre umleiten soll.«

»Der ist gerade die Tante gestorben … oder war es der Hansi … der Wellensittich, du weißt.«

»Frag sie. Das lenkt sie von der Trauer ab.«

Salinger lachte.

»Was könnten Ermittlungsansätze sein?«, fragte de Bodt. Während es hinterm Tresen weitertuschelte. Er blickte Merkow an.

»Ich hatte gehofft, Ihnen fiele etwas ein.«

»Einfach so, ohne Spuren. Ohne die Moskauer Ermittlungsergebnisse? Würden Sie mir die geben?«

»Weiß nicht, ob ich das darf. Ich würde es, ja.«

»Sie dürfen mir nichts geben, wollen aber, dass ich spekuliere.« Überlegte, murmelte: »Die aus dem Äther deines Gehirns und nicht aus dem materiellen Grund und Boden herausgewachsen sind.« Lachte Merkow an.

»So, wie Sie sich freuen, kann der nur von Marx sein«, sagte der.

»Gut!«, erwiderte de Bodt. »Aber so haben Sie Marx nie gelernt, stimmt's?«

Lebranc blickte vom einen zum anderen. Katt verzog das Gesicht, als wollte sie sagen: Immer diese Prahlerei.

»Stimmt.«

Lebrancs Telefon. Er stellte es laut: »Die haben eine Einstichstelle gefunden. Haben gezielt danach gesucht, als ich vom Berliner Fall erzählt habe.«

»Wo?«, fragte Lebranc.

»Ellbogenbeuge.«

»Sonst was?«

»Nein, à bientôt!«

»Das wäre doch ein Ermittlungsansatz«, sagte de Bodt. »Mir

scheint, einer Ihrer alten Profis bringt die eigenen Leute um. Und dies auf eine Weise, die so versteckt wird, damit wir es entdecken.«

»Was wäre die Kriminalistik ohne Hegel?«, fragte Merkow.

»Eins zu eins«, sagte de Bodt. »Diese Leute gehen professionell vor. Wenn die wollten, würden wir nichts über die Todesursache erfahren. Die wollen das aber. Vielleicht ist das eine Warnung wie die Nowitschok-Attacke in Salisbury.«

»Von dieser These muss ich mich offiziell distanzieren«, sagte Merkow. Wie nebenbei.

»Und jetzt stellen Sie sich vor, diese Leute veranstalten auch die Erpressung«, sagte Lebranc, nachdem de Bodt übersetzt hatte. »Irgendwann kommt noch raus, dass es nicht nur die Schulden Italiens sind.«

Über den Zusammenhang der Mordserie mit der Erpressung hatte de Bodt schon länger nachgedacht. Aber niemandem etwas gesagt. Wer brachte russische Funktionäre um und erpresste Regierungen?

»Vorstellen müssen wir uns auch das«, sagte de Bodt. »Vielleicht werden Ihre Leute von rivalisierenden Geheimdiensten umgebracht. Vielleicht von den eigenen Leuten? Aber wer sind die Erpresser? Vor allem, wie könnte das eine mit dem anderen zusammenhängen? Wenn es überhaupt einen Zusammenhang gibt.«

Lebranc trank einen Schluck.

»In Wahrheit wissen wir gar nichts«, sagte de Bodt. »Wenn es Ihre Leute waren, warum sollten sie das getan haben? Was haben Frau Kumanowa, Tscherkessow und das Opfer in Paris gemein? Sie sind Russen. Sie arbeiten in Botschaften. Vielleicht arbeiten alle drei für den russischen Auslands-Nachrichtendienst SWR.« Merkow nickte fast unsichtbar. »Wissen Sie mehr über die anderen beiden?«

»Ich weiß nur, dass Tscherkessow Chefdolmetscher des Präsidenten war. Vom Fall in Paris habe ich keine Ahnung.«

»Mochte der Präsident Tscherkessow?«

»Ich habe mich umgehört. Tscherkessow ist Dolmetscher, seit der Präsident im Amt ist. Vor vier Jahren hat der Präsident ihn zum Chefdolmetscher ernannt. Es heißt, die beiden wären vertraut miteinander gewesen.«

»Müssen Sie ja wohl, wenn er bei Vier-Augen-Gesprächen übersetzen musste«, sagte Lebranc.

»Vielleicht hat der Präsident das Vertrauen verloren?«, fragte de Bodt.

»Sie meinen, unser Präsident lässt Leute liquidieren, die …«

»Nein, das meine ich nicht. Ich will wissen, ob das Vertrauensverhältnis bis zuletzt intakt war. Wenn ja, wäre das erstaunlich. Dann hätte es jemand gewagt, einen Vertrauten Ihres Präsidenten umzubringen.«

Merkow nickte. »So kann man es sehen. Aber vielleicht war es wirklich ein Unfall.«

»Mit einem Injektionsloch?«, fragte Lebranc. »Haben Sie danach gesucht?«

»Auch in Russland gibt es medizinische Labore und Blutproben. Obwohl Sie sich das vielleicht nicht vorstellen können«, schnappte Katt.

Was muss die für eine Angst haben, dachte de Bodt nachdem er übersetzt hatte. So viel hat sie noch nie geredet. Er übersetzte.

Lebranc hob die Hände, um sich zu entschuldigen. Katt würdigte ihn keines Blicks.

»Was bedeutet es, dass die Entführer eine Art Pressearbeit machen …«

»Ich dachte, Ihr Kollege …«, sagte Merkow.

»Das schließt sich nicht aus. Die Medien veröffentlichen Details, auch über die Entführung in Frankreich. Die Erpresser wollen den maximalen Druck aufbauen. Aber wofür? Für Forderungen, die nicht erfüllbar sind?«

»Und wenn die das gar nicht wissen? Dass sie nicht erfüllbar sind?«, fragte Lebranc.

Sein Telefon klingelte. »Warten Sie!« Er stand auf und verließ die Kantine.

Floire, wer sonst.

127.

Die Poststelle des Elysée-Palasts ist ein Hochsicherheitstrakt. Jede Sendung wird untersucht. Die vier Frauen und Männer tragen Handschuhe, als wollten sie operieren. In gewisser Hinsicht taten sie das auch.

Seitdem die Terroristen die Präsidentengattin entführt hatten, war ein Polizeibeamter zur Poststelle abkommandiert. Es war an diesem Tag Floire, der mangels Chef gern hin und her geschoben wurde. Außerdem meinten die Oberen, dass er sein Mundwerk am Sicherheitspersonal im Präsidentenpalast trainieren solle. Wer Bomben und chemische Gifte suchte, dürfte auch Floire überstehen.

Der saß auf einem Stuhl und beglotzte, wie die Leute Hunderte von Briefen öffneten. Manche vorher schüttelten oder gegen ein starkes Licht hielten. Pakete wurden untersucht. Wenn sie hier eintrafen, waren sie bereits geröntgt und von Evas Nase für würdig zum Weitertransport befunden worden. Eva und ihre Untertanen arbeiteten im Nebenraum. Der war aufgeheizt durch die Scanner und anderen elektrischen Geräte. Floire hatte gefragt, warum der Deutsche Schäferhund so hieß. Er erntete ein verdruckstes Lächeln. »Ach die«, sagte er.

Dann kläffte Eva. Wollte gar nicht mehr aufhören. Die Postschnüffler ließen alles fallen und gingen ins Nebenzimmer. Floire folgte ihnen, zählte drei Frauen, zwei Männer. Einer beruhigte den Hund. Der kläffte ein Paket an, das auf einem Tisch in der Ecke stand. In der Mitte des Raums lagen auf einem größeren Tisch Umschläge, auf einem noch größeren Tisch stapelten sich Pakete.

»Was gibt's?«, fragte die Oberpostschnüfflerin. Eine Blondine. Die ihre widerspenstige Mähne mit einer Stahlklammer bändigte.

»Was wohl?«, erwiderte eine Kleine mit Ponyfrisur. »Eva rastet aus. In dem Paket ist nichts aus Metall. Nichts Chemisches, soweit wir das erkennen. Da schickt jemand unserem Kaiser einen Braten. Der hat im Fernseher zuletzt so knochig ausgesehen.«

»Dann mach es doch auf«, sagte die Blonde.

»Nicht ohne deinen Befehl.«

Floire wollte nicht wissen, warum die beiden sich zofften. »Machen Sie es bitte auf. Ich bin Floire von den Flics.«

»Na, wenn Floire von den Flics es sagt.«

Sie öffnete das Paket vorsichtig. Mit einem Cutter schnitt sie das Klebeband auf. Hob vorsichtig den Deckel ab. Eine Plastikkiste. »Check das mal«, sagte sie.

Ein hochgewachsener Mann hatte eine Art Staubsauger in der Hand. Er strich über die Plastikbox. Setzte sich an einen Tisch. Leerte den Staubsauger auf einer Glasplatte. »Die haben schön geputzt. Die wissen, dass unser Chef ein Pingel ist. Ich weiß nicht, was ich untersuchen soll. Es gibt nichts.« Schob die Glasplatte unter ein Mikroskop. »Doch! Ein Opfer haben wir zu beklagen. Zwei Beine eines Insekts. Rosa bis rötlich. Drosophila melanogaster. Gewalt, wohin man blickt. Und dabei hat die Menschheit gerade diesem wunderbaren Geschöpf so viel zu verdanken! Wo wäre die Wissenschaft ohne Drosophila melanogaster?«

»Gut«, sagte die kleine Schwarzhaarige. Hob die Plastikbox aus dem Karton. »Na, dann wollen wir mal.« Sie stellte die Box neben den Karton auf den Tisch. Der Deckel war mit Klebeband befestigt. Den durchtrennte die kleine Schwarze mit einem Cutter. Hob den Deckel ab. Schrie, wandte sich ab, blickte wieder hinein. Übergab sich neben dem Tisch. »Tut mir leid«, stammelte sie. »Tut mir leid.«

128.

»Klappt«, sagte Charles und legte das Telefon auf den Schreibtisch. »Otto, gib das gleich an die Medien weiter. »Für die Hand der Dame dürften sich einige Leute interessieren. Und dann klär die Medien auf. Steck denen, dass es nicht nur um die Miesen Italiens geht.«

Bob war gerade vom Hotel gekommen. Es lebte sich gut als Mr. Chandler in Sydney.

»Jetzt bricht das Chaos aus«, sagte er. »Niemand kann es verhindern.«

Otto verließ das Büro. Ruhig, so, wie sie hier alle ruhig und gelassen waren. Dieser Plan war so gut. Der beste Plan, den Bob kannte. Bisher hatte er immer wieder erlebt, wie eine Pleite im Ablauf die gesamte Operation gefährdete. Manchmal scheitern ließ. Diese war anders. Sie rechneten das Scheitern mit ein. Sollten die Bullen doch ein paar fangen. Es würde alles weitergehen. Die Sicherheitsbehörden würden begreifen, dass ihnen nichts und niemand half. Sogar ihre Erfolge verschärften die Panik. Die Polizei nahm Leute fest, und es wurde immer schlimmer für sie. Sie hatten den Kurpfuscher in Berlin gefasst. Sie hatten einen zweiten Mann geschnappt. De Bodt hatte ihn geschnappt, natürlich. Der Doc dürfte geplappert haben wie ein Wasserfall.

Aber er hatte nichts zu sagen.

Tom hatte angerufen. Otto war am Telefon gewesen. Dieser Rambo sei tot. Na und? Sollte doch Tom auch draufgehen, wenn er nicht aufpasste.

Und auf der anderen Seite? Man hörte nicht viel. Also lief es nach Plan. Sogar wenn nicht, das Unternehmen würde ein Erfolg.

Es hatte gerade erst angefangen.

129.

Yussuf legte die Zeichnungen auf den Tisch. Er hatte die Leute aus den beiden Kneipen getrennt mit Rembrandt zusammengebracht.

»Wer ist denn das?«, fragte Anne. Es klang nicht so, als würde sie auf den Typen stehen. Oder die?

»Zwei Phantombilder. Soll derselbe Typ sein«, sagte Salinger.

Anne faltete die Stirn. »Hm. Na, ich weiß nicht.«

»Ich finde, die haben Ähnlichkeit miteinander«, sagte Yussuf.

»Ja, wenn man es unbedingt will«, sagte Anne und verschwand hinterm Tresen.

»Willst du nicht ihren Job übernehmen, und Anne versetzen wir ins LKA?«, fragte Salinger. »Der Chef fände das bestimmt toll.«

Der grinste und schwieg.

Anne stellte Kuchen, Kekse, Kaffee und Tee auf den Tisch. »Die Bilder stammen von Zeugen. Lasst doch die Leute, die dieses Kunstwerk verbrochen haben, das andere mit eurem Picasso …«

»Rembrandt!«, schnauzte Yussuf.

»Mein Gott, seid ihr altmodisch. Also das Gemälde der anderen Zeugen checken. Du verstehst, was ich meine. Neuhochdeutsch heißt das *Gegencheck*.«

»Was für ein Kauderwelsch«, sagte Yussuf.

»Okay, es ist nicht Hochanatolisch.« Lachte und verschwand in der Tür zur Küche.

Yussuf wollte ihr seinen Löffel hinterherwerfen, war aber zu langsam. Der todbringende Löffel endete würdelos auf der Untertasse.

»Und was hat das nun mit dem Atomkraftwerk Gundremmingen zu tun?«, fragte de Bodt. »Kein Wort in den Medien. Man könnte doch glauben, das ginge so: Ihr macht das oder das, und dafür jagen wir das AKW nicht in die Luft.«

»Du sagst doch, dieser Knorr habe die Systemzeit zurückgestellt«, sagte Salinger.

Yussuf betatschte sein Telefon.

»Wenn einer von Knorrs Kollegen auch für die arbeitet?«

»Der würde sich selbst umbringen?«, fragte de Bodt. »So was gibt's, aber nur bei Glaubenskriegern. Mit Glauben und so weiter hat die Sache aber nichts zu tun«, sagte de Bodt.

»Wie schön, dass du dir so sicher bist«, erwiderte Salinger.

Yussuf blies Luft aus wie ein Wal. Schniefte. Dachte an Yasmin. Er hatte ihr Rendezvous abgesagt. Leider gingen die Erpressung, das AKW und die Mordserie vor.

»Nun reiß dich mal zusammen!«, sagte Salinger.

»Die können das«, erwiderte Yussuf.

»Was können die? Bitte kurz Bescheid sagen, wenn du die Sprache wiedergefunden hast.«

»Die können das AKW hochgehen lassen ohne Unterstützung von innen.«

De Bodt blickte ihn an. Sagte aber nichts.

»Die können das. Die können das.« Als würde Yussuf es nur begreifen, wenn er das Entsetzliche aussprach.

»Die haben niemanden, setzen wir das einmal voraus«, sagte Salinger. »Die Rechner im inneren Kreis sind vom äußeren getrennt. Keine Netzwerkverbindung, nicht mal WLAN oder Bluetooth oder sonst was. Also was?«

»Die Stromleitung.«

De Bodt tippte sich an die Stirn. »Um Gottes willen.«

130.

»Was sagen Sie? Sie wollen halb Süddeutschland evakuieren lassen?«

»Besser ganz Süddeutschland. Wenigstens zweihundert Kilometer um Gundremmingen. Die haben da einen Trojaner installiert.«

»Es muss doch jemanden geben, der den unschädlich machen kann!«, rief Tilly.

De Bodt und seine Leute waren vom *Café Eliza* ins LKA zurückgefahren. Mit der U-Bahn. Keiner hatte unterwegs ein Wort geredet. De Bodt betrachtete die Mitreisenden in der U1. Hatte das Gefühl, sie retten zu müssen. Dabei waren sie gar nicht bedroht. Nicht mal, wenn in Gundremmingen der GAU zuschlug. Eine Art Weltuntergangsstimmung hatte ihn ergriffen.

Yussuf hatte es erklärt. Israelischen Wissenschaftlern war es gelungen, Rechner über die Stromleitung anzuzapfen. Sie konnten Dokumente aus dem Rechner holen. Die Ausführung dauerte, weil die Übertragung über das Stromnetz ewig brauchte. Leider aber nicht ewig genug. Wenn der Trojaner auf dem Rechner war, konnte irgendjemand ihn mit einem simplen Befehl steuern. Das waren ein paar Ziffern und Buchstaben. Dafür brauchte man keine Bandbreite. Ein Datenrinnsal genügte.

»Vielleicht haben die Erpresser das mit dem Stromkabel in die Medien gespielt, damit wir es herausfinden?«, fragte de Bodt mehr sich selbst.

In der Nacht suchten sie im Internet nach Hinweisen. Fanden sie in Spezialpublikationen.

»Ben-Gurion University of the Negev, Israel, Cyber-Security Research Center«, murmelte Yussuf. Las in dem Ausdruck.

»Wenn die das veröffentlichen, was heißt das?«, fragte de Bodt. Um sich die Antwort selbst zu geben. »Dass vielleicht auch andere diesen Weg erkannt haben. Mitsamt allen Nutzungsmöglichkeiten.« Er rief an der Pforte an. »Sobald der Kriminalrat Tilly das Gebäude betritt, informieren Sie mich.« Nahm sein Telefon. »Sicher ist sicher.« Erreichte nur Tillys Mobilbox. Sagte, es sei dringend. Er warte im LKA. Schrieb eine SMS.

Rief Knorr an.

»Was von Ihrer Familie gehört?«

»Nein. Manchmal fürchte ich, dass es nicht gut ausgeht.«

»Ich fürchte, Ihr Trick mit der Zeitumstellung funktioniert nicht.«

»Wie bitte?«

»Man kann Rechner übers Stromnetz angreifen.«

»Wir haben keinen Powerline-Anschluss. Wie soll das gehen?«

»Mein Kollege hängt Ihnen einen Artikel an eine Mail. Rufen Sie mich zurück, wenn Sie ihn gelesen haben.«

Tilly sah aus wie aus dem Ei gepellt. »Was ist denn los?« Gleich nachdem er die Tür geöffnet hatte. De Bodts Tischtelefon klingelte. Der Portier. Die Schnarchnase.

»Ich bestehe darauf: Wir müssen die Umgebung von Gundremmingen großflächig evakuieren. Sofort«, sagte de Bodt.

Tilly blickte ihn an wie einen Außerirdischen. »Das geht nicht. Wir haben nichts in der Hand.«

»Die werden das AKW über die Stromleitung angreifen …«

»Strom abstellen. Ja, und? Dafür haben die Notfallgeneratoren … außerdem erzeugen die ihren Strom ja doch wohl selbst.« Er starrte de Bodt in die Augen und schüttelte den Kopf. »Ich glaube, Sie brauchen Urlaub. Wie war es denn auf Tahiti?«

»Lesen Sie das!«

Tilly blätterte im Ausdruck. »Formeln, Formeln, Formeln …«

»Leider gibt's von Wissenschaftlern selten Gedichtbände«, sagte Yussuf. Nieste.

Tilly beschloss, es nicht gehört zu haben. Aber seine Erinnerung war gut. Sie speicherte auch, was er nicht gehört und gesehen hatte. »Na, schön, ich guck mir das mal an.«

»Der Angriff kann jede Minute erfolgen«, sagte Salinger.

Tilly blickte sie an. Offenbar hatte der Wahnsinn dieses Büro erobert. Er sollte sich verziehen und den Raum von außen versiegeln lassen. Vielleicht war das eine ansteckende Krankheit?

»Wir könnten ... wie heißt das? ... Grundremmingen?«

»Ohne das R nach dem G«, sagte Yussuf. »Liegt in Bayern.«

»Dann schicken Sie Ihren Kram doch nach München. Die sind doch so tüchtig.«

»Das gehört zu unserem Fall«, sagte de Bodt. Dabei hatte er nicht den geringsten Beweis. Nur, dass diese Leute Entführungen für eine wirksame Methode hielten. Womit sie recht hatten. Und es passte auch zu den irren Forderungen. Ziel: maximales Chaos.

»Wenn Sie mir doch bitte einen einzigen Beweis zeigen könnten. Stammt das von diesem Knorr, diese Idee?«

»Nein, die stammt von ... Yussuf.«

»Hätt ich mir denken können. So was Abenteuerliches kann nur aus dem hormonverwirrten Kopf eines jungen Kollegen stammen.«

»Sie beleidigen meinen Kollegen«, sagte de Bodt.

»Manchmal ist die Wahrheit eine Beleidigung«, sagte Tilly. »Der hätte von Ihnen stammen können, stimmt's?«

De Bodt schüttelte den Kopf. »Wenn Sie meinen, Sie müssten jemanden beleidigen, versuchen Sie es bitte mit mir.«

Tilly schüttelte wieder den Kopf. Eigentlich hatte er nicht aufgehört mit dem Schütteln, innerlich oder äußerlich. Seit er diesen Schwachsinn gehört hatte. Sollten sich doch die Besserwisser in München damit herumschlagen. »Ich wiederhole es: Schicken Sie das nach München. Beschäftigen Sie sich mit Ihren Ermittlungen. Was machen die Vernehmungen dieses Lingus ... und des Arztes?«

»Wir haben Phantombilder ... zwei. Die Zeugen sind sich nicht einig, wie der Kontaktmann ausgesehen hat«, sagte Yussuf.

»Der Unwissende, dem es an Voraussicht fehlt, fühlt den Wert des Lebens wenig und fürchtet ebenso wenig, es zu verlieren«, sagte de Bodt, als Tilly schon die Klinke in der Hand hielt. Der stutzte. Schüttelte den Kopf und ging.

Das Handy. »Sind Sie schon durch?«

Knorr schnaufte. »Was sind wir für Anfänger. Die hätten den Laden hier schon gestern hochjagen können. Wir müssen den Trojaner rausholen. Aber vermutlich ist der darauf eingestellt und zündet dann.« Schwieg, schnaufte wieder. »Wir müssen evakuieren. Dann können wir uns mit dem Biest beschäftigen. Leider hilft gegen eine Kernschmelze kein Schutzhelm.« Hustete. »Und diese flotten Jungs in Israel, denen ist auch nicht eingefallen, wie man sich gegen die Attacke aus der Strombuchse wehren kann. Außer alles abzuschalten.«

»Fahren Sie das AKW runter. Ziehen Sie den großen Stecker.«

»Das ist keine Trockenhaube, der man einfach den Saft abdrehen kann. Wir brauchen die Kühlung, auch wenn das Werk heruntergefahren ist. Wir brauchen Rechner, um den Betriebszustand zu kontrollieren. Wir können eine Atombombe nicht machen lassen, was sie will. Kapieren Sie das nicht? Außerdem, das glaubt mir doch kein Schwein.« Knorr wurde immer lauter.

»Gut«, sagte de Bodt.

»Schlecht!«, schrie Knorr. »Schlecht! Begreifen Sie das nicht, Mann?«

»Sie rufen bei Ihrem Innenminister an. Nehmen den Werkleiter mit ins Boot. Fahren nach München und sprechen mit dem Herrn.«

»Spätestens dann kommt die Scheiße in die Öffentlichkeit.«

»Das kommt sie sowieso. Gehört zum Plan.«

»Wie bitte?«

131.

»Die sollen alle AKW prüfen!«, schnauzte Lebranc.

»Der reißt mir den Kopf ab!«, sagte Floire.

Lebranc sah Floires Kopf auf einer Hellebarde stecken. Hätte die Sache wenigstens einen Nutzen. »Das ist mir egal. Sagen Sie dem Präfekten, in Berlin komme gerade Panik auf. Weil ein Atomkraftwerk angegriffen wird. Womöglich sind das dieselben Täter, die diese Entführungen veranstalten.«

»Das wär ja … das große Ding.«

»Leider sitzen wir nicht im Kino. Und Sie sind nicht Belmondo. Sagen Sie dem Polizeipräfekten, dass er in die Geschichte eingehen wird. Als derjenige, der Frankreich vernichtet hat. Und Sie auch. Als der Idiot, der die Hosen voll hatte, bevor es geschah.« Pause. »Wenn es dann noch so was wie Geschichtsschreibung gibt.«

»Ist ja gut, Chef. Falls die mich nicht gleich feuern, ruf ich zurück.«

Lebranc saß am Minischreibtisch seines Hotelzimmers. Waltrauds Blumen dufteten süßlich. Fast penetrant. Vielleicht kippte sie Parfüm drauf. Er war wieder in Berlin und fühlte sich wieder überflüssig. Wie ein Botenjunge. Nur dass die heutzutage nicht mehr liefen, sondern telefonierten, Mails und SMS schrieben. Sein Beitrag zu den Ermittlungen war null. Allerdings brauchte es jemanden, der de Bodts Alleingänge verstand. So fehlplatziert er sich fühlte, mit de Bodt wollte er nicht tauschen. Überall Leute, die auf sein Scheitern warteten. Die auf der Lauer lagen, wenn sie ihm nicht Knüppel zwischen die Beine warfen. Die mit seinen Erfolgen hausieren gingen. Und ihn belohnten, indem sie ihn nicht feuerten. Was sie sich hoch anrechneten. Gewiss, mit de Bodt klarzukommen war schwierig. Und jetzt? Eine Region evakuieren, nur weil er eine Idee hatte? Nachdem Yussuf diesen Artikel mit den Formeln entdeckt hatte. Ging es nicht ein paar Nummern kleiner?

Sie klopfte nicht mal. Stieß die Tür auf. »Schalt das Radio ein!« Schrie fast. Waltraud schaltete den Radiowecker selbst ein. Fand *inforadio vom rbb.*

… ist der GAU der Politik.

Sagte der Sprecher, der auch auf dem Friedhof Fans gefunden hätte.

Nie ist ein Land in Friedenszeiten auf diese Weise angegriffen worden. Verbrecher fordern Unmögliches. Und kündigen an, Teile unseres Landes atomar zu verseuchen, falls ihre Forderung nicht erfüllt würde. Den Südländern Europas die Schulden zu bezahlen. Eine Unverschämtheit. Wer steckt dahinter? Niemand weiß es. Oder wenn jemand es weiß, sagt er es nicht. Das ist nicht weniger als eine Kriegserklärung, sollte der Angreifer ein Staat sein.

Manche spekulieren, es handle sich um eine neue Provokation der Halbfaschisten in Rom. Dabei darf niemand übersehen, dass diese Leute Anhänger auch in Deutschland haben. Aber was hören wir aus dem Bundeskanzleramt? Nichts. Vermutlich ist die Kanzlerin so überrascht worden wie wir. Das wirft kein gutes Licht auf die Sicherheitsbehörden, die wir jährlich mit Milliarden päppeln.

»Mein Gott, mein Gott!«, stammelte Waltraud.

»Was sagt der?« Lebranc ärgerte sich. Er verstand kein Wort.

Waltraud übersetzte es radebrechend.

Lebranc überlegte einen Augenblick. Er fühlte sich hilflos. »Wir finden eine Lösung, bestimmt.«

»Ihr findet eine Lösung? Hast du damit zu tun?«

»Es sieht so aus«, sagte Lebranc.

Ja, es sah so aus. Da gab es Leute, die verstümmelten Menschen, stellten unerfüllbare Forderungen. Und drohten an, Hunderttausende umzubringen.

132.

Es dauerte, bis er sie endlich dran hatte.

»Frau Kammer sagt, es sei dringender denn je. Was ist los?«, fragte die Kanzlerin.

»Wir haben es vermutlich mit Atomerpressern zu tun. Sie haben Schadsoftware auf einen Rechner im AKW Gundremmingen geschleust …«

Schweigen. Dann: »So was hatte ich immer gefürchtet. Kommen Sie her, kein Wort … die Öffentlichkeit …«

»Das geht schon rum. Sie sollten gleich an die Öffentlichkeit treten.«

»Wie denn? Ich weiß doch nichts. Ich kann doch keine Massenpanik auslösen. Nachher ist nichts gewesen. Und das Virus ist ein Scherz, wenn es das Ding überhaupt gibt.«

»Ich komme.«

Der neue Kanzleramtsminister sah noch bleicher aus als der Vorgänger. Der war Wirtschaftsminister geworden und auch geladen. Dazu ein Mann, der sich als Leiter des Antiterrorzentrums vorstellte.

»Wenn ich Sie nicht kennen würde, ich hielte das für eine inszenierte Panik«, sagte die Kanzlerin. »Jetzt sagen Sie erst mal, um was es geht …«

»Und warum es schon in den Medien ist«, sagte der Kanzleramtsminister.

»Letzteres geht auf die Entführer zurück. Die wollen nicht, dass es geheim bleibt. Die inszenieren ein Stück …«, sagte de Bodt.

»Diese Entführer sind also dieselben, die das AKW hochjagen wollen?«, fragte der noch bleichere Minister.

»Es handelt sich um Erpresser. Zuerst wichtige Persönlichkeiten. Deren Entführung wir nicht abtun konnten. Jetzt die Atomdrohung. Über die Stromleitung.« De Bodt erklärte, was die Forscher in Israel herausgefunden hatten.

»Um Himmels willen, was werden die fordern?«, fragte der Kanzleramtsminister.

»Etwas, das Sie nicht erfüllen können. Wir müssen das AKW Gundremmingen evakuieren. Die Umgebung auch. Fragen Sie Ihre Experten, in welchem Umkreis«, sagte de Bodt.

»Das gibt die große Panik«, sagte die Kanzlerin. »Wir müssen die Franzosen warnen. Die haben ja mehr AKW als wir. Man stelle sich vor, die greifen Fessenheim an, diese Verbrecher.« Manchmal fehlte einem das richtige Wort, um solche Leute angemessen zu benennen. In diesem Fall fiel der Kanzlerin keines ein. Weil es keines gab.

»Also, was machen wir? Es hat keinen Sinn, auf die Forderung zu warten. Wir müssen evakuieren. Das ist klar.« Die Kanzlerin blickte auf die Uhr. »Wo ist der Innenminister?«

»Unterwegs in Bayern«, sagte der Kanzleramtsminister. »Ich habe ihm eine SMS geschickt.«

»Wann ist der jemals an seinem Arbeitsplatz?«, sagte die Kanzlerin. In einem Ton, in dem man sich übers schlechte Wetter beklagte. Das man nicht ändern konnte, so mies es auch sein mochte.

Es klopfte. Der Staatssekretär aus dem Innenministerium. »Mein Chef ist leider verhindert. Er kommt mit dem nächsten Flieger.«

De Bodt fiel ein, dass der Minister sich sonst von München nach Berlin fahren ließ. Wenn es in der Koalition mal wieder knirschte.

Der Staatssekretär war schmächtig und hatte gegelte Haare. Seine Augen flatterten durch viereckige Brillengläser. Er strich sich durch die Haare und setzte sich an den Tisch. Trocknete die Hand am Hosenbein. Blickte sich um wie ein Pennäler. Streckte das Kreuz und blickte die Kanzlerin an. Zum Befehlsempfang.

»Sie kennen die Verfahren bei einem AKW-Unfall?«

»Ja, ja. Wir haben sie nach Fukushima angepasst.«

»Sagen Sie Ihrem Minister, er soll die Evakuierungspläne für Gundremmingen in Kraft setzen.«

»Mein Gott… wann?«

»Jetzt. Beeilen Sie sich.«

Der Mann warf einen ungläubigen Blick auf die Kanzlerin. Erhob sich. Sah sich ängstlich um. Als ihn keiner anschnauzte, verschwand er.

Kammer steckte den Kopf in den Türspalt. »Tausende von Anrufen, Medien, Bürger, Parteimitglieder. Der Ministerpräsident in Stuttgart will wissen, ob sein Land auch betroffen ist. Er hat noch gesagt, dass er solidarisch zur Bundesregierung steht.«

»Dann kann ja nichts mehr passieren«, sagte der Kanzleramtsminister.

»Bitte!«, sagte die Kanzlerin. »Die Freunde in Bayern arbeiten schon dran, dass wir schuld sind. Der Atomausstieg sei überstürzt gewesen, und das hätten wir davon. Das ist zwar bar jeder Logik, aber darauf kommt es auch nicht mehr an.«

»So steht's morgen in der Zeitung«, sagte der Kanzleramtsminister.

Dessen Vorgänger stürzte in den Raum. Warf sich auf einen Stuhl. Sein Wanst schwappte beidseitig über die Lehnen. »So eine Scheiße«, sagte er.

»Wir evakuieren«, sagte die Kanzlerin.

»Das kann die Erpresser veranlassen, das AKW früher hochgehen zu lassen«, sagte der Wirtschaftsminister. »Im Fernsehen Dauersondersendung. Das Bruttosozialprodukt schrumpft stündlich. Falls das jemanden interessiert.«

»Aha«, sagte der Kanzleramtsminister.

»Was schlagen Sie vor, Herr de Bodt? Sofern Sie sich nicht auch zur allgemeinen Panik äußern wollen.«

»Was machen wir, wenn die auch in einem anderen AKW zuschlagen?« Er blickte in die Runde. Der Wirtschaftsminister schüttelte den Kopf. Das durfte nicht sein. Es war schlimm genug. »Wir müssen evakuieren. Wir brauchen Leuten vom BSI in Gundremmingen. Gleichzeitig müssen unauffällig alle anderen AKW geprüft werden. Wir brauchen Spezialisten überall, wo ein Risiko bestehen könnte.«

»Na, vielen Dank«, sagte der Kanzleramtsminister.

»Veranlassen Sie das«, sagte die Kanzlerin. Wandte sich an de Bodt. »Sie bleiben besser hier.«

»Geht nicht.« Schüttelte den Kopf. »Ich kann Ihnen meine Mitarbeiter schicken.«

Die Kanzlerin nickte, winkte dann aber ab.

Der Kanzleramtsminister eilte aus dem Raum.

»Was werden die fordern?«, fragte die Kanzlerin.

»Die müssen sich nichts Neues einfallen lassen. Ach so, wir müssen den Franzosen empfehlen, auch ihre AKW auf Schadsoftware zu prüfen. Ich habe das über meinen Polizeikontakt übermittelt. Sie sollten es auf Regierungsebene unterstützen.«

Die Kanzlerin nickte. »Ich rufe gleich den Präsidenten an … der Arme.« Saß einige Sekunden wie erstarrt.

Kaum war er zurück im Büro, erhielt er eine Mail aus dem Kanzleramt.

Erpresser bekräftigen ihre Forderung. Zahlung der Schulden.

»Die haben jetzt die öffentliche Meinung in der Hand. Fast jedenfalls«, sagte de Bodt. »Dabei ist das gar nicht ihr Ziel.«

»Und was ist ihr Ziel?«, fragte Salinger. »Wenn du so freundlich wärst, uns einzuweihen.«

»Ich weiß es nicht.«

Wieder flog ihn die Idee an. Diese ungreifbare Idee. Wie eine Fata Morgana in der Wüste. Nur dass sie nichts zeigte. Keine Oase mit Palmen und Wasserbrunnen. Nichts.

133.

Im Büro lief das Fernsehgerät. Es zeigte Bilder einer Massenflucht. Die Leute hauten ab. Am Ende steckten alle im Stau. Wilde Ausweichfahrten über Wiesen und Feldwege. Hubschraubervideos zeigten Autos, die nicht weiterkamen. Auffahrunfälle auf Feldwegen. Polizeiwagen, Ambulanzen, die in der Blechlawine festsaßen. Alle Straßen verstopft. Unfälle durch Drängler. Darüber Hubschrauber mit Notärzten, die Verletzte versorgen sollten. Aber angegriffen wurden. Von Leuten, die ausgeflogen werden wollten. In einem Fall hängten sich Männer an die Landekufen, als der Helikopter abhob.

»Es hätte vielleicht genügt, ein Gerücht in die Welt zu setzen. Jedenfalls für die Panik.« Bob lächelte. Er saß in seinem Rollstuhl. Einen Cappuccino auf dem Tisch. Charles hatte sich auf dem Sofa niedergelassen. »Du hattest recht. Die Leute haben mehr Angst vor dem, was vielleicht passieren könnte.«

Sie hatten ihren Plan geändert nach Bobs Kritik. Sie waren jetzt unberechenbar. Sogar wenn etwas schiefging, passte es zum Plan.

»Es ist dein Meisterwerk«, sagte Charles.

Bob sah keinen Grund, ihm zu widersprechen. Es war Clausewitz 2.0. Nicht mehr die Unwägbarkeiten, die den Plan eines Feldherrn über den Haufen warfen. Der mit dem ersten Schuss in der Schlacht nichts mehr wert war. Clausewitz 2.0 verlangte Unwägbarkeiten. Um den Plan durchzusetzen. Einen Plan, der sich im Scheitern verwirklichte. Bob lächelte. De Bodt hätte jetzt gesagt, dass man Clausewitz 2.0 ohne Hegel nicht verstand. Der Knast hatte Bobs Bildung nicht geschadet. Er hatte lesen können, was de Bodt ausmachte. Jedenfalls in Annäherung. Es hatte ihm gefallen.

Die Kanzlerin im Fernsehen. Mitten in der Nacht. In Sydney schien die Sonne. Ein frischer Wind wehte von See her in die Stadt.

»Sie hält sich gut«, sagte Charles.

»Sie hat keine Alternative. Sie sagt doch gern, dass irgendwas *alternativlos* sei. In diesem Fall stimmt es.«

Charles lachte. »Mann, bist du humorlos.«

»Ich arbeite in einem Wirtschaftszweig, in dem Humor geschäftsschädigend ist.«

»Ist ja gut.« Charles schickte einen trockenen Lacher hinterher. »Hauptsache, es läuft.«

»Es läuft perfekt«, erwiderte Bob. »Absolut perfekt. Aber der Spaß beginnt ja erst. Heben wir uns das Beste bis zum Schluss auf.«

»Du hast ja doch Humor, wenn auch einen speziellen.«

»Mist, du hast es gemerkt.«

134.

Franz-Josef-Strauß-Flughafen. Der Name sagte, dass alles möglich war. Wenn man nur kaltschnäuzig genug war. Man konnte betrügen, lügen, ein Vermögen als Politiker scheffeln. Einem Machtmenschen waren alle Affären und Rechtsbrüche Auszeichnungen, die den Weg nach oben schmückten wie Kerben am Coltgriff. Grund für die Bewunderung seiner Leute, dass einer damit durchkam.

Sie landeten in einer Regierungsmaschine. De Bodt und die BSI-

Experten. Die sollten die AKW in Bayern überprüfen. Der Flughafen war belagert wie ein Fort in einem Indianerfilm. Nur waren es mehr Indianer. Viel mehr. Man hörte das Geschrei auf dem Flugfeld. De Bodt stieg mit einem IT-Fachmann in einen Hubschrauber. Der wartete gar nicht erst auf eine Starterlaubnis. Startete und raste nach Gundremmingen. Landete auf dem AKW-Gelände. Niemand zu sehen. De Bodt rief Knorr an. Der eilte herbei. »Ich habe Sie schon gehört. Der Geschäftsführer hat alle Mitarbeiter nach Hause geschickt. Ihnen geraten, sich nach Süden durchzuschlagen. Da kommen sie vielleicht durch.« Er klang wenig überzeugt. »Hier entlang, wir haben zu tun.«

Er brachte sie in sein Büro. Niemand zu sehen, nichts zu hören. An der Wand ein Fernsehgerät mit Zimmerantenne.

»Ich hoffe, das AKW ist wenigstens gesichert«, sagte der BSI-Typ.

»Das Tor wird schon abgeschlossen sein. Ich bezweifle, dass es gerade jemanden hierherzieht.«

Der BSI-Typ besah sich den Rechner. »Windows 7, immerhin. Ich hatte mit NT gerechnet. Oder CP/M.« Als niemand lachte: »Haben Sie den Stick noch, von dem mir der Kommissar erzählt hat?«

Knorr zog den USB-Stick aus der Hosentasche.

Der BSI-Typ steckte ihn in seinen Laptop. Alles seelenruhig. Es mochte zwar sein, dass das AKW gleich hochging. Aber er würde zusammen mit seinem Rechner sterben. Welch beruhigender Gedanke.

»Ich lasse jetzt ein paar Programme auf das Ding los. Auf das wunderbare BIOS-Update. Vielleicht sind wir danach schlauer. Vielleicht nicht. Ich muss den Code checken. Das kann dauern.«

135.

Lebranc war verschwitzt, als er in Roissy den Rüssel zum Flughafen betrat. Im Flieger zu warm, im Rüssel eiskalt. Das versprach eine Erkältung. Verschwitzt war er aber, weil er Angst hatte. Die einzig vernünftige Reaktion, beruhigte er sich. Als er Floire in der Ankunftshalle sah, verdüsterte sich seine schlechte Laune ins Bodenlose.

»Guten Tag, Chef!« Mit einem Lächeln!

»Ins Präsidium!« Mit Blaulicht und Sirene.

Unterwegs berichtete Floire. »Alle Sicherheitsbehörden prüfen die Evakuierungs- und Notstandspläne. In den Atomkraftwerken suchen Informationstechniker der Armee nach Viren, Trojanern und allen Bazillen, die sich menschliche Hirne haben einfallen lassen. Es gibt zu viel Zerstörerisches, Chef. Das ist mir gerade jetzt so richtig aufgefallen.«

»Bleiben Sie bei den Fakten.«

»Im Élysée-Palast gibt es eine Krisensitzung nach der anderen. Ich weiß das von meinem Onkel. Er hat angedeutet, dass der Präsident zurücktreten will. Die versuchen ihn davon abzuhalten. Weil seine Frau das mit Sicherheit nicht überleben würde. Er sagt aber, er könne unter diesen Umständen Frankreich nicht regieren. Die anderen sagen, dass das unter diesen Umständen niemand könne. Frankreich darf nicht nachgeben, finden Sie nicht auch, Chef?«

Was hatte der gefrühstückt? »Nein, Frankreich gibt nie nach. Nur den Nazis. Den Vietnamesen. Den Algeriern. Aber da es sich vermutlich weder um Nazis noch um Freiheitskämpfer dreht, gibt Frankreich nicht nach.«

»Was wollen Sie damit sagen? Ich verstehe nicht …«

»Ich weiß«, sagte Lebranc. Rief im Berliner LKA an.

»Nichts Neues«, sagte Yussuf. »Immerhin eine gute Nachricht.«

So konnte man es sehen.

»Und was ist mit der russischen Botschaftstante?«, fragte Floire.

Lebranc musterte ihn eine Weile. Wie er seelenruhig durch den Verkehr raste. Im blinden Vertrauen auf das Heulen und Blinken. Wie er nicht sehen wollte, dass sich Idioten an den Polizeiwagen hängten, um dem Dauerstau zu entgehen.

»Wenn mit einem Atomkraftwerk was passiert … also dann sieht es wirklich übel aus. Wir haben ja nicht zu wenig davon«, sagte Floire und trat die Bremse auf den Boden. Das ABS ratterte. Floire gab Gas, der Peugeot 508 beschleunigte. Lebranc warf es nach vorn und nach hinten. Er stützte sich am Armaturenbrett ab.

»Ach ja, der große Meister will Sie sehen.«
»Sie meinen …«
»Den Polizeipräfekten.«

136.

»Ich finde es gar nicht schlimm, dass du Rambo erledigt hast. Hätte ich dir nicht zugetraut, ehrlich.« Tom nickte. »Allerdings hat dir das nichts genutzt. Sogar wenn du mich auch umgebracht hättest, was hättet ihr erreicht?«

Die Handschellen drückten. Kevin schwitzte. Seine Mutter war fertig. Hatte aufgegeben. Sagte nichts mehr. Lag auf der Seite und starrte die Wand an.

»Kannst du nicht wenigstens ihr die Handschellen ersparen?«

Tom schüttelte den Kopf. »Ich habe euch alle Freiheiten gelassen. Ihr habt mich ausgenutzt. Das verstehe ich. Aber jetzt verlange ich, dass du verstehst, dass ich auch mal in Ruhe ein Nickerchen machen will.« Ging und schloss die Tür.

Kevin zog an den Handschellen. Es bewegte sich nichts. Wie hatten die sie befestigt? Wie hätte er es gemacht? Einen Steinbrocken anbohren. Kette befestigen. Steinbrocken tief eingraben. Handschellen an Kette.

Jetzt saßen sie wirklich in der Scheiße.

»Lass es«, flüsterte seine Mutter. »Wir sind ihm ausgeliefert. Er ist nicht der Übelste.«

Kevin nickte. Die Mutter schloss die Augen.

Kevins Hirn arbeitete im Turbobetrieb. Wenn er nichts tat, waren sie verloren. Sobald Helmut getan hatte, was die wollten. Sie würden nicht mehr gebraucht. Sie waren Zeugen. Besser, sie verschwinden zu lassen.

Tom schloss die Handschellen auf, wenn sie aufs Klo mussten. Und wenn sie aßen oder tranken. Würde er was Heißes zubereiten, hätten sie eine Chance. Aber das tat er nicht. Tom wandte ihnen auch nie den Rücken zu. Er hatte immer die Pistole griffbereit. Und er war fit. Muskulös, wache Augen. Er beherrschte seine Bewegungen. Kevin musste warten, bis Tom einen Fehler machte. Dann musste er zuschlagen. Egal, wie oder mit was.

137.

»Und wenn wir einfach den Strom abschalten?«, fragte de Bodt.

Knorr und der IT-Fritze blickten ihn entgeistert an.

»Dann schmilzt der Kern. Und wir erreichen, was die vorhaben. Man kann ein AKW nicht abschalten. Es muss heruntergefahren werden. Das dauert. Bis die Urankerne abgekühlt sind.«

»Und wenn wir den Stecker vom Rechner ziehen?« Er musste die einfachen Fragen stellen. Bevor Spezialisten sie übersahen.

Der IT-Mann blickte ihn an. Runzelte die Stirn. »Könnte klappen. Es sei denn, der Scheißtrojaner hat sich nicht im Intranet kopiert. Würde ich so programmieren, wenn ich auf diese Weise ein AKW hochjagen wollte. Und ich würde den Trojaner auch so programmieren, dass er es merkt, wenn ihm einer auf der Spur ist.«

Der Mann hatte recht.

»Kann man das AKW auch steuern, wenn man das Intranet lahmlegt?«

Knorr schüttelte den Kopf. »Fällt ein Rechner aus, übernimmt ein anderer. Fällt der auch aus und so weiter. Aber wir haben nicht damit gerechnet, dass das Netz zusammenbricht. Bei Stromausfall gibt's einen Notstromgenerator. Der läuft lang, mit Diesel.« Knorr schüttelte wieder den Kopf.

»Gut, Gundremmingen erwischt der GAU. Was machen die dann?«

Der IT-Typ widmete sich seinem Rechner. Betrachtete inbrünstig eine Seite, die es mit Chinesisch hätte aufnehmen können. Knorr beugte sich über die Schulter des Computer-Experten.

»Das ist eine ganz schöne Scheiße«, murmelte der. »Eine ganz schöne Scheiße.«

De Bodt verstand, dass er besser in Berlin geblieben wäre. Eine idiotische Idee hatte ihn hergetrieben. Dass er keine Feigheit zeigen durfte. Nicht anderen. Sich selbst.

138.

»Wenn das AKW hochgeht, sind Sie angeschissen«, sagte Salinger.

Dreher zog die Brauen hoch. Ließ sie langsam sinken. »Sie kriegen mich doch sowieso dran. Ich hab dem Mann was abgenommen, das mir nicht gehörte.«

»So kann man eine Amputation auch beschreiben. Nein, diese Straftat gehört zu einem großen Verbrechen. Die Sache mit dem AKW. Wie gesagt: Wenn Sie uns helfen, vergessen wir die Amputation. Wenn nicht, kriegen wir Sie mit Beihilfe zum Massenmord dran. Sie kommen nie wieder aus dem Knast. Und Sie werden unter den Knasties nur Freunde finden. Das sind dann Leute, die dank Ihnen und Ihrer Kumpel Verwandte, Bekannte, Ehefrauen, Kinder verloren haben. Ihr Lebenslänglich wird ziemlich kurz.«

Yussuf warf ihr einen Blick zu. Sie nahm es nicht wahr.

Dreher nieste in die Hand. Wischte die am Hosenbein ab. »Und wenn ich nicht mehr weiß?«

»Dann viel Spaß«, sagte Salinger. »Wir lassen Sie eine Weile allein. Überlegen Sie es sich gut.«

Lingus' Fingerkuppen bearbeiteten den Tisch im anderen Vernehmungsraum.

»Ist Ihnen was eingefallen?«, fragte Salinger.

Lingus blickte sie an. »Zeugenschutzprogramm? Wirklich?«

Sie nickte. »Wenn Ihre Aussage was bringt, kriegen wir das hin.«

»Da hat mich einer angerufen. Hat gesagt, ich soll mal auf mein Konto gucken. Hab ich gemacht. Zehntausend Euro. Anzahlung, hat der gesagt. Dann hat er gesagt, ich soll nach dem Gespräch das Handy in die Spree werfen. Hab ich gemacht.«

»Ja, und?«

»Aber ich hab die SIM-Karte behalten. Man weiß ja nie.«

139.

»Auweia«, sagte der IT-Fritze. »Auweia.« Warf de Bodt einen Blick zu. Du nervst, sagte der. De Bodt telefonierte gerade mit dem Vorzimmer der Kanzlerin. Niemand wollte ihm einen Hubschrauber geben. Die wurden gebraucht. Man konnte fast glauben, der Himmel über Deutschland sei schwarz vor Helis. Aber Kammer konnte auch nicht helfen. Die Kanzlerin sei in Brüssel. Krisensitzung. NATO. Sogar der US-Botschafter sei pünktlich erschienen.

De Bodt dachte erst gar nicht über ein Auto nach. Er würde stecken bleiben. Auf dem Fernseher las er Meldungen. Die Autobahnen verstopft. Die Bundeswehr ausgerückt. Der Innenminister hatte markige Worte gefunden. Erstaunlicherweise aber keinen Migranten, dem er die Schuld zuschieben konnte.

Die Mobilfunknetze waren zusammengebrochen. Er rief mit Knorrs Telefon sein Büro im LKA an. Besetzt. Er rief in der Zentrale an. Besetzt. Bei Krüger kam er durch. »Können Sie bitte in mein Büro gehen und Frau Engel für heute nach Hause schicken.«

»Andere Sorgen haben Sie nicht?«

»Tun Sie es, verdammt!« Knallte den Hörer auf die Gabel.

Er wartete fünf Minuten. Yussuf hob ab. »Von dem Schock wird sie sich nicht erholen, die Engel.«

»Hoffentlich«, sagte de Bodt. »Habt ihr was?«

»Ja, eine SIM-Karte. Von Lingus. Ist schon in der KT.«

»Sehr gut! Vielleicht haben die einen Fehler gemacht … Ach, ich glaube es nicht.«

»Wenigstens wissen wir, dass Lingus nichts weiß«, sagte Yussuf. Und nieste, dass fast die Leitung geplatzt wäre.

»Wirklich tröstlich«, erwiderte de Bodt. »Ich muss zurück. Bin hier eine Fehlbesetzung.«

»Nicht mal du kannst das AKW retten?«

»Von Atomkraftwerken verstehe ich nichts. Außer dass sie gefährlich sind. Und jemand sie hochgehen lassen kann.«

»Scheiße!«, rief der IT-Fritze. »Ach, du Scheiße!« Totenstille. Dann: »So eine Scheiße!«

140.

Uhlenhorst schüttelte den Kopf. »Die SIM-Karte kannst du in der Pfeife rauchen.«

»Nix drauf? Kein Anruf?«, fragte Salinger.

»Doch, doch. *Unbekannte Nummer.*«

»Mist… warum hat er die SIM-Karte dann behalten? Hast du die Kontakte gecheckt?«

»Siebenundzwanzig. Die müsst ihr abklappern. Viel Spaß. Der Ausdruck ist in der Akte.« Deutete auf den Ordner, den er auf ihren Schreibtisch gelegt hatte.

»Toll. So was mach ich gern. Ich sag dem Chef, er soll Krüger antanzen lassen. Siebenundzwanzig Figuren, zusammen mit Krügers Leibeigenen geht das schnell.«

»Und steht morgen in der Zeitung«, sagte Salinger.

»Ist das nicht egal? Steht doch sowieso alles drin. Als hätten wir die Wochen des offenen LKA 1.«

»Ich will nicht, dass die Leute in den Kontakten sich auf Bullenbesuch einstellen können. Wir spielen Überfallkommando. Aber ohne Gejaule und Geblinke.«

»Ich melde offiziell meinen ohnehin unnützen Protest an. Begründung: Ich hätte gern mal wieder Krüger arbeiten gesehen.«

»Abgelehnt. Sei froh, dass er nicht arbeitet. Das hätte womöglich schlimmere Folgen als ein GAU«, sagte Salinger.

»Manchmal hast du recht. Da es so selten ist, sollten wir groß feiern.«

Die Büroklammern schossen heran wie Schrotkugeln. Eine schaffte es sogar in den Hemdausschnitt. Was Yussuf zu einer Art Limbotanz ohne Stange veranlasste.

»Me too«, sagte er. »Ich geh zur Gleichstellungsbeauftragten.«

»Grüß Hilde von mir.«

Uhlenhorst stand neben der Tür, hörte sich das an und sagte endlich: »Ach, falls ihr das wissen wollt: Das AKW Gundremmingen geht in etwa vierunddreißigeinhalb Stunden hoch. Hat Eugen am Telefon durchgegeben. Er wollte wissen, ob einer von der KT eine Idee hat, wie man die Uhr abstellen kann.«

Stille.

»Wie bitte? In vierunddreißigeinhalb Stunden?«, fragte Salinger.

»Jetzt sind es schon ein paar Sekunden weniger.«

»Ist das ein Trojaner mit Zeitzünder?«, fragte Yussuf.

»So was. Eugen sagt, sie hätten den Zeitzünder eingeschaltet, als sie nach dem Trojaner gesucht haben. Der Kollege vom BSI fürchtet, dass das AKW sofort hochgeht, wenn er dem Trojaner zu Leibe rückt. Das Ding hat einen Selbstschutz eingebaut. Und bevor Ali schlau fragt: Strom kappen geht auch nicht.«

»So was Dummes hätte ich nie gefragt.« Doch das war Yussuf-Routine. »Und der Chef? Spielt er Kamikaze-Ritter?«

»Nein, aber er kommt da nicht raus. Alles verstopft. Hubschrauber gibt's nicht mehr.«

»So ein Quatsch. Helis gibt's wie Sand am Meer. Aber die Damen und Herren des Krisenstabs im Kanzleramt setzen andere Prioritäten.«

»Klar, so ist das«, sagte Uhlenhorst.

»Sind die verrückt?«

»Natürlich. Aber sogar, wenn es einen Heli gäbe, der nicht hektisch durch die Gegend fliegt… Ich fürchte, die trauen sich nicht mehr nach Gundremmingen. Die Piloten …«

»Da hängen sich die Leute an die Landekufen, die Räder«, sagte Salinger. »Dann gibt's ein Unglück. Oder der Pilot kann gar nicht starten. Und ich weiß, was der auf keinen Fall will: in Gundremmingen bleiben.«

»Und wer koordiniert das Chaos?«, fragte Uhlenhorst.

»Der Innenminister. Wer sonst? Dem fliegt gerade sein Bayern um die Ohren.«

»Na, mit dem ist alles verloren. Ein GAU ist kein Hagelschauer auf dem Trachtenfest.« Uhlenhorst überlegte. »Aber was machen wir, um Eugen rauszuholen?« Überlegte. »Oder glaubt der etwa, er könne ein Atomkraftwerk steuern?«

»Zuzutrauen wär's ihm«, sagte Salinger. Sie war stinksauer. Warum war der Idiot da runtergefahren? Und sie hatte Angst. Umso mehr, je besser sie begriff. Während alle Leute versuchten abzuhauen, flog der hinein in den GAU.

Ihr wurde kalt und warm. Sie schwitzte. Massierte sich die Kopfhaut, bis es schmerzte. »Verfluchte Scheiße! Verfluchte, verfluchte Scheiße.« Erstarrte: »Der geht drauf. Wir kommen nicht rein, er kommt nicht raus.«

Yussuf schloss die Augen. Als könnte man Panik sehen. Als könnte man ihr entgehen, wenn man sie nicht sah. Der Chef hätte da bestimmt ein Zitat parat. Er weckte seinen Rechner. Starrte auf den Bildschirm. »Guckt euch das an!«

Salinger und Uhlenhorst stellten sich neben ihn. Live-Fernsehbild. Luftaufnahmen von Menschenströmen ohne Ende.

Wie im Krieg.

»Mein Gott!«, sagte Salinger.

»Wo ist Ihr Chef?«, schnauzte Tilly. Sie hatten ihn nicht reinkommen gesehen.

»In Gundremmingen«, sagte Salinger. Vergeudete keinen Blick auf ihn.

»Wie bitte?«, fragte der Kriminalrat. Schon leiser.

Niemand antwortete.

»Was macht der da … ist der verrückt geworden?«

Keine Antwort.

Die drei starrten auf den Monitor. Die Bilder stammten von Helikoptern, vielleicht auch von Flugzeugen, Drohnen. Alles schwarz vor Menschen. Längst hatten die meisten die Straßen und Wege verlassen. Sie marschierten über Felder und Wiesen. Autos blieben stecken. Bis alles stand. Dann wieder ein paar Meter voran.

»Was soll das nur werden? Und Ihr Chef kommt nicht raus? Das ist…«

»Yussuf blickte auf die Uhr. »Er hat noch vierunddreißig Stunden und einundzwanzig Minuten.«

141.

26:44.

Im Büro des Polizeipräfekten standen die Fenster offen. Es war schweinekalt und feucht. Der Wind blies Blätter auf den Teppich. Der Präfekt saß hinter dem Schreibtisch. Schweiß im Gesicht. Er deutete auf den Stuhl vor seinem Tisch. Wo er sonst die Todeskandidaten hinsetzte, die er für irgendeinen Kleinkram herunterputzte. Weil sie auf der Konferenz zu spät erschienen waren. Weil sich eine Promigröße über eine Verkehrskontrolle beschwert hatte. Auch Lebranc hatte sich dort schon Abreibungen abgeholt.

Der Präfekt zog ein großes weißes Taschentuch hervor und wischte sich das Gesicht trocken. »Der Innenminister… unangenehmes Gespräch. Die haben Angst, dass auch bei uns ein Atomkraftwerk gekapert wird. Der Präsident schlage wild um sich vor Wut. Er habe sogar seinen Hund getreten. Nun warten die im Élysée auf die zweite Hand. Oder was immer abgeschnitten werde. Der Innenminister sagt, der Premierminister sage, dass der Präsident die Armee mobilisieren werde. Kriegsfall. Gerade suchen sie Experten, um die Atomkraftwerke zu prüfen. Wir haben Informationen von Ihrem Kollegen aus… Gund… ach egal. Die haben da einen IT-Fachmann, der den Trojaner, Wurm, ach, das Virus untersucht. Und weil der das sucht, wird das AKW hochgehen.«

Normalerweise hielt sich der Präfekt kurz. Das gehörte zur Aura seiner Macht. Aber jetzt brachen die Dämme. Die Aura fiel zusammen wie ein angestochener Luftballon und enthüllte auch nicht viel mehr.

»Haben Sie herausgefunden, was der Plan dahinter ist? Der Innenminister traktiert mich mit Fragen …« Der Präfekt blickte Lebranc an wie ein waidwunder Eber.

»Ich weiß es auch nicht. Die deutschen Kollegen sind nicht weiter als wir.«

Zurück im Büro, rief er Floire. »Was ist denn mit Ihrem Onkel? Der ist doch bei den RG. Haben Sie mit dem gesprochen in letzter Zeit? Die Nachrichtendienste müssten doch eine Idee haben … inzwischen.«

»Ich habe gestern telefoniert.« Floire stand vor Lebrancs Schreibtisch. Der erholte sich gerade vom Schwindelgefühl, das ihm der Blick in den Abgrund beschert hatte. Der Präfekt, nur noch das Gerippe einstiger Herrlichkeit. Binnen weniger Stunden.

»Ja, und? Sie haben telefoniert. Vielen Dank für diese Information.«

»Er weiß immer noch nichts«, sagte Floire. »Sagt er. Das Schlimme ist, dass ich ihm glaube.« Er setzte sich auf einen Stuhl am Konferenztisch.

Sie schwiegen.

Floires Telefon vibrierte. Er las. »Merde. In sechsundzwanzig Stunden und vierzehn Minuten geht das Atomkraftwerk Gundremmingen hoch. Sagt Ali Yussuf. Der weiß es von seinem Chef, der im AKW ist.«

»Immer noch?« Lebranc schnaufte durch. »Ist der wahnsinnig?« Schlug die Hände vors Gesicht. Legte sie auf die Schreibtischplatte. Er würde nicht durchdrehen. Er würde mit Würde scheitern. »Irgendwas über die Entführung?«

»Wir suchen. In der Umgebung des Élysée-Palastes haben wir nichts gefunden. Wenn die jemals dort waren, haben sie sich verzogen. Die haben längst mitgekriegt, dass ihre Kollegen in Berlin geschnappt wurden.« Er zog ein Papier aus der Jackettinnentasche, entfaltete es. Ein Fahndungsaufruf. Das Bild der Präsidentengattin. Nichts über die Verstümmelung. Sonst das Übliche: Telefonnummer der Polizei. Mail-Adresse. Hielt es hoch. »Hängt überall. Kein einziger nützlicher Hinweis. Nur die üblichen Idioten. Sie haben auch im Fernsehen gefahndet. Der Präsident soll sich lange geweigert haben. Aber bevor die ihm seine Frau in Stücken liefern … pardon!«

Lebranc hatte es nicht mal gehört. Er saß im schwarzen Loch. Es war keine Verzweiflung. Die spürte man. Er spürte nichts. Als löste er sich auf. Er wehrte sich nicht gegen das Gefühl. Hatte nicht mal Angst. Hatte gar nichts.

142.

25:39.
Merkow und Katt hatten am Vormittag den Telekommunikationsraum besetzt. Alle rausgeschickt bis auf den Chef. Einen jungen Mann mit sorgfältig gescheiteltem Haar. Zu jung, um zur KGB-Schule zu gehören. Konstantin Lebew hieß er. Er erwies sich als perfekte Hilfskraft. Merkow zapfte mit verschlüsselten Nachrichten alle seine Kontakte in Russland an. Auch ein paar Residenten in westlichen Ländern. Irgendwer musste doch wissen, wer diesen Hexentanz veranstaltete. Oder wenigstens eine Idee haben, wer für Teufelsritte dieser Art infrage kam. Wer kaperte ein AKW? Wer stellte eine Forderung, die niemand erfüllen konnte? Wer drohte warum, die Weltwirtschaft im Klo runterzuspülen? Wer konnte davon profitieren. *Cui bono?*

Die meisten antworteten gleich. Lebew legte die entschlüsselten Meldungen auf den kleinen Tisch, an dem Merkow und Katt saßen. Immer wieder betrachtete er Katt. Vielleicht kannte er ihren Ruf. Vielleicht fand er sie anziehend. Lebew arbeitete routiniert. Offenbar hatten ihm Vorgesetzte eingetrichtert, dass ein SWR-Leutnant keine Gefühle besaß.

Lebew legte Merkow ein weiteres Blatt vor. Der hatte sich fast schon daran gewöhnt, dass nichts in den Antworten stand als *Ich freue mich, von dir zu hören, Konstantin. In Moskau gehen wir einen trinken.* Tatjana war stellvertretende Residentin in Belgrad. Typisch für den SWR, dass er seine Talente erst auf »die Tour« schickte. Posten in befreundeten Staaten. Rückhalt durch einen Vorgesetzten. Merkow kannte Tatjana Gonschajewa von einem Lehrgang. Sie war ihm als klug und sarkastisch aufgefallen. Sarkasmus zählte zu den am meisten unterschätzten Talenten eines Agenten. Sie half ihm, den Mist der eigenen Führung zu verarbeiten. Wie Soldaten ihre Loyalität zu ihren Vorgesetzten mit Flüchen unterstrichen.

Das ist geheim, Konstantin. Mein Chef Wassili Taterow ist gestern gestorben. Herzinfarkt. Bis demnächst!

Er schob den Zettel zu Katt. Sie las. Nickte. Las noch einmal. »Schreib ihr, dass der Leichnam in Moskau obduziert werden soll. Und schreib es dem Präsidenten. Dann kommt es von ganz oben. Falls …«

Merkow nickte. »Zu viele Leichen.«

Katt tippte sich an die Stirn. »Die Leute sollten gesünder leben.«

143.

24:11.

Bob las und lachte. Er hatte prima gefrühstückt. Dann hatte ihn sein Chauffeur zum Büro gefahren. »Denen geht der Arsch auf Grundeis.«

Eine Falte auf Charles' Stirn.

»Wenn die wüssten, was bald kommt.« Er löste seine Augen nicht vom Bildschirm. Der die immer gleichen Bilder zeigte. Menschenmassen. Auf Luftbildern sahen sie aus wie ein Riesenmonster mit Tentakeln. Grau mäanderte es über Straßen, Felder, Wiesen. Wurde dicker, wo sich die Fläche öffnete. Schmal, wo Wald oder Wasser den Weg begrenzten. Drückte Leute am Rand in Flüsse, Seen. Zerquetschte Leute im Innern. Individuen zusammengewachsen zur Masse.

»Es gibt nichts anderes mehr«, sagte Charles. »Sogar wo nichts zu berichten ist, wird berichtet. Faszinierend. Ich hätte doch Soziologie und Psychologie studieren sollen. Vielleicht mach ich es noch.«

Bob nickte ihm zu. Heutzutage ließen sie Greise studieren, damit die gebildet ins Grab stiegen. Charles war jünger. Aber zu ehrgeizig, um sich im Hörsaal zwischen Oma und Enkel zu setzen.

»Es sind wir, die das Land steuern. Wie wir wollen«, sagte Charles. »Es ist dein Plan. Der beste, den ich jemals gesehen habe.« Charles hob ein Geister-Champagnerglas.

Bob fühlte sich wohl.

144.

22:59.

»Wir kommen hier nicht weg. Also müssen wir das Biest töten«, sagte de Bodt. Überlegte, wie es war, wenn man verdampfte. Das ging schnell. Aber er hatte seinen Weg noch nicht beendet. Er hatte nicht herausgefunden, was er noch fragen konnte. Er hatte Hegel noch nicht wirklich verstanden. Und rausgeschmissen zu werden war vielleicht doch angenehmer, als zu verdampfen.

Er hatte Salinger angerufen. »Wir kriegen das hin.« Er war zufrieden mit sich. Seine Stimme hatte fest geklungen. In ihr war nichts von der Panik gewesen, die Flugkunststücke um seinen Schädel veranstaltete. Noch war sie nicht gelandet.

Aber Salinger hatte ihre Angst in seiner Stimme gefunden. »Wie viel Zeit bleibt?«

»Genug, fast dreiundzwanzig Stunden. Wir kriegen das hin.«

Der IT-Fritze blickte ihn groß an. Widmete sich wieder der Tastatur. Die seine Verzweiflung zu spüren bekam. Er schüttelte den Kopf.

In der letzten Stunde hatte er mit seinem Amt telefoniert. Reihum mit den Kollegen gesprochen. De Bodt hatte kaum ein Wort verstanden. Nur dass es schlecht stand. Das Haupthindernis war der Selbstschutz des Trojaners. Der Techniker hatte nur einen Versuch. Wenn er scheiterte, gnadete ihnen weder Gott noch sonst jemand.

»So eine Scheiße«, sagte Salinger. »Ich liebe dich.«

»Ich dich auch.«

Schweigen.

»Du kennst David Hume? Nein? Der hat gesagt: ›Verzweiflung darf vernünftiger Weise in den Wissenschaften nie Platz greifen; da trotz der Erfolglosigkeit früherer Versuche immer Raum für die Hoffnung bleibt.‹«

»Wie schön, dass der sich so gut mit Atomkraftwerken auskannte.«

21:17.

Ich liebe dich, hatte sie gesagt. Wir hätten es versuchen sollen. Trotz allem. Es wäre jedes Risiko wert gewesen. Was war ich für ein Feigling! Jetzt war es zu spät.

Das Telefon klingelte. Knorr reichte de Bodt den Hörer.

»Kein Mensch erreicht jemanden in diesem Chaos. Außer dem russischen Geheimdienst.«

»Sie sollten uns nicht unterschätzen. Ihre Kollegin hat mir verraten, dass Sie in Gundremmingen sind.«

»Stimmt.«

»Ich wollte Sie in ein Staatsgeheimnis einweihen.«

»Das machen Sie auch nur, um mich zu ärgern, kurz bevor ich verdampfe.«

»Sie haben es erraten. Wie überhaupt, Sie sind gut, de Bodt. Ich habe von Ihnen gelernt. Es ist vielleicht nicht der beste Zeitpunkt, Ihnen vorzuschlagen, die Seiten zu wechseln.«

»Wenn Sie die Krim wieder rausrücken, lasse ich mit mir reden.«

»Ich frag meinen Präsidenten. Können wir helfen? Mit Atomenergie kennen sich unsere Leute aus.«

»Auch mit Atomunfällen, ich weiß«, sagte de Bodt.

»Ich frage rum. Geben Sie mir doch mal jemanden, der wirklich was davon versteht.«

De Bodt lachte und gab dem Techniker das Telefon. »Sagen Sie ihm alles, was Sie wissen.«

»Wird ein billiges Gespräch«, sagte der. Und legte los. Gab de Bodt das Telefon zurück.

»Klingt nicht gut«, sagte Merkow. »Ich melde mich wieder. Vorher, damit Sie was zu tun haben vor dem Verdampfen. Der SWR-Resident in Belgrad ist gestern gestorben. Herzinfarkt. Wir lassen ihn obduzieren. Und suchen natürlich ein Einstichloch.«

»Sollte es rechtzeitig gefunden werden, sagen Sie Bescheid.«

145.

19:06.
Es war das Ohr. Mitsamt dem Ohrring, den ihr der Präsident zum letzten Hochzeitstag vermacht hatte. Floire war immer noch in die Poststelle des Élysée-Palastes abkommandiert. Das Ohr wurde in die Rechtsmedizin gebracht. Eigentlich war das überflüssig. Aber das Protokoll galt, auch beim Weltuntergang. Im Päckchen lag eine Notiz:

Sagen Sie der Kanzlerin, dass sie endlich die Schulden bezahlen soll.

Mit der Hand geschrieben! Wenn irgendwas Selbstbewusstsein zeigte, dann dieser Hohn. Keine geklebten Buchstaben aus Zeitungen, kein Ausdruck. Nein, mit der Hand geschrieben.

Floire war erschüttert. Und er bewunderte es. Diese Demonstration von Macht. Durch ein unscheinbares Zeichen. Genial. Er wusste, niemand würde eine Vergleichsprobe für die Schrift finden. Und wenn doch, dann war der Verfasser längst Treibgut in der Loire.

Er rief Lebranc an. »Wir müssen über die Motive sprechen. Die Täter setzen uns dermaßen unter Druck, dass wir unser Handwerk vergessen.«

Lebranc schnappte nach Luft. Floire hörte es. Dann Schweigen. Endlich: »Ja. Kommen Sie her.«

»Ich weiß nicht. Bin hierher versetzt …«

»Wollen Sie auf das zweite Ohr warten. Kommen Sie her!«

146.

18:31.
Salinger wischte sich die Augen trocken. Die waren rot vom Weinen. Krüger hatte das Büro betreten. Und war hinausgegangen. Ohne ein Wort.

Yussuf starrte auf seinen Monitor. Der zeigte seinen Hertha-BSC-Bildschirmschoner. Aber er sah ihn nicht.

»Wir müssen herausfinden, warum die das machen«, sagte Salinger. »Das sieht wie ein Umweg aus, aber was Besseres fällt mir nicht ein.« Sie sprach leise.

Yussuf nickte. Floire hatte ihm gemailt. Das Ohr. Die Forderung. »Vielleicht die Mafia. Die Italiener haben mehr Staatsschulden als Tomaten. Im letzten Krieg hat die Mafia gegen die Nazis gekämpft, zusammen mit den Amis. Vielleicht kämpft sie wieder für Italien. Sie ist unter Druck geraten. Deswegen braucht sie einen Befreiungsschlag. Sie ist gut organisiert, international verzweigt. Hat keine Skrupel. Italien von seinen Schulden zu befreien, das wäre ein Ding. Also: Sie hätte ein Motiv, sie hätte die Möglichkeiten, sie hätte keine Hemmungen.«

Salinger blickte ihn an. Wischte eine Träne aus dem Augenwinkel. »Nur, wenn es die Mafia ist, wie sollten wir die in eineinhalb Tagen stellen? Außerdem haben die das auf Südeuropa ausgeweitet.«

»Die Russen«, sagte Yussuf. »Für die gilt das Gleiche wie für die Mafia.«

»Und das Gleiche für die Zeit, die wir nicht haben. Allerdings glaube ich nicht, dass Putin den Dritten Weltkrieg will. Den würde er riskieren, wenn …«

»Eugen hat eine Nachricht in der Zentrale hinterlassen. Die Handys können wir wegwerfen.«

»Was steht drin?«

»Der Leiter der russischen Spionage in Serbien ist gestorben. Herzinfarkt. Eugen tippt auf ein Einstichloch.«

»Kann sein. Aber was nutzt es? Keine Ahnung, warum gerade so viele Russen umgebracht werden. Eugen würde sagen, *cum hoc ergo propter hoc*«, erwiderte Salinger.

»Hm.« Überlegte. »Vielleicht irrt er sich diesmal«, sagte Yussuf.

»Schön, dass er das nicht hören muss.« Sie bedeckte ihre Augen. Tränen flossen bis zum Kinn. »Er kommt da nicht raus. Und wir können nichts tun.«

»Wenn wir uns nicht anstrengen, dann bestimmt nicht.«

Sie schniefte. Blinzelte ihn an. »Gut.«

»Wir nehmen uns Lingus und Dreher noch mal vor.«

18:04.

»Ich habe Ihnen die SIM-Karte gegeben. Ich erwarte, dass Sie Ihr Versprechen halten.«

»Nicht für einen unbekannten Anrufer. Der dazu ein Telefon benutzt hat, das auf dem Grund der Spree liegt oder auf die Umlaufbahn um die Erde gekickt wurde.«

Lingus blickte Salinger empört an.

»Es sind Kontakte auf der Karte gespeichert.« Sie hatten es noch nicht geschafft, die Leute abzuklappern. »Wer sind die?«

»Kumpel und so weiter.«

»Hat einer von denen was mit der Sache zu tun?«

Lingus überlegte.

»Also, wer?«

Lingus überlegte immer noch.

»Einer von denen ist der Tippgeber. Der hat jemandem geraten, sich an Sie zu wenden. Wenn es um eine schicke Entführung geht. Um die Verstümmelung von Leuten. Alles, was so richtig Spaß macht.« Salinger hätte dem Kerl am liebsten eine verpasst. Eugen kämpfte um sein Leben, und dieser Blödmann vergeudete ihre Zeit. »Ich dachte, Sie wollten ins Zeugenschutzprogramm und nicht in den Knast. Ich habe mich offenbar geirrt. Kommt vor.« Sie erhob sich und ging zur Tür.

»Warten Sie!«

»Los jetzt. Ich habe keine Zeit.«

»Peter Becker, der hat mir gesagt, dass er jemandem einen Tipp gegeben hat. Dass ich bald ein reicher Mann wäre und ich ihm was abgeben soll.«

»Peter Becker also. Adresse? Die steht nicht in Ihren Kontakten.«

Er nannte eine Adresse in Strausberg.

»Und der wohnt noch da?«

»Woher soll ich das wissen? Vor ein paar Wochen hat er da noch gewohnt.«

»Haben sich die Entführer auf Becker berufen?«

»Ja.«

»Wie haben die das getan?«

Lingus überlegte. »Der hat mich gefragt, ob ich einen Job übernehmen will. Mein Freund Becker hätte mich empfohlen.«

»Einfach so am Telefon?«

»Ja.«

»Es war ein Mann, wenn ich recht verstehe.«

»Sag ich doch.«

»Von wo hat der angerufen?«

»Ich kann doch nicht hellsehen.«

»Also, ich merke es, wenn mich jemand aus dem Ausland anruft. Die Verbindung ist schlechter …«

»Keine Ahnung«, sagte Lingus. »Mich interessiert nur, ob ich jemanden verstehe oder nicht.«

»Nichts«, sagte Yussuf. »Dreher weiß nicht mehr, als er uns erzählt hat. Behauptet er. Aber ich fürchte, das ist so.« Er hatte ihn gelockt und bedroht. Nichts. »Ich habe ihm Knastfreiheit und sofortige Entlassung aus der U-Haft versprochen. Nicht mal darauf ist er angesprungen.«

»Der weiß, dass du ihn angelogen hast.«

»Ich kann das eben nicht so gut wie du.«

»Ich kann es nicht ertragen, dass Eugen in diesem Scheiß-AKW auf den Tod wartet.« Die Augen wurden wässrig. »Wir müssen irgendwas tun.«

Yussuf nickte.

»Du rufst den Professor Süß an … nee, besser, du fährst hin. Quatsch, wir fahren beide hin.«

147.

17:32.

»Fassen wir zusammen. Es sterben Funktionäre, Leute, die Moskau dienen. Unserem Zaren«, sagte Merkow. »Auffällig viele. Mindestens zwei durch die bulgarische Methode. Ob die Täter das Gift diesmal auch mit dem Regenschirm spritzen, weiß ich nicht. Wir hatten den Angriff auf den werten Ex-Kollegen in Salisbury.« Merkow drehte sich auf die Seite und blickte sie an. Katt hatte ein klassisches Profil. Er hätte sie auf eine Säule stellen sollen, und sie wäre als griechische Göttin durchgegangen. Sie blickte an die Decke. Legte den Finger an den Mund, ohne ihn anzusehen.

»Ich habe es geprüft, da ist nichts«, sagte er.

»Wenn du nichts findest, zählt es fast als Beweis, dass da doch etwas ist. Vielleicht drehen die auch Pornos mit uns und verkaufen die.«

Er lachte. »Deine Fantasie möchte ich nicht haben.«

»Deine ist schlimmer.«

»Wir müssen de Bodt helfen. Irgendwie«, sagte Merkow.

»Willst du unsere Luftwaffe anfordern?«

»Keine schlechte Idee. Wir schaffen etwas, das die Deutschen nicht hinkriegen. Wir retten deren Mann. Aber unsere Vorgesetzten müssten in Berlin fragen, ob sie es dürfen. Du kennst die Antwort unseres Chefs auf so einen Vorschlag so gut wie ich.«

Sie nickte. »Sie würden Bedingungen stellen. Sie haben nichts einzuwenden gegen das Chaos hier. Sie werden sich rächen für die Kritik an Tschernobyl. Die Katastrophe war für sie eine Niederlage. Ein Gesichtsverlust. Und die Kritik aus dem Westen. Häme … Vielleicht richten unsere Chefs das Chaos an?«

Merkow überlegte. »Ich habe darüber schon nachgedacht …«

»Und mir nichts verraten als der Eremit, der du bist. Danke für den Vertrauensvorschuss.«

»Reg dich nicht auf. Wenn ich dir alle Schwachsinnsideen schildere, die mich täglich anfallen …«

»Schon gut. Aber welchen Sinn hätte es? Ich sehe keinen. Eine Atomkatastrophe? Hat unsere Regierung ein Interesse daran? Zumal sie selbst auf Atomkraft setzt? Der Untergang Deutschlands? Wir brauchen die Europäer, vor allem Deutschland. Jeder weiß das. Und die irre Theorie, dass wir ein AKW hochjagen, damit die mehr Gas und Öl von uns kaufen? Das ist Dummheit pur. Zumal die den Atomausstieg beschlossen haben.«

»Nicht zuletzt wäre ein Angriff auf ein AKW ein Kriegsgrund«, sagte Merkow. »Bei dem Irren in Amerika weiß kein Mensch, was herauskäme. Die große Liebe zwischen den Präsidenten würde doch erkalten. Und Russland als der größte Bösewicht des Jahrhunderts dastehen. So viel Blödsinn auf einem Haufen gibt es nicht.«

»Unterstellen wir, die Kumanowa und alle anderen Opfer wurden von denselben Leuten umgebracht. Wär ja möglich. Stellt sich die Frage warum und wie. Warum? Könnte sein, dass die jemandem bei uns im Weg standen. Könnte sein, dass die Amis sich für unsere letzte Aktion bedanken. Sie haben teuer bezahlen müssen, um ihren Typen wiederzukriegen. Den dir dein Freund hier geschenkt hat. Manchmal sitzen an den Schalthebeln Leute, die rachsüchtig sind.«

»Könnte sein, dass die doch drogensüchtig waren, was die Einstiche erklären könnte«, sagte Merkow.

»Die Rechtsmedizin hat das doch ausgeschlossen. Warum sollte diese Doktor Zander lügen? Es ist schon seltsam, dass hier das Chaos ausbricht und gleichzeitig unsere Leute …«

»Hatten wir schon«, sagte Merkow. »Die Wiederholung macht uns nicht schlauer.« Verließ das Bett, ging ins Bad, kehrte zurück. »Wir müssen den rausholen. Ich bin es ihm schuldig.«

»Der ist dir mehr schuldig. Aber wenn wir ihn rausholen, steht er in unserer Schuld. Bis an die Haarspitzen und darüber. Sieh es mal so.«

148.

16:58.
Sie hatten die Wachen verdoppelt. Bestimmt stand Verstärkung bereit. Genauso bestimmt hatten sie die Sicherheitseinrichtung verstärkt.

Nachdem sie sich ausgewiesen hatten, klingelte Salinger. Eine Frau mit Schürze öffnete. Sie blickte sie so freundlich wie besorgt an. Salinger stellte sich und Yussuf vor. Die Frau führte sie in ein Büro.

Der Professor saß auf einem Sessel mit Fußstütze. Süß legte ein Buch zur Seite. Die Wangen eingefallen, unrasiert.

»Nehmen Sie bitte Platz. Darf ich Ihnen was anbieten?«

»Nein, danke«, sagte Salinger.

»Sie sind?«, fragte Süß.

»Wir sind die Mitarbeiter von Hauptkommissar de Bodt und haben eine Bitte.«

»Die wäre?«

»Unser Chef ist in Gundremmingen. Er versucht, das AKW zu retten. Aber wie es aussieht, gibt es nichts zu retten. Die Leute im AKW, unser Chef, ein Ingenieur und ein IT-Experte vom BSI, sitzen fest. Niemand will sie rausholen. Angeblich gibt es keine Hubschrauber, um sie zu retten. Dabei gibt es natürlich viele Hubschrauber, der Polizei, der Bundeswehr, der Rettungsdienste und so weiter. Wir haben gehört, dass viele Länder angeboten haben, uns zu helfen. Vielleicht könnten die Belgier unseren Chef und die anderen retten? Oder die Holländer, Franzosen …«

»Sie sind nicht die Ersten, die mich als First Lady missbrauchen wollen. Sie sagen: Also, First Lady, unser Chef hat dich gerettet. Jetzt sitzt er so richtig in der Scheiße. Ruf deine Frau an. Die soll ihn rausholen.«

»Genau«, sagte Salinger.

»Schön, dass wir uns verstehen.« Er atmete durch. »Ich weiß nicht mal, ob ich die erreiche. Gut, ich werde ihr eine SMS schicken.« Blickte seine Gäste an. »Zufrieden?«

»Wann?«, fragte Salinger.

»Sobald Sie mich verlassen haben.«

»Noch eine Frage«, sagte Yussuf, während Salinger zur Tür lief. »Sie waren nicht auf dem Weg nach Hause, als die Täter Sie überfielen.«

»Sie haben noch eine Lücke im Ermittlungsprotokoll?«, fragte Süß. Wischte die Frage mit einer Handbewegung weg. »Ich hab's meiner Frau schon gesagt, warum nicht auch Ihnen. Ich habe … hatte … eine … Geliebte. In Hermsdorf … eine Studentin. Vorher war ich beim Juwelier. Wollte ihr was schenken. Das hat gedauert. Gehören Sie auch zu den Leuten, die sich schwer entscheiden können?«

Er blickte an die Decke. »Sie dürfen es gern weiterquatschen. Das kommt sowieso raus. Wie beim ehemaligen Innenminister …«

Als Salinger und Yussuf gingen, nahm er wieder sein Buch. Salinger sah den Deckel. Irgendwas von Schopenhauer. Salinger wusste über den Philosophen nur so viel, dass Eugen ihn nicht ausstehen konnte. Weil Schopenhauer sich über Hegel hergemacht hatte. Und ein Jammerlappen war, der an seinem Selbstmitleid erstickt war. Oder so ähnlich.

149.

16:12.
»Wir haben ja noch ein bisschen Zeit«, sagte Bob. Rollte ans Fenster. Blickte hinaus auf den Hafen. Das National Maritime Museum. Das Kriegsschiff, das sich in den Museumsscheiben spiegelte. Das vietnamesische Flüchtlingsboot. Das Wasserspiel mit seinen Stufen. Das Gleis der Hochbahn. Sie hatten sich in einem Büroturm niedergelassen. Anonym, modern, teuer.

Sie hatten die letzten Tage fast durchgearbeitet. Die Aufträge der Chefs waren allgemein gehalten. Nur die Etappenziele. Es war Charles' und Bobs Aufgabe, die Taktik zu bestimmen. Die Leute aufzutreiben und einzusetzen. Sie waren vorangekommen. Einmal hatte Bob sich mit Otto gestritten. Bis Charles sich auf Bobs Seite gestellt hatte. Mit dem Aufwand stiegen die Risiken, fand Otto. Damit lag er nicht falsch. Aber das galt nicht für eine Operation, die das Scheitern brauchte. Weil der Schrecken sonst nicht vollendet wäre. Und die Hilflosigkeit des Feindes. Otto wollte weniger Leute einsetzen. Bob verlangte das Gegenteil. »Lass sie doch reden, wenn sie gefasst werden. Was wissen sie schon? Sie beschäftigen die Bullen. Alles gut.« Charles hielt Wort. Er überließ Bob die Planung. Sortierte Otto ein. Der war nicht begeistert, dass ihm jemand vor die Nase gesetzt worden war. Warum sollte es auch in einer Verbrecherfirma menschlicher zugehen als in anderen Wirtschaftszweigen?

Bob war zu lange in dem Geschäft, um nicht hellhörig zu werden. Eifersüchtelei? Geschenkt. Aber daraus konnte etwas entstehen. Etwas Gefährliches.

150.

15:01.

»Dieser Lingus ist eine Mischung aus einem Wackelpudding und einem Glitschfisch. Man kriegt ihn nicht, und wenn man ihn doch kriegte, könnte man ihn nicht an die Wand nageln. Glaubst du, dass der einfach mal so jemanden entführt? Weil er einen Anruf gekriegt hat?«, fragte Yussuf.

Sie saßen im *Eliza*. Sie waren die einzigen Gäste. Anne war aschfahl. Eine gesunde Gesichtsfarbe wäre aufgefallen. »Diese Atomgeschichte… man weiß ja gar nicht, wohin man auswandern soll.« Sie stand hinterm Tresen.

»Außerhalb Europas ist es weniger gefährlich«, sagte Yussuf. »War eigentlich schon immer so. Nur können die keinen gescheiten Kuchen backen.«

»Wo ist Eugen?«

»Frag lieber nicht«, sagte Yussuf. Deutete auf Salinger. Die starrte ein Loch in den Tisch.

»So schlimm?« Anne nahm einen Teller mit Keksen in die Hand.

»Schlimmer.«

»Nun sag schon!« Energisch. Sie umrundete den Tresen.

»Der ist in Gundremmingen.«

Anne fiel der Teller aus der Hand. Sie stand da. »Der muss da weg«, sagte sie.

Schweigen.

Sie ging hinter den Tresen, kam zurück mit Kehrblech und Handfeger. Stand eine Weile vor den Scherben und Kekstrümmern. »So eine Scheiße!«, murmelte sie. Blickte auf den Boden, bückte sich und kehrte. »Aber ihr holt ihn da raus… rechtzeitig.«

»Ja, klar. Kannst dich darauf verlassen.«

»Das tu ich. Zwei Cappuccino, ich hab noch Nusskekse.« Deutete mit dem Handfeger auf den Boden.

»Aber nicht die«, sagte Yussuf.

»Idiot.«

»Wahrscheinlich erreicht Süß die Kanzlerin gar nicht. Die ist in dieser Kaserne… Dauerkrisensitzung. Dann die EU, Meteorologen… wohin bläst der Wind das Zeug…«

»Es gibt Leute, die sagen nirgendwohin.« Er hatte vor dem Einschlafen gezappt. Experten über Experten. Von Testosteron und Adrenalin aufgeblähte Politiker: Das können wir uns nicht gefallen lassen und so weiter. Man kannte es. Ein Journalist verlangte, dass die Kanzlerin, die Verteidigungsministerin und der Innenminister an die Öffentlichkeit gehen sollten. Wie bei der Bankenkrise. Wo dann gleich ein anderer einfiel. Die Sparguthaben seien bei der Finanzkrise so gut geschützt worden, dass die Europäische Zentralbank sie jetzt in aller Ruhe per Nullzinspolitik plündern könne. Aber Sie wollen doch jetzt keine Klassenkampfparolen verkünden? Bei einem GAU! Yussuf schaltete es ab. Theater für Arme.

Anne brachte die Bestellung und einen Cappuccino für sich. Zog sich einen Stuhl vom Nachbartisch dazu. »Wir entführen jemanden«, sagte sie. »Ihr hättet den Süß gleich mitnehmen können.«

»Es gibt schlechtere Ideen«, sagte Salinger. Ich liebe dich, hatte er gesagt. Er hätte auch sagen können, wir sehen uns nicht wieder. Sie hatte es gleich verstanden. Dass beides wahr war.

»So viel kriminelle Energie hätte ich bei dir nicht vermutet«, sagte Yussuf. »Wir kommen dienstlich darauf zurück.«

»Ich lass mich nur von Eugen verhaften«, sagte Anne leise.

»Wir könnten uns einen Heli samt Pilot schnappen«, sagte Salinger. »Das kostet uns zwar die Karriere, aber allein mit Ali macht die Verbrecherjagd sowieso keinen Spaß.«

»Dann macht ihr ein Detektivbüro auf«, sagte Anne. »Mit Ali als Büroboten und Putzhilfe. Dafür sollte es bei ihm reichen.«

»Wenn ihr so weitermacht, wähl ich beim nächsten Mal den Sultan in Ankara. Wenn es dann noch Wahlen gibt.«

Schweigen. Sie redeten, weil ihnen nichts einfiel. Sie schwiegen, weil ihnen nichts einfiel.

»Und wenn wir Lingus so richtig in die Mangel nähmen?«, fragte Salinger.

»So richtig?«

Salinger nickte. »Du hast nichts gehört, Anne.«

151.

14:12.

Der BSI-Typ hieß Meier. Der Nachname fiel, als er den anderen das Du anbot. »Kurz vor dem Untergang schwinden die Standesgrenzen«, sagte er. »Ich heiße Herbert Meier.«

Seit der Verbrüderung geschah gar nichts. Die Kollegen beim Bundesamt für Sicherheit in der Informationstechnik grübelten. Riefen immer wieder an. Glücklicherweise funktionierte wenigstens das Festnetz. Ein Satellitentelefon hatte Herbert nicht dabei. Vielleicht wurden die BSI-Außendienstler vor dem nächsten GAU damit ausgerüstet. Bei der Telefoniererei zwischen Bonn und Gundremmingen wurden Ratlosigkeitsmoleküle ausgetauscht. »Du auch nicht? – Ist das ein Russentrojaner? – Fancy Bear? – Eine echte Sofacy-Group-Scheiße? – Habt ihr die Amis gefragt? Ja? Und was haben die gesagt? Dass sie den Bekloppten im Weißen Haus fragen wollen oder so was? Die NSA weiß nichts von Trojanern, die per Stromleitung scharf gestellt werden? Ich dachte, die wissen alles.«

Meier knallte den Hörer auf, als gäbe es kein Morgen. »Denkt man doch, die NSA-Scheißkerle wissen alles. Tun sie aber nicht. Immerhin das erfahren wir vor dem Verdampfen.«

Das Telefon klingelte wieder. »Ist für dich.« Reichte den Hörer an de Bodt. Knorr saß auf seinem Stuhl. Nach vorn gebeugt. Nur noch halb so groß. Klar, er fühlte sich schuldig. Hatte diesen USB-Stick in die Buchse gesteckt. Und jetzt würde er eher wenig von seiner Familie haben. Wenn die das überstand.

»Wie sieht es aus?«, fragte Merkow.

»Unverändert.«

»Nur Mut. Ihre Leute hauen Sie raus.«

»Wie kommen Sie darauf?«

»In meinem Beruf hört man dieses und jenes.«

»Wie gut, dass Sie kein Hörgerät brauchen.«

Merkow lachte trocken. »Ich habe unsere Leute gefragt. Die wussten das meiste schon. Die gucken auch Fernsehen. Mein Dienst hat keinerlei Erkenntnisse. Keinerlei.«

»Sie wissen nichts über die Software? Sie haben da doch kreative junge Leute, wie Ihr Präsident gesagt hat.«

»Die haben meine Kollegen befragt. Die haben alles abgestritten. Glaubwürdig. Auch unsere anderen Dienste haben nichts.«

»Glaubwürdig, das heißt, Sie glauben es?«

Merkow lachte. »Es ist meine Pflicht.«

»Auf so eine Antwort wäre ich auch gern gekommen. Aber diese Operation ist so groß, das kann doch nicht an den besten Geheimdiensten der Welt vorbeigegangen sein …«

»Danke für die …«

»Ich meinte auch Ihre amerikanischen Kollegen.«

»Ich nehme das auch mit dieser Einschränkung dankend an. Die Amerikaner haben also auch nichts? Denen glaube ich noch weniger …«

Jetzt musste de Bodt lachen. »Wenn jemand was weiß, dann nimmt er einen GAU mitten in Europa in Kauf. Oder glaubt, dass der seinen Interessen nutzt.«

»Fragen Sie mal diesen Präsidentendarsteller in Washington«, sagte Merkow. »Der hat euch doch als Lieblingsfeind ausgeguckt. Da können nicht mal wir mithalten. Zutrauen würde ich es ihm.«

»Was soll er davon haben?«

»Der zählt doch jeden Tag die Mercedes-Wagen auf der Wallstreet. Ein paar weniger wären gut fürs Ego.«

»Daran habe ich natürlich auch gedacht. Nach unserer letzten gemeinsamen Aktion in Berlin allemal. Dem Mann ist alles zuzutrauen. Aber irgendjemand sollte ihm geflüstert haben, dass es sein Untergang wäre. Ein Angriff auf einen Verbündeten …«, sagte de Bodt. »Und Ihre Leute würden sich die Hände reiben …«

»Bedenken Sie, in Russland ist es kalt, Reibung erzeugt Wärme.«

»Klar.«

»Niemand kann so pervers sein, jemandem einen GAU zu wünschen.«

»Offensichtlich irren Sie sich.«

»Offensichtlich. Sollen wir Sie rausholen?«

»Sie wollen den Skorzeny spielen. So was klappt heute nicht mehr. Die NATO lässt brüderliche Hilfe nicht zu. Die Regierung in Berlin muss das entscheiden.«

»Warum hat die das nicht längst getan? Hubschrauber schicken, einsteigen, fertig.«

»Kein Pilot fliegt mehr nach Gundremmingen.«

»Befehl ist Befehl.«

»Streik ist Streik. Vielleicht gäbe es einen Piloten, der sich traute. Aber die Regierung muss das unterbinden. Wenn die mich hier rausholen, die Leute aber nicht retten …«

»Ihr seid doch alle verrückt.«

»Das merken Sie jetzt erst? Stellen Sie sich vor, die Regierungsparteien verlieren die nächste Wahl. Der Weltuntergang wär nicht schlimmer.«

»Dabei haben Sie der Kanzlerin den Allerwertesten gerettet.«

»Ihr Deutsch wird immer besser. Gerade weil ich ihr geholfen habe, darf ich nicht bevorzugt werden. Vetternwirtschaft hieße es sofort. Gleicher als gleich. Sie kennen das. Die Bundeskanzlerin lässt Millionen im Stich. Rettet aber ihren Lieblingsbullen. Ihr Präsident könnte das machen. Da haben es Autokraten leichter.«

»Mein Präsident ist ein *Musterdemokrat.* Hat Ihr Ex-Kanzler bestätigt. Mein Präsident hätte so was übrigens nie behauptet. Aber wir sollten unsere Zeit besser nicht verschwenden.«

»Wir können nur eines versuchen. Den Trojaner totschlagen. Notabschaltung geht nicht. Stecker ziehen geht nicht. Nichts geht. Unser Experte sagt, der Trojaner sei geschützt. Sobald man ihn angreift, zündet er. Stilllegen können den nur die Erpresser.«

»Warum sagt Ihre Regierung nicht zu, dass sie die Forderung erfüllt?«, fragte Merkow.

»Erstens käme dann gleich die nächste Forderung. Zweitens gäbe es einen Aufstand. Drittens wäre es der Untergang der Regierung. Viertens hätten wir dann die Krawallbrüder von Rechtsaußen an der Macht.«

»Und wenn es das ist, was die Verbrecher wollen?«

»Hab ich schon überlegt. Könnte sein. Man schafft das Chaos und erklärt dann, der Einzige zu sein, der seiner Herr werden könne. Ja, vielleicht ist es das. Es wäre nur schön, ich könnte das noch herausfinden.«

»Ich sage jedenfalls meiner Regierung Bescheid. Mein Präsident kann ganz gut mit Ihrer Kanzlerin.«

Herbert blickte auf den Bildschirm. Der Sprecher wiederholte, was alle längst wussten. Was sollte er auch sagen?

»Guckt mal! Wir sind in der Glotze!«, sagte Herbert.

Das Gelände war gestürmt worden. Leute, auf der Flucht stecken geblieben. Sie waren zurückgekehrt. Warum, wussten sie selbst nicht. Der Sprecher im Fernsehen verstand gar nichts mehr.

Was wollen diese Leute? Was wollen diese Leute? Die Ersten sein, die sterben? Druck machen, damit die Katastrophe verhindert wird? Wenn das, Druck auf wen? Plötzlich war das AKW-Gelände besetzt. Ob es den Menschen gelingt, das AKW zu stürmen, weiß ich nicht. Ich weiß nicht einmal, ob sie es vorhaben. Ich weiß überhaupt nicht, ob die Leute noch wissen, was sie wollen.

Das Telefon klingelte. Knorr reichte de Bodt den Hörer. Die Kanzlerin. »Ich habe Ihnen einen Hubschrauber geschickt. Es passen vier Leute hinein. Außer dem Piloten.«

»Wenn er landet, werden die Leute ihn stürmen. Es gibt Mord und Totschlag. Die letzte Chance zur Ausreise.«

»Ist es so schlimm?«

»Es ist schlimmer. Lassen Sie den Hubschrauber dort helfen, wo er helfen kann.«

»Sie wissen, dass ich gezögert habe … und jetzt geht es nicht?«

»Der Hubschrauber käme zu spät. Die Leute haben das AKW-Gelände besetzt.«

152.

11:00.
Kevin schwitzte. In der Hütte war es stickig. Seine Mutter lag auf der Luftmatratze und starrte an die Decke. Ihr Gesicht war nass. Schweiß und Tränen. In der Küche hantierte Tom. Es klapperte. Er fluchte leise. Bei diesen Holzwänden hörten sie alles. Und er hörte sie.

»Sie bringen uns um«, flüsterte sie.

Er hatte nicht bemerkt, dass sie sich auf die Seite gedreht hatte.

Sie blickte ihn an. »Sie bringen uns um«, wiederholte sie.

Gestern war sie zusammengebrochen. Krümmte sich und schluchzte fast den ganzen Tag. Tom schien es nicht zu berühren. Oder er hielt es für einen Trick. Dass er sich näherte und Kevin ihn angriff. Wahrscheinlich dachte Tom nicht einmal darüber nach. Er hatte kein freundliches Wort mehr übrig. Ein unfreundliches auch nicht. Er grüßte nicht mehr. Kein Wort übers Wetter. Er löste Kevins Handschellen, wenn er das Essen brachte. Hielt der Mutter den Pistolenlauf an die Schläfe. Kevin schlang den Fraß hinunter, trank reichlich und legte sich die Handschellen wieder an. Dann aß die Mutter, und die Pistole richtete sich auf Kevin.

Sie ging es Tag für Tag.

Kevin kämpfte gegen die Verzweiflung. Die eigene und die seiner Mutter. Gegen die Hitze. Und gegen Tom. Er beobachtete, was der tat. Ob sie nachließen, die Wachsamkeit, das Misstrauen. Ob er glaubte, dass er seine Gefangenen im Griff hatte. Dass sie resigniert hatten. Insofern ermutigte er seine Mutter nicht zu stark. Tom mochte glauben, dass sie auch Kevin entmutigte. Mit ihrem Gebrabbel. Das gestern angefangen hatte. Unverständliches, manchmal *Helmut, nun tu doch!* Wie sie es früher gesagt hatte, wenn sie mit ihrem

Erziehungslatein am Ende gewesen war. In Kevins wilder Phase. *Helmut, nun tu doch!* Die Hände an die Wangen gelegt. Aber Helmut hatte es auch nicht besser gewusst. Der hatte sich neben seine Frau gestellt. Seine Hand auf ihre Schulter gelegt. Diese Geste zeigte die Hilflosigkeit der Mutter mehr als alles Schimpfen und Weinen. Und beeindruckte Kevin mehr als alles Schimpfen und Schluchzen.

Er hatte keine Wahl. Er musste auf einen Fehler Toms warten. Der das wusste. War ja klar. Er musste Tom töten. Und dann sehen.

153.

10:36.
Bob saß in seinem Rollstuhl und beobachtete. Er hatte eine Decke gekauft, bei einem Iraner, am Rand des Chinesenviertels. Die Decke hatte er am Morgen über seine Oberschenkel gelegt. Als er Ottos Blick sah, sagte Bob: »Meine Beine frieren. Obwohl ich nichts spüre. Ist eine Art Phantomschmerz.«

Otto hatte genickt. Lieber nicht drüber sprechen.

»Sind die Drohnenpiloten unterwegs?«

»Noch nicht.«

»Warum nicht? Ich hatte gestern befohlen, dass die sich sofort auf den Weg machen.«

»Ich wollte erst die politische Entwicklung analysieren.«

»Es geht hier nicht darum, was du willst.«

»Es geht hier darum, was notwendig ist«, sagte Otto.

Bob fiel de Bodt ein: Freiheit ist die Einsicht in die Notwendigkeit. Bob hatte es behalten, das Zitat. Hegel.

»Was notwendig ist, bestimme ich.«

»Was notwendig ist, bestimmt die Lage«, erwiderte Otto. Er wendete den Blick nicht ab von seinem Bildschirm. »Außerdem läuft alles wie geplant. Da müssen wir nicht in Hektik verfallen. Die Drohnenfritzen haben einen kurzen Weg. Die finden schnell eine Deckung.«

Bob schwieg. Überlegte, wie er Ottos Verhalten bewerten sollte.

Eifersucht, klar. Aber welche Folgen hatte sie? Er hatte zu viel erlebt. Verrat, Desertion. Wenn der Keim der Eifersucht aufblühte als Missmut, Misstrauen, Miesmacherei, konnte die Operation scheitern.

»Der regt sich ab. Ist ein guter Mann«, hatte Charles gesagt. Aber vielleicht unterschätzte Charles den Ehrgeiz des jungen Manns. Der aussah wie ein Streberstudent, Kofferträger des bewunderten Professors. In dem aber nur der Gedanke lebte, nach oben zu kommen. Der sich anpasste, bis er sich nicht mehr anpassen musste. Sondern das von den anderen verlangte. Bisher war Charles sein Chef gewesen. Das war eine gute Position. Aber nun hatte der Chef Bob zwischen sich und Otto geschaltet. Kränkung war eine Gefahr. Kränkung verlangte nach Rache. Jedenfalls bei Leuten wie Otto. Bob kannte sie alle. Die Feiglinge, Großmäuler, Schweiger, die dummen Heldenfiguren, die schlauen Krieger. Die nicht nur siegen, sondern auch überleben wollten. Und die Ehrgeizlinge, in denen es pausenlos *Ich-ich-ich* schrie. Die eine Niederlage nicht wünschten. Aber sie als taktisches Zwischenergebnis ihrer Lebensplanung hinnahmen. Wenn die eigene Niederlage die Widersacher, Konkurrenten, Vorgesetzten zerstörte, war sie fast ein Sieg. Bob hatte das früher nicht begriffen. Für ihn war Niederlage gleich Niederlage. Aber dann hatte er in Namibia erlebt, wie seine Einheit aufgerieben wurde. Wie der nach oben trieb, der überlebte. Er hatte den Mann in einen Wald gelockt und erschossen. Einen Mann wie Otto.

154.

9:29.
Peter Becker erwischten sie auf einem Kleingartengrundstück in Niederschöneweide. Er trug Gummistiefel und eine Wollmütze. Sein Nachbar im Mietshaus in Neukölln hatte ihnen den Tipp gegeben.

Salinger verschwendete keine Zeit. Sie hielte dem Mann die Pistole vors Gesicht. »Du erzählst uns, wem du Lingus empfohlen hast. Wir haben keine Zeit, beeil dich.«

Becker blickte sie starr an.

»Gehen wir rein.« Yussuf stieß den Mann in den Eingang. Während der sich auf einen Stuhl neben dem Ofen setzte: »Wir stellen jede Frage nur einmal. Keine Antwort: Es tut weh. Schlechte Antwort: Es tut weh. Gute Antwort: Es tut nicht weh. Wenn wir am Ende zufrieden mit dir sind, lassen wir dich laufen. Wenn nicht, handle ich in Notwehr.«

»Ihr seid Bullen?«

»Blitzmerker. Wir sind *stinksaure* Bullen. Deren Chef in einem Scheiß-AKW festsitzt, das in ein paar Stunden in die Luft fliegt. Diese Aussicht hat unsere Laune etwas getrübt.«

»Die Sache …?« Er deutete auf einen Röhrenfernseher aus dem Mittelalter.

»Du bist wirklich ein Blitzmerker«, sagte Salinger. »Du hast Lingus an jemanden vermittelt. Und wir möchten wissen, an wen. Eine einfache Frage, eine einfache Antwort.«

Er blickte Salinger an. Zog die Pudelmütze ab. Und kassierte Yussufs Faust im Gesicht. Becker fiel vom Stuhl. »Das dürfen …«

Yussuf traf ihn im Unterleib. »Bevor unser Chef wegen solcher Gestalten wie dir umkommt, dürfen wir alles.« Schickte einen Tritt in die Magengrube hinterher.

Becker stöhnte. Hob die Hand. »Ich hab doch nur …«

Der nächste Tritt. »Wir können auch mit dem Ofen spielen«, sagte Salinger. Ihr fiel Katt ein. Wie sie die verachtete, weil sie einen Scheißkerl mit dem Bügeleisen gefoltert hatte.

»Hör auf!«, sagte sie.

Yussuf zog Becker auf den Stuhl. »Du hast Lingus jemandem empfohlen. Der hat Lingus den Mann der Kanzlerin entführen lassen. Du wirst uns jetzt erzählen, dass du von dieser Entführung nichts gewusst hast. Und wenn, dann hättest du diese Leute dazu gebracht, eine Kerze in der Kirche anzuzünden.« Mit einem Blick auf Salinger. »So besser?«

»Wer sind diese Leute?« Salinger rückte an Becker heran. Hob mit der Hand dessen Kinn. Blickte ihm in die Augen. »Wir lassen dich vielleicht am Leben. Aber nur dann, wenn du uns alles über diese Leute sagst. Alles.« Klopfte ihm auf die Schulter. »Deal?«

Becker blickte in ihre Wut, ihren Hass, ihre Verzweiflung. »Deal.«

»Woher kennst du Lingus?«

»Aus dem Knast. Er hat wegen Raub gesessen. War mit mir in der Zelle.«

»Gut«, sagte Salinger. »Und du hattest achteinhalb Jahre wegen Totschlags. Ich habe die Akte gelesen. In meinen Augen war das Mord.«

Er zuckte die Achseln.

»Wer hat dich nach Lingus gefragt?«

»Ein Typ, am Telefon.«

»Woher wusste der von Lingus?«

»Weiß nicht.«

»Aus dem Knast?«

Becker überlegte. Nickte zögernd. »Wird so sein.«

»Woher kannte er dich? Auch aus dem Knast?«

»Woher sonst? Der muss auch gesessen haben.«

Salinger blickte Yussuf an. Der ging raus, das Telefon am Ohr.

»Oder der kannte jemanden, der gesessen hatte mit dir und Lingus.«

»Was weiß ich?«

»Streng dich an«, sagte Salinger. »Jemand, der dich so gut kennt, dass er dich empfiehlt. Frag den Becker, der kennt vielleicht einen, der gern Leute entführt. Er hat dich nicht irgendwem empfohlen. Sondern Leuten, die Ansprüche haben. Die keine Luschen wollen, keine Verräter. Wie hat sich der Typ bei dir gemeldet?«

»Sag ich doch, am Telefon.«

»Was hat er gesagt? Genau, Wort für Wort.«

Becker überlegte. »Pit, wir brauchen jemanden für eine schwierige Sache. Der muss flink im Kopf sein. Praktisch veranlagt … so etwa. Kennst du so einen? Zehntausend Euro für den Tipp, der das Rennen macht.«

»Zehntausend?« Salinger blickte ihn an. »Zehntausend? Dafür, dass du einen nennst, der in der Lage ist, was anderes als Ladendiebstahl zu verbrechen?«

Becker nickte. Seine Augen suchten den Hieb. Als der nicht kam, straffte er den Rücken.

»Hast du das Geld gekriegt?«

Er nickte.

»Wo ist es?«

Schweigen. »Ich hab's verzockt.«

»Okay, die Leute von der Spusi langweilen sich bestimmt … wir werden uns deine Bude hier mal ansehen. Die Wohnung danach, okay?«

Er erwiderte nichts.

»Vorher verrätst du mir, wer dieser Typ ist, der dich immerhin *Pit* nennt.«

Becker schüttelte den Kopf. »Würde ich, aber ich kenn den nicht.«

»Du darfst deine Kohle behalten, wenn du es mir sagst.« So hätte Eugen es gemacht.

Becker blickte sie an. Im Blick die Frage: Kann ich dir trauen? Und die Einsicht, dass er keine Wahl hatte. »Es war der Hammer … so nannten wir ihn. Arnold Hammer. Der saß wegen Körperverletzung, Raub und so weiter. War der Chef auf der Etage. Sogar die Schließer haben sich geduckt.«

»Und der arbeitet jetzt in der Personalbranche?« Halt die Klappe, hätte Eugen gesagt. Lass ihn reden.

»Ich dachte, der sitzt noch.« Kratzte sich an der Backe. »Aber dann war er am Telefon.«

»Was hat er gesagt?« Bereute die Frage schon vor dem Fragezeichen.

»Pit, kennst du … also so ähnlich« – blickte Salinger an, las die Wut in ihrem Gesicht – »hier ist Hammer. Ich brauch einen, der was Kompliziertes hinkriegt. Zuverlässig, aber nicht blöd. Denk drüber nach, ich ruf dich morgen wieder an. Dann hat er aufgelegt.«

»Aber wieder angerufen.« Sie hatte doch keine Zeit. Sie musste Eugen da rausholen. Oder den Trojaner entschärfen. Oder den greifen, der das konnte.

»Ich kenn einen«, sagte Becker. »Den Lilu, den aus dem Knast. Meinen Zellengenossen. Ach, hat der Hammer gesagt, darauf hätt ich selber kommen können. Der Lilu also. Guck nachher in deinen Briefkasten. Du hältst die Klappe. Ein Wort, und du bist ein toter Mann. Toter Mann.«

»Im Briefkasten zehntausend …«, sagte Salinger.

Becker nickte.

Yussuf kehrte zurück. Mies gelaunt. »Zu viele Gestalten. Da müssen wir lange suchen. Ich habe Uhlenhorst gebeten, sich mit der Galerie freundlicher Zeitgenossen zu beschäftigen.«

»Der hat nicht gemeckert? Von wegen nicht zuständig?«

»Keine Sekunde. Er hat seine Leute versammelt und die checken jetzt einen Gangster nach dem anderen.«

»Ruf ihn an. Wir brauchen die Daten von einem gewissen Arnold Hammer.«

Yussuf hatte das Telefon gleich am Ohr. Beendete das Gespräch. »Uhlenhorst meldet sich.«

Gleich klingelte das Telefon. »Was ist mir Ihrem Chef?«, fragte Tilly.

»Der arbeitet«, sagte Yussuf. Drückte den Kriminalrat weg. »Der Herr Kriminalrat beschäftigt sich schon mit der Grabrede.«

155.

8:41.

Wie es war, zu sterben? Er entsann sich Rilkes Gedicht. *Der Tod ist groß.* Er erinnerte sich all der nachgekauten Sprüche, wie Leute dem Tod einen Sinn abrangen. Mit dem Leben nach ihm. Mit seiner Notwendigkeit, da es ohne ihn keine Weiterentwicklung der Arten gebe. *Was wir sind, sind wir dank des Todes.* Murmelte de Bodt. Fand keinen Urheber außer sich selbst. Das war Hegels würdig. Er hatte die Worte im Kopf. Musste sie sortieren. Sie trennen von dem anderen Gedanken, der ihn anflog. Der ihm enthüllen würde, was sich hinter all dem verbarg, was ihm nun den Tod bescheren würde. Der Gedanke aber flog weg. Vermutlich war es einer dieser Gedanken, die Erkenntnis vortäuschten. Schon weil sie einen hinderten, das Vorgedachte zu greifen. Es war vielleicht nur ein Trugschluss, der sich anbot. Der aus zwei mal zwei vier machte, auch wenn es fünf waren. Die

Worte formten sich. Er murmelte: »Aber nicht das Leben, das sich vor dem Tode scheut und von der Verwüstung rein bewahrt, sondern das ihn erträgt und in ihm sich erhält, ist das Leben des Geistes. Er gewinnt seine Wahrheit nur, indem er in der absoluten Zerrissenheit sich selbst findet.«

»Was meinen Sie… du?«, fragte Knorr. Ohne den Blick vom Bildschirm zu lösen.

»Nichts«, sagte de Bodt. »Dachte an mein Poesiealbum.«

»So was hast du? In deinem Alter?«

»In gewisser Weise. Schon.«

BSI-Meier blickte sich um. Ruckartig. Verhuscht. Fast wäre ihm der Kopf vom Hals gefallen. Er rettete seinen Kopf, indem er ihn in die Ausgangsposition zurückdrehte. Er las die kryptischen Zeilen auf dem Bildschirm. Als sähe er sie zum ersten Mal. Die Zeilen, deren Abarbeitung sie verdampfen lassen würden. Bevor sie die Chance hätten, den Strahlentod zu sterben.

De Bodt erhob sich. Schob in der Ecke einen Schreibtisch samt Stuhl zur Seite. Rollte seinen Mantel zum Kopfkissen und legte sich auf den Boden. Schloss die Augen.

»Um Himmels willen!«, rief Knorr.

De Bodt öffnete die Augen. Sah nur die Hälfte des Bildschirms. Die andere war hinter der Tischkante verborgen. Er erkannte einen Schwarm von Hubschraubern. Sah in der offenen Tür des ersten einen Mann sitzen. Mit einem Megafon in der Hand. Sah, wie die Leute zu ihm hochblickten. Wie sie winkten, damit er landete. Der Helikopter sank langsam. Der Mann am Megafon schrie. Die Leute am Boden drängten weg. Ließen einen Platz gerade für den Kreis der Rotorblätter. Aber der Helikopter landete nicht. Die anderen kamen dazu. Wenigstens fünfzehn Helikopter rückten zusammen, sanken ein Stück, um die Leute wegzudrängen. Die wichen. Aber nur ein geringes Stück. Dann sanken die Helikopter. In den Türen Männer im Kampfanzug. Schnellfeuerwaffen. Auf dem Boden begannen die Leute zu schreien und zu toben. De Bodt sah die Männer in den Helikoptern feuern. Sie hielten die Waffen hoch. Schossen über die Köpfe. Am Boden trampelten sich Leute nieder. Die einen drängten nach vorn.

Sich in einen Hubschrauber retten. Die anderen flohen vor den Monstern in der Luft. Es sah aus wie die Invasionsarmee von Aliens. Diese Apparate, die dröhnten wie die Hölle. Die hinter Schutzhelmen verborgenen Gesichter der Soldaten und Polizisten. Die Hubschrauber landeten. Bis auf den, der zuerst gekommen war. Der Mann mit dem Megafon versuchte weiter durchzudringen. Aber es sah verzweifelt aus.

»Die holen uns raus!«, rief BSI-Meier.

»Die wollen es. Aber das wird nichts.« Sagte de Bodt. Und schloss die Augen.

Schweigen.

»Die sind wahnsinnig!«, rief Meier.

»O Gott«, sagte Knorr. »Die schießen auf die Leute.«

»Da steht es. Notstand ist ausgerufen. Im Laufband.«

»Das wird ja Zeit«, sagte Knorr. »Die schießen wieder.«

»Die erkämpfen sich einen Landeplatz. Die Leute trampeln sich tot.«

De Bodt öffnete die Augen. Sah, wie die Leute auf dem AKW-Gelände vor und zurück wogten. Als wären sie Wellen im Sturm. Sah die Hubschrauber. Sah die Soldaten schießen. Sah Körper auf dem Boden. Schien das Schreien zu hören. Wie die Welle zu den Helikoptern schwappte. Sah die Soldaten in die Menge feuern. Die zurückwogte und Körper zurückließ. Ein Körper hob die Hand. Ließ sie sinken.

De Bodt rief Kammer an. Es war besetzt. Schickte ihr eine SMS.

Die Schießerei muss aufhören. Die BK muss die Helikopter aus Gundremmingen zurückziehen. Um jeden Preis. Sagen Sie das der BK. Sofort. De Bodt.

Aber die Schießerei ging weiter. Weiterhin wurden Leute getroffen. Zertrampelt, zerquetscht. Die Bewaffneten hielten den Landeplatz. Die Menge versuchte ihn zu nehmen. Die Vorderen hatten Angst. Wurden von den Leuten hinter ihnen nach vorn gedrückt. De Bodt sah die Münder der Leute schreien.

Im Laufband: *Schießereien in Gundremmingen. Tote, Verletzte. Menge will Hubschrauber stürmen.*

Bild im Bild. Eingeblendet ein Mann im Anzug mit Schlips. Ein Herr Irgendwer, Name unleserlich, Verfassungsrechtler. Fabelte über juristische Zwangsmittel der Notstandsverfassung.

Klar, Leute erschießen, um einen Polizisten zu retten, das war nicht verhältnismäßig. Allerdings müsse der Staat seine Entscheidungen durchsetzen. Sonst herrsche Anarchie. Gewiss seien dem Staat auch im Notstand Grenzen gesetzt. Das Motto »Zuerst Schießen, dann fragen« gebe die Notstandsverfassung nicht her. Während der Mann laberte, stiegen fünf Helikopter auf. Kopfhöhe. Die Treibjagd begann. Sie bildeten einen Halbkreis und flogen auf die Menge zu. Die Leute schrien, drängten zum Tor. Berge von Körpern stauten sich an den Torflanken.

Vor dem Tor erschienen Männer in Pick-ups. Sie gingen auf der Ladefläche in Deckung. Hinter der Fahrerkabine. De Bodt sah, wie es aus den Mündern ihrer Gewehre spotzte. Ein Hubschrauber knallte auf den Boden. Drehte sich auf einer Kufe, kippte zur Seite. Der Rotor senste in die Menschenmasse. Bis die Flügel brachen. Splitter schossen in die Menge. Die anderen Helikopter nahmen die Schützen unter Feuer. Schwere Maschinengewehre zerfetzten die Pick-ups. Ein Mann legte an. Er war in Stücke gerissen, bevor er abdrücken konnte. Flammen schossen auf. Der abgestürzte Hubschrauber explodierte. Binnen Sekunden hatte Rauch den Schauplatz verhüllt.

»Das ist wie Krieg.« Knorr blickte de Bodt an. Verstört. »Das ist wie Krieg.« Blickte wieder auf den Bildschirm. »Wie Krieg.«

156.

7:09.
Die Tür öffnete sich. Yussuf trat gegen sie. Die Tür stieß den Mann in den Flur. Aber er blieb stehen. Antwortete mit einem Schwinger. Yussuf duckte sich weg und trat dem Mann zwischen die Beine. Ein

Schmerzensschrei. Der Mann sackte zusammen. Schrie vor Schmerz und Wut. Japste, die Hände auf dem Unterleib.

Yussuf hielt ihm den Dienstausweis vor Augen. »Angriff auf einen Polizeibeamten in Ausübung seines Dienstes.« Das stand zwar nur in Hirnen von Polizeigewerkschaftern. Aber es wirkte immer. Immerhin betrachtete das Recht einen Angriff auf einen Beamten in dessen Freizeit als Dienstunfall. Da sage einer, Juristen hätten keine Fantasie.

»Sie sind Arnold Hammer und seit zwei Wochen auf freiem Fuß.« Salinger hatte die Pistole in der Hand. Yussuf prüfte, ob noch jemand in der Wohnung war. Er fand Gestank, Müll, einen geöffneten Kühlschrank. Der aussah, als wäre er nie geschlossen worden. »Sie bauen also Pilze an«, sagte er. »Haben Sie einen Gewerbeschein?«

Yussuf zog den Riesen aus Muskeln und Knochen nach oben. Zerrte ihn ins Wohnzimmer und stieß ihn aufs Sofa.

»Sie kennen einen Peter Becker«, sagte Yussuf.

Der Fleischberg glotzte ihn an. Das Muscle-Shirt zeigte unvergängliche Werke von Tattoo-Künstlern im Stadium der Vorreife.

»Ja«, japste er. »Kenn ich.« Blickte Yussuf an, dann Salinger. Die ihre Waffe auf dem Schoß hielt. Nein, das würde sie Eugen nicht beichten. Bleib du mal schön still, sagte sie ihm im Geist. Du hast auch noch nie einen Geliebten aus einem AKW rausholen müssen, bevor er verglühte oder verdampfte.

»Wir haben keine Zeit. Wir fragen, du antwortest, und dies schnell. Verstanden?«

Hammer blickte sie reglos an.

»Wem hast du Becker und Lingus empfohlen? Antworte!« Wie zufällig glitt ihr Zeigefinger über den Lauf der Pistole.

Hammer blickte von einem zur anderen.

Salinger hielt ihre Waffe an sein Knie. »Das traust du dich nicht«, sagte er.

Der Knall ließ ihn zusammenfahren. Er betrachtete sein Knie. Spürte jetzt erst den Schmerz. Salinger hatte ihn über dem Knie getroffen. »Seid ihr …?« Presste die Hand aufs Einschussloch. Blut tropfte aus dem Ausschussloch auf den Boden.

Yussuf aschfahl. Er stürzte sich ins Badezimmer. Es klapperte, knallte, klackte. Er kam zurück mit einem Handtuch.

»Bind es ums Knie. Hol den Verbandskasten aus dem Auto«, sagte Salinger.

Yussuf wickelte das Handtuch um Hammers Knie. Verließ die Wohnung.

»Bist du wahnsinnig?«, fragte Hammer.

Salinger hielt die Waffe übers andere Knie. Hammer schüttelte den Kopf. »Du weißt, was du tun musst …« Äußerlich ruhig wie ein Eisberg auf dem Weg zur *Titanic*.

Er überlegte. »Die legen mich um …«

»Ich leg dich vorher um. Nachdem ich getestet habe, wie viele Kugeln in Beine und Arme du aushältst. Wenn du mir verrätst, was du weißt, bringen wir dich in U-Haft. Und passen dort ganz doll auf dich auf. Aufm Friedhof lebt es sich natürlich sorgenfrei … falls du das vorziehst.«

»Ich kenn nur einen Namen. Von dem, der mich … besucht hat.«

»Der wollte eine Empfehlung?«

Hammer nickte. Der Schmerz verzerrte sein Gesicht.

157.

5:59.

Er nahm die Bilder auf dem Monitor kaum noch wahr. Überlegte, wie er es machen würde. Wenn er Bob wäre. Oder derjenige, der sich diese Operation ausgedacht hatte. Am liebsten hätte er sich Stöpsel in die Ohren gedrückt. Aber der Ton war aus, Knorr und Meier sagten kaum etwas. Meier telefonierte immer wieder mit seiner Behörde. »Ich brauche eine Entscheidung!«, wiederholte er. »Am besten von ganz oben.« Wer oder was das war, blieb sein Geheimnis. Es waren die stummen Bilder, die schrien. Betrachtet mich! Betrachtet mich! Eine ohrenbetäubende Stille. De Bodt schloss die Augen. Was blieb denen, wenn sie das AKW hatten hochgehen lassen? Was gab es noch? Wo lag die

Steigerung? Und wenn sie ihr Ziel nicht erreichten und das AKW hochgegangen war? Was dann? Bob würde mit dieser Lage rechnen. Vielleicht würde er aufgeben. An einem Punkt. Um an einem anderen anzugreifen. Weil Rückzug zur Klugheit des Strategen gehörte. Als taktisches Mittel. Die Leute konnten diesen Druck nicht unendlich aufrechterhalten. Was für Möglichkeiten hatten sie? Wenn sie das AKW sprengten. Die Drohung wäre verschwunden, der Staat würde auf Vergeltung sinnen. Dagegen half auch die Präsidentengattin nicht. Auf die kam es nicht mehr an. An Bobs Stelle würde er sie umbringen. Eine Zeugin weniger. Ihr Potenzial war ausgereizt. Du kennst aber gar keine Grenze, Moral oder so? Würde Silvia sagen. Er hatte ihre Stimme im Kopf. Nein, Silvia, wenn man in den Kopf von Verbrechern dieses Schlags kriechen will, muss man zuerst alle Skrupel ablegen.

Was war das Ziel? Die Zerstörung pur? Die Erzeugung von Panik? Warum traf es auch Frankreich? War das eine Fortsetzung des Kriegs um Rüstungsprojekte? Von dem er geglaubt hatte, sie hätten ihn gestoppt. Mit Hilfe Merkows. Rächten sich die Amerikaner? Zuzutrauen war es den Leuten, die dort regierten. Wild gewordener Größenwahn.

Die Russen? Deren Präsident war nicht weniger rachsüchtig. Russlands Demütigung war sein Antrieb. Für die der Westen verantwortlich war. Keine Supermacht mehr. Hintergangen von der NATO. Betrug rächte der Präsident, indem er umso härter zurückschlug. Und log, bis die Balken brachen.

Blühende Fantasie mochte sich weitere Akteure ausdenken. Die genauso als Täter infrage kamen. Die alle glaubten, genug Gründe zu haben. Früher hätte es Krieg gegeben. Heute ließen sie Hacker von der Leine. Grüne Männchen. Schickten Atombomber in die Luft. Und alle mit Angst vor den Chinesen. Die sich in der Welt breitmachten mit ihrer Seidenstraße. Wie sie den neuen Kolonialismus nannten. Die Anpassung der Welt an die Bedürfnisse der Allmächtigen in Peking. Grüne Männchen erschienen dagegen wie römische Legionäre.

Vielleicht hatte es eine Gruppe von Multis auf die Macht abgesehen? Weil Demokratie lästig wurde. Weil Politiker immer noch mit halbem Ohr beim Wähler lauschten. Schließlich wollten sie wiedergewählt werden. Vielleicht bezahlten sie eine Terroristentruppe, um die Staaten zu zerstören. Damit sie die dann retten konnten.

Die Raterei brachte nichts. Er würde den Fall sowieso nicht mehr lösen. Allerdings befriedigte es ihn, könnte er Salinger die Täter nennen. Ein Erfolg noch nach dem Verdampfen. Welch Eitelkeit! Er grinste bitter. Er hätte sie anrufen können. Aber was sollte er ihr sagen? Es würde nur verwässern, was er gesagt hatte. Außerdem hatten Yussuf und sie andere Sorgen. Es brauchte keine Fantasie. Sie würden die schnellste Ermittlung der Weltgeschichte führen. Würden sämtliche Paragrafen der Strafprozessordnung ins Säurebad legen. Sich ein paar Dutzend Verfahren an den Hals holen, Disziplinarverfahren sammeln wie andere Briefmarken.

»Ja, meinste?« Meier schrie ins Telefon. »Nein, du rechnest falsch. Könnte sein, dass wir zu hundert Prozent draufgehen, wenn wir den Scheiß-Trojaner auch nur schief angucken. Vielleicht ist er in seinem Dämmerschlaf ein freundlicher Geselle. So wie meine Frau. Wenn man sie schlafen lässt, ist sie ein Engel. Aber wehe … Wenn wir den nicht schief angucken, gehen wir erst recht zur Hölle.«

»Die erwarten, dass wir was machen«, sagte de Bodt. »Vielleicht haben die das Scheißding so programmiert, dass es unsere Hilfe braucht, um den GAU auszulösen.« Das wäre ein zynischer Plan. Würde zu Bob passen. Aber er kannte die Leute nicht, die Bob die Befehle erteilten.

Meier klebte am Telefonhörer fest. Knorr beobachtete ihn gebannt. Hin und wieder ein Seitenblick auf den Bildschirm. Wo die Hubschrauber nun auch den Vorplatz des AKW-Geländes in einen Trümmerhaufen geschossen hatten. Aber immer noch sprangen Leute mit Anlauf, griffen nach Kufen. Stürzten ab. Brachen sich Knöchel, Knie, Hüften. Wälzten sich.

Dann sah es aus wie bei einem Tanzspektakel. Die Riesenlibellen drehten sich im Gleichtakt. Wie an einer Kette geflochten, stiegen sie auf. Kippten nach vorn und flogen weg. Waren gleich nur noch schwarze Punkte. Dann verschwunden. Als wären sie nie da gewesen. Leute standen in Gruppen und starrten auf den Himmelsfleck, wo sie die Hubschrauber hatten verschwinden sehen. Sie umklammerten sich. Manche sanken zu Boden. Manche schüttelten ihre Fäuste gegen den Himmel. Der schickte wie zum Hohn Sonnenstrahlen. Es wurde hell. Hartes Licht, weiß. Winterlicht.

»Was soll ich tun?« Meier blickte de Bodt an. Den Hörer in der Hand. »Die Kollegen drücken sich. Keiner sagt mir, was ich tun soll. Sag du es mir!«

»Du hast den Trojaner doch an das BSI geschickt. Woher soll ich wissen, wie der programmiert ist?«

»Die wissen es auch nicht. Brauchen mehr Zeit. Müssen testen in einer virtuellen Maschine.«

»Haben sie das Scheißding den Amerikanern geschickt, NSA oder so?«

»Bestimmt. Aber ich weiß es nicht. Mein Job ist es, hier nachzusehen.« Er blickte de Bodt eindringlich an. »Was soll ich tun?«

158.

4:03.

Yussuf raste wie ein Besengter. Eine Frau zerrte ihren Kinderwagen zurück auf den Bürgersteig. Blaulicht, Sirene. Bremsen quietschten, wenn er bei Rot über Kreuzungen fuhr.

»Ich habe mit dem mal … Der wohnt in Lübeck, Julius-Brecht-Straße.«

Es war ein Mietshaus, vielleicht aus den Fünfzigerjahren. Erster Stock. Werner Holt öffnete nicht. Salinger klingelte gegenüber. Eine junge Frau, schreiendes Kind im Arm. »Ich weiß nicht, wo der ist.«

»Gehen Sie in Ihre Wohnung zurück«, sagte Yussuf. »Meiden Sie die Türnähe.«

Sie blickte ihn entsetzt an.

»Los!«

Sie verschwand und verschloss ihre Tür.

Yussuf trat Holts Tür ein. Ein Duft von Ammoniak.

»Der Herr putzt gern. Nächste Stufe wäre Salzsäure«, sagte Salinger. In der Küche herrschten Ordnung und Sauberkeit. Im Wohnzimmer Mobiliar aus dem Gelsenkirchener Spätbarock. Modern war nur die Glotze.

»Sieht aus, als hätte einer den Putzfimmel«, sagte Yussuf.

Normalerweise hätte Salinger nun feststellen müssen, dass Ali glücklicherweise von dieser Seuche verschont worden sei. Aber nichts war normal. Keine Zeit für Witze.

Salinger zog die Schubladen in der Küche heraus und kramte hektisch. Yussuf telefonierte mit einem Lübecker Kollegen. Kannte den vom Fußball. »Habt ihr was gegen einen Werner Holt laufen? … Wir suchen den wegen dieser Atomsache … beeil dich … Scheiß auf deinen Kriminalrat … Ihr habt nichts … ich lass euch ein Bild schicken. Das geht an alle Streifen … darüber reden wir ein andermal … hab keine Zeit.« Rief Uhlenhorst an. »Such mal das Bild von einem Werner Holt aus Lübeck beim BKA …« Gab die Adresse durch. Ging ins Schlafzimmer, wühlte im Schrank. Klamotten, sauber, gebügelt wie beim Militär. Falte auf Falte. Irgendein Antimottenmittel dünstete scharf. Unter der Kleidung die Schuhe. Glanz. Im Nachttisch fand Yussuf einen Krimi. Betrachtete ihn. *Böse Schatten.* Wie kann man so einen Quatsch lesen? Überhaupt Krimis. Warf das Buch aufs Bett.

Blickte unters Bett. Sah den Rechner gleich. Trug ihn ins Wohnzimmer, schaltete ihn ein. Passwort. Scheiße. Er versuchte es gar nicht erst. Zeitverschwendung. Der Fernseher machte jede Demo zu einem Großereignis. Er stand auf einer Kommode mit drei Schubladen. Die obere war abgeschlossen. »Hast du einen Schraubenzieher gesehen?«

»Ja. Hier, in der Besenkammer.« Sie brachte ihm das Werkzeug.

Er kniete sich hin und verpasste dem Möbel derbe Schrammen. Aber dann klackte die Schublade auf. Euroschecks, die gab's doch nicht mehr. Ein Karton mit Fotos. Er legte ihn auf den Boden. Ein Familienbuch. Der Typ war verheiratet, vielleicht gewesen. Er schlug das Buch auf.

Elfriede Holt geb. Metz.

Er rief seinen Kollegen an. »Allah u Akbar, ja, ich schon wieder …

selber alter Heide … ich suche eine Elfriede Holt, geborene Metz. Die muss wenigstens eine Zeit lang in Lübeck gewohnt haben … ja, ich bleib dran …« Rief in Richtung Küche: »Hast du was?«

»Ja, jemanden, der sich ausschließlich von Dosenravioli ernährt und es bisher überlebt hat.«

»Noch ist nicht aller Tage Abend!«, antwortete Yussuf. Zuckte zusammen. Wenn sie nichts fanden, dann war aller Tage Abend.

»Du hast sie? … Ich schreibe mit. Elfriede Metz, lebt in Hamburg unter ihrem Geburtsnamen … nach glücklicher Ehe sieht das eher nicht aus. Tschüss! Danke! Hast einen Elfer gut.« Er notierte die Anschrift. Fand die Telefonnummer im Internet. Wählte sie.

»Ja?«

»Sie sind Frau Holt, 'tschuldigung, Metz?«

»Ja.«

»Ali Yussuf von der Kriminalpolizei. Wir suchen Ihren Mann.«

»Wundert mich nicht. Wenn er nicht zu Hause ist, lungert er bei der Schlampe rum.«

»Hat die einen Namen? Telefonnummer?«

»Inga Kühn, wohnt auch in Lübeck. Mehr weiß ich nicht.«

Es kostete ihn den zweiten Elfer. Die Wahrscheinlichkeit, dass er sein Versprechen einlösen musste, war allerdings gering.

Inga Kühn hatte sich eine Wohnung in Stockelsdorf gesucht. Über einem Metzger, gegenüber einer Kneipe. Kurze Wege. Sie hatten nicht angerufen. Wollten Holt überraschen. Was ihnen gelang. Der saß vor einem halb vollen Glas Bier und guckte Fernsehen. Eine Ratesendung.

Kühn hatte sie eingelassen. Niemand hatte den Mut gefunden, ihr die Wahrheit zu sagen. Dass Leggins ihr nicht standen. Aber sie offenbarten im vollendeten Zusammenwirken mit dem wabbernden T-Shirt die materiellen Grundlagen wahrer Liebe. Gekrönt von hellblond gefärbten Haaren.

»Werner, die Bullen«, sagte sie.

Er stellte den Ton ab und drehte den Kopf. Beglotzte Salinger. »Na, dann nehmen Sie mal Platz.«

»Wir würden gern allein mit Ihnen sprechen.«

Der Kopf ruckte, von links unten nach rechts oben. Die Frau verschwand. Drückte die Tür von außen zu.

»Dann sprechen Sie.« Trank von seinem Bier. Lauerte.

»Sie kennen Arnold Hammer«, sagte Salinger.

»Ja.«

»Der hat Sie verpfiffen.«

Yussufs Telefon klingelte. »Ja?«

»Salinger hat eine Anzeige am Hals«, dröhnte Krüger. »Wegen schwerer Körperverletzung. Ein Arnold Hammer hat sie erstattet. Falls du den Mann vergessen hast, das ist der mit dem kaputten Bein.«

»Das war Notwehr. Der wollte sie angreifen. Kann froh sein, dass sie nicht woandershin geschossen hat. Ich war dabei.«

»Hätt ich mir denken können«, sagte Krüger.

»Kannst schon mal einen Haftbefehl beantragen gegen Hammer. Der muss Tag und Nacht bewacht werden. Ich hoffe, du bist dieser Aufgabe gewachsen. Die Begründung für den Haftbefehl folgt per Mail. Kannst ja noch ein bisschen Krüger-Schminke draufklatschen.« Drückte Krüger weg.

Holts Augen blinzelten. Er war nicht dumm.

»Dein Freund Hammer hat Beinweh«, sagte Salinger. »Vielleicht klappt es bei dir ohne?«

»Ihr kommt nie an die dran«, sagte Holt. »Mich haben sie beim Spaziergang abgefangen. Zwei Typen. Die müssen vorm Haus gelauert haben. Einer war im Anzug, mit Ledermantel. Der andere Jeans, Parka, Strickmütze. Wenn es das ist, was Sie wissen wollen.« Blickte Salinger an, dann Yussuf.

»Sie kannten diese Leute also nicht?«, fragte Salinger.

»Nein.«

»Das heißt, wildfremde Leute fangen Sie ab und fragen Sie aus. Zum Beispiel nach einem Arnold Hammer. Nach Empfehlungen. Weil sie jemanden suchen für ein Unternehmen. Von dem sie aber nichts sagen können. Außer dass ein Tipp Ihnen zehntausend Euro einbrächte.«

»Genauso war's.«

»Kannst du schon mal die Ambulanz rufen? Schussverletzung in Bauchhöhe.«

Yussuf wählte Uhlenhorsts Nummer.

»Dreht ihr jetzt völlig durch?«, fragte Holt.

»Ja, wir drehen durch«, sagte Salinger und zog die Waffe.

»Für den Phantombildfritzen reicht es«, sagte Holt. »Ich helf ja, wo ich kann.«

»Wo ballert ihr gerade rum?«, fragte Uhlenhorst.

»In Lübeck«, sagte Yussuf. »Du kannst den Notarzt schon mal rufen.«

Uhlenhorst lachte. Wie man lachte, wenn man zum zweiten Mal in die Brennnesseln gegriffen hatte. »Wir haben nichts Neues aus Gundremmingen. Eugen hat sich nicht gemeldet. Ich hab beim BSI angerufen, aber die stellen sich dumm. Es sieht beschissen aus.« Legte auf.

»Sani kommt gleich«, sagte Yussuf.

Salinger zog ihre Waffe und zielte auf Holts Bauch. »Ich muss aufpassen, dass ich keine lebenswichtigen Organe treffe. Gib dem Herrn doch mal deine Knarre.«

Yussuf zögerte. Dann zog er das Magazin heraus und die Patrone aus dem Lauf. Reichte Holt die Pistole.

»Was soll ich damit?«

»Nimm sie!«, schnauzte Salinger.

»Nee, den Trick kenne ich.«

Yussuf packte Holts Hand. Drückte sie auf die Pistole. »Dann muss das Fingerchen noch dahin.« Zog es auf den Auslöser.

»Er hat dir, du Anfänger, die Waffe entrissen und sie auf mich gerichtet. Da musste ich …«

»Wenn du mich noch mal Anfänger nennst …« Yussuf lachte krampfig.

»Zacharias Paulinger«, sagte Holt. »Wie immer im feinen Zwirn.« Tat so, als gäbe es die Pistolen nicht. Als wären Salinger und Yussuf gern gesehene Gäste. Zum Plaudern gekommen. »Er fragte offenbar rum. Suchte Leute für eine Sache.«

»Hat er gesagt, für welche Sache?«

»Nein. Das ist nicht üblich.«

»Die haben einen Haufen Leute dazwischengeschaltet. Der eine Tippgeber verweist auf den anderen, und der … na ja und so weiter. Warum?«, fragte Salinger.

»Spuren verwischen. Wenn einer nicht dichthält, kann er nur einen verpfeifen. Aber den er verpfeift, der ist nicht der Obermacker«, sagte Holt. »Ziemlich aufwendig.« Er schloss die Augen, öffnete sie wieder. »Ich hab nicht darüber nachgedacht. Nenn mir einen, der mir einen nennen kann, der mir einen nennen kann. Sieht wie Verarsche aus.«

»Haben Sie Ihr Geld erhalten?«

Holt nickte. »Die haben mir das Geld gleich gegeben. Paulinger hatte es dabei. Der zweite Typ war eher der Bodyguard. Hat kein Wort gesagt.« Die Wörter sprudelten aus ihm heraus, als würde er für Buchstaben bezahlt.

»Wo finden wir Paulinger?«

»Keine Ahnung. Das letzte Mal, als ich den traf, fuhr er einen Wagen mit Frankfurter Nummer. War vielleicht ein Mietwagen.«

Yussuf nahm seine Pistole. Schob das Magazin in den Griff. Lud durch. Sicherte. Entnahm das Magazin und drückte eine neue Patrone hinein. Steckte das Magazin in die Waffe.

Salinger erhob sich.

Yussuf rief Uhlenhorst an und bat ihn, Paulinger zu suchen.

Vor der Tür steckte sich Yussuf eine Zigarette an. Zog kräftig. Blies den Rauch langsam aus. Um sich zu beruhigen. »Wir bauen Scheiße«, sagte er. »Wir haben es mit Leuten zu tun, die alle menschlichen Schwächen kennen. Und einen Weg gefunden haben, sie zu benutzen. Und das gleich doppelt. Sie verbergen ihre Spur und sie beschäftigen uns. Damit wir ja nicht auf die Idee kommen, da nachzugucken, wo es sich lohnt.«

Salinger nickte. Hätte gern eine geraucht. Hatte sie sich noch als Schülerin abgewöhnt. »Die haben uns gezeigt, wo die Wand steht. Und wir sind drangefahren. Genial. Eugen wär so richtig stolz auf uns.« Sie blickte auf ihre Uhr. »Wir haben noch drei Stunden und einundfünfzig Minuten.«

159.

3:49.
Diese Idee, die umkreiste ihn wie eine Mücke. Er fing sie nicht. Wie eine Mücke in der Nacht.

»Was soll ich tun?«, wiederholte Meier.

»Nichts«, sagte de Bodt.

»Wie bitte?«

Auch Knorr starrte ihn an.

»Diese Leute kennen uns. Wenigstens mich. Sie wissen, wie Menschen reagieren. Die haben das einkalkuliert. Wenn du ein Hindernis nicht überwinden kannst, mach es zum Teil deines Plans.«

»Irgendein Chinese?«, fragte Meier.

»Ich glaube, ich bin keiner. Ich habe überlegt, wie man so ein Unternehmen am besten aufzieht. Wenn richtig gute Leute das machen und nicht irgendwelche Hampel, die so viel Hirn auf ihr Gangster-Outfit verschwenden, dass für den Plan nicht viel bleibt. Die sagen sich: Die werden schockiert sein. Es wird sie drängen, das Übel loszuwerden. Sie werden etwas tun müssen. Zwanghaft.«

»Also nichts?« Knorr runzelte die Stirn. »Du willst, dass der Trojaner macht, worauf er Lust hat?«

»Er wird nie machen, was wir wollen. Er wird reagieren, wie er programmiert ist. Hätte das BSI es rausgefunden, dann wüssten wir, was wir zu tun haben. Aber das BSI beschäftigt sich damit, sich für unschuldig zu erklären.«

»Da hast du recht«, sagte Meier. »Aber ich bin weisungsgebunden. Ich werde tun, was meine Vorgesetzten mir befehlen. Man braucht für diese Entscheidung IT-Kenntnisse. Die hast du nicht.«

»Man braucht für diese Entscheidung Menschenkenntnis. Wenn man weiß, wer das Ding programmiert hat, ahnt man, wie es programmiert ist.«

»Und du weißt, wer die Software programmiert hat?« Meier blickte ihn an wie einen, der gerade eine Wochenendreise zum Jupiter vorgeschlagen hatte.

»Vielleicht«, sagte de Bodt. »Ich fürchte, ich weiß mehr als du über den Trojaner. Und das ist ein schlechtes Zeichen.«

»Dann lass uns doch abhauen«, sagte Knorr. »Auf Laiengewäsch hab ich noch nie viel gegeben … Entschuldigung …«

»Ist schon klar. Wir hauen nicht ab. Vielleicht kommt das BSI noch auf eine tolle Idee. Oder jemand anders. Wer weiß?«

»Dann hau doch wenigstens du ab.«

De Bodt lächelte. Das würde euch so passen, sagte das Lächeln.

160.

3:22.
Floire saß vor Lebrancs Schreibtisch. Der las einen Bericht. War gerade reingekommen. Erste Ergebnisse der AKW-Überprüfungen. Lebranc hatte seinen Assistenten aus dem Vorzimmer hereingerufen. Er verstand nichts von dem Kauderwelsch in dem Bericht. »Fassen Sie kurz zusammen«, sagte Lebranc. Reichte Floire die Mappe.

Der überflog die Seiten. »Kurz, aber noch zu viele Wörter. Die wissen nichts. Die AKW-Chefs beteuern durchweg, dass ihre Betriebe höchsten Sicherheitsstandards genügten. Die Deutschen hätten geschlafen. Seien sowieso schlampig geworden. Siehe Berliner Flughafen und so weiter. Arroganz sei die erste Stufe auf der Treppe in die Hölle. Wie bei der WM. Wir seien Weltmeister geworden, und die Deutschen konnten vor Überheblichkeit kaum laufen.«

»Das steht da drin?« Lebranc fragte sich, ob er das Lesen verlernt oder sich sein Hirn in ein Vakuum verwandelt hatte.

»Ich habe es interpretiert. Das bedeutet zuerst, die Absicht der Berichterstatter zu erkennen. Dazu ihre Mentalität. Sie kennen das ja.«

Er kam nicht ohne Frechheit aus, der Floire. »Aber Sie wissen schon, dass wir hier keine Literaturwissenschaft betreiben?« Blickte Floire fragend an. Lebranc erinnerte sich an eine Anglistikstudentin, mit der er eine Urlaubsaffäre gehabt hatte. Vor Ewigkeiten. Sie war schön gewesen, aber sie hatte geredet wie Floire. Er hatte es nicht lang ausgehalten.

»Ich will sagen, dass diese Leute das Problem nicht ernst nehmen. Sie fürchten nur die verseuchte Wolke, die der Wind zu uns treiben könnte. Und dass ihnen der Himmel auf den Kopf fällt, natürlich.«

»Der beschäftigt sich gerade damit, den Deutschen auf den Kopf zu fallen«, sagte Lebranc.

Floire blickte ihn verdutzt an. Lebranc hatte einen Scherz erwidert. War der krank? Oder befallen von einer Geistesverwirrung, die sich zu einer gefährlichen Krankheit auswachsen konnte? Bei alten Bullen wusste man nie.

»Ich bin sicher, dass in einem unserer AKW ein Trojaner steckt.«

»Das habe ich allen Vorgesetzten erklärt, die ich erwischen konnte. Für meine Karriere kann ich nur hoffen, dass Fessenheim oder ein anderes Atomkraftwerk hochgeht. Die haben mich für so angenehm gehalten wie eine blutdurstige Hornisse.«

Der Bursche hatte Mut. Lebranc merkte es nicht zum ersten Mal. Floire besaß eine Sturheit, eine elegante Sturheit. Er nebelte seine Opfer mit Worten ein. Er kroch ihnen im Notfall ins Gesäß, kam aber immer wieder unbefleckt heraus. Lebranc ging diese Gelenkigkeit ab, und er verachtete sie. Wie man gern verachtete, was man nicht schaffte.

Das Telefon klingelte. Lebranc hörte zu. Hörte mehr sein Herz pochen als das, was die Stimme sagte. Er legte auf. Grübelte. »Sie haben die Frau unseres Präsidenten gefunden. Sie lebt.« Er kratzte sich an der Wange. »Jetzt versteh ich gar nichts mehr.«

»Warum?«

Was wagte dieser Wahnsinnige? Wollte er andeuten, dass er es verstand? Lebranc musterte ihn. Legte seine Idee in den Blick, Floire zu steinigen, ihn mit glühenden Eisen zu traktieren, ihn aufzuhängen und zu köpfen. Und das alles gleichzeitig. »Wenn Sie so klug sind, Sie könnten es mir erklären.«

»Die Entführer erreichen ihr Ziel ohne die Erpressung. Sie brauchen die Geisel nicht mehr.«

»Aber die Geisel ist eine Zeugin.«

»Das ist denen egal. Weil sie nichts bezeugen kann, was wichtig ist. Anders ist die Freilassung nicht erklärbar.«

Fehlte noch eines dieser elenden Philosophenzitate. Floire als französische De-Bodt-Ausgabe. Je näher er diesen Kerl kennenlernte, desto unheimlicher wurde der ihm. Ihm ging schon das Original auf die Nerven. Wenigstens hin und wieder. Nur seine Dankbarkeit machte es ihm erträglich. Nur, wofür sollte er Floire dankbar sein?

»Dass sie die Frau freigelassen haben, beweist ihre Macht. Sie lassen sich nicht berechnen. Sie brauchen sie nicht, um ihr Ziel zu erreichen. Aber das Ziel, das verraten sie nicht.« Floire zögerte. »Allenthalben ist es nur die Unklarheit und die Finsternis, die da schreckt«, sagte er.

Lebranc starrte ihn an. »Was?«

»Fichte«, sagte Floire. »Hab ich gestern gelesen. Zufällig.«

161.

2:24.

Tom brachte ein Reisgericht. Aufgewärmt in der Dose. Knorr winkte ab. »Wasser«, sagte sie. »Den Fraß esse ich nicht.«

Er gab Kevin den Teller. Warf ihm den Schlüssel für die Handschellen zu. Der schloss sie auf. Warf den Schlüssel Tom vor die Füße. Der lächelte. Hob sie auf, ohne den Blick von Kevin zu wenden. Die Pistole in der Hand. »Vergiss es!«

Tom beobachtete, wie Kevin aß. Langsam, als wollte er die Zeit ohne Handschellen genießen. Armer Kerl. Am Ende würde er ihn erschießen müssen. Und seine Mutter. Sie würden es befehlen. Das schien ihm logisch. Doch vielleicht blieb es ihm erspart. Oder die hängten sie einfach ab. Die Chefs. Meldeten sich gar nicht mehr. Die Aussicht war gering, dass jemand sie fand. Drei Robinsons. Er hatte schon mehrfach darüber nachgedacht, seit Rambo tot war. Wie lange sie es durchhielten, wenn die Vorräte aufgebraucht waren. Ohne Wasser. Er hatte sich umgeblickt auf der Insel. Keine Quelle, nichts.

Er verstand nichts davon. Mochte sein, dass es Grundwasser gab. Wenn man tief grub. Oder es fiel ihnen etwas ein, um Meerwasser zu entsalzen. Verdunstung. Er lächelte. Hätte er doch besser in Physik aufgepasst. Hätte er damals doch geahnt, was aus ihm würde.

Es hatte mit kleinen Betrügereien angefangen. Er wusste, dass er ein hübscher Kerl war. Auf Mallorca und in anderen Touristenhochburgen gab es genug Frauen, die das Spießerabenteuer suchten. Die zu Hause brav waren. Im Büro, im Haushalt. Aber im Urlaub die Sau rausließen. Er fand genug, mit denen er schlief und die er beklaute. Ein leichtes Geschäft, nur die Reiserei nervte auf die Dauer. Er war fast froh, als er an die Falsche geriet. Sie hatten gevögelt. Sie war eingeschlafen nach ein paar Martinis. Er hatte ihr Portemonnaie gefunden. Das Geld und die Karten rausgenommen. Hatte das Hotelzimmer verlassen. War schon vor der Hoteltür, als ihn einer am Arm griff. Es waren zwei. Sie führten ihn zu einer Seitenstraße. Der eine trat ihm in den Magen, der andere hielt ihn an den Haaren fest. Aber er wehrte sich. Wegen der Schmerzen. Erwischte einen am Knie. Ein fester Tritt. Das Bild befriedigte ihn heute noch. Wie der Typ mit Staunen zusammenklappte. Sich am Boden wälzte. Der andere machte Tom dafür fertig. Als er nur noch aus Schmerzen bestand, reichte der Typ ihm die Hand. Half ihm hoch. Lehnte ihn gegen die Wand. Bot ihm eine Zigarette an. Die Tom rauchte, obwohl es die erste seines Lebens war. Er hustete wie verrückt. Während der Typ telefonierte. Als er fertig war, packte er ihn am Arm. »Mein Chef will mit dir reden.«

162.

1:58.
Das Bild ohne Ton. Auf dem Fernseher. Panik. De Bodt hatte sich wieder auf den Boden gelegt. Die Idee umkreiste ihn. Er wollte nach ihr greifen. Aber sobald er einen Zipfel erwischte, löste der sich auf. War wohl ein Hirngespinst. Der Protest seines Hirns dagegen, dass

es nicht begriff. Eine Fata Morgana des Versagens. Es gab keine Idee, die irgendetwas erklären könnte. Er war am Ende seines Lateins. De Bodt zwang sich zur Konzentration. Für sein Ego war Zeit nach dem Verdampfen. Eine interessante Vorstellung. Immerhin würde er die Antwort bekommen. Auf die Frage, ob man nach dem Tod weiterlebte. Nicht, dass ihn das je beschäftigt hätte. Er glaubte keine Sekunde daran. Aber der winzige Zweifel lockte. Leider würde ihm das Verdampfen den Trumpf nehmen, die Wahrheit zu verkünden. Du spinnst, Eugen. Würde Silvia sagen. Manchmal hatte sie sogar recht. Er lächelte und war traurig zugleich. Verspielt. Staunte wieder über sich. Dass er kaum an seine Kinder dachte. An seine Eltern sowieso nicht. Nicht an Elvira, die sich vom Alten beturteln ließ. Von der Mutter geduldet. Und die seitdem die Schuld in Person war. Weil sie ihrem Mann nicht mehr Frau sein konnte. Elvira kam gerade richtig. Es blieb in der Familie. De Bodt konnte sich leicht vorstellen, wie sein Vater die Schwiegertochter draußen vorzeigte. Mit dem unsichtbaren Zwinkern in den Augen.

Knorr und Meier stierten auf ihre Bildschirme. Meier hackte auf seiner Tastatur. Vermutlich kannte er es nicht anders. Über ihn sollte es danach heißen: Bis zum letzten Augenblick getippt. Das BSI hatte die Verantwortung an das Innenministerium geschickt. Das Innenministerium hatte den Brief gar nicht erst geöffnet, sondern gleich ans Kanzleramt weitergegeben. Die Kanzlerin hatte als Protestantin keinen weiteren Adressaten gefunden. Sie war nie so mächtig wie in diesen Stunden. Und so machtlos. Sie hätte mit einem Wort Minister, Generäle, Armee hierhin und dorthin schicken können. Alle warteten auf die Rettung. Niemand hätte gebremst, widersprochen, sabotiert. Aber die Rettung war auch auf der Flucht.

»Nichts?«, fragte Knorr, ohne den Blick vom Menschenstau zu wenden.

»Nichts«, sagte de Bodt.

»Aber wir haben wenigstens eine Chance, wenn ich es versuche«, sagte Meier. Der blickte de Bodt immerhin an.

»Mehr, wenn wir es nicht versuchen.«

»Ich übernehme die Verantwortung«, sagte Meier.

»Das tust du nicht«, sagte de Bodt. »Ich bin hier der Chef.« Das war eine kühne Behauptung.

»Werd nicht größenwahnsinnig.«

De Bodt erhob sich. Blickte sich um. Sah den Heizungskörper neben der Tür. Er prüfte den Sitz des Heizungskörpers. War zufrieden. Zog seine Pistole, richtete sie auf Meier. »Ich verhafte dich wegen Vorbereitung eines staatsgefährdenden Verbrechens.«

Meier blickte ihn an. Schüttelte den Kopf. »Du bist doch irre, de Bodt!«

»Es fehlt jetzt noch die Erklärung, dass ich dafür bezahlen würde. Früher hab ich mal den Spruch gehört, die Macht komme aus den Gewehrläufen. Hat ein chinesischer Bauernphilosoph gesagt. In unserem Fall tut es eine Pistole aber auch.«

»Du wagst es nicht zu schießen.«

De Bodt drückte ab. Meiers Bildschirm rauchte ab.

Der erstarrte. De Bodt fesselte ihn an den Heizungskörper.

»Dafür wirst du bezahlen.«

»Kaum. Wenn wir verdampfen, ist es eh egal. Wenn wir nicht verdampfen, habe ich dir das Leben gerettet, und du wirst mir bis ans Ende deiner Tage dankbar sein.«

»Ich habe noch nie so ein Arschloch getroffen wie dich.«

»Leg dich nicht zu früh fest.«

163.

1:07.

Der Chef erwies sich als ein Typ ohne Farbe. Er hätte auch als Klischee eines Buchhalters durchgehen können. Im Büro saß auch die Frau, die er beklaut hatte. Sie grinste ihn an. Sein Bewacher drückte ihn auf einen Stuhl. Der Buchhalter musterte ihn. »Du bist also der Typ, der meine Schwester bescheißen wollte. Pech gehabt.«

»Sieht so aus«, sagte Tom. Erstaunt, dass er gar nichts spürte. Keinen Schmerz, keine Angst.

Der Buchhalter lächelte. »Und dann hattest du die Frechheit, einem meiner Leute die Kniescheibe kaputt zu treten.«

»Was tun Sie, wenn Sie jemand überfällt? Sie bedanken sich?«

Der Buchhalter betrachtete ihn wieder. Seine Schwester ließ ihre Daumen Tango tanzen. »Was mache ich jetzt mit dir?«

»Sie stellen mich ein. Vielleicht als Leibwächter Ihrer Schwester?«

Die lachte auf.

Der Buchhalter blickte sie an. Dann Tom. Schüttelte den Kopf. »Also gut, wenn du es willst. Aber du fängst als Botenjunge an.«

164.

0:56.

»Wir haben es verkackt, Eugen«, sagte Salinger. »Diese Scheißkerle haben das Spiel mit den russischen Puppen neu aufgelegt. Wir erwischen einen. Der gesteht und verweist auf einen anderen. Der gesteht auch und verweist wieder auf einen anderen.«

»Die wissen, wie die Polizei ermittelt. Und gleichzeitig überraschen sie die Ermittler mit einem Verhalten, das unberechenbar ist. Sie haben die Frau des französischen Präsidenten freigelassen. Der Entführungslogik nach hätten sie die weiter verstümmeln oder umbringen müssen. Da die Bundesregierung die Schulden der Südländer nicht übernommen hat.«

»Was sollen wir tun, Eugen?«

»Nichts. Lass uns lieber raten. Wenn es um die Schulden geht, dann hätten wir auch schon Verdächtige. Die Regierung aus Populisten und Faschisten in Rom. Der traue ich alles zu.«

»Wie sollen wir gegen die ermitteln? Tilly behauptet, unsere Nachrichtendienste wissen von nichts. Da sei nichts dran. Jemand wolle den Verdacht auf Rom lenken. Als Tarnung.«

»Verdampfe ich also mit dem Trost, dass er sich wenigstens einmal nicht geirrt hat.«

»Du hast einen perversen Humor. Schwarz wäre untertrieben.«

»Ich habe überhaupt keinen Humor. Sofern der Witz im Gegensatz von Idee und Wirklichkeit liegt, ist diesmal die Wirklichkeit schuld. Ich könnte sagen, was ich wollte. Es wäre immer komisch. Weil zwar vernünftig, aber wirklichkeitswidrig.«

»Das muss jetzt echt nicht sein. Red keinen Quatsch. Meine Frage war: Was sollen wir tun?«

»Nichts. Ihr habt getan, was die Kripo tun kann. Das ist jetzt Sache der Regierungen.«

»Du glaubst, da gibt es Geheimverhandlungen? Aber zwischen wem? Gut, es ist klar, dass die Franzosen und unsere Regierung sich absprechen. Aber sonst?«

»Sie werden überall herumfragen, ob jemand was weiß.«

»Vielleicht schaffen die eine Einigung in letzter Minute.«

»Es hat wenig Sinn, darüber zu spekulieren. Vielleicht ja, vielleicht nein. Es wird nur langsam Zeit.«

»Mein Gott, was können die wollen?«

»Warum nicht, dass Deutschland diese Schulden übernimmt?«, fragte de Bodt.

»Ja, warum nicht? Aber das klappt doch nie.«

»Bevor ein Teil des Landes radioaktiv verseucht wird … gewissermaßen ist das ein Beitrag zur Einigung Europas gegen die Geldsäcke in Berlin.«

»Du hast Nerven. Ein GAU hat keinen Sinn, außer dass alles in den Arsch geht.«

»Das Interessante an der Sache ist, dass es ein Monsterverbrechen braucht, um das Richtige voranzubringen. Wie ich gerade gesagt habe, das ist wirklich witzig.«

»Schön, dass du mal wieder recht hast«, sagte Salinger. »Dann ist doch alles gut.« Schwieg. »Wir hätten es nicht leicht miteinander gehabt. Du kannst einem schwer auf den Geist gehen. Aber wir hätten es geschafft. Das Ohropax hatte ich mir schon auf den Nachttisch gelegt.«

165.

0:28.
Merkow hatte den ganzen Tag bei den Technikern der Botschaft verbracht. Sie hatten Nachrichten verschlüsselt und entschlüsselt. Er hatte mit Katt das Chaos in Gundremmingen verfolgt. Im Fernseher an der Wand lief tonlos die Live-Übertragung. Katt verfolgte es. Sie saß an einem kleinen Schreibtisch in der Ecke. Wie angenagelt.

Die Recherchen in anderen Botschaften Russlands hatten immer noch nichts ergeben. Niemand schien etwas zu wissen. »Jetzt greifen sie die Deutschen und die Franzosen an. Und später uns? Vielleicht ist das nur der Auftakt. Eine Art Dritter Weltkrieg. Ohne dass man wüsste, wer ihn führt.« Hatte Merezkow gesagt, Kumanowas Nachfolger. Ein kleiner dicker Mann mit mächtiger Brille. Der sich mühte, unsichtbar zu bleiben.

Der Satz ging Merkow eine Weile durch den Kopf. Wer legte sich mit mächtigen Staaten an? Wer traute sich das, wenn nicht andere Staaten? Die Chinesen? Die waren ihm seit jeher verdächtig. Ihre Verschwiegenheit, ihr Machtapparat. Das Geschick und die Entschlossenheit, mit der sie ihre Interessen verfolgten. Womöglich planierten sie gerade das Gelände für die Verlängerung der Seidenstraße. Er bewunderte die Raffinesse, mit der sie vorgingen. Wenn ihr Führer auf die Idee gekommen war, eine Gangsterbande auf Europa anzusetzen? Um die Konkurrenz in die Knie zu zwingen. Vielleicht hatten diese Leute in Peking einen Gang hochgeschaltet. Und das Gerede von den Schulden der Südländer war Vorwand. Hinter dem sich das wahre Ziel verbarg. Ein geschicktes Konstrukt wäre das. Die ganze Welt glotzt auf Europa. Und China reißt sich seinen Teil unter den Nagel.

Er blickte auf die Uhr. Es war zu spät. Sie hatten noch zweiundzwanzig Minuten. In dieser Zeit konnte man vielleicht ein Land zerstören. Aber retten konnte man es in dieser Zeit nicht. Er hoffte auf Verhandlungen im Geheimen. Zwischen den Regierungen in Berlin und Paris mit den Erpressern. Eine Einigung in letzter Sekunde. Aber er glaubte nicht daran.

»Es ist alles anders«, sagte Katt, ohne den Blick vom Bildschirm zu wenden. »Komplett anders. Sie werden uns noch den Arsch grillen.«

»Wer?«, fragte Merkow.

»Ich hab da so eine Idee. Kann sie aber nicht greifen. Irgendwo in meinem Hirn sucht die Logik nach einer Erklärung. Wenn mein Hirn fertig ist, werde ich's dir sagen.«

»Schön«, erwiderte er. »Es wäre hilfreich, dein Hirn könnte diese Arbeit vor Ausbruch des Dritten Weltkriegs beenden.«

166.

0:12.

Er wälzte sich. Schrie vor Schmerz. Tom öffnete die Tür. »Was ist los?«

Die Mutter weinte. Vor Schreck, vor Wut. »Ein epileptischer Anfall vielleicht.« Sie wusste es nicht. Kevins Anfall hatte sich nicht angekündigt. Er hatte einfach angefangen. Kevin beim Dösen erwischt. Seitdem wälzte er sich. Hielt sich mal den Bauch, den Rücken, die Brust, den Kopf.

»Tun Sie was!«

Tom beobachtete Kevin. Eine Weile.

Der fing an zu brüllen. Ich bin nicht auszuhalten, sagte der Schmerz.

Tom kniete sich neben Kevin.

Der starrte ihn an aus tränentrüben Augen. Tom packte ihn an der Schulter. Schlug ihm auf die Wange. »Dreh dich auf den Bauch!«

Kevin wälzte sich auf die Seite. Geknickt in der Hüfte wie eine Playmobilfigur mit den Beinen in der Sitzposition. Nur dass Kevin lag. Und brüllte. Irgendwas. Als wollte ihm das Leben aus der Kehle fliehen. Tom drehte ihn mit Gewalt auf den Bauch. Löste die Handschellen. Und hatte Kevins Hände an seinem Hals. Dessen Beine umklammerten seinen Bauch. Er hob Tom über sich auf die andere Seite. Kevin brüllte nicht mehr. Er keuchte. Legte alle Kraft in den Angriff. Bis er Tom von hinten umklammerte. Mit der Kraft der letzten Chance. Er löste eine Hand vom Hals und zog Toms Waffe aus dem Hosenbund. Drückte sie an dessen Kopf.

167.

0:04

Meier saß neben dem Heizungskörper. Den Rücken an die Wand gelehnt. Augen geschlossen. Tränen drängten sich zwischen die Wimpern. Er schluchzte. Öffnete den Mund. Sagte was Unverständliches. Brabbelte. Knorr starrte de Bodt an. Schüttelte den Kopf. Glotzte auf den Schirm. Als käme dort die Rettung. Das Telefon klingelte. Knorrs Augen suchten de Bodts Augen. Der nickte.

»Ja? … Nein, der ist … » – Knorrs Augen fragten de Bodt, der zuckte die Achseln – »gefesselt. An einen Heizkörper. Sagen Sie mir, was Sie ihm sagen wollten … Sie haben keine Lösung gefunden? … Auf diese Mitteilung kann ich verzichten. Merken Sie sich bis zum Ende Ihres kläglichen Lebens: Sie sind Versager, moralisch und fachlich. Wenn jemand uns hätte retten können, dann Ihr beschissenes Amt. Jeder Cent Steuergeld hätte besser als Fischfutter gedient, als Ihren Verein der Ahnungslosen zu bezahlen.« Knorr knallte den Hörer auf die Gabel.

De Bodt stellte sich neben sich. Beobachtete sich. Belauschte sich. Fand, dass er sich noch gut hielt. Er spielte. Mit dem Leben der beiden Männer. Mit seinem. Er hatte sich für eine Lösung des Rätsels entschieden. Aber vielleicht kannte er nicht mal das Rätsel.

Er blickte auf die Uhr. Noch eine Minute. Sei realistisch. Noch eine Minute Leben. Wie viel zählte das? Tschüss, Silvia. Wir haben es vermasselt. Etwas juckte an der Wange. Er wischte es weg. Spürte die Nässe seiner Träne.

168.

0:00
Ein Blick auf den Bildschirm. »Scheiße!«

Wer hätte den Fluch hören sollen außerhalb des Büros? Alarmmeldungen poppten auf. Die Sirene heulte. Das Kühlwasser überhitzte. Das zuerst. Die Notabschaltung. Automatisch. Aber nichts wurde abgeschaltet. Der Monitor zeigte

EMERGENCY POWER OFF FAILED!
EMERGENCY POWER OFF FAILED!
EMERGENCY POWER OFF FAILED!
...

Binnen Sekunden war die Kuppel unter einer Wolke verschwunden. Wasserdampf. Der Kühlturm stieß ihn aus wie ein Vulkan. Ohne Kühlung stieg die Temperatur der Brennelemente. Sirenen jaulten. Die Atomkerne spalteten sich schneller. Die freigesetzte Energie vervielfachte sich binnen Sekunden. Die Hitze stieg. Das Kühlwasser kochte. Am Grund leuchtete es. Da, wo die Brennstäbe lagen. Explosionen. Schwach, stark, stärker. Die Brennkammer des AKW explodierte. Eine Hitzewelle schoss durchs Werk. Hitze und Druck rissen die Wände ein. Noch hielt die Kuppel. Noch sah das Werk von außen unversehrt aus. Während im Inneren alles verglühte. Stahl schmolz, Beton riss. Der Hitzesturm schoss die Eingangspforte weg. Wie ein gigantischer Flammenwerfer. Unsichtbar entwich die Strahlung. Qualm und Dampf stiegen auf. Machten sich auf den Weg. Um die Giftfracht weit ins Land zu tragen.

Dann riss die Kuppel an einer Stelle am Rand. Dort, wo am 16. November 1982 ein Stahlbetoningenieur namens Stefan Westermann seine Thermoskanne mit Tee in die Betonmasse fallen gelassen hatte. Weil er nicht aufgepasst hatte. Und die Peinlichkeit nicht eingestehen wollte. Die Thermoskanne würde nur seine Frau vermissen. Sie war so sicher eingeschlossen wie Mafiaopfer in Brückenpfeilern.

Bis der GAU sie befreite aus ihrem Grab. Das würde Westermann nicht mehr erfahren. Er war zwei Jahre zuvor gestorben. Am Krebs der Bauchspeicheldrüse. Seine Frau und ihr Sohn klagten gegen das AKW. Westermann sei zu lange Radioaktivität ausgesetzt gewesen, als das AKW angelaufen sei.

169.

Tom drehte sich ruckartig weg. Ein Schuss. Stille, dann schrie die Mutter, bestarrte ihren Bauch. Ein roter Fleck weitete sich. Sie drückte die Hände darauf. Kevin stürzte zu ihr. »Mein Gott!«, stammelte er. »Mein Gott!« Ein Blutfaden im Mundwinkel. Dann quoll das Blut stoßweise aus ihrem Mund. Sie blickte ihn an. Der Blick erstarb.

Tom stand in der Tür. Die Pistole in der Hand.

170.

Katt schaute auf den Bildschirm. »Guck dir das an. Wie Tschernobyl.« Im Fernsehen mischte sich die Qualmwolke mit dem Wasserdampf, den der Kühlturm in den Himmel schoss. Sie sahen die Panik der Menschen. Die Fluchtwelle schwoll an. Eine wabernde graue Masse in der Luftaufnahme. Weg vom AKW. Weg von den Wolken. Weg vom Strahlentod.

»Die Strahlung ist schneller«, sagte Merkow. »Man entkommt der Unfallstelle und stirbt später woanders. Unter Höllenschmerzen.«

»Jetzt werden sie Jodpillen verteilen«, sagte Katt. »Ah, und am Abend wird die Kanzlerin im Fernsehen sprechen.«

Ein Laufband um unteren Rand.

*Regierungskreise: Bundesregierung verdächtigt ausländische Macht *** Bundeswehr macht mobil *** Helfer erhalten Strahlenschutzausrüstung ****

»Wenn ein anderer Staat dahintersteckt, ist das ein NATO-Fall. Ich hoffe, unsere haben nichts damit zu tun.«

»Wie kommst du darauf?«

Mit Blick auf den Bildschirm erwiderte Merkow: »Ich habe die Hackerattacken der letzten Jahre widersinnig gefunden. Gibt's heute irgendwo einen Hack, dann fällt der Verdacht automatisch auf uns.«

»Das Gerede von den kreativen Menschen, die es in Russland nun mal gebe, fand ich völlig daneben«, sagte Katt. »Es war wie ein Geständnis ohne Deal.«

171.

Salinger starrte an die Wand. Sie hatte die Bilder auf Yussufs Monitor gesehen. Sie konnte nicht weitergucken. Es war … unvorstellbar. Und dennoch musste sie versuchen, es sich vorzustellen.

Das Telefon auf ihrem Schreibtisch klingelte. Sie zögerte. Yussuf warf ihr einen Blick zu. Vielleicht war es wichtig und nicht nur ein Bekloppter, der bei Engel nicht durchgekommen war. Die musste den Tod ihres Chefs natürlich rauf und runter bequatschen mit Freundinnen und Verwandten.

»Hallo, Silvia.«

Ihr fiel der Hörer aus der Hand. Knallte auf den Fußboden. Sie bückte sich. »Ja?«

»Telefon auch kaputt?«

»Nein, nein …« Sie brach in Tränen aus.

Yussuf ging zu ihr. Berührte sie an der Schulter

»Bist du es? Das ist doch nicht möglich.«

172.

Die Wahrheit sickerte langsam auf den Bildschirm. Reaktorblock 2 des Atomkraftwerks Isar. Der mächtigste Reaktor Deutschlands. Nachdem alle Welt gefürchtet hatte, Gundremmingen hätte es getroffen. Es war doch nicht möglich. Pausenlos hatten sie über Gundremmingen berichtet. Wo ein Trojaner darauf wartete, das AKW anzugreifen. Sie hatten alles ausgegraben, was es über das AKW Gundremmingen gab. Politiker sprachen in Interviews über die Unterschiede zwischen Druckwasser- und Siedewasserreaktoren. Dass Deutschlands Atomkraftwerke die sichersten der Welt seien. Dass man aber bösartige Angriffe nie ausschließen könne. Um auf dem Stand der Dinge zu sein, habe man das BSI gegründet. Es habe im Zusammenwirken mit den Sicherheitskräften schon viele Attacken abgewehrt.

De Bodt war erstarrt in der Sekunde seines Todes. Der nicht eintrat. Was ihm innerlich einen Freudenschrei abrang. Er hatte recht behalten. Und hatte überlebt. Zwei Ereignisse. Angesichts deren verblüffte ihn, dass sie ihn nicht verblüfften. Da hatte tief in ihm die Überzeugung geruht, dass er die Drecksäcke doch richtig einschätzen würde. Dass er Bob kannte. Dass er ihm alles zutraute. Außer Dummheit. Im Gegenteil. Bob und seine Leute hatten die Bundesregierung vor sich hergetrieben. Sie vorgeführt. Sie lächerlich gemacht. Was nutzte all das Gerede? Was nutzten Antiterrorzentren, Gesetze und markige Sprüche von Innen- und Außenministern? Was das Gepränge der Uniformen und Waffen? Was die Drohnen und Geheimdienste? Wenn es nur intelligenter Planung bedurfte, um einen Staat zu ruinieren? Alle diese Sicherheitsapparate halfen gegen solche Angriffe wie Ritterrüstungen gegen Scharfschützen. Jetzt stellten sie sich wieder vor die Kameras und sonderten ihre Floskeln ab. Aber keiner würde seine Hilflosigkeit eingestehen. Stattdessen: Der Rechtsstaat wird hart durchgreifen, die Schuldigen bestrafen und so weiter. Man sah ihnen an, dass sie es selbst nicht glaubten. Wer Staaten an der Nase herumführte, der ließ sich nicht von einer Polizeistreife erwischen. Na, und die deutschen Geheimdienste beschäftigten sich mehr mit der Frage, dass sie nicht schuld waren am Informations-GAU. Der dem anderen GAU vorausging. Gleich wurden die Aktenberge gesichtet, ob sich belastendes Material fand. Das man verschwinden ließ, einsortierte, wo es vielleicht Mittelalterhistoriker in tausend Jahren fanden. Sofern es da noch Historiker gab.

De Bodt überlegte, was nun kam. Was hatten Bob und Kollegen jetzt vor? Es gibt eine Schwäche des Erpressers. Sie ist unvermeidlich. Wenn er seine Drohung wahr gemacht hatte, besaß er kein Druckmittel mehr. Der Erpresser amputierte sich selbst. Aber Bob schoss sich keine Kugel ins Knie. Er rechnete damit, dass Dinge schiefgingen. Er musste etwas in der Hand haben, um den Druck zu verstärken.

Knorr war verschwunden und kehrte mit einer Flasche Champagner zurück. Aber schon als er das Büro wieder betrat, war alle Freude verschwunden. Die Monitore zeigten die Panik. Isar 2. Welches AKW würden die Verbrecher als Nächstes angreifen? Bilder zeigten, wie Menschen flohen. Überall, wo Atomkraftwerke arbeiteten. Die Live-Berichterstattung wurde unterbrochen. Ein Nachrichtensprecher. Ein bekanntes Gesicht. Nato-Hauptquartier in Brüssel. Das Militärbündnis wolle die Abwehr gegen Cyberangriffe verstärken. Ein massiver Angriff auf sicherheitsrelevante Strukturen sei gleichzusetzen mit einem militärischen Angriff. Der den »NATO-Fall« auslöse. Laut Nachrichtensprecher habe sich die Mehrheit der Staaten bereits darauf verständigt. Sogar die USA seien dieser Auffassung. Verteidigung und Gegenangriff. Die Opposition war einverstanden. Jedem Aggressor müsse klar sein, dass er den eigenen Untergang heraufbeschwöre. Die Regierung beschloss die Schnellabschaltung aller deutschen Atomkraftwerke. Sie bedrängte Frankreich, es auch zu tun. Dessen Regierung rief die Bürger auf, Strom zu sparen. Die meisten Atomkraftwerke gingen vom Netz. Allerdings müssten einige der modernsten AKW am Netz bleiben. Sonst breche die Stromversorgung zusammen.

»Jetzt befrei mich doch, du Idiot!«

De Bodt löste die Handschellen. Meier stürzte zum Telefon. »Was mach ich jetzt mit dem Trojaner?«, brüllte er in den Hörer. »… Abwarten …? Sie haben anderes zu tun …« Meier verschlug es die Sprache.

De Bodt nahm ihm den Hörer aus der Hand. Rief Lebranc an. »Vielleicht lassen Sie prüfen, wo bei Ihnen Druckwasserreaktoren stehen. Vielleicht gibt es sogar einen mit ähnlichen IT-Strukturen wie Isar 2. Verstehen Sie, was ich meine?«

Und ob Lebranc es verstand.

Meier telefonierte wieder mit dem BSI. Er kämpfte gegen die Behauptung, das Versagen eines Einzelnen habe die Krise mit heraufbeschworen. Er sah seinen Chef schon im Fernsehen. Das Amt gestehe ein, dass es den Falschen geschickt habe. Künftig wolle es noch mehr Sorgfalt auf die fachliche Ausbildung legen. Auch moralische Kriterien würden stärker berücksichtigt. In Krisen könne der Charakter eines Mitarbeiters eine herausragende Rolle spielen. »Scheißkerle«, sagte Meier. »Scheißkerle.«

Was hatten die in der Hand? Keine Sekunde glaubte de Bodt, dass die Erpressung nun beendet sei. Sie würden den Druck erhöhen.

Aber was war übler als eine Atomerpressung?

173.

Merkow und Katt gingen mal wieder spazieren. Es regnete. Sie hatten die Kapuzen ihrer Anoraks über den Kopf gezogen. Schnell bildeten sich Pfützen. Wuchsen zu Miniteichen. »Wenn wir nicht bald rausfinden, wer dahintersteckt, bricht der Dritte Weltkrieg aus«, sagte Merkow. »Sie zeigen alle auf uns. Die NATO, die EU, die Amerikaner sowieso. Das ist die Quittung für die blödsinnigen Hackerattacken unserer Leute.«

»Du wiederholst dich«, sagte Katt.

»Wenn unsere kreativen Mitbürger jetzt auf die irre Idee kommen, eine Hackerattacke gegen egal wen im Westen zu starten, dann wäre das wie Sarajevo 1914.«

»Protz mit deinen Geschichtskenntnissen bitte vor deinem Philosophenfreund. Wenn einer was rausfindet, dann der. Der darf im Gegensatz zu uns richtig ermitteln.«

Merkow warf ihr einen Seitenblick zu. Katt war fast depressiv geworden. Sie hatte den Anschlag verfolgt, ohne sich viel anmerken zu lassen. Aber sie hatte doch den Boden unter den Füßen verloren. Im freien Fall. Versuchte sich festzuhalten. Fand aber nicht mal einen Zweig, den sie mit in die Tiefe hätte reißen können.

Merkow hatte die Verdüsterung gleich bemerkt. War aber hilflos. Die Verzweiflung griff auch nach ihm. Sie hatten nichts herausgefunden. Nur ein Atomkrieg würde ihn vor der Strafe schützen. So sie ihn gepriesen hatten, so würden sie ihn verdammen. Weil sie Schuldige brauchten. Die Chefs der Geheimdienste. Wir haben unsere besten Leute losgeschickt, aber die haben versagt. Niederlagen waren Zeiten der Abrechnung. Der Präsident musste jemanden vorzeigen. An den Pranger stellen. Dass die sein Vertrauen missbraucht hätten. Dass er ihnen freie Hand gelassen habe. Weil sie versichert hatten, sie hätten die Sache im Griff.

Merkow kannte das Verfahren. Regelmäßig hatte es Kollegen getroffen. Er hatte sich nie viel gedacht dabei. Für ihn war das der Preis für die Privilegien, die sie genossen. Nicht mehr die Sondereinkäufe wie zur Sowjetzeit, aber ein gutes Gehalt. Viel Eigenverantwortung. Ansehen, Orden, Prämien. Viel zu viel, um es zu riskieren.

Er sah vor sich nur noch einen Tunnel ohne Ende. Kein Licht weit und breit.

174.

»Das reicht nicht«, sagte Lebranc. »Wir müssen alle AKW runterfahren, solange wir noch eine Kontrolle über sie haben. Bei der Notabschaltung werden wir es merken, falls die schon ein Werk fernsteuern.«

Der Polizeipräfekt kippte seinen Stuhl nach hinten. Vielleicht weil er sich aus der Entfernung Weitblick versprach. Oder Überblick. Jedenfalls das, was er nicht hatte. Sie saßen sich am Konferenztisch gegenüber. Während de Bodt mit einem Regierungsflieger nach Berlin gebracht wurde, hatten sie telefoniert. De Bodt hatte ihn bedrängt. Es nutze nichts, zu glauben, dass ein modernes AKW weniger gefährdet sei als beispielsweise Fessenheim. Das vor aller Augen zerbrösele. Es brauche nur zwei Faktoren: einen erpressten leitenden Mitarbeiter mit Zugriff auf das Netzwerk. Und einen Stromanschluss. Oder vielleicht nur den.

»Sie wissen, dass wir dann nicht mehr genug Elektrizität haben. Wenn es das ist, was die Terroristen wollen. Dass wir uns selbst in den Notstand befördern. Im Gegensatz zu den Deutschen liefern unsere knapp sechzig AKW fast achtzig Prozent des bei uns verbrauchten Stroms. Blackout, das ist es, was Sie fordern. Glauben Sie ernsthaft, dass die Regierung sich selbst abschießt?«

»Wenn wir Strom sparen. Keinen mehr exportieren, sondern in Europa zusammenkaufen. Das sollte doch klappen.«

»Frankreich abhängig von seinen Nachbarn?« Der Präfekt schüttelte den Kopf. »Ich weiß, dass Sie es gut meinen. Sie übersehen die politischen Folgen Ihres Vorschlags offenbar.«

»Ich weiß immerhin, dass ein GAU wie in Bayern, Fukushima oder Tschernobyl üblere Folgen hat als Stromknappheit. Dann soll unser Präsident doch ans Volks appellieren. Dessen Werte sind in den Umfragen implodiert. Es gibt sogar Leute, die glauben, der Präsident habe seine Frau entführen und verstümmeln lassen, weil ihn das aus dem Umfragetief holen würde.«

»Spinner«, sagte der Präfekt. »Diese Idioten kriechen immer dann aus ihren Löchern, wenn man sie überhaupt nicht gebrauchen kann.«

»So nützlich wie Fliegenscheiße«, murmelte Lebranc.

»Wie bitte? … Ach ja …« Der Präfekt grübelte. Wäre fast umgekippt. »Ich habe keine Ahnung, wie ich dem Innenminister das erklären soll. Der muss es dem Premierminister vortragen und der dem Präsidenten. Ohne dessen Weisung gibt es keinen Notstand. Und wird kein einziges AKW abgeschaltet.« Er kippte den Stuhl wieder auf alle Beine. Stützte die Ellbogen auf die Tischplatte. Schüttelte den Kopf. »Hätte nie gedacht, dass der Weltuntergang so aussieht.«

175.

Salinger öffnete die Bürotür. Stutzte. Sah de Bodt am Schreibtisch sitzen. Yussuf bearbeitete seine Tastatur. Die Füße schlugen einen schnellen Rhythmus. Rock 'n' Roll.

Sie stützte sich auf de Bodts Schreibtisch. »So sieht man also aus, wenn man verdampft ist…« Hielt die Hand vor den Mund.

»Ist schon gut.« Die Angst, die Erschütterung, die Hilflosigkeit suchten sich einen Weg. Die Unsicherheit über ihr Verhältnis. Erleichterung durch Zynismus.

»Wir fangen noch mal von vorn an«, sagte de Bodt. »Vielleicht haben wir etwas übersehen.«

»Wenn ich das gewusst hätte, wäre ich zu Hause geblieben«, sagte Salinger.

Aber nicht mal sie lachte.

»Wir haben die Entführung von Professor Süß. Den wir befreit haben. Dann wurde die Frau des französischen Präsidenten entführt. Verstümmelt und freigelassen. Dann haben die Täter ein Verwirrspiel veranstaltet. Taten so, als würde Gundremmingen angegriffen. Stattdessen haben sie Isar 2 attackiert. Während alle auf das AKW Gundremmingen gestarrt haben wie auf den Sensenmann in all seiner Pracht. Ein geschicktes Täuschmanöver. Was verrät es über die Täter?«

»Dass sie intelligent sind. Dass sie einem raffinierten Plan folgen. Dass sie ihre Aktionen tarnen und absichern. Dass sie uns beschäftigen, siehe Lingus und Becker. Wir können noch zwanzig Typen verhaften, die für die arbeiten. Es würde nichts ändern. Außer dass wir uns verzetteln.« Salinger setzte sich hinter ihren Schreibtisch.

»Und nun?«, fragte Yussuf. »Auch die Großfahndung nach unserem Freund Bob hat nichts gebracht. Der hat sich irgendwo verkrochen und steckt die Nase nicht raus aus seinem Bau.«

»Er war unsere einzige Spur. Was machen wir mit Lingus und Becker?«

»Nichts. Die bleiben in U-Haft, bis der Fall gelöst ist. Wissen wir mehr über Paulinger?«

»Ich hab vorhin mit Uhlenhorst telefoniert. Nichts. Er hat nicht mal gemeckert, dass Fahndung nicht in seiner Arbeitsplatzbeschreibung stehe.«

Krüger riss die Tür auf. »Wir haben versucht, Paulinger aufzutreiben. Ich weiß ja nicht, was das Phantombild von diesem Holt taugt, aber den scheint niemand zu kennen.«

Schön, dass Uhlenhorst Krüger zum Laufen gebracht hatte, dachte de Bodt. Allerdings fühlte Krüger sich nun ermächtigt mitzumischen. Das hätte Bob planen können. Sabotage der Polizeiarbeit von innen.

»Hast du schon deine Medienkontakte genutzt? Die du doch sonst so gern versorgst«, sagte Salinger. Die Schlagzeilen über die *Schöne Kommissarin und ihren Chef* hatte sie nicht vergessen.

»Natürlich. Wir suchen überall.«

»Daran zweifelt niemand«, sagte Yussuf ohne aufzublicken. »Habt ihr schon die Flugzeugverleiher befragt? Wir glauben nämlich, dass Wedenstein Europa längst verlassen hat. Irgendwo muss er da hingekommen sein, wo er jetzt ist. Ein Flugzeug braucht einen Flugplatz. Schon mal an diesen Zusammenhang gedacht? Vielleicht hat die Bundespolizei was übersehen.«

»Damit wollten wir gerade anfangen«, sagte Krüger. Er würde jeden Lügendetektor dazu bringen, sich selbst der Lüge zu überführen und einen Pensionsantrag zu stellen.

»Dann mal los. Wenn wir wüssten, wohin Bob samt Rollstuhl abgehauen ist…«

»Schön, dass es Sie nicht erwischt hat, de Bodt«, sagte Krüger. De Bodt blickte ihn überrascht an. Ein Augenblick der Aufrichtigkeit bei Krüger? Ja, warum nicht?

Krüger verschwand, der Zweifel klopfte an.

»Fällt uns was über die Motive der Täter ein?«, fragte de Bodt.

»Punkt eins ist, dass Bob im Auftrag handelt. Wer beschäftigt solche Profis? Zumal die teuer sind. Warum verursacht jemand einen GAU?«

»Das ist die maximale Erpressung. Mehr geht nicht«, sagte Salinger.

»Aber was kommt danach, wenn das schon der Gipfel ist?«

Sie blickte ihn an. »Nichts mehr. Vielleicht die Ankündigung, noch ein AKW in die Luft zu sprengen? Sie haben ja auch die Frau des französischen Präsidenten entführt, nachdem sie Süß entführt hatten.«

176.

Die Kanzlerin ließ sich ihre Unruhe nicht anmerken. Sie hatte wieder eine Runde einberufen. Und de Bodt dazugebeten.

Der Innenminister zog die Mundwinkel nach unten, als de Bodt ein paar Minuten zu spät auftauchte. Der unentbehrliche Wirtschaftsminister starrte müde vor sich hin. Er hatte den Frohsinn verloren, für den er bekannt war. Die Chefs von Verfassungsschutz und Bundesnachrichtendienst kannten den Hauptkommissar und genug Gründe, ihn nicht zu ihrem Freundeskreis zu zählen. Kammer saß mit einem Rechner an einem kleinen Tisch in der Ecke. An der Tischecke der Außenminister.

Der schicke Außenminister blickte de Bodt durch seine schicke Brille an. »Ich hoffe, Sie haben Erkenntnisse, die uns helfen.«

»Erkenntnisse helfen immer. Derzeit habe ich aber keine. Aber vielleicht findet diese Runde eine Idee?«

Der Minister blickte ihn erstaunt an. Als wäre es ihm neu, dass auf Sitzungen Ideen entstehen könnten.

»Ich möchte Sie fragen, wie Sie die Lage beurteilen. Bitte in aller Kürze«, sagte die Kanzlerin. Als könnte sie ihre Zunge nur mit Mühe bewegen.

»Es sind die Italiener«, sagte der Verfassungsschutz.

»Haben Sie dafür Beweise?«, warf der BND ein.

»Wenn Sie mich ausreden ließen?« Ein Seitenblick auf die Konkurrenz. »Seit diese rechtspopulistische Regierung in Rom im Amt ist, kämpft sie mit allen Mitteln, um an der Macht zu bleiben. Sie hat dem Volk Wohltaten versprochen, die sie nicht bezahlen kann. Schon jetzt steht Italien an der Kante des Untergangs. Das Land ist praktisch bankrott. Die werden ihre Schulden nie zurückzahlen können. Das sagt nur keiner laut, weil eine Schuldenkrise Italiens die Eurozone zerstören könnte. Meines Erachtens würde.«

»Dafür spricht, dass die dortige Regierung immer wieder die Deutschen und die Franzosen angeht. Die brauchen Sündenböcke für eigene Fehler. Da passen die Tedeschi gut. In Wahrheit sind natürlich wir schuld an allem«, sagte der Außenminister. Blickte durch seine schicke Brille, als erwartete er den Klick der Kamera.

Der BND nickte. »Vielleicht auch die Russen. Wir haben ausreichend Kenntnisse, auch durch befreundete Dienste, die dafür sprechen. Denken Sie an diese Hackerattacken. Die haben nur einen Sinn, wenn man unterstellt, dass die uns um jeden Preis schaden wollen. Womöglich haben sie sich auch mit den Türken zusammengetan. Und/oder mit den Italienern.«

»Ich bitte Sie, meine Herren«, sagte die Kanzlerin. Visierte aber nur den BND an. »Ich habe nichts gegen Fantasie, aber Fabulieren hilft nun wirklich nicht weiter. Herr de Bodt, was meinen Sie?«

Der lag mehr im Stuhl, als dass er gesessen hätte. In seinem Gesicht spiegelte sich Langeweile. »Ich weiß es nicht. Irgendjemand muss es sein.«

»Was nehmen Sie …?«, wollte der Innenminister loslegen. Aber die Kanzlerin hob die Hand, und der Minister verstummte.

»Wir haben versagt. Das BSI hat versagt, die Geheimdienste haben versagt, und die Polizei hat versagt. Ich habe versagt. Wir haben uns alle auf einen solchen Fall vorbereitet. Es war umsonst. Offenbar haben wir uns schlecht vorbereitet. Oder die Täter kannten unsere Vorbereitungen. Ich vermute, dass wir nicht verstanden haben, wie diese Leute denken …«

»Aber Sie wissen das?«, schnappte der Außenminister.

»Ein bisschen schon …«

»Stimmt, Sie sind hier ja das einzige Genie«, sagte der Innenminister.

»Jetzt lassen Sie den Herrn Hauptkommissar ausreden.« Die Kanzlerin klopfte auf den Tisch.

»Die haben uns getäuscht. Um nicht zu sagen vorgeführt. Sie haben die Präsidentengattin überleben lassen. Sie haben ein anderes AKW angegriffen, aber das falsche ebenfalls infiziert, um das Täuschungsmanöver zu vollenden. Sie haben unsere Reaktionen vorausgesehen. Sie wollen Panik schaffen. Zeigen, dass die Regierungen unfähig sind, die Bevölkerung zu schützen. Das nutzt …«

»Cui bono«, sagte der Innenminister. »Das wusste schon Cäsar.«

»Cassius, ein römischer Prätor, auf den Cicero gern verwiesen hat«, sagte de Bodt. »Eine eher zweifelhafte Quelle.«

Schweigen.

Der Kanzlerin flog ein Grinsen über die Gesichtsfalten. Und verschwand. Der Innenminister schnaufte. Der Außenminister verschwendete einen kurzen Blick an de Bodt.

»Die Liste ist lang. Wem nutzt es? Es hat keinen Sinn, Listen aufzustellen, wenn man sonst nichts weiß. Ich frage: Wer kann so etwas? Und: Was kommt jetzt?«

»Da Sie ja alles wissen, was kommt denn jetzt?«, fragte der Verfassungsschutz. »Der Dritte Weltkrieg?«

»Nur wenn Sie den anfangen«, sagte de Bodt.

»Die haben erst Herrn Professor Süß entführt und …« – ängstlicher Blick zur Kanzlerin, die keine Reaktion zeigte – »und dann die Frau des französischen Präsidenten. Wäre doch logisch, die würden ein französisches Atomkraftwerk angreifen«, sagte der Innenminister.

»Das ist Ihre Logik. Die Täter wussten, dass die Franzosen ihre AKW sofort abschalten würden. Was sie mit leichter Verzögerung auch getan haben …«

»Und uns jetzt anbetteln«, sagte der Wirtschaftsminister. »Dabei gehen wir am Stock. Alle AKW vom Netz, wir haben nicht mehr viel zu exportieren. Wie gut, dass die Braunkohle noch qualmt.«

»Die Täter haben einen Plan, was sie nach dem GAU machen werden«, sagte de Bodt.

»Wie schön, dass Sie uns den jetzt verraten«, sagte der Verfassungsschutz. Setzte die Brille ab und putzte sie. »Was machen die denn jetzt, Ihre Freunde?«

»Nichts«, sagte de Bodt.

177.

Salinger und Yussuf blickten sich an.

»Nichts?«, fragte Salinger.

»Sie lassen uns machen. Sie haben alles vorbereitet. Und jetzt handeln unsere Politiker. Natürlich glauben die, dass sie frei entscheiden. Dabei erfüllen sie den Plan der Gangster.«

Yussuf blickte ihn an. Er war einiges gewohnt von seinem Chef. Hellseherei aber fiel nicht darunter. »Und das hast du in der erlauchten Runde verkündet?«, fragte er.

De Bodt nickte.

»Jetzt drehen Sie durch«, hatte der Innenminister gesagt. Mit niederbayerischem Einschlag. Wie immer, wenn er überzeugend wirken wollte.

»Sie werden tun, was diese Leute sich wünschen«, erwiderte de Bodt.

»Unverschämtheit!«, donnerte der Außenminister. Nachdem er sich blickweise der Empörung der anderen vergewissert hatte. »Frau Bundeskanzlerin, ich will Sie doch bitten, mich von weiteren Einladungen dieses Herrn zu verschonen. Er mag ja seine Meriten haben. Aber was zu weit geht, geht zu weit.«

Die anderen nickten. Außer der Bundeskanzlerin. Fast schien es de Bodt, dass sie wieder lächelte. Eine Hundertstelsekunde. Oder kürzer.

»Schön, du hast dich wieder beliebt gemacht«, sagte Salinger. »Aber was heißt das für uns?«

»Heute früh habe ich im Radio gehört, dass die italienische Regierung über Reparationen sprechen will. Wegen der Zerstörungen im Krieg. Das ist die Verkleidung der Erpressung. Die Gangster haben ein Uhrwerk gebaut. Und jetzt greifen die Rädchen ineinander. Die Panik mischt sich mit Interessen.«

»Wenn man sich umhört, die Leute haben nicht nur Angst. Die sind auch stinksauer auf die Italiener. Viele glauben, dass die dahinterstecken. Dass denen jedes Mittel recht ist.«

Krüger betrat das Büro und warf eine *Bild* auf den Tisch.

Lieblingskommissar der Kanzlerin empfiehlt die Kapitulation.
Geheimrunde bei der Kanzlerin.

»Für deine Lektürevorliebe kann man dir nur gratulieren«, sagte Salinger.

»Red keinen Scheiß«, maulte Krüger. »Da hat jemand was durchgestochen. Wie war's denn wirklich?« Blickte de Bodt an.

»Sticht hier noch jemand was durch?«, fragte Yussuf. Erntete einen bissigen Blick Krügers.

»Das kann er diesmal nicht gewesen sein«, sagte Salinger.

De Bodt saß auf dem Stuhl neben der Tür. Blickte zum Fenster. Als hätte er nichts gehört. Dieser Gedanke, verdammt. Dieser Gedanke, der seinen Kopf umkreiste wie eine Nebelwolke. Und sich auflöste, wenn er nach ihm griff.

178.

Die Frau des Präsidenten versuchte tapfer zu sein. Aber in jedem Wort spielte die Verzweiflung Cello. Moll. Ihre Stimme war klar, aber schwach. Lebranc saß neben dem Krankenbett. Vor der Tür standen Polizisten. »Ich verstehe, dass Sie mich befragen müssen, Herr Kommissar.«

Lebranc schluckte. »Wir brauchen Ihre Angaben für die Fahndung nach den Tätern.«

»Sie können mir den Zeichner schicken. Ich habe mir die Gesichter eingeprägt. Damit Sie diese Leute fassen.«

»Waren es Franzosen?«

»Ja, bis auf einen. Der saß im Rollstuhl. Hätte auch nie gedacht, dass mich ein Behinderter entführen könnte. Sein Gesicht war schwer vernarbt. Sein Französisch war nicht schlecht. Klang aber irgendwie deutsch. Und … afrikanisch.«

Lebranc zeigte ihr zwei Fotos. Bob im Rollstuhl. Bob, bevor ihn der Typ zusammengeschossen hatte.

»Das Ferkelgesicht. Den muss es böse erwischt haben. Dabei war er freundlich. Sonst gab es eine Frau und einen Mann. Sie haben sich … sachlich verhalten. Mit diesem Mann« – ihre Augen zeigten auf die Fotos auf ihrer Bettdecke – »aber konnte man vernünftig reden. Er war der Boss. Doch hatte ich das Gefühl, dass er nur einen Job machte. Er hat sich die Entführung nicht ausgedacht.« Dafür hatte die Frau des Präsidenten seit ihrer Freilassung die Zeit genutzt. Sie hatte gegrübelt, Schlussfolgerungen gezogen. Ihr war klar, was ihr klar sein konnte. »Die haben mich nach den Operationen gepflegt. Als machten sie sich Sorgen um meine Gesundheit, nachdem sie die zerstört hatten. Klingt widersinnig, nicht wahr? Mein Mann hätte bestimmt ein Zitat von Hegel parat. Sie kennen Hegel?«

Lebranc nickte. Zur Genüge, hätte er fast gesagt. »Haben die Namen genannt?«

»Nicht in meiner Gegenwart.«

»Wie sind die miteinander umgegangen?«

»Nicht, wie man sich Gangster vorstellt, die ihre Opfer verstümmeln.« Sie musste nicht mal schlucken. »Sie waren fast … behutsam. Sehr freundlich. Ich glaube, der andere Mann hat ein Auge auf die Frau geworfen. Sie ist auch attraktiv, auf eine eigene Weise. Und offenbar intelligent. Jedenfalls war sie nicht das Mäuschen, das kocht und den Abwasch macht.«

Lebranc nickte. »Das passt zur Art Ihrer Befreiung. Die haben die Adresse an die Polizei geschickt. Und verlangt, einen Krankenwagen zu rufen.«

Sie nickte. »Sind das die gleichen Leute, die das Atomkraftwerk in Deutschland …?«

»Wir vermuten es. Dass die zu einer Gruppe gehören … es ist eine große Operation.«

»Mit welchem Ziel?«

»Den Südländern die Schulden abzunehmen. Das ist der jüngste Stand.«

»Ja, die Italiener, die Spanier …«, sagte sie. Schloss die Augen. Öffnete sie. »Wir haben denen auch übel mitgespielt. Auf Dublin gezeigt, als sie nicht mehr wussten, wohin mit all den Flüchtlingen. Hab ich meinem Mann immer wieder gesagt. Aber da … sind wir unterschiedlicher Meinung. Wie wir die Flüchtlinge an der italienischen Grenze behandeln, eine Schande. Behalten Sie es für sich, ja?«

Lebranc nickte. Die Presse würde sich darauf stürzen. Er könnte ein Honorar aushandeln. Manche Kollegen machten es, obwohl es verboten war. Aber Lebranc war nicht manche Kollegen. Er war der Sohn, der seinen Vater verachtete. Einen Vater, der in seiner bretonischen Kleinstadt genommen und gegeben hatte. Wie es üblich war. Niemand dachte an Bestechung. Aber das war es. Man erwies Gefälligkeiten, man nahm Gefälligkeiten.

»Was soll das Ganze?«, fragte sie. »Haben Sie eine Idee? Haben Sie mit Ihren deutschen Kollegen gesprochen?«

»Ich spreche ständig mit meinem Berliner Kollegen. Der hat uns vor dem Angriff auf ein Atomkraftwerk gewarnt. Er hat selbst in Gundremmingen auf den GAU gewartet.«

»Ach der«, sagte sie. »Über den habe ich manches gehört.« Deutete auf das Transistorradio auf dem Tisch. »Dann sind Sie der Polizist, der diese Kriminalfälle zusammen mit ihm aufgeklärt hat … wie heißt der noch mal?«

»De Bodt«, sagte Lebranc.

»Ja, ja, wir hätten die Hugenotten nicht verfolgen sollen.« Sagte es und lachte. Tatsächlich.

»Lorient«, sagte Floire.

Lebranc blickte ihn an. Hängte seinen Mantel an den Ständer neben der Tür. Ging zu seinem Schreibtisch. Schob den Poststapel zur Seite. Kein Aktendeckel, also weg damit. Setzte sich an den Schreibtisch. Deutete auf den Stuhl davor. Stellte sich vor, dessen Sitzfläche wäre ein Nagelbrett. Jede Wette, dass Floire wenigstens darauf nicht vorbereitet wäre.

»Ist eine Hafenstadt in der Bretagne«, sagte Lebranc. Roch den Gestank der Kleinstadt. Wie in Auray, wo er aufgewachsen war.

»Hat auch einen Flughafen.«

»Alle Flüge nach Paris.«

»Falsch«, sagte Floire. Was der sich traute! »Ein Billigflieger nach Porto. Wenn er nicht gerade bestreikt wird, weil er sein Personal schikaniert.«

»Ihre sozialromantischen Ausflüge können Sie sich schenken. Sie wollen nach Portugal fliegen? Wir haben gerade Urlaubssperre, falls Sie das vergessen haben.« Lebranc stellte sich gern dumm.

»Wedenstein ist von Lorient nach London geflogen«, sagte Floire. »In einem Privatflugzeug.«

»Schön, dass mich diese Information nun erreicht.«

»Wir haben die Zeugenaussage einer Mitarbeiterin der Sicherheitskontrolle. Sie erinnert sich an den Mann im Rollstuhl. Wenig Gepäck. Wurde auf dem Flugfeld erwartet. Zwei Männer. Die haben ihn zu einer Dassault Falcon 50 gebracht. Die Maschine ist sofort gestartet. Und nicht in London gelandet. Auf keinem der dortigen Flugplätze.«

»Was für eine Reichweite hat die Maschine?«

»Knapp sechstausend Kilometer.«

»Entzückend.«

179.

Mitten in der Nacht. Genau gesagt, um ein Uhr dreiunddreißig. De Bodt rief ein Taxi, zog den Mantel an. Und ließ sich zur Wohnung bringen.

Süß hatte die Füße hochgelegt und ein Glas in der Hand, Eiswürfel darin. Die Kanzlerin saß auf dem Sofa und zeigte auf den zweiten Sessel. »Das war leider wenig erbaulich heute Vormittag«, sagte sie. »Aber halten wir uns nicht damit auf.« Sie zeigte auf einen Beistelltisch mit Flaschen und einer Wasserkaraffe. De Bodt goss sich ein Glas Wasser ein. Gab zwei Eiswürfel dazu. Der Professor hob das Glas. De Bodt setzte sich.

»Wir haben fast dreihundert Tote im AKW Isar 2. Beinahe kann man von Glück sprechen, dass es in einer ziemlich menschenleeren Gegend gebaut wurde. Als hätten die Konstrukteure sich selbst nicht vertraut. Oder die Politiker, die das Werk haben bauen lassen. Aber egal…« Als ärgerte sie sich, dass sie abschweifte. Unsicherheit und Angst eingestand. Die sich als Wörterflut äußerten. »Die italienische Regierung…«

»Diese Arschlöcher«, sagte Süß.

Sie nickte. »Die sind bereit, uns Ratenzahlung einzuräumen. Das finde ich natürlich großherzig«, sagte sie. »Ich frage mich, ob die dahinterstecken. Tut mir leid, Sie aus dem Bett zu holen. Aber nachher ist Kabinettssitzung…«

De Bodt nickte, trank. »Deshalb haben die die Reparationen ausgegraben«, sagte er. »Um der Sache einen moralischen Anstrich zu geben.«

»Unsere Freunde in Rom würden uns natürlich niemals erpressen. Von diesen Verbrechen haben sie sich lautstark distanziert. Aber das ändere nichts an der Berechtigung der Forderung. Schließlich hätten die Nazis… Sie kennen das.«

»In der Stunde der Not ist es doch schön, dass man auf seine Freunde zählen kann«, sagte Süß. Die Bitterkeit stand ihm gut. Es roch nach Whiskey. Der Duft passte auch.

De Bodt erinnerte sich. An den Geruch, an die Trunkenheit, an die Bitterkeit. Nicht die schlechteste Erinnerung.

»Was kommt noch?«, fragte sie. Blickte ihn lange an.

»Nichts«, sagte de Bodt.

»Wie bitte?«, entfuhr ihr. »Nichts?«

»Sie haben kurz und schnell die Bedrohung gesteigert. Keine Zeit verlieren. Keine Fehler machen. Das Ziel erreichen und Schluss«, sagte de Bodt. »Sie könnten noch eine Atombombe werfen. Aber die Panik ist schon groß. Diese Leute handeln, um etwas zu erreichen. Wenn sie es erreicht haben, tauchen sie ab.«

»Weil es keine sinnvolle Steigerungsmöglichkeit mehr gibt«, flüsterte der Professor. »Eine schöne Verwendung des Wortes. Sinn …« Er ließ es ausklingen und leerte sein Glas.

Sie schenkte ihm nach. Setzte sich. »Das soll ich im Kabinett sagen: Es ist vorbei.«

»Nein«, erwiderte de Bodt. »Es ist noch lange nicht vorbei. Die haben den Teig geknetet. Jetzt lassen sie ihn ziehen. Die Italiener fordern. Andere werden sich ihnen anschließen. Mindestens die polnische Regierung. Im Land wird sich die Stimmung breitmachen, dass die europäischen Freunde Blutsauger sind. Und bei den europäischen Freunden wächst die Gewissheit, dass nicht mal ein GAU den Tanz um die schwarze Null bremsen konnte. Würde mich nicht wundern, wenn die französischen Rechten mobilmachen würden. Schließlich hatten die Deutschen nicht nur Italien besetzt.«

»Im Augenblick unserer Schwäche fallen sie über uns her wie Aasgeier«, sagte Süß. Zeigte de Bodt das Glas und trank es aus. »Natürlich verkleistern sie es mit Heucheleien. Die Stunde der Abrechnung ist gekommen. Tut mir leid, dass es dich erwischt auf die letzten Tage …«

Die Kanzlerin schien es nicht zu hören. Sie saß in sich gekehrt. »Am liebsten würde ich alles hinschmeißen. Das Europa-Gesäusel ist vorbei. Immerhin, das ist klar. Vielleicht sollten wir einfach aussteigen?«

»Darüber schlaf noch mal«, sagte Süß.

»Du hast auch schon bessere Witze gemacht.« Sie blickte auf die Uhr. »In gut vier Stunden wollen die Minister von mir wissen, was ich vorschlage. Wir haben den Notstand, und es ist an mir, etwas vorzuschlagen.«

»Was passiert, wenn die Terroristen glauben, dass ihr Plan gescheitert wäre? Was für einen Plan sie auch haben.« Süß blickte in sein Glas, worin zwei Eiswürfel schmolzen.

»Warum, die haben doch alles hingekriegt?«, sagte die Kanzlerin.

»Noch nicht«, sagte de Bodt. »Wenn die keine Anschläge mehr begehen, haben sie erreicht, was sie erreichen wollten. Eine Lage, die eine besondere Dynamik hat. Sie wollten gewiss die Italiener provozieren und mit ihnen Polen. Wie die sich verhalten würden, war auszurechnen. Dazu kommen noch die Griechen. Und vielleicht die Spanier, weil ohne Hitler der Bürgerkrieg anders ausgegangen wäre.«

»Steile Thesen«, sagte die Kanzlerin. »Und was haben die Terroristen für uns vorgesehen?«

»Den Riss, das Erstarken der Rechten als Reaktion auf die Forderungen aus dem Ausland. Die große Koalition der ganz Rechten mit Ihrer bayerischen Schwesterpartei. Am Ende den Austritt aus der EU.«

»Falls Ihre Ausgangsthese stimmt, dass nichts mehr kommt«, sagte Süß.

»Genau«, erwiderte de Bodt. »Die glauben, dass die Sache jetzt so abläuft wie gewünscht. Aber wenn nicht, werden sie nachhelfen.«

»Was soll ich tun Ihrer Meinung nach?« Die Kanzlerin blickte ihn skeptisch an.

»Alle Atomkraftwerke dauerhaft abschalten. Den Franzosen mit Strom aushelfen. Strom hier rationieren. Trassenverlegung im Notstandsmodus. Windräder, Solarzellen, Erdwärme und so weiter. Alles, was Sie in letzter Zeit vernachlässigt haben. Volles Tempo. Keine Rücksicht auf Bedenken. Wer bremst, fliegt. Kandidat Nummer eins wäre der bayerische Innenminister. Sie haben den Notstand ausgerufen. Nutzen Sie ihn. Entscheidend ist, dass die Regierung ein Beispiel gibt. Jetzt erst recht. Helfen Sie den Opfern und Hinterbliebenen. Stärken Sie die Forschung zu Strahlenschäden. Die Wolke ist nach Süden abgewandert. Trotzdem werden überall bei uns erhöhte Werte radioaktiver Strahlung gemessen. Wenden Sie sich an die Bürger. Tenor: Die Terroristen wollen den gesellschaftlichen Zusammenhalt zerstören. Und Europa auch. Treffen Sie sich mit dem französischen Präsidenten.«

»Danke fürs Regierungsprogramm«, sagte Süß. Spott in der Stimme. Und Whiskey.

»Ich dachte, Sie sind Polizist«, sagte die Kanzlerin.

»Erfüllen Sie bloß nicht die Erwartung der Terroristen. Das würde bei den Ermittlungen helfen.«

»Sie wollen einen neuen Terrorakt provozieren?«

»Ich will die Täter nervös machen. Wir haben jetzt ein bisschen Zeit. Die nutzen wir.«

»Schön, dass es noch Optimisten gibt«, sagte die Kanzlerin. »Und wenn Sie mal Bundeskanzler werden wollen, fragen Sie mich vorher, wie das ist. Danach überdenken Sie diesen Plan. Das garantiere ich.«

»Keine Sorge. Das würde mir meine Freiheit nehmen. Und wenn ich mir anschaue, gegenüber welchen Leuten Sie höflich bleiben müssen. Nein, das könnte ich nicht.«

Sie lächelte. »Ja, ja, Sie wollen sich die Hände nicht schmutzig machen.«

180.

»Der da?« Floire legte das Foto auf den Tisch.

Sie betrachtete das Bild. »Das wird er wohl sein.« Strich durch ihre blonde Mähne. Kaute auf dem Fingernagel. »Jedenfalls ist er in die Maschine eingestiegen. Ich hab das von hier aus gesehen.«

Es war eine Sicherheitsschleuse in der Miniaturausführung. Schmales Transportband, ein Durchsichtgerät.

»Und Ihre Kollegen … es sind zwei, sagen Sie?«

»Das war eine Sonderabfertigung. Nur ein Passagier und der Pilot. Dazu ein Kopilot, der den Rollstuhl schob.«

»Haben Sie einen von denen schon mal gesehen?«

»Hier?«

»Oder woanders?«

»Noch nie. Hätte aber nichts dagegen … Wobei, wenn Sie die suchen …«

»Sie waren also freundlich.«

»Sehr. Der Chef fand die auch nett. Er hatte Mitleid mit dem armen Kerl. Muss ein schlimmer Unfall gewesen sein. Das Gesicht, wenn Sie das sehen …«

»Das heißt, Ihr Chef hat die nicht kontrolliert.«

»Wie kommen Sie denn darauf?« Sie überlegte. »Ich weiß es nicht«, sagte sie leise.

»Ihr Chef hat Sie weggeschickt.«

»Mach mal Pause, Irène. Hat er gesagt.«

»Während der Kontrolle?«

»Davor. Der Mann hatte auch nur eine Tasche dabei. Gab nicht viel zu kontrollieren.«

»Wenn die Polizei nach einem fahndet. Was passiert dann hier?«

»Sie verteilen Fotos, Personenbeschreibung und so weiter.«

»Waren denn Kollegen von mir hier?«

»Sag ich doch. Einer war da und hat Fotos verteilt. Das mit dem Rolli, also das hab ich erst später gesehen. So einer soll ein Verbrecher sein?«

»Wo finde ich Ihren Chef, Monsieur Lafitte?«

»Der macht gerade Mittag. Da fährt er immer heim.«

»Wie viel haben die Ihnen bezahlt?«

Floire wollte ihn überrumpeln, als Lafitte die Tür öffnete.

»Wer ist es?«, rief eine Frau.

»Die Polizei!«, rief Floire.

Schweigen.

Dann stand sie hinter ihrem Mann und strich den Rock glatt. Blickte Lebranc an. »Was ist denn los?«

Sie war etwas größer als ihr Mann. Hager sie, untersetzt er.

»Ihr Mann hat Frankreichs meistgesuchten Verbrecher ausfliegen lassen.«

»Was?« Sie blickte ihren Mann an, dann Floire. »Sind Sie wahnsinnig?« Blickte Lebranc an, der noch vor der Wohnungstür stand. »Rufen Sie Ihren Kollegen zur Ordnung!«

In diesem Augenblick wurde Lebranc vom Mitleid überwältigt. Mochte der Sicherheitschef des Flughafens ein noch so großes Verbrechen auf dem Kerbholz haben, mit dieser Frau war er schon bestraft. Im Zweifelsfall lebenslang.

»Jetzt kommen Sie rein!«, schnauzte sie Lebranc an. »Die Nachbarn …«

Lebranc betrat die Wohnung. Nahm Floire an der Schulter. »Besorgen Sie was Vernünftiges zu essen und zu trinken für die Rückreise. Ich hab da hinten einen Carrefour gesehen.« *Da hinten* waren wenigstens drei Kilometer.

»Aber …«, sagte Floire. Sie waren in einem Liliput-Flieger von Roissy gekommen. Und würden am Abend mit der Sardinenbüchse nach Paris zurückfliegen. In der man sich nicht hätte anschnallen müssen, weil man sich sowieso nicht bewegen konnte.

Madame Lafitte blickte Lebranc dankbar an.

»Die jungen Leute«, sagte der. Zuckte die Achseln.

Im Wohnzimmer roch es nach dem Essen aus der Küche. Madame kochte nicht schlecht. Lebranc erinnerte sich der Kochkünste seiner Mutter. Besonders Fisch.

»Herr Lafitte, Sie haben diesen Mann abgefertigt«, sagte Lebranc. Schob das Foto zu Lafitte, der ihm gegenübersaß. Der musterte es, als erkenne er Wedenstein nicht gleich. Die zerschossene Fresse, wer vergaß die? Die Augenklappe? Den Rollstuhl?

»Ja«, sagte Lafitte. »Monsieur … wie hieß er noch?«

»Ich weiß, wie er heißt, aber nicht, unter welchem Namen er gereist ist.«

Lafitte kratzte sich auf dem Kopf. »Es wird mir wieder einfallen.«

»Wie viel hat er gezahlt?«

»Gezahlt? Gezahlt für was?«

»Dass er unkontrolliert ausreisen konnte.«

»Ach so«, sagte er. Hielt die Hand vor den Mund.

Seine Frau saß neben ihm, nahm die andere. »Jonny, was ist?«

»Ich war allein da unten, Irène war auf dem Klo. Das dauert immer ewig bei der. Der Typ im Rollstuhl hat den Pullover ein Stück hochgezogen. Eine Pistole. Der Pilot hat mir seine auch gezeigt. Und der andere hatte eine Handgranate. Also der, der den Rollstuhl schob. »Wir können das friedlich erledigen«, hat der Typ im Rollstuhl gesagt. »Der sprach gut Französisch, war aber Ausländer. Belgier, vielleicht Deutscher. Ich habe ihn gleich erkannt. Sein Bild hatte uns die Polizei gebracht.«

»Warum hat die nicht geholfen? Wo sie doch wusste, dass dieser Mann unterwegs war.«

»Der Kollege hat gesagt, sie hätten fast alle nach Paris geschickt. Um die Frau des Präsidenten zu suchen. Aber dieser Typ im Rollstuhl tauchte hier auf, bevor sie freikam. Die Fahndung hatte keine Priorität. Deshalb gab es keine Posten bei uns.«

»Sie sind bewaffnet?«

»Natürlich nicht.«

»Die haben Sie also mit Waffengewalt gezwungen.«

»Armer Jonny«, sagte sie.

»Und Sie haben nicht abkassiert? Warum haben Sie nicht die Polizei gerufen?«

»Da war der doch schon weg.« Er rieb sich die Augen. »Ich habe mich geschämt.«

»Das glaube ich gern. Bestechlichkeit ist beschämend. Sollen wir Ihre Wohnung auseinandernehmen?«

Für Lebranc war die Geschichte nur rund mit einer Bestechung. Wedenstein und Konsorten waren aufgetaucht, hatten die Waffen gezeigt. Und für Lafittes Vergesslichkeit bezahlt. Sie hatten darauf spekuliert und recht behalten. Zeit gewonnen. Eine bewundernswert einfache Methode. Einen dieser Provinzflughäfen konnte man zu dritt in seine Gewalt bringen. Aber das war nicht nötig gewesen.

»Wo haben Sie das Geld?«

Lafitte blickte seine Frau an. Dann Lebranc. Er schnaufte, erhob sich, setzte sich. »Sie nehmen es mit, und ich habe nichts mehr damit zu tun?«

»Wollen Sie mich bestechen?«

181.

»Du siehst aus, als hättest du einen draufgemacht«, sagte Salinger.

»So ähnlich«, erwiderte de Bodt. Blätterte den Stapel auf seinem Schreibtisch durch. Setzte sich auf den Stuhl neben der Tür und gähnte. »Bob ist über einen französischen Provinzflughafen abgehauen. Lorient.« Lebranc hatte angerufen, als de Bodt gerade eingeschlafen war nach seinem Besuch bei der Kanzlerin. »Angeblich flog er nach Reading, westlich von London. Da gibt es einen winzigen Flugplatz. Aber dort hat niemand was von einer Landung mitgekriegt. Der ist verschwunden. Immerhin wissen wir, wie.«

»Super Spur. Gleich haben wir ihn.«

»Diesmal könnte er uns durch die Lappen gehen.«

»Das wär ja mal eine Abwechslung.«

»Die französischen Kollegen trommeln über Interpol, Europol und so weiter. Die Medien werden mitziehen. Er wird Fernsehstar. Bald gibt es niemanden mehr, der sein Foto nicht gesehen hat. Irgendwann erkennt ihn jemand. Aber er ist Auftragnehmer. Er wird seine Chefs nie verraten. Also kommen wir nicht mal an die Drahtzieher, wenn er gefasst wird.«

»Du bist ein ewiger Quell des Optimismus. Jetzt weiß ich, warum ich Bullin spiele.«

Er lächelte. Blickte auf die Uhr. »Tilly wartet«, sagte er. Große Konferenz des LKA 1 im Präsidium. »Je größer die Versammlung, desto dünner das Ergebnis.«

Sie waren verspätet. Yussuf öffnete die Tür, verbeugte sich übertrieben, um Salinger und de Bodt einzulassen. Spielte den Diener. Wie früher im Schloss. Seine Art, der Runde seine Geringschätzung mitzuteilen. Der Projektor warf Bob Wedensteins Porträt auf die Leinwand. Dazu ein paar Daten, die jeder kannte. Er war schon verhaftet worden. Sie hätten den Daten hinzufügen können: durch den Ersten Hauptkommissar de Bodt und seine Leute. Aber de Bodt hieß nicht Krüger.

Der beglotzte Salinger. Mit der Gier einer Hyäne hinter Gittern. Die begriffen hatte, dass sie die Beute nie erreichen würde. Bei Kindern löste eine solche Lage gern den Reflex aus, alles zu wollen außer der Beute. Aber Krüger war noch nicht so weit, bäh zu sagen. Seine Hoffnung starb zuletzt.

»Schön, dass Sie nun eingetroffen sind«, sagte Tilly. Er saß zwischen dem Innensenator und dem Polizeipräsidenten. »Sie können uns gleich verraten, was Sie ermittelt haben.« Zeigte auf die Leinwand. Das einäugige Gesicht.

De Bodt setzte sich zwischen Salinger und Yussuf. »Vielleicht gehört das zum Plan: dass wir Wedenstein suchen. Kriminalistisch ist das auch logisch. Er hat offensichtlich mit den Verbrechen zu tun. Die haben ihn nicht umsonst aus dem Knast geholt. Und nun machen alle möglichen Leute Druck, damit wir Bob finden. Ich halte nichts davon. Der soll bleiben, wo der Pfeffer wächst.«

»Wir hätten fast vergessen, dass Sie mit *Bob* eine … freundschaftliche Beziehung unterhalten«, sagte Tilly.

»Wenn Sie einen Sündenbock suchen, ich bin es gern«, sagte de Bodt.

Gekicher irgendwo. Wohl die Oberkommissarin Baumann, die klüger war als Krüger, aber nie an ihrem Chef vorbeiziehen würde. Es wurde auf den LKA-Fluren gemunkelt, dass sie sich zu de Bodt versetzen lassen wolle. Was Krüger natürlich verhindere. Und Tilly auch. So blöd waren sie nicht, jemanden ins feindliche Lager ziehen zu lassen.

»Aber die Kommission, die Sie gebildet haben, heißt ja nicht *Finde Bob*, sondern sie soll die Verbrechensserie aufklären. Welchen Sinn hat es, sich auf die Suche nach jemandem zu verlegen, der nicht der Urheber selbiger ist und uns nichts verraten wird?«

»Zu verhindern, dass er weitere Verbrechen organisiert. Und seit wann lassen wir Täter laufen? Die Leute haben ein Recht darauf, dass die Ermittlungsbehörden diese Leute dingfest machen«, sagte der Innensenator. »Sie haben eine merkwürdige Auffassung von Ihrem Beruf. Wenn ich das anfügen darf.«

»Dürfen Sie«, sagte de Bodt lächelnd.

Wieder das Gekicher. Im Augenwinkel sah de Bodt, wie Baumann die Hand vor den Mund hielt, ehe sie ihr Gesicht abwendete.

»Weil der Mensch alles lernen muss, ja, weil es sein Instinkt und Beruf ist, alles wie seinen geraden Gang zu lernen, so lernt er auch nur durch Fallen gehen und kömmt oft nur durch Irren zur Wahrheit«, sagte de Bodt.

Schweigen.

»Schöner Spruch«, flüsterte ihm Salinger ins Ohr.

»Schöner als ein Tritt in den Arsch«, flüsterte Yussuf ins andere. »Ich muss diesen Hegel vielleicht doch mal lesen. Die Kunst der Beleidigung.«

»Ist Herder«, flüsterte de Bodt.

Alle Blicke waren auf ihn gerichtet. Der Senator blies die Backen auf. Der Polizeipräsident starrte de Bodt wütend an.

»Es wird keine weiteren Verbrechen dieser Leute geben«, sagte de Bodt. Bereute es schon vor dem Satzende.

»Sie haben den Urheber dieses Irrsinns also schon vernehmen können?«, fragte der Innensenator.

»Ein Kriminalist versucht die Beweggründe der Täter zu verstehen.«

»Das heißt, der große Chef dieses Terrorunternehmens erschien Ihnen im Geiste und verlautbarte, dass es jetzt genug sei mit den Untaten.«

»Ich würde es anders formulieren.«

Schweigen.

»Beschäftigen wir uns besser mit Tatsachen«, sagte der Polizeipräsident.

»Wir haben Handlanger. Und wir wissen, dass Wedenstein sich über einen französischen Provinzflughafen aus Europa abgesetzt hat«, sagte Salinger. »Ein Grund weniger, Zeit auf ihn zu verschwenden. Das Fahndungsbild ist weltweit verbreitet. Irgendwann wird ihn einer erkennen. Ist ja nicht so schwierig. Sonst haben wir nichts.«

»So wenig wie das BKA«, sagte der Polizeipräsident. »Und dass Wedenstein aus Europa verschwunden ist, woher wissen Sie das?«

»Haben die französischen Kollegen …«

»Von Europol kam aber nichts«, unterbrach Tilly.

»Auf dem kurzen Dienstweg.«

Tilly blickte sie an, dann de Bodt. Schüttelte den Kopf.

»Das sieht doch alles nach den Russen aus. Die sind beleidigt, weil der Westen sie nicht mehr als Supermacht behandelt, sondern als das, was sie sind«, maulte der Innensenator. »Ein missglückter Agrarstaat mit einem absurden Haufen von Waffen.« Blickte Tilly von der Seite an. Dann de Bodt. Als wollte er sagen: Nun zeigt, was ihr könnt, ihr Schlaumeier. »Haben Sie wenigstens in dieser Richtung ermittelt? Immerhin ist diese Kulturattachée Opfer eines Mords à la KGB geworden. Die Regenschirmmethode. Dass die sich das nicht abgewöhnen können.«

»Wir ermitteln selbstverständlich in alle Richtungen«, sagte Salinger. Blickte de Bodt an.

»Moskau hängt eher nicht mit drin«, sagte de Bodt.

»Wenn Sie immer alles so genau wissen. Her mit den Tätern!« Krüger kreuzte die Arme vor der Brust und lehnte sich zurück.

»Und wenn … wir uns Becker und Lingus noch einmal vornehmen?«, fragte Tilly.

Aber so kam er nicht heraus aus dem Schlamassel. »Die wissen nichts, das uns hilft«, sagte de Bodt. »Lingus hat uns einen Mann beschrieben … die Beschreibung wurde von anderen Zeugen bestätigt, da gibt es ein Phantombild. Aber bisher hat das nichts gebracht. Sogar wenn wir den fassten, wir kämen nicht weiter.«

»Wenn wir einen fassen, sind wir einen Schritt weitergekommen«, bellte der Innensenator. »Die Bevölkerung erwartet von uns, dass wir jeden Einzelnen dieser Verbrecher einsperren. Ich erwarte das auch.«

»Ich erwarte von uns, dass wir die Drahtzieher fassen und die Bedrohung aus der Welt schaffen. Wir haben zurzeit das Chaos in Deutschland, und nicht nur dort. Wenn wir den Fall nicht aufklären, gewinnt die Rechte die nächste Wahl. Das mag hier einigen gefallen. Wie überhaupt zu viele Kollegen mit denen sympathisieren. Mir wäre es aber nicht recht.«

»Gut, jetzt haben Sie uns also mitgeteilt, dass Sie die Welt verbessern wollen. Aber immer noch nicht, wie Sie den Fall angehen wollen!«, schnauzte der Innensenator.

»Ach, Sie meinen, das wäre allein meine Aufgabe. Wenn das so ist, werde ich mich mit meinen Mitarbeitern gern allein dem Fall widmen. Also ohne von Kommissionen, Innensenatoren, Generalbundesanwälten behelligt zu werden. Wir haben nämlich keine Zeit zu vergeuden. Wie wir das gerade tun.«

Tilly warf ihm einen verzweifelten Blick zu. Wenn de Bodt so ins Moor hüpfte, riss er das gesamte LKA mit.

Der Innensenator starrte ihn an. Solche Frechheit hatte er nie erlebt im Dienst. Nicht mal von Leuten, nachdem er sie rausgeschmissen hatte. Er flüsterte Tilly etwas ins Ohr. Der starrte ihn einen Augenblick an. Dann beendete er die Sitzung. »Der Erste Hauptkommissar de Bodt bleibt bitte noch einen Moment hier.«

182.

Sie standen am Grab, das sie geschaufelt hatten. Kevin hatte gegraben. Tom hatte gegraben. »Tut mir leid«, sagte Tom. Klopfte Kevin auf die Schulter. Aber der spürte seit dem Tod der Mutter nichts mehr. Tom hatte gleich verstanden, dass Kevins Widerstand verschwunden war.

Leid tut man sich nur selbst. Als sie die Leiche in ein Tuch gewickelt und in der Grube versenkt hatten, hätte Tom fast geweint. Es erinnerte ihn an seine Mutter. Die er tot im Bett gefunden hatte. Eines Morgens, als er in die Schule gehen wollte. Das Frühstück war nicht vorbereitet, das Pausenbrot nicht. Es war still. Keine Nachrichten im Radio. Die Mutter im Bett. Als schliefe sie mit offenen Augen. Nur waren die Wangen eingefallen und die Augen glanzlos. Sie hatte ihn alleingelassen. Wie der Vater sie beide alleingelassen hatte, als er einfach abgehauen war. »Dein Vater kommt nicht mehr. Er lebt jetzt im Ausland.« Natürlich, eine andere Frau. Der Vater war nicht nur vor seiner Familie geflohen, sondern auch vor seinen Schulden. Die einzige Hinterlassenschaft. Die Mutter arbeitete hart und versuchte doch, für ihren Sohn da zu sein.

Als sie ihn alleingelassen hatte, kam er zu einer Pflegefamilie. Nur drei Jahre. Lehre als Automechaniker. Er war gut, aber das Geld reichte nicht. Schon gar nicht für die Schulden seines Vaters.

»Die haben ein AKW hochgejagt. Aber nicht das von deinem Alten«, hatte Tom gesagt. »Hat mich auch überrascht. Jetzt sitzen wir beide hier und vermodern.«

Kevin hatte ihm von seiner Familie erzählt. Von der Arbeit seines Vaters. Da zählte Tom eins und eins zusammen. Rambo hatte angedeutet, dass der Vater der Geiseln was tun sollte. Das also. Aber warum sprengten die dann das falsche AKW in die Luft? Das verstand er nicht.

Vielleicht ließen die sie doch nicht vermodern. Sondern kamen, sie zu holen. Immerhin waren sie Zeugen. Mochte doch sein, dass irgendein Schiff die Robinsons bemerkte. Dann wären zwei Zeugen unterwegs. Besonders Tom. Der hatte diesen und jenes gesehen.

Tom hatte das Transistorradio eingeschaltet. Sie hörten die Deutsche Welle. »Fast schon wieder gut, dass wir nicht dort sind«, sagte Tom.

Kevin war es egal. Er sorgte sich nur um seinen Vater. Und machte sich Vorwürfe. Er war mitschuldig am Tod der Mutter. Er hatte mit dem Widerstand seine Lage nur verschlechtert.

Als er wieder ansprechbar war, hatte Tom gesagt: »Ich versteh ja, dass du nicht Gefangener bleiben willst. Aber sogar wenn du mich umbringst, hast du nichts davon. Ich bin doch auch nur Gefangener.«

»Aber du hast dich freiwillig in die Gefangenschaft begeben. So blöd kann man doch nicht sein!«

»Klar. Aber die haben mich auch getäuscht. Sie hätten vorbeischauen müssen, als ich mich nicht mehr gemeldet habe. Ein Hubschrauber, das wäre doch schnell gegangen. Aber sie haben geraten, dass das Telefon nicht mehr funktioniert. Und sich gesagt: auch egal. Lassen wir sie verrecken auf dieser Scheißinsel. Niemand wird sie finden.« Mit jedem Tag nach dem GAU in Deutschland wurde ihm klarer, dass die ihn nicht abholen würden. Sie befürchteten vielleicht, dass Tom, Rambo oder Kevin mit der Polizei telefoniert hatten. Dass die nur auf den Hubschrauber warteten.

Toms Hoffnung versandete im Eiltempo. Wenn er die wäre, warum sollte er sich befreien?

»Wir müssen hier weg«, sagte Kevin. Ihn überraschte die Kehrtwende seines Bewachers nicht. Weil er nicht in der Stimmung war, sich von irgendwas überraschen zu lassen. Es war ihm alles egal. Doch noch tief in der Niedergeschlagenheit sah er eine Chance, sich zu betätigen. Irgendwas tun.

»Wir bauen ein Floß«, sagte Kevin. »Mal schauen, wo es uns hintreibt.«

Tom nickte. »Die Idee hatte ich auch schon. Bevor wir zugucken, wie die Vorräte zu Ende gehen.«

183.

»Wird schon klappen«, sagte Charles.

»Was?«, fragte Bob.

»Was unsere Geschäftsfreunde vorhaben. Wenn ich auch nicht weiß, was es ist.«

»Und wenn es nicht klappt?«

»Dann müssen wir was nachlegen. Ich glaube aber, die wollten Chaos stiften. Das haben wir hingekriegt. Viel mehr Chaos geht nicht. Du kannst dein Hotel genießen. Ich ruf dich an, wenn sich was tut.«

»Sie werden mich suchen. Und vielleicht kriegen. Irgendwer erinnert sich an Fresse, Augenklappe und Rollstuhl.«

»Du wolltest die Verkleidung ja nicht haben.«

»Die hätte mich früher verraten. Und außerdem, bei der Hitze hier schmilzt jede Maske.«

Charles lachte.

»Sie haben meine Spur bis Lorient verfolgt und dann verloren. Stand gestern in der Online-Ausgabe einer bretonischen Lokalzeitung. Wenn ich bald abhauen kann von hier, hält sich das Risiko in

Grenzen. Ich bezweifle ohnehin, dass die australische Polizei sich wegen mir Sorgen macht. Wer nicht flieht, wird nicht verfolgt.«

»Dazu sag ich lieber nichts.«

»Wo ist Otto?«

»Der besorgt irgendwas.«

»Wenn wir hochgehen, dann wegen ihm.«

»Wie bitte?«

Bob zog einen Umschlag aus der Tasche. Öffnete ihn. Legte Fotos auf den Tisch. A4-Ausdrucke. Dazu ein Bericht. Die Fotos zeigten Otto im Gespräch mit einem Mann auf der Straße. Beim Betreten eines Hauses. In einer Bar mit einer jungen Frau. Bei einem Gespräch von Auto zu Auto in einer Tiefgarage.

»Die Nummer gehört einem Dienstwagen der Polizei.«

Charles betrachtete die Fotos. »Wer ist die Frau?«

»Wir vermuten, dass sie eine Polizistin ist.«

Vier Fotos. Otto schob ihr etwas über den Tisch. Blickte sich um auf dem letzten Bild.

»Wer ist wir?«

»Ein Kamerad von mir. Name tut nichts zur Sache.«

Charles nickte. Nachdenklich. »Du hättest mich fragen sollen, bevor du jemanden in die Sache hineinziehst.«

»Ich wollte keine Unruhe stiften. Der Kamerad ist absolut zuverlässig.« Er erwähnte nicht, dass John Leary ihm sein Leben verdankte. Dass er ihn herausgehauen hatte, als ein Trupp Somalis ihm die Eier abschneiden wollte. Bob trug seitdem eine Narbe am Oberschenkel. Streifschuss. Leary war nicht der einzige Ex-Söldner, der sich in Australien niedergelassen hatte. Weit weg vom Schuss. Buchstäblich.

Charles pfiff leise. Betrachtete noch einmal die Fotos. Überflog noch einmal den Bericht. »Wenn unsere Auftraggeber das erfahren, wird's ernst. Mist, es ist so gut gelaufen.«

»Wir müssen Otto ausschalten«, sagte Bob leise.

»Wenn wir wüssten, was der rübergereicht hat.« Er blickte zur Tür. »Wäre hilfreich zu wissen, ob die Bullen gleich anrücken.«

»Das ist der Grund, warum ich dir das jetzt zeige. Ich glaube nicht, dass die sofort kommen. Otto weiß, dass unsere Operation beendet ist.

Er wird versuchen, so viele Informationen zu verraten wie möglich. Er weiß, dass eine Durchsuchung hier nichts Verwertbares bringt.«

»Jetzt versteh ich, warum der in letzter Zeit so oft in meinem Büro auftaucht und mich mit Fragen traktiert. So, als hätte er Angst, dass auf den letzten Drücker noch was schiefgeht. Und ich Idiot habe ihm natürlich dies und jenes erzählt, um ihn zu beruhigen.«

»Du musst alle Leute warnen, die Otto angeworben hat.«

»Natürlich. Verdammte Scheiße.«

»Sag denen nichts über Otto.«

»Noch bin ich nicht verblödet.«

Es war das erste Mal, dass er Charles genervt erlebte. Dazu hatte der auch allen Grund. Sollten die Auftraggeber von der Sache erfahren, sie würden Charles und die gesamte Organisation abräumen.

»Weiß Otto etwas über unsere Auftraggeber?«

Charles blickte ihn an. Die Brauen hochgezogen.

»Was?«

»Keine Namen. Auch sonst nichts. Nein.« Er schüttelte den Kopf.

»Wir brauchen eine Aufstellung der Informationen, die er an die Polizei verraten haben kann.«

Die Tür öffnete sich. Otto stand im Rahmen. »Tag, wie steht's?«

184.

»Sind Sie völlig durchgeknallt? Ich habe ja schon einiges gehört von Ihrer … Aufsässigkeit. Aber das schlägt dem Fass den Boden aus.«

»Indem wir uns selbst das Urteil über das Gute und Schlechte anmaßen, bewirken wir, dass sowohl unser Gehorsam wie Ungehorsam eine Sünde wird«, murmelte de Bodt.

Tilly und der Innensenator starrten ihn an.

»Hab schon gehört, dass Sie gern mit Hegel-Zitaten protzen …«

»Das war Hobbes«, erwiderte de Bodt freundlich.

»Wenn Sie mir die Täter nicht liefern, werden Sie den Rest Ihres Lebens weit weg von Kollegen verbringen, die Sie mit Ihrem Unfug belästigen könnten, Hegel oder Hobbes. Vielleicht schaffen wir es auch, Sie loszuwerden. Da gibt es ein paar juristische Hindernisse. Aber sind Hindernisse nicht dazu gemacht, übersprungen zu werden?«

»Dem Hirten, der so bei seiner Hürde auf dem Berge weidet, ist's nicht anders zu Mute wie dem, den eine Stadtmauer umgibt«, sagte de Bodt.

»Was wollten die?«, fragte Salinger. Sie hatte ihre Füße auf der Schreibtischplatte geparkt. Ein Kaugummi an der Sohle.

»Ein bisschen plauschen«, sagte de Bodt.

»Höchstinteressant. Vielen Dank!«, sagte Yussuf.

»Die wollten was von Hobbes hören«, erwiderte de Bodt.

»Sehr überzeugend«, sagte Salinger.

»Wir müssen diesen Fall lösen. Beschäftigen wir uns also nicht mit Geschwätz.«

»Ach, den Fall lösen. Toll! Du weißt bestimmt schon, wie«, sagte Yussuf.

»Fragen wir nach den Spuren. Die führen ins Nichts. Bleiben die Motive.«

»Chaos«, sagte Yussuf. »Müssen wir das echt widerkäuen?«

»Gib's auf«, sagte Salinger. »Die De-Bodt-Methode der Kriminalistik kommt ohne Wiederholung nicht aus. Wissen wir nicht weiter, fangen wir von vorn an.«

»Ist doch logisch. Je weiter man voranschreitet, desto enger wird der Blickwinkel. Das ist wie bei einem Zoom-Objektiv. Am langen Ende sieht man nur einen kleinen Ausschnitt, ist dem Motiv aber ganz nah. Am kurzen Ende ist man dem Motiv fern, aber man hat einen Überblick.«

»Immerhin ging's diesmal ohne Hegel-Zitat ab«, sagte Yussuf.

»Chaos«, sagte de Bodt. »Das ist das Ergebnis der Aktionen. Aber ist Chaos das Ziel? Wem nutzt Chaos? Unserer Rechtspartei … oder allen Halb- und Ganznazis in Europa. Weil sie ja angeblich eine Ordnung herstellen können. Vielleicht ist Chaos nur ein Kollateralschaden, und es geht um was anderes.«

»Ja, was? Vielleicht hast du ein Beispiel.«

»Stellt euch vor, die fabrizieren keinen GAU, um die Leute zu verstrahlen. Die entführen Leute, tun aber nur so, als wollten sie jemanden erpressen. Abgesehen mal von unserem Freund Bob. Aber dessen Befreiung war eher ein Kollateralnutzen für die.« Die Idee kam herangeflogen, kreiste um ihn. »Die haben was ganz anderes im Sinn als Schulden. So blöd sind nicht mal italienische Faschisten, dass sie so eine Nummer abziehen, um anschließend auf Moral zu machen. Reparationen und so weiter. Es geht um was anderes. Ich weiß nur nicht, um was.«

»Was macht dich da so sicher? Nervst nicht du immer mit Ockhams Rasiermesser? Dass unter verschiedenen Erklärungen die einfachste vorzuziehen sei. Und jetzt kommst du mit … so was.« Salinger blickte ihn an.

»Wenn die einfachste Erklärung zu nichts führt, muss man sich die anderen anschauen. Vielleicht haben wir die einfachste nicht gefunden?«

»Pffff. Vielleicht ist die Erde eine Scheibe. Und Gott ist Allah …«

»Sag ich doch«, erklärte Yussuf. »Es gibt nur einen Gott …«

»Du wieder!« Zeigte Yussuf den Mittelfinger. »Geh beten und lass die Erwachsenen sich unterhalten.« Sie blickte de Bodt an. »Wir haben doch keine Ahnung von anderen Absichten.«

»Wir haben gar keine Ahnung.«

185.

Sie schafften es sogar, einen Mast in der Mitte des Floßes aufzustellen. Für Segel reichte der Stoff nicht. Bettwäsche wäre gut gewesen. Hatten sie aber nicht. Die paar Klamotten brachten nicht genug Segelfläche. Das war egal. Da sie nicht wussten, wo es hingehen sollte. Nur weg von hier. Das Palmenholz war hart. Sie hatten die Stämme mit Draht und Seilen verbunden. Lieber doppelt als einfach. Am Ende holten sie die Türen aus der Hütte und bauten eine Plattform. Nagelten Regalbretter an die Seiten als Rand.

»Nicht mal ein Handy«, sagte Tom und setzte sich aufs Floß. »Die haben uns befohlen, alles da zu lassen.«

»Da? Wo ist da?« Merkwürdig, dass er das erst jetzt fragte.

»Australien.«

»Die haben euch mit dem Hubschrauber hergebracht?«

»Die letzte Strecke. Vorher waren wir auf einer Jacht.«

»Wie lang war die unterwegs, bis ihr in den Hubschrauber gestiegen seid?«

»Fast eine Woche.«

»So eine Scheiße. Du hast keine Navigationsdaten?«

»Hab mich nicht drum gekümmert.« Zuckte die Achseln.

»Wie viele waren es?«

»Wichtig waren nur zwei. Der eine hieß Charles, der andere Otto. Waren bestimmt nicht die echten Namen. Der Rest war die Mannschaft, vielleicht acht, neun Mann.«

Kevin und seine Mutter hatten Tom und Rambo auf der Insel getroffen. Sie waren auch mit einem Schiff und einem Hubschrauber befördert worden. Sie durften erst aufs Deck, als kein Land mehr sichtbar war. Ihre Sachen hatten sie im Haus in Gundremmingen zurücklassen müssen. Vom Hubschrauber aus hatte Kevin bald das Schiff nicht mehr gesehen und dann nur die Insel. Keine Nachbarinseln.

»Es waren wohl dasselbe Schiff, derselbe Hubschrauber, die gleiche Route«, sagte Kevin. »Mit diesen Daten können wir nichts anfangen. Wenn wir ablegen, brauchen wir Glück. Eine gute Strömung. Ein Frachtschiff, ein Kreuzfahrer …«

»Wir müssen uns das gut überlegen«, sagte Tom. »Ich jedenfalls. Vielleicht holen die mich doch noch ab. Das dauert ja, bis die hier sind.«

Kevin verstand, was Tom nicht erwähnte. Dass sein Schicksal dann in den Händen von Leuten lag, die seinen Vater nicht mehr brauchten. »Du kannst ja hierbleiben.«

»Rambo war auch bald überzeugt, dass die uns nicht mehr brauchen. Die holen mich nicht mehr ab. Und seit du das Telefon geschrottet hast …«

Kevin blickte ihn an. Grinste. »Entschuldigen werde ich mich nicht.« Sein Blick blieb am Holzkreuz hängen. Dem Grab seiner Mutter.

186.

»Sind Sie beim Fall Kumanowa weitergekommen?«

Krüger blickte de Bodt an. Müde. »Keinen Schritt. Wir wissen, dass es Mord ist.« Wieder dieser Blick. Ja, ja, du hast es rausgekriegt. »Die Russen mauern. Ist bekanntlich deren Lieblingsbeschäftigung.«

»Sie haben mit Merkow gesprochen?«

Krüger nickte. »Der war gestern in meinem Büro. Zusammen mit dieser …« Winkte ab. »Er hat mir ins Gesicht gesagt, dass die russischen Ermittlungsbehörden nichts herausgefunden hätten. Dass sie fieberhaft ermitteln. Und so weiter. Der Fall ist unlösbar. Ist wohl eine Geheimdienstgeschichte, die eher zufällig in Berlin ausgetragen wurde.«

»Wäre sie in Paris gewesen, wäre sie dort gestorben?«, fragte de Bodt.

Krüger nickte. »Vielleicht.«

Am frühen Abend. Im *Café Eliza* in Kreuzberg. Salinger, Yussuf, de Bodt, Merkow, Katt.

»Habt ihr euch etwa schon vermehrt? Und was sind die Kleinen schnell gewachsen«, sagte Anne, die Chefin.

Merkow nippte an seinem zweiten Cappuccino. Trank unhörbar auf die Verzweiflung.

Katt hielt ihr Glas Zitronenlimonade in der Hand. Drehte es. Blickte sich um. Als wollte sie Eindrücke mitnehmen ins Straflager. Sie hatte mit Konstantin gestritten. Wie man sich streitet, wenn man nicht weiterweiß. Der Schritt vor dem Scheitern. Und dem Schweigen.

»Ich hab mit Krüger gesprochen. Demnach haben Sie ihm nicht helfen können.«

»Wir hätten es getan. Wir müssen diesen Fall aufklären. Eine russische Diplomatin ist ermordet worden. Wir brauchen die Täter.«

»Hoffentlich die richtigen«, schnappte Salinger.

»Sie wollen sagen, dass Ihre Ermittlungsbehörden, Ihre Geheimdienste nicht das Geringste herausgefunden haben?«, fragte Katt.

Merkow blickte Katt an. Die schaute weg.

»Ich möchte mir die Beine vertreten«, sagte Merkow. »Ziehen Sie Ihren Mantel an.«

Draußen empfing sie Schneetreiben. Matsch. Sie gingen Richtung Görlitzer Park. Im Park nur ein paar Dealer. Die schlotterten vor Kälte. Die Kundschaft wärmte sich das Gesäß in geheizter Wohnung. De Bodt hätte einem jungen Kerl fast was abgekauft. So elend war dessen Blick.

»Wir haben ein Problem. Genauer gesagt, mehrere. Das erste ist, dass ich darüber nicht sprechen darf. Sonst holt mich der Teufel. Der ist in Russland ziemlich unfreundlich, wie Sie wissen.«

»Wir haben nie über etwas gesprochen«, sagte de Bodt.

»Gut. Die Chefs sitzen uns im Genick. Sie wollen ein Ermittlungsergebnis. Und wir haben nichts. Wenn es das gäbe, weniger als nichts. Wir verdanken Ihnen die Erkenntnis, dass die Kumanowa ermordet wurde. Manchmal denke ich, dass Sie sich das hätten sparen können. Dann wäre der Sarg überführt und beerdigt worden. Ein Vertreter des Außenministeriums hätte ein paar schöne Worte verloren und einen Kranz abgelegt. Bei Mord aber werden sie bei uns nervös. Da gibt es jene, die vermuten einen Angriff eines anderen Geheimdienstes. Manche sprechen von einem Geheimdienstkrieg …«

»Klingt etwas übertrieben bei einem dubiosen Todesfall.«

»Ja, wenn es der einzige wäre.« Er erzählte von den anderen.

De Bodt blieb stehen. »So viele Zufälle gibt es nicht. Da haben Sie recht.«

»Sie können sich leicht vorstellen, dass die Leute im diplomatischen Dienst nervös werden. Wer ist der Nächste? Und warum?«

»Wer war der Letzte?«

»Unser stellvertretender Botschafter in Kolumbien. Gestern. Überdosis, vermutlich Heroin. Es sind bisher neun Tote. Unfälle, plötzliche schwere Krankheit, Gift. In Wahrheit gibt es wohl nur zwei Diagnosen: Unfall oder Gift.«

De Bodt ging langsam weiter. »Haben Sie eine … nein, haben Sie ja schon gesagt.«

»Wir haben nicht einmal eine Ermittlungsrichtung. Natürlich gibt es bei uns welche, die zeigen auf die Amerikaner. Zumal die dort einen … merkwürdigen Präsidenten haben. Aber dieselben Leute behaupten, dass unser Präsident den in der Hand hat. Sie kennen die Geschichten …« Seine Hand warf Luft weg.

»Die Chinesen wohl auch nicht. Mit denen spielt Ihr Chef doch gerade große Liebe.«

Merkow lachte trocken. »Natürlich gibt es in unseren Diensten auch welche, die trauen denen nicht über den Weg. Die Chinesen wollen die Weltherrschaft. Sie sind diplomatisch, solange sie nicht genug Druckmittel haben. Aber dann … Manche verweisen auch auf die Polen. Denen trauen viele Wahnsinnsakte zu. Angeblich haben wir ja deren großen Führer abgeschossen. Auf dem Flug nach Katyn. Das reicht für zwanzig Verschwörungstheorien.«

»Man könnte fast glauben, Sie haben sich Feinde gemacht.«

Merkow lächelte. »Ich wüsste nicht, warum. Kennen Sie ein Volk, das den Frieden mehr liebt als die Russen? Und in erster Linie deren großer Präsident.«

»So kann man es auch sagen.«

»Es gibt in allen Diensten den Berufszynismus, auch in Ihren.«

»Das überrascht mich jetzt aber.« De Bodt lachte.

Obwohl er nichts zu lachen hatte.

»Die werden uns absägen, wenn wir keine Ergebnisse bringen«, sagte Merkow. »Ihnen ist das ja egal.«

»Keineswegs. Wenn ich gehe, gehe ich aus freien Stücken. Wobei Sie recht haben. Der Polizeidienst geht mir auf die Nerven.«

»Warum machen Sie ihn dann?«

»Ich bin Masochist. Sie nicht? Testen Sie nicht gern Ihre Leidensfähigkeit?«

Merkow blickte ihn von der Seite an. Schüttelte den Kopf. Kaum merklich.

»Wenn wir beide auf der Abschussliste stehen, könnten wir ja versuchen, die Gewehre umzudrehen«, sagte de Bodt.

»Man bleibt immer derselbe, sogar wenn man sich geändert hat«, sagte Merkow. Auch sein Dienst war noch mehr KGB, als er sein sollte. Fing schon damit an, dass ein KGB-Offizier Präsident war.

»Ein KGB-Offizier bleibt ein KGB-Offizier bleibt ein KGB-Offizier«, sagte de Bodt.

»Ein de Bodt bleibt ein de Bodt bleibt ein de Bodt.«

De Bodt blieb stehen. Eine Schneeflocke matschte auf seiner Stirn. Er wischte sie weg. Der Himmel war schwarz. Kein Stern, kein Flugzeug. Ein dünner Mann näherte sich. Leuchtende Augen im schwarzen Gesicht. »Was rauchen?«

De Bodt schüttelte den Kopf. »Danke, nein. Geh ins Warme, du holst dir den Tod.«

Der dünne Mann blickte ihn ratlos an. Zog weiter.

»Die Frage ist nur: Wie kann ich Ihnen helfen?«

»Sie würden mir helfen, wenn Sie den Fall Kumanowa übernähmen. Ich würde Ihnen meine … Verbindungen zur Verfügung stellen. Soweit mir das möglich ist … Sie verstehen?«

De Bodt nickte.

Zwei Männer in Mänteln in der Einöde des Görlitzer Parks. Im fahlen Licht der Laternen. De Bodt spürte die Kälte. Sie kroch unter die Kleidung. Aber er fror nicht. Er spürte, dass es ein besonderer Augenblick war. Er reichte Merkow die Hand.

Viel zu theatralisch, fiel ihm ein.

187.

»Besser als dir«, sagte Bob. Zog die Glock 17 unter seiner Decke hervor. Charles hatte plötzlich einen 38er in der Hand.

»Spinnt ihr?«

Charles warf die Fotos auf den Teppich. »Guck sie dir an.«

Otto machte einen Schritt nach vorn. Stutzte. Wartete.

»Du sollst dir die Fotos anschauen!«, schnauzte Charles.

Bob schraubte sich einen Schalldämpfer auf die Pistole.

Otto blickte nach unten. Es hatte also doch Farbe in seinem Gesicht gegeben. Dessen Haut war jetzt fast transparent.

»Ganz genau«, sagte Bob.

Otto bückte sich.

»Auf die Knie!«, befahl Charles.

Otto sank auf die Knie.

»Was sagst du dazu?«, fragte Bob. Leise.

»Du hast mir diesen Scheißkerl vor die Nase gesetzt«, sagte Otto. Blickte Charles an. Eine Träne. »Ich habe mir den Arsch aufgerissen. Aber dieser Herr wird aus dem Knast geholt und erster Klasse hergeflogen. Du hast mich betrogen, Charles.«

Bob nahm sein Telefon. »Kommst du?«

Es dauerte zwei Minuten, bis John Leary das Büro betrat. Aussteigen aus dem Leihwagen auf der gegenüberliegenden Straßenseite. Anmeldung an der Rezeption. *Sie werden schon erwartet.* Aufzug.

»Willam Chandlers Freunde sind auch meine Freunde«, sagte Cathy. Mit dem freundlichsten Lächeln aller Cathys.

188.

Erst beim zweiten Anlauf hatte das Meer ihr Floß angenommen. Beim ersten landeten sie gleich wieder am Strand. Aber dann ergriff eine Strömung das Gefährt und schaukelte es ins Nirgendwo. Tom hatte einen Sonnenschutz am Mast angebracht. Zusammengeflickt aus T-Shirts und Geschirrtüchern. Vielleicht half es, das Floß besser zu sehen.

Die Sonne verwandelte das Floß in eine schwimmende Bratpfanne. Nur ein leichter Wind half. Es gab wenig Trübsinnigeres, als sich treiben zu lassen. Keine Chance, den Weg des Floßes zu beeinflussen.

»Hilflosigkeit«, sagte Kevin. »Das ist das richtige Wort.«

»Aha. Wofür?«

»Für unsere Lage.«

»Stell dich nicht an. Die ist besser als vorher.«

Schon am zweiten Tag marterten Kevin die Zweifel. Hätte er am Grab seiner Mutter bleiben sollen? War es nicht egal, ob sie auf einer Insel ausharrten oder auf diesem Scheißfloß? Sie hätten ein Riesenfeuer anfachen können. Holz dafür gab es genug. Mit einer Rauchwolke. Riesig, unübersehbar. In der Hütte übernachten. Geschützt vor dem großen Grill am Himmel. Er mühte sich, dem Missmut Widerstand zu leisten. Aber der gewann an Boden. Besser, er erwiderte nichts. Tom war auch gereizt. Sie mussten es nun aushalten. Mit dem Meer, der Hitze, miteinander.

Sie hatten Trinkwasserkanister dabei. Verzurrt am Mast. Tom hatte eine Decke darübergelegt. Ein eher hilfloser Schutz. Unter ihrem und des Wassers Gewicht blieben nur ein paar Zentimeter über dem Meer. Es war ein Wunder, dass dieses Ding überhaupt schwamm.

Sie starrten aufs Meer. Jede Bewegung am Horizont weckte Hoffnung. Er hätte nie geglaubt, was er alles sah, wo nichts war. Möwen. Eine setzte sich auf den Mast. Blickte sich um und fand es zu trostlos, um zu bleiben.

In der Nacht fiel Kevin bestenfalls in den Halbschlaf. Wachte auf von Schreckensträumen. Sah seine Mutter sterben. Die Beerdigung. Das Grab würde er nie wiedersehen. Je weiter sie wegschaukelten von der Insel, desto mehr verlor er die Orientierung. Wasser an allen Seiten. Gestern Morgen war ein Baumstumpf vorbeigedümpelt. Am Nachmittag hatten sie Schwertwale beobachtet. Die besahen sich das Elend und tauchten weg. Vermutlich lachten sie sich halb tot.

Am dritten Morgen sagte Tom: »Ich glaube, das war keine gute Idee.«

»Frag mich später noch mal.« Kevin blickte sich um. Die Möwen waren verschwunden. Kein Land, nirgendwo. Am blauen Himmel standen große weiße Wolken.

»Da hinten«, sagte Tom. »Da ist was!« Schrie es.

189.

Die Beschreibung war schlecht. Die Frau des Präsidenten hatte eine Augenbinde tragen müssen. Bei der Fahrt zur Wohnung. Und von dort zum Jardin du Luxembourg, wo sie die Ambulanz dann abholte. Die Entführer hatten sie in einen alten Rollstuhl gesetzt. Ihr eine Mütze aufgesetzt. Dick verpackt in Decken.

»Bei der Entführung waren wir vielleicht fünfunddreißig Minuten im Auto unterwegs. In der Stadt. Dichter Verkehr. Ich hab auch den Fahrer fluchen hören.«

»Kopfsteinpflaster?«

»Nein. Aber die Straßen in Paris …«

»Haben die sich unterhalten?«

»Kann man so nicht sagen.« Sie schüttelte den Kopf. »Aber wenn Sie ›merde‹ und so weiter als Unterhaltung bezeichnen wollen …«

Lebranc ließ Floire eine Karte von Paris an die Bürowand pinnen. Sie wussten, wo die Frau des Präsidenten entführt worden war. Floire rechnete aus, wie weit man binnen fünfundvierzig Minuten mit dem Auto kam. Berücksichtigte auch die Verkehrsdichte zur fraglichen Stunde am fraglichen Tag. Zehn Minuten Zeitreserve sollten reichen. Das Suchgebiet war so schon groß genug. Viel zu groß. Einschließlich Saint-Denis, Créteil, Orly und Versailles.

»Gut, im Palast werden sie die nicht versteckt haben«, sagte Lebranc. Binnen fünfundvierzig Minuten konnte man vom Zentrum fast ganz Paris erreichen. Es war hoffnungslos.

»Es war eine schlichte Wohnung. Eher heruntergekommen«, sagte Floire. »Also nicht da, wo die Reichen wohnen.«

Lebranc blickte ihn an. Schüttelte den Kopf. Der Fall Floire war noch hoffnungsloser. »Man kann in Paris ein Klo für tausend Euro vermieten. Wer renoviert da noch, wenn jede Bruchbude zum Fantasiepreis weggeht? Wohnungen aus der Vorkriegszeit gibt es auch in Reichenvierteln. Sogar in Saint-Denis stehen nicht nur Hochbunker mit Menschenkäfigen.« Was man diesem verzogenen Deppen alles beibringen musste. »So kommen wir nicht weiter. Die können ja auch im Kreis umhergefahren sein und die Geisel nahe am Élysée versteckt haben. So hätte ich es gemacht. Die wissen, dass wir die Geisel befragen. Die sind schlau. Die wissen, wie wir arbeiten.« Er überlegte kurz. »Verfassen Sie ein Wohnungsprofil … Da fällt mir ein, die haben den Transporter offenbar in einem Hof geparkt. Die Geisel wurde vermutlich über den Hintereingang zur Wohnung geschafft. Dabei durften die Entführer nicht gesehen werden. Das war in dieser Phase ihr größtes Risiko … Also, wir suchen ein unbewohntes Haus mit Hof. Klar?«

Floire legte ihm ein Papier auf den Schreibtisch.

Wohnungs-Suchprofil
Wohnung mit drei oder vier Zimmern. Altbau, etwa Dreißigerjahre. Dritter oder vierter Stock. Nahe einer viel befahrenen Straße. Keine Zuggeräusche. Fluggeräusche schwach. Hof mit schließbarer Toreinfahrt. Haus unbewohnt. Vielleicht Abriss in Vorbereitung. Oder Verkauf. Kein Gewerbe zu riechen. Eher Außenbezirk.
Außerhalb der Flugschneisen von Roissy und Orly. Daher vermutlich im Westen von Paris. Lohnende Suchgebiete (wo man anfangen sollte): Boulogne-Billancourt, Nanterre, Argenteuil, Saint-Denis, Rueil-Malmaison, Sartrouville usw. Nicht passiert wurde der Bois de Bologne.

Lebranc überflog es. Spürte, wie seine Wut zu kochen begann. Las genau. »Wann haben Sie das aufgeschrieben?«

»Gestern Nacht.«

»Woher saugen Sie das?«

»Ich habe mit der Geisel gesprochen. Wissen Sie, mein Onkel ist ein guter Bekannter des Präsidenten. Und kennt sie.«

»Und warum haben Sie mich nicht informiert?«

»Der Anruf kam spät, gegen dreiundzwanzig Uhr.«

»Von wem?«

»Madame …«

»Und warum erfahre ich das erst jetzt?«

»Ich wollte Sie nicht unterbrechen, Chef.«

Lebranc inspizierte die Tischplatte. Fand Maserungen, die ihm neu waren. Sein Hirn ersann ohne Zutun seines Trägers Folter- und Hinrichtungsmethoden, die organisch ineinandergriffen. Im Altertum, noch mehr im Mittelalter, war man schöpferisch gewesen. Die Aufklärung hatte dann leider die Guillotine erfunden. Da hatte die Verweichlichung begonnen. Menschenrechte und so weiter. Die für alle gelten mochten. Meinetwegen, dachte Lebranc. Außer für Floire. Er sah ihn ans Kreuz gebunden auf dem Scheiterhaufen, nachdem Folterknechte ihm zuvor aufs Fantasievollste die Knochen gebrochen hatten.

»Den Suchtrupp haben Sie auch schon bestellt, nehme ich an«, quetschte Lebranc durch die Lippen.

»Natürlich, Chef. Wir müssen uns ja beeilen.«

Lebranc schnaufte durch. Dann winkte er Floire hinaus. »Auf was warten Sie?«

Rief de Bodt an. Erwischte den auf dem Handy. »Haben Sie etwas? Wir suchen die Wohnung, wo die Geisel versteckt wurde.«

»Nein, wir haben gar nichts. Seien Sie froh, dass Ihnen noch kein Atomkraftwerk um die Ohren geflogen ist.«

»Die brauchen keines hochgehen lassen. Ganz Frankreich hat die Panik. Die Leute fliehen dahin, wo sie möglichst weit weg sind vom nächsten AKW. Um festzustellen, dass dort auch eines steht. Dann suchen sie Schutz in Paris. Glauben, dass ihnen hier am ehesten geholfen werden kann. Die Parks sind überfüllt. Als wären sie Campingplätze. Turnhallen wurden im Sturm genommen. Die Universitäten haben den Betrieb eingestellt. Die Studenten wollen die Regierung stürzen. Nur glaubt niemand, dass dann irgendwas sicherer wird.«

Er hatte wilde Szenen gesehen im Fernsehen. Es hatte Tote und Verletzte gegeben. In den Zügen prügelten sich die Leute um Stehplätze. Ihr Hass richtete sich gegen Leute, die fremd aussahen. So weit kam es noch, dass Flüchtlinge Einheimische verdrängten. Menschen migrantischer Herkunft sammelten sich in Gruppen, um sich zu schützen. Verloren die Nerven. Griffen an, wer ihnen dumm kam. Oder es so schien.

»Wenn Sie wissen wollen, wie es am Anfang eines Bürgerkriegs aussieht, Sie sind herzlich eingeladen.«

»Bei uns sind die Leute in Schockstarre gefallen«, sagte de Bodt. »Außer denen in der Nähe von Atomkraftwerken. Für die gilt nur weg, weg, weg. Aber wo sie hinwollen, gibt es schon Leute. Glauben Sie mir, wir haben den Bürgerkrieg jeden Tag … Sie suchen also die Wohnung. Wenn Sie die finden, sagen Sie mir Bescheid, ja?«

»Natürlich. Allerdings glaube ich, dass die damit gerechnet haben, dass wir die Wohnung finden. Wenn wir Spuren entdecken, dann nur die, die diese Leute zurücklassen wollten. Im Zweifelsfall, um uns irrezuführen. Wenn Sie wissen wollen, wie sich Hilflosigkeit anfühlt, sollten Sie mich besuchen.«

»Das ist nicht nötig. Ich kann dieses Gefühl auch hier genießen.«

190.

»Wir haben hier schon alles umgedreht«, sagte Merkow. »Aber vielleicht haben wir etwas übersehen.«

»Haben Sie so schön aufgeräumt?«, fragte de Bodt.

Merkow schüttelte den Kopf. »Die Kumanowa muss verdammt ordentlich gewesen sein. Ihr Büro sah aus wie eine Zahnarztpraxis nach der Großreinigung. Als hätte niemand etwas berührt. Die Kollegen von der Putzkolonne hätten ein Massengrab für Bakterien ausheben können.«

»Gereinigt haben also Ihre Leute?« Er blickte Merkow von der Seite an. »Normalerweise beseitigen Täter ihre Spuren.«

»Das ist bei uns nicht unüblich. Frau Kumanowa hat in einem … sensiblen Bereich gearbeitet.«

»Da wird aufgeräumt, falls die Spionageabwehr nachguckt.«

Merkow nickte.

»Sie war ja SWR-Residentin«, sagte de Bodt.

Merkow tat ein paar Schritte in der Wohnung. De Bodt folgte ihm. Modern ausgestattete Küche mit Gasherd und Elektrobackofen. Kühl-/Gefrierschrank. Doppelbett im Schlafzimmer. Auf dem Nachttisch Goethes *Werther*.

»Haben Sie sie gekannt?«

»Nein.« Merkow nahm den Reclam-Band. »Vielleicht hat die Putzkolonne das Buch hinterlassen. Um abzulenken … glaube ich aber nicht.«

»Verweis auf eine Liebesgeschichte mit tödlichem Ausgang«, sagte de Bodt. »Soll vielleicht eine Selbsttötung nahelegen.«

Merkow nickte. »Nicht ungeschickt. Die Kumanowa sprach perfekt Deutsch.«

»Warum sollte eine russische Putzkolonne eine falsche Spur legen?«, fragte de Bodt.

»Man sieht, Sie haben nie für einen Nachrichtendienst gearbeitet. Es gibt niemanden, der krummer denkt als ein Spion.«

»Schöne Selbstkritik«, sagte de Bodt.

Merkow grinste. Im Wohnzimmer stand ein kleiner Schreibtisch mit Lampe darauf. Natürlich kein Rechner.

»Den aus dem Büro habe ich auch nicht gesehen«, sagte Merkow.

»Können Sie die Leute in der Botschaft nicht ausquetschen?«

»Ich darf sie befragen. Aber die wissen nichts. Schon gar nicht, wo all die Sachen aus dem Büro geblieben sind. Die hat es wahrscheinlich nie gegeben. Und die Kumanowa hat über geheime Strahlen mit ihren Leuten verkehrt.«

»Kann Ihr Präsident kein Machtwort sprechen?«

Merkow blickte ihn an. »Hat er doch. Aber wenn ein Botschaftsmitarbeiter nichts gesehen hat, hat er nichts gesehen. Daran kann auch der Präsident nichts ändern. Nur Stalin und Beria konnten das.«

»Bliebe die Hypothese, die man aus den Ereignissen zieht«, sagte de Bodt. »Sollten die Todesfälle im diplomatischen Dienst tatsächlich etwas miteinander zu tun haben, dann hat es jemand auf russische … Diplomaten abgesehen. Vielleicht verraten Sie mir, ob die Opfer wenigstens freiberuflich für einen russischen Nachrichtendienst gearbeitet haben.«

Merkow blickte ihn an. »Das weiß ich natürlich nicht. Wenn ich es wüsste, dürfte ich es Ihnen nicht verraten.« Blinzelte kräftig.

»Schade«, sagte de Bodt.

Er setzte sich auf die Couch. Frisch wie aus dem Möbelhaus. Merkow lehnte sich an den Türrahmen. »Hier ist was oberfaul«, sagte de Bodt. »Gibt's hier Wanzen? Kameras?«

»Wenn, dann wurden die entfernt.«

»Und die Biografie des Opfers?«

»Nichts Auffälliges. Außer, dass sie brillant war. Sportlich. Lebte gesund. Die Chefs schicken niemanden ins Feindesland, der nicht alles draufhat. Sie war jung, aber keine Anfängerin. Erstklassige Karriereaussichten.«

»Und wenn sie sich mit jemandem hier angelegt hat?«, fragte de Bodt. »Ob Geheimdienst oder sonst was …«

Merkow schüttelte den Kopf. »Ich weiß es nicht.«

»Es ist auch vernünftiger, den Fall im Zusammenhang mit den anderen Fällen zu betrachten. Wäre es abwegig, von einem Angriff auf den SWR auszugehen?« Blickte Merkow mit großen Augen an.

Der schüttelte den Kopf. »Ihr Freund Ockham würde sagen: Das liegt nah.«

»Wer also? Sie haben das bestimmt immer wieder betrachtet.«

»Ja, das haben wir. Katt glaubt auch, dass es ein Angriff auf unseren Auslandsnachrichtendienst ist. Es spricht zu viel für diese These, als dass man sie abtun könnte. Aber ich bleibe misstrauisch.«

»In der Tat, was hätte ein feindlicher Dienst davon, Ihre Leute auszuschalten? Es werden andere nachrücken.«

»Vielleicht glaubt der feindliche Dienst, Leute ausschalten zu müssen, die unseren SWR besser machen könnten. Weil es ja solche Leute sind, die früher oder später in Leitungsfunktionen arbeiten werden.«

»Vielleicht«, sagte de Bodt. Schwieg. Dann: »Ich halte diese Variante für unwahrscheinlich. Es spricht aber viel für einen feindlichen Dienst, der sich vielleicht an Ihrem rächen will. Womöglich für unsere letzte gemeinsame Aktion.«

»Die CIA? Ja, die steht bei mir auf Platz eins. Es passen alle Spuren und Argumente.«

»Nur, die wären doch verrückt, so einen Geheimdienstkrieg anzuzetteln«, sagte de Bodt. »Oder haben Ihre Leute etwa angefangen mit dem Irrsinn?«

»Nicht, dass ich wüsste. Ich hätte was davon hören müssen. In den Medien war auch nichts. Ich wundere mich, dass noch kein Journalist die Sache gerochen hat. Eine Mordserie, Opfer: russische Geheimdienstoffiziere. Das ist doch eine tolle Geschichte.«

»Sie können es ja meinem Kollegen Krüger erzählen.«

Merkow lachte. »Hab schon gehört, dass der sich gern mitteilt.«

»So kann man es sagen. Vielleicht fragen Sie bei Ihren … Fachleuten für amerikanische … Verhältnisse noch einmal nach, ob die Amerikaner einen Grund haben zu glauben, sie müssten der Konkurrenz auf den Leib rücken. Ob so ein Grund wirklich existiert, ist eine andere Frage.«

Merkow kratzte sich an der Wange. »Und Sie fragen bei Verfassungsschutz und BND nach, ja?«

Merkow verschloss die Wohnungstür von außen. Im Flur die Briefkästen. *Kumanowa* stand auf dem rechts außen. Merkow zog einen kleinen Dietrich aus der Tasche und öffnete ihn. »Gerade die Perfekten übersehen gern mal was.« Öffnete die Tür. »Außer in unserem Fall.« Ging zur Haustür. »Scheiße!«

De Bodt folgte ihm. Wieder spielte diese Idee Domino mit seinen Hirnmolekülen. Aber irgendwo stockte es. Verkantete sich ein Molekül. Fiel nicht.

Merkow zog die Haustür auf.

Ein Knall, zwei weitere folgten. Putz platzte ab im Flur. De Bodt riss Merkow zurück. Linste hinaus. Sah nichts. Doch. Ein Schatten am anderen Ufer des Kanals. Jemand mit einem Gewehr. Der riss eine Autotür auf, warf das Gewehr auf den Rücksitz, setzte sich hinters Steuer und raste weg. Ein Mercedes, C-Klasse, neuestes Modell. Blaumetallic.

»Alles in Ordnung?« Merkow lag im Flur. Blickte de Bodt an. Schmerz in den Augen. De Bodt beugte sich zu ihm. Sah das Blut. Rief einen Notarzt und die Kollegen. Kniete sich neben Merkow. Zog seinen Mantel aus und schob ihn unter Merkows Kopf.

191.

»Das ist ein Containerschiff«, sagte Tom.

Sie sahen den Umriss, Dieselrußfahne. Tom zog sein T-Shirt aus, stellte sich auf und winkte. Winkte. Winkte.

Kevin sah den Riesen, wie er vorbeizog. Zu weit, um sie zu entdecken. Der Frachter war so groß wie ein Playmobilschiff. Kevin war es, als führe sein Leben weg mit dem Frachter. Starrte ihm nach. Wie er kleiner wurde. Bis er nur noch ein Punkt war am Horizont.

»Scheiße«, murmelte Tom. »Fischfutter. So ist es, wenn man Fischfutter wird. Erst schön geröstet. Und wenn man gar ist…«

192.

Lebranc öffnete die Tür. Hörte sie schon quietschen. Aber sie quietschte nicht. Das Scharnier war frisch geölt. Lautlos schwang sie ins Innere. Er betrat den Flur. Floire folgte ihm. Es roch streng. Wie wenn man ein scharfes Putzmittel benutzte. Alle Bazillen fallen tot um. Die Nasenschleimhäute verätzen. Aber es ist sauber. Sauber wie in einem Operationssaal.

Küche, drei Zimmer. Im Schlafzimmer ein Bett. Ein Stahlrost blickte sie an. Keine Matratze. Auch sonst war alles alt. Und funktionierte. Die Wasserhähne, die Klospülung. Kein Rost im Wasser.

»Die Bude war bis vor Kurzem bewohnt. Und wurde beim Auszug mehr als gründlich gereinigt«, sagte Floire. »War ja zu erwarten.«

»Schön, dass Sie das so erwartet haben. Sie sollten sich Ermittlungen vor Ort ersparen. Sie wissen es ja sowieso vorher.«

Floire tat, als hätte er es nicht gehört. Immerhin hatten seine Ermittlungen den Polizeipräfekten auf einen Weg geschickt, der in Lebrancs Büro endete. »Ausgezeichnete Ermittlungen, Herr Kollege. Mit diesem Profil werden wir die Wohnung bald finden.« Was sie taten. Nachdem Sie Hundertschaften in die fraglichen Wohnviertel geschickt hatten. Und einen Hubschrauber mit einer Zeichnung von Floire. Die dem Kopiloten zeigte, was er zu suchen hatte. Leerer Hof mit Tor. Mietshaus, verlassen. So viele gab es gar nicht.

»Ich werde Ihre Leistung in meinem Bericht erwähnen. Der Präsident hat verlangt, eine Kopie meiner Berichte zu erhalten. Seine Gattin ist übrigens voll des Lobes für Ihren eifrigen Assistenten. Er entwickelt sich gut in Ihrer Obhut. Auch das ist eine Leistung, die zu erwähnen ich nicht vergessen werde«, sagte der Polizeipräfekt.

Lebranc kam sich angesichts des Pathos einen Augenblick so vor, als würde er gerade in einem Trikolore-geschmückten Sarg ins Panthéon geschoben.

»Und jetzt los. Die Kollegen haben die Wohnung gefunden.«

»Kein Fingerabdruck, jede Wette«, sagte Floire. »Aber das ist fast so gut wie ein Beweis.«

Halt's Maul!, lag Lebranc auf der Zunge. Die mussten einen Fehler gemacht haben. Sie mussten einfach. Perfektion gab es nicht. Die hatten die Frau aus der Wohnung gebracht und im Jardin du Luxembourg abgesetzt. Dann waren sie zurückgefahren und hatten sauber gemacht. Hatten im Schlafzimmer angefangen. Sich dann die Küche, das Bad, das zweite Schlafzimmer und das Wohnzimmer vorgenommen. Um sich schließlich bis zur Wohnungstür vorzuarbeiten.

»Nehmen Sie sich fünf, sechs Kollegen. Suchen Sie alle Orte ab, wo man eine Matratze und anderes entsorgen kann.«

»Ich denke, bei der Müllabfuhr?« Blickte Lebranc unsicher an.

»Wenn die schon durch ist, suchen Sie auf den Müllkippen. Die Kollegen der Müllentsorgung werden Ihnen bestimmt helfen.«

Floire nickte. »Kein Problem.«

Warum konnte dieser Mistkerl nicht jammern und flehen? Mich? Auf die Müllkippe? Stattdessen: kein Problem. Lebranc verstand diese Leute nicht. Zu seiner Zeit wäre es der Gipfel der Erniedrigung gewesen, zur Müllkippe geschickt zu werden. Das war wie im Schlamm wühlen, nur noch schlimmer. Kein Problem. Kannte der Typ überhaupt ein Problem?

»Vorher besuchen Sie die Gattin unseres Präsidenten und bitten um eine DNS-Probe. Verstanden?«

»DNA-Probe, kein Problem«, sagte Floire. Als wüsste er millimetergenau, wie er seinen Chef gerade reizen konnte.

Und er hatte *unser Präsident* gesagt. Was für ein Quatsch. Er hatte bei den Präsidentschaftswahlen unter Verlust einer Schicht seines Zahnschmelzes für den Kandidaten der Rechten gestimmt. Ja, für diesen Typen, der seine Frau als Parlamentsmitarbeiterin beschäftigt hatte. Eine Parlamentsmitarbeiterin, die keiner im Parlament gesehen hatte. Seine Kinder hatte er auch versorgt. Und hatte sich Mäntel schenken lassen von einem Luxusklamottenverkäufer. Man nahm, was man kriegte. Es taten doch alle. Er wäre ins Hintertreffen geraten, hätte er es nicht mitgenommen. Lebranc hatte ihn gewählt, weil der Typ auf fein machte und doch nach Auray stank. Dieser bretonischen Kleinstadt, in der sein Vater schon den Geruch von de Gaulles' Republik ausgedünstet hatte. Sein Heimatgefühl.

Gut, Floire würde diese Matratze finden. Und was noch zu finden war. Sie würden die DNS der Geisel entdecken. Beweisen, dass sie in der Wohnung festgehalten worden war. Sie vielleicht bitten, sich die Wohnung anzuschauen. Um sicher zu sein. Vielleicht aber versteckte sich auch ein Haar, eine Hautschuppe eines Täters auf der Matratze. Im Zweifelsfall von Wedenstein. Und dann? Dann waren sie keinen Schritt vorangekommen. Die Täter rechneten damit, dass sie die Wohnung fanden. Ihm war es, als führten sie die Ermittler. Direkt gegen die Wand. Lebranc fühlte sich benutzt. Wie ein Hund an der Leine. Er folgte der Routine, und die Täter veranstalteten ein Spiel daraus. Sie hatten seine Züge vorbereitet. Lachten sich die Eier ab. Verließ er die Polizeiroutine, verarbeiteten seine Chefs ihn zu *steak haché*. Führten seine Ermittlungen ins Leere, war er der Depp des Landes. Aber ohne die Kohle, die Louis de Funès dafür weggetragen hatte.

Sein Telefon klingelte. Der Präfekt. Der hatte ihm gerade noch gefehlt. Saß auf seinem Arsch und verteilte. Lob und Tadel. Alle Ermittlungserfolge waren seine. Alle Misserfolge die seiner Leute. »Wir arbeiten hart an der Qualifikation unserer Beamten. Aber Rom wurde nicht an einem Tag erbaut.« Allein schon für diesen Spruch hätte Lebranc ihm die Guillotine gegönnt.

»Lebranc, wir haben einen Todesfall. Jardin du Luxembourg, Statue de la Liberté. Eingang Rue de Fleurus. Ich will, dass Sie sich das ansehen. Verstanden?«

»Ich ermittle gerade, die Entführung … Können Sie nicht einen Kollegen hinschicken?«

»Kann ich nicht. Nehmen Sie sich Ihren schlauen Assistenten und beeilen Sie sich. Der Tatort ist gesichert, die Rechtsmedizin schon da. Die Spurensicherung auch.«

Lebranc verstand: Sie sind zu spät. Kommen Sie mal in die Gänge. Er schnappte nach Luft. Setzte sich auf einen Stuhl in der Küche. »Wer ist das Opfer?«

»Der russische Botschafter.«

193.

»Gebt mir noch eine Chance«, sagte Otto. »Bitte … ich habe doch was … geleistet.«

»Du schreibst auf, was du alles verraten hast.« Charles stellte einen Klapprechner auf den Besuchertisch. »Setz dich. Los!«

Otto setzte sich. Begann zu tippen.

»Ganz genau«, sagte Charles. »Auch wem du das verraten hast.«

Otto tippte mit zehn Fingern. Beneidenswert schnell. Aber es dauerte. Zeit schinden. Lebenszeit. Charles stellte sich hinter ihn. Las. Nickte. »Nur der?«

»Das ist meine …«

»Lieblingsbullin«, sagte Charles. »Mein Gott, bist du ein Idiot. Wo hast du sie getroffen?«

»Mal da, mal dort.«

»Nächster Treffpunkt?«

»Heute Abend, 18 Uhr 30. Am Hafen, vor dem Maritime Museum.«

»Fertig?«

Ottos Augen flehten ihn an.

»Fertig?«

Otto nickte.

»Druck es aus!«

Nach einer Minute erschien Cathy mit dem Ausdruck. Sie hatte ihre Uzi in der Hand. Charles setzte sich an den Schreibtisch. »Warum haben die uns noch nicht verhaftet?« Las. »Ach so. Da haben wir ja noch mal Glück gehabt. Und das stimmt, was du schreibst?«

Otto nickte heftig. »Jedes Wort.«

»Du hast nichts weggelassen?«

»Ich schwöre es.«

»Eine Nummer kleiner reicht auch. Bei einem Verräter.« Gab Bob das Papier.

Bob las. »Du warst also noch in Verhandlungen? Immunität. Kronzeuge. Zeugenschutzprogramm. Geld bis ans Ende deines Lebens. Schön. Ich mag Leute mit Ansprüchen. Wenn das stimmt« – Bob wedelte mit dem Blatt –, »sind wir noch einmal davongekommen. Du hast der gesagt, du wüsstest, wer die Entführungen in Deutschland und Frankreich organisiert hat. Aber du wolltest deine Informationen nicht rausrücken. Erst, wenn du deren Versprechen schriftlich hattest. Unterzeichnet vom Innenminister. Gute Idee!«

Charles lächelte. »Du hast verraten, dass wir uns hier aufhalten?«

»Ich habe nichts gesagt. Ich bin doch nicht blöd. Nachher suchen die nach einem Typen im Rollstuhl mit einer zerschossenen Fresse. Leicht zu finden. Wenn man sucht. Und ich geh leer aus.«

»Heute Abend, um 18 Uhr 30?«, fragte Bob.

John hatte neben der Tür an der Wand gelehnt. Aus kleinen Augen beobachtet. Seinen Pferdeschwanz gerichtet. Wie Frauen es machten. So nebenbei. Als wäre es angeboren.

Bob atmete auf. Ließ es sich nicht anmerken. Sie hatten auf dem Gipfel des Vulkans gesessen, ohne es zu wissen. Er glaubte Otto. Er hatte den Verrat vorbereitet. Gründlich. Auf alles geachtet. Unterschrift vom Innenminister. Darauf musste man erst mal kommen. Er blickte auf die Uhr. Sie hatten noch knapp zwei Stunden Zeit. Wenn sie sich beeilten, konnten sie es schaffen.

Bob nickte John zu. Der durchsuchte Otto. Fand nichts. Cathy hielt ihre Uzi am Griff. Grinste. Ich hab an alles gedacht. Klar.

Bob lächelte sie an. Nickte Charles zu. Der erwiderte das Nicken. John nahm Otto an der Schulter. Bob folgte ihnen. Zusammen fuhren sie in die Tiefgarage. Otto rollten Tränen über die Wangen. Er wischte sie mit dem Ellbogen weg. Neue folgten. John sicherte, sah niemanden. Er zog Otto zu einem Ford-SUV. Fesselte ihm die Hände auf den Rücken. Stieß ihn auf die Rückbank. Dann half er Bob auf den Beifahrersitz. Packte den Rollstuhl in den Kofferraum. Bob drehte sich zu Otto um. Hielt den Zeigefinger vor die Lippen. Lächelte ihm zu. Nur Mut, sagte der Henker.

John verließ die Stadt. *Narrawallee Creek* las Bob. Ein riesiges Waldgebiet. John wusste, was er tat. Er fuhr auf einem Holperweg tief in den Wald hinein. Es staubte. Der Boden war ausgetrocknet. Ottos Kopf war nach vorn gesunken.

»Die letzte Chance, die Wahrheit zu sagen.« Bob drehte sich zu ihm.

Otto hob den Kopf. »Ich habe die Wahrheit gesagt.«

»Dann ist es ja gut.«

John hielt. Zog Otto aus dem Wagen. Verschwand mit ihm im Wald. Kehrte ohne ihn zurück. Schraubte den Schalldämpfer von der Pistole.

Sie fuhren schweigend zurück. Bob blickte auf die Uhr, als sie am Hafen ankamen. John half ihm. Bob rollte zum Martime Museum. Und wartete.

John betrat das Museum. Hatte durch die Riesenscheiben alles im Blick.

194.

Der Notarzt war ein Bürschchen mit Milchreisvisage. Aber er gab sich routiniert.

»Ihr Freund hat zwei Kugeln abgekriegt. Ein Durchschuss am

Oberarm. Ein Treffer in der Brust, ohne Austrittswunde. Dazu später mehr. Urban-Krankenhaus.« Zwei Männer hievten die Trage in den Krankenwagen. Merkow winkte aus dem Krankenwagen, bevor sich die Tür schloss.

De Bodt rief die russische Botschaft an.

»Nein, eine Frau Katt kenne ich nicht. Sie müssen sich irren.«

Uhlenhorst stand vor ihm. »Hat das Merkow gegolten oder dir oder euch beiden?«

»Weiß ich nicht.«

Salinger und Yussuf tauchten auf.

»Verschwindet hier!«, sagte Uhlenhorst. Schob Yussuf vom Hauseingang weg. »Hast du heute Kindergarten-frei?«

Yussuf zeigte ihm den Vogel.

Von draußen sah de Bodt, wie ein Kollege die Kugel fand.

Uhlenhorst zeigte ihm das zerquetschte Stück Blei. »Die kam von da drüben?«

»Siehst du den … Jaguar. Der Typ hatte hinter ihm geparkt. Ein Mercedes. Der Schütze hatte eine Wollmütze auf. Ein Mann. Schwarzer Anorak. Mehr habe ich nicht gesehen. Ach so. Er musste nicht repetieren. Kurze Salve. Nicht mehr als drei Schuss. Vielleicht findet ihr die dritte Kugel noch.«

»Das galt nicht dir?«

»Eher Merkow. Der Schütze war kein Anfänger. Er hat das kühl durchgezogen. Zwei Treffer von drei Schuss ist nicht schlecht in dieser Lage. Wir haben uns bewegt.« Er überlegte. »Nein, Merkow hat die Haustür geöffnet. Die Schüsse fielen sofort. Der hätte ja Zeit gehabt, noch zwei Sekunden zu warten.« Er überlegte wieder. »Ich glaube, der hatte ein Zielfernrohr.«

Salinger stand neben ihm. Nahm seine Hand. Wie selbstverständlich.

Uhlenhorst tat so, als sähe er es nicht.

»Das Haltbarkeitsdatum russischer Funktionäre ist arg gesunken in letzter Zeit«, sagte Salinger. »Jetzt sollte er also dran glauben.«

»Bisher haben die Täter wert daraufgelegt, dass es halbwegs natürlich aussah. Wobei sie nicht damit rechnen konnten, dass die Ermittler ihnen das in allen Fällen glaubten. Aber so schaffen die Verwirrung. Angst. Das Gefühl, es kann jeden jederzeit erwischen. Der Anschlag passt nicht dazu.«

»Und wenn es denen inzwischen egal ist, ob wir dahinterkommen? Dann können sie gleich den Killer schicken. Wie sie es offenbar getan haben.«

»Möglich«, sagte de Bodt. »Ich glaube, dass jemand was verhindern will. Es liegt auf der Hand, was. Dass Merkow ermittelt.«

»Denen passt es nicht, dass du dich mit Merkow zusammengetan hast.«

De Bodt nickte. »Vielleicht haben die gerade einen Fehler gemacht.«

195.

Als Kevin erwachte, schaukelte es. Dunkle Wolken zogen auf. Getrieben vom Wind. Der stärker wurde. In der Ferne öffnete sich der Himmel.

»Wenn so ein Tropenregen auf uns runterplattert, spült es uns vom Floß«, sagte Tom. »Scheiße.«

»Wir binden uns am Mast fest.« Kevin nahm das Tau.

Tom lehnte den Rücken auf der anderen Seite gegen den Mast. Sie fesselten sich.

»Dann gehen wir mit dem Floß unter«, sagte Tom.

»Ohne Floß gehen wir sowieso unter.«

»Ach, du Scheiße«, sagte Tom. Hielt das Seil in der Hand. Wie erstarrt. Dann zeigte er auf einen Zacken, der aus dem Wasser ragte. »Ein Hai, und was für einer.«

Die Rückenflosse umkreiste sie. Und kam näher. Die Flosse vorn leicht abgerundet, hinten fast gerade. Ausgefranst. Groß.

Kevin verkrampfte innerlich.

»Der wartet nur darauf, dass wir vom Floß kippen. Vielleicht will er uns auch runterholen?« Tom wickelte das Seil um sich und reichte es Kevin weiter. Aber der nahm es nicht. Er erinnerte sich der Bilder. Wie ein Weißer Hai angriff. Mit aufgerissenem Maul. Hörte die Kommentare von Biologen, da werde vieles übertrieben. Der Mensch passe nicht ins Beuteschema. Und so weiter. Aber die Fachleute hatten eine Frage nicht beantwortet. War er hungrig, aß der Teufel Fliegen. Und der Weiße Hai, wenn ihm der Magen knurrte? Sagte der sich: Och, die beiden Hampelmänner passen nicht in mein Beuteschema? Geh ich besser eine Robbe fangen.

Der Zacken hing etwas nach links. Was immer das hieß. Kevin sah den Schatten im Wasser, bevor der Fisch unter dem Floß verschwand. Riesig. Der Zacken tauchte hinter dem Floß auf. Der Hai schwamm einen Bogen um das Floß. Näherte sich. Ein Ruck. Kevin zog die Beine ein.

Die Wolkenwand stand fast über ihnen.

»Wickel weiter«, schnauzte Tom. »Sonst braucht das Biest nur zu warten.«

Eine Welle kam angerollt. Groß, mit Schaumkrone. Der Wind wehte Schaum zur Seite. Die Welle hob das Floß und senkte es. Die Zackenflosse verschwand, tauchte im Wellental auf.

Kevin wickelte. Jetzt hatte er es eilig. Tom verknotete das Tauende. Nahm die Pistole in die Hand, spannte den Hahn. Die folgte der Flosse. Sie verschwand. Sie blickten sich hektisch um. Wo war das Biest?

Kevin sah die Welle. Sie baute sich auf. Wind blies Schaum vom Gipfel. Sie neigte das Floß auf die Seite. Ließ es emporsteigen. Und ins Wellental fallen. Achterbahn. Das Floß drehte sich wie ein Karussell.

»Scheiße!«, brüllte Tom.

196.

Sie trug Jeans, Sportschuhe, eine Bluse. Kurz geschnittene rote Haare. Das musste sie sein.

Bob rollte auf sie zu. »Sie sind Inspector Jenkins?«

Sie blickte ihn an. Arroganz in den Augen. »Wer will das wissen?«

»Otto schickt mich. Er ist verhindert.«

»Und Sie sind?«

»Ein Freund.«

Sie musterte ihn. Länger, als es ihm gefiel. Da war etwas in ihren Augen.

»Und Sie haben mit diesem Unternehmen zu tun, von dem Otto sprach?«

Bob nickte. Vielleicht war es ihr Erstaunen über den Rollstuhl. Ein Verbrecher im Rollstuhl. Bob war erleichtert. So viel hatte Otto also tatsächlich nicht verraten.

»Ich möchte aber mit Otto sprechen.«

»Das verstehe ich. Es tut mir leid. Er hat kurzfristig etwas Dringendes übernehmen müssen.«

»Bei Ihrer Operation?«

»Ja. Otto ist wichtig. Aber das wissen Sie ja.«

Sie nickte. Nachdenklich. Schaute ihn an. Als vergleiche sie sein Aussehen mit einem Bild in ihrem Hirn.

Sie nickte. Blinzelte. Blickte ihn an. Hatte ihre Hand plötzlich im Rücken. Bob schoss. Der Schalldämpfer ploppte. Ihre Augen weiteten sich. Ihr Bauch färbte sich rot, während sie fiel. Die Pistole in der Hand. Bob schoss ihr in den Kopf. John kam angerannt. Packte den Rollstuhl, schob ihn weg. Leute blickten sie an. »Rufen Sie die Polizei! Auf uns wurde geschossen!«, rief Bob. Deutete in Richtung Museum.

Irgendwo schrie jemand. John wurde langsamer. Lief normal. Sie überquerten eine Straße. Verschwanden in einer Seitenstraße. Auf einem Umweg schob John Bob zum Auto. »Gib mir die Waffe«, sagte er.

Bob gab sie ihm. Dazu die Decke mit dem Durchschuss. John rollte die Pistole in die Decke und legte sie in den Kofferraum. Half Bob auf den Beifahrersitz. Packte den Rollstuhl in den Kofferraum und schlug den Deckel zu.

Sie saßen einen Augenblick zusammen und schwiegen.

»Puh, das war knapp«, sagte John.

»Die hat mich erkannt. Was zeigt, dass die weltweit nach mir fahnden. Und dass es tatsächlich jemanden gibt, der sich die Fahndungsbilder anguckt. Übereifrige Bullen …«

»Jetzt werden wir nicht herausfinden, was Otto verpfiffen hat.«

Im Wald hatte Otto nochmals geschworen, so gut wie nichts verraten zu haben. »Ich habe doch erst mit der verhandelt.«

Daraufhin hatte John abgedrückt. Und dann noch zweimal. Er wusste, wann ein Gespräch zu Ende war.

John fuhr los. Nicht zu schnell, nicht zu langsam. Machte einen Umweg, bevor er in die Tiefgarage des Bürobaus einbog.

Charles nahm die Botschaft gefasst hin. Nickte, überlegte, nickte. »Du kannst nicht ins Hotel zurück. Jeder am Hafen erinnert sich an einen Typen im Rollstuhl. Ein paar werden dich beschreiben. Du bleibst hier. Wir haben die Kammer mit dem Feldbett. Ist nicht ganz so bequem wie im Hotel.« Er blickte John an. »Du heuerst an, okay?«

John nickte.

»Über Geld reden wir später.«

John nickte.

»Du sorgst für Bob. Er darf das Büro nicht verlassen. Du besorgst ihm die Mahlzeiten und hilfst ihm auch sonst.«

»Ich mach Bobs Laufburschen«, sagte John.

»Und du hilfst Cathy, wenn es brenzlig wird.«

Cathy stand im Türrahmen zu ihrem Büro. »Du wirst es bereuen, dich in meine Fänge begeben zu haben.«

Alle lachten. Nur Cathy nicht.

»Du kümmerst dich als Erstes um den Chauffeur«, sagte Charles.

»Du traust ihm nicht?«, fragte Cathy.

»Er ist eine Schwachstelle. Und wir brauchen ihn nicht mehr. Sie werden Bob suchen, und es wird sich jemand an den Chauffeur erinnern. Die Bullen werden ehrgeizig sein, weil Bob eine von ihnen umgelegt hat. Sie werden nicht lang brauchen. Dann wissen sie, dass Bob der Typ ist, der in Europa gesucht wird, seit er aus dem Knast abgehauen ist.«

Bob saß in seinem Stuhl. »Ich brauche eine Glock 17. Und eine neue Decke.«

»Geht klar«, sagte Charles. »Obwohl, wenn du hierbleibst, reicht die Decke.«

»Überlass das mir. Für den Fall, dass die Bullen anrücken.«

»Cathy kümmert sich drum.«

Was Bob nicht sagte: Die größte Schwachstelle in diesem Laden bin ich. Die Bullen haben eine Elefantenspur von mir. Könnte doch sein, dass ihn jemand in der Lobby des Bürohauses gesehen hatte. Und sich erinnerte. Wenn ich die Operation leiten würde, ich würde mich erschießen.

John musste ihm helfen. Aber den würde Charles in den nächsten Stunden mit Geld überschütten. John hing am Geld. Und an seinem Leben.

197.

»Kossygin, so wie der Sowjet-Apparatschik, der länger im Amt war als der liebe Gott.« Sagte der Rechtsmediziner. Ein Greis. Das war Lebrancs erster Eindruck. Aber der *toubib* konnte nicht älter sein als er. Sonst hätten sie ihn längst zum Alteisen geworfen. Welche Mülltonne wäre das? Lebranc hatte die Mülltrennung in Paris nie begriffen. Aber Eisen war recycelbar? Vielleicht die graue. Überlegte er. Während er das Gesicht eines Mannes betrachtete, der das Leben genossen hatte. Weiche Züge, Zähne, die von der Qualität Pariser Zahnärzte zeugten. Hängebacken, Doppelkinn. Der Schuss saß in der Stirn und hatte den Hinterkopf weggerissen. An der Bank hingen Hirnreste. Umrahmt von Blutspritzern. Auf dem Boden die gleiche Mischung, mit Knochensplittern.

Floire stand neben Lebranc und notierte etwas. Lebranc las mit einem Seitenblick mit. Tatorteindrücke. Bemerkungen, die der Doktor maulfaul fallen ließ. Dass es ein Schuss in den Kopf und einer in den Bauch war, sah Lebranc selbst. Der Täter hatte nicht verborgen, dass er sein Handwerk verstand.

Lebranc blickte sich um. Wie zum Hohn grüßte die kleine Schwester der Freiheitsstatue mit der Fackel. Aber die grüßte jeden und immer. Alles war durchnässt, auch der Mantel des Opfers. In dessen schwarzgrauen Haaren hingen Tropfen. Um die Füße des Botschafters hatte sich eine Pfütze gebildet. Gestreifte Socken. Auch schwarz-grau.

»Ich untersage Ihnen jede Untersuchung des Mannes«, sagte eine Fistelstimme. Der Mann passte dazu. Hager, klein. Kaum ein Haar auf dem Kopf. Dafür einen Hut, den er in der Hand hielt.

»Sie sind?«, fragte Lebranc. »Das ist ja schon die zweite Leiche eines russischen Diplomaten, die wir finden.«

»Der stellvertretende Botschafter Gromyko.«

Gromyko besichtigt Kossygin, dachte Lebranc. Ein Irrenhaus. Da hatten die Leute in der Botschaft wenigstens was, um Witze zu reißen in dieser Scheißzeit.

»Haben Sie eine Idee, wer dafür verantwortlich sein könnte?«, fragte Lebranc.

»Natürlich nicht«, sagte Gromyko. »Und der Kollege, den sie vor dem *Moulin Rouge* gefunden haben … na, der hat sich totgesoffen. Verrät seine Leber.«

Njet, na gut. Wär ja auch komisch gewesen, er hätte was gewusst.

»Ich würde gern die Wohnung des Herrn Botschafters ansehen.«

Gromyko blickte ihn aus großen Augen an. »Ich werde mich erkundigen, ob das geht.« Zog sein Telefon aus der Manteltasche und trat ein paar Schritte zur Seite.

Lebranc stellte sich vor, wie Gromyko ein gewaltiges Zahnräderwerk in Gang setzte.

Erstaunlicherweise brauchte das Werk nur wenige Minuten.

Der Botschafter liebte Wandteppiche und Ikonen. Für Lebranc war das Wohnzimmer wie ein Refugium in einer anderen Welt. In den Regalen stand religiöse Erbauungsliteratur. Was die Einbände verrieten. Ein paar französische Titel hatte er gesehen. Eine Biografie über Carla Bruni. Die Lebranc nicht ausstehen konnte. Genauso wenig wie deren Mann, den Ex-Präsidenten Sarkozy. Den er für einen verkappten Rechtsextremisten hielt. Eine Schande für jeden Gaullisten. Monsieur Lächerlich.

Floire hatte alle Uniformierten rausgeschmissen. Drehte den Rücken zur Tür. Als der Untersuchungsrichter Bruno Carlo eintrat, begrüßte ihn ein Knurren Lebrancs. Das dem lebensmüden Gendarmen galt, der seinen Schuh in das Zimmer zu setzen wagte. »Auch schon da?«, fragte Lebranc, nachdem er sich umgeblickt hatte.

»Mich verblüfft, dass die uns hier reinlassen«, sagte Carlo.

»Mich nicht. Die waschen sich die Hände in Unschuld. Schieben uns den Schwarzen Peter zu, wenn wir den Täter nicht kriegen.«

»Apropos waschen, die Bude sieht aus wie ein OP.«

Lebranc nickte. »Die haben blitzschnell aufgeräumt«, sagte Lebranc.

»Wir finden hier nichts«, sagte Carlo.

Die Küche sah aus wie nie benutzt.

»Er lebte allein in der Wohnung?«, fragte Lebranc.

Gromyko wich ihm nicht von der Seite. Zeigte sich unberührt vom Dialog zwischen dem Untersuchungsrichter und dem Kommissar. »Seine Gattin ist vor einigen Jahren bei einem Verkehrsunfall ums Leben gekommen. In Sankt Petersburg.«

»Derzeit kommen bei Ihnen viele Staatsfunktionäre ums Leben«, sagte Lebranc. »Hat mir ein Berliner Kollege erzählt.«

Gromyko setzte eine Miene auf, die seinem Namensvetter gut zu Gesicht gestanden hätte. Sagen wir, bei einer UNO-Debatte über den Einmarsch in Afghanistan. »Ja, finden Sie?«

»Haben Sie jetzt Angst um Ihr Leben?«, fragte Carlo.

»Warum sollte ich?«

Das Badezimmer hätte als Reinraum einer Chipfabrik durchgehen können.

»Wer hat hier aufgeräumt nach dem Mord?«, fragte Lebranc.

Gromyko blickte ihn an, als hätte Lebranc ihn beim Äpfelklauen erwischt. »Der … der Herr Botschafter war wohl ein … reinlicher Mensch. Vielleicht haben Sie ein Vorurteil gegen uns Russen?«, fragte er leise.

»Wir müssen wissen, mit wem der Botschafter außerhalb der Botschaft Kontakt hatte. Ob er sich Feinde gemacht hat. Vielleicht war er in private … Geschäfte verwickelt?«

Ein Blick schoss zurück. »Wir werden Ihnen eine Liste mit allen nicht politischen Kontakten des Herrn Botschafters zur Verfügung stellen.«

Ein Französisch, wie der General es gesprochen hatte. Oder der gaullistische Sumpf in Auray, der auch immer auf fein und pathetisch machte. *La France* und so weiter.

»Was ist bei Ihnen in Russland los, dass Ihre Diplomaten sterben wie die Bienen?«, fragte Floire.

Gromykos Augen flatterten. Dann hatte er es begriffen. »Davon ist mir nichts bekannt. Dass russische Diplomaten mit Gift angegriffen werden.«

»Manche Russen haben ein … besonderes Verhältnis zu Gift, finden Sie nicht?«

198.

De Bodt stellte den Stuhl neben das Krankenbett. Katt saß auf der anderen Seite. Hielt Merkows Hand. Der war blass. Einzelzimmer mit Wache vor der Tür. Das hatte de Bodt als Erstes befohlen.

Tilly hatte ihn mit tausend Anrufen genervt. Weil de Bodt keinen angenommen hatte. Er hatte andere Sorgen. Am Morgen in der U1 hatten die Leute ihre Handys beglotzt. Solche Stille hatte er nie erlebt. Ein paar Leute lasen Zeitung. Die mit den großen Buchstaben fabulierte mit routinierter Perfidie. Weil ein bayerischer Bundestagsabgeordneter eine Migrantenorganisation erfunden hatte. Mit Beziehungen zu ihrem Heimatland, wenn nicht auf Weisung von dessen Regierung. Die Hinweise seien offensichtlich. Er zitierte einen abgehalfterten Ex-Vorsitzenden einer Provinzpartei, dass das Migrantenproblem die Mutter aller Probleme sei.

»Klar, ich hab den Auftrag von meinem Sultan, das LKA 1 in Berlin von innen zu zersetzen«, sagte Yussuf. Und versank im Bildschirm. Während seine Füße einen Takt schlugen, bei dem andere ihre Beine unrettbar verknotet hätten.

»Das ist mir schon lange klar«, hatte Salinger erwidert.

Der Fernseher an der Wand lief tonlos. Es gab nur noch Sondersendungen. Ihre Theorien zehrten vom Vakuum der Ahnungslosigkeit. Die Terrorexperten steigerten sich in Ekstase. Der Superlativ erreichte das Niveau unvergesslicher Tage. Der größte Terroranschlag aller Zeiten. Irgendwem musste dringend die Maske heruntergerissen werden. Verschwörung finsterer Mächte gegen Deutschland. Die Bundeswehr solle aufrüsten. Die Geheimdienstetats sollten sich verdoppeln. Die Nachrichtendienste sollten mit den Polizeien des Bundes und der Länder zusammengelegt werden. Wahlen wurden verschoben. Sollten erst stattfinden, wenn der demokratische Diskurs wieder etabliert sei, wie ein Professor erklärte. Der unter normalen Zuständen als Wadenbeißer aus Würzburg überhört worden wäre, nun aber zum viel zitierten Staatsphilosophen emporstieg. Umso mehr, als er erklärte, die Verdammnis sei in der allzu liberalen Vergangenheit des Landes schon angelegt gewesen. Und: *Die Freiheit war unsere Stärke, aber wir haben nicht hören wollen, als mancher Denker erklärte, dass sie auch unsere Schwäche sei und wir aus dieser Dichotomie die Konsequenzen zu ziehen hätten, die eine vernebelte Realität zu lang verborgen habe. Wenn die Katastrophe einen Sinn haben solle, dann die, unsere Augen zu öffnen.*

De Bodt war das nicht mal ein Hegel-Zitat wert. Gequirlte Scheiße. Aber er wusste, dass sie darin erstickten, fänden sie die Täter nicht.

»Die Welt geht unter, stimmt's?«, fragte Merkow. Er klang kräftig. Ein Streifschuss am Oberarm, ein anderer war in die Brust eingedrungen. Die Ärzte hatten die Kugel gleich herausgeholt. »Morgen verschwinde ich hier«, hatte er zur Begrüßung gesagt.

»Vielleicht sollten wir uns auf eine amphibische Lebensweise zurückbesinnen, wenn die Welt untergeht«, erwiderte de Bodt. »Die australischen Kollegen haben unseren Freund Bob entdeckt. Genauer gesagt, Sie behaupten, Zeugen hätten ihn in Sydney gesehen. Er habe eine Polizistin ermordet. Die Kollegen sind stinksauer, kann man sich leicht vorstellen. Großfahndung.«

»Hoffentlich fassen die ihn«, sagte Katt.

»Sogar wenn, ändert das nicht viel. Er wird schweigen«, erwiderte de Bodt. »Ich fürchte, wir müssen uns auf unsere Hirne verlassen. Der Anschlag auf Merkow könnte ein Hinweis sein.«

»Jemand will verhindern, dass ich den Mörder der Kumanowa finde«, sagte Merkow.

»Vielleicht erfolgte der Anschlag, weil wir zusammenarbeiten.«

»Das wissen die doch nicht.«

»Doch, seitdem wir zusammen die Wohnung der Kumanowa aufgesucht haben. Was bedeutet, dass sie die Wohnung beobachtet haben. Gleichzeitig stirbt Ihr Botschafter in Paris …«

»Wie bitte?«, fragten Merkow und Katt fast im Gleichklang. »Kossygin?«

De Bodt nickte.

Merkow schloss die Augen. »Sie sind alle im Ausland umgekommen«, sagte er.

»Ausgenommen der Dolmetscher des Präsidenten«, sagte de Bodt.

Merkow blickte ihn an. Nickte. »Vielleicht war das tatsächlich ein Unfall.«

»Das würde uns das Nachdenken vereinfachen«, sagte de Bodt.

»Aber es war kein Unfall«, sagte Katt. »Es war ein Angriff auf unseren Präsidenten. Wenn man das so sieht, vereinfacht es das Nachdenken genauso. Dass nämlich eine ausländische Macht …«

»Was ist das Ziel?«, fragte de Bodt.

»Vielleicht ging es nur um ein Opfer. Und die anderen wurden umgebracht, um das Verbrechen zu tarnen.«

»Dann wäre der Dolmetscher ein Kandidat für die Rolle des eigentlichen Opfers. Aber wenn es so wäre, hätten die die anderen Morde nicht ins Ausland verlegen sollen.«

Zumal Mörder in Russland offensichtlich keine Mangelware waren, hätte Salinger gesagt. Trotz allem musste de Bodt über sich lachen. Dachte er schon Salinger mit.

»Rück den Kollegen in Moskau auf die Pelle«, sagte Merkow.

»Nein, ich bleib hier«, erwiderte Katt.

»Das ist ein dienstlicher Befehl«, sagte Merkow. »Und kein Scherz. Ich habe richtig Glück gehabt und brauche keine Privatkrankenschwester.« Drückte ihre Hand. »Pass auf, wenn du in Moskau die Straße überquerst.«

199.

Vom Gipfel einer Monsterwelle aus sah das Meer aus wie ein Gebirge. Nur dass die Berge wanderten. Sich türmten, verschwanden. Der Sturm ließ ihr Floß tanzen. Am Himmel Wolken. Satt schwarz. Keine Aufhellung. Der Wind peitschte ihnen Wasser ins Gesicht. Sie froren und zitterten. Blaue Lippen. Sie schwiegen schon lange. Kevin erfasste die Gleichgültigkeit. Er ließ sich vom Mast halten. Der zu wackeln angefangen hatte. Wieder stob eine Wasserflut über sie hinweg, stürzte auf sie hinab. Nahm ihnen die Luft. Als würden sie tauchen. Dann schnappten sie nach Luft wie Fische an Land. Warteten auf den nächsten Guss.

Kevin schüttelte es. Er würde erfrieren. In den Tropen. Oder vorher ertrinken. Wenn der Mast sich löste, wenn das Floß zerschlagen würde. Tief unten, wo das Meer ruhiger war, lauerten schon die Haie. Er fühlte ihre Blicke auf seiner Haut.

Kevin würde aus dem Leben verschwinden wie ein Staubkorn. Verschwinden. Der Vater würde sich abfinden müssen. Er war das einzige Opfer. Sich selbst bedauerte Kevin nicht. Nur die dumme Idee, sich einem Floß anzuvertrauen.

Aber jetzt trieben sie im Pazifik wie ein Nichts im Universum.

200.

Bob wusste nicht viel. Er klammerte sich nie an Hoffnungen. Hielt sich an Fakten. Das war seine Lebensversicherung. Die Rechnung war jetzt so klar, wie zwei plus zwei vier ergaben. Er war ein Risikofaktor. Charles musste ihn loswerden. Für immer verschwinden lassen. Wäre er an Charles' Stelle, er würde es machen.

Cathy kam ins Büro, legte eine Glock 17 vor Bob auf den Tisch. Der zog das Magazin aus dem Griff. Geladen. Steckte das Magazin zurück.

Noch war es nicht so weit. Oder sie täuschten ihn.

Es war nicht das erste Mal. Bob war oft in Lebensgefahr gewesen. Er akzeptierte sie. Sie gehörte zum Job, er sah das nüchtern. Kalkulierte seine Chancen. Und seine Möglichkeiten.

Vielleicht erledigten sie ihn in dieser Nacht. Vielleicht in ein paar Wochen. Hing davon ab, was anstand. Noch eine Operation? Sie hatten Pläne gemacht. Die Auftraggeber hatten sie verlangt. Aber sie mussten das nächste Unternehmen noch freigeben. Bob hatte die Pläne gesehen, als er nach Sydney gekommen war. Er hatte Änderungen gefordert. Und Charles hatte die Pläne geändert. Offensichtlich mit Zustimmung der Auftraggeber. Sie waren jetzt richtig gut. Bauten das Scheitern ein, damit es zum Erfolg beitrug. So hatten sie bisher gearbeitet. Bob hatte einmal das Ende eines Telefonats mitgehört. Charles sagte, dass sie nun noch besser geworden seien. Seit Bob an Bord war.

Sie würden ihn noch nicht abservieren. Vermutlich. Aber wie sollte er mitkriegen, wann es nichts mehr zu planen gab?

Er startete sein Tablet. Ohne SIM-Karte, aber mit WLAN im Büro. Öffnete das australische Fernsehen. Sah als Erstes sein Gesicht. Weitere Fotos. Er im Rollstuhl. Sie hatten sogar Überwachungsbilder vom Flughafen aufgetrieben. Nicht schlecht. Vielen Dank, Otto.

201.

Der General lächelte sie an. »Merkow schickt dich. Er wurde angeschossen und will etwas herausfinden. Wie geht es ihm?«

Katt nickte. »Zu gut. Er hat sich selbst aus dem Krankenhaus entlassen. Schluckt Schmerzpillen. Der ist verrückt.« Sie hatte mies geschlafen nach dem Flug. Von Merkow geträumt. Diesem Idioten, der das Krankenhaus verlassen hatte, obwohl die Wunden nicht verheilt waren. Dem jede Bewegung wehtat. Jetzt war sie mitten auf dem Schlachtfeld. Ohne den Feind zu sehen. Ohne zu wissen, wer der Feind war. War es ihr Chef?

Der hatte schweigend ihren Bericht angehört. Als sie über die Mordserie sprach, hatte er genickt.

»Das beunruhigt mich auch«, sagte er. »Wir haben den FSB gebeten und die Miliz natürlich.« Wie die meisten Russen nannte er die Polizei noch bei ihrem alten Namen. »Sie ermitteln. Die Kameraden vom SWR suchen weltweit Hinweise. Es wurden Leute von ihnen umgebracht.« Sein Gesicht verhärtete sich. »Das ist ein Angriff auf unsere Nachrichtendienste. Auf uns alle.«

»Vielleicht wussten die Täter nicht, dass die Kumanowa SWR-Residentin in Berlin war.«

»Das ändert nicht viel. Da wagt es jemand, uns anzugreifen. Ich hatte vorhin den Präsidenten am Hörer. Er fühlt mit uns. Er ist wütend. Und jetzt auch noch ein Mordanschlag auf seinen Merkow. Er hat *mein Merkow* gesagt. Er nimmt das persönlich. Wir haben freie Hand, der Präsident deckt uns. Sollten wir Maßnahmen ergreifen, würde er alles bestreiten. Wie er es mit Salisbury getan hat. Und in so vielen anderen Fällen. Wir können glücklich sein, dass wir ihn haben. Er weiß, was uns bewegt. Ist immer noch einer von uns.«

Katt nickte. »Ich hab auch freie Hand?«

Der General blickte auf die Uhr. »Lass uns was essen gehen. Ich habe einen Tisch im *Drushba* reserviert. Ist gegenüber. Können wir zu Fuß hingehen.«

Katt sah die Schneeflocken tanzen vorm Fenster. »Danke, General.«

Draußen zog sie ihren Schal fest um den Hals. Der General ging langsam. Als wäre er gehbehindert. »Pass auf dich auf, Katt. Der es auf Merkow abgesehen hatte, der könnte auch dich ins Visier nehmen.«

»Hier, in Moskau?«

»Hier, in Moskau. Jemand tötet unsere Leute. Wir halten das meiste geheim. Wollen keine Panik. Es hat in den letzten vier Wochen nicht nur den Dolmetscher, die Kumanowa und Kossygin getroffen. Wir haben dreizehn weitere Fälle. Nach dem Dolmetscher.«

Katt blickte ihn an. »Alle Funktionäre?«

»Ja. Aus dem Innenministerium, dem Außenministerium. Moskaus stellvertretenden Bürgermeister. Diesen Fall müssen wir bald bekannt geben. Es fällt auf, wenn der fehlt. Er wurde überfahren. Offenbar absichtlich. Wenn du eine Straße betrittst, pass auf. Wenn du mit der U-Bahn fährst, nähere dich nicht den Gleisen. Geh nachts besser nicht auf die Straße. Wir werden deine Wohnung schützen.«

»Was ist los, General?« Sie blickte ihn an. Müde sah er aus, die Augen gerötet. Schlafmangel. Sie kannte ihn seit fast zwanzig Jahren. So hatte sie ihn nie erlebt. Er war einer ihrer Ausbilder gewesen. Unduldsam, aber gerecht. Er hatte sie gefördert. Er hatte sie aus ihrem Loch geholt. Nach dem Untergang des KGB.

»Ich weiß es nicht. Ich weiß nur, dass der Präsident tobt. Er macht sich auch Sorgen wegen des Angriffs auf das Atomkraftwerk in Deutschland. Wie ich erfuhr, hat der Wind den Strahlendreck nach Frankreich getrieben. Aber egal. Die deutsche Regierung wird stürzen. Sie konnte die Bevölkerung nicht schützen. Ich verstehe, dass der Präsident sich Sorgen macht deswegen. Wir können diese Sache nicht ewig unter der Decke halten. Freunde, Angehörige lassen sich nicht ewig beruhigen. Irgendetwas wird durchsickern. Und wie steht unser Präsident dann da? Als jemand, der nichts tun kann gegen einen Serienmörder. Der im Auftrag eines Feindes unsere Leute umbringt. Wo wir nicht mal wissen, wer der Feind ist. Die Chinesen dürfen es nicht sein. Die brauchen wir dringend. Denk nur an die Scheißsanktionen. Die Amerikaner dürfen es auch nicht sein. Trotz der Scheißsanktionen. Das wäre eine Kriegserklärung. Wenn unser Präsident darauf nicht knallhart reagieren würde, könnte er gleich zurücktreten.«

Ein Windstoß trieb Katt eine Schneewolke ins Gesicht. Schon klar, dass der General darüber ungern in seinem Büro sprach. »Konstantin sagt, ich soll ermitteln, Ihnen helfen. Ich habe nur keine Idee, wo ich mit den Ermittlungen ansetzen soll. Normalerweise untersucht man den Tatort, redet mit Zeugen, findet Spuren. Die vielleicht zum Ziel führen. In unserem Fall findet man *was?*«

Der General hielt an, wippte auf den Fußballen. »Vielleicht etwas, das wir nicht finden wollen.«

»Wenn ich nicht Spuren an den Tatorten auswerten kann, was soll ich suchen? In Berlin, die Wohnung der Kumanowa war sauber wie ein Biowaffenlabor.«

Der General lachte. »Hat das Konstantin gesagt?«

Der hatte was Schlimmeres gesagt: Die Schweine, die hier geputzt haben, wollten die Spuren verwischen. Die stecken doch mit drin. Oder folgen einem Befehl von jemandem, der dabei ist.

»Nein, General. Das habe ich gesagt.«

Er blickte sie an und lächelte. Wie eine Tochter, die ihre Pubertät feiert.

»Konstantin glaubt, dass ein paar Russen mit von der Partie sind, stimmt's?«

»Ich weiß es nicht. Aber es scheint mir offensichtlich zu sein. Wie sollten die Täter sonst an so gut geschützte Spitzendiplomaten rankommen?«

»So sehe ich das auch.« Legte seine Hand auf ihre Schulter. Du hast nichts zu befürchten, sagte das. Nicht von mir jedenfalls.

»Ich habe versucht, Gemeinsamkeiten bei den Opfern zu finden, die bei der Ermittlung helfen könnten. Diplomatischer Dienst. Dem könnte man auch den Dolmetscher zurechnen. Also Außenpolitik. Nur passt das nicht zum Mord am stellvertretenden Bürgermeister. Nicht zum Anschlag auf Konstantin. Das war auch keine verdeckte Operation. Da hat einer geschossen. Kein Zweifel möglich. Sie haben es nicht mit Gift versucht oder einem Verkehrsunfall. Diese Tat fällt aus dem Schema.«

Der General lächelte wieder. Es sah hilflos aus. Als könnte die Verzweiflung lächeln. »Vielleicht hatten die keine Zeit. Panik? Vielleicht liegen wir falsch mit unserer Vermutung, jemand habe es auf Diplomaten abgesehen. Vielleicht ändern diese Leute jetzt ihre Taktik. Weil wir inzwischen wissen, dass diese Todesfälle keine natürliche Ursache haben und zusammenhängen. Insofern kann es denen egal sein. Sie brauchen es nicht mehr zu tarnen.«

Katt wirrten die Gedanken durch den Kopf. »Ob es was mit der Atomkatastrophe in Deutschland zu tun hat? Mit den Erpressungen?«

»Weil es gleichzeitig erfolgt ist? Ich weiß es nicht. Wir sollten keine voreiligen Schlüsse ziehen. Natürlich ist es möglich. Aber wir haben nicht einmal den Hauch einer Ahnung.«

»Und wenn die Deutschland und Frankreich so angreifen und uns auf andere Weise? Um unsere Ermittlungen zu erschweren? Es würde doch gut zur letzten CIA-Aktion passen. Ähnlich, aber ein paar Nummern größer. Um uns aufeinander zu hetzen. Wir sollen glauben, dass die Europäer uns angreifen. Die Europäer sollen glauben, dass wir sie angreifen. Und diese Bekloppten im Weißen Haus reiben sich die Hände. Oder was immer die sich reiben.«

Der General ging weiter. Lachte bitter. »Ich war froh, als der Kalte Krieg zu Ende war. Auch wenn Gorbatschow die Sowjetunion zerstört hat und wir die Trümmer heute noch auflesen. Ich hatte auch Befürchtungen, natürlich. Dass der Westen Schlitten mit uns fährt. Dass dieser Säuferpräsident Russland ruiniert. Dass es aber so schlimm kommen könnte, das hab ich nicht mal geträumt. Gestern Abend hat der amerikanische Präsident getwittert.« Er zeigte Katt sein Telefon.

Schlimme Atomkatastrophe in Deutschland. Die Täter sitzen in Moskau. Die Russenhacker sind die Pest. Sperr sie ein, Mr. President.

»Die Amerikaner haben zusammen mit anderen NATO-Staaten eine Sitzung des Sicherheitsrats gefordert. Man braucht kein Rätselkünstler zu sein …« Er ging schneller. »Wenn du was rauskriegen willst, geh am besten ins Außenministerium. Ich hab da einen alten Freund.«

»Warum? Weiß der mehr als Sie?«

»Keine Ahnung. Aber er kannte die Opfer.«

202.

»Wenn die doch mich gemeint haben sollten, dann wollten die vielleicht verhindern, dass ich Merkow bei seinen Ermittlungen in Sachen Kumanowa helfe«, sagte de Bodt. Trank einen Schluck grünen Tee. Wie er im *Café Eliza* automatisch zubereitet wurde, sobald er die Tür öffnete.

»Du solltest wenigstens eine Schutzweste tragen«, sagte Salinger.

»Dann schießt der mir in den Kopf. Oder ich schwitze mich zu Tode. Dann braucht der nicht mehr schießen. Wär auch billiger.«

Yussuf kam von draußen. Nieste. Setzte sich an den Tisch. Begleitet von einer Wolke Zigarettengestank.

»Pfui«, sagte Salinger. »Wie in einer Opiumhöhle.«

»Reg dich nicht auf. Wir Türken werden nie so reinlich wie ihr Deutschen. Das liegt an dem Schmutzgen, das Allah uns eingepflanzt hat. Kann man nix machen.«

Anne servierte die Cappuccino für Salinger und Yussuf. »Aber nicht kleckern, Kleena.« Blieb stehen, blickte de Bodt an. Wartete, bis er aus dem Himmel herabschwebte und sie ansah. »Hört dieser Irrsinn jetzt auf? Oder soll ich nach Kanada auswandern?«

»Nur wenn du eine Nachfolgerin für den Laden findest«, sagte de Bodt. »Sonst muss ich das Café und dich requirieren. Wir haben Notstand, falls du das nicht bemerkt hast.«

»Ich dachte immer, beim Requirieren ging es um Pferde und Kühe.«

»Und Café-Besitzerinnen. Das hast du überlesen.«

»Wenn das so ist … Mal ernst, ich kann nicht mehr schlafen. Sogar meine Hasen werden nervös.«

»Hasen requiriere ich auch.«

»Super«, sagte Yussuf. »Knoblauch, Rotwein …«

»Ich weiß es nicht«, sagte de Bodt.

»Vielleicht geht der Wahnsinn in Kanada los, wenn du gerade aus dem Flugzeug steigst«, sagte Salinger.

»Tja«, sagte Anne und ging zum Tresen. »Oder ihr macht euren Job, dann könnte ich hierbleiben.«

Ein Paar betrat das Café. Sie einen Klapprechner unterm Arm. Er das Telefon am Ohr.

»Der Irre in Washington droht den Russen«, sagte Yussuf. »Behauptet, die Hackerfabrik von denen stecke dahinter. Seine Geheimdienste hätten Beweise.«

»Wenn die Russen das AKW gehackt haben, kriegen sie richtig

Ärger«, sagte Salinger. »Dafür spricht, dass sie es könnten. Dass sie vorher schon wichtige Einrichtungen gehackt haben. Ich würde die Beweise von diesem Schwarm aller Frisörinnen gern mal sehen. Wahrscheinlich sind sie in der Unergründlichkeit seines Hirns vergraben. Dort, wo sich die Synapsen falsch verklebt haben.«

»Was das Genie in Amerika gerade absondert, ist mir egal«, sagte de Bodt. »Wir überlegen besser, ob die Diplomatenmorde und der Anschlag auf Merkow was mit unseren Entführern und Hackern zu tun haben.«

»Wer sagt immer, Gleichzeitigkeit sei keine kausale Beziehung?«, fragte Yussuf. Zwinkerte Salinger zu.

»Den Satz haste aber lang geübt«, sagte sie.

»Türkisch für Angeber heißt das Buch«, sagte Yussuf. »Immerhin setzt dessen Autor voraus, dass Türken lesen können.«

»Manchmal geschehen Dinge gleichzeitig, die was miteinander zu tun haben. Obwohl man es nicht glauben mag. Nur wie könnte der Zusammenhang aussehen? Es sind verschiedene Operationen. Die einen nehmen Diplomaten ins Visier, die anderen erpressen und hacken. Stellen politische Forderungen«, sagte de Bodt.

»Gefordert?« Merkow hatte de Bodt angeblickt. »Nein, von einer Forderung weiß ich nichts. Also in dem Sinn: Wir lassen eure Diplomaten am Leben, wenn ihr das oder das tut. Nein.« Merkow hatte den Kopf geschüttelt. Katt angerufen. Sie gefragt. Das Gespräch getrennt und wieder den Kopf geschüttelt. »Katt hat nichts gehört. Sie hält es für mindestens unwahrscheinlich.« Er verschwieg, was sie wirklich gesagt hatte: »Dein Busenfreund spinnt.« Und dann hatte er gesagt, dass er sich aus dem Krankenhaus entlassen werde.

»Merkow hat sich schlaugemacht und glaubt nicht an einen Zusammenhang«, sagte de Bodt.

»Verzieh die Schnute nicht«, sagte Yussuf.

»Dein Russenspezi kann sagen, was er will. Ich glaub dem kein Wort«, erwiderte Salinger.

De Bodt verließ das Café und telefonierte. Kam zurück, Schneeflocken auf den Haaren. »Lebranc kann sich das schwer vorstellen«, sagte er. »Wenn es einen Zusammenhang gibt, wie könnte der aussehen?«

»Russenspione zerstören ein AKW und entführen Politikeranhängsel. Dann packt sie das schlechte Gewissen, und sie bringen sich gegenseitig um«, sagte Salinger.

»Hätte nie gedacht, dass du dich so gut mit Russenspionen auskennst«, sagte Yussuf. Die Füße trommelten einen Wirbel.

»Wenn du vielleicht für ein paar Minuten deine Russenphobie ablegen könntest«, sagte de Bodt.

»Ich habe keine Russenphobie, ich habe eine Russischer-Geheimdienst-Phobie. Ich mag es nicht, dass die Leute abschlachten. Ich ertrage die Visage von diesem KGB-Präsidenten nicht.«

»Gut«, sagte de Bodt. »Lass uns trotzdem ein bisschen Kriminalistik betreiben.«

»Seit wann interessierst du dich für Kriminalistik? Du löst deine Fälle doch dank Meister Hegel.«

Um Himmels willen. War die geladen. De Bodt nahm ihre Hand. Hielt sie ein paar Sekunden. Klar, es war nicht witzig. Auch wenn er es wollte, er konnte dem Druck nicht ausweichen. Er konnte den beiden den Druck nicht abnehmen. Hier ging es nicht darum, sie vor Tilly oder Krüger zu schützen. Der Druck war brutal. Da tobte sich eine Verbrecherbande aus, und sie waren hilflos. Sie hatten schwere Fälle gehabt. Aber dieser Fall führte sie an Grenzen, in jeder Hinsicht. Wenn dieser Präsident seine Finger im Spiel hatte, dann ergriffen einen alle miesen Gefühle, von der Rachsucht bis zum Vernichtungswahn. Und wenn man ohnehin nahe der Verzweiflung war, warum sollte man seine Wut zurückhalten?

»Lasst uns über den Fall reden«, sagte de Bodt.

»Cum hoc ergo propter hoc«, sagte Yussuf.

»Du Protzer!«, sagte Salinger.

»Manchmal haben gleichzeitige Ereignisse eine gemeinsame Ursache. Der Spruch kritisiert nur die Blödheit von Leuten, die Gleichzeitigkeit mit Ursächlichkeit verwechseln«, sagte de Bodt.

»Das hatten wir doch schon«, sagte Salinger. »Gibt es einen Hinweis außer deiner Fantasie, dass diese Dinge etwas miteinander zu tun haben?«

De Bodt überlegte, fand wieder nichts. Außer dieser Idee, die sein Hirn umkreiste wie ein Satellit die Erde. »Nein.«

»Also, dann lass die Russen ihre Suppe auslöffeln, und wir löffeln unsere aus. Es sei denn, die Sehnsucht nach Merkow und der feschen Katt überwältigt dich. Zumal die bestimmt nicht nur gut mit Tauchsiedern und Bügeleisen umgehen kann.«

De Bodt lächelte. Solche Ausbrüche kannte er nicht von ihr. Sie würde sich gegen jeden Zusammenhang der Fälle stemmen. Nur um mit den beiden Russen nichts zu tun zu haben. Ziemlich am Anfang ihrer Zusammenarbeit hatten russische Sicherheitskräfte die Mieter eines Hauses in Grosny zusammengeschossen. Weil sie einen Verdacht gehabt hatten. Gleichzeitig tauchten Merkow und Katt in Deutschland auf. Ermittelten auf eigene Faust wegen des Attentats auf den Präsidenten und die Kanzlerin. Katt hatte Polizisten mit Bügeleisen und Tauchsieder gefoltert, um Informationen zu erpressen. Aber nachzuweisen war ihr nichts. So, wie sie sich gab, fürchtete sie auch keine Ermittlungen. Obwohl das LKA alles getan hatte, um die Morde aufzuklären.

»Aber wir sollten überprüfen, ob es Gemeinsamkeiten gibt«, sagte de Bodt. »Zumal wir sonst nichts zu tun haben, als die Panik im Land zu besichtigen.«

203.

»Die Polizei war aber schon hier. Und der FSB«, sagte die kleine Frau. Graue Haare, unfrisiert. Im Bademantel. Frau Tscherkessowa bat Katt dann doch in die Küche. In der seit Tagen nichts mehr geschehen war, was mit Abwaschen oder Putzen in einen Zusammenhang gebracht werden konnte. »Ich kann nicht mehr … seitdem«, sagte Tscherkessowa. Spülte einen Becher und goss Tee hinein. Stellte ihn vor Katt.

»Ich komme zu Ihnen, weil wir alles versuchen, um den Mörder Ihres Mannes zu finden. Die Polizei, der FSB und jetzt auch ich. Der Präsident macht Druck, damit wir das Verbrechen aufklären. Er ist sehr, sehr traurig. Und wütend. Er hat Ihren Mann geschätzt, nicht nur, weil er der beste Dolmetscher war.«

»Mein Mann hat nicht einmal mir verraten, was er bei den Gesprächen übersetzt hat.«

»Genauso schätzte der Präsident Ihren Mann ein. Er hat übrigens beschlossen, Ihnen die Rentenansprüche Ihres Mannes auszuzahlen. Und noch etwas draufzulegen.«

Tscherkessowa nickte. »Vorhin hat mich das Präsidentenbüro angerufen.«

»Dann läuft ja alles. Wenn es irgendwo sonst hakt, wenden Sie sich direkt an sein Büro.« Legte eine Karte auf den Tisch. »Damit Sie die Nummer immer zur Hand haben.«

Der General hatte ihr es aufgetragen: »Vielleicht fällt ihr dann noch was ein. Und natürlich empfindet der Präsident es als Affront, dass sein Dolmetscher umgebracht wurde. Im Gegensatz zu manchen Journalisten und Verrätern habe der das wirklich nicht verdient.«

Tscherkessowa blickte sie an. »Was wollen Sie wissen?«

»Hatte Ihr Mann Feinde?«

»Das hab ich doch schon …«

»Wir tun so, als hätten Sie mit niemandem gesprochen. Einverstanden?«

Tscherkessowa nickte. Verzögert. Wie auch sonst ihre Bewegungen aussahen, als hätte sie Valium geschluckt.

»Und hatte …«

Tscherkessowa winkte die Frage weg. »Nein. Woher auch? Er hat übersetzt. Er hat immer richtig übersetzt. Die andere Seite hatte eigene Dolmetscher dabei. Es gab nie Streit. Hat er mir erzählt. Er hielt sich im Hintergrund … Ich bin ein Zwerg, den niemand sieht, hat er gesagt.«

»Haben Sie Feinde?«

»Die Nachbarin …« Ihr Daumen zeigte nach oben. »Ich muss der immer sagen, dass sie den Fernseher leiser drehen soll. Der läuft die ganze Nacht, und ich kann nicht schlafen.« Sie lächelte. Mit Verzögerung. »Aber ich kann jetzt sowieso nicht schlafen.«

»Hat Ihr Mann in letzter Zeit irgendetwas Ungewöhnliches erzählt? Sei es von der Arbeit, sei es in anderem Zusammenhang?«

Pause, in der ihr Gesicht zur Maske gefror. Dann: »Doch, da war was. Als der amerikanische Präsident da war, da hat sich Anatol aufgeregt. Ich hab den noch nie so … zornig erlebt.«

»Warum?«

Gefrierpause. »Genau weiß ich es nicht. Der ist so … primitiv, hat er gesagt. Hat über Frauen gesprochen. Ekelhaft, hat Anatol gesagt. Wie seine Frau das ertrage, unmöglich. Könne nur das viele Geld sein.«

»Und wie hat sich unser Präsident verhalten?«

Gefrierpause. »Er hat nichts gesagt. Hat Anatol erzählt. Hat gegrinst. Doch, hat gesagt, dass er ihn beneide, weil er diesen Frauenwettbewerb habe ausrichten dürfen. Da sei bestimmt immer was für den Chef abgefallen.«

»Und dann?«

Gefrierpause. »Der amerikanische Präsident hat gelacht. Und unseren Präsidenten eingeladen. Er kenne seinen Nachfolger als Chef des Hühnerstalls gut. Der gehorche ihm aufs Wort. *Hühnerstall* hat er gesagt.«

Katts Augen wanderten durch die Küche. »Haben meine Kollegen etwas aus der Wohnung mitgenommen?«

Tscherkessowa schüttelte den Kopf.

»Haben die was gesucht?«

»Hier nicht.«

»Wo dann?«

»Die haben mir erzählt, dass sie sein Büro durchsucht haben. Sie wollten wissen, ob er hier in der Wohnung Unterlagen verwahrt habe.« Gefrierpause. »Hat er nie gemacht.«

»Hat sich sein Verhalten in den Monaten vor seiner Ermordung verändert?«

»Ja.« Ohne Gefrierpause. »Er hatte plötzlich Angst vor einem Krieg.«

»Warum?«

»Na, wegen dieses Präsidenten in Amerika.«

»Unser Präsident hat ja eine Weile gedacht, der wäre ein Freund.«

»Macht ein Freund so was? Sanktionen. Beschimpfungen. Der wird irgendwann den Überblick verlieren, wen er gerade weswegen womit bestraft. *So ein Typ fängt eines Tages einen Krieg an. Wenn er sich am Morgen im Spiegel betrachtet, eine Nutte kommt rein und lacht ihn aus, weil sein Schwanz so klein ist.* Hat Anatol gesagt. Mein Gott, war der wütend. Hat unseren Präsidenten bewundert, dass er diesen Kerl ertragen hat.«

»Wenn der so gefährlich ist, muss man doch was unternehmen?«, fragte Katt.

Tscherkessowa musterte sie. Witterte das Glatteis. »Was soll ein kleiner Dolmetscher unternehmen?«

»Und Sie? Wollen Sie nichts unternehmen?«

»Doch, wenn jemand zu einer Demonstration gegen den aufruft und unser Präsident die erlaubt, ich marschiere mit. Für meinen Anatol.«

Katt lächelte sie an. Legte alle Freundlichkeit in ihre Mimik. Es war nicht viel, aber Tscherkessowa lächelte zurück. »Sie haben darüber nachgedacht, warum Ihr Anatol ermordet wurde.«

»Natürlich. Aber mir ist nichts eingefallen.« Ihr Blick wanderte zur Wand. Fixierte etwas und blickte dann zu Katt.

»Hatte Ihr Mann ein Handy?«

Sie nickte. »Das hat die Miliz.«

»Ist vor dem Tod Ihres Mannes jemand bei ihm … aufgetaucht?«

Erst schien sie nicht zu verstehen. »Nein, nur die Nachbarn. Die kommen manchmal, und wir besuchen sie manchmal. Seit Jahrzehnten.«

»Wissen Sie, was die Nachbarn beruflich machen?«

»Er ist beim Staat. Funktionär, so hieß es früher. Sie arbeitet in einem Laden am Roten Platz. Beschwert sich gern über dumme Touristen, die jeden Quatsch kaufen. Ich lebe von der Blödheit anderer Leute, sagt sie.«

»Wie heißen Ihre Nachbarn?«

»Maxim Maximowitsch Watutin und Fernanda Watutina. Sie wohnen im Obergeschoss.«

Katt verabschiedete sich und überquerte die Straße. Die Schneepflüge hatten riesige Wälle entlang der Bürgersteige angehäuft. Katt stieg über die Schneemauer. Sank fast bis zum Knie ein. Große Löcher in der Schneewulst kündeten vom Tauwetter. Sie betrachtete den Plattenbau aus den Sechzigerjahren. Acht Stockwerke. Der Dolmetscher hatte im dritten gelebt. Die Watutins lebten direkt unterm Dach. Katt hätte wetten können, dass in diesem Haus noch mehr Staatsmitarbeiter lebten. Zur Sowjetzeit hatten die Behörden den Genossen Häuser und Wohngegenden zugewiesen. Ohne die Wohnungsverwaltung bekam man keine Bleibe. Katt überlegte, ob in diesem Haus auch der Mörder von Anatol Tscherkessow lebte.

Sie rief im Außenministerium an. Es dauerte, bis ein Sprachroboter in Menschengestalt sie durchgestellt hatte.

»Ja.«

»Jonas Wolkow?«

»Hier Katt. Der General hat Sie informiert. Haben Sie Zeit?«

»Jetzt?«

»In einer Dreiviertelstunde.«

»Kommen Sie.« Die ruhige Stimme eines alten Mannes.

Sie stellte ihren Ford an der Metro-Station Smolenskaja ab. Legte das Schild *Polizei* auf das Armaturenbrett. Sie mochte diese Mischung aus Zarenklassik, Stalinbarock und modernen Funktionsbauten nicht. Moskau hatte kein Stadtbild, außer für Touristen. Kreml, Moskwa und so weiter. Moskau hatte Stadtbilder. Es war zusammengewürfelt, als hätten Architekten in den letzten Jahrzehnten vor jedem Bau Streichhölzer gezogen.

Der Roboter in Frauengestalt holte sie am Empfang ab. Boden aus Steinplatten, gebohnert, bis es stank. Die Sekretärin marschierte vorweg, Katt eilte ihr nach. Sie landete im Sekretariat, wo drei weitere Frauen arbeiteten. Die Tür zum Chefbüro war offen. Katt ging hinein und zog die Tür zu.

Hinterm Schreibtisch erhob sich ein Riese. Er reichte Katt die Pranke. Deutete auf den Stuhl vor seinem überladenen Arbeitsplatz.

»Kommen wir gleich zur Sache«, sagte er. Öffnete die Schublade, zog einen Block hervor. Legte ihn vor sich.

»Ich ermittle im Fall Tscherkessow. Das sagt Ihnen etwas?«

»Natürlich. Das war mein Kollege. Unser bester Englisch-Dolmetscher. Der konnte sogar diese Kaugummivariante nachmachen. Autounfall, so was passiert.« Kritzelte etwas auf den Block. Drehte den Block zu Katt.

Meiner Meinung nach war das Mord.

Katt nickte. »Es hat ja auch Morde, Selbstmorde, sonstige Unfälle gegeben. In die Mitarbeiter Ihres Hauses verwickelt waren.«

»Das haben Sie schön gesagt. Verwickelt nur, soweit sie getötet wurden. Von wem oder wie auch immer.«

»Frau Kumanowa wurde vergiftet. Injektion. Sagt die Rechtsmedizin in Berlin.«

»Glauben Sie das?« Schrieb wieder.

»Warum sollten die deutschen Behörden uns anlügen?«

Er drehte den Block um.

Klar wurde sie ermordet. Und nicht nur sie.

Sie blickte Wolkow in die Augen. Der Körper strahlte Ruhe aus. Wie er da saß in seinem Chefsessel. Nur seine Augen, die hatten Angst.

»Sie kennen bestimmt ein Café in der Nähe«, sagte Katt. »Ich merk gerade, dass ich vor Hunger sterbe.«

»Wir haben eine Kantine.« Wolkow schlug die Augen auf und hielt die Hand unter den Mund.

»Kantine mag ich nicht«, sagte sie.

Es war wieder so, dass man die richtigen Gespräche draußen führen musste. Allerdings konnte ein gutes Richtmikrofon viel einfangen, dachte Katt. Aber das dürfte Wolkow auch wissen.

Sie fuhren ein Stück mit dem Auto. In einer Seitenstraße kannte Wolkow eine Art Bistro. Wo man frühstücken, zu Mittag und zu Abend essen konnte, wo es Kuchen, Eis und eigentlich alles gab, was den Cholesterinspiegel belebte.

Der Wirt grüßte Wolkow wie einen alten Bekannten. Der bestellte

Tee für beide und »irgendeinen Kuchen«. Der Wirt bat ein Pärchen in der Ecke, den Platz zu wechseln. Und platzierte die neuen Gäste dort. Hinter einer Hecke aus Plastikpflanzen. Wolkow linste durch die Zweige. Ballte seine Hände zu Fäusten, entspannte sie. Wiederholte die Übung.

Sie warteten, bis der Wirt die Bestellung auf den Tisch gestellt hatte.

»Niemand von den Opfern hatte einen Unfall. Auch Tscherkessow nicht. Der war zwar nicht der Jüngste, aber fitter als ich und vielleicht auch als Sie. Ich will Ihnen nicht zu nahe treten ...«

Katt lächelte ihn an. »Der wohnte in einem Funktionärsblock. War mit einem Maxim Maximowitsch Watutin befreundet. Ein Nachbar. Von ihm weiß Frau Tscherkessowa nur, dass er im Staatsapparat arbeitete, wie das früher hieß. Dieser Mangel an Genauigkeit deutet in eine Richtung.«

»Kann man auch einfach sagen: arbeitet für einen Nachrichtendienst. Der General weiß nichts über den?«

»Ich habe ihn noch nicht gefragt. Bei uns arbeitet er nicht. Bleiben als Kandidaten der FSB, der SWR oder die GRU. Letztere fällt mir ein, weil die in Deutschland verdächtigt wird, gehackt zu haben.«

»Was wir natürlich weit von uns weisen. Aber seitdem unser Präsident von kreativen Leuten gesprochen hat, dienen die natürlich auch als Drohkulisse. Früher schickte man ein Kanonenboot los, heute die kreativen Leute.« Er trank einen Schluck. Nahm ein Stück vom Käsekuchen. Wischte sich den Mund mit der Papierserviette ab. »Weil der General Sie empfohlen hat, darf ich offen reden. Ich hab es dem General auch schon gesagt, dass mir die GRU und ihre Hacker auf die Nerven gehen. Die klauen Dokumente, haben die Server des deutschen Parlaments infiltriert. Und richten mehr Schaden an, als sie nutzen. Was hat es uns genutzt, dass diese Idioten die Wahlen in den USA bearbeitet haben? Jetzt haben wir diesen Kerl vor der Nase sitzen. Von dem wir nicht wissen, ob er beim nächsten Wutanfall nicht auf den falschen Knopf drückt. Das nenne ich einen Erfolg. Die Freunde vom SWR haben schon beim Präsidenten protestiert. Das macht eine vernünftige Nachrichtenarbeit nur schwer. Aber unser Präsident liebt das Abenteuer. Zumal er die Folgen nicht ausbaden muss. Ihm kann es egal sein, wie teuer Brot, Butter und Fleisch sind. Unser Außenminister hat die besten Nerven der Welt. Er lässt sich nichts anmerken. Aber glauben Sie mir, ich kenne den schon eine Weile. Dem macht das keinen Spaß, als Paria zu gelten. Und wenn die NSA so blöd wäre wie unsere, die ließen unsere Metro auf dem Rücken fahren. Das hätte nicht mal Stalin geschafft.«

Katt mochte den Mann. »Wer steckt hinter der Mordserie? Haben Sie eine Ahnung, was das Motiv sein könnte?«

»Sie haben Fragen! Nein, ich weiß es nicht. Ihr General weiß doch viel mehr als ich. Warum schickt der Sie zu mir?«

»Weil die Opfer für Ihr Ministerium gearbeitet haben, schätze ich.«

Wolkow nickte. »Aber seit wann glaubt der, wir könnten so was wissen? Haben Sie von Frau Tscherkessowa etwas erfahren?«

»Nichts außer der Geschichte über den Nachbarn.«

»Das ist mehr als dünn.«

»Das ist gar nichts«, sagte Katt. »Aber vielleicht hat Tscherkessow was erzählt, das der Geheimdienstnachbar weitergetragen hat. Und das hat Tscherkessow den Kopf gekostet. So ein Dolmetscher kriegt ja viel mit bei Staatsbesuchen.«

»Daran haben wir auch schon gedacht. Ihr General und ich. Die Miliz übrigens auch. Aber das erklärt die anderen Fälle nicht. Ich halte es für plausibel, Tscherkessow zu den anderen Opfern zu rechnen.«

»Das spricht aber dafür, dass unsere Leute sie getötet haben. Oder glauben Sie, ein ausländischer Dienst führt eine solche Wahnwitzoperation durch? Warum sollten die das tun?«

»Das sind die richtigen Fragen. Ihr General und ich glauben, dass sie von unseren Leuten getötet wurden. Wir wissen aber nicht, warum. Und nicht, in wessen Auftrag.«

204.

Der Regen tat so, als hätte es ihn nie gegeben. Plötzlich wurde es klar. Die Sonne ließ die nasse Kleidung dampfen. Wärmte. Die Wellen waren gewaltig, aber der Wind flaute ab.

»Ich glaube, wir haben noch mal Glück gehabt«, sagte Tom.

Tippte Kevin an. Dessen Kinn hing auf der Brust. Er hatte sich übergeben. Auch nachdem der Magen leer war. Alles fand er besser, als auf diesem Floß Rodeo zu reiten.

»Ich schau mal, was wir reparieren können. Der Mast hat gehalten. Wackelt aber arg.«

»Wart noch«, flüsterte Kevin.

»Ist ja gut.« Tom schlang ein Tau um seinen Bauch und verknotete das Ende am Mast. Er hielt das Seil fest. Das Floß rollte nach links. Tom rutschte mit. Bis seine Füße den Rand erreichten. Er untersuchte, ob sich die Taue gelockert hatten. Robbte zum Mast. Der immer noch hielt.

Kevin blickte sich um. Sah auf dem Gipfel einer Welle das Meer bis zum Horizont. Links, rechts, vorn, hinten. Wellen und ihre Täler. Am Himmel weiße Wolken.

Es gab schlechtere Plätze zum Sterben.

205.

»Die ist in Moskau«, sagte Merkow. »Sie hält mich auf dem Laufenden. Wir haben einen VPN-Tunnel jenseits der offiziellen Kanäle eingerichtet.« Was er nicht sagte: Katt versandte chiffrierte Meldungen über die Botschaftslinie. In denen erklärte sie, dass sie nicht vorankam. »Was ich Ihnen sage, bleibt unter uns. Nichts an Ihre Kollegen oder sonst wen. Verstanden?« Merkow blieb stehen, als wollte er ein Schwanenpaar auf dem Landwehrkanal bewundern. Ballett auf dem Wasser. Er schnaufte von dem kurzen Marsch.

»Sie sollten sich hinlegen«, sagte de Bodt.

Merkow winkte ab. Verzog das Gesicht vor Schmerz. »Die Brustwunde muss verheilen. Das tut die auch außerhalb des Krankenhauses.«

De Bodt nickte.

»Die in Moskau haben Angst«, sagte Merkow. »Im Außenministerium kann man nicht mehr offen reden. Irgendetwas ist im Busch. Wir wissen noch nicht, was.«

»Was verbindet die Opfer der Anschläge?«, fragte de Bodt.

Eine Gruppe junger Leute rannte an ihnen vorbei. Sie trugen Fahnen und Transparente. De Bodt las:

Für eine starke neue Regierung!
Werft die Systemparteien auf den Müll!
Todesstrafe für die Kanzlerin!

Stimmt, im Radio hatten sie eine Demo angekündigt. Die Teilnehmerzahl wurde vorab auf mehr als hunderttausend geschätzt.

»Bei uns haben die Sicherheitskräfte mehrere Demonstrationen auseinandergetrieben«, sagte Merkow. »Die Leute haben Angst, obwohl bei uns nichts passiert ist.«

De Bodt lief ein paar Schritte weiter. Die Idee folgte ihm. »Haben die Opfer etwas gemein?«

»Ja, natürlich. Sie haben für das Außenministerium gearbeitet.«

»Das weiß ich. Darüber hinaus?«

Merkow blickte ihn an. »Ich werde Katt fragen.« Zückte sein Telefon und verschickte die Nachricht. Fasste sich an den Arm. Hielt inne. Ging weiter.

»Wenn die sonst etwas miteinander zu tun hatten, bildeten sie so etwas wie eine Gruppe. Eine Gruppe hat ein Thema. Skat spielen, Malen lernen, Fußball spielen, Atomkraftwerke in die Luft sprengen. Aber das dürfte hier kaum zutreffen. Ich sehe kein Motiv. Vor allem sehe ich keine Kompetenzen im virtuellen Krieg. Irre ich mich?«

Merkow legte den Kopf schief. »Nein. Das waren Diplomaten und SWR-Mitarbeiter. Vermutlich alle. Ob allerdings der Dolmetscher dem SWR angehörte, bezweifle ich. Sonst würde unser Präsident fürchten, der Auslandsgeheimdienst bespitzele ihn.«

De Bodt nickte. Die Idee kroch in seine Hirnwindungen. »Wenn also der Dolmetscher die Ausnahme sein sollte, dann hat der vielleicht etwas herausgefunden.«

Merkow runzelte die Stirn. Die Idee gefiel ihm nicht.

»Vielleicht ist beim amerikanisch-russischen Gipfeltreffen in Helsinki etwas passiert? Das wäre eine perfekte Gelegenheit, etwas aufzuschnappen. Stellen Sie sich vor, Tscherkessow hat etwas mitgekriegt, das er nicht hätte mitkriegen dürfen. Vielleicht hat er ein Gespräch im Umfeld Ihres Präsidenten belauscht. Aus Neugier. Was er hörte, hat er mit Freunden ausgetauscht. Weil er nicht wusste, was er tun sollte. Weil er sich absichern wollte. Die Träger des Geheimnisses aber haben erfahren, dass es eine Lücke gibt. Durch die etwas entwichen ist. Sie haben den Dolmetscher als Urheber ermittelt und herausgefunden, wer noch von der Sache erfahren hat. Das ergäbe einen Zusammenhang der Morde.«

Merkow kratzte sich am Kopf. Nickte. »Verwegen, aber interessant. Die erste Erklärung, die passen könnte. Sie hat aber den Nachteil, dass wir keinen Beweis dafür haben.«

»Mir fällt kein anderer Zusammenhang ein. Aber dass ich mir keinen anderen vorstellen kann, ist nur eine Aussage über meine Vorstellungskraft. Beziehungsweise ihre Mängel.«

Merkow schwieg lange, während sie weitergingen. Überholt wurden von Leuten, die zur Demonstration strömten. Hooligans darunter. Manchen waren Brutalität und Dummheit ins Gesicht geschrieben. Reichskriegsflagge. Betrunkene, die Flasche in der Hand. Galgen, an denen sie Puppen aufgehängt hatten. Mit Namen.

»Wenn Ihre Hypothese stimmt, dann frage ich mich, um welches Projekt es gehen könnte. Zumal, wenn es etwas mit dem Helsinki-Gipfel zu tun haben sollte«, sagte Merkow.

»Packt man alles zusammen, ergibt sich folgendes Bild. In Helsinki haben sich nicht nur die Präsidenten getroffen, sondern auch ihre Mitarbeiter, sonstiges Personal. Dazu Leute von den Geheimdiensten. Vielleicht verfolgen Ihre Leute und amerikanische Vertreter ein gemeinsames Projekt. Könnte doch sein. Entlastung des US-Präsidenten in Sachen Wahlfälschung, Pornoskandal und so weiter. Vielleicht geht es um etwas, von dem jedenfalls ich nichts weiß. Wenn man sich die Mordserie anschaut, dann muss es um eine große Sache gehen. Es ist ja immer ein Risiko, Morde zu begehen. Hier waren Profis am Werk. Die gibt es in Ihren Diensten. Und bei den Amerikanern.«

»Und bei den Koreanern, Nord und Süd. Den Chinesen. Den Türken vielleicht«, sagte Merkow. »Aber jetzt kommt Herr Ockham.« Lächelte. Eher verkrampft.

»Genau. Der sagt mit seinem Rasiermesser, dass in Helsinki etwas geschehen ist. Was eine Mordserie auslöste. Das ist das eine Rätsel. Und das andere sind die Entführungen und der GAU. Vielleicht sind es nicht zwei Rätsel, sondern nur eines? Würde Hegel fragen. Jedenfalls kann ich beide mühelos zusammendenken. In Helsinki haben Amerikaner und Russen einen Angriff auf Deutschland und Frankreich vereinbart. Wie es die Amerikaner bei der Panzersache versucht haben. Sie erinnern sich?«

Merkow blickte ihn erstaunt an. »Unsere Dienste sind nicht zimperlich. Aber sie zetteln keinen Krieg an. Sie versuchen ihn zu verhindern.«

»Schon klar. Das ist der Holzfuß meines Arguments. Der hüpft aber springlebendig durch die Gegend, wenn wir eine Hypothese hinzufügen.« Die Idee hatte ihn so lange umkreist. Und jetzt den Weg in seine Gedanken gefunden. Endlich. Es war eine Befreiung. »Dass nämlich Leute bei Ihnen und den Amerikanern glauben, dass sie mit den gemeinsamen Feinden zu lau umgehen. Dass es nicht reicht, Ganz- und Halbnazis zu fördern wie den Front National, der nicht mehr so heißen will, wie er ist. Wie die deutsche Rechtspartei. Wie den Rassisten in Ungarn, mit seinen Bewunderern in Deutschland. Wie mit Sanktionen, Anklagen und schwachsinnigen Unterstellungen.«

»Die gibt es mit Sicherheit. Bannon und seine Leute in Amerika. Und Bornierte bei uns. Aber es gibt nicht den geringsten Beweis.«

»Es geht noch weiter. Für viele Cyberangriffe war die GRU verantwortlich, Ihr Militär-Spionagedienst. Das waren schon immer die härtesten Leute. Von der Roten Kapelle über *Smersh* zu *Fancy Bear*, wie sich eine GRU-Hackertruppe nennt.«

»Dagegen muss ich offiziell protestieren.« Merkow lachte. Leise und bitter.

»Wenn man das zusammenbringt, dann wissen wir, wer hinter den Anschlägen steckt. Auf die Mitarbeiter Ihres Außenministeriums. Auf meine Regierung und auf das Atomkraftwerk Isar 2.«

»Puh!«, sagte Merkow. »Ich gestehe, das ist ein perfektes Gemälde.« Blieb stehen. Wäre fast von zwei jungen Männern umgestoßen worden. Die sich ohne Rücksicht auf Verluste im Laufen unterhielten. »Fast zu perfekt ... aber ich gestehe, das wäre eine Erklärung für alle unsere Fragen.«

»Das ist nur eine Annahme. Darauf zu kommen war nicht schwer. Jedenfalls gemessen an der Aufgabe, die ihr folgt. Wir müssen Tatsachen finden, die unsere Annahme widerlegen oder stützen.« Er überlegte. »Wann immer wir nämlich glauben, die Lösung eines Problems gefunden zu haben, sollten wir unsere Lösung nicht verteidigen, sondern mit allen Mitteln versuchen, sie selbst umzustoßen.«

»Popper«, sagte Merkow. »Galt bei uns als Inbegriff imperialistischer Afterwissenschaft. Als was das heute gilt, weiß ich nicht. Unser Präsident interessiert sich nicht für Philosophie. Aber in unserem Fall kann das helfen.«

»Nur ist es einfacher, Theorien aufzustellen, als sie zu beweisen. Oder zu widerlegen. Ich habe keine Ahnung, wie man meine Theorie auch nur in die Nähe empirischer Tatsachen bringen könnte. Das hat auch nichts mehr mit Kriminalistik zu tun.«

206.

Floire blickte Lebranc an. Der saß hinter seinem Schreibtisch und verdaute seine Wut. Auf dieses Arschloch. Wenn einer schon Gromyko hieß. »Jetzt haben wir Diplomatenleichen auf dem halben Erdkreis. Was verrät uns das in unserem Fall? Dass russische Diplomaten hinfälliger sind als andere? Dass irgendjemand es auf sie abgesehen hat, denke ich doch. Können die Amis so blöd sein …?«

»Klar«, sagte Floire. »Aber sie haben nicht den geringsten Grund, diese Leute umzubringen. Was kratzt die der Herr Gromyko und seine Leute hier in Paris?«

Lebranc nickte. Wo Floire recht hatte, hatte er recht. Nur half ihnen das auch nicht weiter. Der Polizeipräfekt tanzte im Dreieck, der Präsident ließ im letzten Fernsehinterview was von einer Polizeireform anklingen. Was so klang wie aufräumen. Warum soll man Polizisten bezahlen, die ihre Arbeit nicht leisten? Er hätte nie in den Polizeidienst zurückkehren sollen. Er war auf dem besten Weg, seinen Heldenkranz gegen Stacheldraht einzutauschen. Nichts war geblieben von seinem Abgang. Über den die Kollegen noch in Jahrzehnten geraunt hätten. Er verfluchte seine Eitelkeit, die ihn ins Büro zurückgetrieben hatte. Nachdem die auf Knien angerutscht waren.

Er musste diesen Scheißfall lösen. Griff zum Telefonhörer.

»Haben Sie etwas Neues? Wir stecken fest.«

»Wir haben eine Hypothese. Von der zwar nichts bewiesen ist, aber alle Teile passen.« De Bodt erklärte ihm seine Gedanken.

»Das ist ja eine schöne Verschwörungstheorie.«

»Keineswegs, weil sie sich den Tatsachen stellt. Wird eine wichtige Annahme widerlegt, landet die Theorie im Mülleimer. Das Erstaunliche an der Hypothese ist nur, dass es perfekt passt. So ließe sich alles erklären. Nur, wir haben keine Ahnung, was wir daraus machen sollen. Ich habe gleich ein Gespräch mit der Kanzlerin. Wenn es was Neues gibt, melde ich mich.«

Als er aufgelegt hatte, schwieg er lange. Ließ de Bodts Idee wirken.

»Was gibt's, Chef?«

»Einen Weltkrieg. Wenn wir Pech haben.«

207.

Verfassungsschutz, BND, BKA, Generalbundesanwalt, der BSI-Chef. Dazu der Innenminister, der sich gerade einen Shitstorm eingehandelt hatte. »Ich bin doch nicht der hauptamtliche Witwentröster«, war ihm in einem Interview rausgerutscht. Man hatte ihm angesehen, dass er den Satz zurückholen wollte. Aber es kam aus Hirnen nur raus, was in ihnen steckte. Eine feministische Gruppe beschuldigte ihn seitdem, dass weibliche Leichen für ihn nicht zählten. Ob der Innenminister deshalb so bleich war, würde sein Geheimnis bleiben. Neben ihm der Wirtschaftsminister in seiner Eigenschaft als Knappe der Kanzlerin. Die vergatterte die Teilnehmer zum Schweigen.

»Dann brauchen wir gar nicht erst ermitteln«, sagte de Bodt.

Alle Blicke richteten sich auf ihn. Die Ämter hatten ohnehin nichts für ihn übrig. Er bestätigte ihnen nur, dass er ein arroganter, weltfremder Einzelgänger war. Den man so schnell wie möglich loswerden musste.

Der Innenminister klopfte auf den Tisch. »Wenn wir das rauslassen, rollen im Osten die Panzer.«

»Das könnten Sie vielleicht verhindern. Sie haben doch so gute Beziehungen zum Zaren«, sagte der Wirtschaftsminister.

Die Kanzlerin blickte ihn streng an. »Herr de Bodt, fahren Sie fort.«

»Wir müssen den Gangstern ein Signal senden. Dass wir nichts von dem tun werden, das sie fordern«, sagte de Bodt.

»Und was dann?«, fragte der Verfassungsschutz.

»Dann müssen die eine Operation beginnen, die den GAU übertrifft.«

»Sie sind völlig wahnsinnig«, sagte der BND. »Sie riskieren das Leben unserer Bevölkerung.«

»Da gibt es nicht mehr viel zu riskieren.«

»Ein Anschlag, der einen GAU übertrifft. Was soll das sein?«, fragte die Kanzlerin. Unglauben in den Augen. Sie hatte sich mit den Regierungen Italiens und Frankreichs insgeheim geeinigt, dass sie ein Spiel veranstalteten. So tun, als würde Berlin Roms Schulden übernehmen. Um Zeit zu schinden. Weil sie hofften, die Terroristen zu greifen. Für diesen Fall hatten sie Rom zugesagt, über eine Schuldenhilfe zu reden. Es war von einem Sechzig-Milliarden-Paket die Rede. Behaupteten Enthüllungsjournalisten. Was die Regierungen natürlich dementierten.

»Unser Eingehen auf den Schuldendeal hat die Verbrecher erst mal gestoppt«, sagte der Innenminister. »Wollen Sie das riskieren?«

»Sie kriegen die Schuldigen nicht. Weil die nicht kommen werden, wenn Sie deren Forderungen erfüllen. Oder so tun als ob«, sagte de Bodt. »Wir glauben, dass es um eine Gruppe in der GRU geht, die sich mit Bannon-Leuten zusammengetan hat. Sie haben sich beim Helsinki-Gipfel getroffen. Liebe auf den ersten Blick, könnte man sagen. Ob der US-Präsident mit drinsteckt, wissen wir nicht. Aber er wird alles abstreiten, wenn was rauskommt. Die Gangster nehmen ihre Präsidenten nur beim Wort. Aber wie könnte der russische Präsident jemals zugeben, dass Teile seines Sicherheitsapparats sich selbständig gemacht haben? Er, der großartige Führer, der ehemalige KGB-Offizier hat seine Tschekisten nicht im Griff. Auch der russische Präsident wird alles abstreiten. Wie er den Chemiewaffenangriff in Salisbury bestritten und die Chemiebomben seines Freunds Assad gedeckt hat. Wie er die GRU schützt, wenn sie Einrichtungen bei uns angreift.«

»Man kann nicht abstreiten, dass Ihre Ausführungen realistische Elemente enthalten«, sagte der Wirtschaftsminister. »Ja, die GRU ist ein Haufen von Desperados. Und der russische Präsident ist der Oberdesperado. Das zeigt seine Nähe zu kriminellen Elementen wie dieser Rockerbande und zu Söldnern wie dieser Gruppe Wagner, die in Syrien ihr Unwesen treibt. Wir haben es in der Tat schon länger mit einem Geheimdienstkrieg gegen uns zu tun. Aber woher wollen Sie wissen, dass die sich mit US-Rechten zusammengetan haben? Dass die diese Anschläge begangen haben?«

»Wir haben nachgedacht«, sagte de Bodt. Er hätte besser gesagt: Ich habe nachgedacht. Ich habe eine Idee begriffen, die mich lange umkreist hat. Es ist die einzig mögliche Erklärung. Die einzige Erklärung, bei der alle Teile zusammenpassen. Sogar die kleinsten.

Alle Augen richteten sich auf ihn. »Sie haben also nachgedacht«, sagte der Innenminister. »Dazu meinen Glückwunsch.«

Die Geheimdienste schüttelten die Köpfe. Der Verfassungsschutz hüstelte, um ein Lachen zu tarnen.

»Das ist doch an den Haaren herbeigezogen, Herr Hauptkommissar«, sagte der BND. Bemüht, sachlich zu bleiben.

»Das Ziel der GRU-Operationen ist die Europäische Union. Das Ziel der Trump-Regierung mit Blick auf Europa ist *was?*« De Bodt blickte sich um. »Da haben sich in Helsinki Leute getroffen und spätestens da, aber vielleicht vorher schon festgestellt, dass sie das Gleiche wollen. Die Russen haben dem US-Präsidenten bei den Wahlen geholfen. Der funktioniert jedoch manchmal nicht so, wie die GRU das will. Immerhin aber bekriegt die amerikanische Regierung Europa, wo sie es kann. Doch der Bannon-Fraktion reicht das nicht. Sie haben Verbündete gesucht und gefunden. Bannon hat öffentlich erklärt, dass die Zerstörung der Demokratie sein Ziel ist. Nehmen wir ihn ernst. Sie haben von dem russischen Dolmetscher gehört, der in Moskau bei einem Unfall gestorben ist. Der wurde umgebracht, weil er etwas mitbekommen hatte, als er in Helsinki war.«

»Das haben Sie aber fein zusammengesponnen«, erwiderte der Innenminister. »Aber Sie haben keinen einzigen Beweis. Sie sollten Politthriller schreiben.«

»Doch, wenn auch nicht im Sinn der Kriminalistik. Aber im Sinn des logischen Denkens schon. Die Taten sind die Beweise. Bringt man sie mit bekannten Fakten zusammen und erkennt man das Interesse besagter Akteure …«

Schweigen.

Das ist es. In der Nacht war ihm eingefallen, was Bob im Gefängnis interessiert hatte. Das *Lehrbuch der Toxikologie.* Das ist es. Er hätte sich gern an die Stirn geschlagen. Warum war er nicht früher draufgekommen? Verflucht! Er hatte doch sogar in dem Buch gelesen.

»Es wird ein weiterer Anschlag folgen. Er wird den GAU in Isar 2 übertreffen. Sie werden versuchen, Botulinumtoxin ins Berliner Trinkwasser zu kippen.«

»Wie bitte?«, fragte die Kanzlerin.

208.

Sie kannte den bösen Blick. Katt steckte ihren Dienstausweis zurück. Der Milizleutnant führte sie zum Chef. Der saß im Chaos. Akten überall. Auf dem Fußboden, dem Ecktisch, den Fensterbänken. Nur der Schreibtisch war unbedeckt. Über allem Schwaden von Zigarettenrauch. Er deutete unwirsch auf einen Stuhl. Katt legte den Aktenstapel auf den Boden.

»Ich räume die Scheiße von meinem Vorgänger auf.«

Offenbar war der nicht befördert worden. Sonst hätte sich Oberst Smirnow das nicht erlaubt. »Sie interessieren sich neuerdings für Verkehrsunfälle? Ich dachte, für den Straßenmüll wären wir zuständig. Die glorreichen Beschützer unseres Präsidenten kümmern sich jetzt also auch darum.«

»Unbedingt«, sagte Katt.

»Dann muss es in der Welt da draußen ja Gold aussehen.« Er mühte seinen Wanst hinter dem Schreibtisch hoch. Griff zum Telefonhörer. »Die Tscherkessow-Akte, aber sofort! … Wie? Ja, genau die. Oder haben Sie noch einen anderen totgefahrenen Chefdolmetscher?« Er ließ sich auf seinen Stuhl fallen. Mit einem Knarren gaben die Federn nach. Zündete sich eine Zigarette an. »Wenn Sie sich schon herabbemühen zu uns Sterblichen, können Sie nicht ein paar meiner Mitarbeiter ins Lager schicken?«

»Ich frag meinen Chef.«

»Bald, wenn's geht.« Zog kräftig.

Es klopfte, die Tür flog auf. Ein Milizionär stapfte herein. Grüßte militärisch, legte eine Akte auf den Schreibtisch, machte zackig kehrt und trampelte davon.

»Den zum Beispiel«, sagte Smirnow. »Der glaubt vermutlich, ich wüsste nicht, dass er mich verarscht.«

»Sie könnten ihn nach Sibirien versetzen lassen. Straßenmüll auflesen.«

Smirnow wiegte seinen haararmen Schädel. »Keine schlechte Idee. Fast wie Lager. Nur wer besorgt mir gescheiten Ersatz?«

»Wir sind nur für Lager zuständig, nicht für Ersatzpersonal.« Sagte es todernst. »Machen Sie eine Eingabe beim Präsidenten.«

Sie nahm die Akte. Fotos vom Unfallort. Taganskaya Ulitsa, gegenüber dem Nonnenkloster. Dessen rote Fassade war auf einem Foto. Auch der Zebrastreifen. Unfallzeitpunkt: ein Uhr dreiundzwanzig. Zeugen: zwei Betrunkene. Die wohnten in einem der Plattenbauten gegenüber dem Kloster. Sie überflog den Bericht der Rechtsmedizin. Wie die Fotos zeigten, hatte es Tscherkessow übel erwischt. Die Zeugen sprachen von einem riesigen SUV. Radpanzer. Der habe auch so eine Stoßstange angebaut gehabt. Wie diese Amikarren, Rancher. Mit der man Kühe umfahren kann.

Katt blickte Smirnow an. »Kein Bus zu der Zeit?« Sie kannte die Ecke. O-Busse fuhren dort, mit Stromaufnehmern wie Straßenbahnen.

»Nein, kein Bus«, sagte Smirnow.

»Sie haben sich aber schnell eingearbeitet«, sagte Katt.

»Ich habe die Ermittlungen geleitet«, sagte der Oberst.

»Die Akte liest sich, als wäre es ein gewöhnlicher Unfall gewesen. Fahrerflucht. Vielleicht war der Täter betrunken. So weit alles klar. Was ist Ihnen sonst aufgefallen?«

»Ich würde mich da nicht totfahren lassen«, sagte Smirnow. »Nicht mit drei Promille.«

»Weil man perfekte Sicht nach allen Seiten hat. Weil man es hören müsste, wenn ein schwerer Wagen angerast käme.« Schwer war er gewesen, er hatte jeden Knochen zermalmt und dem Mann fast den Kopf abgerissen. Schwer und schnell. »Keine Bremsspur«, sagte sie.

»Die Akte ist vollständig. Es gab keine Bremsspur.«

»Die Rechtsmedizin und die Kriminaltechnik« – sie blätterte in der Akte – »schätzen, dass der Täter um die hundert Stundenkilometer gerast sein muss. Und er hat nicht gebremst. Und nichts gesehen, obwohl er alle Scheinwerfer eingeschaltet hatte.« Sie blätterte wieder. »Sagen die beiden Zeugen. Der habe helle Scheinwerfer gehabt. Fernlicht, Zusatzscheinwerfer.«

Der Oberst nickte. »Ich habe ihn selbst vernommen. Glaubwürdig, der eine Zeuge. Der andere war schon halb bewusstlos.«

»Die Täter wussten, dass er spät aus dem Ministerium kommen würde«, sagte Katt.

»Offensichtlich.«

»Und niemandem ist der Wagen aufgefallen. Er muss am Straßenrand gewartet haben.«

»Offenbar.«

»Gibt es dort Überwachungskameras?«

»Nein.«

»Dann haben die das vielleicht gewusst.«

»Das glaube ich auch. Kann aber genauso gut Zufall sein.«

»Das sieht alles nach Mord aus.«

»Denke ich auch. Nur haben wir Weisung, die Sache als Unfall zu behandeln. Bis wir handfeste Beweise für Mord haben.«

Katt nickte.

»Wir wollen die Leute nicht verrückt machen. Was würden die über unseren Präsidenten sagen, wenn sein Dolmetscher ermordet wird? Und wenn wir den Mörder nicht fänden?«

»Ich verstehe«, sagte Katt. Die Umfragewerte des Präsidenten fielen. Der wurde nervös. War ja klar. Der Westen würde die Vorwürfe ausgraben. Dass schon die Wahl gezinkt gewesen sei. Dass der Präsident nicht nur die Wahlen im Westen beeinflusse, sondern zuerst die eigenen. Vermutlich würde er demnächst die Demoskopie verbieten. Wär nur logisch. Katt fand dieses Verhalten normal. Warum sollte sich ein genialer Stratege von den Launen eines Mütterchens in Irkutsk abhängig machen? Demokratie war für Katt die Diktatur der Ahnungslosen. Der Stimmungen, der Banalitäten. Die Durchgeknallte nach oben jubelten wie den US-Präsidenten.

»Das sieht professionell aus«, sagte Katt.

»Das waren Profis. Zuschlagen, verschwinden, keine Spuren hinterlassen. Wir haben trotz Großfahndung nicht mal das Auto gefunden. Kennzeichen haben wir auch nicht. Die beiden Zeugen versichern, dass sie das Nummernschild nicht erkannt haben. War vermutlich mit Dreck unleserlich gemacht.«

»Sie haben alle Kameras im Umfeld ausgewertet?«

»Natürlich. Vor allem die der Verkehrsüberwachung. Auf einem

Video rast der Wagen Richtung Marksistskaya. Nummernschild nicht erkennbar. Aber dem Tempo nach zu urteilen, waren es wohl die Täter. Dann verschwindet der SUV. Wir haben die ganze Gegend abgesucht. Jeden Hof, jede Garage, jeden Parkplatz. Überhaupt jeden Ort, an dem man ein Auto verstecken könnte. Spurlos.«

»Die haben den in einem Lastwagen versteckt und weggebracht. Dann in die Schrottpresse …«

»Haben wir überprüft. Nichts gefunden. Die Schrottpresse muss auf dem Mars stehen.« Er lächelte.

»Oder bei der GRU. Die hätte alle Möglichkeiten, diesen Coup durchzuziehen.«

»Würde ich nie zu behaupten wagen«, sagte der Oberst und nickte. »Unsere Gangster beschäftigen sich damit, mit Waffen und Frauen zu dealen. Beamte zu bestechen. Warum sollten die einen Dolmetscher umbringen? Die hätten auch keinen Unfall inszeniert, sondern einen Killer geschickt.«

209.

»Fällt Ihnen was Übleres ein, ausgenommen den Dritten Weltkrieg?«, fragte de Bodt.

»Wie kommen Sie darauf, dass die Terroristen Botulinumtoxin ins Trinkwasser kippen wollen?«, fragte der Verfassungsschutz. Putzte seine Brille.

Alle Blicke richteten sich auf de Bodt. »Wenn man auf einen Schlag Massen umbringen will … Botulinumtoxin im Wasser ist perfekt: Man sieht es nicht, riecht es nicht, kann es nicht rausfiltern. Der unsichtbare Tod. Wir glauben, dass die GRU im Bündnis mit Bannon-Leuten dahintersteckt. Die GRU arbeitet gern mit Gift. Vergiftetes Trinkwasser, das wäre der Terroranschlag schlechthin. Zehntausende sind schon tot, bevor die Behörden etwas mitkriegen. Es kostet noch mehr Tote, bevor die Behörden die Ursachen finden. Und schließlich wird einer Stadt mit dreieinhalb Millionen Einwohnern das Wasser abgedreht. Nachdem ein Atomkraftwerk in die Luft geflogen ist, nachdem der Ehemann der Kanzlerin und die Frau des französischen Präsidenten entführt wurden.«

Der Innenminister schüttelte den Kopf. »Das sind doch Horrormärchen, de Bodt.«

»Herr de Bodt oder Herr Erster Hauptkommissar«, erwiderte de Bodt.

»Sei's drum. Sie versetzen uns hier in Angst und Schrecken. Sie haben keinen Beweis.«

»Einer der Organisatoren hat es mir verraten. Robert Wedenstein, der gerade in Australien gesucht wird.«

»Sie telefonieren also mit dem?«

»Nein, ich hab den vor einiger Zeit im Gefängnis besucht. Er hat sich schlaugemacht in Sachen Gift. Die GRU ist der Nachrichtendienst der russischen Armee. Die hat dieses Gift als Biowaffe hergestellt. Von einer Vernichtung der Bestände ist nichts bekannt. Kurz gesagt, die haben das Zeug noch. Die GRU kommt demnach leicht an Botulinumtoxin heran. Und an alle anderen Sachen, mit denen man Menschenmengen ausrotten kann.«

»Sie haben eine Fantasie, Herr Erster Hauptkommissar de Bodt«, sagte der Innenminister. »Wenn es Ihnen so besser gefällt.«

»Diese Variante ist umständlicher als mein Vorschlag, aber wenn Sie wollen … Und natürlich habe ich Fantasie. Wer die nicht hat, sieht alt aus.«

Der Innenminister zwang sich ein Lachen ab. Es klang aber wie Hohn. »Ich stell mich vor die Kamera und sag den Leuten draußen: Passt auf, trinkt kein Wasser. Es könnte vergiftet sein. Das hat uns ein Polizist erzählt. Der hat in der Gefängnisbibliothek ein Buch über Gift entdeckt, das sich ein Schwerverbrecher ausgeliehen hatte. In dem kam ein Zeug namens Botulinumtoxin vor.«

»Das wäre nicht mein Plan. Um das Berliner Trinkwasser zu vergiften, muss man an die Wasserwerke ran. Davon gibt es in Berlin neun, dazu kommen drei Leitwasserwerke. Die überwachen und regeln die Wasserverteilung. Und wir warten dort, bis die Leute mit dem Gift kommen. Diesmal müssen sie die Experten schicken. Das

Gift gibt die GRU nicht aus der Hand. Warten wir also auf die russischen Spezialisten.«

»Ich mach mich doch nicht zum Gespött der Leute.« Blick zur Kanzlerin. Nun sag doch was. »Da kann ich ja gleich zurücktreten.«

»Zurücktreten werden nicht nur Sie, wenn meine Vermutung stimmt und Sie nichts tun. Dann gibt es hier nämlich eine Revolution. Und Sie wissen, von wem.«

Die Kanzlerin setzte an zu reden. Schloss den Mund. Öffnete ihn. »Nach Ihrer Theorie, Herr de Bodt, wann könnte das passieren? Wann ist der frühestmögliche Zeitpunkt?«

De Bodt überlegte. »Mehr als einen Tag Reaktionszeit würde ich nicht einplanen. Vielleicht sind die Leute mit dem Gift schon im Land. Dann müssten die in die Wasserwerke eindringen und das Gift in die Versorgungstanks schütten.«

»Was ist Ihre Empfehlung als Gegenmaßnahme?«

»Zuerst würde ich alle Flüge aus Russland und alle Flüge mit russischen Männern an Bord prüfen. Vielleicht finden Sie Gruppen von Männern. Pro Wasserwerk drei, gibt bei zwölf Wasserwerken sechsunddreißig plus den Chef plus zwei, drei Mann Reserve. So würde ich es jedenfalls machen. Und ich würde nicht mit dem Fehler rechnen, dass die allesamt als Touristen in Moskau ins Flugzeug steigen oder gestiegen sind. Vielleicht sind die auch noch nicht im Land. Dann würde ich auf Flughäfen die Gepäckkontrollen verschärfen. An den europäischen Außengrenzen nach Männergruppen Ausschau halten. Vielleicht reisen die als Bauarbeiter aus Polen ein. Oder so.«

»Ihr Fahrplan geht also folgendermaßen: Wir machen einen Deal mit den Italienern, der aber geheim bleiben muss. Dass wir denen bei ihren Schulden helfen, wenn sie uns gegen die Terroristen helfen. Ich spreche das mit dem französischen Präsidenten ab. Dann erkläre ich, dass wir uns der Erpressung nicht beugen. Schließlich warten wir auf die Leute mit dem Gift im Rollkoffer.«

»Frau Bundeskanzlerin, wenn das an die Öffentlichkeit dringt, bricht hier alles zusammen. Die brauchen dann kein Gift mehr ins Trinkwasser geben«, sagte der Verfassungsschutz.

»Haben Sie denn Erkenntnisse in dieser Sache?«, fragte die Kanzlerin. Sie hätte auch sagen können: Halt die Klappe. Aber eine Kanzlerin sagt so etwas nicht. Jedenfalls nicht so.

Der Verfassungsschutz schüttelte den Kopf. »Aber wir müssen schon bewerten, was der … Herr Hauptkommissar behauptet. Da könnte ja jeder kommen und uns was erzählen.«

»Wie Sie vielleicht wissen, ist der Hauptkommissar de Bodt nicht irgendwer. Er hat meinen Mann befreit. Er hat mir das Leben gerettet. Wenn ich richtig gezählt habe, sogar zweimal. Es ist nicht das erste Mal, dass Ihr Amt ihm nicht glaubt. Bisher hatte er am Ende aber recht.«

»Wenn Sie seinem Rat folgen, haben wir die Katastrophe, ohne dass irgendjemand irgendwas hätte verwenden müssen.«

»Sie müssen das nicht wiederholen. Ich begreif es auch so.« Blickte de Bodt an. »Haben Sie nicht was Handfestes? Es ist ja nicht falsch, dass es an die Öffentlichkeit dringen könnte, wenn wir die Wasserwerke bewachen. Zumal die Leute supernervös sind.«

»Ich habe nicht mehr, als ich Ihnen gesagt habe.«

»Bei allem Respekt, Herr Erster Hauptkommissar. Auch angesichts Ihrer Verdienste, die ich keinesfalls bestreiten will.« Der Wirtschaftsminister rückte seine Körpermasse zurecht. »Wir können so etwas nicht machen. Wir werden unsere Solidarität mit den Italienern erklären. Aber wenn wir öffentlich erklären, dass wir diese Forderung zurückweisen, werden nicht nur die Italiener die EU verlassen. Wir halten es nicht durch, diesen Deal mit Rom geheim zu halten. Und diese Scharlatane in Rom, ach, denen traue ich alles zu.«

»Die Frage ist einfach«, sagte de Bodt leise. »Wenn wir diese Leute kriegen wollen, müssen wir verfahren wie Hannibal in Cannae. Wir locken den Feind dorthin, wo wir ihn haben wollen, und umfassen ihn dann.«

»Jetzt reicht's …« Der Innenminister schnaufte einmal durch.

»Ich finde das Beispiel interessant. Oder interessieren Sie die Punischen Kriege nicht?«, fragte der Wirtschaftsminister. »Man verleitet den Feind, dort anzugreifen, wo er gewohnheitsmäßig angreift. In der Mitte natürlich. Dort zieht man sich zurück, sodass der Feind glaubt, man weiche, sei kurz vor der Flucht. Dann schließen die Flügel die Umkreisung. Der Feind wird in der Mitte zusammengedrückt, er kann sich kaum noch verteidigen. Bis er vernichtet ist. Mich hat es immer wieder fasziniert. Diese Taktik wird heute noch an Militärakademien gelehrt.« Er nickte de Bodt zu. »Ich finde das gut. Wir locken die her. Und dann lassen wir sie nicht mehr raus aus der Falle. Ich bin dafür.«

Die Kanzlerin blickte ihn erstaunt an.

»Es ist und bleibt ein Vabanquespiel«, sagte der Innenminister. »Wir dürfen mit der Sicherheit nicht spielen. Es geht um Menschenleben …«

»Eben«, sagte de Bodt.

»Wir können doch einfach die Wasserwerke bewachen«, sagte die Kanzlerin.

»Der Plan klappt nur, wenn Sie die Übernahme der südeuropäischen Schulden ablehnen.«

210.

»Scheiße«, sagte Merkow.

Sie gingen auf dem Alexanderplatz spazieren. Katt berichtete ihm, was sie in Moskau herausgefunden hatte. Dass der General im letzten Gespräch niedergeschlagen gewesen sei, wie sie es nie erlebt hatte. »Es sind unsere eigenen Leute«, hatte er geflüstert. »Unsere eigenen Leute. Dass es einmal so weit kommt.« Er hatte es nicht gemerkt, als Katt sich abmeldete.

»De Bodt glaubt, dass beides zusammenhängt. Er scheint sich da sicher zu sein. Was bedeuten würde, dass unsere Leute den GAU ausgelöst haben. Die Entführungen. Und jetzt diese Scheiße mit den italienischen Schulden. Unsere Freunde von der GRU drehen durch. Soll ich mir vorstellen, dass unser Präsident nichts davon weiß?«

»Er weiß ja auch nichts über APT-28, außer dass diese Leute kreativ seien. Und der Staat sich da ungern einmische.«

»Wer hat dann auf mich geschossen? Ein Kollege von der GRU? Vielen Dank! Weiß der Präsident auch davon?«

»Schreib ihm einen Bericht, du kennst ihn gut.«

»Dann kommen zwei Killer, wenn ich Pech habe.«

»De Bodt glaubt, dass sich Bannon-Leute mit der GRU zusammengetan haben. In Helsinki.«

Er hatte gerade mit de Bodt gesprochen. Der kam aus einer Regierungsrunde. Hatte vom Kanzleramt gesprochen. Der Kaserne in Wedding.

»Er will, dass wir ihm helfen. Offenbar ist er unzufrieden mit den Maßnahmen seiner Regierung. Wir treffen ihn nachher.«

»Gut. Den Dolmetscher hat die GRU auf jeden Fall auf dem Kerbholz«, sagte Katt. »Der Mann wurde absichtlich totgefahren. Mit einem Auto, das dafür präpariert wurde. Beweisen kann ich das nicht. Aber wenn du die Bilder der Leiche gesehen hättest. Wenn du weißt, dass es keine Bremsspur gibt. Dass das Fahrzeug sich in Luft aufgelöst hat. Beziehungsweise in der GRU-Garage steht.«

»*Smersch*«, murmelte Merkow. »Die haben nie damit aufgehört. Tod den Spionen. Oder was die dafür halten.«

»Was machen wir jetzt?«, fragte Katt. »Ermitteln gegen die eigenen Leute, obwohl die denselben Chef haben wie wir?«

211.

Die See war fast glatt. Keine Wolke dämpfte die Sonne. Sie hatten im Sturm einen Wasserkanister verloren. Es erst bemerkt, als sie den Mast repariert hatten. »Wo ist der Kanister?«, hatte Tom gefragt.

»Scheiße«, sagte Kevin. »Den hatte ich am Mast festgebunden.«

Zwanzig Liter Wasser verloren. Der zweite Kanister war halb voll. Der dritte die letzte Reserve.

Tom sagte nichts. Band die beiden Kanister am Mast und an den Bohlen des Floßes fest.

Seitdem redeten sie nicht mehr. Was hätten sie auch sagen sollen? Meer, überall. Keine Möwe seit einiger Zeit. Ein mieses Zeichen. Kein Land weit und breit. Kein Schiff. Die Wahrscheinlichkeit war mehr als gering, dass sie auf ein Schiff stießen. Wenn dessen Besatzung sie überhaupt sah. Die Nadel im Heuhaufen hatte mehr Chancen, gefunden zu werden.

Über was sollten sie sonst reden? Dass sie sich den Tag ausrechnen konnten, an dem sie kein Wasser mehr hatten. Dass sie bis dahin niemanden finden würden, der ihnen half. Dass es die dümmste Idee des Jahrtausends war, sich mit diesem Scheißfloß auf See zu begeben.

Nein, sie würden hier sterben. Und niemand würde es merken.

Kevin bedauerte nur seinen Vater. Der hatte seine Frau verloren. Verlor jetzt auch noch den Sohn. Sich bedauerte er nicht. Er hatte seine Mutter getötet. Auch wenn Tom geschossen hatte. Damit konnte er nicht leben.

Er betrachtete die beiden Kanister am Mast, der nur ein Stummel war. Sie hätten sich Tee kochen können. In einer Kiste lagerten Konservendosen, Trockenbrot. Dazu Notrationen mit englischer Beschriftung. Das Zeug, das jede Armee ihren Soldaten für den Notfall mitgab. Sie würden nicht verhungern. Sie würden verdursten. Oder im nächsten Sturm absaufen.

Er sah seine Mutter. Sah den Vater. Lag und starrte in den Himmel. Der Sonnenbrand biss. Auf den Schultern schuppte die Haut. Sie würden nicht verdursten. Sie würden tot gegrillt. Was sollte er auf diesem Scheißfloß? Er stand auf. Blickte sich um. Wankte. Der Kreislauf brauchte Zeit. Ihm war schwindelig. Trat an den Rand des Floßes.

»Mann, spinnst du? Komm in die Mitte.«

Kevin sprang.

»Komm zurück. Bist du irre?«

Kevin kraulte weg.

»Hier gibt's Haie!«, brüllte Tom.

Kevin kraulte.

Tom stand mit offenem Mund da. Sah, wie Kevin immer kleiner wurde. Bis er verschwand.

Tom blickte auf die Wasserkanister. Kevin hatte seinen Fehler wiedergutgemacht. Tom setzte sich, nahm Kevins Ersatzhemd und zog es an.

212.

Am Eingang des Fernsehturms wartete de Bodt auf Merkow und Katt. Sie gingen eine Weile. Durchquerten den S-Bahnhof in Richtung Weltzeituhr. Der Himmel war grau und schickte Matsch auf Berlin. De Bodts Haare waren durchnässt. Der Mantel auf den Schultern kalt-feucht.

»Ich fürchte, Sie haben recht«, sagte Merkow.

»Es ist eine GRU-Operation im Bündnis mit Amerikanern. Wir haben die Teilnehmer des Helsinki-Gipfels geprüft. Es waren mindestens vier dabei, die man zum Bannon-Flügel zählen kann. Der Präsident hat zwar Bannon rausgeworfen, aber nicht dessen Gefolgsleute. Die GRU dürfte sich an die rangewanzt haben. Gemeinsame Interessen, gemeinsame Operation. Den Europäern mal richtig in den Arsch treten. Krieg führen, ohne Krieg zu führen. Sie können zwar nicht in Europa einmarschieren, aber sie können Europa zerstören. Und das ist der Plan«, sagte Katt.

De Bodt hatte sie noch nie so lange reden gehört. Ein Zeichen dafür, dass sie sauer war. Sauer auf die eigenen Leute. »Und wenn Sie Ihrem Präsidenten sagen, dass Berlin und Paris alles wissen.«

»Ach was«, sagte Merkow. »Der streitet es ab. Dem ist es längst egal, dass alle Leute alles wissen. Alles über die Cyberattacken, alles über APT-28, alles über die Beeinflussung der US-Wahlen, alles über die Finanzierung von Faschisten, alles über den Angriff auf Ihren Bundestag … ach, Scheiß drauf!«

De Bodt überlegte eine Weile. »Sie könnten hierbleiben. Asyl beantragen …«

»Damit die uns was auf die Türklinke schmieren?«, fragte Katt. »Wir können nicht weglaufen. Das sollten sogar Sie kapieren.«

De Bodt lächelte. »Gut, aber Sie können helfen, die Leute zu stoppen. Die Leute, die das Berliner Trinkwasser vergiften wollen.«

»Wie bitte?«, fragte Katt.

213.

»Ich habe wirklich keine Zeit«, sagte die Kanzlerin. »Draußen wartet der ugandische Außenminister. Und wenn ich mich nicht beeile, wird der Botschafter Honduras' sich gleich neben den setzen.«

»Schicken Sie die nach Hause.«

»Und die Kabinettssitzung nachher soll ich auch absagen?« Spöttischer Unterton.

»Gute Idee.«

Sie musterte ihn. »Wenn ich Sie nicht kennen würde, würde ich Sie einweisen lassen.«

»Das stünde nicht in Ihrer Macht, Frau Bundeskanzlerin.«

Sie lachte auf. Rief Kammer. »Sagen Sie alles ab.«

Kammer hob die Brauen. Legte den Zeigefinger an den Mundwinkel. »Alles? Der Innenminister lässt hier dauernd anrufen. Morgen sei er in München.«

»Absagen!«

»Welchen Grund soll ich angeben?«

»Dass ich gerade den Dritten Weltkrieg verhindere … nein, sagen Sie, ich sei krank.«

Kammer trat ab. Kopfschüttelnd.

»Haben Sie sich entschieden?«, fragte de Bodt.

»Nein.«

»Wir haben keine Zeit mehr. Wenn Sie warten, werden die zuschlagen. Und wir wären nicht vorbereitet. Die werden ihre erste Garnitur schicken. So eine Operation plant man nicht mit Hilfskräften. Nicht mit Söldnern, die sich wegkaufen lassen könnten. Wir kommen an die Leute ran, die wenigstens die Chefs kennen.«

»Das haben Sie mir schon gesagt.«

»Ich habe Verstärkung bekommen. Ich sage nicht, wen. Ich sage nicht einmal, wobei sie helfen kann. Aber die Verstärkung wird uns Gewissheit geben, wenn es darauf ankommt. Verstehen Sie?«

Auf dem Gang trampelten Leute umher.

»In dieser Kaserne hört man alles. Wird Zeit, dass die das Kanzleramt fertig kriegen. Offenbar haben sie dazu Personal vom Flughafen eingesetzt … Es ist ein Elend. Alles.«

»Wie geht es Ihrem Mann?«

»Schlecht. Zeigt es aber kaum. Er telefoniert viel mit der Frau des französischen Präsidenten. Sie sei die Einzige, die ihn verstehe, sagt er. Ein Elend.« Sie stellte sich neben de Bodt ans Fenster. Sie blickten auf den Parkplatz. »Tolle Aussicht, in jeder Hinsicht.« Sie musterte ihn von der Seite. Musste hochblicken. »Ich kann einpacken, wenn das schiefgeht. Das wissen Sie aber schon?«

»Sie können einpacken, wenn Sie nicht mitspielen.«

»Hätte ich doch nur so viel Selbstbewusstsein wie Sie. Ich kenne niemanden, der Sie nicht als arrogant verflucht hat.«

»Eine Regierungschefin kann sich Arroganz nicht leisten. Ich schon.«

»Da ist was dran.«

»Gut. Aber Sie tun mir jetzt einen Gefallen. Dafür, dass ich Ihren Mann gerettet habe.«

»Jetzt ist also Zahltag.«

»Es ist Zahltag.«

214.

Das Telefon. Lebranc hob ab. Hörte zu. »Um Himmels willen! Ja, ich verstehe.« Legte auf und brüllte: »Floire!«

Der öffnete die Tür und gähnte. »Wir fahren nach Berlin. Mit dem Auto. Jetzt. Packen Sie zwei PM12 in den Kofferraum. Gasgranaten und sonst noch, was Krach macht.«

Floire blickte ihn mitleidig an. Als müsste er ihm gleich sagen, dass der Commissaire divisionnaire leider zur Straßenpolizei nach Arras versetzt worden sei.

»Beeilen Sie sich. Abfahrt in einer halben Stunde.«

»Der Präfekt erwartet Sie!«

»Wie schön für ihn. Sagen Sie der Kollegin, sie soll ihm absagen.«

»Mit welcher Begründung?«

»Ist mir egal. Meine Schwiegermutter hat Durchfall oder so.«

»Sie haben eine Schwiegermutter?«

Welch Triumph. Floire wusste doch nicht alles.

215.

Merkow nickte. »Dann sind Sie also gescheitert?«, flüsterte er. Seitenblick auf das Paar, das sich an den Nachbartisch gesetzt hatte.

Katt nahm einen Bruchkeks.

De Bodt blinzelte Anne hinterm Tresen zu. Deutete mit den Augen auf den Nachbartisch.

Anne überlegte, begriff und ging zu dem Tisch. »Sorry, der ist leider reserviert. Ich hab vergessen, das Schild auf den Tisch zu stellen.«

Die beiden zogen zum Tisch neben der Tür um. Anne holte das Schild *Reserviert* und stellte es auf den Tisch. Blinzelte de Bodt zu. Der hob den Daumen.

»Die Kanzlerin hat mir gestern Nacht erklärt, dass sie mich nicht unterstützen kann.«

Sie hatte neben ihm am Fenster gestanden und geflüstert. »Ich weiß, was ich Ihnen verdanke. Aber ich kann Ihren Spekulationen nicht folgen, seien sie auch noch so klug. Als Privatperson würde ich die Entscheidung Ihnen überlassen. Aber ich bin keine Privatperson. Ich habe mir vorgestellt, dass ich den Italienern, Spaniern, Griechen und Portugiesen öffentlich absage. Nein, Deutschland hilft euch nicht beim Schuldenabbau, egal was passiert. Wenn ich das mache, kracht am nächsten Tag die EU zusammen. Aber ich kann Ihnen versichern, dass ich nichts tun werde, das den Eindruck erweckt, dass ich mich auf diesen Wahnsinn einlasse.«

»Das genügt vielleicht. Davon abgesehen, geht es denen nicht um die Schulden. Sie werden wohl so oder so angreifen. Die hatten auf so was wie einen europäischen Bürgerkrieg gehofft. Der ist aber wider

Erwarten nicht ausgebrochen. Ich habe erst gedacht, die Angriffe würden aufhören. Es wäre genug Chaos. Aber die Spanier und Griechen haben die Italiener in die Mangel genommen. Man dürfe nicht über ein Partnerland herfallen, wenn es Katastrophen ausgesetzt sei. Die Täter hatten gehofft, die Regierung zu stürzen. Das ist ihnen aber nicht gelungen. Also müssen sie weitermachen. Ihre öffentliche Weigerung hätte die Sache nur berechenbarer gemacht.«

»Ja, die Kanzlerin will, kann aber nicht viel machen. Wir schon. Der Plan ist einfach. Wann würden Sie ein Wasserwerk angreifen?«

»Nachts, wenn kaum einer da ist.«

»Wir werden also tagsüber schlafen und nachts ein Werk beobachten. Mit allem, was schießen und knallen kann. Machen Sie mit?«

Merkow wechselte einen Blick mit Katt. Die nickte. Sie konnte ihre Wut kaum verbergen. Die FSO hatte sie in die Hölle geschickt. Der kleinste russische Geheimdienst, der Persönlichkeiten Russlands schützte. Vor allem den Präsidenten. »Mit Vergnügen«, sagte sie. »Wir werden uns tarnen. Nicht dass unser Präsident uns im Fernsehen bewundert.«

»Kommt Uhlenhorst mit?«, fragte Salinger.

»Nein, der wird den Flughafen überwachen. Ich fürchte nur, die haben aus Salisbury gelernt und werden kaum den Direktflug Moskau–Berlin nehmen. Mit vierzig Mann. Die werden sich trennen und weite Umwege nehmen. Vielleicht mit Autos kommen.«

»Ein paar von denen sind womöglich schon hier«, sagte Merkow. »Man kann solche Einrichtungen nicht einfach so überfallen. Man muss sich die Gebäudepläne einprägen. Die Wachroutine auskundschaften. Schlösser fotografieren. Das machen die am Tag. Sie spielen Kunden. Spielen mit ihren Telefonen. Sie müssen festlegen, wer was tut. Das müssen sie üben. Nicht vergessen, die GRU wird die SpezNas schicken, Elitesoldaten. Das sind hervorragend ausgebildete Soldaten, die ihre Einsätze vorbereiten. Sie brauchen zwei, drei Tage. Aber sie sind der gefährlichste Feind, den man sich vorstellen kann.«

216.

»Unsere Auftraggeber haben uns rausgekickt«, sagte Charles. »Zeit, dass wir verschwinden.«

Außerdem war am Morgen die Polizei da gewesen. Mit einem Foto von Bob. Einem verdammt guten Foto. Sie hatte einen Hinweis im Hotel bekommen. Dort war der Rollstuhlfahrer aufgefallen. Als Nächsten hatten sie den Chauffeur befragt, der Bob gefahren hatte. Der nannte die Adresse des Bürohochhauses. Jetzt arbeitete sich die Polizei durch sämtliche Büros.

»Ich hab den Chauffeur nicht erwischt. Der Kerl ist abgetaucht. Hat wohl was geahnt«, sagte Charles. »Und jetzt haben wir den Salat. Ich habe Schiss, dass die uns alle abräumen. Und ich meine nicht die Polizei.«

Bob verstand. Bob verstand alles. Er fuhr langsam auf Cathy zu. Schoss ihr in den Bauch, wandte sich blitzschnell Charles zu. Traf ihn im Kopf. Cathy lag vor ihm und stöhnte, die Hand auf dem Bauch. Er schoss ihr ins Gesicht. Steckte die Pistole mit aufgesetztem Schalldämpfer in den Rucksack, der am Haken unter der Armlehne hing.

Griff den Hörer vom Telefon auf Charles' Schreibtisch. »Guten Tag, ich brauche dringend ein behindertengerechtes Taxi in der Tiefparkgarage. Für meine Mutter. Und einen Fahrer, der sie wirklich sanft fährt. Ich bringe meine Mutter gleich runter. Sagen Sie dem Fahrer, er könne sich ein Extra verdienen.«

Er hatte alles vorbereitet. Den Lumpenknäuel, den er nun mit Benzin übergoss und einem halben Liter Diesel. Er legte ihn unters Holzregal neben dem Fenster. Zerriss die paar Bücher und häufte sie auf das Bündel. Er zündete das Bündel an. Und rollte aus dem Büro. Zum Fahrstuhl. Er musste eine Weile warten, bis der Lift sich hochgearbeitet hatte. Der Aufzug war leer. Glück musste man haben. Bob drückte auf den Knopf der Tiefgarage. Unten verließ er die Kabine und rollte zur Stahltür der Tiefgarage. Es bereitete ihm Mühe, sie zu öffnen. Dann sah er das Taxi. Es war ein VW-Transporter.

Die Fahrerin stieg aus. »Ich dachte …«

»Die kommt gleich. Helfen Sie mir bitte einzusteigen. Den Rollstuhl bitte zusammenklappen. Wenn ich hinter ihnen sitzen dürfte. Dann hat meine Mutter freien Blick nach vorn. Ihr wird sonst leicht übel.«

Die Fahrerin war untersetzt und kräftig. Es bereitete ihr kaum Mühe, Bob auf den Rücksitz zu helfen. Den Rollstuhl hinter der dritten Sitzreihe zu verstauen.

»Den Rucksack behalte ich. Ist meine Handtasche.« Lachte.

Sie lehnte sich an der Beifahrerseite an den Kleinbus. Wartete.

»Kommen Sie bitte mal. Ich muss Ihnen noch eine Kleinigkeit erklären. Wegen meiner Mutter … Sie verstehen.«

»Natürlich.« Sie war die freundlichste Frau der Welt. Hilfsbereit. Sie mochte Söhne, die sich um ihre Mutter kümmerten. Sie hatte zwei. Sie setzte sich neben Bob.

Der bohrte ihr den Lauf seiner Glock 17 in die Rippen. »Sie steigen vorn ein. Sagen Ihrer Funkzentrale, dass Sie jetzt Dienstschluss machen. Sie fühlten sich nicht wohl. Grippe. Dann schalten Sie den Funk ab. Sie geben mir Ihr Telefon. Er deutete auf das Handy in der Ablage zwischen Fahrersitz und Beifahrerbank. Dann fahren Sie mich nach Wollongong City. Verstanden?«

Sie starrte ihn an. Nickte. »Na los«, sagte er.

Unterwegs sandte er eine SMS an John.

217.

Sie liefen zurück zur Botschaft. »Ich hoffe, der GRU-Resident in der Botschaft hat nichts mitgekriegt.« Der GRU-Vertreter war gewöhnlich der Militärattaché oder sein Stellvertreter. In Berlin war es der Stellvertreter.

»So, wie es aussieht, hat er die Kumanowa ermordet. Die GRU sitzt in allen wichtigen Botschaften. Sie kann so eine Mordserie leicht organisieren. Und hat die Fachleute vor Ort«, sagte Katt.

»Dort haben sich die Hardliner alten Schlags versammelt. Erinnerst du dich, wie sie das KGB zerlegt haben? Der SWR fürs Ausland, der FSB fürs Inland, die FSO, wir, für den Schutz der Politiker. Die GRU hat einfach weitergemacht. Wie die Armee. Es gab keine Säuberung, nichts.«

»Es gab ja immer den Wettbewerb zwischen den Diensten, wie es früher hieß. Aber so weit haben die es damals nicht getrieben.«

»Krieg ist Politik und Politik ist Krieg, würde de Bodt wohl sagen«, erwiderte Merkow. »Clausewitz 2.0. Wir leben in einer neuen Ära. Haben es nur noch nicht gemerkt. Die Begriffe verschieben sich. Regeln stehen nur noch auf dem Papier. Das KGB hat dereinst *aktive Maßnahmen* ergriffen. Zersetzen, desinformieren, diskreditieren. Die Amerikaner haben das gleiche Spiel getrieben. Aber das KGB hätte nicht Krieg geführt. Es hat die Armee unterstützt, weil die Armee unserer Politik folgte. Es hätte aber nicht anstelle der Armee gehandelt. Wie die GRU in der Ukraine und auch im Westen. Grüne Männchen, Hackerattacken. Sie täte es nicht ohne Befehl unseres Präsidenten. Machen wir uns nichts vor.«

»Was wird aus uns?«, fragte Katt.

»Keine Ahnung. Aber ich bin stinksauer. Unser Präsident hat sich von den Aktionen in Deutschland und Frankreich distanziert. Er hat der Kanzlerin und dem Präsidenten kondoliert. Er hofft, dass diese Verbrecher bald gefasst und hart bestraft werden. Gehorchen wir ihm.«

»Was machen wir mit Andrejew?«

»Dem stellvertretenden Militärattaché?«

Sie nickte.

»Wir gehen einen trinken. Hatten wir doch sowieso vor.«

218.

»Wir kümmern uns um das Wasserwerk Wuhlheide. Es liegt am nächsten. Die Umgebung ist übersichtlich. Yussuf hat uns einen Lieferwagen besorgt. *Obst und Gemüse Trinklein.* Ist das ein Freund von dir?«

»Ein Kicker«, sagte Yussuf.

»Der hat dann zwei Elfer gut«, sagte Salinger.

»Und viermal Abseits …«

Floire lachte. Lebranc ärgerte sich. Er verstand nichts.

Sie drängten sich in de Bodts Wohnzimmer. Lebranc hatte sich mit Floire in der Pension am Kanal einquartiert. Merkow und Katt hatten dort ein Doppelzimmer gebucht. Das entzog sie einer Überwachung in der Botschaft. Sie hatten aufgepasst. Bisher war ihnen niemand gefolgt.

»Das Wasserwerk hat ein Stahlgittertor. Der Pförtner öffnet und schließt es elektrisch. Nachts gibt es einen Wachschutz. Der hat auch den Torschlüssel«, sagte Yussuf.

»Wir fangen heute Nacht an. Kein Schichtdienst. Wir müssen gleichzeitig vor Ort sein, wenn die auftauchen. Haben Sie alle Waffen? Haben wir Sprengmittel und Nebelgranaten?« Er blickte sich um. »Gut. Ich habe jetzt noch zwei Gespräche. Das kann dauern. Ich stoße dann zu Ihnen. Salinger übernimmt die Einsatzleitung.«

219.

»Sie sind wahnsinnig, de Bodt. Diesmal treiben Sie es zu weit. Der Innenminister hat mich angerufen. Ich soll Sie zügeln. Am besten einsperren. Er hat Sie einen Amokläufer genannt.«

»Der muss das ja wissen. Sie sind dem Mann nicht unterstellt. Was regen Sie sich auf?«

»Mann Gottes, in welcher Welt leben Sie?«

»In einer Welt, in der Verbrechen begangen werden, gegen die wir keine Mittel haben außer unserem Hirn.«

»Sie sind verrückt. Sie wollen Bereitschaftspolizei, SEK, GSG 9, um Wasserwerke zu bewachen? Vergessen Sie's. Ich mache mich nicht lächerlich. Ich komme aus dem Staunen nicht mehr raus. Wenn Sie auf eigene Faust was unternehmen, kostet es Sie nicht nur den Job. Ich kann Sie nicht mehr schützen.«

»Seit wann schützen Sie mich? Ich dachte bisher, es sei umgekehrt. Sie säßen nicht mehr auf diesem Sessel ohne meine sogenannten Alleingänge.«

»Ich verbitte…« Tilly sprang vor Wut auf. Fiel zurück auf den Stuhl.

»Ich habe jetzt wirklich keine Zeit«, sagte Herr Schmitt.

»Ich noch weniger«, erwiderte de Bodt. »Wir können uns schnell einigen, wenn Sie mir zuhören.« Legte seinen Dienstausweis auf den Tisch.

In der Tür stand noch die Sekretärin. Sie hatte versucht, de Bodt abzuwimmeln. »Tut mir leid, Chef.«

Der hörte es nicht. Sie schloss vorsichtig die Tür.

»In den nächsten Tagen wird die Wasserversorgung Berlins angegriffen. Kennen Sie Botulinumtoxin? Nein? Es ist das übelste Gift, das es gibt. Löst sich perfekt in Wasser auf. Kann halb Berlin vergiften, bevor sie einen Wimpernschlag getan haben. Ein halbes Kilo reicht.«

»Sind Sie verrückt?«

Er legte eine Visitenkarte auf den Tisch. Darauf eine handschriftliche Notiz. »Die Nummer der Kanzlerin. Auf dem Handy. Rufen Sie sie an.«

Schmitt fixierte ihn. »Die Kanzlerin?«

Es war Zahltag. Diesen Gefallen konnte sie ihm nicht verweigern.

220.

Der Mann verließ die Botschaft in seinem schwarzen E-Klasse-Mercedes mit dem CD-Zeichen. Im Gegensatz zu anderen Diplomaten hielt er sich an Regeln. Fuhr nicht zu schnell, parkte nicht im Halteverbot. Ein GRU-Agent benahm sich vorbildlich. Bloß nicht auffallen. Natürlich wusste die Gegenseite, dass er die GRU vertrat. Aber sonst wusste sie nichts. Wladimir Andrejew war seit dreieinhalb Jahren in

Berlin. Offenbar waren seine Chefs zufrieden mit ihm. So viel hatte Merkow herausgefunden. Und dass Andrejew mehr als fünfzehn Jahre in einer SpezNas-Einheit gedient hatte. Sie hatten keinen Mörder aus Moskau schicken müssen. Die Fachkraft war längst vor Ort.

»Wenn die GRU hinter der Mordserie steckt, dann hat Andrejew den Mord an der Kumanowa wenigstens unterstützt. Wenn er ihr nicht selbst die Spritze verpasst hat«, sagte Katt.

»Kriminalistisch ist das nicht mehr als eine hübsche Verschwörungstheorie.«

»Verschwörungstheorien sind absurd, aber es gibt Verschwörungen. Davon hat auch der General gesprochen. Er glaubt, dass die Regierung die GRU einsetzt, um einen verdeckten Krieg gegen den Westen zu führen. Weil der uns mit Sanktionen überzieht, uns öffentlich anklagt, uns vorschreiben will, wie wir zu leben haben. Wenn der General sagt, dass er etwas glaubt, dann weiß er es. Ich darf auch nur mit dir darüber sprechen. Den Mörder des Dolmetschers werden wir nie kriegen. Lass uns wenigstens tun, was wir tun können.«

Sie hatten in der Nacht diskutiert. Merkow hatte Katt nie so wütend erlebt. In diesem Zustand war ihr alles zuzutrauen. Sie hatten sich geeinigt, Andrejew zu befragen. Hatten einen Mietwagen besorgt. Hatten unter falschem Namen ein Appartement an der Kantstraße gemietet. De Bodt hatte dort mal Täter gesucht. Und Merkow davon erzählt. »Niemand interessiert sich dafür, wer da haust. Hauptsache, die Miete wird bezahlt. Sind viele Geschäftsleute dort.«

Der Benz bog links in die Friedrichstraße ein. Vorbei am Friedrichstadt-Palast. Am Oranienburger Tor rechts ab, dann gleich links. Linienstraße.

»Er fährt also nach Hause. Wie schön«, sagte Katt. »Halt hier. Ich weiß, in welchem Haus und in welcher Wohnung.«

Sie ließen dreißig Minuten verstreichen. Dann klingelte Merkow.

»Ja, bitte?«

»Ein Einschreibebrief. Bitte öffnen Sie die Haustür.«

»Ich komm runter.«

Als die Haustür sich bewegte, trat Merkow sie auf. Andrejew stürzte in den Flur. Und blickte in den Lauf von Katts Makarow PM.

Eine handliche Pistole mit acht Patronen im Magazin und einer im Lauf. Andrejew starrte sie an. Hielt sich Nase und Stirn, wo die Tür ihn getroffen hatte.

»Was wollt ihr? Seid ihr wahnsinnig geworden?«, stieß Andrejew hervor.

»Halt die Klappe«, sagte Katt.

Merkow durchsuchte ihn. Andrejew war unbewaffnet. Zog ihn nach oben. Fesselte ihm die Hände auf dem Rücken.

Katt trat auf die Straße, öffnete den Kofferraum des Mietwagens. Merkow zwang Andrejew, sich in den Kofferraum zu legen. Der riskanteste Teil ihrer Aktion. Offenbar hatte sie niemand gesehen. Aber sogar wenn sich jemand die Nummer notiert hätte, die Polizei hätte die Wagenmieter nicht gefunden. Ein Pärchen aus Polen.

Sie brauchten nicht lang bis zur Tiefgarage unter dem Appartementhaus. Katt steuerte den Wagen an den Ausgang. Zwei Türen bis zum Lift. Sie warteten, bis ein Wagen ausgeparkt hatte und wegfuhr. Dann sicherte Katt den Eingang, sah niemanden, holte den Aufzug runter. Leer. Sie blockierte die Tür mit dem Fuß. Sprach ins Telefon: »Los jetzt!«

Merkow, den Knopf im Ohr, blickte sich um. Niemand. Er zog Andrejew aus dem Kofferraum. Führte ihn zum Aufzug.

Sie fuhren in den vierten Stock. Merkow hielt den gefälschten Dienstausweis der Berliner Polizei in der Hand. Aber niemand wollte einsteigen. Niemand im Flur.

Im Wohnzimmer knebelte Katt Andrejew und band ihn an einen Stuhl. Dann rollte sie einen Koffer aus dem Schlafzimmer. Öffnete ihn. Andrejew sah allerlei Gerät. Bügeleisen, Tauchsieder, eine Ledermappe, die Katt öffnete. Zahnarztbesteck. Sie nahm ein Kabelbündel und legte es auf den Tisch. Dazu einen Transformator. Ein Kabel endete in einem Stecker für den Transformator. An den anderen hingen Klemmen. Als wollte Katt eine Autobatterie laden.

Andrejew stöhnte.

Merkow schraubte einen Schalldämpfer auf seine Makarow. »Wenn du schreist, bist du tot. Verstanden?«

»Du hast von Katt gehört?«, fragte sie.

Jeder in der russischen Geheimdienstszene hatte Gerüchte über sie gehört. Die Frau, deren Mutter das KGB war. Und der Vater auch. Aber niemand wusste, was sie wirklich tat. Außer Merkows und Katts Vorgesetzten. All das ging Andrejew durch den Kopf. Die Genossin, die liquidierte und folterte. Als wäre es ihr ein Vergnügen. Sagten Leute. Andrejew hatte in der Zeitung gelesen, was jemand mit den deutschen Polizisten angestellt hatte. Bügeleisen und Tauchsieder. Er musste nicht raten, was das bedeutete. Er begriff auch, was es bedeutete, dass Merkow und Katt keine Masken trugen.

»Ich sag euch alles. Lasst mich leben. Und nicht … das!« Die Augen zeigten zum Koffer.

»Dann fangen wir an. Hast du die Kumanowa getötet?«

Langes Schweigen. Dann: »Ja … es war ein Befehl.«

»Von wem?«

»Melnikow.«

»Du meinst den Direktor der GRU?«

»Ja.«

»Warum solltest du sie töten?«

Andrejew schluckte. »Sie war eine Verräterin.«

»Wie die anderen Kollegen in Frankreich oder in Kolumbien?«

Andrejew nickte. »Es fing mit diesem Dolmetscher an. Zwei Genossen … Kollegen haben sich über die Operation unterhalten. Mit Amerikanern und unseren Leuten. Also von der GRU. Tscherkessow hat mitgehört. Zufällig. Die waren so blöd, in einer Kneipe darüber zu sprechen. Nur ganz kurz. Aber Tscherkessow hat es sofort kapiert. Und hat die Kollegen angesprochen. Gesagt, dass er es dem Präsidenten melden müsse. Wenn sie diese Sache hinter dessen Rücken betrieben. Sie sollten sich das gut überlegen.«

»Ein paar Wochen später wurde er überfahren«, sagte Merkow. »Wer war das?«

»Da müssen Sie Melnikow fragen … Kollegen, ihr wisst doch, wie das ist. Befehl ist Befehl. Ich hab die Kumanowa gemocht, wirklich. Sie hat auch fast nichts gemerkt.«

»Wie hast du es gemacht.«

»Regenschirm, bei dem Wetter …«

»Der Bulgarentrick. Ich dachte, wir wären weiter«, sagte Katt.

»Von welcher Operation reden wir?«, fragte Merkow.

»Sie heißt *Russlands Größe.* Viel mehr weiß ich nicht.«

»Tscherkessow hat Freunde informiert, was die GRU und die Amerikaner vorhatten. Er wollte es verhindern. Richtig?«

Andrejew nickte.

»Aber du weißt von dem Angriff auf das Atomkraftwerk?«

Er nickte. »Wir mussten vorher unsere Leute aus der Umgebung abziehen. München. Wochen vorher. Da hab ich mir das nach dem GAU ausgerechnet. War nicht schwer.«

»Welche Rolle haben die Amerikaner dabei gespielt?«

»Sie haben die Entführungen organisiert… hab ich gehört. Und Geld beschafft. Damit der GRU-Haushalt stimmt. Die Operation ist teuer.«

»Zwischen dem Gipfel und Tscherkessows Tod lagen einige Wochen. Hat er es dem Präsidenten verraten?«

»Fragt Melnikow. Ich glaube schon.«

»Du glaubst, der Präsident hat die Operation befohlen?«

»Sind Köpfe gerollt? Wurde Melnikow abgelöst?«, fragte Andrejew.

»Vielleicht extra nicht, weil es auffallen würde. Weil es wie ein Schuldeingeständnis aussähe«, sagte Katt.

»Vielleicht. Vielleicht nicht«, sagte Andrejew.

»Warst du in die Operation gegen die Trinkwasserversorgung in Berlin einbezogen?«

Andrejew überlegte. »Davon höre ich zum ersten Mal. Aber es gibt in der Botschaft den Befehl, auf Zeichen aus Moskau kein Wasser mehr zu benutzen. Sie haben den ganzen Keller mit Wassercontainern gefüllt.«

»Das lässt sich doch schwer geheim halten«, sagte Katt.

»Vielleicht will unser Präsident es gar nicht geheim halten.«

»Er riskiert einen Weltkrieg«, sagte Katt.

»Niemand traut sich, Russland anzugreifen. Solange der Westen nicht auf unsere Truppen stößt, wird er nicht kämpfen. Weil er nicht kämpfen muss.«

Merkow setzte sich auf einen Stuhl. Sein Kopf drehte sich. Das war pervers. Aber logisch. Sie hatten es in der Ukraine getestet. Jeder wusste, dass russische Spezialeinheiten dort operierten. Niemand betrachtete es als Kriegserklärung. Moskau dementierte. Ein paar Deppen glaubten *Russia Today* und Konsorten. Alle wussten, dass der Präsident log. Aber alle spielten das Spiel mit.

»Wann kommt das Zeichen aus Moskau?«

»Woher soll ich das wissen?«

»Gut, wir werden dir eine Spritze geben.«

Andrejew erbleichte. »Nein … nein«, stammelte er.

»Nicht, was du glaubst. Du wirst ein paar Stunden schlafen und auf einer Parkbank aufwachen. Wenn du jemandem was verrätst, stirbst du. Verstanden?«

Misstrauen im Blick. Andrejew nickte.

Sie lösten die Fessel. Merkow zeigte ihm seine Waffe. »Du kannst auch die Kugel haben.«

»Verstanden?«, fragte Katt.

»Wir packen dich in den Kofferraum und geben dir dort die Spritze. Dann legen wir dich auf die Parkbank. Wir packen dich ordentlich ein, keine Sorge.«

Andrejew nickte. »Gut.«

221.

Eine Mischung aus verunglücktem Schlossbau mit zwei Seitenflügeln und Kaserne. Der Verwaltungsbau ein Stockwerk, die Maschinenbauten zwei Etagen. Der Leiter war nicht begeistert, aber er hatte de Bodt die Schlüssel ausgehändigt. Und erklärt, wo man etwas in die Tanks schütten konnte. Dort, wo man Proben entnahm.

Sie hatten lang diskutiert in de Bodts Wohnzimmer: Merkow, Katt, Salinger, Yussuf, Lebranc und Floire. De Bodt beschrieb, wie die Täter vorgehen würden. Mit Sicherheit waren sie gut vorbereitet. Wussten, wohin sie vordringen mussten. Was sie tun mussten. Mehr als fünf Minuten hatten die nicht eingeplant. Vom Öffnen des Tors bis zur Rückkehr ins Auto.

De Bodt zeigte auf der Karte die Gebäude. Wo sie ihre Wagen abstellen würden. Er wusste auch, wo die Angreifer parken würden. Wies Lebranc an, an einer Ecke im Wagen zu warten. Bis de Bodt ihm befahl, den Wagen der Angreifer mit seinem Auto einzuklemmen. Damit die im Fall des Falles nicht wegkamen.

Lebranc guckte beleidigt. Sagte aber nichts.

»Es gibt neben dem Maschinenraum zwei Büros. Dort werden wir uns einquartieren. Wir werden Nebelgranaten im Maschinenraum verstecken. Und die per Handy zünden. Ali hat sich da was einfallen lassen. Wenn die im Raum sind, schließen wir von außen ab. Lassen die Granaten hochgehen.«

»Aber die können das Gift ins Wasser schütten«, sagte Floire in bestem Deutsch.

»Wir haben den Chef gebeten, alle Zugänge zu den Tanks und Leitungen zu versperren. Im schlimmsten Fall zuzuschweißen. Außerdem ist das Wasserwerk seit heute Mittag vom Netz getrennt.«

»Aber das ist nur ein Wasserwerk von neun«, sagte Salinger.

»In den drei Leitwasserwerken sitzen Leute, die die Wasserversorgung abschalten können.«

»Wenn die Wuhlheide nicht attackieren, aber alle anderen?«, fragte Katt.

»Dann haben wir Pech gehabt. Alis Freunde postieren sich in der Nähe der anderen Wasserwerke. Sobald sie etwas sehen, alarmieren sie mich. Und ich ruf den Chef der Berliner Wasserbetriebe an. Wenn die tatsächlich alle Wasserwerke angreifen, dann muss der sowieso die Wasserversorgung abschalten. Die Vorbereitungen dazu hat er getroffen. Getarnt als Notfallübung.«

Das hatte ihm die Kanzlerin auch versprechen müssen. Am Zahltag.

»Bei uns wär die Armee ausgerückt, die CRS, die Gendarmerie …«, sagte Floire.

»Ihr habt ja auch keine Landtagswahlen«, sagte Salinger. »Ihr müsst den Präsidenten überzeugen. Der schnippt dann mit den Fingern, und die Armee marschiert. Bei uns haben sie Angst, sich zu blamieren.

Wir haben keine Beweise, im Bundeskabinett halten die uns für Spinner. Der Innenminister sprengt die Regierung, sollten wir falsch spekulieren.«

»Wenn wir richtig liegen, hat er's doch gleich gewusst«, sagte Yussuf.

»Zurück zur Arbeit«, sagte de Bodt. »Wir ziehen uns Sturmhauben über.« Zeigte auf einen Karton in der Ecke. Yussuf hatte sie bei der Bereitschaftspolizei besorgt. »Das beeindruckt den Feind und schützt unsere Gäste.« Ein Nicken zu Merkow und Katt. »Wir bewegen uns auf dünnem Eis. Es ist eine Spekulation, begründet, aber nicht bewiesen. Jedem steht es frei auszusteigen.«

»Wo ist Uhlenhorst?«, fragte Salinger. Uhlenhorst, der de Bodt in Dänemark befreien wollte. Der immer mitmachte, wenn die Strafprozessordnung und das Polizeirecht eine Methode de Bodts erstaunlicherweise übersehen hatten.

»Der soll im LKA bereitstehen. Falls wir was brauchen. Außerdem können wir nicht dessen Job gefährden. Dass wir rausfliegen, wenn das schiefgeht, ist euch klar?«

»So klar, wie Tilly als Retter Berlins gefeiert wird, wenn du recht hast«, sagte Salinger.

222.

Er lag auf einer Luftmatratze ohne Luft. Hatte am Mast Kevins Ersatz-T-Shirt befestigt, sodass wenigstens sein Gesicht geschützt war. Sein Kopf war leer. Er sackte weg, wachte auf, sackte weg. Aß Ravioli aus der Dose. Trank wenig. In wachen Augenblicken hielt er Ausschau. Nichts. Blauer Himmel, das Meer so flach wie ein Spiegel. So würde es bleiben, bis er starb.

Kevin war konsequenter gewesen. Hatte das letzte bisschen Freiheit genutzt.

Er blickte in alle Richtungen. Nichts. Außer dem Scheißwasser und dem Scheißhimmel. Und der Scheißsonne.

223.

John wartete schon. Saß auf einem Poller an der Pier.

»Lichthupe«, sagte Bob.

Sie betätigte den Hebel. John kam.

»Hast du ein Boot?«

»Klar. Eine Mischung aus Rennschlitten und Luxushotel.«

Bob tippte der Taxifahrerin auf die Schulter. »Wir müssen dich jetzt hier hinten festbinden. Damit du uns nicht gleich die Bullen auf den Hals hetzt. Kapiert?«

Sie nickte. Legte sich auf die letzte Bank. John fesselte und knebelte sie. Legte ihr ein Tuch übers Gesicht. Schoss ihr in den Kopf. Schraubte den Schalldämpfer ab und steckte ihn in die Hosentasche. Die Pistole in den Gürtel am Rücken.

»Der Wagen steht gut. Kann ein paar Tage dauern, bis die jemand findet.«

Sie warteten, bis es Nacht wurde. Das Licht im Büro des Bootsverleihers erlosch. Dann kam der Mann. John stieg aus. »Ich habe noch eine Frage.« Drückte dem Mann die Pistole ins Kreuz und zwang ihn in den Wagen. »Leg dich neben die!«

»Nein … tun Sie das nicht … ich werde Sie nicht verraten.«

Es machte *Plopp*. Der Mann schrie auf. Fasste sich ans Bein, wo ein Blutfleck sich weitete. Er fiel auf den Boden. John schoss ihm in den Kopf. Zog ihm den Schlüssel aus der Hosentasche. Legte eine Decke über beide Leichen. Ging gemächlich wie ein Spaziergänger zur Pier. Öffnete das Büro des Bootsverleihers. Entfernte die Festplatte des Rechners. Suchte nach sonstigen Unterlagen. Fand den Mietvertrag. Steckte ihn in die Tasche. Verließ das Büro. Schloss ab.

Das Boot war nicht neu. Aber in einem guten Zustand. Der Bootsverleiher hatte nicht zu viel versprochen. John blickte sich um. Sah niemanden. Schob den Rollstuhl mit Bob zum Boot. Trug Bob an Deck, setzte ihn auf eine Bank. Klappte und verstaute den Rollstuhl in der Kabine.

Er pfiff ein Lied, dessen Melodie Bob vertraut vorkam. Startete den ersten Motor. Der sofort zu blubbern anfing. Dann den zweiten.

Sie hatten genug Sprit und Proviant.

»Kennst du ein Land, wo mein Fahndungsfoto nirgendwo hängt?«, fragte Bob.

»Nicht nur eines. Wir tauchen erst mal ab. Dann sehen wir weiter.«

Das Boot verließ den Hafen. Nach gut zwei Stunden warf Bob das Telefon der Taxifahrerin ins Meer. John zerriss den Mietvertrag und warf Schnipsel für Schnipsel übers Heck. Sie schwebten in der warmen Nachtluft. Stiegen auf und ab. Der Wind wehte sie in alle Richtungen.

224.

In der ersten Nacht kamen sie nicht. De Bodt und seine Leute verschwanden, bevor die Tagschicht übernahm.

Sie fuhren nach Hause. Frühstückten und schliefen.

Außer Salinger, die sich ärgerte. Weil sie glaubte, eine Chance verpasst zu haben. »Komm mit mir. Ich mach uns Frühstück, dann gehen wir schlafen.« Keine schlechte Idee, bevor man sich mit Spez-Naz-Soldaten anlegte. Sie hatte sich nicht getraut. Er hatte es auch eilig gehabt. Aber sie hätte ihn am Ärmel packen können. Vielleicht hatte er darauf gewartet?

Sie saß in ihrer kleinen Küche, blickte auf die Straße. Ärgerte sich. War hellwach. Ging ins Bad. Ließ die Badewanne volllaufen. Füllte Wasser in Plastikkanister, die sie in einer Tankstelle aufgetrieben hatte. Füllte auch ein paar Töpfe voll.

Legte sich aufs Bett. Beglotzte die Decke. Schlief irgendwann ein.

225.

Lebranc würde sie warnen, wenn sich ein Fahrzeug näherte. Yussuf legte die Füße auf einen Schreibtisch. Neben die MP5. Es war die aufgerüstete Version mit Leuchtpunktvisier. Die andere lag neben Salinger auf dem Boden. Sie hatte Kissen aufgetrieben, eines unter das Gesäß geschoben, das andere zwischen Rücken und Wand. Merkow und Katt saßen nebeneinander auf einem Besprechungstisch. Sie kannten diese Sekunden, Minuten, Stunden, Tage vor dem Einsatz. Wenn es jeden Augenblick losgehen konnte. Oder nicht. Merkow betrachtete das Kalenderbild: der Titisee im Schwarzwald. Musste schön sein. Weit weg. In jeder Hinsicht.

De Bodt saß auf einem Stuhl neben der Tür und döste. Auf einem Tisch neben ihm lag sein Handy. Alle warteten auf Lebrancs Anruf.

»Ich fürchte, die SpezNaz-Helden gehören nicht zu den schnellsten«, sagte Yussuf. »Sorry« – Handzeichen zu Merkow –, »aber das musste gesagt werden. Ich hoffe, Sie sind kritikfähig.«

Merkow grinste. »Das lernen wir bei uns in Seminaren. Richtig kritisieren und Kritik aushalten. Solche Seminare gibt's aber nur für Spitzenpersonal. Warst du dabei, Katt?«

»Ich musste. Aber ich hab kein Wort verstanden. Irgendwer erklärte, wir sollten zu jedem Arschloch freundlich sein. Ich hatte vorher immer gedacht, wir sollten jedem Arschloch die Kehle durchschneiden.«

»Oder mit Bügeleisen streicheln«, giftete Salinger.

»Im Notfall muss man improvisieren, aber das wissen Sie doch«, sagte Katt.

Ein Vibrieren. Schlagartig Stille. De Bodt nahm das Telefon.

»Ein Transporter. Hält gerade vorm Tor. Ein Typ steigt aus. Knackt das Pförtnerhäuschen. Das Tor öffnet sich. Die fahren auf den Hof. Ich dachte, die klettern über den Zaun … Sie fahren direkt zum Verwaltungsbau. Wenden. Stellen den Wagen mit der Schnauze zum Tor. Steigen aus. Passt auf, die kommen.«

»Es geht los«, sagte de Bodt. Rief Uhlenhorst an. Damit der alles, was Waffen hatte, zu den Wasserwerken schickte. Er würde über die Notrufzentrale Alarm auslösen und die Adressen durchgeben.

Sie tauchten auf Yussufs Handy auf. Die kleine Funkkamera im Flur zeigte verrauschte Schemen. »Es sind drei«, flüsterte er. »Keine größeren Waffen. Offenbar nur Pistole und Messer. Einer drückt die Klinke. Die Tür öffnet sich. Sie sind drin. Der Letzte trägt einen Rucksack.«

De Bodt öffnete die Tür. Den Schlüssel in der Hand. Nickte Yussuf zu. Der drückte eine Tastenkombination auf dem Telefon. Ein dumpfer Schlag. De Bodt schloss die Tür des Betriebsraums ab. Zeigte an, dass die anderen sich neben die Tür stellen sollten.

Schreie. Die Klinke bewegte sich. Hektisch. Sie hörten das Husten. Schüsse prasselten durch die Tür. Von wegen nur Pistolen. Die Tür knackte. Dann sprang sie auf. De Bodt, Merkow, Salinger und Katt eröffneten das Feuer. Er hatte sie angewiesen, nur in Lebensgefahr auf den Oberkörper zu zielen. Einer fiel nach draußen. Merkow entwaffnete ihn und zog ihn zur Seite. De Bodt warf ihm Handschellen zu. Merkow fesselte den Mann. Die beiden anderen zogen sich in den Raum zurück. Sie fluchten. Merkten, dass die beiden Fenster von außen verrammelt waren.

De Bodt griff in die Tasche und warf eine weitere Nebelgranate in den Raum. Sprang zur Seite. Eine Salve.

Einer der Kämpfer telefonierte.

»Er ruft Verstärkung. Das ist eine Falle…« Das hätte Merkow nicht übersetzen müssen. Das Gebrüll war nicht zu überhören.

»Откажитесь! От имени президента!«, brüllte Merkow mit rotem Gesicht. »В противном случае мы бросим ручные гранаты!«

Eine Salve war die Antwort. Die Schüsse zerfetzten die Tür. De Bodt legte sich mit dem Bauch auf den Boden. Schob sich nach vorn und schoss in den Raum. Ein Schmerzensschrei war die Antwort. »Geben Sie auf!«, rief er.

Die nächste Salve.

Als Nächster schoss Floire. »Merde!«, schrie er, als ihn die Kugel traf. Sie riss ihn zu Boden. Yussuf zog ihn weg.

Rauchschwaden drangen in den Flur. Aus dem Büro ertönte Husten. Immer mehr.

»Geben Sie auf! Sonst werfe ich die nächste Granate!«, rief de Bodt.

Ein Husten. Dann schepperte eine Maschinenpistole PP-19 Bison nach draußen. Es folgte eine Pistole vom Typ Jarygin PJa. Dann eine zweite.

»Nicht schießen! Ich komm raus. Bin unbewaffnet.«

De Bodt nickte Merkow zu. Der tippte Katt auf die Schulter. Sie liefen raus. Sahen, dass Lebranc den Transporter blockiert hatte. Sie grüßten im Vorbeirennen. »Wir haben gewonnen!«, rief Merkow. Sah Lebranc in die Hände klatschen. Wie nach dem Schlussakt.

226.

»Wir verdanken dem koordinierten Eingreifen unserer Einsatzkräfte, dass eine Katastrophe von Berlin abgewendet wurde«, sagte der Innensenator. Tilly und Lebranc rahmten ihn ein auf der Bühne.

»Die gute Zusammenarbeit mit unseren französischen Kollegen möchte ich besonders hervorheben. Die schwierigsten Ermittlungen in der Geschichte der Berliner Polizei endeten mit einem vollen Erfolg. Wir haben neunzehn Angreifer festgenommen. Darunter elf Verletzte. Wir haben zwei Tote zu beklagen. Wir sprechen ihren Angehörigen unser tief empfundenes Beileid aus. Drei Angreifer wurden tödlich verletzt, sieben konnten entkommen. Wir haben neun Behälter mit Botulinumtoxin sicherstellen können. Insgesamt viereinhalb Kilogramm. Die Berliner Wasserwerke mussten die Versorgung der Bevölkerung für sechseinhalb Stunden aussetzen. Wir bedauern dies.«

Epilog

»Die radioaktive Wolke hätte auch nach Berlin ziehen können«, sagte Anne.

»Verdanken wir dem Wind«, sagte Salinger. Der hatte die Wolke rasch über Südfrankreich aufs Mittelmeer getrieben. Sie hinterließ Angst, wo sie gewesen war. Statistiken der Tschernobyl-Katastrophe wurden bemüht. Krebsraten errechnet. Viele waren geflohen.

»Das waren also die Russen«, sagte Anne. »Warum hab ich euch nicht in der Glotze gesehen? Bei dieser Pressekonferenz?«

»Da sitzen nur Leute, die wichtig sind«, sagte Yussuf. Er kam gerade von draußen rein. Trug Zigarettengestank ins *Café Eliza.*

De Bodt trank von seinem grünen Tee, dritter Aufguss. Blickte sich um. Der Tresen, Bilder an der Wand. Decken auf den Tischen. Kerzen. Am langen Tisch saßen fünf junge Leute. Die beiden Männer mit Hipsterbärten. Sie lachten immer wieder auf. Eine der Frauen blätterte in einem Modemagazin. Alles normal. Nur, dass nichts normal war.

»Was von Merkow und Katt gehört?«, fragte Yussuf.

»Die sind abgehauen und nicht wiederaufgetaucht. Es darf nie herauskommen, dass sie uns geholfen haben.«

»Hinter dem Plan stehen die beiden Desperados. Die Präsidenten in Russland und den USA«, sagte Salinger.

»Auch wenn die das nie zugeben. Der GRU-Chef sitzt im Knast. Chef einer Terrorgruppe. Zwei Amis hat es auch erwischt. Sündenböcke. Die nach Komfortferien im Luxusknast in ein paar Monaten still und heimlich entlassen werden. Neue Identitäten. Neues Leben. Ausgesorgt. Wir stehen auf der falschen Seite. Vielleicht sollten wir auch mal was in die Luft jagen.« Yussuf nahm sich einen Keks.

»Schmeiß ihn raus«, sagte Anne. »Der will meinen Laden sprengen.«

De Bodt winkte ab. »Das ist der Übermut der Jugend.«

»Immer sind ihrer nur wenige, deren Herz einen langen Mut und Übermut hat; und solchen bleibt auch der Geist geduldsam. Der Rest aber ist feige«, sagte Yussuf.

De Bodt grinste ihn an. Salinger tippte sich an die Schläfe. »Fängst du jetzt auch an mit der Nerverei.«

»Ihr wisst Bildung nicht zu schätzen«, sagte Yussuf. »Das stammt aus dem Pornobuch, das unser Meister in seinem Schlafzimmer verwahrt.«

»Ja, ja«, sagte Salinger.

»Also sprach Zarathustra. Wenn das kein Pornobuch ist, was dann? Schon der Name, Mann.«

»Nietzsches Zarathustra ist eher ein Voyeur …«, sagte de Bodt.

»Pornograf, sag ich doch. Eine Soße.«

»Was du immer so wissen willst«, sagte Salinger.

»Der guckt sich die Marotten eures Chefs ab«, rief Anne hinterm Tresen. »Das wird böse enden.«

De Bodts Telefon vibrierte. Er sah Uhlenhorsts Nummer.

»Ich bin am Landwehrkanal, Höhe Admiralbrücke. Die Kollegen haben gerade eine Leiche rausgefischt. Laut Papieren handelt es sich um einen Wladimir Andrejew, stellvertretender Militärattaché an der russischen Botschaft hier. Willst du den Fall übernehmen? Wenn nicht, solltest du die nächsten Anrufe nicht annehmen. Krüger ist schon ganz scharf drauf. Will auch mal in die Glotze.«

»Danke.«

Das Telefon vibrierte gleich wieder. Tilly. De Bodt wies das Gespräch ab. »Oder wollt ihr euch gleich mit der nächsten Wasserleiche beschäftigen. Andrejew …«

»Ich esse gerade Schokotorte«, sagte Yussuf.

Das Telefon vibrierte.

»Ich habe Feierabend«, sagte Salinger.

»Mein Telefon ist kaputt. Wollte mir sowieso ein neues kaufen«, sagte de Bodt. Nein, er musste den Kopf frei bekommen. Er hakte seine Fälle ab, so schnell wie möglich. Er wollte sich nicht fragen, wo Bob abgeblieben war. Dessen Leiche nicht in der ausgebrannten

Etage eines Bürohochhauses in Sydney gefunden wurde. Die australischen Kollegen hatten Fotos geschickt von einem Rollstuhlfahrer, der im Hochhaus ein und aus gegangen und jetzt verschwunden war. Sie hatten die Leiche einer Taxifahrerin und eines Bootsverleihers gefunden. Sie zogen Verbindungen. Mit de Bodts Hilfe. Für den klar war, wie Bob sich abgesetzt hatte. Nur nicht, wohin. De Bodt hoffte, dass Bob in Geld schwamm. Damit er endlich Ruhe gab. Damit die Blutspur endete.

»Die Russen werden glauben, dass die Mordserie weitergeht«, sagte Salinger.

»Sie werden merken, dass sie nicht weitergeht«, sagte de Bodt. »Aber so ganz durchschaue ich diese merkwürdige Kooperation noch nicht. Woher wusste zum Beispiel die GRU, dass Bob sich mit Botulinumtoxin beschäftigt hat? Wie hat der denen den Tipp gegeben?«

»Das ist doch offensichtlich. Der hat das im Knast ausbaldowert und dann mit dem Kameraden Komani besprochen. Seinem einzigen Knastbesucher, den wir natürlich nirgendwo finden konnten. Jetzt wissen wir ja, für wen Komani arbeitet. Und dass er in Wahrheit nicht so heißt«, sagte Salinger. »Bob hat dich unfreiwillig auf die Idee gebracht, wie man Deutschland am härtesten treffen kann, wenn ein GAU nicht zum Ziel geführt hat. Wobei es ja nicht mal Bob war, sondern die Gefängnisbibliothek.«

De Bodt blickte sie an. So wird es wohl gewesen sein. Seit ihn diese Idee erfasst hatte, war er sich vorgekommen wie ein Massenmörder. Jetzt erst begriff er es. Ein Massenmörder, der immer üblere Waffen suchte. Um noch mehr Schaden anzurichten. Er hatte es selbstverständlich gefunden, dass diese Leute dieses Gift verwenden würden. Weil er es verwendet hätte. Als Massenmörder. War er diesen Leuten ins Hirn gekrochen? Oder die ihm?

Merkow hatte ihn angerufen. Aus Moskau. Da begann das große Aufräumen. Der Präsident wollte zeigen, dass er ein Ehrenmann war. Nie würde er einen verdeckten Krieg gegen Deutschland oder Frankreich anzetteln. Er hatte sich von Untergebenen distanziert. Die hätten auf eigene Faust Verbrechen begangen. Sie würden hart bestraft werden. »Vermutlich Dauerurlaub auf der Krim«, hatte Merkow gesagt. »Sie können sich nicht vorstellen, wie langweilig das sein kann. Langeweile tötet. Insofern haben wir die Todesstrafe wieder eingeführt. Der GRU-Chef Melnikow ist der erste Kandidat.«

»Meine Kollegen haben einen Wladimir Andrejew gefunden. Steht zumindest im Diplomatenausweis. Die Leiche schwamm im Landwehrkanal. Kennen Sie den? Geht das jetzt weiter mit der Diplomatenmordserie?«, fragte de Bodt.

»Zweimal nein«, erwiderte Merkow. Und lachte.

»Habt ihr das gelesen?«, fragte Anne. Legte den *Tagesspiegel* auf den Tisch. »Da unten. *Wochenlang allein auf einem Floß im Pazifik. Ein Wunder!* Der Typ hatte mehr als Glück. Halb tot, aber gerettet. Wer schippert freiwillig mit einem Floß auf dem Pazifik? Verrückt.«

De Bodt nahm die Zeitung. Auf der Titelseite stand, dass der US-Präsident den verdeckten Krieg gegen die EU verurteilt habe. Er hatte getwittert: *Schande über diese Verbrecher. So etwas tun Amerikaner nicht.*

Der russische Präsident verurteilte auch. Eine Hauptrolle bei der Aufklärung hätten russische Agenten gespielt. Die den Westen vor weiteren Schäden bewahrt hätten.

Auf der Kommentarseite herrschte Ungläubigkeit. Solche Operationen auf eigene Faust? Unvorstellbar. Und hätten die Terroristen nicht im Interesse von Russen und Amerikanern gehandelt?

De Bodts Telefon vibrierte. Er sah die Nummer, nahm seinen Mantel und ging hinaus.

»Jetzt kommt das Aufräumen«, sagte die Kanzlerin. »Was haben die Leute ausgesagt, die Sie festnehmen konnten?«

»Nicht viel. Sie haben auf Melnikow verwiesen. Den GRU-Chef, der gerade einen Karriereknick erlebt.«

»So kann man es auch sagen. Das sind Gestalten, die werden aufs Brett gestellt und wieder weggeräumt. Wie's beliebt. Bauernopfer. Die wollten unser Wasser vergiften, unfassbar.«

»Das Zeug hätte gereicht. Mehr als das.«

»Warum hassen die uns so? Wir sind doch keine Bedrohung. Jedenfalls nicht für die.«

»Doch schon. Bei uns gibt es so was wie Wahlen, eine freie Presse. Da kann man abgewählt werden. Da werden Skandale aufgedeckt. Was Schlimmeres können sich Autokraten nicht vorstellen. Und die Bannon-Leute – der selbst hat natürlich alles dementiert –, die wollen alles zerstören, um auf den Trümmern ihr Faschistenparadies zu errichten. Die haben sich längst mit den europäischen Rechten zusammengetan.«

»Ja, ja«, sagte die Kanzlerin. »Ich weiß. Wie sind Sie nur auf diese Botulinumtoxin-Geschichte gekommen?«

»Durch Wedenstein, vermute ich.« Sollte er ihr sagen, dass ihn eine Idee angeflogen hatte? Nach langer Umkreisung? Dass die Wahrscheinlichkeit, dass er sich nicht irrte, vielleicht bei zehn Prozent gelegen hatte? Dass er richtig geraten hatte, weil in ihm selbst das Böse steckte, das er jagte? Dass er sich in die Hirne von Großverbrechern versetzen konnte? Und vielleicht manchmal besser als die verstand, was sie tun müssten?

Er begann, etwas über sich zu erfahren. Seine Eitelkeit befriedigte es nicht. Ein Morast bot keine Aussicht auf Gewinn.

»Sie sind viel zu bescheiden, Herr de Bodt«, sagte die Kanzlerin. »Gute Nacht.« Es klackte.

Schneeflocken gondelten im Laternenschein aufs Straßenpflaster. »Nein«, sagte er. »Ich bin nicht bescheiden. Aber ich bin mir ein Rätsel.« Ein alter Mann ging an ihm vorbei. Drehte sich kurz um. Sein Blick traf de Bodts Augen. Der Mann wandte das Gesicht ab, schüttelte den Kopf und ging weiter.

Als de Bodt ins *Café Eliza* zurückkehrte, war Yussufs Stuhl leer.

»Yasmin«, sagte Salinger, als hätte de Bodt gefragt. »Hoffentlich mag die Fußball.« Sie blickte de Bodt an. »Und was machen wir jetzt?«

Dank

dem Historikerkollegen *Dr. Alexander Ruoff* (Berlin), der schöne Fehler gefunden hat und seine überragenden Recherchekünste auf www.history-house.de besser – wenn auch zu bescheiden – vorstellt, als ich es könnte;
an *Klaus Viehmann* (Berlin), der sich glücklicherweise über jeden Fehler freut, den er mir unter die Nase reiben kann;
Dr. Elfriede Müller (Berlin) fürs Korrekturlesen;
meinem Lektor *Christian Rohr* (München), der mit Fleiß, aber vor allem Ideen beträchtlich zum Gelingen meiner Bücher beiträgt;
Claudia Alt (Berlin) für ihre auch diesmal tolle Redaktionsarbeit;
meiner Süßstoffvollversorgerin *Anne Hinkel*, deren *Café Eliza* (Sorauer Straße 6, 10997 Berlin-Kreuzberg, www.elizaberlin.de) die fast tägliche Rettung vor dem Schreibtisch ist. Nur montags nicht;
meiner Pilatestante *Ulli Zacherl*, deren Folterstudio (Cuvrystr. 35, 10997 Berlin, www.breathe-berlin.de) die beste Adresse für Masochisten und Eliza-Opfer (s. o.) ist, mindestens weltweit;
Dr. Monika Niehaus (Düsseldorf), die sich nicht nur mit Giften wie Botulinumtoxin hervorragend auskennt;
Uwe Lommertin (Neuss), der aus eigener Erfahrung weiß, dass das Gerede von den »sicheren deutschen Atomkraftwerken« einen Eintrag in jeder modernen Märchensammlung verdient hätte.